A UNA
TRAICIÓN
DE
PERDERNOS

LIDIA CASTILLO

A UNA
TRAICIÓN
DE
PERDERNOS

SIREN BOOKS

Primera edición: marzo 2026

© del texto: Lidia Castillo, 2026
© de la edición del texto: Patricia Sevillano
© de la corrección del texto: Auxi Zurera y Ligia Boga
© diseño de cubierta: Emily Wittig
© de la presente edición: Editorial Siren Books, S.L., 2026
info@sirenbooks.es
https://sirenbooks.es/

ISBN: 979-13-87864-29-3
Depósito legal: M-6313-2026
THEMA: FMR
Impreso en España

Para aquellos que volvieron a creer en sus sueños.
Son valiosos porque os hacen felices,
cuidadlos para que su brillo no se apague nunca.

PRÓLOGO
LUNETTE

La puerta se cerró con suavidad.

Mis pasos, como de costumbre, se encaminaron hacia ella, aunque esta vez lo hicieron con cautela. Siempre había sido el camino que escogía; por eso me resultaba natural moverme hacia el lugar donde ella estuviera. Aparte de eso, su presencia era magnética, me empujaba a orbitar a su alrededor; tan absoluta que anulaba la sensación de amplitud que los altos techos proporcionaban a la habitación. Me sentía en una cárcel, encerrada por la mujer de curvas imposibles que me daba la espalda.

El sonido de mis pisadas se sobrepuso al ajetreo de la gente por los pasillos y se mezcló con el crepitar del fuego y mis latidos descontrolados.

Con un nudo en la garganta, me atreví a carraspear. Solo entonces conseguí, por fin, su atención. Esa fue la primera diferencia que me abofeteó: hace unos días no hubiera necesitado anunciarme; ella habría detectado mi llegada en cuanto hubiera atravesado las murallas de aquel enorme castillo con la recurrente excusa de entregarle un nuevo diseño. Sus suaves brazos ya estarían rodeándome el cuello, su abdomen pegado al mío, mientras que sus labios reclamaban mi boca, enfadados por la larga e injusta separación.

Pero eso no fue lo que ocurrió.

La posibilidad de que no volviera a ocurrir me aplastó el corazón.

Sus ojos, tan grandes y marrones como la tierra que solía manchar sus manos, se clavaron en los míos. La calidez que antes habitaba en ellos había sido sustituida por una frialdad que se coló en cada uno de mis huesos. Tan helada y despiadada que podría traspasar los gruesos muros del castillo para acabar, en un suspiro, con la primavera que teñía de color el paisaje. Se me quedó atascado el aire en el pecho, y era una sensación familiar y extraña al mismo tiempo.

Antes solía quedarme sin respiración cada vez que la veía. Tan hermosa que parecía un sueño. Pero en esos instantes el aire no lograba alcanzar mis pulmones por un motivo muy distinto. La persona risueña, leal y fuerte de la que me había enamorado se había convertido en una extraña. Una cáscara vacía.

Tenía el mismo pelo oscuro y sedoso que descansaba en su cintura, las mismas pecas y mofletes teñidos de rojo, pero, sin embargo... su luz se había apagado. Los ángulos que definían sus pómulos y mandíbula se habían afilado hasta ensombrecer su rostro.

—¿Cómo te atreves a interrumpir mi descanso? —Su tono era tan amenazador como las armas que los guardias habían bajado para permitirme el acceso a su alcoba. Sus ojos nunca me habían mirado con ese gesto severo. Todo era nuevo para mí. Para nosotras. Aunque ella no tuviera ni idea—. No he solicitado la presencia de ninguna de mis costureras.

Apreté el asa de la cesta de mimbre que tantas veces había terminado en el suelo después de que nos entregáramos la una a la otra. Siempre habíamos sido un poco impacientes.

—Soy yo, Lunette. —No sé cómo logré que las palabras salieran de mi garganta.

Alzó una ceja y esbozó una mueca despectiva.

—¿Pretendes que me aprenda el nombre de todos mis sirvientes? Tengo asuntos mucho más relevantes de los que ocuparme. Así que márchate de una vez —ordenó mientras me atravesaba con la mirada sin piedad—. No entiendo por qué los guardias te han permitido entrar, pero me aseguraré de que sea la última vez que ocurre algo parecido.

El olor a incienso y humo se extinguió de pronto. La magia vibró en el aire, y se me heló la sangre al tomar conciencia de que, muy pronto, su característico perfume dulce y floral desaparecería, sustituido por el amargor de las raíces podridas de una tierra sin vida.

El candelabro de hierro que colgaba de las vigas de madera oscura se balanceó.

Sus poderes se estaban revolviendo, molestos por mi presencia.

Bajo sus órdenes, claro. Porque cuando me rodearon como tentáculos capté el reconocimiento, la simpatía que yo despertaba en ellos. Ella también tuvo que percibirlo, porque frunció el ceño, confusa. Y eso la alteró aún más.

Sabía muy bien lo peligroso que era desestabilizarla. Muchas noches nos descuidábamos y la diversión alcanzaba tal punto que terminaba perdiendo el control. Como consecuencia, los cimientos del castillo se sacudían. El bosque a sus faldas, también.

—¿Ves? Tu magia sabe quién soy. Aunque tú lo hayas olvidado.
—«Por mi culpa», quise decir—. No tenemos mucho tiempo. Necesito que me escuches, *por favor*.

Deseé que la desesperación que impregnaba mis palabras la removiera por dentro.

No sucedió.

—No pienso volver a repetírtelo. —Dio un paso amenazante hacia mí, alejándose de la ventana estrecha por la que había estado contemplando el paisaje primaveral antes de que la interrumpiera.

Se me fue la vista por un segundo a la enorme cama. Una oleada de pena me golpeó al pensar que, bajo nuestra presencia, las sábanas de seda nunca habían durado tanto tiempo intactas.

—Siento mucho lo que te he hecho… —me rompí, y una lágrima fría resbaló por mi mejilla. Ella me observaba completamente ajena a lo que le estaba diciendo—. Necesito que recuerdes por qué te negaste. Sé que quieres cuidar de los humanos, pero este no es el camino. Vas a sufrir mucho, tú y tus iguales, y morirán miles de los que todavía no han nacido. Te necesito para acabar con lo que aún está por comenzar. Tienes que recordar la verdad.

Su gesto continuaba imperturbable.

Sabía que le estaba pidiendo algo imposible, pero tenía que intentarlo.

—Ya me he cansado —sentenció.

El alma se me cayó a los pies.

Y antes de que liberara toda su furia contenida contra mí, me giré y lancé un destello de Éter hacia la cerradura. La puerta se bloqueó de forma abrupta, captando la atención de los guardias. Eran humanos; por muy entrenados que estuvieran, no tenían nada que hacer contra mi naturaleza.

Entonces permití, por segunda vez, que mis poderes la envolvieran. Me colé en la mente que una vez había estado cubierta de enredaderas, recuerdos cálidos, raíces y tierra. Tuve ganas de vomitar ante lo que encontré. Solo había contaminación. Estaba envenenada, y yo era la culpable. No había podido protegerla de él.

Intenté deshacer el daño mediante los hechizos que había estado practicando e inventando durante los días anteriores, encerrada en mi guarida, arrancando hojas y llenando de tinta mi diario. Llevaba días sin dormir desde que él le hizo esa pregunta.

Porque lo que se da no puede ser robado; la regla que marcaba mi piel.

Y lo que se da no puede ser devuelto; la respuesta que ella le había dado y que me había obligado a hacerla olvidar. Y ahora, a recordar.

Vaciándome de todo el Éter que fui capaz de extraer de los elementos de la habitación, visualicé y planté nuestros recuerdos. Las risas. La lealtad. También su genuina preocupación y compromiso por la protección de los humanos. Pero entonces algo falló.

Un estallido de luz blanquecina emergió de su interior, haciendo que saliera despedida y se estampara contra la pared.

Su cuerpo inerte, tirado en el suelo, jamás podría salir de mi cabeza.

Corrí hasta ella, me agaché y la sostuve entre mis brazos una última vez.

Su mente estaba hueca.

—Thalira… —murmuré, horrorizada. Me llevé una mano a la boca mientras un sollozo me sacudía con violencia—. Por el Gran Hacedor, ¿qué te he hecho?

Supe que, además de la suya, también acababa de arruinar mi propia existencia.

Él lo sabría; pronto se enteraría de mi traición.

Entonces, nadie me recordaría.

Mi nombre sería condenado a la eternidad del olvido.

PARTE I

LA TIERRA

Capítulo 1
Aria

«Me quedo sin tiempo. Él se queda sin tiempo».

«Corre».

«Corre».

«Corre».

El pánico, como una fiera desquiciada por el hambre, luchó por alimentarse de la poca entereza que me quedaba. Me gritaba una y otra vez palabras que tomaban forma hasta volverse sólidas; garras afiladas que hacían sangrar mi garganta al presionarla, ahogándome. Quizás por esa razón apenas noté que el aire se enrarecía a medida que avanzábamos por el pasillo, iluminado tan solo por la luz que se filtraba desde la calle. No me importó que cada célula de mi cuerpo se rebelara contra la decisión de internarnos en aquel agujero decorado con demasiado buen gusto. Tampoco me importó que oliera mal o que mi piel se erizara al detectar la presencia de una energía extraña. Maligna. Dañada. La casa era una advertencia en sí misma; un par de ojos atentos a cada uno de nuestros movimientos; el frío aliento de la incertidumbre rozándonos la nuca.

Y, sin embargo, yo era incapaz de sentir más miedo.

Al contrario que otros.

Observé a la figura alta que avanzaba a mi derecha, totalmente encogida por el miedo y la tensión. Contuve el impulso de ponerle una mano en el brazo para transmitirle tranquilidad. Estaba segura de que pegaría tal salto que atravesaría el techo para aterrizar de culo con la corona torcida sobre la cabeza. En realidad, eso nos ahorraría bastante trabajo. Casi estuve a punto de intentarlo. Llegados a este punto, estaba tan desesperada que me aferraría a cualquier posibilidad, incluso a la más descabellada.

«Haré lo que haga falta para salvarte», le prometí, como si pudiera llegar hasta él.

Ni siquiera la rotundidad de aquel pensamiento consiguió darme la seguridad que tanto ansiaba.

Porque incluso aquello podría no ser suficiente.

—Empiezo a sentir su presencia. —Las palabras de Connor se deslizaron por las paredes hasta perderse en las habitaciones oscuras que aún nos quedaban por inspeccionar—. Seguidme.

El pulso se me desbocó y las rodillas se me aflojaron por el alivio de saber que estábamos en el lugar correcto.

Por primera vez en horas, nadie abrió la boca para discutir.

Justo cuando giramos por el pasillo, percibí algo por el rabillo del ojo. Como decenas de arañas en movimiento, un escalofrío trepó por mi columna vertebral. No le di demasiada importancia. La sombra rápida que parecía haberse escondido en el siguiente cruce debía de haber sido fruto de mi imaginación. Incluso, de alguna forma, provenir del grupo enorme de turistas que se amontonaban en la calle, apuntando con sus móviles a la estructura de tres plantas con enormes balcones, en cuyo interior, por lo visto, se encerraban indescriptibles pesadillas.

La mansión encantada de la señora Delphine LaLaurie, una asesina despiadada cuyo fantasma se decía que había quedado atrapado entre estas paredes.

Tal vez por eso guardábamos silencio; por la frágil ilusión de que así la mantendríamos lejos de nosotros.

Dejamos atrás varias salas en las que no encontramos nada. Los crujidos de las puertas al abrirse tan solo dieron paso a más oscuridad, muebles antiguos y, sobre ellos, objetos sin una sola mota de polvo. El miedo a fracasar me revolvió el estómago mientras accedíamos a la segunda planta, con cuidado de mantenernos lejos de las ventanas. Los turistas no se tomarían demasiado bien saber que, a diferencia de ellos, nosotros sí habíamos podido entrar en la famosa propiedad. Aunque no exactamente por una amable invitación de los dueños.

Los murmullos impresionados y asustados del exterior quedaron amortiguados por el sonido de nuestras botas resonando sobre el reluciente suelo de mármol blanco y negro.

Observé a mis compañeros y el nudo que me apretaba el estómago se intensificó.

Jared, cuyo pelo rubio platino le había crecido lo suficiente como para que Eric ya no pudiera llamarle cara de bolo, se giró con rapidez para asegurarse de que no hubiera nadie a nuestras espaldas. Repitió el movimiento cada pocos metros, por lo que Beatrice, una vez más, resopló por lo bajo y, acto seguido, ambos se atravesaron con la mirada.

Connor seguía concentrado en la única razón por la que nos habíamos colado en una de las atracciones turísticas más famosas del Barrio Francés de Nueva Orleans.

Negándome a aceptar su ausencia, mis ojos lo buscaron y, cuando no lo encontraron, el miedo me golpeó con la fuerza de una ola furiosa que no pide permiso para arrasar con todo a su paso.

Killian no estaba con nosotros.

Se estaba muriendo.

Y yo era incapaz de soportar esa idea. Un universo en el que el gris de sus ojos dejara de brillar cuando me sacara de mis casillas o cuando hablara de su hermano pequeño.

Pensar en Eric hizo que me doliera el pecho. A esta hora dormiría profundamente, ajeno a que la posibilidad de no volver a ver a Killian dejaba de ser un miedo impensable para convertirse en una realidad; ajeno a que la única familia que le quedaba se moría demasiado lejos de él. De mí. A kilómetros de aquí, en el ático de uno de los hoteles más lujosos de la ciudad de los fantasmas, el jazz y el vudú.

Solo teníamos una oportunidad para que regresara con nosotros.

Y poco tiempo. Muy poco tiempo.

—Vayamos arriba. En esta planta no está —nos informó Connor con la frente arrugada por la preocupación, lo cual no me dio buena espina.

Quizás ya era demasiado tarde. Quizás el Dios del Fuego ya había avanzado con su descabellado plan y había robado la corona de la Diosa de la Tierra. De los cuatro objetos que habíamos descubierto que encerraban los poderes de los Dioses, el Vestigio Original de la Tierra era el único que poseía propiedades curativas que podrían salvar a Killian. Confiábamos en que su poder regenerara el daño causado por la puñalada de Fayna, junto con las consecuencias mortales de poner un pie en la Tierra con el peso de la maldición aplastándole los huesos.

Cumpliendo con su promesa, y rodeado del fulgor que emitían las Puertas Umbra, Uriel, el Dorado que había escondido a mi madre en la Tierra durante años, nos había estado esperando para llevarnos a un lugar seguro. En cuanto nos reunimos, le colocó a Killian un anillo de Éter que le permitiría permanecer fuera del Atharav, al igual que habían hecho los Ignis durante la búsqueda de mi madre en Haven Lake, pero aun así… se encontraba tan herido que salir del destierro de los Ignis sin protección había terminado por empujarlo hacia el borde de la muerte.

Y ahora su vida dependía de nosotros.

De mí.

Todos queríamos lo mismo: salvarlo e impedir que el Dios del Fuego robara los Vestigios Originales que nutrían de vida a la Tierra. Sin embargo, la reciente traición de Zoey había abierto una brecha entre nosotros que complicaba aún más las cosas. No tuve otra opción salvo aceptar que se quedara en el hotel con Killian mientras el resto seguíamos la localización del Vestigio Original de la Tierra. Necesitábamos a dos Guardianes que percibieran la magia de la corona: Beatrice, Connor, y Jared, que estaba mucho más preparado para luchar que su hermana.

Además, quedarme yo junto a Killian y dejar su vida en manos de Beatrice, Connor, Zoey y Jared no era una opción. No cuando estaban a segundos de saltar los unos sobre otros por razones que desconocía.

La combinación menos peligrosa era esta, y si el precio que tenía que pagar para proteger la seguridad de Killian era alejarme de él y arriesgarme a confiar de nuevo en Zoey... lo haría.

No me quedaba más remedio.

Porque no pensaba fallarle a Eric.

Y tampoco al chico que había cuidado de mí cuando lo único que deseaba era hacerme tan pequeña que terminara desapareciendo.

No me había dado cuenta de que me estaba clavando las uñas en las palmas de las manos hasta que alguien me rozó el brazo con suavidad. Desvié la vista a la derecha para encontrarme con la mirada preocupada de Jared. Tuvo que percibir la angustia que me recorría, porque cambió su expresión por una de seguridad y comprensión que me permitió coger un poco de aire.

Recordé que él había pasado semanas conviviendo con la incertidumbre de si su hermana seguía con vida y que, en ningún momento, había dejado de luchar por ella, aun teniendo que aliarse con una persona que pertenecía a los seres que más odiaba: los Guardianes.

—No entiendo por qué no podíamos entrar en la casa más terrorífica de Nueva Orleans a plena luz del día —se quejó Jared. Todos lo miramos sorprendidos. Desde que habíamos regresado del Atharav discutía sobre cosas superficiales o se mantenía inusualmente callado, pero no se había mostrado tan... él—. Me siento como uno de esos protagonistas que aceptan comprar la casa embrujada con una sonrisa de oreja a oreja justo cinco minutos después de que la niña endemoniada se haya cargado a su mujer delante de sus narices. —Sus hombros se hundieron y movió la cabeza con desaprobación—. Estoy profundamente decepcionado conmigo mismo por haber acabado en la misma situación

—Con suerte aquí sucede lo mismo que en esas películas de las que hablas y alguien acaba muerto. Me imagino que normalmente es el que menos aporta al grupo... así que ese serías tú. Vaya, pues entonces no me parece tan mal final —dijo Beatrice mientras caminaba detrás de nosotros. Aguardé la reacción de Jared, pero este solo apretó los puños hasta que se volvieron blancos, presionando la tela de cuero del traje.

Al ver que la ignoraba, la hostilidad de la Guardiana se acentuó—. Si lo que preferías era esperar al amanecer, podemos regresar al hotel y, ya cuando Killian y tú os reencontréis en el más allá, le cuentas que eres el responsable de su muerte.

Una punzada de rabia me atravesó al escucharla hablar tan a la ligera de la muerte de Killian. Jared tuvo que sentir algo parecido, porque también detuvo sus pasos y se dio la vuelta lentamente. Mi corazón se aceleró, preparándose para el peligro. Me lanzaría entre ellos si así evitaba que las cosas terminaran por descontrolarse. Los observé casi sin respirar. Se mantuvieron la mirada durante unos segundos cargados de electricidad en los que estaba segura de que intercambiaron toda clase de insultos silenciosos, al menos hasta que Connor los interrumpió. Por una vez me alegré de escucharlo.

Joder, ni siquiera sabíamos cuánto tiempo nos quedaba.

Cuánto tiempo le quedaba a Killian.

—Jared, no creo que sea un buen momento para sacar a relucir tu brillante personalidad, y mucho menos para poneros a discutir como críos. Bajad la voz y seguidme —ordenó el Guardián con voz hastiada, y arrancó a andar sin dejar margen de respuesta.

—Maldito desgraciado —escuché cómo Beatrice escupía por lo bajo.

Jared, en cambio, no pronunció respuesta. Su mirada se ensombreció y sus hombros se tensaron mientras seguía con la mirada a Connor; sus ojos refulgían de impotencia y de algo más oscuro que no pude interpretar. Me sentí culpable porque sabía que su único propósito había sido aligerar la situación. Le toqué el brazo frío y, cuando obtuve su atención, esbocé una leve sonrisa de agradecimiento. Al principio no me devolvió el gesto, pero en cuanto procesó que había comprendido sus verdaderas intenciones, las arrugas de sus ojos se esfumaron y su expresión se relajó hasta transformar la sorpresa en calidez.

No habíamos tenido tiempo de conocernos bien, pero mi instinto siempre me empujaba hacia él, como ocurre con aquellos lugares que no necesitan explorarse a la perfección para sentir que son seguros.

De repente, sentí un leve cosquilleo que me hizo girar la cabeza para pillar a Beatrice observándonos con los ojos entrecerrados, tan fríos y azules como la noche, cubiertos de una capa de dolor que me descolocó. En cuanto nuestras miradas colisionaron, desvió la vista retomando su habitual expresión molesta. ¿Qué había pasado realmente entre esos dos?

—Los dueños de la casa están durmiendo a pierna suelta gracias a tus truquitos de Guardián —le respondió al fin Jared a Connor, al cual ya habíamos alcanzado un minuto después.

—Bueno, pero eso no significa que no podamos despertar a... otras cosas —susurró Beatrice, e inevitablemente, el cuadro de una niña repeinada y de sonrisa inquietante captó mi atención.

Tragué saliva.

—¿A tu simpatía? —preguntó Jared con sequedad, y fingió tener un escalofrío.

—Puedes estar tranquilo, mi simpatía es lo último que saldría de entre las sombras para saludarte.

Jared le hizo un corte de mangas desde atrás y, por un momento, dejé de respirar, temiendo que la que había terminado siendo la hija de uno de los Dorados más importantes del Abismo y, al mismo tiempo, un traidor por aliarse con el Dios del Fuego, acabara con nuestras vidas con un sencillo pensamiento que incluyera la palabra «muerte» y un par de motas de Éter.

Sin embargo, lo único que encontré fue su deslumbrante rostro contraído por la confusión.

—¿Se supone que mostrarme el dedo corazón tiene que ofenderme? —preguntó, con una ceja alzada.

Jared se dio la vuelta, muy serio de repente.

—Ofenderte no, *enfurecerte* —le aseguró, y acto seguido, alzó la mano para esconder todos los dedos excepto el meñique—. Y enseñar este suele dejar a la gente llorando por los suelos.

Ajena a las costumbres de la Tierra, no sabía si Beatrice había pillado el vacile o si aún estaba intentando averiguar si sus palabras eran ciertas. Tras un segundo, logró recomponerse y le enseñó los dientes, con los ojos relampagueando por la furia.

Y, en cuanto fue a abrir la boca para seguir discutiendo, decidí que ya era suficiente.

Me paré en seco.

—No sé qué ha pasado entre vosotros, pero haced el favor de resolverlo cuando la vida de Killian esté fuera de peligro. —La dureza de mi voz reflejó que ya habían sobrepasado mi paciencia—. Connor tiene razón, tenemos que concentrarnos o no encontraremos nunca la corona.

Durante una fracción de segundo me pareció ver que Beatrice se encogía, pero a estas alturas tenía que estar delirando, porque lo único que hizo fue seguir caminando con la cabeza bien alta, como si la cosa no fuera con ella.

—Lo siento —me dijo Jared, con una sombra de culpabilidad acentuándole las ojeras—. Pero es que me pone de los nervios. Me cuesta centrarme en su presencia... —Sus ojos se agrandaron al procesar lo que acababa de soltar, y carraspeó, rascándose la nuca con nerviosismo—. Y... bueno, cada vez que pestañeo pienso que la señora Delphine LaLaurie o alguna de sus múltiples víctimas van a aparecer de repente para vengarse. Y, sinceramente, qué puto miedo.

—Como siempre, mi culpa —Beatrice emitió una corta risa llena de amargura— ¿En serio crees que yo sí puedo concentrarme cuando no te callas ni un maldito segundo?

—Solo son leyendas —intervine, deseando mandarla a la mierda, pero decidiendo que acabaría antes dirigiendo la conversación a un punto seguro, que en este caso era el nombre del fantasma que quizás, junto a sus víctimas, también seguía viviendo entre estas paredes tapizadas.

Ya tendría tiempo después para decirle cuatro cosas bien dichas.

—Al igual que los Dioses Elementales, y aquí estamos —replicó Jared.

Nos encontrábamos en el interior de una atracción turística que reunía a visitantes incluso a altas horas de la madrugada, pero, salvo eso, en realidad no tenía ni idea de por qué despertaba tanto interés. Era lo último en lo que podía pensar en esos instantes, pero ¿y si conocer lo que había ocurrido dentro de esa casa nos acercaba de algún modo al escondite del Vestigio Original de la Tierra? Tal vez por esa razón estábamos dando vueltas sin sentido.

—¿Qué sabes de la historia de este lugar?

No había acabado de formular la pregunta, y su rostro ya se había iluminado como el de un niño recibiendo los regalos de Papá Noel.

—No estamos en una casa cualquiera de Nueva Orleans, sino en una de las viviendas más embrujadas de todo el país. —Guardó una pausa que hizo crecer mi impaciencia y esbozó una sonrisa de satisfacción al ver que tenía toda nuestra atención. Incluso la misma casa pareció contener el aliento—. Alrededor de 1800 fue la mansión de Madame LaLaurie, una señora de alta posición social que se dedicaba a torturar y mutilar a sus esclavos. —Bajó la voz, como si de verdad creyera que de esa forma ella no lo escucharía—. Descubrieron sus crímenes a raíz de un incendio y tuvo que huir a París. La mansión quedó sola durante mucho tiempo hasta que pasó a ser un edificio cuyos inquilinos aseguraban que ocurrían cosas extrañas; se escuchaban lamentos de personas siendo torturadas, pasos por los pasillos... Tras morir uno de los inquilinos, pasó a ser una escuela primaria, donde los sucesos paranormales no pararon hasta que la cerraron. Después, Nicolas Cage la compró por muchísimos millones y ahora pertenece al matrimonio que duerme la mona gracias a Connor. —Justo cuando parecía que ya había terminado, recordó algo—. Ah, a lo mejor os suena porque salió en la tercera temporada de *American Horror Story*. Además de que los Warren querían investigar este lugar, lo que es señal suficiente para que quiera salir cagando leches de aquí.

En otras circunstancias me habría reído al ver cómo, en algún punto de la narración, a Beatrice se le había olvidado fingir desinterés. Al igual que, en otras circunstancias, los sucesos de esta mansión habrían despertado la parte curiosa de mi personalidad, aquella que me animó a querer dedicarme al periodismo de investigación. Pero estaba muy

25

lejos de esa chiquilla cuyas preocupaciones ahora serían tan solo un maldito regalo.

Dejando a un lado lo horripilante que era la historia, repasé aquellas partes que pudieran relacionarse con la ubicación de la corona.

—Quizás la cercanía de esa mujer con la magia que contiene el Vestigio la volvió tan loca que terminó convirtiéndose en una asesina sádica —Beatrice fue la primera en hablar.

—Es posible… —respondí, y me dirigí al Guardián—. Hemos revisado las tres plantas habitación por habitación y no hay ni rastro de la corona. ¿No recuerdas alguna zona donde hayas sentido su poder con más intensidad?

Sacudió la cabeza.

—No. Por más que me concentro, no logro seguir un rastro nítido… —Un músculo de su mandíbula palpitó con fuerza—. Es como si algo estuviera interfiriendo, mandándome señales confusas todo el tiempo.

Mierda. Mierda. Mierda.

Me obligué a no dejarme llevar por el miedo.

—A ver, pensemos —Jared dio un paso hacia delante—. Si tras el incendio reconstruyeron la casa, los Guardianes tuvieron que alejar la corona todo lo posible de los humanos para que no se repitiera la historia de Madame LaLaurie, así que no creo que la siguieran escondiendo en las plantas de arriba, tal y como estamos buscando según el escrito del libro de los Vestigios Originales.

«Nos miran como los Dioses lo hacen, desde la superioridad».

Gracias a esa pista habíamos encontrado el Vestigio Original del Agua en las cuevas Cushendun. Parecía que había pasado una eternidad desde aquello.

—Pertenece a la Diosa de la Tierra, tiene sentido que esté… —comencé a decir.

—En el sótano —completó Jared, con la voz ahogada, para después soltar un gemido de puro lamento—. Mierda, ¿de verdad que no podía estar enterrada en el jardín? ¿Tanto esfuerzo le costaba a la vida darme una pequeña tregua?

—Esta casa no tiene jardín —le recordó Beatrice.

—Ya, pero ¿de verdad tenía que estar en el puñetero sótano de una mansión encantada? Sin duda, un cliché de muy mal gusto.

A la Guardiana le temblaron las comisuras de la boca, como si su buen humor dependiera solo de las desgracias de Jared.

Y así, con las fuertes pisadas del tiempo sobre nuestros talones, regresamos a la casilla de salida. Revisamos cada recoveco de la planta principal con ojos nuevos, esperando encontrar una puerta que diera acceso a las escaleras del sótano. La intuición me latía en el pecho tan fuerte como mi pulso, advirtiéndome de que la corona estaba cerca. Sin embargo, tras unos minutos sin ningún avance, nos reunimos de nuevo en el centro del amplio salón.

—Los Guardianes no querían que nadie encontrara el Vestigio Original de la Tierra, así que debieron ocultar la entrada al sótano detrás de una de estas paredes —dije, entornando los ojos mientras volvía a inspeccionar nuestro alrededor.

—Por eso no logro localizarla, incluso podría estar protegida por algún hechizo —dedujo Connor.

—Entonces menos mal que no estamos en una mansión enorme y menos mal que tampoco tenemos a un Guardián con los poderes medio atrofiados —bufó Jared.

—Pero ¿cómo te atreves a…?

—Beatrice tiene sangre de un Dorado —corté al Guardián, y me dirigí a ella sin molestarme en ocultar cómo la desesperación se abría paso dentro de mí—. Quizás, si te concentras, puedas sentir el poder de la corona con mayor intensidad.

La duda bailó en sus ojos.

—Nunca he hecho algo así…

—Ella no tiene la capacidad de hacer eso —la cortó Connor, ganándose una mirada de puro desafío por parte de la Guardiana.

Sus rasgos afilados se marcaron por la determinación.

—Te equivocas, como bien ha dicho Aria, tengo sangre de Dorada y, mejor aún, de la líder de las Damas Sombrías. Y aunque no me hayan entrenado para llevar a cabo ese cometido, sí tengo la capacidad para hacerlo.

Todos la miramos con expectación, aunque Jared parecía hacerlo con… ¿orgullo? Sin embargo, Beatrice no se percató de aquello. En cambio, cogió aire profundamente y se concentró, paseando la vista por cada rincón de la casa con una calma que aumentó mi ansiedad; sus pupilas estaban muy dilatadas. Al cabo de cinco minutos se detuvo frente a la pared hacia la que estaban orientados los sofás y en la que había una tele colocada en un mueble bajo, junto a algunos cuadros de paisajes.

—Aquí… Justo aquí escucho un murmullo lejano. —Se la veía genuinamente sorprendida de lo que había sido capaz de hacer.

Sin perder más tiempo, conecté con el miedo y, en mis dedos, chisporroteó el fuego. Moldeé el elemento para darle la forma de un disco y, con un movimiento seco y fuerte, conseguí que impactara contra la pared, haciendo un boquete. La parte superior de la tele rebotó en el suelo con un corte limpio. Tuve que reprimir la tos; el polvo flotó en el ambiente y, a partir de ahí, solo hicieron falta dos golpes más para que el hueco fuera lo suficientemente grande como para poder atravesarlo.

El corazón me retumbaba con fuerza al pensar en la posibilidad de que estuviéramos cada vez más cerca de salvar a Killian. Los peldaños de las escaleras desvencijadas aparecieron y rompieron el inquietante silencio a medida que nos acercamos al sótano en una fila encabezada por Connor; la luz se volvía cada vez más tenue hasta casi extinguirse. Llegamos a un sótano con unas rejas sabiamente cerradas, que no tardaron en ceder ante el poder de Jared.

Allí debía de ser donde la señora de la casa cometía las mayores atrocidades para después cerrar la puerta y hacer que esos actos se quedaran olvidados en el silencio de la oscuridad. Aquel lugar era como descender al infierno y, si antes sentía que nos observaban… ahora lo *sabía*. Una energía pesada caía por las paredes de ladrillo oscuro, desgastado por el paso del tiempo, cubiertas de manchas irregulares de moho.

Lo sentía bajo la piel. Aquí había ocurrido algo horrible.

—Esta era la sala de las torturas de madame Delphine —exhalé, y noté cómo una brisa fría me acariciaba la espalda, poniéndome los pelos de punta. El olor a aire estancado y a putrefacción tampoco ayudaba demasiado.

—La verdad es que los Guardianes no tienen mucha visión de empresarios. Se forrarían si esto estuviera abierto al público y al fin podrían tener una tele para matar las horas muertas en las que no están arruinándole la vida a la gente —comentó Jared, y se sobresaltó cuando la puerta se terminó de cerrar con un último crujido—. Joder, qué puto mal rollo.

—Ahora sí. Siento su magia cada vez más cerca —susurró Connor con la voz ahogada, ajeno por completo a la conversación. Su cuerpo desprendía una energía intensa, como si fuera un detector de metales gigante y estuviera pitando de forma descontrolada.

Recorrimos la estancia; el suelo, cubierto de arena, charcos de humedad y restos de cadenas de hierro oxidadas, algunas de ellas colgadas a mitad de altura de las paredes rugosas.

La tensión estaba alcanzando su pico más alto cuando Jared se detuvo, arrugando el ceño. Avanzó dos pasos para después retrocederlos y volver a pasar sobre el mismo sitio.

—Apartad. Creo que aquí hay una trampilla. —Señaló el suelo, y se alejó para reunir una bola de poder blanquecino. La energía de su magia, aún sin forma, alumbró el sótano antes de ser arrojada a un par de metros frente a sus pies, revelando un agujero negro y profundo que se parecía demasiado a un pozo.

—Tiene que estar ahí abajo —susurré, con la emoción aleteando en mi estómago. Sin embargo, cuando hice ademán de bajar, Jared extendió el brazo delante de mí, deteniéndome.

—Bajaré yo. Puedo crear una cuerda con mis poderes; vosotras solo tenéis que sujetarla.

—¿Estás seguro?

Sus ojos estaban cubiertos de férrea determinación y un poco de culpa. Por lo poco que lo conocía, ponerse en peligro era su forma de compensar la traición de su hermana y de agradecer que le hubiéramos dado una segunda oportunidad, aunque hubiese sido de forma forzada.

—¿No te da miedo lo que pueda haber ahí abajo? —le preguntó Beatrice, y esta vez no lo hizo con burla, sino más bien con genuina sorpresa.

—Mucho —admitió sin apartar la mirada de ella, y me di cuenta de que sus ojos se desviaban fugazmente a su mano, como perdiéndose en un recuerdo—. Solo… No os vayáis sin mí.

Beatrice parpadeó con perplejidad, tal vez por su repentina honestidad.

—Jamás haríamos algo así —le aseguré con rapidez, y él me miró con los ojos brillantes.

Jared invocó la cuerda y, después de atársela a la cintura, se la dio a regañadientes a Connor, que era el más fuerte de todos.

—Estar aquí abajo da repelús, me transporta a una época en la que no veía la luz del sol —dijo conforme flexionó las rodillas y comenzó a bajar.

—¿Te refieres a hace dos horas? —inquirió Beatrice.

—Pues claro que sí.

Justo cuando se internó en el pozo, el sonido de unos pasos arrastrándose disparó todas mis alarmas. Unos no. Decenas de pasos acercándose hacia aquí.

—Decidme que eso que suena no es el desfile de todas sus víctimas viniendo hacia nosotros —gimió Jared.

—Ojalá lo fueran. —Connor lanzó una rápida mirada hacia las rejas—. Beatrice, ¡coge la cuerda y quédate con Jared! ¡Aria, ven conmigo a sujetar la puerta!

Se me cayó el alma a los pies. ¿Cómo habíamos podido ser tan descuidados? Nos habíamos metido nosotros solitos en una trampa mortal, un ratonero del que no teníamos escapatoria. Fuera lo que fuera lo que se acercaba tras la puerta… tendríamos que enfrentarnos a ello.

Para mi sorpresa, quienes emergieron de entre las sombras no fueron los Ignis.

Nunca imaginé que desearía que fueran ellos.

CAPÍTULO 2
JARED

Una de mis tradiciones favoritas como grupo desestructurado era que las cosas se torcieran justo cuando estábamos a punto de conseguirlo. Estuve a nada de suspirar mientras dejaba salir una sonrisa cálida. Luego, mi mecanismo habitual de defensa fue pisoteado por mi instinto de supervivencia y me tocó afrontar la mierda de realidad que, una vez más, nos había tocado vivir.

Las pesadillas que ocultaba la mansión serpenteaban en las profundidades del pozo en el que me había sumergido, lanzando dentelladas hacia la nada, ansiosas por desgarrar incluso la carne de mis pantorrillas. Ante aquel pensamiento, mi imaginación cobró vida. En un par de segundos tuve tiempo de sobra para visualizar espíritus malditos, monstruos anatómicamente imposibles y aves enfurecidas por mi intensa aversión hacia ellas. ¿Acaso no podía invertir esa creatividad en algo más productivo que hundirme a mí mismo en los momentos más inoportunos?

Sin duda, uno de mis grandes talentos.

La imagen mental de los distintos tipos de criaturas se fundió a negro cuando el adoquín de piedra en el que me apoyaba se desprendió y mi pie izquierdo quedó suspendido sobre la densa oscuridad de la caída. Los músculos de mis brazos se contrajeron por el esfuerzo de mantenerme anclado a la pared. ¿En qué momento se me había pasado por la cabeza que precisamente *yo* podría conseguir el Vestigio Original de la Tierra? ¿Hola? ¡Que tenía miedo a las alturas! ¿Y qué si estaba bajo tierra? Me podía partir la crisma igual que si a aquella a la que, por un instante de locura, consideré mi amiga le aflojara la cuerda en un despiste cargado de rencor.

Me lanzaría al vacío y yo sería el único en saber que las lágrimas que se deslizarían segundos después por sus mejillas serían de pura felicidad. Por culpa del pánico me olvidaría de que tenía poderes con los que protegerme y terminaría trágicamente espachurrado en el suelo, picoteado por todas las aves que un día desprecié.

Y con todas me refería a *todas*, una cifra considerablemente superior al número de veces que Beatrice me había insultado. Y eso ya era decir. Tragué saliva. No podía imaginar un final más horrible que ese.

¿Por qué nadie me había detenido? Si la vida de Killian no dependiera de mi eficaz actuación, pensaría que querían deshacerse de mí. De hecho, me sentía un poco ofendido de que tuvieran tanta confianza en mí. ¿De qué iban?

Escuché cómo el trozo de piedra tardaba varios segundos en impactar contra el agua. Para entonces, yo ya había recuperado una posición de agarre segura. Al notar que había dejado de descender, Beatrice tuvo el bonito detalle de asomarse por el agujero para comprobar que seguía vivo. Seguramente, con la desilusión trepándole por la garganta ante la posibilidad de que no fueran sus uñas largas y perfectas las que pusieran fin a mi existencia. Una oleada de indignación me golpeó.

¿En qué mundo era *ella* la que estaba furiosa conmigo?

Después de ganarse mi confianza, sabiendo que me dolería y aprovechándose del momento complicado que estaba viviendo mi hermana, Beatrice había vuelto a insultarla delante de mis narices. Tampoco pretendía que fueran amigas; entendía que, si estaba pillada del imbécil de Connor, le jodiese la sencilla presencia de Zoey, pero… habría bastado con que se mordiera la lengua. A mí me habría bastado con eso.

Sabía que era horrible que Zoey se hubiese aliado con el Dios del Fuego para traicionar a nuestros amigos, pero... era mi hermana. No quería que sufriera la ira de los demás: las miradas de decepción, los silencios pesados cargados de desconfianza. No podía soportar que la miraran de una forma diferente a como yo la veía. Y mucho menos podía pensar en lo que había ocurrido. Dirigir mi ira hacia Zoey, hacia la única persona que siempre había permanecido a mi lado, era algo que jamás había hecho. Algo que, sencillamente, no sabía cómo hacer.

Un profundo ardor me quemó el pecho, pero miré hacia otro lado, como hacía con todo lo que me provocaba dolor. También ignoré el hormigueo que se deslizaba por mi piel cada vez que los ojos de Beatrice caían sobre mí. Y, como si no la hubiera observado mil veces ya, preguntándome una y otra vez su origen, mis ojos se deslizaron hacia la cicatriz que descendía desde su ceja derecha hasta la mitad de su mejilla. Su tez blanca e impoluta, marcada por las garras de un Solitario; por un recuerdo que yo desconocía.

No había podido protegerla.

Y ella no había podido tragarse su odio hacia mi hermana.

Supongo que, al final, ninguno de los dos había sabido ser un buen amigo para el otro.

—¿Qué haces mirándome como un pasmarote? ¡Date prisa! —siseó, con los labios apretados en una mueca de tensión.

—¡Vaya! ¡Y a mí que me apetecía echarme una siestecita! —farfullé, agradeciéndole en secreto que me hubiera alejado de mis pensamientos—. ¿Me puedes decir qué está pasando? ¿Estáis bien?

—Date prisa —enfatizó, y por cómo se había ensombrecido su rostro afilado intuí que la cosa pintaba bastante mal.

Mierda.

Llené mis pulmones de aire y conecté con mi magia para alumbrar parte de lo que me rodeaba. Comencé a tocar las paredes, brillantes por la humedad, en busca de algo: la entrada con luces de neón a una cámara secreta, una roca de plástico fuera de su sitio que escondiera el tesoro, la corona de la Diosa de la Tierra sujeta a la superficie con un trozo de cinta adhesiva medio despegada... Lo que fuera.

Me aferré a las losas para liberar a Beatrice de mi peso y seguí bajando hasta que ante mí apareció un acceso bastante estrecho. Y muy aburrido. El corazón me martilleó mientras valoraba la situación. No parecía muy profundo. Estaba casi seguro de que cabría si me arrastraba.

—¡Creo que he encontrado algo!

No recibí ninguna respuesta, y tampoco tenía tiempo de esperar una.

La ansiedad por no saber lo que estaba ocurriendo me revolvió el estómago, pero me infundí de valor y apreté la mano libre en torno a la cuerda de Éter, concentrándome en la calidez que desprendía. Los dedos me cosquillearon por la sensación de la energía fluyendo. Sin pensármelo demasiado, me colé en el acceso, que, por supuesto, tenía que estar cubierto de barro.

—Qué asco —gemí, notando la suciedad cubrir el cuero del traje.

Me arrastré como una serpiente durante unos metros hasta que el túnel desembocó en una abertura más amplia. Allí el silencio era más denso, casi reverente, tan solo interrumpido por gotas de agua alimentando la profundidad de los charcos. Inspeccioné el espacio y enseguida localicé mi objetivo. En lo alto del techo, incrustado en la pared, había un cofre similar al que habíamos encontrado en las Cuevas Cushendun: de tamaño pequeño y confeccionado con el mismo material que la piedra entre la que se ocultaba.

Los Guardianes sobrevaloraban su inteligencia.

Tenía claro que, si se bañaran en la cultura cinematográfica, encontrarían lugares mucho más originales en los que esconder una de las fuentes de energía más importantes para la supervivencia del ser humano.

«Nada, Jared, tú sin presiones».

Me puse de rodillas y, con cuidado de que no me cayeran restos de piedra en los ojos, arranqué las piedras en las que el cofre estaba incrustado. Me estaba poniendo hecho un cristo. A ver cómo iba a entrar después al hotel de cinco estrellas.

Desencajé el cofre lo más rápido que pude, con las manos temblorosas al saber que contenía el núcleo de poder de una Diosa, la fuente de energía de un elemento imprescindible para la supervivencia de la vida en la Tierra. Parpadeé, embobado por el magnetismo que desprendía. Tuve que hacer un esfuerzo y sacudir la cabeza para deshacerme del hechizo. Solo entonces pude regresar al pozo.

—¡La tengo! ¡Lo he conseguido incluso cuando nadie confiaba en mí! —grité, dando un par de tirones a la cuerda como señal para que me subieran.

Cerré la boca de golpe. Tal vez no había sido buena idea ponerme a chillar cuando no sabía qué estaba ocurriendo ahí arriba. Me encogí de hombros. Demasiado tarde.

La cuerda de Éter se estiró y tambaleó al soportar mi peso antes de comenzar a ascender. Miré hacia arriba mientras dejaba atrás la oscuridad que aguardaba la caída. Mi ritmo cardíaco cogió carrerilla, preparándose para lo que estaba por venir. Y, como no podía ser de otra manera, en cuanto salí a la superficie la euforia se evaporó de un plumazo.

Entrecerré los ojos para adaptarme a la luz y, casi por instinto, los busqué a Beatrice, que ya me repasaba con la mirada en busca de... algo. El resto, al comprobar que estaba a salvo y con el Vestigio en mis manos, volvió la atención a otro punto. Sus rostros, completamente desencajados. Pálidos.

¿De verdad esperaban que fuera a ser fácil?

Todos los turistas que habíamos visto frente a la mansión habían decidido hacer una divertida excursión a lo que se convertiría en sus tumbas. Decenas de humanos llenaban el sótano, todos anestesiados idos, mientras sostenían un cuchillo de fuego sobre sus gargantas.

Familias enteras. Grupos de amigos *de verdad*. Parejas doblemente anestesiadas por estar en plena fase de luna de miel. Todos ellos con los ojos vacíos por una de las habilidades de los Ignis: el control mental.

—Nuestra vida está en vuestras manos. Entregad la corona o quedaréis marcados por la sangre —hablaron al unísono, formando un murmullo de voces inexpresivas, graves y agudas, que me erizaron la piel—. Nuestra vida está en vuestras manos. Entregad la corona o quedaréis marcados por la sangre.

No parecía que fueran a dejar de repetirlo, así que miré a Aria con una interrogación en los ojos.

—Ocurrió lo mismo en la fiesta de fin de verano, en Burlington —me recordó ella, y sus ojos verdes se apagaron—. Los Ignis utilizaron a los humanos para atraerme con un falso mensaje de Álex.

En el escaso tiempo que habíamos tenido para ponernos al día, Aria me había contado lo que le ocurrió a su amigo; secuestrado por los Ignis en Haven Lake cuando era un Incierto, terminó transformándose en un Kaelis que, atrapado en el Atharav y por culpa del hechizo que contenía el grillete que le habían puesto, se convirtió en una bestia enloquecida. Un Solitario que vagaba por el Bosque de las Bestias a la espera de que alguien pusiera fin a su sufrimiento.

—¿Y cómo conseguisteis que los liberasen? —preguntó Beatrice, adoptando una posición defensiva.

—Fueron los Ignis los que hicieron que se marcharan de la fiesta —respondió Aria, imitando su postura.

Teníamos muy poco margen para movernos. A nuestra espalda, tan solo un par de pasos nos separaban del pozo.

—Los liberaron porque, si hubieran sufrido algún daño, habrían llamado la atención de los Guardianes y estos los habrían detenido —explicó Connor, con una convicción un poco forzada.

—¿Y ahora les da igual? —Fruncí el ceño, buscando a los Ignis entre la multitud.

—Por lo visto sí —respondió Aria por él—, y eso solo puede significar que cada vez hay más Guardianes que trabajan para el Dios del Fuego o, al menos, los que custodian esta zona. Y eso no es muy alentador.

Los humanos me estaban poniendo la cabeza como un bombo; coreaban una y otra vez las frases demoníacas, como si recitaran, con poco entusiasmo, el estribillo repetitivo de la canción de una *boyband* medio olvidada.

—¡Que sí! ¡Que ya nos hemos enterado! —siseé—. ¿Hasta cuándo se supone que tenemos que seguir escuchan…?

La masa de cuerpos se calló de golpe, dando paso a un silencio que resultó ser aún más ensordecedor. Se apartaron a un lado, dirigidos por hilos invisibles que los movieron con tanta gracia que crearon una coreografía inquietante.

—Siendo sincero, no esperaba que funcionara —susurré, siguiéndolos con la mirada.

—Ni tú ni nadie —murmuró Aria a mi lado.

El hierro oxidado de las rejas rechinó al cerrarse. Segundos después, Marlon y dos de sus secuaces Ignis se unieron a esta reunión para nada incómoda.

—¿Qué te parece si me das esa corona, amigo? —su voz afilada llenó la sala, al igual que las llamas que refulgían en la parte inferior de su capa. Sus ojos estaban resplandecientes, fijos en el cofre que ahora apretaba con más fuerza contra mi pecho—. No te pertenece.

—¿Sabes? Me lo has pedido con tanta educación que me da hasta un poco de pena decirte que no, pero… —Fingí una mueca pensativa—. No.

Noté que Aria se había quedado completamente rígida al verlo, con los ojos bien abiertos y los labios fruncidos en una línea recta. La observé con desconfianza.

—Han pasado muy pocas horas para que te eche tanto de menos… Pero así es —le dijo Marlon, en un tono provocador y una voz melosa que me provocó asco—. ¿Qué tal va tu espalda? ¿Y tu novio, dónde lo has dejado? Fayna está deseando retomar la conversación que dejaron a medias.

Fruncí el ceño. ¿Cómo que su espalda?

—Ni te atrevas a mirarla de esa forma. —Beatrice dio un paso hacia delante, poniendo esa expresión fiera que despertaba corrientes eléctricas en mi piel. Aria se giró hacia ella, sorprendida—. O incluso tu peor pesadilla podría parecerte el puto paraíso.

37

Abrí la boca para alabar su forma siniestra y retorcida de amenazar, pero entonces recordé que ya no estábamos en ese punto. Que jamás volveríamos a estarlo.

Aria salió del trance y señaló a los pobres turistas, que parecían discos rayados.

—Libéralos y apártate de nuestro camino.

—Oh, no. —Se rio, y un escalofrío helado me recorrió la espalda. Cada poro de su piel desprendía crueldad—. Verás, las cosas no funcionan así, y menos cuando estáis en clara desventaja. Para mí, estas vidas son insignificantes, pero sé que para vosotros no. Creo que no hace falta que siga, ¿verdad? —Hizo una pausa y endureció la voz—. La corona por la vida de estos humanos inútiles.

—Vaya, pues al final sí que has seguido —comenté, y Beatrice me fulminó con la mirada.

Marlon apretó la mandíbula, con la rabia deformándole los rasgos maduros, y dio un paso al frente. Levantó la mano de forma sutil y, acto seguido, los turistas apretaron el cuchillo ardiente sobre sus gargantas. Ni siquiera emitieron un gesto de dolor. No sentían nada.

Connor y Beatrice recubrieron sus manos de Éter, listos para pasar a la acción.

—¿Y quién te ha dicho a ti que estamos en desventaja? —preguntó Aria, dando también un paso al frente. Su mirada se iluminó con una idea que esperaba que compartiera pronto, porque al menos yo no tenía ni idea de cómo íbamos a salir de esta.

Deslizó su vista hasta posarla de manera disimulada en el cofre.

Supe en ese preciso momento qué planeaba.

—Está bien. Sus vidas por este Vestigio Original —su voz sonó todo lo templada que pudo—. Me va a producir demasiada satisfacción saber que os quedaréis con la corona que encierra el elemento Tierra y que yo me quedaré con el Vestigio Original del Fuego.

Marlon se rio con un desdén y una tranquilidad que dejaban claro que sabía que Aria iba de farol. Pero ella no quería engañarle. Lo que quería era saber cuánto había avanzado el Dios del Fuego en su plan de recuperar todos los Vestigios y ocultarlos en el Atharav, devolviéndole la vida a su reino podrido y convirtiendo la Tierra en un infierno de escasez.

Y que Marlon supiera que mentíamos solo podía significar una cosa: el rey ya se había hecho con la corona que encerraba el poder que un día le fue arrebatado por romper la única regla impuesta por el Gran Hacedor: no crear ninguna subespecie.

Aria esbozó una sonrisa ladeada e introdujo la mano en el cofre, que yo ya estaba abriendo con disimulo para que ella cogiera la corona. Todo ocurrió tan rápido que quedó reducido a un zumbido con imágenes fugaces y decisiones tomadas por mero impulso.

—Alguna ventaja debe tener ser la llave de la maldición, ¿no?

Los gritos ahogados de los Ignis se perdieron por la sala al presenciar, sin poder hacer nada, cómo Aria cogía la corona, envuelta en un halo brillante y dorado, para ponérsela en la cabeza. El centro del objeto resplandecía por la piedra de color ámbar que contenía la magia que una vez perteneció a la Diosa de la Tierra. El estallido de energía al liberar la corona hizo temblar hasta los cimientos de la casa. Fue como un golpe brutal y directo en el pecho que te deja sin respiración y con una persistente sensación de mareo en la cabeza.

Al cabo de un instante, los ojos de los humanos se pusieron en blanco y sus cuerpos cayeron al suelo con un golpe sordo, empujados por el poder de curación que marcaba al elemento Tierra. La magia los había liberado.

—¡Vamos! —bramó Connor, echando a correr.

Aria conjuró un escudo que nos protegió de la sucesión de ataques mortales que lanzaron los Ignis y utilizó ese mismo poder para aprisionarlos contra la pared y oprimirlos, dejándolos indefensos. Era la oportunidad perfecta para acabar con ellos, sin embargo...

—Aria. Tienes que quitártela —le dije, asustado al ver cómo iba alejándose de sí misma, con los ojos oscureciéndose por momentos, opacados por sombras desconocidas.

Mi instinto me gritaba que la liberara de la corona antes de que las secuelas fuesen permanentes. Killian no me lo perdonaría. Ya habíamos comprobado en las cuevas Cushendun que, a diferencia del resto, ella tenía el suficiente poder como para sostener la demencia que podía provocar ser la conductora de una magia de tal magnitud.

La cogí de la mano y la obligué a mirarme.

—Si no nos damos prisa, no llegaremos a tiempo para salvar a Killian. Y estamos más cerca que nunca de conseguirlo.

Al principio pensé que estaba lanzando las palabras al vacío, pero su mano, muy fría, tembló junto a la mía. Se la solté y, con movimientos forzados, alzó los brazos para quitarse la corona de la cabeza y sujetarla con fuerza. Una vez la alejó, el material tomó una bocanada de aire como si llevara minutos bajo la superficie, deseando poder respirar de nuevo.

La cogí de su mano libre y tiré de ella para subir por las escaleras. Beatrice esperó hasta que pasáramos para quedarse la última, guardándonos las espaldas. No sabía muy bien cómo sentirme ante eso, cómo clasificar la información tan contradictoria que mi cerebro no paraba de recibir sobre Beatrice.

—Si nos vamos, serán ellos los que paguen las consecuencias. —Aria se detuvo en el umbral de la puerta que daba a las escaleras y posó la vista en algunos de los cuerpos inertes para después clavarla en los Ignis, que gruñían tratando de escapar de las garras del poder elemental de la Tierra—. No sé cuánto tiempo podré contenerlos.

—Estoy seguro de que el Dios del Fuego los ha amenazado lo suficiente como para que prioricen recuperar la corona —le respondió Connor, desde lo alto de las escaleras—. ¡Daos prisa!

Y eso hicimos.

El bullicio de la noche que nos recibió al salir de la mansión fue casi relajante: las calles atestadas de gente, un claxon sonando por encima del grito agudo de un hombre que maldecía a otro por chocarse con él, el jazz escapándose de los pubs por culpa de la gente intolerante al dolor de pies que se marchaba a casa… También nos acogieron edificios de fachadas coloridas, con balcones de plantas colgantes que sobresalían de las aceras.

Nueva Orleans no conocía la quietud que ofrecía la noche. Y si alguien vio al grupo enorme de turistas entrar al antiguo hogar de Madame Delphine LaLaurie, la casa más macabra de la zona, no sospechó nada. Un golpe de suerte. Una banda organizada de criminales encubierta con folletos, camisas de flores entreabiertas y cámaras de fotos. Desde luego, no barajaron la opción de un secuestro mental y una muerte inminente.

En estos casos mi tendencia al catastrofismo *sí* servía de algo.

Nuestro grupito, con caras asustadas y evidencias claras de que huíamos de algo muy chungo, sí que despertó interés. Hombre, qué menos.

Levanté la mano en dirección al taxi que se aproximaba hacia nosotros, pero pasó de largo. No tuve más remedio que colocarme en medio de la carretera para obligar al siguiente a gastar todos sus frenos si no quería ir a juicio por atropello imprudente. Más o menos.

El conductor rozaba con las puntas de los dedos la jubilación y parecía exhausto. Harto de vivir.

—Voy a hacerte una petición extraña, ¿vale? —le dije, resollando por la falta de aliento después de conseguir que parase a un lado y bajase la sucia ventanilla del coche amarillo. Ni siquiera me miró.

—No acepto pagos carnales; solo cobro con tarjeta, Bizum o en efectivo —me dijo, con el aburrimiento arrastrándole sus palabras.

—Pero ¡qué dice, señor! ¡No le iba a…! Da igual —Me pellizqué el puente de la nariz, centrándome—. Normalmente le pedirán que persiga a otro coche que se aleja a toda velocidad o que corra en dirección al aeropuerto para recuperar a un amor que está a punto de marcharse.

—Nunca me han pedido que…

—Bueno, pues hoy, por primera vez desde que los finales de las comedias románticas marcaron la historia de los taxistas, voy a rogarle que huya de unos monstruos asesinos que quieren impedir que salvemos a la humanidad.

Parpadeó dos veces y, esta vez sí, se giró. Al vernos, una sonrisa calculadora se extendió por su rostro resentido por el sol.

—Coged el taxi de Jake Sullivan. Estoy hasta las narices de que me mire por encima del hombro. Manchadle a él la tapicería. —Me miró con asco, y no lo culpé. Parecía que estaba huyendo de una guerra de almohadas con diecisiete cerdos en un estanque de barro.

—No tenemos tiempo para vengarte. —Me encogí de hombros con resignación—. No nos dejas más remedio que robarte el coche.

Beatrice me empujó a un lado y abrió la puerta. Cogió al señor del cuello de la camisa y lo lanzó a la acera sin mucho cuidado. Cayó de culo, soltando una ristra de palabrotas que captaron la atención de algunos transeúntes.

—Mira que te encanta escucharte hablar; deberías haber hecho esto desde el primer segundo —espetó mientras el resto tomaba asiento en la parte de atrás.

—¡Solo quería ser educado!

—¡No hay tiempo para ser educado! —me apremió Aria.

—¡Eh! ¡Ladrones! ¡Que alguien me…!

El taxista cerró la boca tras ser víctima de otro de los truquitos de Connor, que le ordenó que se pirara calle abajo.

—Muchas gracias por abrirme la puerta —le dije con sorna a la Guardiana, y me subí al asiento del conductor. Ella me gruñó algo desagradable y salió disparada para sentarse a mi lado—. Ahora abrochaos los cinturones. —Apreté con fuerza el volante, agaché la mirada y esbocé una sonrisa cargada de intenciones—. Vamos a quemar la carretera.

—Un momento, ¿sabes conducir? —le preguntó Aria a Connor, girándose hacia atrás en busca de los Ignis—. Tú mejor que nadie sabes que tenía chófer.

—El freno a la derecha, el embrague en medio y el acelerador a la izquierda —dije mientras me ajustaba el asiento y los retrovisores.

—Tienes que estar de broma —dijo Aria—. No has dado ni una. Bájate, yo conduzco.

—¡Los Ignis están detrás! ¡Joder, arranca! —gritó Beatrice, viendo cómo estos se acercaban.

Mi hermana los había traicionado y, aun así, ellos nos habían dado otra oportunidad.

Yo les debía esto.

Por eso me había metido en el pozo, aun temblándome las piernas y sintiendo que me moriría en cualquier momento. Y por eso yo sería quien conduciría. Tenía que demostrarles que éramos útiles, que aún podían confiar en nosotros.

Arranqué a fondo y, en cuanto los neumáticos chirriaron por la fricción contra el asfalto, un taxi, que yo estaba seguro de que era conducido por un Guardián aliado con los Ignis, junto con otros dos, se pegó a nosotros.

Fue entonces cuando me arrepentí de no haber visto ni una sola de las diez películas de *Fast and Furious*. Tendría que tirar de imaginación.

No estaba seguro de si esa idea me tranquilizaba o no.

Capítulo 3
Killian

La muerte prometía descanso.

Mentira.

No estaba cayendo por un pozo de márgenes difusos; tan solo... existía, como lo hacen los agujeros negros o las tormentas eléctricas. Estaba inmóvil, encadenado a un tipo de penumbra tan fría y descarnada que quise, como si eso fuera posible, esconderme de la mismísima oscuridad. Me atragantaba con mi propia desesperación, pero por más que lo intenté, mis músculos permanecían inertes. No podía trazar un plan de escape ni valorar la situación tan jodida en la que estaba atrapado, porque la densa negrura me distraía, me aplastaba los huesos y eliminaba la poca cordura que me quedaba.

Bien.

Lo único que podía hacer era sentir dolor. Desesperanza. Agonía. Pensar en si esta tortura tendría un final. *Deseando* que así fuera.

De repente, una pequeña luz alumbró el vacío y, parpadeando como si tuviera miedo a ser descubierta por las sombras, se movió entre mi sufrimiento. Me costó reconocerla, pero su voz... se parecía mucho a la de mi hermano. Aniñada. Cariñosa. Tierna. Después sentí a mi madre, el amor incondicional con el que me miraba incluso cuando rechazaba ver una película con ella por quedarme hasta las tantas intercambiando mensajes absurdos con mis colegas. Y a Aria. El tirón que sentía en el pecho desde que la había conocido, queriendo tenerla siempre más cerca, ansiando descubrir qué sería suficiente para calmar mi necesidad de tocarla.

Me moría por dar un paso hacia ellos y abrazarlos, para después rogarles que se marcharan de aquí antes de que fuera demasiado tarde. Pero una nueva voz me encontró, y esta vez sí sentí dolor físico. Cientos de puñaladas atravesándome la carne, empuñadas por una bestia invisible y salvaje. Apenas alcancé a escucharla por encima de mis gritos.

«Lunette, debiste permitirme olvidar.

Debiste dejarme morir y nacer como una desconocida que cree conocer su mundo.

Debiste…

Quiero gritar el secreto por el que me condené.

Pero en el reino quemado nadie escucha.

Solo tú, chico.

Los secretos reconocen a los secretos cuando están al borde de la muerte, al límite de perderse para toda la eternidad. Despierta la verdad de la maldición o el destino no te perdonará».

De repente, el dolor cesó.

Al final, la muerte sí que había cumplido su promesa.

CAPÍTULO 4
ARIA

Jared pisó a fondo el acelerador y el motor rugió, lanzándonos despedidos por las vibrantes calles de Nueva Orleans. El coche alcanzó tal velocidad que se me puso el estómago del revés y mi cuerpo se hundió con fuerza en el asiento de cuero. Miré por la ventanilla hacia los edificios tan característicos de la ciudad, que se volvían borrosos y quedaban atrás con demasiada rapidez. Justo entonces pasábamos por una zona algo más despejada, pero faltaban pocos metros para incorporarnos a una de las calles más concurridas del Barrio Francés.

Aparté la vista y me giré como un resorte hacia Connor.

—¿Puedes ordenar a los humanos que se vayan a un lugar seguro? —le pedí, con el corazón en la garganta y las manos temblando, apoyadas en la puerta para alejar la sensación de mareo y malestar que me perseguía desde que me había quitado la corona.

El Guardián asintió y se puso manos a la obra. Una capa de sudor le cubría la frente; no sabía hasta qué punto su energía se consumiría al meterse en la mente de tantísimas personas, pero para cumplir con su deber gastaría hasta la última gota de ser necesario. De repente, el ruido de los neumáticos sobre el asfalto del taxi que nos perseguía se intensificó. Me di la vuelta y un escalofrío me recorrió la espalda. Los tres Guardianes que iban en el vehículo tenían un semblante demasiado sereno para la cantidad de vidas que estábamos poniendo en peligro. Pero claro, eso a ellos les daba igual, teniendo en cuenta que su plan era acabar dejando seca a la Tierra. Contuve el aliento al ver cómo se pegaban a nosotros hasta el punto de rozarnos con el morro. Mierda. La carretera no era tan ancha como para que cupieran los dos, pero en cuanto tuvieran oportunidad nos adelantarían y nos cerrarían el paso.

—Cuando recupere mi vida en la Tierra voy a darle unas vacaciones bien merecidas a mi chófer. Le estoy cogiendo el gustillo a esto de sentir adrenalina y, no es por nada, pero se me da muy bien conducir —comentó Jared, con los ojos fijos en la carretera, metiendo la última marcha. Su rostro era la viva imagen del orgullo, aunque empezaba a conocerlo y, quizás, era una tapadera para no conectar con lo que de verdad estaba sintiendo.

Por lo general, mostraba sin pudor su miedo hacia los planes que nos ponían en contacto directo con la muerte —que eran prácticamente todos—, pero entre ofrecerse el primero a entrar al pozo de la mansión y ahora esto… Me olía que escondía algo.

—Hace pocos minutos has confundido el freno con el acelerador —le recordó Beatrice con sequedad, mientras se agarraba al asiento con todas sus fuerzas. Su rostro estaba un poco verde—. No creo que eso sea una buena se…

—Por favor, gire a la izquierda para volver a incorporarse a la ruta establecida —la voz pausada y clara del navegador inundó el coche, haciéndonos dar un respingo a todos, incluso a Connor, que hasta ese instante había estado inmerso en el trance de conseguir que los humanos se pusieran a salvo.

Beatrice reaccionó dando un grito agudo que se alejaba bastante de su personalidad de chica dura. Abrí los ojos como platos al verla descargar un fuerte puñetazo al altavoz que había emitido el sonido.

—Pero ¡¿qué haces?! —Jared extendió el brazo para frenar la siguiente acometida y, con la mano en su pecho, empujó su cuerpo hacia el asiento.

—¿Se han colado en el sistema de este cachivache? ¿Qué clase de magia es esta? —Beatrice, todavía en completo estado de alerta, buscaba frenéticamente el origen de aquella voz. Al ver que Jared no hacía nada por retener la risa, le fulminó con la mirada.

—Se me olvidaba que ahora mismo estás en pleno viaje al futuro —comentó él, devolviendo su otra mano al volante.

—Uno bastante lamentable si estoy aquí contigo.

—¡Cuidado! —exclamé cuando un par de chicas morenas que se tambaleaban, seguramente por culpa de la botella vacía que paseaban, aparecieron de entre dos calles y se dispusieron a cruzar la carretera sin mirar.

Jared giró el volante de forma brusca hacia el lado contrario justo a tiempo para no llevárnoslas por delante. Me aferré al cinturón. El coche se desestabilizó durante unos segundos, pero consiguió corregir la trayectoria y enderezarse. Solté todo el aire que había contenido y la sensación de malestar aumentó.

—¿Qué decías de tu increíble talento al volante? —ronroneó Beatrice, alzando una ceja con suficiencia.

A veces sentía que se les olvidaba que estaban enfadados y, que de un momento a otro, se acordaban, volviendo su intercambio de dardos aún más sangriento. Intuía que no tardaría demasiado en volver a sucederles.

—¿Hacia dónde se supone que estás conduciendo? —preguntó Connor, de mala manera.

—Al lugar donde enterraron todas tus emociones. Justo hoy me ha parecido una bonita noche para buscarlas —inquirió Jared, y al darse cuenta de que, de nuevo, estaba fomentando una discusión me miró por el espejo retrovisor. En su frente aparecieron arrugas de preocupación.

Había intentado mantener la entereza, pero sentir de nuevo la fuerza del Vestigio Original de la Tierra me había dejado completamente exhausta. Eso sin contar el enfrentamiento con los Ignis en el Bosque de las Bestias y la cantidad de horas que llevábamos sin dormir ni

49

comer nada. Sentía que cada minuto que pasaba estaba llevando a mi cuerpo al límite y que, de un segundo a otro, me desmayaría. Había intentado que no se notara, pero cada vez me costaba más incluso mantener el cuerpo recto.

—¿Te encuentras bien? —me preguntó Connor, al notar la seriedad de Jared y seguir la dirección de su mirada.

—Aguantaré.

O eso quería creer. No podía quedarme inconsciente, si lo hacía, la magia de la Diosa de la Tierra no podría curar a Killian. Qué pasaría con mi cuerpo si me volvía a someter a la fiereza e inmensidad de ese poder no lo sabía. Ya lo descubriría.

Connor agachó la cabeza y encajó los hombros, concentrándose otra vez en mandar una orden colectiva a todos los humanos para que se pusieran a salvo. Su cuerpo irradiaba la energía propia de la magia, cambiaba la atmósfera que nos rodeaba por una más densa, incluso el olor era distinto. Una oleada de alivio me subió desde el interior al ver, gracias a mi vista desarrollada, a humanos dejando frases a medio acabar para adentrarse en restaurantes, clubes de música o comercios cercanos.

—El hotel no queda demasiado lejos, así que habrá que dar un buen rodeo hasta que los despistemos. ¿Recordáis la entrada trasera por la que accederemos? —preguntó Jared.

Todos murmuramos una rápida afirmación sin quitarle ojo a la carretera. Entonces ocurrió. La vía se hizo más ancha y los Guardianes no tardaron en acelerar para ponerse a nuestra altura. Mierda. Unos segundos más y nos rebasarían o nos embestirían para estrellarnos con la fachada de cualquier edificio. Podríamos luchar, pero teniendo en cuenta lo debilitados que estábamos y el poco tiempo que le quedaba a Killian... No podíamos permitir que nos hicieran salir del coche.

—¡Gira hacia la izquierda! —gritó Beatrice, y al ver que Jared no le hacía caso movió el volante de forma brusca.

Me estrellé contra la ventanilla y reboté en el asiento cuando el vehículo se precipitó por unas escaleras que eran peatonales.

—¡No puedes hacer eso! —le reprochó Jared, con el pánico atravesando sus ojos—. ¡Está lleno de humanos!

Por el retrovisor alcancé a ver cómo las mejillas de la Guardiana se ponían rojas.

Durante los siguientes minutos, Jared se dedicó a salvar vidas fundiendo el claxon y esquivando a todo aquello que se interpusiera en nuestro camino. Algunas personas nos insultaron, otras solo se dieron un susto de muerte y varias tuvieron que lanzarse escaleras abajo para evitar ser arrolladas.

—Bueno, al menos los hemos despista... —dije resollando.

—No hace falta que acabes la frase, seguro que están detrás —me interrumpió Jared.

Me di la vuelta para comprobar que, de hecho, tenía razón. Nos habían seguido.

—Es una de nuestras tradiciones como grupo desestructurado —me informó, encogiéndose de hombros como si aquel fuera un hecho de lo más obvio que ya deberíamos saber—. Un momento. —Deslizó el dedo por la pantalla táctil que el taxi llevaba incorporado y accedió al menú principal con un ojo puesto en la multitud de aplicaciones que aparecieron y otro en no matar a nadie.

De pronto, el manos libres se activó y el tono de llamada empezó a sonar.

—¿A quién estás llamando? —le pregunté, pasmada.

—¡Hola! Bienvenido a ¿Mucha? ¡Ni hablar! Nunca es mucha pizza, ¿qué desea cenar?

Abrí la boca de par en par mientras un pensamiento de incredulidad me asaltó: «¿En serio estoy viviendo esto?».

—¡Buenas noches! Me gustaría pedir dos pizzas de pepperoni, otra de cuatro quesos y dos más de beicon y queso, ¿vosotros queréis algo? —Giró la cabeza hacia atrás, pero no tuvimos tiempo de responder.

Grité cuando recibimos un fuerte impacto lateral que nos lanzó hacia un lado. El estadillo sonó a que algún faro había saltado por los aires. Los Guardianes se posicionaron a nuestra izquierda, y prácticamente sin darnos tiempo para reaccionar, volvieron a atacar. Se me cortó la respiración al escuchar el cristal de mi ventanilla colisionando. Por lo visto mis reflejos seguían medio despiertos porque me agaché a tiempo de que la bola de Éter se estrellara contra mi cabeza. ¿Qué clase de dolor podría provocarme el Éter? No me apetecía descubrirlo. Aun así, no pude evitar que algunos cristales me cortaran y que la piel me abrasara. Apreté los dientes y me tragué el dolor. Esto no era nada con lo que me esperaba cuando tuviera que volver a ponerme la corona.

La gente también gritaba, huyendo despavorida de la persecución. Muy pronto aparecería la policía y entonces, ¿qué íbamos a decirles? Esperaba que nadie hubiera notado la energía dorada que nos habían lanzado desde la ventanilla trasera del taxi que intentaba derribarnos.

—¡Jared! ¡Por aquí se accede a un túnel! —Al ver que no teníamos muchas más salidas, esta vez sí hizo caso a las directrices de Beatrice, quién, a pesar de no haber visitado la Tierra, debía tener conocimientos básicos sobre carreteras y circulación.

Dejamos atrás las calles peatonales para internarnos en una avenida más ancha, de dos carriles, que daba acceso a un túnel.

—Joder, sí. ¡Tengo una idea!

Me pareció distinguir un gemido de lamento por parte del inmutable Guardián, pero debía de haberlo imaginado. Jared apretó con fuerza el volante y se movió a la izquierda para acercarnos a ellos; el metal de la carrocería saltando chispas por el roce.

—¡Ponme la corona! —le pidió a Beatrice.

—Lo siento, en nuestra larga y variada carta no se encuentra ese tipo de pizza, ¿qué ingredientes lleva?

Ay, madre mía, ¿cómo es que aún no había colgado?

—Pero ¿qué dices? ¡Si te la pones morirás! —Saltó enseguida Beatrice.

—Vaya, vaya… ¿Ahora te preocupas por mí? —replicó Jared, alzando una de sus gruesas cejas, y ella le puso mala cara—. Solo tienes que menearla para que la vean y hacer como que me la pones en… —Frunció el ceño—. No era mi intención que sonara tan mal.

Beatrice puso los ojos en blanco y acabó rindiéndose. Sacó la corona del cofre y la sacudió frente a los Guardianes como si fuera una chuchería deliciosa y ellos niños jugando en el parque justo en plena hora de merendar. Jared pasó a su siguiente parte del plan: bajó la ventanilla e hizo un gesto bastante urgente con la mano para que los Guardianes bajaran la suya. Insistió tanto que terminaron por ceder. Cuando el cristal comenzó a descender para que pudieran escuchar el mensaje tan importante que tenía que decirles Jared, este subió la suya.

Los Guardianes se quedaron descolocados y el Incierto se descojonó de ellos delante de sus narices mientras les sacaba el dedo y utilizaba dicha distracción para pisar el freno y girar hacia la derecha. Así evitó que nos estampáramos contra el muro de ladrillo que delimitaba los dos túneles tras la curva.

Ellos, distraídos por la corona y por su propia furia, no lo hicieron.

El coche se estrelló contra el ladrillo y se oyó una fuerte explosión que me hizo encogerme y cubrirme la cabeza con las manos.

—Solo quería que le ensuciáramos la tapicería, pero espero que ese fuera el coche de Jake Sullivan y que esto también sirva como venganza —comentó Jared tras unos segundos.

Miré a Connor; parecía completamente descuadrado al volver a comprobar con sus propios ojos cómo las creencias de los Guardianes no eran tan inamovibles después de todo.

Entonces sentí pena por él. ¿Los conocería? ¿Los consideraría de algún modo parte de su familia? ¿Había entrenado y bromeado con ellos? En realidad, seguíamos sabiendo muy poco acerca de su vida en el Abismo.

—¿Hola? ¡Creo que se ha cortado! —la voz jovial del chico sonó a través del altavoz—. Tendrá las pizzas listas dentro de treinta minutos. ¡Esperamos que las disfrute!

—Perfecto —musitó Jared para sí mismo—. ¡Muchas gracias! Estaremos en el hotel The Westin New Orleans.

Y colgó.

—¿De verdad acabas de pedir comida a domicilio en medio de una persecución en la que casi morimos? —le preguntó la Guardiana pasmada.

—Solo te quedas con lo que te conviene, ¿eh? Por si se os ha olvidado, también os he salvado la vida.

Me fue imposible seguir escuchando el resto de la conversación. Me concentré en mantenerme consciente, fijando la atención en las luces del túnel; en el resplandor amarillo que emitían y que parpadeaba a medida que atravesábamos la carretera solitaria. Ahora que nos aproximábamos al hotel, la tensión que se había ido acumulando en mi interior estaba a punto de estallar y el descenso de adrenalina había dado paso a una sensación de debilidad que me empujaba a cerrar los ojos. Tenía tantas ganas de ver a Killian y a la vez sentía tanto miedo de no haber conseguido llegar a tiempo…

La muerte de mi madre seguía siendo una herida abierta, una losa a mi espalda que enlentecía cualquiera de mis movimientos. Y si ahora también lo perdía a él…

Mi cuerpo se congeló ante aquella posibilidad, como si no estuviera en su naturaleza contemplarla, como si no estuviera hecho para despedirse de él.

Aún recordaba la quemazón en la garganta al desgarrarse suplicándole a Uriel que lo salvara; el terror abriéndose paso dentro de mí, despertando hasta al miedo más pequeño y mejor escondido. También recordaba la última mirada de Killian antes de apagarse. Se me había caído el mundo a los pies. Me negaba a contemplar una existencia en la que su mirada no reflejase amabilidad, picardía y calidez. O no volver a saber exactamente en qué punto de una sala se encontraba sin necesidad de mirar, como si el calor que irradiaba su piel, su presencia, estuviese atado a cada parte de mí.

El pulso se me disparó.

Bordeamos la entrada ostentosa del hotel de infinitas plantas para aparcar en el interior del callejón donde los empleados tiraban los desperdicios del restaurante. No le di tiempo a Jared ni a que echara el freno de mano. Salté del coche sin molestarme en cerrar la puerta y corrí hacia el acceso de atrás del hotel.

Beatrice bajó al mismo tiempo y tuvo que ver las condiciones lamentables en las que me había dejado el Vestigio Original de la Tierra porque vino hasta a mí y me obligó a apoyarme en ella. Fuimos todo lo rápido que pudimos, pero con cautela. Si algo nos había enseñado aquella noche, era que los Ignis cada vez contaban con más Guardianes trabajando para ellos. Y aunque el peligro parecía haber pasado, podían tendernos una emboscada en cualquier instante.

«Por favor que no sea tarde, por favor que esté bien, que esta vez sí pueda salvarlo».

Todos detuvimos nuestros pasos al percibir algo fuera de la quietud de la zona. Se me cortó el aliento al escuchar pasos arrastrados y ver dos figuras, una considerablemente más alta que la otra, salir por la puerta. El portazo al cerrarse atravesó los sonidos de la noche. Me quedé completamente descuadrada al ver que eran Zoey y Killian, ambos en las mismas condiciones en las que los habíamos dejado tras escapar del Atharav. Él estaba apoyado en el costado de ella, seminconsciente; los mechones de pelo se le pegaban a la frente cubierta de sangre, sudor y suciedad, y Zoey miraba hacia todos los lados en completo estado de ansiedad. Se quedó petrificada al ver que no estaban solos e hizo amago de retroceder hasta que nos reconoció.

¿A dónde llevaba a Killian? Habíamos quedado en que no saldrían de la habitación. Era demasiado arriesgado.

No hubo espacio para el enfado. Se me paró el corazón al verlo en ese estado tan vulnerable, y después, comenzó a latirme tan rápido que temí seriamente por mi vida. Hice ademán de ir hasta ellos, pero la sombra de la sospecha que nació en la parte baja de mi estómago me ancló al suelo y me hizo apretar los puños. No podía ser la única. Miré hacia la izquierda y vi que Jared también se había quedado inmóvil, con las líneas duras de su expresión más hundidas que nunca.

De forma automática, invoqué el fuego.

—Chicos, os estaba buscando —habló Zoey con la voz agitada—. No sabía qué más hacer, yo…

Entrecerré los ojos a la espera de que los Ignis, esta vez con más refuerzos, emergieran de las sombras del callejón. Los segundos parecieron ponerse en nuestra contra, aumentando la tensión, transcurriendo tan lentos que parecía una tortura.

Estábamos atrapados en la espera agónica de perderlo todo. Y nadie estaba dispuesto a dar el primer paso que desencadenara nuestra condena.

—¿Estáis bien? —preguntó Jared, saliendo del estupor, y fue a acercarse de no ser por la mano que Beatrice le puso en el pecho.

—Espera —le ordenó, y se aguantaron la mirada durante un largo instante en el que se podía percibir de lejos cómo Jared iba cabreándose.

—¿En serio? —Alzó la vista y nos observó a todos, con una expresión dolida—. Pensaba que nos habíais dado otra oportunidad.

Se me encogió el pecho. ¿Por qué hablaba en plural?

Un silencio sepulcral cayó sobre nosotros.

Mi estómago se retorció de angustia.

—Zoey es otra víctima más y, como no dejemos eso a un lado, Killian se unirá a la lista —aseveró Connor, dando un paso al frente.

Ya no tenía fuerzas para mantenerme en el sitio, ni para actuar con prudencia, ni para pensar en la opción más sensata. Me dejé llevar por el impulso que nacía desde el fondo de mis entrañas, aquel que siempre me había empujado hacia su dirección. Corrí hasta Killian sin apenas sentir las piernas, como si hubiera salido de mi cuerpo y flotara arrastrada por la mismísima corriente. Una que no se detendría por más obstáculos que se interpusieran en su camino. Arrasaría con todos. Estaba en su naturaleza. La opresión que me aplastaba el pecho se intensificó al verlo tan quieto. Ayudé a Zoey a sostenerlo y, entre las dos, conseguimos dejarlo tendido en el suelo. Me arrodillé, y con cuidado, dejé que su cabeza descansara apoyada en mi regazo.

Deslicé el dedo por su mejilla en una caricia silenciosa. Necesitaba comprobar que era real; que estaba aquí conmigo.

Tragué saliva.

Estaba muy frío.

—¿Estás segura? —Beatrice sostuvo la corona delante de mí con un gesto de preocupación, al igual que las caras del resto, que permanecieron una línea atrás sin poder hacer nada más que mirar y rezar para que el plan funcionara.

—No —susurré y la voz se me quebró—. Pero tiene que funcionar.

Solo con la cercanía del objeto flaqueé, así que cogí aire de forma profunda y me preparé. Me coloqué la corona en la cabeza mientras una rápida lágrima se deslizaba por mi mejilla. Mentiría si dijera que no tenía miedo, pero nos imaginé a Killian y a mí en todos los lugares que nunca podríamos llegar a conocer si esta noche terminaba y yo no conseguía traerlo de vuelta. Lo miré, por primera vez, sin reprimir nada de lo que llevaba sintiendo por él desde que me había salvado de morir atropellada por un coche en las calles de Haver Lake. Killian había invadido cada uno de los rincones de mi corazón, incluso aquellos que no recordaba que existían, y yo había estado demasiado tiempo empeñada en cerrar los ojos, como si de verdad deseara que se marchara.

Me aferré a mis sentimientos y extraje de ahí el último aliento que me quedaba. Me abrí a la magia y una corriente intensa de energía impactó contra mí, haciéndome saber que mi cuerpo era demasiado débil para contenerla por segunda vez. Empecé a ver borroso, a sentir cómo mis músculos se estiraban tratando de contener la inmensidad del poder y redirigirla hacia Killian.

Cuando había liberado a los humanos del control mental de los Ignis, lo había hecho por intuición. El objeto me susurraba al oído lo que tenía que hacer, como si esa información ya estuviera dentro de mí y solo le hiciera falta mostrarme dónde se mantenía oculta.

Imaginé cómo ese poder envolvía a Killian y cerraba la herida de Fayna, cómo lo protegía de las espinas de la maldición que lo empujaban hacia su destierro. Mi visión se distorsionó y empecé a ver puntos negros.

No sabía si esto iba a ser suficiente.

Sentí que llegaba al límite de mis fuerzas, pero ignoré el dolor y fingí que aún podía aguantar más; quise creerlo de verdad.

—Esto... No ha acabado como queríamos, pero te vas a poner bien —musité, abrazándolo, pegando mi mejilla a su frente mientras mis ojos se llenaban de lágrimas—. Te lo prometo. Y yo voy a estar aquí contigo, voy a estar aquí. —Lo zarandeé suavemente para que se despertara, con un nudo en la garganta que provocó que mi voz se rompiera aún más—. Estoy empezando a echar de menos hasta cuando me cabreas, así que vamos, por favor, despiértate. Mírame.

No lo hizo.

Así que volví a intentarlo hasta que dejé de notar mi cuerpo.

Hasta que todo dio vueltas y mi espalda impactó contra el duro suelo. La corona rodó por el asfalto y se tambaleó hasta quedarse quieta. El silencio me devoró. Y después se rompió y se fragmentó en miles de pedacitos que me cortaron la piel. Solo podía sentir dolor. Un dolor lacerante que se coló en la profundidad de mis huesos y temí que no encontrara una salida. Temí que se quedara conmigo para siempre. Después, mis oídos reaccionaron y captaron voces sin nombre que se interponían unas sobre otras, mucho ruido y luego una luz cálida me deslumbró y...

—¿Aria? —Una voz grave y rasposa se deslizó por mi piel como una brisa cálida, desafiando al invierno más helado que se estaba desatando en mi interior.

Después de semanas viviendo en la cuna de las pesadillas no había sentido alivio alguno al pisar de nuevo la Tierra. Tampoco me ocurrió cuando regresé a Haven Lake. Pensaba que al alejarme de Portland y regresar al lugar donde una vez fui feliz encontraría el hogar seguro que tanto ansiaba.

Pero no fue así.

El vacío de no pertenecer a ningún lugar siempre me acompañaba.

Hasta que volví a escuchar la voz de Killian.

CAPÍTULO 5
ARIA

La oscuridad de la noche tenía el poder de alumbrar aquello que se esconde por miedo a ser visto; su quietud permitía escuchar las voces silenciadas por el ruido del día. Las horas se deslizaban a un ritmo distinto, lentas mientras las manecillas del reloj avanzaban, y fugaces cuando llegaban a su fin. No podías controlar si la noche se convertiría en tu mejor aliada o en tu peor enemiga, y eso era lo que la hacía tan perseguida y, al mismo tiempo, tan temida. Tan poderosa.

Y yo, por primera vez desde hacía demasiado, deseé que los colores apagados no dieran paso a la claridad del amanecer. No quería que esta noche se terminara nunca.

Saboreé la sensación de mis dedos acariciando su piel cada vez más cálida; los mechones oscuros y desordenados que le caían sobre la frente me provocaban cosquillas cuando pasaba mis dedos entre ellos. Los rayos de la luna incidían, tímidos, en la habitación en penumbra y bañaban las definidas líneas de su rostro en un conjunto de luces y sombras que lo volvían aún más irreal. Etéreo. Estaba muy magullado, cada centímetro de su cara, cubierto de moratones y arañazos todavía al rojo vivo. Quise hacerlos desaparecer como fuera, pero su pecho subía y bajaba con regularidad, y eso era lo único que me importaba. Traté de calmar la ansiedad repitiéndome que esta no era una de las pesadillas que me asaltaban noche tras noche y que se enmascaraban de dulces sueños antes de revelar su verdadera cara.

No. Killian estaba respirando y estaba a mi lado, a salvo después de semanas de angustia atrapados en el Atharav; vivo después de que Fayna lo intentara asesinar.

La imagen de su esbelto y ancho torso, de sus largas piernas extendidas sobre la cama, fue sustituida por el recuerdo nítido de la daga clavada en su espalda. Me transporté al momento exacto en el que se desplomó en el suelo, al sonido sordo que dejó tras de sí, al terror helado que cubrió cada una de mis células, al timbre de su voz, suplicándome que lo abandonara para que yo pudiera salvarme. Álex había hecho lo mismo y ahora su único deseo era acabar con el monstruo en el que se había convertido. La única motivación que lo impulsaba a vivir era la esperanza de alcanzar la muerte.

Al recordarlo, sentí un fuerte tirón de angustia en el pecho y reprimí el impulso de hacerme un ovillo y acurrucarme contra Killian para buscar su calor. Para encontrar alivio en la seguridad que siempre me proporcionaba. La idea de fingir que podríamos quedarnos así para siempre era demasiado tentadora. Cogí aire de forma profunda y lo expulsé poco a poco. Me quedé quieta, apoyada sobre el codo mientras seguía estirando el brazo para tocarlo con suavidad. No quería despertarlo, pero al mismo tiempo necesitaba comprobar que estaba ahí de verdad. Después de recuperar la consciencia, se había sumido en un sueño profundo muy necesario para que su capacidad regenerativa se pusiera manos a la obra. Necesitaría todas las fuerzas posibles para afrontar la enorme cantidad de problemas que teníamos encima.

El Dios del Fuego robando los cuatro Vestigios Originales para llenar de vida al Atharav a costa de podrir la Tierra. La inesperada traición de Zoey. El destino de los Ignis inocentes que habíamos descubierto que también eran víctimas de la avaricia de su rey. Todas las incógnitas que se habían desvelado después de descubrir que los Dioses Elementales no tenían poderes...

Se me revolvió el estómago como cada vez que pensaba en esa larga lista, así que aparté las preocupaciones a un lado. Todo eso podía esperar. Me dediqué a estudiar cada ángulo del marcado y atractivo rostro de Killian, y el corazón se me encogió al verlo en un estado tan vulnerable. Fue entonces cuando me asaltó un pensamiento revelador. Hasta hace no mucho no sabía de su existencia, y ahora ni siquiera podía contemplar la opción de que no estuviera en mi vida, el vacío frío que dejaría si se marchara... tampoco imaginar otra persona con la que compartir los que estaban siendo los meses más duros de toda mi vida.

Para mi sorpresa, ese pensamiento ya no me asustó.

Había sido la marioneta del monstruo gigante y autoritario en el que se había convertido mi miedo durante demasiado tiempo, pero ya no necesitaba, ni quería, su rígida protección. Ahora lo que de verdad me daba miedo era seguir viviendo en contra de mi instinto, de ese tirón en el pecho que no seguía ninguna lógica, pero que me empujaba a moverme... a tomar decisiones. Quería ser valiente; valiente para descubrir la verdad por la que mi madre murió y que nos separó como nunca; valiente para afrontar mis sentimientos; para ponerme frente a la culpa y la vergüenza y, aun así, seguir avanzando.

El corazón se me desbocó cuando noté cómo la mano de Killian temblaba; al cabo de unos segundos arrugó la frente y se removió en la cama. Sus largas y negras pestañas se alzaron cuando abrió los ojos, necesitando varios intentos para enfocar la vista. Se llevó una mano a la sien mientras trataba de situarse. En cuanto posó la vista en mí, la tensión de sus ojos desapareció y el gris que los cubría brilló tanto que se me cortó la respiración.

No pude evitar que los ojos se me llenaran de lágrimas, con un nudo apretándome la garganta. Una descarga de corriente me recorrió de arriba abajo.

—Estamos seguros en un hotel de Nueva Orleans —susurré, sin poder apartar la mirada y sin querer esconder la emoción que sentía al verlo despierto—. ¿Cómo estás?

No me respondió. Tiró de mi antebrazo con firmeza y me atrajo, con pura necesidad, hacia su pecho, el único lugar de donde nunca querría marcharme. Me envolvió en un cálido abrazo, estrechándome entre sus brazos durante largos minutos en los que deseé que el tiempo se rompiera y nos congelara justo en este instante. El sonido de mis fuertes latidos se enredó con los suyos, creando una bonita melodía. Aliviada. Alegre. Llena de paz. Nuestros cuerpos estaban completamente pegados y, aun así, sentía que no era suficiente, con él nunca lo era.

—Ahora estoy mucho mejor —me respondió con la voz rasposa, su aliento contra mi sien. ¿Cuánto tiempo había pasado?—. Te echaba de menos, ¿sabes?

Se me escapó una suave risa y me apretujé más contra él, aspirando su aroma.

—No seas mentiroso, para ti han debido de pasar como... ¿tres segundos? Puede que algo más —repliqué, esforzándome por no perder la preocupación con la que nos estábamos protegiendo—. A mí digamos que se me ha hecho un pelín más largo el traerte de vuelta.

—Hablas como si hubierais tenido que resucitarme.

—No, pero estuvimos más cerca de lo que me hubiera gustado. De hecho, ese era nuestro plan B —confesé, y me separé de su abrazo para encontrarme con sus ojos grises.

Nos mantuvimos la mirada durante largos segundos, la electricidad corrió por las venas hasta que explotó en el pecho cuando Killian me dio un suave beso en la mejilla. Sus labios húmedos y cálidos junto con su barba incipiente de varios días me hicieron cosquillas, me robaron un suspiro que esperaba no se hubiera notado demasiado. Una vez se apartó, procesó el trasfondo de mis palabras.

—¿Ese era vuestro plan B? —Su gesto se cubrió de preocupación y me ahuecó la mejilla con suavidad—. Joder, has tenido que estar muy asustada.

—Sí —musité, y volvió a sumergirme entre sus brazos como si así pudiera borrar todo mi dolor—. Pero no te preocupes, he estado muy bien acompañada entre los dardos envenados de Beatrice, la personalidad intensa de Jared y Connor siendo… Connor.

Mi intento de quitarle peso al asunto no pareció funcionar, porque noté sus músculos tensándose.

—El Vestigio Original de la Tierra. Así es como habéis podido ayudarme. —Rompió nuestro abrazo y se incorporó apoyando la espalda contra el cabecero, sin poder evitar que una mueca de dolor atravesara su expresión. Yo me quedé sentada mirándolo de frente, echando de menos su contacto. Apretó la mandíbula al tiempo en que sus ojos se oscurecían—. No deberías haberte arriesgado de esa forma por mí, si te hubiera pasado algo… —Se pasó las manos por el pelo.

Ese gesto era tan propio de él que mi pecho se encogió. Si no hubiéramos conseguido salvarlo… también habría perdido esos pequeños detalles que formaban quien era.

—Para mí no era una opción que murieras.

—Lo sé. Es solo que la posibilidad de que te pasara algo por mi culpa… no podría perdonármelo nunca. Y cuando te vi ahí fuera, tirada en el suelo e inconsciente a mi lado… —Apretó los puños, y tras unos segundos en los que apartó la mirada, volvió a posar sus ojos en mí—. Pero sería demasiado hipócrita por mi parte reprocharte que te pusieras en peligro, porque yo habría hecho lo mismo por ti. —Se mantuvo en silencio durante una pausa en la que estaba segura de que estaba gestionando una mínima fracción de todo lo que había ocurrido, entonces me atrajo de nuevo hacia él, esta vez sentándome en su regazo y acercó sus labios a mi oído—. Gracias por salvarme la vida.

Enterró su cabeza en mi cuello, y me rodeó la cintura para pegarme lo máximo posible a él.

—Cualquiera en mi lugar hubiera hecho lo mismo —parafraseé una de las primeras conversaciones que compartimos en Haven Lake.

Me separé solo para verlo esbozar una de sus sonrisas torcidas.

Una sensación arrolladora me atravesó. Dios, este chico me volvía loca.

—¿Tú estás bien? —me preguntó, y al siguiente instante ya estaba inspeccionándome el rostro. Bajó tanto la vista como sus manos para comprobar que cada parte de mí estuviera intacta. Al ver que, salvo algunos arañazos, todo estaba en su sitio me dio un beso en la sien y me entraron muchas ganas de echarme a llorar.

Una oleada de emociones me desestabilizó. Alivio. Cariño. Miedo. Rabia.

Llevaba demasiado tiempo creyendo que no era suficiente, que había algo malo o raro en mí que hacía que las personas eligieran marcharse, pero Killian se había empeñado en demostrarme lo contrario. Día tras día se había quedado. Por muy difíciles que se pusieran las cosas, siempre me había esperado. Me había elegido. Y yo ya estaba cansada de vivir una historia cuyo final lo habían escrito las acciones de otra persona. En ese momento, un beso casto y cariñoso en la sien me hizo darme cuenta de que estaba dispuesta a arriesgarme si lo que podía perder era a alguien tan bueno y valioso como él.

«Si sale mal, al menos será algo precioso que perder», me dije.

Algo bonito. Algo real.

—Estoy mucho mejor, solo necesito descansar, igual que tú también deberías estar haciendo —le dije con la voz algo temblorosa por la tormenta de sentimientos que me estaba permitiendo experimentar.

—No. Yo lo único que debería estar haciendo es otra cosa. —Su mirada de repente se volvió más intensa.

Sentí que perdía la capacidad de hablar.

—¿El qué? —conseguí decir, apenas reconocí mi voz.

Pero, una vez más, no respondió.

Nos quedamos mirándonos a los ojos mientras nuestros pechos subían y bajaban con rapidez al ritmo de nuestro pulso descontrolado. Sentí cómo la expectación me trepaba por la sangre hasta tensarme el estómago, creando una nube de deseo que me desestabilizó. Bajé la vista hasta sus labios carnosos y entreabiertos, deseosos de reencontrarse con los míos. Yo también me moría por hacerlo.

—Debería estar haciendo esto —me susurró, acercándose a mi boca de tal forma que nuestros alientos se rozaron. Me cogió de la nuca con firmeza y me atrajo hasta él aún más, reduciendo el espacio que nos separaba.

Me apreté contra él y tuve que contener un jadeo. Al cabo de unos segundos de tensión, nuestros labios colisionaron. Nos besamos con hambre, como si fuera la última vez que pudiéramos hacerlo. Siendo demasiado consciente de la cuenta atrás que nos perseguía. Su sabor amenazó con hacerme perder el control, y lo hice una vez profundizamos el beso e introdujo su lengua en mi boca. Nos acariciamos y exploramos mientras una de sus manos apretaba con fuerza mi cintura y la otra me agarraba la nuca, guiándome. Atrapó mi labio inferior con los dientes y lo mordió, mandando una punzada directa a mi centro que me hizo apretar las piernas. Profundizamos el beso, y estuvimos así un largo rato hasta que poco a poco el ritmo fue descendiendo y seguimos devorándonos, pero esta vez de forma más lenta, cuidadosa y sensual.

—Cuando me estaba muriendo… —expresó con la voz ahogada por el deseo.

—¿Me vas a confesar que pensaste en mí? —me aventuré sonriendo contra sus labios, ahora húmedos e hinchados por mi culpa.

—No, por desgracia no se me pasaron por la mente mis recuerdos más significativos.

—¿Estás diciendo que *yo* estoy en ellos? —Paseé mi dedo por su pecho.

—Cada segundo que he vivido contigo. —Me guiñó un ojo.

Pum. Mi corazón.

Me mordí el labio inferior en un intento inútil de esconder la sonrisa tonta que se me había instalado en la cara.

—¿Incluso cuando te acusaba de ser un ladrón arrogante y pervertido?

—Ese recuerdo lo guardo con especial cariño.

Me reí y le di un golpe suave en el pecho, el cual aprovechó para atrapar mi mano y besarla con lentitud.

—Lo que iba decirte es que, si eso fuera verdad y el tiempo se congelara justo antes de morir para hacer un balance de mi vida, me hubiera arrepentido de muchas cosas… Por ejemplo, de que hubiéramos tenido una última vez para todo y ninguna primera vez para demasiadas cosas, como por ejemplo invitarte a una cita especial, ir al cine, pasar un domingo tirados en el sofá viendo una película basura, darte una sorpresa para tu cumpleaños, o saber qué se siente al estar dentro de ti… —Su mirada se tornó incendiaria—. Joder, me muero de ganas de descubrirlo. Y ten claro que no me hacía falta estar al borde de la muerte para saber que quiero todo eso contigo. Y no solo eso, Aria. También quiero las cosas malas. Lo quiero absolutamente todo.

Sentí sus palabras colándose más allá de mis huesos, incluso de las barreras que tanto me había esforzado en alzar para protegerme. Su confesión me dejó boquiabierta y con el corazón al descubierto.

—Yo…

—No hace falta que me digas nada si no estás preparada —añadió con rapidez.

Negué con la cabeza.

—No es eso, es que a mí también me encantaría vivir todo eso contigo. Aunque sea con miedo.

La sonrisa que esbozó como respuesta iluminó toda su cara y yo me sentí la persona más afortunada del planeta incluso con la muerte pegada a los talones. Lo volví a besar y estuvimos así un largo rato en el que la consciencia del tiempo y de la realidad tan jodida en la que nos encontrábamos se volvió difusa.

—Deberíamos descansar —le dije, una vez nos detuvimos para recuperar algo de aire. Noté su dureza en mi estómago y tuve que apretar las piernas para sobrellevar la ola de deseo que me inundó—. O si no esto va a terminar muy mal.

Arqueó una ceja.

—¿En serio a eso lo llamarías terminar muy mal? Porque yo estoy pensando justo lo contrario —ronroneó, y hundió los labios en mi cuello. Su respiración acelerada y caliente fue algo que no pude soportar. Clavé mis dedos en su espalda.

—Killian. —Me aparté jadeando y le puse una mano en el pecho. Sus ojos estaban cargados de deseo—. Cuando follemos no quiero que nadie nos interrumpa, y si no es mucho pedir me gustaría que no estuvieras aún medio moribundo. Con lo mucho que nos ha costado salvarte, no me perdonaría ser la causante de tu muerte.

—Ya eres la responsable de mi muerte. Cada minuto que estoy lejos de ti.

—Venga ya, no te pega eso de ser un zalamero. —Le pegué un pellizco en el brazo, riéndome.

—Vale, está bien —asintió, para nada convencido pero resignado. Se recolocó el pene y yo me mordí el interior de la mejilla para dejar de reírme.

Me dio un beso corto antes de ponerse un poco más serio.

—De todas formas, tampoco voy a poder descansar hasta que me cuentes qué ha pasado desde que cruzamos a la Tierra. ¿Cómo habéis conseguido la corona de la Diosa de la Tierra?

—Jared estará encantado de contarte la historia con pelos y señales, pero tuvimos que entrar en una casa encantada, huir de los Ignis y después robar un taxi para deshacernos de dos Guardianes que nos perseguían en coche.

—Joder, con lo que me gustan a mí las carreras. —Fingió una mueca de decepción.

—Pues no estoy muy segura de que te hubiera gustado, teniendo en cuenta que Jared apenas sabía conducir y que, en medio de todo el follón, se puso a pedir la cena a domicilio.

Soltó una risa grave que dejó una sensación de calidez en mi pecho.

—Dios, cómo he echado de menos a ese imbécil. ¿Cómo está después de lo de Zoey? —preguntó, colocándome un mechón de pelo detrás de la oreja. Tuve que esforzarme para no distraerme y perder el hilo de la conversación.

—Bastante raro, como intentando demostrar algo...

—Tenemos que hablar con Zoey.

—Sí... Le hemos dado un voto de confianza, sobre todo por Jared, pero, aun así, necesitamos que nos cuente todo lo que haya podido descubrir del Dios del Fuego.

—No me puedo creer que no sea mi padre, joder, no sabes el alivio que siento de no compartir sangre con ese puto psicópata.

—¿Te gustaría averiguar quién es tu verdadero padre? —le pregunté con tiento.

—No lo sé. Hay bastantes probabilidades de que sea mejor que el rey, pero ¿de verdad va a ser alguien tan bueno como para arriesgarme a dejarlo entrar en mi vida y en la de Eric?

No tenía ninguna respuesta que ofrecerle.

Nos mantuvimos un rato callados, cada uno con sus pensamientos, pero juntos. Esta intimidad era nueva para mí, estar así de a gusto con alguien, envuelta en el silencio de un abrazo, era electrizante.

—¿Sabes? —La voz de Killian rompió el silencio—. Creo que sí estuve en el limbo, y cuando he despertado y te he visto me he acojonado.

—¿Tan fea estoy? —Alcé una ceja.

—Nunca. Es que al verte tan cerca he pensado que estaba en el cielo —me dijo con una de sus sonrisas canallas.

Me eché a reír.

—Veo que estar al borde de la muerte no te ha vuelto más sabio, pero sí más idiota —le respondí con cariño, recordando cómo él me había dicho algo similar en la que ahora parecía otra vida.

Bajó sus manos por mis caderas hasta que una de ellas me apretó el culo.

—En realidad el cielo hubiera sido verte aquí, pero sin nada puesto... —me susurró contra el cuello, y me dio un beso en esa zona tan sensible.

—Bueno, pero eso podemos solucionarlo...

Sus ojos se abrieron y se enredaron con los míos para recorrerme entera con una mirada depredadora.

Pero el grito de Jared acabó con todo rastro de excitación y dio por finalizada una noche que parecía aliada y terminó convirtiéndose en enemiga.

Sin embargo, en el fondo sentí alivio. Me había relajado tanto que había olvidado las palabras que marcaban mi espalda y que Killian desconocía. Se volvería loco cuando se enterara de que el autor había sido Marlon, el asesino de su madre. Y lo que más me asustaba era que yo se lo había ocultado todo este tiempo. Me había arriesgado a volver a romper la confianza que tanto nos habíamos esforzado por recuperar y solo podía esperar que este secreto no nos destruyera.

CAPÍTULO 6
JARED

Uno de mis tantos brillantes talentos era dormir: en el instante en que mi culo rozaba cualquier superficie plana, apoyado en la pared mohosa del antro mejor escondido entre callejones, sentado en un restaurante a mitad de conversación con un camarero... Yo no me dormía, yo me desmayaba. Sin embargo, durante los primeros días en el Abismo experimenté lo que comúnmente se conoce como insomnio; un nombre demasiado insulso para el infierno que supone pasarte una noche entera conviviendo con tus pensamientos.

Noche tras noche, la incertidumbre acerca del paradero de mi hermana le ganaba el pulso al cansancio de vivir escondido entre Guardianes. Las circunstancias me obligaron a dejar atrás el truco viejo y confiable de contar ovejas para ponerme un poco más creativo. Alcé en mi mente una puerta tras la que, una vez cerraba los ojos, entraba. Dentro de ese lugar, mi hermana y yo mirábamos a través de un cristal gigante los edificios altos y resplandecientes que nos rodeaban y observábamos a la gente que recorría las calles con demasiada prisa, sumándose al ruido y al caos de la ciudad.

El hotel, por supuesto, era de cinco estrellas, con todo pagado por una marca para la que trabajábamos y que, además, nos había asignado una de las mejores suites disponibles. Allí, nuestra verdadera descendencia parecía tan lejana como la misma muerte, y disfrutábamos de una buena copa de vino dulce mientras hablábamos entre risas de nuestros últimos líos amorosos.

Zoey era una romántica empedernida, condenada a no poder formar un hogar, y yo era el chico práctico, con muchas ganas de pasarlo bien, pero con la advertencia de cero compromisos siempre preparada en la punta de la lengua. Ninguno de mis líos puso una sola pega a esa letra pequeña. A nadie le importó no volver a verme. Y yo, como siempre, fingía que me daba igual no escuchar preguntas más allá del interés superficial que siempre despertaba mi vida de desenfreno como *influencer*. Sí, eso era justo lo que quería. Viajar.

Ver el mundo antes de que me lo arrebatasen.

Al final, terminaba durmiéndome gracias a la calidez de esa realidad de papel que había creado junto a Zoey, enterrando el dolor que me provocaba no saber cómo estaba. Sin embargo, ahora que el peligro había pasado, hundido en un colchón que parecía una nube robada del mismo cielo, rodeado de comodidades, olor a jazmín y con mi hermana descansando plácidamente en la cama de al lado...

Seguía sin poder dormirme.

Resoplé, frustrado. ¿Qué coño me pasaba?

Me giré y me cubrí las piernas con la sábana de seda. El aire acondicionado estaba demasiado fuerte. Al cabo de un par de minutos, me volví a destapar. Joder, qué calor, ¿no? Pensar que sí o sí tenía que descansar, porque a saber qué nos esperaba al día siguiente, hizo que me desesperara aún más. Intenté concentrarme durante unos minutos en la respiración acompasada y profunda de Zoey, pero no hubo manera. Me incorporé y fui a beber del vaso de agua que había dejado en la cómoda blanca y refinada de enfrente. Volví a acostarme, esta vez boca abajo. Los minutos sonaban en mi cabeza tan fuertes como las manecillas del reloj de cualquier casa encantada.

¿Y si me volvía a duchar? Ya no me quedaban restos de barro y mugre por el cuerpo, pero el agua caliente me vendría bien para destensar mis músculos y relajarme. Descarté la idea en cuanto pensé que el ruido despertaría a mi hermana. Tendría que pensar en otra cosa. Me parecía absurdo probar con el truco de la puerta con mi hermana al lado, pero, aun así, terminé haciéndolo. Nada. Volví a darme la vuelta y observé la silueta menuda de Zoey.

Una punzada de culpabilidad me sacudió el estómago.

No habíamos hablado demasiado después de que Aria consiguiera salvar a Killian, pero es que no podía ni mirarla a la cara a causa de la vergüenza que me abrasaba el pecho. Estaba seguro de que mi rostro había reflejado a la perfección la desconfianza que había sentido hacia ella cuando había salido por la puerta de atrás del hotel arrastrando a Killian. ¿Cómo había sido capaz de creer que volvería a traicionarnos? Si lo había hecho había sido por las manipulaciones del rey y porque pensaba que así podría salvarme, y encima yo, en vez de apoyarla, me había quedado un paso por detrás, juzgándola…

Me sentía un hermano de mierda.

Tal era la calma en la que estaba sumida la habitación que enseguida capté movimiento en el salón. Me venía de lujo para distraerme un poco y salir del bucle en el que había vuelto a meterme yo solito, así que, decidido, me levanté de la cama y me acerqué a la puerta de forma sigilosa.

—Beatrice… —Distinguí la voz grave y recta de Connor.

Escuchar su nombre en los labios de aquel imbécil, no sé por qué, me molestó.

Pero lo hizo. Y mucho.

—No tengo ganas de hablar contigo —le respondió ella, sin apenas fuerza. Fruncí el ceño. ¿Dónde se había ido la ira bajo la que amenazó, además, bastantes veces, con cortarle las pelotas por lo que le había ocultado?

—Deberíamos hacerlo, han pasado muchas cosas y yo… —El Guardián hizo una pausa y acerqué aún más la oreja para no perderme detalle alguno de la conversación—. Necesito saber por qué me ocultaste que eras la hija de un Dorado.

Una oleada de indignación me golpeó con fuerza.

Escuché cómo ella soltaba una risa débil y agria.

—Porque fui una imbécil y quise protegerte de la letalidad de tener en tus manos un secreto como ese.

—Pero te podría haber ayudado.

—No sueltes esas palabras tan a la ligera, porque los dos sabemos que no habrías podido hacer nada para protegerme de él —le respondió con un tono de acero, y algo dentro de mí se removió de forma violenta al pensar en el ser sin escrúpulos que la había maltratado durante años—. Además, ahora dudo bastante de si, de haberlo sabido, habrías ido corriendo a contárselo a tus superiores.

—¿Cómo puedes pensar eso?

La pregunta, cargada de desconcierto y dolor, se quedó suspendida en el aire, y a mí me entraron unas ganas terribles de enumerarle unas cuantas razones para, acto seguido, pegarle un puñetazo de esos que te hacen sacudir la mano por el dolor del propio golpe. Esperé a que ella le reprochara cómo le había ocultado la existencia de los libros portal para evitar que pudiera vivir su vida lejos del desprecio de los suyos, pero Beatrice no abrió la boca. Se había encogido hasta volverse pequeña frente a él, lo cual me revolvió el estómago. Apreté los puños con rabia y contuve mis ganas de zarandearla, de gritarle que le diera una buena paliza al gilipollas que la había alejado durante tantos años de su sueño.

Me pregunté en qué momento recuperar la libertad que nos pertenecía se había convertido en un sueño de aspecto inalcanzable. Nadie debería luchar para ser libre. Y mucho menos, nadie debería tener la capacidad de arrebatarnos el mayor poder con el que nacemos: decidir en qué dirección queremos ir, quiénes queremos llegar a ser… Gastar toda una vida en volver a ese punto de partida que nos negaron quizás nos deje sin fuerzas para ir a ningún lado o para convertirnos en algo más que meros supervivientes. Quizás ya estábamos demasiado desgastados por los grises del camino como para poder ver los colores del destino por el que tanto estábamos luchando.

—Yo… Quería pedirte perdón por lo que pasó en el Bosque de las Bestias —añadió Connor, al deducir que no iba a recibir ninguna respuesta por su parte.

—La elegiste a ella.

Lo dijo en un susurro trémulo que despertó mi instinto protector. Pero ¿a qué se refería? ¿Qué había pasado para que el Guardián, carente de emociones, le pidiese disculpas? Mis alarmas se dispararon al pensar en la cicatriz rosada que cruzaba su mejilla y de la cual también desconocía su procedencia.

Se me puso mal cuerpo.

Como él tuviera algo que ver… ¿Qué? ¿Qué estaría dispuesto a hacer? Debía estar perdiendo la cabeza por la falta de sueño, aunque bueno, en realidad tampoco me hacía falta mucha motivación o razones sólidas para querer partirle la boca.

Al menos eso me dije.

El silencio se extendió hasta que finalmente Connor habló.

—Sí, la elegí a ella.

—Me siento tan imbécil… —la voz de Beatrice se alejó para después cubrirse de rabia—. Que no me toques, joder. Volví a las cuevas Cushendun porque no pude marcharme sin ti y, después de enterarme de que te habían secuestrado, regresé al Abismo para buscarte. ¿Tú sabes lo que eso significa para mí? He abandonado mi sueño dos veces por ti y tú, a la primera de cambio, me has dado la espalda.

—Haces que parezca que te desprecio, pero tú bien sabes que no es así —le contestó él—. Eres muy importante para mí, Beatrice. Eres mi familia. Pero… —y se calló.

Ella, que en secreto tenía sentimientos por el Guardián, tuvo que sentir esas palabras de supuesto cariño como una puñalada. ¿Por qué no le reprochaba lo de los libros portal? ¿Por qué no le mostraba lo furiosa que estaba con él por haberla traicionado? No podía comprenderlo.

Una vocecita irritante se coló entre mi indignación para recordarme que yo estaba haciendo exactamente lo mismo con Zoey. Pero era muy diferente, ¿no?

—Para mí has dejado de serlo —sentenció ella—. A la familia nunca se la abandona.

—Vamos, Beatrice... —Chasqueó la lengua—. Entiendo que estés enfadada, pero no puedes decirlo en serio.

—Mírame —le ordenó; poco a poco iba abriéndole la puerta al enfado—. ¿Ves la cicatriz que me atraviesa la puta cara? Cada vez que me vea al espejo recordaré que ibas a dejarme morir. —Se le quebró la voz justo al final.

Me quedé completamente rígido; noté cómo la sangre dejaba de circular y se me quedaba helada.

—Estás exagerando. Tan solo reaccioné y fui primero a por Zoey y luego ya...

—Para. No quiero seguir con esta conversación.

—¿Por qué siempre le has tenido tanta inquina? ¿Por qué para ti es tan personal? —le preguntó y, por la cara que tuvo que poner Beatrice, intuí que él buscaría su propia respuesta. Tardó demasiados instantes en encontrarla—. Espera, es que... ¿sientes algo por mí?

—Lo que me faltaba por escuchar —contestó ella con rapidez, y después se rio, pero fue un sonido demasiado forzado e incluso el sieso de Connor se daría cuenta de ello.

—Beatrice... —alargó su nombre con paternalismo, como si estuviera hablando con una niña pequeña que está teniendo una rabieta—. Sabes que para mí eres como una hermana, mi mejor amiga... Además, somos tan diferentes, joder, si es que hasta te atreviste a profanar las tumbas de los Dorados, algo que a mí jamás se me habría pasado por la cabeza hacer.

¿Además de rechazarla estaba aprovechando el momento para reprocharle cosas? Acerqué la mano al pomo de la puerta y la dejé ahí durante varios segundos. El cabreo tiraba de mí para que lo girara, pero por una vez en mi vida medité las consecuencias de salir al salón cuando no era asunto mío y cuando encima supuestamente Beatrice y yo volvíamos a ser enemigos.

Si salía a defenderla... ¿En qué lugar nos dejaba eso?

—Sí, y es porque nos atrevimos a profanar sus tumbas que estás sano y salvo en este maravilloso hotel, así que no te atrevas a echármelo en cara.

Bueno, lo del hotel era gracias a eso y a mi generosa tarjeta de crédito.

—¿Cómo fuisteis capaces de cruzar las Puertas Umbra? Robasteis las llaves de los Dorados y os colasteis en el Sauce del Éter... —Sonaba impresionado y todo, el muy gilipollas. Sentí una punzada de dolor al recordar lo mal equipo que empezamos siendo y lo buenos que terminamos convirtiéndonos—. No me puedo creer que Jared haya conseguido sobrevivir y que encima haya trabajado contigo. Nos odia. No sabes la de jugarretas que les hacía a todos los Guardianes que los custodiaron en la Tierra hasta que llegué yo.

El estómago se me tensó.

—Jared es más inteligente de lo que todos os pensáis, él... —replicó Beatrice, y después, al darse cuenta de que me estaba defendiendo, vaciló al decir lo siguiente—. Él me ayudó mucho.

Una mezcla de calidez y sorpresa me atravesó el pecho y me hizo cosquillas en la piel. Sus palabras me dejaron completamente desarmado. ¿Me acababa de defender delante de Connor? Estaba muy confundido. Quizás sí había logrado dormirme y estaba dentro del típico sueño donde de repente aparece un asno con un collar hawaiano bailando la macarena mientras se fuma un buen porro y mantiene una conversación bastante sofocante con tu profesora de inglés. Ni siquiera me hacía falta el asno para considerar lo que estaba viviendo como *esa* clase de sueño.

Pero el sueño se esfumó de un plumazo cuando, de repente, noté cómo algo se posaba en mi hombro. Estaba tan inmerso en las palabras de Beatrice que pegué tal grito que con la cantidad ingente de dinero que costaba la habitación se activaría un sistema IA de protección y el servicio del hotel junto con doce coches de policía, ya estarían en camino para rescatarnos.

Me giré como un resorte para encontrarme con una Zoey muy somnolienta frotándose los ojos y con el pelo bastante revuelto.

—Siento haberte asustado, pero ¿qué haces? —me preguntó, mirando con extrañeza hacia la puerta tras la que me encontraba pegado—. Es muy temprano.

Ya. Demasiado para tener la conversación que ambos sabíamos que debíamos tener. Habían pasado tantas cosas... Pero no me sentía preparado. ¿Qué se supone que tenía que decirle?

«Oye, hace unas horas pensaba que nos ibas a volver a traicionar por la espalda, ah, y también te he echado mucho de menos. Te quiero».

A medida que la observaba sin saber qué responderle sentí cómo una energía extraña e incómoda crecía entre nosotros. El muro que desde pequeño me había esforzado por derribar se había alzado sin que pudiera hacer nada por evitarlo. Su sombra me engullía y me paralizaba como un animalillo asustado ante un león.

—Estaba haciendo guardia —salí del paso como pude—. Tú sigue descansando.

—Jared, ¿estás bien? ¿Podemos hablar? —me sostuvo la mirada con la frente arrugada por la preocupación. Tenía unas profundas ojeras que resaltaban en su tez pálida.

Me esforcé mucho por no abrir los ojos como platos y caerme en redondo hacia atrás.

—De hecho, sí, deberíamos hablar para ver qué hacemos ahora que estamos todos a salvo y hemos recuperado la corona de la Diosa de la Tierra.

Zoey abrió la boca para protestar, pero la puerta se abrió hacia fuera y, entre las sombras, aparecieron Connor y Beatrice, ambos revisando la amplia habitación en busca de cualquier señal de peligro. Ni siquiera se habían quitado la ropa de combate.

—¿Qué ha pasado? ¿Estáis todos bien? —preguntó el Guardián, mirando más de la cuenta a mi hermana, que sí se había deshecho del vestido del baile y estaba prácticamente en bragas.

Me puse delante de ella y me crucé de brazos, sin molestarme en fingir que aquel tipo me caía bien. No lo había hecho nunca, no iba a empezar ahora.

—Sí, estamos todos bien —le respondí, bastante borde, como si fuera lo más obvio del mundo.

De forma inevitable desvié la mirada hacia Beatrice, que alzó una ceja, mirándome con esos ojos abrasadores que tenían el poder de ver más allá y que me dejaban, por algún motivo, con la boca seca. Busqué en su rostro cualquier signo de vulnerabilidad o tristeza por su conversación con el Guardián, pero había vuelto a levantar su máscara.

—¿Y por qué has gritado?

—Porque estaba soñando contigo —le dije, y al instante el sabor amargo de la culpabilidad se asentó bajo mi paladar. Joder, ella me había defendido delante de Connor y yo ahora iba y le soltaba eso. Era un imbécil.

Su mirada se oscureció, pero enseguida se recompuso y volvió a adoptar su habitual expresión gélida.

—No son esa clase de gritos los que tendrías si soñaras conmigo.

Un cosquilleo nervioso me recorrió las pelotas.

Abrí la boca y la cerré sin saber qué responder.

Mierda, esta chica me estaba volviendo completamente loco.

—¿Qué ha pasado? —preguntó Killian, apareciendo junto a Aria por el pasillo.

Casi me caigo al suelo de rodillas por el alivio que me provocó su interrupción.

—¿Así es como me pagas haberle puesto muchas ganas a tu regreso de entre los muertos? A buenas horas apareces —bufé, dirigiéndole una mirada de reproche a Killian, que me aniquiló con los ojos mientras, con la mano en su cintura, atraía a Aria a su lado y la apretaba contra su costado. Los dos tenían mejor cara, de recién despiertos, pero al menos ya no estaban tan blancos—. ¿Cómo podéis dormir sabiendo que el mundo se está yendo a la mierda y nosotros no tenemos ni puñetera idea de cómo vamos a salvarlo?

Aria alzó un poco la barbilla.

—Se llama supervivencia. Ya sabes. Dormir, comer y esas cosas. Tú mismo lo pusiste anoche en práctica pidiendo pizzas en medio de una persecución.

—Y bien que os las comisteis todos nada más llegar —repliqué, un poco ofendido por el constante critiqueo hacia el simple hecho de tener hambre—. Me atrevería a decir que, de nuevo, os he salvado la vida.

—Demasiado temprano para esta conversación y para ponernos a jugar a los héroes —refunfuñó Killian, y se fue a dar la vuelta para marcharse con un paso perezoso, pero Aria se lo impidió reteniéndolo del brazo.

Suspiró, cansada, e intercambiaron una serie de miradas en las que se dijeron muchas cosas. Típico de personas que están coladitas el uno por el otro, supongo.

—Yo soy la primera a la que le encantaría pasarse doce horas seguidas en esa cama, pero en realidad Jared tiene razón. Ya hemos descansado lo suficiente y no sabemos cuánto tiempo nos queda ni qué hacer para impedir que el Dios del Fuego destruya la Tierra.

Asentí hacia ella, complacido. Si es que por algo le tenía cada vez más cariño.

Una sensación eléctrica me asaltó. Había notado a Beatrice estudiarme con atención desde que había soltado ese grito de la nada y todos habían parecido. Respiré hondo y me atreví a encararla. En cuanto nuestras miradas se encontraron distinguí un brillo revelador en sus ojos. Tenía que sospechar que había estado escuchando su conversación muy poco sincera con Connor, porque el músculo de su mandíbula palpitaba, y eso nunca era una buena señal.

Nuestra delicada relación ya había sufrido un traspié cuando leí su escrito. Le había prometido que no volvería a hacerlo, pero joder... El cerebro parecía no funcionarme y la había vuelto a cagar.

—Venga, vamos al salón. —Incliné la cabeza hacia Aria, dándole las gracias en silencio por apoyarme en esta huida improvisada que yo solito había montado, y me dirigí a la estancia que conectaba con los tres dormitorios y con sus respectivos baños.

Todos me siguieron. Algunos dejando tras de sí maldiciones y gruñidos.

Aria y Killian se sentaron muy pegados en el sofá más grande; él apoyando la mano en su muslo y ella dejando la suya encima. Entrelazaron los dedos. Mi hermana, que se había puesto una bata blanca encima, se sentó junto a Connor en el sofá contiguo y Beatrice en el sillón, también de tonos claros, que quedaba más cerca de mí. Pues nada, me tocaba quedarme de pie. Me lo merecía por liar todo esto solo por evitar tener una maldita conversación civilizada con mi hermana. ¿Qué puedo decir? Me gustaba complicarme la vida.

—No podemos quedarnos aquí eternamente —sentencié.

—Pensaba que a los *influencers* os sobraba la pasta —se burló Killian, ojeando, poco impresionado, el gusto exquisito que nos rodeaba.

—Y la tenemos, ese no es el problema. —Lo miré mal.

—*Influ...* ¿qué? —quiso saber Beatrice.

Y, con esa simple pregunta, me di cuenta de que, pese al tiempo que habíamos pasado juntos, en realidad no sabía nada de mi vida. El estómago se me hundió al darme cuenta de que a una parte de mí le nacía contárselo todo y que tendría que reprimirla.

Carraspeé, un poco incómodo.

—Sí, es el nombre de mi trabajo —respondí, y por el rabillo del ojo vi cómo Killian arqueaba una ceja. Podía leer en su mirada el vacile por llamar profesión a lo que hacía, pero que le jodieran, era un trabajo—. La cuestión es que los Ignis cada vez tienen más aliados entre los Guardianes y, mientras dormíamos la mona, han seguido buscándonos para quitarnos el Vestigio y, ya de paso, matarnos.

—Hace cinco horas estaba prácticamente muerto —señaló Killian—. En realidad, hace nada estábamos todos a punto de quedarnos atrapados en el Atharav. Es un puto milagro que hayamos conseguido escapar, así que no seas plasta y déjanos disfrutarlo.

—Estabas casi muerto, pero también has descubierto que el psicópata del rey no es tu padre, lo cual supone un chute de adrenalina increíble. —Me encogí de hombros—. Unas por otras.

Sus ojos grises se ensombrecieron, pero no dijo nada. Supongo que aún estaba procesándolo.

¿De qué sirven las verdades si te abren la puerta a más secretos?

Aria se apretujó más contra él y tomó las riendas de la conversación.

—En el baile, el Dios del Fuego mostró a la clase alta de los Ignis cómo volvía a nacer vida en el Atharav. Él ama su pueblo y la única oportunidad que tiene de salvarlo es ahora, en la próxima Anual. Va a ir a por todas. —El temor que dejaba ver su voz me conectó más con el peligro real de la situación.

—Necesitamos aliados —intervino Beatrice.

De repente tocaron tres veces a la puerta y fue inevitable que mis ojos se fueran directos hacia ella, recordando nuestro método secreto para saber que éramos nosotros y no cualquier otro Guardián los que entraríamos a la habitación. Nunca lo utilizó correctamente y me acabó lanzando un puñal a la cabeza, ¿por qué, entonces, sentía una sensación pesada en el pecho? Cuando nuestros ojos se encontraron ambos desviamos la mirada como si nos quemara.

Todos nos pusimos de pie, mirándonos los unos a los otros sin saber qué estaba pasando.

Era raro que alguien del servicio viniera cuando el sol apenas acababa de salir, pero al mismo tiempo ¿qué clase de enemigo llamaría a la puerta como si nada?

Alcé las dos manos pidiendo un poco de calma.

—Ya voy —alcé la voz y en cuanto lo hice sentí en mi propia piel las miradas asesinas que todos me lanzaron.

—Espera —dijo Beatrice y vino corriendo a mi lado. Su olor a vainilla me envolvió por completo, dejándome medio atontado.

Y, como ya era costumbre, después olvidaríamos convenientemente esa repentina muestra de preocupación.

Antes de abrir la puerta ya podía intuir la figura que se alzaba detrás de ella. La energía abrasante que desprendía era imposible de ignorar incluso envuelta en la negrura más absoluta. No podía contenerse, no estaba en su naturaleza hacerlo. Llenaba hasta el rincón más inexplorado de cualquier sala, por muy grande o diminuta que fuera. Me recordaba a…

Joder. Tenía que parar.

—Pero ¿qué clase de ser todopoderoso no se transporta directamente dentro de la habitación para pegarnos un buen susto? ¿A qué viene tanta consideración de repente? —mascullé, abriendo la puerta con aire indignado. Enseguida quedé cegado por el resplandor de la capa dorada que contrastaba con la masa de sombras que lo rodeaban como si fueran su particular mascota. Trabajaban a su merced para ocultar los ángulos de su rostro y protegerlo de miradas curiosas. Lo miré de arriba abajo y volvió a impactarme su gran altura y la fuerza que desprendía; tan inmensa que te hacía querer inclinarte hacia él. La última vez que lo habíamos visto nos había ayudado a llegar hasta aquí prácticamente sin dirigirnos la palabra. Tal vez era un poco tímido—. ¿También has cogido el ascensor? Venga, anda, pasa de una vez.

Percibía en la piel la urgente necesidad de partirme los huesos que Connor estaba sintiendo por atreverme a hablarle de una manera tan informal a un cargo que se comunicaba directamente con el Gran Hacedor.

Uriel. Uri para los colegas.

—Habéis conseguido recuperar el Vestigio Original de la Tierra —habló con su voz melódica y gélida. Su presencia era asfixiante, casi onírica. Reducía al mínimo el oxígeno de la sala

—Sí, y justo estábamos hablando de que necesitábamos aliados —confirmé.

—Vengo a ayudaros.

Abrí la boca y la cerré.

—Vaya, qué oportuno. ¿Entonces si deseo desayunar…?

—No creo que la magia de la manifestación abra la cocina del hotel antes de tiempo y te prepare unas tostadas —inquirió Killian.

Todos se habían quedado de pie observando atentamente a Uriel, que parecía inmune a nuestro intercambio de gilipolleces, como si no estuviera en su naturaleza prestar atención a nimiedades como aquellas.

—Tenéis que recuperar todos los Vestigios Originales y entrar en la Cueva Ishtar en la próxima Anual. Allí se los entregaréis al Gran Hacedor y será él quien los pondrá a salvo.

—¿Te refieres a esa Cueva de la que *nadie* ha salido con vida, exceptuando la madre de Aria? —pregunté, entrecerrando los ojos.

Hizo un movimiento muy sutil de cabeza que interpreté como una afirmación. Y después añadió:

—Si Antheia Brookmire lo consiguió, vosotros también podréis.

Aria dejó salir una exhalación al descubrir el verdadero apellido de su madre.

—De puta madre —masculló Killian, pasándose la mano por el pelo.

—El Gran Hacedor se encargará de restablecer y mantener el equilibrio volviendo a esconder los Vestigios en la Tierra para que sigan actuando como fuente de energía.

—¿Tú sabías que los Vestigios no solo contienen las últimas migajas del poder que quedó de los Dioses, sino que guardan la totalidad de su magia? —Aria dio un paso hacia delante y lo miró con suspicacia.

—Sí, pero soy de los pocos que conocen la verdad. Es una información bastante… delicada. Los Dioses son libres de contarlo, pero ninguno de ellos lo hace para no perder la poca autoridad que les queda.

Me cuadraba. En un destierro podrido y desesperado donde la magia significaba poder, un rey no podía permitirse el lujo de tener menos poder que cualquiera de sus súbditos.

—El Dios del Fuego ha descubierto dónde están sus poderes y ahora quiere utilizar las coronas para llenar de vida su destierro a costa de dejar morir la Tierra —le recordó Aria—. Tenía en sus manos la corona del Dios del Agua y ha bastado unas pocas semanas para que en el Atharav ya naciera una flor.

—Lo sé. Por eso os tendréis que dividir. Unos iréis a por el último Vestigio Original que queda libre y el resto viajaréis al Abismo para buscar aliados. Los vais a necesitar. Os esconderéis en el único lugar donde vuestros amigos estarán a salvo y el Dios del Fuego jamás ha deseado ni podido entrar. Una vez comience la Anual debéis llegar hasta la Cueva Ishtar y entregar los Vestigios. Solo de esa forma conseguiréis salvar la Tierra. —Hizo un movimiento de mano que nos puso alerta a todos, pero lo que sacó nos relajó de inmediato—. Tomad. Aquí tenéis una llave con el suficiente Éter como para ir y regresar al Abismo. Solo la podréis usar dos veces. No tenemos tiempo que perder.

—¿Y qué pasará con nosotros una vez entreguemos los Vestigios? —preguntó Aria, recogiendo la llave que flotó hasta ella. Se la guardó en el bolsillo y volvió a clavar los ojos en el Dorado—. Si vamos a arriesgar aún más nuestras vidas, necesitamos algún tipo de garantía.

Uriel la miró fijamente.

—Os esconderé en la Tierra, tal y como hice con Antheia. No os encontrarán.

—Bueno, a ella *sí* acabaron encontrándola —le recordó Killian, con los ojos cargados de rencor.

—Es lo único que puedo ofreceros.

Tras unos segundos de silencio, se dio por acordado. Todos sabíamos que, en realidad, más que un trato, era un regalo: la posibilidad de un futuro. No podíamos exigir más; Uriel sabía que, incluso si se negaba a protegernos después, intentaríamos salvar la Tierra

—¿No decías que tenías prohibido intervenir? —Aria dio un paso al frente—. ¿Por qué ahora lo estás haciendo?

—No está en mis deberes intervenir de forma directa, pero me arriesgaré a guiaros y desatar la furia del Gran Hacedor sobre mí si así consigo restaurar el equilibrio. Nos veremos muy pronto —Se movió hacia Connor con una lentitud estremecedora—. Tuviste un traspié, pero estás demostrando tu lealtad hacia el Gran Hacedor. A veces tenemos que manchar nuestros valores para que aquello que hace girar nuestra fe siga vivo. Busca a tu tío. Él podrá ayudaros.

Connor se tensó al instante; casi podría jurar que había empalidecido.

—¿A tu tío? —inquirió Beatrice boquiabierta—. ¿Y ayudarnos a qué?

Uriel se marchó en un remolino de Éter que lo engulló.

Demasiado que procesar, y a mi mente solo le quedaba energía suficiente para puntuar del uno al diez su salida, pero me fue imposible hacerlo. Una sensación desconocida hasta el momento me recorrió el cuerpo como si me hubiera atravesado un relámpago y supe en ese mismo instante que algo no iba bien. Ahogué un grito al recibir un intenso y desmedido dolor en la espalda. ¿Qué demonios? Me ardía muchísimo.

Mi pulso se disparó al ver la cara descompuesta de Zoey, a la que le estaba ocurriendo lo mismo. Se dobló en dos y Connor ya había llegado a su lado antes de que yo lo hiciera. La pegó a su cuerpo para sostenerla.

—¿Jared? ¿Qué pasa? —Beatrice me tocó del hombro y se inclinó hacia mí descolocada. Me clavó sus ojos con desconfianza—. Si esta es otra de tus tonterías, para. No tiene gracia.

—Ojalá lo fuera —gemí de dolor.

Y entonces sentí cómo cada una de las líneas cubiertas de tinta mágica que daba forma al tatuaje que cubría mi espalda se encendía y quedaba en carne viva. Y entonces, a un nivel muy interno… mi cuerpo lo supo. La transición había comenzado.

Mi verdadera naturaleza estaba saliendo a la luz.

¿Ignis o Kaelis?

¿Tendríamos que volver al infierno del que habíamos conseguido huir u otro tipo de pesadilla nos esperaba con las puertas abiertas?

CAPÍTULO 7
JARED

Después de que la cuenta atrás de mi existencia se pusiera en marcha, y de un par de horas soportando el peor dolor que jamás había experimentado… me serví un café. Bastante cargado. Traté de ocultar el leve temblor que sacudió la taza rebosante de líquido mientras daba el primer trago, y me esforcé en disfrutar del sabor estimulante de la cafeína, de su calidez bajando por mi garganta. Era demasiado consciente de que probablemente estaba viviendo una de mis últimas veces.

Me sentí reducido a un puñado de cenizas cuando cada uno de los presentes en la sala me incendió con la mirada. Tuve que gastar bastantes segundos de mi tiempo limitado en explicarles que las grandes acciones comenzaban con gestos pequeños. Por supuesto, me ahorré decirles que en realidad estaba acojonado y que iba a necesitar toda la energía posible después de la noche que había pasado en vela, junto con la particular sesión de tortura mañanera. Me sentía completamente exhausto, y si mi cuerpo y mi mente funcionaban era por pura supervivencia, lo cual significaba que a lo largo del día saldrían por mi boca más tonterías de lo habitual.

Y eso ya era decir.

Desde que nací, la muerte se había fundido con mi sombra y me había acompañado, y ahora no permitiría que me olvidara del poder que tenía de arrebatármelo todo en cuestión de un instante. Tan solo uno, y todo se habría acabado. Sin nuevas oportunidades. Tan solo quedaría el vacío de la nada.

Miré a mi hermana, cuyas facciones dulces ahora estaban hundidas, y se me revolvió el estómago. De repente, ya no tenía ganas de terminarme el café. Miedo. Sabía que lo que estaba sintiendo era miedo, pero lo sentía tangible, creando un agujero que me atravesaba el pecho directo al corazón. Me dolía físicamente saber que Zoey había sufrido tanto y que yo, una vez más, no había podido hacer nada para protegerla. Por suerte, la agonía había remitido hacía ya unos veinte minutos y ahora solo notábamos una leve quemazón zumbando por las líneas rectas y curvas del tatuaje.

—No podemos volver. Nos capturarán y nos matarán —Zoey puso fin al silencio que condensaba la atmósfera de la sala. Nos habíamos trasladado de nuestra habitación a la pequeña zona de cocina contigua y abierta al salón, donde anteriormente habíamos estado hablando con Uriel.

Al percibir su angustia, me acerqué hasta ella e hice un esfuerzo por saltar la brecha que se había abierto entre nosotros. La rodeé con mi brazo. Al instante, su cuerpo se relajó bajo el mío y apoyó la cabeza en mi hombro, cansada.

Noté bajo mi piel la atenta mirada de Beatrice.

Mientras me había retorcido de dolor, se había mantenido al margen, sombría, pero no se había ido a ningún sitio. Aria me había cogido de la mano y le había pedido a la Guardiana toallas mojadas, agua fría, ajustar la temperatura del aire acondicionado según nuestras necesidades… Ella había ido sin titubear, por mucho que en la profundidad de su mirada solo encontrara frialdad. No sabía cómo encajar eso. En realidad, todo lo que rodeaba a Beatrice me descolocaba y me hacía sentir perdido. El idiota de Connor no se despegó de mi hermana ni un segundo, y Killian se encargó de aportar ideas fascinantes que a él le habían funcionado para calmar su dolor antes de irnos a Irlanda del Norte: es decir, absolutamente nada.

—Después de casi morir intentando escapar de ese infierno, ¿de verdad os estáis planteando la posibilidad de regresar al Atnarav? —cuestioné, y tuve que carraspear para aclarar mi voz. Aún notaba las heridas en los labios por intentar contener los gritos de dolor.

—No vamos a dejaros morir si resultáis ser Ignis —resaltó Aria, como si fuera lo más obvio del mundo—. Estamos juntos en esto, por mucho que a veces parezca todo lo contrario.

Estaba bastante seguro de que eso iba por Beatrice, Connor y por mí.

Pero ignoré la pullita bien merecida y suavicé mis gestos en señal de agradecimiento.

A excepción de mi hermana, nadie se había preocupado nunca por mi seguridad, y era... agradable. Cálido. Tuve muchas ganas de darle un abrazo, pero por miedo a pasarme de intenso, me quedé pegado al suelo.

—Podríamos buscar refugio con los Indómitos —propuso Killiar, que, como siempre, estaba pegado a Aria, tocándole algún punto del cuerpo, en este caso el dorso de la mano.

Después de que nos hubieran ayudado a escapar, el rey tendría a los rebeldes vigilados. Eso, si no había acabado ya con todos ellos. Y aunque no fuera así... ¿Seríamos capaces de escondernos hasta la siguiente y última Anual? Además, necesitábamos más aliados, y los Indómitos, aunque eran bastantes, no eran suficientes. No con la cantidad de Ignis que el Dios del Fuego estaría reuniendo para prepararse para la batalla

¿Qué le costaba a Uriel, además de su reputación como Dorado intachable, hablarnos un poquito más claro?

Una luz se me encendió.

—Esperad un momento. ¿No creéis que Uriel nos ha dejado un mensaje escondido con la respuesta a la especie a la que pertenecemos? —planteé, repasando la conversación. Había soltado tantas cosas que era fácil que se nos hubiera pasado por alto. Además, durante las horas que habíamos pasado ocultando nuestros gritos de agonía, no habíamos tenido demasiado margen para pensar en sus palabras—. Ha dicho

89

algo así como «os esconderéis en el único lugar donde vuestros amigos estarán a salvo y el Dios del Fuego jamás ha deseado ni podido entrar». No puede referirse a otro lugar que no sea el Helheim...

Entonces recordé cómo había podido comunicarme con Beatrice cuando estaba ahogándose frente a Las Puertas Umbra, como antes de eso, una corriente de agua se había filtrado por mis dedos para mezclarse con mi sangre... Joder, había sido muy raro, pero tenía sentido si terminaba perteneciendo a los descendientes de la unión prohibida de la Diosa del Aire y el Dios del Agua. Esa había sido la primera señal de que el cambio se acercaba.

Los ojos de Beatrice relucieron al mirarme, como si ella también hubiera vuelto atrás para alcanzar la misma conclusión que yo. Como solía ocurrir, en cuanto el momento se alargó, cortó el contacto visual y se dirigió a todos.

—Uriel ya sabía que estaba a punto de comenzar —susurró—. No me sorprende. Los Dorados más poderosos son muy perceptivos; ha tenido que oler que vuestra verdadera naturaleza estaba a punto de rebelarse y hacia qué lado lo hacía.

—No sé si confío en él, incluso habiendo ayudado a mi madre, es que... —Aria se calló, meditó durante unos segundos lo que estaba a punto de decir, y habló con cautela—. Si conseguimos llegar al Helheim y luego os transformáis en Ignis, moriréis. Y no tendremos ninguna oportunidad para devolveros al Atharav. Será demasiado tarde.

Ante su voz y sus hombros agachados, Killian cogió su mano y se la apretó.

—No perderemos a nadie más —le aseguró, antes de besarle la coronilla. Ella se dejó caer en él.

Nos acercábamos a un final bifurcado; uno de sus caminos nos llevaba directo a la muerte, y si teníamos un poco de suerte, escogeríamos el otro, con el que tendríamos el increíble porcentaje de un mísero uno por ciento de sobrevivir.

—Pero ¿cómo pretendemos llegar al Helheim? Beatrice y yo estuvimos semanas recorriendo el Abismo en busca de las llaves de los

Dorados y del Éter necesario para poder traspasar las Puertas Umbra. No tenemos tanto tiempo —les recordé, con el pulso acelerado.

—¿No podemos simplemente recuperar el Vestigio Original del Aire y usarlo? Según el libro que leímos en Burlington, su magia te confiere la habilidad de transportarte con un solo pensamiento —planteó Aria, pero enseguida el Guardián negó con la cabeza.

—No funcionará. La magia no puede traspasar distintos planos físicos.

—Pues vaya una mierda de corona todopoderosa —bufé.

Me estaba empezando a poner más nervioso de la cuenta. Es que de un momento a otro la transformación podría completarse, y aquí seguíamos, debatiendo qué demonios hacer.

Entonces Killian se giró bruscamente hacia Connor.

—Tu tío, ¿qué pasa con él?

En cuanto lo mencionó, el semblante del Guardián se agrió. Apretó la mandíbula y su mirada se volvió turbulenta, dejando ver la batalla interna que se estaba librando en su interior. Pareció encontrar la respuesta que necesitaba en cuanto posó la vista en mi hermana. Aunque se mantuvo tenso, sus hombros se relajaron de forma visible. Había tomado una decisión. Casi puse los ojos en blanco. Venga ya. ¿Ahora iba a volverse un hombre honesto por el poder del amor?

—Coged vuestras cosas. Nos vamos al Abismo —ordenó, resignado.

Así, sin muchas más explicaciones. No me quería ni imaginar la de conversaciones largas y profundas que habrían tenido él y Beatrice a lo largo de su extraña y tóxica amistad. A base de monosílabos, eso seguro. En realidad, no me apetecía imaginármelos juntos.

Me dirigí hacia la habitación para huir de mis propios pensamientos mientras me hacía a la idea de lo que significaba regresar bajo tierra. Reprimí un escalofrío. Dios, qué asco me daba ese sitio.

—¿Desde cuando tienes «cosas»? —Me llegó la voz de Aria cuando, un minuto después, regresaba del baño.

—¿Sabes lo que no tienen en el Abismo, además de televisión, internet y felicidad? —Alcé la mano para mostrarles lo que había cogido—.

Ni cepillo de dientes ni gel. Paso de ser un apestado cuando muera y reclame mi zona VIP del cielo.

Aria se rio, con una mezcla de resignación y cariño, Connor me ignoró y Killian negó con la cabeza, como queriendo decir «este chico tan divertido y guapo no tiene remedio». A Zoey, por motivos obvios, no le hizo especialmente gracia mi broma.

Pero el humor era la única forma que conocía de hacerle frente al miedo.

Y, por cómo me escudriñaba Beatrice con la mirada, aun con todo lo que nos separaba, parecía ser la única en darse cuenta.

CAPÍTULO 8
JARED

Entre las terribles y escasas cualidades que el Gran Hacedor le había concedido a Connor al nacer tampoco se encontraba la de responder preguntas. Al igual que Beatrice, guardaba el misterio para colocarnos en nuestro punto de máxima tensión justo antes de comenzar la misión. La única indicación que nos dio fue «no gritéis e intentad caer de pie» antes de alzar la llave de Éter para introducirla en el tatuaje con forma de cerradura que tenía en el pecho. Ya habíamos gastado uno de los usos de la llave. Estoy seguro de que mi tarjeta acabaría pagando el precio del destrozo de habitación que dejamos a nuestro paso. Dudaba mucho que el gerente del hotel aceptara que había sido un remolino de magia necesario para salvarle a él y a su familia de morir, y no una fiesta desfasada.

La intensidad del poder nos engulló tan rápido que no tuve ocasión de dejar claro lo hortera que me parecía el tatuaje de Connor. Por el amor de Dios, ¿en serio el conducto mágico para entrar a su hogar tenía que estar justo encima de su corazón? Ojalá se lo hubieran tatuado en el culo y tuviera que vivir con ello el resto de su eterna y miserable vida.

Mi estómago hizo acrobacias dignas del mejor circo ambulante mientras viajaba a través de... ¿la nada? ¿Nos movíamos por un espacio interdimensional? ¿Qué era esto en realidad? Me lo apunté mentalmente para preguntarlo más tarde. Sin embargo, en cuanto entramos en contacto con la quietud del Abismo, mi curiosidad se esfumó. Pisar de nuevo aquel espacio, tan sagrado y mancillado a partes iguales, me pareció igual de turbio que la última vez.

Al enfocar la vista, lo primero que percibí fueron enormes estalagmitas que emergían de un profundo hueco que parecía tan peligroso como cualquier precipicio del exterior. Por suerte aterrizamos dos metros por encima de esos picos sobresalientes, en una larguísima escalera de madera que, pegada a la pared rocosa, bordeaba y atravesaba el vacío oscuro. Connor tuvo el detalle de ingeniárselas para que nuestros traseros cayeran dentro del ancho de las escaleras empinadas.

Yo, como enemigo acérrimo de la suerte, rodé y tuve que agarrarme con todas mis fuerzas al borde de la escalinata para no desaparecer por la negrura. Fui incapaz de no mirar hacia abajo al tiempo que el latido frenético de mi corazón me avisaba de que no lo hiciera, o a ambos nos daría un infarto. ¿A cuántos kilómetros de profundidad estaríamos? ¿Quizás más de setenta? ¿De verdad era una pregunta necesaria en esos instantes? ¿Podría sobrevivir a una caída de tal magnitud además de al infarto que me daría por el camino, gracias a mis increíbles capacidades curativas?

Pronto lo descubriría.

Las ganas de vomitar hicieron arder mi garganta cuando —por si no tuviera suficiente— me avasalló una imagen: los cientos de Maestros que fueron masacrados por el Éter que Beatrice envió contra las Puertas Umbra parecieron abrir los ojos entre la nube de densa oscuridad que emergía del precipicio. Era un recuerdo que no me había dejado dormir, tan desagradable que había sido capaz de colarse entre el pánico que me provocaba estar colgado con una sola mano.

Pero vamos a ver, ¡¿es que nadie pensaba ayudarme?! En cuanto la indignación se expandió por mi pecho, Killian me tendió su mano. La cogí, colgándome de un solo brazo durante el breve momento que tardó en tirar de mi peso. De un impulso, me alejó del peligro.

Madre mía, ya era hora.

En cuanto recuperé el equilibrio y pude volver a respirar, busqué con la mirada a Beatrice, como si de alguna forma imposible hubiera compartido conmigo el recuerdo sombrío y nítido de la última vez que estuvimos aquí. Para referirme a los Maestros el término *monstruo* cada vez se me quedaba más difuso, ¿y si no todos lo eran? ¿Y si algunos eran víctimas de su propio sistema, al igual que Beatrice?

Dudas que, antes de conocerla, jamás me hubiera planteado. Me pregunté si a ella le había atormentado tanto como a mí la muerte de todos aquellos Maestros. Sus ojos azul eléctrico estaban cubiertos de sombras, solo que intuía que no a causa de los remordimientos.

—Lo has hecho a propósito —acusé al Guardián, al ver que a él ni siquiera se le había escapado ni un solo pelo de su aburrido moño. Tan estirado y perfecto como siempre.

Me observó de arriba abajo con un gesto de evidente desagrado.

—Si hubiera tenido intención de acabar con tu vida, te hubieras caído un centímetro más alejado del borde y ya está. Fin de la historia.

—¿Acaba de amenazarme de muerte como si nada? —Me giré hacia el resto, que me rodeaban, encontrando más expresiones impasibles que sorprendidas—. Lo habéis escuchado, ¿verdad?

—Cállate de una vez —espetó Beatrice, y posó la vista en Connor. Habló con voz dura—. ¿Nos puedes explicar qué hacemos en la avenida con más tráfico de todo el puñetero Abismo?

A pesar del aspecto fantasmal y decadente del lugar, podía creerme que cada día pasaran por allí miles de Guardianes; los escalones que permitían el acceso a los diferentes niveles de la galería estaban en un estado deplorable, tan recorridos que las pisadas habían desgastado su material. El Abismo, en sí mismo, era un laberinto tétrico y alejado de la luz del sol, con los recursos básicos para sobrevivir y los lujos justos para perpetuar la sociedad de clases incluso en la misma cuna de las pesadillas.

Esta era la prueba de ello.

—Estamos en medio de la nada, literalmente podría haber aparecido cualquiera y nos habría pillado —añadió Killian, poniendo su cuerpo un poco por delante del de Aria. Estaba claro que nuestro fuerte como grupo era la confianza, sí.

—Si Uriel ha mencionado a mi tío es porque es seguro visitarlo —se limitó a decir Connor.

A ninguno nos convenció, pero seguíamos vivos, así que tampoco podía ir muy desencaminado.

Por supuesto, no le iba a dar la razón.

—Y tu tío está… ¿aquí? —Zoey hizo un gesto vago para señalar el terreno inhóspito. Solo había un infinito pasillo de escaleras que conducían a alguna parte, y el precipicio del que sobresalían las diversas y variadas estalagmitas.

Traté de leer en la expresión de Beatrice alguna señal de que conociera el pasado familiar de Connor, pero la frialdad cubría cada una de sus líneas. La conocía poco, pero lo suficiente para saber que una parte de ella estaba pudriéndose al haber regresado, desde la Tierra y por segunda vez, al Abismo. De alguna forma, siempre terminaba posponiendo su plan de huir. Me pregunté si en realidad lo que la frenaba era el miedo a no saber qué hacer con esa libertad. Miedo a terminar descubriendo que cumplir tus sueños era insuficiente para llenar el vacío que siempre te había acompañado. ¿Qué se supone que hacías entonces?

—Mi tío está en el peldaño número 436 —anunció el Guardián, devolviéndome al Abismo.

Silbé y lo señalé, apretando los labios para contener la risa.

—Ya os dije que este no estaba bien de la cabeza.

—Jared —me reprendió mi hermana.

—Repito. Ya os lo dije.

—A ver, vamos a dejar que se explique —nos pidió Aria, con un renovado brillo de interés en sus ojos verdes.

Connor se lo agradeció con un leve asentimiento de cabeza.

—En efecto, nos encontramos en una de las zonas principales de tránsito del Abismo. Estas escaleras conectan el comedor con las habitaciones por lo que miles de Guardianes pasan por aquí a diario. Excepto en sus horas de descanso, claro.

—En las cuales nos encontramos ahora mismo —dedujo Zoey.

—Exacto. —Compartieron una mirada de complicidad que me puso los pelos de punta. Ugh.

—Uno de los puntos más concurridos del Abismo... Sin duda, un lugar interesante para buscar refugio—musitó Aria—. Pero ¿dónde y por qué?

—Para empezar a contar los escalones, tendremos que regresar al punto cero. —Connor se dio la vuelta para ponerse en marcha.

—¿Y no hay vigilancia? —pregunté, quedándome un poco rezagado mientras el resto del grupo lo seguía. No teníamos otra alternativa.

—¿Para qué? Aquí no hay nada que vigilar. —Killian se encogió de hombros.

—Exacto, es el lugar perfecto para esconderse —susurró Aria, observándolo todo con los ojos bien abiertos.

Bueno, eso lo valoraríamos una vez encontráramos el dichoso peldaño y si nos pillaban o no en el intento.

Con Connor en cabeza, y el resto formando una línea, tuvimos que retroceder y recorrer las escaleras serpenteantes que se adaptaban —como podían y, en algunos momentos, de forma precaria y bastante chapucera— a la rugosidad del terreno. Los relieves de las paredes y las lámparas de fuego, que emitían una luz tenue, nos acompañaron durante el trayecto. Aquí eran ratas hasta con la iluminación.

Me sentí minúsculo ante la grandiosidad de la galería. Era fascinante; algo así como la Quinta Avenida de Manhattan abandonada y bajo tierra, claro.

Cuando estábamos llegando al inicio, distinguimos de entre las distintas formaciones de roca lo que Connor nos dijo que era una escultura del Gran Hacedor. Su rostro carecía de detalles y su cuerpo, cubierto por una capa majestuosa, era más menudo de lo que jamás hubiera imaginado. Estaba un poco desgarbado, como si simulara al típico anciano sabio que posee todas las respuestas del universo y te las restriega en toda la cara antes de desaparecer sin decirte nada.

Avanzamos sin mediar palabra. Yo no podía despegar la vista de los tablones de madera, acojonado por si un tropezón me mandaba directo a los brazos de la muerte.

—¿Qué os costaba poner una barandilla? ¿Aquí no tenéis niños, borrachos o gente un poco torpe? —pregunté, reprimiendo un escalofrío. Las temperaturas habían descendido bastante en muy poco tiempo y la sensación de extrema humedad me hacía sentir pegajoso.

—Ninguno de ellos merece ser un Guardián si teme caer por un precipicio.

—Mira que sois intensos —masculló Killian.

Gruñí, dándole la razón.

—¿Y nunca os ha pasado lo típico de llegar tarde a clase y tener que correr para que el profesor no os eche la bronca? —planteé.

—No. Los Guardianes siempre somos puntuales.

—En teoría, los Guardianes también erais siempre *superleales* —canturreé, solo por joder.

Levanté la cabeza y le eché un vistazo para saborear su reacción.

Oh, ahí estaba.

Connor me fundió con la mirada, y yo me sentí el chico más afortunado del planeta. A su lado, vi cómo Beatrice se mordía el labio para ocultar una sonrisa. Ese sencillo gesto mandó una corriente eléctrica a través de mi piel que me dejó descolocado.

La leche.

Estaba enfadado con ella. Furioso, más bien. No podía ser tan idiota de bajar la guardia solo porque sonriera.

—Me imagino que tampoco tendréis equipos de mantenimiento que supervisen el estado de esta madera —comenté, y oportunamente un peldaño crujió. Hice ademán de aferrarme a la pared, pero el brillo afilado de algunos minerales me echó para atrás. Mala idea.

—No —me respondió Connor, y se detuvo de golpe—. Ya hemos llegado.

—¿Al peldaño 436? —Alcé una ceja con escepticismo.

—¿A dónde sino?

—Espero que el karma me recompense por mi trágico final teniendo que verte hacer un baile folclórico para que se abra una puerta mágica en la pared.

—Pues no.

—¿Ni un poquito de hip hop?

—No.

Suspiré de forma teatral.

—De una forma u otra, los Guardianes siempre termináis decepcionándome.

Lo dije de broma, no se me pasó por la cabeza que al escuchar mi comentario Beatrice se pondría rígida. Me pareció ver cómo una corriente de dolor amenazaba con derretir la frialdad de su mirada, pero de ser así… significaría que le importaba, que el cariño que había crecido entre nosotros había sido real y genuino. Mi corazón se aceleró, pero Beatrice rompió el contacto visual y posó sus ojos en Connor. Me obligué a hacer lo mismo. Era mucho más fácil. El Guardián se agachó de cuclillas y colocó la mano derecha en el centro del escalón. Tras unos segundos en los que no ocurrió nada, el chirrido de la roca al arrastrarse ahogó el sonido lejano de las gotas impactando contra el suelo húmedo. Connor se echó hacia atrás y nosotros lo imitamos. Abarcando el centro de tres escalones, siendo el de en medio el peldaño 436, la madera pegada a la roca se desligó del resto de escalera y con un sistema mágico que desconocía se elevó hacia arriba como si fuera una trampilla que acabáramos de levantar. Miré la abertura, impresionado.

—Yo bajaré primero —se ofreció Killian, pero Connor le puso una mano en el pecho con firmeza.

—No. Si mi tío ve aparecer de repente a un desconocido no dudará en asesinarlo.

—¿Sin preguntarle primero por qué se ha colado en su casa? Qué maleducado —comenté.

Al instante siguiente el Guardián ya había desaparecido por el agujero oscuro. Pese a mis protestas, Zoey fue la primera en seguirle y solo cuando nos llegó su confirmación de que estaba bien dejé de contener el aliento. Beatrice pasó por delante de mí y ni siquiera se molestó en mirarme. Para ella yo había dejado de existir. Excepto cuando le apetecía insultarme, claro. Ahí revivía por arte de magia. Me quedé el último, logrando la increíble hazaña de aterrizar de pie. La entrada, como si tuviera conciencia, se cerró cuando todos estuvimos dentro, bañando en polvo nuestros trajes ya cubiertos de mugre.

Para ser un agujero dentro de la propia galería, era bastante espacioso. Eso sí, la guarida secreta del tío de Connor estaba hecha un absoluto desastre; como si innumerables tareas hubieran sido dejadas a medio hacer para empezar otras nuevas y así sucesivamente. Examiné cada rincón lo mejor que pude teniendo en cuenta la pobre iluminación que nos acompañaba. De la pared colgaban tres estantes de madera cubiertos de telarañas y encima de ellos reposaban diversos botecitos de cristal rellenos de líquidos de colores. En la pared de enfrente y ocupando gran parte de la superficie —mucho más uniforme— habían colgado una enorme estantería. Los libros que contenía parecían a punto de desintegrarse a causa de su antigüedad. Y como si de un rincón de lectura se tratase, frente a ella descansaba un sillón marrón bastante desgastado. A su alrededor estaban tirados algunos cachivaches antiguos junto con un perchero del que colgaba la capa blanca reglamentaria de los Maestros con algunas prendas más. Eran… curiosas. No me imaginaba a ningún Guardián vistiendo con colores tan vivos o… ¿eso era una sudadera con el escudo del Capitán América?

Cómo se notaba que cada vez estaba más cerca de la muerte.

—Qué… acogedor —soltó Killian mientras, en el extremo opuesto de la sala, inspeccionaba la mesa mohosa con restos de comida y libros a medio leer. Avancé junto a él y cerré uno de los libros quitándole antes el punto de página. Solo por joder, claro. Lo tiré al suelo de forma disimulada. O eso creía.

—Vaya, ni el peor de los Ignis se hubiera atrevido a tanto. —Killian fingió un escalofrío.

—Cómo se nota que el único libro que has leído en tu vida llevaba dibujitos. —Le aguanté la mirada con seriedad—. Le acabo de joder la vida a este tipo.

—¿Qué tienes, cinco años?

Lo ignoré cuando algo captó mi atención.

—¡Eh! Mira esto. —Destapé uno de los muchos barriles de madera que ocupaban el suelo. Nada. Estaba vacío. Probé con el resto, pero tampoco tuve suerte.

—¿Qué tipo de información prohibida tendrán que contener estos libros? —aventuró Aria al otro lado, revisando la estantería.

—Un momento. ¿Oís eso? Parecen voces. —Killian miró a Connor, alarmado—. ¿Será seguro acercarnos?

El Guardián asintió, y con un gesto, nos pidió que lo siguiéramos.

La guarida envuelta en sombras no constaba solo de una única estancia. Un pasillo oscuro y bastante estrecho conducía a otra sala. Nos acercamos lo máximo que pudimos. Las voces rebotaban en las paredes y llegaban hasta nosotros algo distorsionadas, pero se distinguían. La conversación se había vuelto más acalorada, por eso ahora podíamos escucharla.

—El Sauce de Éter se ha quedado seco, sí, lo sé. ¡Lo pillo! —Uno de los hombres alzó su áspera voz. Parecía un poco desquiciado—. Tendrás que darme información mucho más jugosa si quieres que gaste mis últimas gotas de Éter en ti. ¿Dónde están los Maestros que han desaparecido de un día para otro?

Se me quedó la boca seca. Se refería a los cientos de Guardianes que habían muerto por culpa mía y de Beatrice. Su padre, el único superviviente al ser un Dorado y poder atravesar las Puertas Umbra con normalidad, había ocultado el motivo de sus muertes. Es lo que tiene ser un traidor y querer alejar la mirada del resto de Dorados de ti.

—Yo… No tengo nada más… —aseguró la otra persona. Parecía bastante agobiado por la situación en la que se encontraba—. Ya te lo he dicho, se rumorea que se han marchado a una misión secreta a la Tierra, por eso durante un tiempo no se requiere de la presencia del resto de Maestros. Los elegidos se encargarán de custodiar a los Inciertos para llevarlos a su destierro correspondiente.

Hubo una pausa y después, más gritos.

—¡Venga ya! No puedes creerte eso. No te lo pienso repetir más veces. Necesito saber qué ocurrió con el Sauce del Éter y con los cientos de Maestros que han desaparecido. Tu contacto me aseguró que eras bastante escurridizo, de confianza y cercano a cargos importantes. Espero que no me haya mentido y no solo por tu bien, sino también por el suyo.

—No te ha mentido —dijo, con voz temblorosa—. Pero necesito más tiempo…

—Tienes un día más para demostrármelo. De no hacerlo, esa marca que tienes bajo la ropa se cobrará tu vida, y todos pensarán que has muerto por… No sé qué tocará esta vez.

—¿Tu tío es un asesino? —le susurró Killian a Connor, bastante asombrado e incluso me atrevería a decir que casi complacido.

—No lo dirá en serio, muchas desapariciones podrían llevar a los Dorados hasta él y descubrirían… lo que sea que esté haciendo —caviló Aria, disminuyendo tanto el volumen que tuve que hacer un esfuerzo por enterarme de algo.

—Oh, ya lo creo que sí —respondió el Guardián; la tensión que emanaba de él dejaba claro que no le hacía ni una pizca de gracia los trabajitos secretos de su tío.

Escuchamos a lo lejos el sonido de otra trampilla al abrirse y cerrarse solo unos segundos después y seguido de esto unos pasos bastante animados acercándose hasta nosotros. Había llegado el momento. De un segundo a otro, el tío de Connor ya estaba junto a nosotros. No se sorprendió al vernos. Sabía que habíamos entrado desde el minuto uno en el que la trampilla se abrió. La guarida parecía ser una extensión de él; como si compartieran conciencia.

—Hola, querido sobrino. Me alegro de que al fin hayas dejado de renegar del tío tan *molongo* que te ha tocado y hayas venido a hacerme una visita. Hola chiquitos, yo soy Hanniel. —Nos sonrió casi con familiaridad.

—¿*Molongo*? —Killian miró a Connor alucinado.

—Ha viajado mucho a la Tierra. *Demasiado.*

Conforme Hanniel había estado hablando y gesticulando, se le había movido el pelo gris, largo y bastante estufado hacia todos los lados. En su rostro, el de un hombre de unos cincuenta años, llevaba gafas de metal unidas en medio por una cinta adhesiva mal puesta. Y una gran cantidad de pelo condensada bajo la nariz que me recordó al bigote rubio que tenía mi buen amigo Robferd. ¿Qué les pasaba a los Maestros con los bigotes? ¿Y por qué Connor no tenía uno en vez de esa aburrida y uniforme barba?

No me parecía bien.

Por supuesto, lo que más destacaba de aquel personaje tan peculiar eran los pantalones anchos con parches de distintas figuras cosidos en ellos y la capa de Maestro que había pintado de violeta.

—Bueno… Si estáis en mi guarida es porque mi sobrino se ha visto obligado a revelaros mi existencia y eso solo puede significar que estáis relacionados con las cosas raras que están sucediendo por aquí —dio un pequeño salto y movió las caderas en un gesto de triunfo. Después, abrió los ojos de par en par y levantó el dedo—. Tú fuiste la Novicia que consiguió manejar el Éter, y tú, el Incierto que se hizo pasar por un Maestro ese mismo día frente al Sauce.

—Exacto. —Esbocé una sonrisa de medio lado en la que me brillaron los dientes y me señalé con aire perezoso—. Ese soy yo.

—En realidad, lo único que sabemos es que eres su tío. —Killian cuadró los hombros y apretó la mandíbula, mirándole de una forma bastante intimidatoria—. Y que, de alguna forma, eso nos va a ayudar a viajar al Helheim. ¿Cómo? —Lo miró de arriba abajo con suficiencia—. No tengo ni puñetera idea de cómo un traficante de Éter nos podría ayudar.

—Jamás pensé que diría esto de alguien que comparte genes con Connor, pero creo que me cae bien —le susurré por lo bajo a Aria, que apretó los labios para aguantarse la risa.

—No solo soy un traficante, niño. —Hanniel cuadró los hombros y sus ojos centellearon al clavar la vista en su sobrino—. Connor, ¿por qué no has aprovechado para fardar de que tu tío favorito es el mismísimo creador de los libros portal?

Capítulo 9
Jared

—Es la primera vez que voy a contar esta historia —confesó Hanniel, mientras se estrujaba los dedos. Al examinar lo que nos rodeaba su expresión ilusionada mudó a una de vergüenza y, dirigiéndose a Connor, añadió—: Si me hubieras avisado antes de tu regreso habría ordenado un poco todo esto...

Y entonces voló de un lado para otro intentando ordenar la guarida. Tras un minuto de cortesía, Killian se hartó de esperar.

—Verás... Nos importa una mierda el estado de este lugar. Tenemos prisa.

Al instante Aria le pegó un pisotón y él se encogió de hombros con una sonrisa de fingida inocencia. Pero Hanniel no se molestó por la falta de modales de Killian y tampoco se achantó por lo mucho que imponía. Soltando una risita nerviosa, regresó con nosotros.

—Está bien, muchachos, está bien... Tendréis que perdonarme entonces por las condiciones deplorables de mi guarida. Por favor, poneos cómodos. Estáis en vuestra casa.

Nunca había tenido una, pero dudaba mucho que se asemejara en algo a esto.

Se desplazó con rapidez frente al sillón y pegó un pequeño e innecesario brinco para sentarse sobre él. Todos lo observábamos incrédulos. ¿De verdad había sido capaz de crear un sistema alternativo mágico para que los Novicios pudieran escaparse a la Tierra? Por su apariencia y comportamiento parecía improbable, pero si Connor no había desmentido sus palabras significaba que no estábamos ante un impostor.

Al ver que todos nos quedamos parados realizó un gesto un poco brusco para indicarnos que nos sentáramos frente a él. La desconfianza flotaba en el ambiente como una nube densa que recorría mi cuerpo, poniéndolo en estado de alerta.

—¿Quieres que nos sentemos en el suelo? —le pregunté.

Solo faltaba que de repente comenzara a leernos un cuento infantil que incluyera más canciones inventadas que texto narrativo. Me creería que durante sus estancias en la Tierra hubiera robado más cosas aparte de expresiones adolescentes y ropa moderna, como, por ejemplo, unos cuantos porros.

Miré con disimulo a Beatrice y se me contrajo el pecho. No solo se había enterado de la traición de Connor, sino que además el creador de los libros portal era alguien de su propia sangre. Un familiar directo que apostaría a que no sabía ni que existía. La observé esperando, de nuevo, una reacción. Algo. Pero además de haber perdido todo rastro del poco color que tenía su rostro parecía… contenida. Un fantasma de la persona arisca y venenosa que siempre mostraba ser. Eso sí, se había alejado lo máximo posible de Connor teniendo en cuenta el espacio reducido en el que nos encontrábamos. Miraba fijamente a Hanniel, como si el resto hubiésemos desaparecido.

La culpabilidad del Guardián saltaba entre Beatrice y mi hermana, con la que intuía que tampoco se había abierto para compartir su pequeño secretito. La cara descuadrada de Zoey lo revelaba.

—Una pregunta, Connor… —comencé a decir, y sus ojos se posaron en mí. Le aguanté la mirada sin ocultar el desdén que sentía hacia él—. Si tan fiel eres al Gran Hacedor… ¿por qué has ocultado un secreto que rompe con todas las reglas del Abismo?

Sus dientes rechinaron.

—Eso no es asunto tuyo —me respondió, con una lentitud amenazante, pero yo no me dejé intimidar y avancé un paso hacia él.

—Un poco sí, teniendo en cuenta que tenemos que seguir confiando en ti y está claro que no eres lo que pareces.

Una risa venenosa cortó el aire, interrumpiéndonos.

—Te recuerdo que otra persona nos ha traicionado aliándose con nuestro enemigo más directo hace como... ¿unas horas? Y aquí está como si nada. —Beatrice había decidido que aquel era un buen momento para despertar de su estado de letargo y descargar su rabia contra mi hermana, cómo no.

Zoey se encogió ante el ataque y agachó la cabeza. Killian y Aria se miraron, pero se quedaron callados porque sabían que Beatrice tenía razón y yo... Yo la fulminé con la mirada, apretando los puños.

—¡Connor se hace el duro, pero me quiere, por eso ha protegido mi secreto! —gritó Hanniel de repente, intentando recuperar nuestra atención—. Venga, chiquitos, dejad de hablar que me tenéis que escuchar atentamente. Sentaos —nos ordenó por segunda vez, y al ver que todos nos mirábamos entre nosotros sin saber muy bien qué hacer dio un golpe fuerte en el reposabrazos—. ¡Que os sentéis de una puta vez, joder!

Su voz furiosa retumbó por las paredes y causó el efecto deseado. Tras un rápido acuerdo silencioso decidimos pausar nuestra discusión para no aumentar su enfado y colocarnos formando un semicírculo frente al sillón. Nos convenía saber la información que tenía para darnos; el motivo por el cual Uriel nos había guiado hasta aquí. La constante molestia del tatuaje en mi espalda se convirtió sin previo aviso en un tenue dolor; un claro recordatorio de que no teníamos todo el tiempo del mundo.

Aun así, estaba en mi naturaleza replicar.

—¿Acaso tu modelo de imitación de los humanos ha sido el de adolescentes con un estilo de crianza demasiado permisivo? Porque no te costaba nada decir *por favor*.

—Cuando era pequeño... —Hanniel me ignoró. Su voz de lunático volvía a rebosar emoción.

—Aquí cada uno a su rollo —farfullé, y sus ojos saltones me lanzaron una advertencia—. Perdón, perdón. Ya puedes seguir.

—Cuando era pequeño siempre me sentí como un bicho raro por mi personalidad histriónica. No encajaba en esta sociedad tan estricta y mucho menos en una familia de alto *status*. Todos me recordaban día tras día lo inadecuado que era y que jamás podría conseguir aquello que más anhelaba: convertirme en un Dorado. Así que quise vengarme desde dentro, encontrando fallos en un sistema cuyos supuestos pilares eran la lealtad ciega y la servidumbre hacia el Gran Hacedor —comenzó a contarnos. Me sabía de memoria el típico discurso del villano incomprendido con mala gestión de sus emociones y, aun así, seguí escuchando casi con el aliento contenido—. He fingido que me conformo con un ordinario puesto de Maestro encargado de vigilar el Sauce del Éter y lo he aprovechado para ir robando poco a poco Éter e intercambiarlo por información jugosa. Durante años he conseguido gente de confianza, Novicios que nunca llegarían a ver la luz del Sol de no ser por mis libros portal. Eso me ha permitido recopilar muchos de sus secretos, como el de tu querido padre —puso el foco en Beatrice—. Un Dorado teniendo una hija… Algo completamente prohibido.

Connor abrió los ojos como platos.

—¿Lo sabías? —le acusó.

—¿No me das ni un abrazo y pretendes que te revele secretos que no sé ni que te importan? —espetó.

El Guardián gruñó y por su bien decidió quedarse en silencio.

—¿Y cómo conseguiste crear los libros portal? —preguntó Aria, volviendo al tema inicial.

—Gracias a esto. —Señaló nuestro alrededor—. La guarida de nuestra antepasada Lunette, una Dorada. Una noche que me había rendido a la bebida que algunos Maestros robaban de la Tierra iba en dirección a mi habitación cuando me tropecé y me caí.

—¿Veis como sí que hace falta una barandilla?

Killian me lanzó una mirada asesina que me calló de un plumazo.

—Al apoyarme con las manos para intentar amortiguar la caída se activó una compuerta mágica bajo el escalón y así descubrí este escondite. Años más tarde averigüé cómo había podido ocurrir. Se trata de un hechizo mágico de seguridad que reconoce la sangre y solo se abre con los de nuestro linaje.

—Pues qué suerte haber caído justo ahí —farfullé en voz baja.

—El destino así lo quiso —sentenció, alzando la barbilla.

Le di vueltas a sus palabras y hubo una en concreto que se quedó bailando en mi mente.

—Lunette… Ese nombre me suena mucho —comenté, con aire pensativo.

—Y a mí —susurró Killian, en voz baja frunciendo el ceño.

No podía ser una coincidencia que hubiéramos acabado justo aquí y que a ambos nos resonara el mismo nombre.

—Pero ¿no se supone que todos los Dorados son hombres? —preguntó Zoey.

—Ella fue la única excepción —le respondió Hanniel, y ante nuestras miradas interrogantes continuó hablando—. No sé qué ocurrió, pero tuvo que descubrir o hacer algo muy gordo para que después prohibieran a las mujeres optar por ese puesto.

—Quizás simplemente tenía su propio pensamiento crítico —planteó Aria, echándose su melena castaño oscuro hacia atrás. Aquí hacía mucho más calor que arriba.

—Es bastante probable —la apoyó Beatrice, y fue al mirarla cuando me transporté a otro momento.

—Esperad. Ya sé de qué nos suena el nombre de Lunette. Lo vimos inscrito en una de las tumbas de la Cripta Eterna, oculto con un material muy similar al del resto de los ataúdes de piedra de los primeros Dorados.

—¡Menudo pasadote! ¿Os habéis atrevido a bajar a la Cripta Eterna? —saltó Hanniel con los ojos abiertos de par en par y la voz aguda por la sorpresa—. He oído historias horripilantes de aquel lugar y de las Damas que lo protegen de intrusos…

—Créeme, no es tan guay como parece —respondí, recordando la imagen siniestra de las Damas Sombrías y lo cerca que habían estado de matarnos.

—¿Seguro que es el tío de Connor y no el tuyo? —me preguntó Killian, con una ceja arqueada.

—No te pases —le advertí, y después me concentré en hacer memoria—. Recuerdo que, junto con el cadáver de Lunette, había un cuaderno rojo.

—¿Lo robasteis? —preguntó Aria con rapidez y yo negué con la cabeza, a lo que ella gimió con desilusión—. Esas cosas siempre son importantes, seguro que ahí se encuentra el motivo por el que los Dorados intentan ocultar su existencia.

—Es que estábamos un poco ocupados intentando sobrevivir —me excusé.

Pero mierda. Tenía razón, deberíamos haberlo cogido.

—Nos estamos desviando del tema —intervino Killian, y miró de nuevo a Hanniel—. Necesitamos ir al Helheim, y Connor cree que tú puedes ayudarnos.

Un brillo atravesó los ojos del ser excéntrico, y luego los entrecerró con suspicacia.

—¿Cómo sabéis en qué he estado trabajando?

—No lo sabemos, pero si has dado vida a libros que transportan a Novicios a la Tierra pensamos que puedes ser capaz de hacerlo a otros lugares de mucho peor acceso.

Killian había hecho bien en omitir la presencia de Uriel. Si lo nombrábamos quizás dejaría de ayudarnos y no podíamos permitirnos ese lujo.

—¿Y yo qué gano con todo esto?

—La verdad sobre lo que está pasando con los Guardianes.

No podía haber nada más jugoso para él, no cuando hace un rato se lo estaba preguntando con desesperación al pobre Novicio que no tenía ni idea de nada. Hanniel no se molestó en ocultar el profundo interés que sentía hacia nuestra propuesta. Aceptó al cabo de unos segundos, y confiando en que cumpliría con su parte del trato, nos tiramos un buen rato poniéndolo al día sobre los últimos acontecimientos; la Tierra secándose por el robo del Vestigio Original del Agua, el plan de destrucción del Dios del Fuego y su alianza con el padre de Beatrice.

Al final, Hanniel pareció llegar a algo.

—Creo que sé cómo puedo ayudaros. —Se levantó del sillón y se dirigió a la estantería. Inspeccionó la hilera de libros antiguos con detenimiento y, a medida que los iba extrayendo, leía sus títulos para sí mismo. Tiró al suelo aquellos que sacaba y no eran el que estaba buscando. Repitió la acción durante unos minutos hasta que contempló un ejemplar con chispitas en los ojos—. Ah, aquí estabas —le dijo al ejemplar, con un tono de regañina y nos devolvió la mirada—. Este libro contiene los primeros registros de la magia primigenia. Los primeros Dorados lo escribieron para contar a sus predecesores cómo funcionaba la magia elemental.

—También tenemos que encontrar el Vestigio Original del Aire —le recordó Aria. Su gesto era de pura impaciencia al ver que íbamos contrarreloj y aún no habíamos hecho ningún avance.

—Necesitaré unas horas para dar con el hechizo que manipule la magia como deseo.

—No contamos con ese tiempo. Lo mejor será que nos dividamos —propuso Beatrice.

—¿Otra vez? —La ansiedad me sacudió del golpe ante aquella idea.

—Yo buscaré la corona, soy la única que puede ponérsela sin morir en el intento —sentenció Aria. Era evidente que no lo decía como un logro sino más bien como una carga que pesaba sobre sus delgados hombros.

—Y yo iré contigo. —La Guardiana dio un paso hacia ella.

—Yo me quedo aquí —anunció Connor—. Ayudaré a mi tío a buscar el modo de transportarnos al Helheim una vez regreséis con la corona y también de buscar posibles aliados. —Sus rasgos duros se suavizaron cuando miró a mi hermana—. ¿Zoey?

—Yo... —la indecisión bailó en su cara.

—Tú vendrás con nosotras —intervino Beatrice—. Creo que soy la persona más racional de este grupo para vigilarte.

—No lo creo —gruñí, y la rabia provocó que una risa agria saliera de mi boca—. Eres probablemente la persona menos objetiva de todas. Por razones obvias —dije, y me miró con odio. Uno que merecía—. Además, Zoey no necesita vigilancia. No va a traicionarnos.

Ante el silencio del resto, me enervé.

—Si todos pensáis que es un monstruo, entonces, ¿qué hacéis intentando ayudarnos? —levanté la voz dejando que el enfado se extendiera y envolviera todo rastro de racionalidad. Algo que nunca me permitía hacer.

—Para —intervino Zoey, poniéndome las manos en el pecho. Me costó apartar mi dura mirada hacia el grupo para trasladarla a ella. Sus ojos estaban cubiertos de agradecimiento y de culpabilidad—. Para de defenderme, por favor. Sé que lo haces para protegerme, pero tienes que parar. Sabes que tienen motivos de sobra para desconfiar de mí, arriesgaron su vida para sacarme de allí, y yo... los vendí al rey. Podría haberles sido sincera, pero estaba muy asustada y...

Beatrice soltó una risa desdeñosa.

—Pero ¿a ti qué coño te pasa? —estallé contra ella.

Se cruzó de brazos con pose chulesca.

—Que me estoy aburriendo y tenemos demasiadas cosas que hacer.

—Tampoco hace falta que seas una zorra. —Zoey se volvió hacia ella enseñándole los dientes.

—No, no hace falta, pero total, haga lo que haga siempre terminan viéndome del mismo modo, así que... —Se encogió de hombros con resignación y clavó sus ojos en mí, ardientes como dos brasas mientras me retaba con la mirada—. Supongo que tendré que seguir comportándome como una.

—Eso no es verdad. Nos has ayudado mucho —Aria salió en su defensa e hizo un gesto con las manos con el que nos pedía calma—. Tenemos que intentar tranquilizarnos todos.

—No te equivoques. —La voz de la Guardiana era más afilada de lo que jamás había escuchado—. Solo os ayudo porque quiero irme de una maldita vez a la Tierra, y si los Ignis la destruyen no me quedará ningún lugar seguro al que escapar.

—Nunca creí que fueras tan egoísta. —Connor la miró decepcionado. Tócate los cojones.

—Mira, tengo pocas ganas de defenderla ahora mismo, pero más te vale que cierres la puta boca si no quieres que te la cierre yo —mi tono, tan duro como el acero, dejó asombrados a todos, incluso a mí mismo.

El Guardián dio varios pasos amenazantes hacia mí, y yo hice lo mismo. Enseguida Killian se interpuso entre nosotros. Su mano impactó contra mi pecho, echándome hacia atrás.

—¿Qué coño pensáis hacer, pegaros como si tuvierais quince años?

—Pues sí, joder —me volví hacia Beatrice, que se había quedado descolocada ante mi reacción.

—No tienes ningún derecho a defenderme. No ahora —La Guardiana reaccionó, encarándose conmigo y consiguiendo que Killian se echara a un lado. Estaba que echaba furia por las orejas. Me empujó el pecho con un dedo y se acercó a mi rostro para al fin explotar—. ¡Pensaste lo peor de mí cuando acababa de salvarle la vida a tu hermana! Sí, cometí un error y me metí con ella, pero, joder, acababa de traicionarnos a todos. Y tú no me diste ninguna oportunidad, simplemente me odiaste con la misma facilidad con la que lo hacías cuando aún no me conocías. —Su pecho subía y bajaba con fuerza, y bajó tanto la voz que apenas fui capaz de oír algo—. Pensaba que habías visto algo más que mi oscuridad, pero veo que me equivocaba. O quizás es que eso es lo que soy. Oscuridad. Y todos tendremos que aceptarlo cuanto antes.

—¿Cómo que salvarla? —pregunté confuso. No sabía de qué me estaba hablando.

—Sí, en el Bosque de las Bestias. La atrapó un Solitario y yo fui a ayudarla —me contó con voz neutra, y sin poder evitarlo los ojos se me fueron a la cicatriz que atravesaba su mejilla derecha. Se dio cuenta de la dirección de mi mirada y la señaló—. Sí, un pequeño regalito que recibí cuando Connor decidió salvar a tu hermana en vez de mí, a sabiendas de que eso mataría a la única familia que supuestamente tenía. —Beatrice miró a Zoey con los hombros rígidos—. No tengo nada personal contra ti, pero a todos les da demasiado miedo hablar de la realidad de tu traición.

La verdad me estalló de pleno y, aunque seguía enfadado porque sentía que no había sido buena amiga al meterse con la persona a la que más quería, podía entenderlo. Connor había elegido a Zoey por encima de ella y esa decisión había estado a punto de matarla de no ser porque… Joder, cuando extrajo todo el Éter del bosque había sido para salvarse. Lo había hecho sola. Yo sabía demasiado bien lo que era que nadie luchara por mí, a excepción de mi hermana, y si en algún momento mi hermana me abandonara de esa forma por otra persona… Eso me destrozaría. Y si encima esa persona nos había traicionado, por mucho que tuviera sus razones, no dudaría en cargar contra ella.

No podía reprocharle a Beatrice que dirigiera su enfado hacia mi hermana en vez de hacia Connor porque yo estaba haciendo lo mismo. Me estaba enfadando con ella porque no sabía cómo enfadarme con Zoey.

Joder. Era un imbécil.

—Beatrice, yo…

—No quiero hablar contigo.

—Beatrice —la llamó Connor.

—Y mucho menos contigo. Vámonos ya. Tú, ábrenos —le espetó a Hanniel.

—Killian, será mejor que te quedes —le dijo Aria, cogiéndole de la mano y no le dejó ni protestar—. De no ser por ti, hace unos minutos se habrían puesto a pegarse. Tienes que quedarte.

—No quiero separarme de ti. —Le puso las manos en las mejillas y le ahuecó la cara. No parecía nada contento—. Joder, es muy peligroso.

—Ey, estaré bien, tengo a mi lado a una auténtica hija de un Dorado. —Le guiñó un ojo, intentando tranquilizarlo y esbozó una sonrisa amable a Beatrice.

—Yo las acompañaré hasta la biblioteca más cercana a Tengboche para asegurarme de que llegan sin ningún contratiempo —propuso Connor, refiriéndose a las salas del Abismo que tenían acceso directo a las bibliotecas de la Tierra. De ese modo los Guardianes siempre habían controlado la información que los humanos manejaban a través de los libros. Lo que no sabían era que Hanniel había escondido allí libros portales para su pequeño negocio de tráfico de información y viajes prohibidos a la Tierra.

—Yo iré contigo. Y no acepto réplicas —sentenció Killian. Había que admitir que el cabrón imponía.

El Guardián asintió. Parecía un poco avergonzado por la confesión de Beatrice. Evitaba mirarla. Siempre había sido un cobarde.

—Necesitaremos capas de Novicios para pasar desapercibidos —le pidió a su tío.

—Por el Gran Hacedor, y yo necesitaré que me sigáis informando de cómo continúa la historia entre estos... ¿cuatro? —respondió Hanniel, mirándonos fascinado a Beatrice, Connor, Zoey y a mí.

Puse los ojos en blanco y me acerqué hasta mi hermana.

—Zoey... Lleva mucho cuidado, ¿vale? —La abracé lo más fuerte que pude. Tragué saliva separándome de ella para añadir—: Y cuando volváis tenemos que hablar.

—Lo sé. —Me sonrió con cariño y tristeza y me apretó con fuerza—. Nos vemos a la vuelta. Te quiero, hermanito.

—Y yo. —El corazón se me apretó en un puño.

Mientras Aria y Killian se despedían como dos absolutos enamorados que dan un asco de la leche yo volví a intentar hablar con Beatrice, que se encontraba en un rincón apartado del resto. Ella no tenía a nadie a quien decir adiós.

—No sabía que habías salvado a Zoey.

—No me dejaste hablar —me reprochó, sin mirarme siquiera.

—Y tú dejaste que pensara lo peor de ti con demasiada facilidad.

—¿Ahora es culpa mía también? —se volvió hacia mí, con los ojos encendidos.

—Mierda, no, claro que no. Estábamos en una situación límite y yo...

—No quiero resolver esto. No vale la pena —me cortó.

—¿En serio? Estábamos empezando a entendernos.

—¿Y todo para qué? Lo único a lo que me ha llevado esta amistad es a sentir dolor. Y ya tengo muchas cosas que me provocan ese sentimiento. No necesito ninguna más.

—Ya estás volviendo al blanco y al negro. En las amistades hay discusiones, malentendidos, cosas que te sientan mal del otro..., pero se hablan y se solucionan.

—Yo no quiero solucionarlo.

—No me lo creo —repliqué con el corazón latiéndome cada vez más rápido.

—Me importa una mierda lo que creas o no. Me da igual. Nuestra amistad me da igual. Tú me das igual. —Sus palabras se colaron dentro de mi pecho, y me sorprendió lo mucho que me escocieron. Me abrasaron.

Mientras se daba la vuelta y se marchaba con el resto me pregunté si volvería a verla algún día.

Y una vieja herida se reabrió. Beatrice había visto algunas partes oscuras de mí; la desconfianza, la sobreprotección, el miedo, el egoísmo... Y se había ido.

No había mirado atrás ni una sola vez.

CAPÍTULO 10
ARIA

Todo me daba vueltas.

Expulsé el aire contenido con lentitud y cerré los ojos con fuerza para abrirlos segundos después, solo para comprobar que todo seguía igual de borroso. Genial. Apreté los dientes para frenar la arcada que amenazaba con treparme por la garganta. Tenía el estómago del revés.

Un par de respiraciones más tarde, la neblina de confusión que distorsionaba los bordes de mi visión se disipó. Y lo primero que hice fue mirar a Beatrice con desconcierto. ¿Por qué era la única de las tres que no parecía a punto de vomitar el puré que nos había preparado Hanniel? Me reconfortó ver el rostro ceniciento de Zoey. Se apoyaba en la pared desconchada, tratando de mantener el equilibrio.

Escudriñé el espacio estrecho y poco luminoso en el que nos encontrábamos.

Habíamos llegado. Y, por más veces que me teletransportara, ya fuera usando las llaves de Éter o con la ayuda de los libros portales, nunca me acostumbraría a la repentina sensación de vacío que daba paso a la extrema presión que sufrían cada una de mis terminaciones nerviosas al viajar de un espacio temporal a otro. Era espeluznante.

Nos dimos unos minutos de margen y, en cuanto dejamos de tener los sentidos embotados, salimos de la biblioteca de Tengboche, el lugar en el que se encontraba el Vestigio Original del Aire. No sin que antes Beatrice llamara a las sombras para envolvernos. Treparon por nuestros tobillos con elegancia felina, y se enroscaron en nuestros brazos hasta abrazarnos en su completa su oscuridad.

Abandonamos la sala solitaria, a excepción de la presencia pesada del silencio, junto con el polvo que se acumulaba en las estanterías repletas de libros budistas y escritos antiguos. La puerta crujió al abrirse, y cuando cruzamos el umbral, salimos a la que supuse sería una de las calles principales de la aldea.

Las tiendas a pie de calle, junto con algunos puestos ambulantes. atraían a los aldeanos. Además, los colores cálidos del atardecer también nos recibieron, bañando Tengboche con sus tonos anaranjados. Levanté la vista para observar, maravillada, todo lo que nos rodeaba; un pequeño pueblo rodeado por altísimos pinos que se quedaban minúsculos en comparación con las gigantescas montañas que los respaldaban. El aire era puro; olía a vegetación, tierra húmeda y especias que no reconocí.

Avanzamos por las estrechas calles empedradas siguiendo las indicaciones del tío de Connor, mirando con tensión a cada transeúnte que, ajeno a nuestra presencia, pasaba por nuestro lado. El día terminaba, y los aldeanos parecían tener prisa por descansar de la jornada de trabajo al calor de su hogar. Por el rabillo del ojo percibí cómo la responsable de que nos moviéramos entre nubes densas de oscuridad ocultaba el colgante de sombras tras el cuello redondo de su traje. Después, continuó encabezando la marcha como si no fuera una de las primeras veces que pisaba la Tierra.

La confianza con la que Beatrice se movía por el mundo era asombrosa. Me costaba apartar la vista de ella, como si su campo gravitacional atrajera a todo cuanto la rodeara, incluida yo. Era como si cada elemento de la Tierra estuviera colocado minuciosamente para servirla. Caminaba como una reina que no tiene miedo de que le arrebaten aquello que por naturaleza es suyo. Y me sorprendía que me transmitiera esa seguridad cuando sabía que desde pequeña le habían repetido hasta la saciedad que no se merecía nada de lo que el mundo tenía para ofrecerle.

O disimulaba muy bien lo rota que estaba, o de verdad no se daba cuenta de la fuerza que irradiaba.

Dudaba mucho que llegara a conocer la magnitud de todo lo que había tenido que soportar al crecer en el Abismo, pero por los comentarios que había ido soltando... Intuía que no había sido fácil para ella.

El dolor es conocido por ser solitario, pero puede ser un puente para personas que necesitan ser encontradas. Allí, todos habíamos quedado marcados por el sufrimiento, pero ella... ella lo usaba como armadura para sus amigos y como arma para sus enemigos. No estaba bajo su piel, *era* su propia piel. Gruesa y áspera, letal para quien se atreviera a acercarse. Y yo la entendía, porque había estado demasiado cerca de desaparecer en mi propio sufrimiento.

Aún tenía miedo de hacerlo.

Una bola de inquietud me cerró la garganta y decidí que era momento de pensar en otra cosa. Me concentré en mis pasos rápidos y rítmicos y el malestar fue sustituido por una sensación de expectación al pensar que el destino al que nos dirigíamos estaba considerado el templo más alto del mundo. Situado en la región Khumbu, al noreste de Nepal, era su principal monasterio budista, pero lo que no sabían los aldeanos, ni mucho menos los frecuentes turistas, era que esas paredes escondían la corona que una vez perteneció a la Diosa del Aire.

—Me parece demasiada coincidencia que el templo fuera destruido no solo por terremotos, sino por incendios, al igual que ocurrió en la casa de Madame LaLaurie —comenté, en un intento poco esperanzador de romper la tensión que reinaba en el ambiente.

Hanniel había soltado a bocajarro datos de Tengboche mientras buscaba y nos proporcionaba las capas color escarlata propias de los Novicios. También nos había contado la historia del lugar mientras nos guiaba hasta la sala que conectaba el Abismo con la minúscula biblioteca de Tengboche. Los Guardianes habían utilizado un hechizo mágico para que, usando sus llaves en dichas salas, los Maestros gastaran menos Éter para llegar a los infinitos puntos de la Tierra. Lo que no sabían era que cualquier Novicio conocedor de los libros portales podía aprovecharse de ello sin necesidad de tener una llave.

—Si en teoría los Vestigios no tenían tanto valor, ¿por qué destruir el templo? —planteó Zoey.

—Estamos hablando de los Ignis. Si sabían que aquí estaba una de las dos coronas relacionadas con los Kaelis, lo harían simplemente por joder —le respondí, y tras esperar en vano a que Beatrice cogiera el hilo que había dejado caer, volví a intentarlo—. Mirad, estamos llegando. Hanniel tenía razón, el templo no tiene pérdida. —Señalé con la mano hacia la enorme estructura que se alzaba a una altura superior a la del resto de la aldea. Teníamos una vista panorámica de las montañas de la cordillera del Himalaya, que se erigían detrás del templo, imponentes y esplendorosas, con sus picos cubiertos de nieve. Jamás pensé que vería el Everest, pero allí estaba, a su izquierda.

Me ceñí la capa a los hombros para intentar alejar el frío. Mi cuerpo temblaba por la caída de la temperatura a medida que la noche se abría paso, o tal vez se trataba de la tensión entre Beatrice y Zoey, tan palpable que conseguía colarse entre mis músculos, engarrotándolos. Tragué saliva sintiendo cómo el nudo de malestar volvía a crecer en la boca de mi estómago, volviéndose cada vez más pesado. Nos lo jugábamos todo en esta misión. Y no podía soportar la idea de no volver a ver a Killian. Me dolía el corazón con tan solo pensarlo. Álex y mi madre también acudieron a mi mente, junto a mi padre y Karina y Lila. No quería renunciar a ninguno de ellos.

—Chicas, esperad. —Me detuve de golpe y me quedé parada frente a ellas. Tuvieron que frenar sobre sus talones para no salirse de la órbita de magia que creaba el colgante. Se volvieron hacia mí, ambas con el ceño fruncido. Cogí aire y hablé con tono serio—. Entiendo que, por motivos más que evidentes, no os guste demasiado la idea de trabajar juntas, pero si algo tenemos en común es que todas queremos volver con vida al Abismo. Y para eso no podemos permitirnos discusiones que nos distraigan.

Me observaron meditando qué decir y al cabo de un momento, Zoey reaccionó.

—Por mi parte puedes estar tranquila. —Sus ojos estaban alicaídos, la vergüenza pesaba en ellos—. Sé que ya no hay vuelta atrás, pero me gustaría intentar recompensaros por todo lo que he hecho.

Asentí, tratando de apartar a un lado la desconfianza y deslicé la vista a Beatrice.

—Estamos perdiendo el tiempo —farfulló—. Cuanto antes empecemos antes nos podremos ir de aquí a continuar poniéndonos en peligro. —Echó a andar, pero la retuve cogiéndola del antebrazo. Se giró hacia mí lentamente y decidí que soltarla era la mejor opción.

Tragué saliva recordando lo peligrosa que era.

—Beatrice, por favor —insistí, esta vez suavizando mi voz—. Cuando lleguemos ahí dentro no sabemos quién habrá, ni siquiera en qué zona del templo tenemos que buscar la corona. Para que esto funcione necesitamos dejar fuera nuestras diferencias.

Era un poco más bajita que yo, pero la fuerza que desprendía me empujó a querer dar un paso hacia atrás. El cabreo derritió su mirada glacial.

—No me trates como si fuera una niñita inmadura incapaz de controlar sus emociones. Llevo muchos años entrenando como la mejor de los soldados. Muchísimos más que vosotras dos. Por mi parte puedes estar tranquila, yo nunca os he puesto en peligro.

«A diferencia de Zoey», sentí que quiso decir.

Y tenía razón, pero ese no era el punto al que quería llegar.

—No te estaba acusando a ti, solo intentaba hablar las cosas para que todas estuviéramos lo más seguras posible —repliqué y suspiré con pesadez—. Déjalo. No sé ni para qué me molesto. Vamos —resolví con voz cortante y esta vez fui yo la que retomé la marcha.

Me pareció ver una chispa de remordimiento en su mirada, pero se mantuvo en silencio.

Al menos lo había intentado.

No sabíamos quién habría sido el primero en llegar, si nosotras o los Ignis. Teniendo en cuenta la escasez de Éter provocada por la chica malhumorada que caminaba a mi lado, los Ignis no contaban con mucha gasolina para viajar, pero no podíamos bajar la guardia. Aunque teníamos la protección del colgante de sombras, terminamos alejándonos de las vías principales para no tentar a la suerte. Tampoco sabíamos si algún aldeano, al vivir tan cerca de la fuente de poder, podría haber desarrollado capacidades perceptivas y tendría la excepcional capacidad de vernos, tal y como les había ocurrido a las originarias brujas y videntes de Nueva Orleans.

Mientras caminábamos, pensé que, en otras circunstancias, me habría encantado perderme por las estrechas y laberínticas calles de Tengboche. Conocer su historia, su cultura y la hospitalidad de su gente. Sin duda, era un lugar muy diferente a Vermont, muy pintoresco con su conjunto de viviendas a diferente altura junto con sus fachadas pintadas de colores vivos. Todas conservaban un aspecto antiguo, lo que las hacía aún más valiosas.

Me habría encantado ir de la mano de Killian mientras señalábamos cualquier cosa que nos llamara la atención entre risas y piques. Deseé tener la oportunidad de conocer el mundo a su lado, a través de sus ojos. Descubrirlo también a través de mi mirada, una que tuviera más ilusión que miedo. Cuando me di cuenta de que mis pensamientos me estaban poniendo aún peor los disuadí como pude.

El templo al que nos dirigíamos se encontraba en lo alto de una colina cuyo fondo era el impactante monte Ama Dablam. Las vistas panorámicas eran impresionantes ya que se podían admirar las montañas de la cordillera del Himalaya. Me sentí incómoda con la idea de mancillar uno de los templos más sagrados del país, por mucho que supiera el verdadero origen de los humanos me parecía muy violento entrar al santuario. Lo habían levantado y cuidado durante años y lo más seguro es que hoy acabaría, como todo últimamente, en ruinas.

Los latidos de mi corazón se aceleraron al ver que nos acercábamos.

—Aria. —Sin perder el ritmo, Beatrice se giró hacia mí. Mi nombre sonó indeciso en sus labios. La observé con curiosidad a la espera de que se animara a continuar—. Quería darte las gracias por tu apoyo en la guarida de Lunette, sé que apenas nos conocemos y no tendrías por qué haber salido en mi defensa —soltó de forma atropellada, para luego apartar la vista de mí. Parecía querer estar en cualquier lugar salvo en esta conversación, pero, aun así, segundos después me devolvió la mirada—. Y perdona si antes he sido una zorra contigo. Sé que estás asustada y solo intentas que todo salga bien. —Suspiró. De repente, se la veía muy cansada—. En realidad, yo también lo hago.

Parpadeé incrédula.

No podía articular palabra.

—Sí, solo quiero que todo salga bien —musité, y esbocé una débil sonrisa—. Gracias por entenderlo.

Ella me correspondió la sonrisa, solo que mucho más tensa, y sentí que se me aflojaba un poco el nudo tenso que se me había instalado en el pecho.

—Estoy volviendo a verlo después de mucho tiempo… —musitó, casi para sí misma.

—¿El qué? —le pregunté, frunciendo el ceño.

—La mirada de aquel que teme perder aquello que más quiere.

Sus ojos azules se perdieron en la vegetación montañosa que rodeaba los límites de la aldea. De repente se había puesto nostálgica.

—¿Hace cuánto no ves una mirada así? —pregunté con cautela.

—Desde que era pequeña —me respondió, un poco ausente. Su mente debía estar muy lejos, de otra forma no entendía cómo estaba abriéndose tanto. ¿Se referiría a algún familiar? ¿Nadie la había vuelto a mirar así?

Eso era… triste.

—Killian y tú os miráis así —declaró, y se dirigió a Zoey, que estaba tan sorprendida como yo por el rumbo que había tomado la conversación—. Y tú y… Jared también lo hacéis. Da un poco de grima la verdad —añadió, con una mueca de desagrado. No se me pasó por alto el hecho de que, por algún motivo, olvidó mencionar a Connor—. Madre mía, ¿se me ha pegado del idiota de Jared ponerme intensa al estar cerca de la muerte? ¿Cómo es eso posible? Yo no soy así.

Solté una suave risa al ver su estado de horror.

—Tranquila, es algo totalmente normal cuando pasas mucho tiempo con una persona. Y Jared es un buen chico… —dije antes de poder reprimirme. Al ver que Beatrice había bajado la guardia, me habían dado esperanzas de una posible reconciliación. Entre ellos saltaban chispas en todos los sentidos y eso solo podía significar que se guardaban un cariño —un poco raro—, pero real.

—No quiero hablar de él —su tono se endureció, y volvió a adoptar su habitual pose defensiva.

—… pero es cierto que se ha equivocado —terminé de decir—. Yo también me habría puesto furiosa, pero… no vale la pena que pierdas la oportunidad de conocer a una persona como él. Y mucho menos en estas circunstancias donde todo es tan… —Suspiré de forma pesada—… horrible.

—¿Por eso haces como si Zoey no nos hubiera traicionado? ¿Solo por lo bien que te cae su hermano? —Alzó una ceja con escepticismo.

Estaba claro. Había tensado demasiado la cuerda.

—Sabéis que os estoy oyendo, ¿no? —saltó Zoey.

Intervine antes de que las cosas se complicaran.

—Yo también he metido la pata y he puesto en peligro a personas que quería por miedo o por creer estar haciendo lo correcto —dije, pensando en aquella vez que los Ignis asaltaron mi casa con Eric y mi madre dentro por culpa de mis mentiras—. No la justifico ni me parece bien lo que ha hecho, pero puedo llegar a entenderlo. Todos estaríamos dispuestos a cruzar nuestros valores si tenemos la mínima oportunidad de recuperar a aquellos a quienes más amamos.

—Madre mía, eres igual de intensa que Jared —bufó Beatrice.

—Ya. Por eso me cae tan bien. —Sonreí, sintiendo una punzada cálida al pensar en él—. Oye… te lo tengo que preguntar: cuando regresasteis del Abismo parecíais incluso ser amigos o… algo más.

Imagínate mi sorpresa después de veros lanzándoos cuchillos a la cabeza.

—Literalmente le tiré uno en nuestros primeros días trabajando juntos —dijo, y sus bonitos rasgos se cubrieron de satisfacción.

—¿Cómo que le tiraste cuchillos a mi hermano? —se escandalizó Zoey.

—No seas dramática. Ni siquiera le rocé el pelo —protestó, pero en el fondo podía ver cómo estaba disfrutando—. Por desgracia.

—¿Entonces...? ¿Tú y él...? —dejé la pregunta en el aire y alcé las cejas un par de veces de forma insinuante.

Me miró como si se me hubiera ido la pinza. Se la veía rígica hablando del tema, pero al mismo tiempo percibía que, de algún extraño modo, se estaba sintiendo cómoda con nosotras. La situación me recordó en la lejanía a las muchísimas conversaciones de chicas que había compartido con Karina y Lila.

Un agujero de temor se abrió paso en mi interior al pensar en ellas. Esperaba que estuvieran bien.

Que no me hubieran olvidado.

—Nos empezamos a hacer amigos y luego la cagó. Fin de la historia.

—No creo que sea el fin, pero bueno —añadí, cogiendo más confianza.

Una chispa de comprensión cruzó los ojos de Zoey mientras miraba a la Guardiana. Abrió los ojos como platos al procesar lo que estaba insinuando.

Noté cómo las mejillas de Beatrice se ruborizaban, y fue entonces cuando de verdad me planteé que hubiera podido surgir algo más entre ellos. Serían una pareja que nunca se aburriría, eso desde luego.

La charla cesó en cuanto nos aproximamos a la que se consideraba la puerta al monte Everest: el templo de Tengboche. Su arquitectura reflejaba la tradición y la cultura local. ¿Cuántos montañistas no habrían confiado su destino a Buda, encendiendo velas antes de partir, y visitado el templo días después para agradecer su regreso con vida?

Ojalá nosotros pudiéramos hacer lo mismo. Ojalá nuestro destino estuviera en manos de guías espirituales benévolos y no de dioses con auténticos problemas mentales.

Sintiendo cómo los nervios comenzaban a hacer mella en mi estado, contemplé las dos estatuas coloridas de enormes leones que protegían la entrada.

Atravesamos las numerosas columnas que permitían el acceso al monasterio y nos internamos en el recinto, pendientes de cualquier movimiento o ruido extraño. A pesar de la escasa luz que alumbraba la zona, me fijé en que el tejado estaba pintado de rojo, al igual que muchas de las casas de la aldea. Las ventanas, a distintas profundidades y con bordes de madera, resaltaban por su color amarillo. Debajo del tejado había una hilera de cristaleras de distintos colores, de las que colgaban banderines. Sin duda un escenario demasiado alegre para el entorno que lo abrazaba.

La quietud del silencio se rompió cuando unos graznidos de cuervos atravesaron el cielo.

Se me pusieron los pelos de punta.

Y tal y como me había ocurrido en ocasiones anteriores, una voz interna me susurró agitada que saliera de allí cuanto antes.

—¿No está todo demasiado… tranquilo? Para ser un lugar de continuo paso no hay absolutamente nadie. —Zoey dio voz a mis pensamientos.

La magia del colgante ahogaba el sonido de la gravilla resonando con nuestros pasos.

—Es de noche, además, no creo que un templo sea lugar precisamente de extremo ruido —apuntó Beatrice caminando con decisión.

—Ya, pero aun así… —dudé.

—Esperad. —La Guardiana se paró y dio una vuelta sobre sí misma para inspeccionar nuestro alrededor. Nada parecía ir mal, pero al mismo tiempo sentía que bailábamos sobre los segundos anteriores a que todo estallara. Estábamos en el «a punto»—. Tenéis razón, algo está pasando.

—¿Qué ocurre? —Zoey se puso en posición de ataque. Noté la vibración de su poder preparándose.

—Aún nada, pero… —Beatrice se calló de sopetón y se puso pálida. Tras unos instantes pudo pronunciar palabra—. Alguien ha despertado el poder del Vestigio del Aire.

No. No. No. No.

Teníamos que ponernos en marcha antes de que fuera demasiado tarde.

—¿Por dónde avanzamos? —pregunté, intentando aguzar el oído. Me costaba oír algo por encima del latido frenético de mi corazón.

Al no ser una Dorada, no podía percibir a tanta distancia la magia, pero mis sentidos sí eran capaces de notar el cambio.

—Por el edificio central —exclamó Beatrice, y las tres echamos a correr, dejando atrás las dos extensiones que también formaban parte del templo.

La Guardiana empujó la puerta principal, y un mal presentimiento me recorrió el cuerpo al no encontrarnos con ninguna resistencia. La puerta se abrió dándonos la bienvenida a un lugar tan oscuro como la misma noche. Al parecer, la única testigo de lo que había ocurrido ahí dentro. Miré al fondo del recibidor donde había unas escaleras de las que emergía una luz tenue. Arriba sí que había alguien. Los peldaños de madera crujieron bajo nuestro paso. Rápido. Más rápido. Mantuve la ansiedad a raya mientras recorríamos los pasillos tapizados por imágenes de Buda, escrituras sagradas antiguas y adornados por estatuas y diversas esculturas de madera. Una fina capa de sudor me cubría las manos. Me volvieron a entrar ganas de vomitar una vez subimos al segundo y último piso.

No estaba preparada para la imagen que nos asaltó.

Me tapé la boca con una mano reprimiendo un grito. Todas las paredes estaban cubiertas de sangre fresca. Chorretones que ocultaban las pinturas sagradas que honraban a Buda. Lo que más me impactó fue ver un reguero de cuerpos tirados como si fueran mera basura, muchas zonas de sus cuerpos quemadas. A juzgar por sus túnicas, eran líderes espirituales. Tal vez residían allí o estaban a punto de marchar a casa.

Ya nunca lo sabríamos.

Las tres compartimos una mirada significativa. Sabíamos quiénes eran los responsables de esta masacre. Por una vez, Beatrice y Zoey se pusieron de acuerdo en algo: ambas se veían igual de horrorizadas. De repente, se levantaron unas corrientes de aire que me acariciaron las mejillas dejando tras de sí una sensación de cosquilleo. Se volvieron más fuertes hasta el punto de despeinarnos y ondear el bajo de nuestras capas. Capas que acabaron en el suelo puesto que ya no eran nada más que un estorbo. A pesar del frío, nuestros trajes conservaban nuestro calor corporal. Mi pulso se disparó al ver cómo las corrientes de aire habían espantado a las sombras, dejándonos al descubierto. Debían de ser mágicas.

Esta vez sí escuché con claridad las voces que provenían del oratorio situado al final del pasillo. En el suelo había un reguero de huellas rojas que seguía esa dirección.

—¿Veis? Esto sí es un trabajo bien hecho. —Me sobresalté al reconocer ese tono de voz agudo y afilado. Se me congelaron las entrañas.

Llegué hasta la puerta y me asomé con sigilo por la rendija para ver cómo Fayna, la verdadera hija del rey sostenía en sus manos el Vestigio Original del Aire.

La magia que formaba parte de mí se despertó de forma abrupta y violenta.

Por primera vez temí que la palabra que habían marcado en mi espalda sí definiera qué era.

«Asesina».

CAPÍTULO 11
ARIA

La puerta impactó contra la pared con un gran estruendo.

Nuestra llegada no necesitaba de anuncios trascendentales. Quedarnos a la espera de un plan ideal que nunca llegaría sería desperdiciar un tiempo que nunca habíamos tenido. Y que quizás nunca tendríamos. Escuché cómo el cartel metálico de «Prohibido hacer fotos» rebotaba contra el suelo rompiendo el denso silencio que se abrió paso. No importaba. Después de que nos fuéramos de allí, no quedaría nada que recordar.

Fayna y otros tres guardias Ignis tenían los ojos sobre nosotras. Sus expresiones eran hambrientas bajo la tenue luz que entraba por los ventanales. Por supuesto que no se habían sorprendido al vernos allí. Una carrera de fondo no era tan divertida si no había alguien pisándote los talones. Ellos lo sabían. De ahí sus miradas llenas de brillo; expectantes por sentir la calidez de nuestra sangre en sus manos y el frío arrastrándose después, ansioso por llegar hasta nuestros cuerpos inertes. El latido frenético de mi corazón me palpitaba en las sienes y la ira candente se había extendido con rapidez, arrasando con todo rastro de prudencia. El recuerdo de Fayna clavándole un puñal a Killian por la espalda me producía quemazón en el pecho, me impedía pensar con claridad.

Me gritaba que hiciera algo.

Pero lo único que hice fue contar hasta tres mentalmente. Estaba trabajando para dejar atrás a la chica impulsiva de Haven Lake que no tenía control alguno sobre sus emociones. Debía usar la rabia con cabeza, si es que eso tenía algún tipo de sentido.

El contacto repentino con la piel de Beatrice me ayudó a apaciguar a mis poderes. Lo único que había conseguido cuando mi magia se había nutrido de mis emociones desbordadas había sido destrucción. Esta vez no podía permitirlo. La mano fría de la Guardiana en mi antebrazo, posada de forma disimulada, me transmitió la calma que tanto necesitaba.

Traté de regular mi respiración. Traté de pensar con claridad sin dejar que la neblina de rabia y temor se interpusiera entre mi objetivo y yo. Si no conseguíamos la corona reluciente que Fayna hacía girar en su mano con una mueca de burla, detener el plan del Dios del Fuego sería aún más complicado. Necesitábamos estar en igualdad de condiciones contando con dos Vestigios en nuestro poder.

—Demasiado tiempo sin vernos, ¿no creéis? —La coleta negra y densa de Fayna le estiraba las facciones, volviéndolas aún más duras. Su traje, a pesar de haber presenciado el caos de la muerte, estaba impoluto.

—¿Ya echabas de menos que te derrotáramos? —inquirí, con una valentía que estaba muy lejos de sentir.

—Ya me han contado vuestras aventuritas en Nueva Orleans... —me ignoró a propósito—. Me puedo imaginar para qué teníais tanta prisa por recuperar el Vestigio Original de la Tierra. —Los dientes me rechinaron ante su insinuación—. Vaya, vaya... Qué rápido se te han quitado las ganas de hablar. Un alivio, la verdad. —Dio un paso hacia nosotras de forma amenazante y su rostro se contrajo con un gesto perverso—. Me alegra saber que Killian sigue vivo. Jamás creí que pudiera matar a alguien dos veces, una pena que la próxima vaya a ser la definitiva.

El ambiente vibró por la fiereza de mi poder, que, encerrado en mi interior se retorcía, consciente por primera vez de su encierro.

El brillo de la mirada de Fayna revelaba que estaba saboreando mi reacción. Intentaba desestabilizarme porque sabía que aún no tenía un buen manejo de mi magia. «Una magia que ella jamás va a poseer. Por eso juega contigo, porque la manipulación es una de las habilidades que *sí* ha podido entrenar», me recordé.

—No teníais ningún derecho a acabar con la vida de esas personas —espetó Zoey, con los puños apretados.

—Por supuesto que sí, si incluso nos invitaron a pasar con ridícula amabilidad. —La verdadera hija del rey del Fuego se rio con sorna—. Además, mirad quién fue a hablar —se dirigió a los tres guardias que se situaban un paso por detrás de ella, dos a su derecha y el otro a su izquierda, todos corpulentos y con una expresión de determinación que me puso los pelos de punta—. Has olvidado muy rápido que hablabas con el rey a escondidas de tus amiguitos para traicionarlos. Ahí tu moral desaparecía como por arte de magia.

Zoey se encogió, con la vergüenza hundiéndole aún más los ojos color miel.

—Me alegra saber que hay alguien aún más zorra que yo —saltó Beatrice, y su boca se curvó hacia abajo con fingido disgusto—. Aunque en el fondo me daría un poco de lástima perder un título que tanto tiempo y esfuerzo me ha costado ganar.

Un momento. «¿Acaba de defender a Zoey?».

Por poco no se me cayó la mandíbula al suelo.

—Vaya… La famosa hija prohibida del único Dorado que se atrevió a querer más.

—Mi nombre es Beatrice. Y, sí, por desgracia soy la hija de ese gilipollas.

—¿Cómo te atreves a hablar de él con ese descaro? —Fayna apretó su mandíbula con rabia.

Entonces me acordé de Jared. Si estuviera aquí soltaría algo así como: «Otra que está como un cencerro». Casi sonreí. Casi.

—Yo prefiero llamarlo sinceridad. —Beatrice se encogió de hombros y se inclinó para susurrarnos—: Yo me encargo de los dos de

131

su derecha. Zoey, tú del que le faltan varios dientes. —Estudié a los acompañantes hombres de mediana edad y me detuve unos segundos de más en sus anillos. Fayna no contaba con muchos refuerzos y eso solo podía significar que no habían podido recargar el Éter que necesitaban para viajar a la Tierra. Culpa de Beatrice por dejar seco el Sauce del Éter—. Aria... Esa loca está deseando ir a por ti. Es inevitable que te enfrentes a ella. Defiéndete como puedas, estaremos pendientes para ayudarte.

Su gesto serio me preocupó.

—Hecho.

Tragué saliva sintiendo la adrenalina correr por mi sangre a medida que mi corazón latía más y más rápido. No estaba preparada para luchar otra vez.

Pero lo que yo quisiera no importaba. Nunca lo había hecho.

Así que fingiría que tenía algún poder sobre el destino que me habían arrebatado.

Las chicas y yo compartimos una mirada fugaz de apoyo antes de correr cada una hacia su oponente. Las miradas de las distintas esculturas doradas de Buda persiguieron mis pasos. Durante unos instantes elegí creer que su presencia nos pondría las cosas más fáciles. Las imágenes de sus enseñanzas se ahogaron por las sombras y la noche contuvo su aliento admirando cómo los hilos del destino seguían moviéndose. También ella parecía saber lo decisoria que sería esta batalla.

Por el rabillo del ojo vi cómo Beatrice alcanzaba a los dos Ignis con una rapidez desmedida, extrayendo Éter de los árboles del exterior para proyectarlo en el suelo y así coger impulso. Dio un gran salto con el que esquivó las dos espadas que los Ignis usaron para intentar traspasar su torso. Las baldosas de mármol quedaron destrozadas donde había descargado el Éter.

Al mismo tiempo, Zoey se había abalanzado contra el Ignis fornido de pelo negro, esquivando por los pelos una llamarada concentrada de fuego que se llevó la puerta por delante. Después se enredaron entre puñetazos, patadas y fogonazos de poder que dejaron tras de sí gemidos de dolor, cristales rotos y alguna que otra advertencia por parte de la Guardiana.

Las dos se movían con una gracia natural que envidié.

Las dos sabían lo que estaban haciendo.

Un sentimiento de inferioridad me recorrió, pesándome sobre los hombros y asentándose en mi estómago. Mi expresión tuvo que revelar la inseguridad que se había apoderado de mí, solo de esa forma Fayna pudo dar con las palabras que me harían sentir aún más pequeña.

—Entiendo que te sientas así... —dijo, moviendo la cabeza con fingida compasión. No se había movido ni un centímetro—. En el fondo sabes que no haces honor al título de salvadora ni mucho menos mereces llevar en tu sangre la magia de los cuatro elementos.

Su voz se parecía peligrosamente a aquella que se colaba en mis pensamientos para repetirme una y otra vez lo incapaz que era de formar parte de un plan que consistía ni más ni menos que salvar el puñetero mundo.

Mis pasos dejaron de ser decididos. El miedo era una fuerza imparable que emborronaba cada recuerdo en el que sí había sido capaz de ser fuerte y valiente. Me vendó los ojos, haciéndome incapaz de ver nada salvo su oscuridad.

Fayna se cansó de esperar y se encaminó hacia mí relamiéndose los labios. Sus largas y definidas piernas se movían casi a cámara lenta en contraste con la rapidez de las dos luchas que se estaban desarrollando a nuestro alrededor. «¿Cómo voy a ser capaz de derrotar a la Igris más famosa de todo el maldito Atharav si es la mejor luchadora?». Por Dios, si yo solo había asistido a un puñado de clases de defensa personal que en su momento me hicieron sentir poderosa. Y que ahora me hacían sentir patética y débil.

Zoey sonrió mostrando sus perfectos y relucientes dientes.

—Para que veas lo justa que soy. —Lanzó las dos dagas al otro rincón de la sala, pero mi mirada estaba fija en el Vestigio Original del Aire colgando como si nada de su cinturón. Quería que lo tuviera al alcance de mi mano todo el tiempo y que, aun así, fuera incapaz de llegar hasta él—. Voy a dejarte un poco de ventaja. Además, tampoco es que las necesite para ganarte.

El corazón me bombeaba cada vez con más fuerza.

—¿Dónde está tu amiguito Marlon? —pregunté para ganar tiempo mientras pensaba a toda velocidad qué hacer.

La única respuesta que llegó hasta mí fue intentar sobrevivir.

Los poderes que tanto me habían suplicado que les diera espacio, que hace unos minutos fluían sin permiso ni control alguno... ahora parecían sedados, ocultos en algún lugar recóndito de mi interior, espantados por la fuerza del miedo.

—Está preparándose para la próxima vez que te vuelva a ver... Te tiene muchas ganas, ¿sabes?

La sonrisa macabra de Marlon me asaltó junto con el calor de sus manos sucias sobre mi piel. Marcando mi espalda con una palabra que siempre me atormentaría. Una corriente de rabia me zarandeó y me activó. En un impulso de valentía, empuñé la daga que ocultaba en uno de los bolsillos internos del traje y me abalancé sobre Fayna; la trayectoria directa hacia su cuello expuesto. Al principio sus ojos se agrandaron por la sorpresa, pero se recompuso enseguida y le resultó tan sencillo apartarse que mi poca determinación se desinfló. Me esquivó dando dos tranquilos, pero ágiles pasos hacia atrás. El filo de mi arma no cortó nada salvo el aire. Sus ojos centellearon con diversión antes de volver a atacar. Se arrojó sobre mí dejando escapar una sonrisa de anticipación y me pegó un fuerte puñetazo en la mejilla. Una oleada de dolor me golpeó, pero a pesar de tambalearme logré mantener el equilibrio. Ignoré el intenso ardor que se extendía en mi pómulo derecho y me coloqué en posición de defensa. Sin embargo, de poco me sirvió.

Fayna aprovechó que aún seguía conmocionada para darme una patada en la mano que hizo deslizar el arma lejos de mi posición.

—Ahora sí que estamos en igualdad de condiciones. —Esbozó una sonrisa triunfal.

Me tragué el creciente pánico y contraataqué. Si no actuaba rápido volvería a llevarme ventaja. Pretendía darle un codazo que la estampara contra la figura de bordes prominentes que tenía a su espalda, pero saltó hacia atrás con una agilidad envidiable, esquivando tanto mi ataque como a Buda. Quise gritar por la frustración. Estaba descentrada. No sabía qué hacer para salir victoriosa de una pelea que había sentido por perdida casi desde el principio.

—Me estoy aburriendo —canturreó, su tono teñido de burla—. ¿En serio la llave que nos liberará de la maldición no tiene nada más para ofrecer?

Pisoteó aún más a mi moral. Me estaba viniendo abajo y ella lo sabía.

Necesitaba concentrarme para recuperar la conexión con mis poderes. Tal vez un par de respiraciones me ayudarían, pero Fayna no me daría margen para ello. En el fondo sabía lo que era capaz de hacer. Incluso mejor que yo.

Se lanzó hacia mí, agachándose y estirando la pierna para girar sobre sí misma y tirarme al suelo. Caí de bruces y remató su ataque dejándose caer sobre mi espalda con un fuerte puñetazo en mi columna vertebral. Grité.

Sentí que los pulmones se me quedaban sin aire y me costó un mundo volver a recuperarlo.

Hice acopio de todas las fuerzas que me quedaban y me incorporé, apoyándome lo más rápido que pude sobre la rodilla. Pero Fayna arremetió de nuevo. Sin darme ni un segundo de tregua me cogió del pelo y me volvió a tirar, dándome, además, un cabezazo contra el suelo. Cientos de puntitos negros me nublaron la visión. Me costaba mucho respirar. El sabor metálico de la sangre empapándome los dientes me llegó con rapidez. Estaba segura de que me había partido el labio.

—Eres patética. —Me escupió en la cara, estampándome de nuevo la frente contra el suelo.

Me tragué un gemido de dolor mientras me retorcía. No entendía qué me estaba pasando. No era la mejor peleando, ni mucho menos, pero era poderosa. Había aprendido a defenderme entrenando con

Connor en Ígnea. ¿Cómo era posible que lo hubiera olvidado tan rápido? ¿Acaso Killian tenía razón y mi instinto de supervivencia estaba atrofiado?

Al acordarme de él me encogí y deseé que estuviera aquí para ayudarme.

Quise echarme a llorar hasta que apareciera por arte de magia.

Pero eso no iba a ocurrir. Estaba completamente sola. Zoey continuaba enfrentándose al guardia, más o menos indemne, al igual que Beatrice. Ninguno de los Ignis estaba poniéndoles las cosas fáciles, por eso tampoco habían podido echarme una mano. Una parte de mí no quería que lo hicieran. Me daba vergüenza que me vieran en estas condiciones tan lamentables.

Debía centrarme en mi lucha, así que levanté la vista hacia Fayna y me nutrí de cada una de las emociones que sentía por ella. Asco. Miedo. Rabia. Odio. Buscaría las debilidades de mi oponente y la desconcentraría hablando con ella; utilizaría mis emociones para alimentar a mis poderes y despertarlos. Sí, eso podía hacerlo. Ya me había funcionado antes.

Fayna había nacido con el único propósito de convertirse en un arma para manejarme. Sin embargo, su simple existencia había supuesto una decepción para su padre: había nacido sin poderes. El rey la había rechazado cada día y eso la había ido convirtiendo en un monstruo sin sentimientos. Había crecido buscando su aprobación. Y eso significaba que cada uno de sus movimientos perfeccionados era una extensión de la ira que bullía en su interior. Letales. Apasionados. Crueles. Si le llevaba mi cabeza con la corona puesta tendría su aprobación, que era lo que más ansiaba en el mundo. Nosotras teníamos mucho que perder, pero ella también.

Ahí estaba la clave.

—¿No te cansas de ser el perrito faldero del rey? ¿De fingir que conseguirás algún día su cariño? Las dos sabemos que eso nunca ocurrirá —le dije mientras escupía sangre.

Su muro de frialdad no se resquebrajó.

—¿Y tú no te cansas de intentar salvar a todo el mundo? ¿A tu amiguito Álex? Las dos sabemos que eso nunca ocurrirá. Al igual que tampoco pudiste salvar a tu madre ni tampoco podrás salvar a tus amigos.

Sus palabras fueron como balas abriéndome agujeros por todo el pecho.

No había funcionado.

«¿Qué más puedo decirle para desestabilizarla?».

Me estaba agobiando mucho.

—No vales nada —remató, y me dio un par de patadas más en el abdomen.

Justo cuando conseguí dar una bocanada de aire me di cuenta de algo. Como si lograr que el oxígeno llenara mis pulmones hubiera traído consigo un momento de claridad. Me estaba equivocando al poner el foco sobre Fayna. Había tenido los minutos contados desde el principio, pero no porque ella fuera mejor que yo en todos los aspectos técnicos de lucha, sino porque yo ya había perdido la batalla conmigo misma. Me había doblegado a la voz que me castigaba y que me susurraba lo poco que valía para esto. Me lo había creído porque así era más sencillo. Era mejor no esforzarse al máximo y fracasar que descubrir que no vales para algo cuando le has puesto todo tu corazón. Eso era demoledor. Pero sabía que debía arriesgarme. La única oportunidad que tenía contra Fayna era despertar mi magia cuanto antes para robarle la corona y transportarnos lejos de allí. Solo de esa forma podría usar la llave de Éter para regresar con los chicos al Abismo.

Para regresar junto al futuro que me esperaba con Killian.

Mis pensamientos se vieron interrumpidos por un grito grave. Desvié la vista hacia el origen del sonido para presenciar cómo el cuerpo fornido de uno de los Ignis salía disparado hacia arriba. Culpa de Beatrice, por supuesto. El guardia atravesó el techo dejando tras de sí un boquete bastante grande. Fayna también se distrajo observando a su compañero y no pudo anticipar cómo Beatrice utilizaba su poder para abrir otro boquete justo donde estábamos nosotras. De repente lo único que podía ver eran vigas de madera y tierra desprendiéndose contra nosotras. «Pero ¿qué...?». Ahogando un grito de horror, me cubrí la cabeza con las manos, en un intento inútil de evitar que me dieran. Lo primero que sentí fue la arena haciéndome cosquillas al colarse en mi traje.

Dejé de respirar esperando el impacto.

Esperando un dolor que nunca me alcanzó. El tejado que se desprendió se estrelló contra una capa dorada y brillante de Éter que me protegió. Por los gritos de Fayna intuí que ella no había tenido la misma suerte que yo. Pasados unos segundos, cuando todo parecía haber acabado, entrecerré los ojos para ver a través del poder a una figura mediana que se aproximaba con seguridad hacia mí. Apartó los trozos de madera que se habían quedado rezagados en lo alto de la burbuja protectora y deshizo su magia.

Ante mí apareció una Beatrice con el traje sucio, chamuscado por algunas zonas y una expresión marcada por la preocupación. Salvo algunos arañazos, estaba intacta.

—¿Estás bien? —me preguntó, examinando mis heridas y ayudándome a ponerme en pie.

—Sí —conseguí decir tomando su mano para dejar que tirara de mí. Tenía la boca pastosa.

Cuando nuestros ojos se encontraron comprendí que me había equivocado.

No había juicio en su mirada, tan solo genuina preocupación y camaradería. El pecho se me infló de calidez y esos segundos para poder regular la respiración me ayudaron a distanciarme de la voz castigadora de mi cabeza. No, no era la mejor luchadora, pero había sobrevivido a muchos momentos complicados gracias a mi astucia y agilidad mental. Si había sido capaz de hacerlo entonces era capaz de hacerlo ahora. Beatrice me lanzó una mirada de ánimo que fue como un chute de energía.

No estaba sola.

Y si tenía la confianza de personas tan buenas y poderosas tenía que significar algo.

—Vamos, ahora quítasela —me instó la Guardiana, moviendo la cabeza hacia Fayna. Me dedicó una sonrisa ladeada antes de girarse en redondo, directa a por el Ignis que le quedaba. Se había deshecho de las cuerdas de Éter que lo habían atrapado en torno a una de las figuras de Buda y corría hacia Beatrice con la cara deformada por la ira.

Busqué a Zoey con la mirada. Seguía defendiéndose con bastante soltura, pero parecía bastante cansada. Desde la batalla en el Bosque de las Bestias no habíamos tenido tiempo de descansar, lo que se traducía en que no aguantaríamos mucho más.

Tenía que poner fin a esto cuanto antes.

La liberación de mi magia no ocurrió de forma arrolladora. No fue como abrir las compuertas de una presa y que la corriente de agua fluyera con la fuerza que una vez no le permitieron tener. Fue una pequeña luz que parpadeó y se encendió dentro de mí, recorriendo con timidez mis venas. Recordando cómo yo le pertenecía y ella me pertenecía a mí. Las zonas del cuerpo que más me dolían comenzaron a hormiguearme conforme mi poder las atravesaba, curándolas. Mis células se recargaron de energía. Me sentía bien. No tan plena como otras veces en las que la magia se había desbordado, pero mucho mejor que hacía unos minutos. Lo cual ya era más que una victoria.

Di unos pasos hacia delante.

Y levanté la mirada.

—Siempre cometéis el error de subestimarme —le dije a Fayna, acercándome a ella como una presa se acercaría al león que jamás pensó que tendría a sus pies. Apenas podía distinguirse su figura enterrada entre los trozos de madera y tejas. Me incliné y con tensión levanté dos vigas que presionaban su muslo solo para despejarme el camino hacia la corona.

El Vestigio Original me atraía como la noche a las estrellas. Necesitaba de su oscuridad para poder brillar. El objeto pronunciaba mi nombre con una suavidad aterciopelada que me puso los pelos de punta. La corona era tan preciosa como las otras dos que ya había visto. El mismo halo dorado que emanaba de ella y el brillo acumulado en la piedra atada a su centro. Daba vértigo pensar que ese trozo de piedra contenía el poder de uno de los cuatro elementos que mantenía la vida de todo un planeta. De animales, humanos, familias, padres e hijos, parejas, sueños, miedo y esperanza.

«Esperanza».

«La fortaleza nace de la esperanza».

Las manos me temblaron al coger la corona mientras me repetía que todo saldría bien. El material frío y vibrante que contenía los poderes de la Diosa del Aire se puso en contacto con mi piel y sentí cómo una nueva y mucho más poderosa corriente de magia se unía a la mía propia. Se estaban reconociendo. Vinculando. Pero antes de que se completara el proceso Fayna recuperó la consciencia, lanzó un gruñido de rabia y se zafó de los restos de tejado que la apresaban, lanzándolos por el aire. Me eché hacia atrás todo lo que pude, esquivando uno por los pelos.

Fayna vino a por mí con el rostro desencajado por la furia.

Pero era demasiado tarde.

Yo ya me había colocado la corona en la cabeza. No tenía otra opción.

Al ponérmela una explosión de sensaciones me impactó. Tanto que se me doblaron las rodillas. Dios, era demasiado. Demasiado de todo. Me mordí el interior de la mejilla para aguantar en pie. Podía notar cómo brillaba la corona porque su fulgor emitía una agradable sensación de calor que me envolvió y apaciguó de algún modo el dolor abrasador que me nublaba la mente. Me sentía flotando y al mismo tiempo muy pesada. Mis huesos sostenían el peso de un poder cuyos límites los marcaba mi fuerza. Me hacía querer llorar. Me hacía sentir capaz de cualquier cosa.

Fayna estaba a centímetros de alcanzarme.

Desvié la vista hacia el agujero del techo, buscando cualquier vía de escape, y lo siguiente que noté fue cómo una corriente de aire se arremolinaba a mis pies, levantando mi cabello y engulléndome; un instante después un fuerte golpe contra mi espalda y el aire helado de la noche impactando contra mis mejillas. Abrí los ojos como platos.

Lo veía todo oscuro hasta que distinguí la silueta de los enormes árboles que nos rodeaban. El templo estaba en lo alto de la montaña y a sus pies solo había caída. Me estaba precipitando a toda velocidad por el vacío. Me intenté agarrar a las tejas para no perderme en la oscuridad del bosque, pero me costaba. La pronunciación del tejado era tan inclinada que entendía por qué el Ignis que Beatrice había lanzado minutos antes no había vuelto a dar señales de vida.

Al cabo de varios intentos conseguí agarrarme a una de las tejas. Mis músculos de los brazos se contrajeron por el esfuerzo de frenar mi caída.

«¿En serio me acabo de transportar de un sitio a otro?», pensé, alucinando, mientras me levantaba. Mis células se habían destruido en un instante para volver a reconstruirse en el siguiente.

De pequeña defendía con uñas y dientes que el mejor superpoder era el de teletransportarse, incluso antes que el de poder volar. Después de que casi me hubiera costado la vida, ya no lo tenía tan claro.

Los Ignis tuvieron que escuchar mi penosa caída porque no tardaron en localizarme.

Fayna ya estaba en lo alto del santuario, en la viga enorme que separaba las dos partes inclinadas del tejado.

—Oh, ahí estás. —Se rio con burla—. Pensé que huirías un pelín más lejos de mí, pero se me olvidaba lo inútil que eres.

No me molesté en gastar energía buscando una respuesta más mordaz. Me centré en su dura mirada descendiendo hasta mi cuello. Sus cejas se alzaron en señal de sorpresa. Confusa, miré hacia abajo para descubrir qué era lo que había captado su atención. El nudo de miedo en mi estómago se hizo más grande. Durante la caída, el colgante que escondía tras mi traje debía haberse deslizado hacia fuera, revelando la llave del Éter que había atado con una cuerda a mi cuello.

—Anda, pero qué tenemos por aquí... Una llave de regreso al Abismo. ¿Cómo habéis conseguido Éter si ya no quedan prácticamente provisiones? —Frunció el ceño, y después pareció llegar por sí misma a una conclusión porque sus ojos se abrieron más—. Es posible... ¿Es posible que tengáis a un Dorado de vuestro lado?

Se me heló la sangre. Si descubrían que Uriel no se estaba quedando al margen de los asuntos de sus inferiores tendría un serio problema. Y por consecuencia nosotros también.

Adopté una expresión de incredulidad.

—¿Si tuviéramos a alguien tan poderoso trabajando con nosotros no crees que nos iría mejor?

—Pues con lo patéticos que sois no, no lo creo.

Maldita arpía.

—Nos la dieron los Indómitos en el Bosque de las Bestias. Y ya que mencionamos esa noche tan intensa, ¿qué habéis hecho con Eidan? —cambié de tema de la forma más sutil que pude. Lo cual no era mucho. Además, su respuesta me interesaba. El Triturador de Almas se había revelado contra los suyos salvando a Killian de las garras de Fayna. Y, pese a ser un Ignis, siempre me había caído bien.

La mirada de Fayna se oscureció.

—Lo único que sé es el final que va a tener ese sucio traidor.

Bien. Eso significaba que había podido aliarse con los Indómitos y escapar.

—No tengo costumbre de pedir las cosas que ya me pertenecen, pero solo por esta vez lo haré. —Fayna volvió a hablar, esta vez con una voz mucho más severa—. Dame la corona.

Dio un paso amenazante hacia mí.

—No.

—No fingiré desear diplomacia. Me apetece que corra sangre. Y como ya te he dicho, odio a los sucios traidores —dijo, y se giró para acompañarme a presenciar la entrada triunfal de su compañero.

El pulso se me disparó.

Llevaba a Zoey apresada contra su cuerpo con una daga presionándole la garganta. La acercó hasta el borde del tejado. Tanto el filo del metal como el precipicio a sus pies amenazaban con acabar con su vida.

Mis alertas se dispararon al saber que estaba acorralada. ¿Dónde estaba Beatrice?

—Ni se te ocurra darle la corona —me rogó Zoey, retorciéndose y consiguiendo que el arma le rasgara la carne. Un surco de sangre marcó su cuello.

—¿Y bien? —presionó Fayna—. No voy a pedírtela por segunda vez.

Noté como una gota de sudor fría se deslizaba por mi frente. El pensamiento de huir con la corona me asaltó, pero lo descarté de inmediato sintiéndome una persona terrible por siquiera habérmelo planteado.

—No le hagas daño —le pedí a Fayna, mientras alzaba los brazos para quitarme la corona. Ya nos apañaríamos. Aún podíamos volver al Abismo y allí, todos juntos, pensar un plan B.

—Pero ¿qué estás haciendo? ¡Si no coges esa corona nos condenarás a todos! —gritó Zoey. Se le rompió la voz cuando pronunció la siguiente frase—: No me elijas a mí, por favor. No me lo merezco. No podré cargar con ese peso.

Quizás tenía razón, quizás no era la persona que más se lo merecía en estos momentos, pero ¿quién era yo para decidir eso? Sí, el héroe tenía que mirar por el bien común. Pero es que yo no era ninguna heroína. Era una chica que no estaba dispuesta a cargar con el peso de la muerte de un amigo más.

Seguramente estaría equivocándome, pero…

«Ya encontraremos otra forma de salvar el mundo», me repetí una y otra vez para calmarme.

«Lo conseguiremos».

«Los buenos siempre ganan, ¿verdad?».

Al ver que no terminaba de dársela y que aún podría huir de ella con tan solo un pensamiento, Fayna me sorprendió con un movimiento rápido con el que me arrancó la llave del cuello. Me quitó de las manos nuestra única oportunidad de regresar junto a ellos. El corazón me dejó de latir cuando extendió la mano hacia el precipicio y el colgante se balanceó bajo metros y metros de caída. Su otro brazo estaba estirado hacia mí, la palma de su mano abierta para recibir la corona.

—Ahora tienes mucho más que perder aparte de a esta rata traidora.

Cuando ya me había olvidado de ella Beatrice apareció a la espalda del Ignis que apresaba a Zoey y le dio un golpe en la cabeza con el mango de la daga. El Guardia, confuso, se llevó una mano a la cabeza. Aquella distracción fue suficiente para que Zoey escapara de su agarre y corriera junto a Beatrice, quien lo empujó hacia el precipicio.

En el rostro de Fayna se cruzó un fogonazo de dolor.

—Ah, pero ¿la capacidad de volar no se incluye dentro de vuestras superhabilidades? —La voz de la Guardiana atravesó el aire e hizo una mueca de fingido arrepentimiento—. Vaya, menudo fallo.

—Ya me he hartado de ser buena. —Fayna gruñó, y abrió la mano que instantes antes apretaba la llave.

—¡No! —Mi grito cortó el aire y se perdió en algún punto del bosque.

Al mismo tiempo en que la llave desaparecía entre la oscuridad que nos rodeaba.

El corazón se me hundió y quise desplomarme en el suelo. No. No. No.

Esto no podía estar ocurriendo. Sin esa llave no podríamos regresar al Abismo.

Entonces una frase logró hacerse hueco entre el caos de mi interior derrumbándose: «La fortaleza nace de la esperanza».

Me aferré a todo lo que podría salir bien. Y confié en mí. Me nutrí de la esperanza.

Había observado cómo me había teletransportado simplemente por mirar el techo y desear escapar de las garras de Fayna. La corona me proporcionaba una fuerza ajena a mí. Con ella era capaz de todo. Por eso cerré los ojos y pensé en Beatrice y Zoey. Visualicé sus rasgos más característicos junto con lo que me hacían sentir. Admiración. Respeto. Traición. Compasión. El aire volvió a curvarse sobre sí mismo y me envolvió en una ráfaga violenta que me tragó. Aparecí repentinamente frente a ellas tan rápido que retrocedieron un paso hacia atrás. Las cogí a las dos por sus antebrazos. El peso de la decisión asentándose sobre mi estómago. Todo ocurrió tan rápido que no tuve tiempo de pensar en si esto era realmente una buena idea.

Fayna tampoco tuvo la oportunidad de alcanzarnos gracias a que lancé en su dirección varios discos de fuego que la tuvieron el suficiente tiempo ocupada.

—¡Saltad conmigo! —exclamé, mientras las empujaba hacia el borde del tejado.

—¿Qué? ¡¿Estás loca?! —Zoey frenó con los talones.

Beatrice me miró con el ceño fruncido, pero después, al elevar la vista hacia la corona, sus arrugas se suavizaron y un brillo de comprensión cruzó sus ojos azules.

—Te ha dicho que saltes —le dijo a Zoey con calma y después asintió hacia mí—. Dame a mí tu mano.

Zoey nos observaba con los ojos a punto de salirse de las órbitas, pero se rindió a lo que estaba a punto de suceder. Unió su mano con la de la Guardiana, que cogió aire de forma profunda, el único signo de nervios que mostró.

Y yo, con el corazón en la garganta, di el primer paso antes de saltar.

Sentí un vacío en el estómago conforme me precipité hacia la nada.

Durante esos instantes en los que nos atrevimos a lanzarnos al vacío el tiempo pareció inclinarse ante nosotras; ante un acto tan temeroso como valiente que destrozaba los límites con los que se abrazaba el miedo. La ola de adrenalina que me había asaltado se transformó en una sensación de liberación increíble mientras el viento helado me daba en la cara y caíamos. Caíamos con una velocidad violenta. Dejé de intentar ver o sentir algo y cerré los ojos. Me aferré como pude a los cuerpos de Beatrice y Zoey mientras mi cerebro trataba de concentrarse.

Esta vez no había permitido que la conciencia peligrosa de la corona me alejara de mi voluntad e identidad, pero, aun así, había sido muy imprudente al llevarla tanto tiempo sobre mi cabeza.

145

Me obligué a dejar el miedo a un lado y pensé en la llave, en cómo caía al igual que nosotras. Dibujé en mi mente su silueta en el vacío, percibí en mis dedos su textura rugosa y la negrura desapareció para colorearse con su tono oxidado. Sentí en el pecho la chispa del brillo de la piedra de lágrima escarlata de su centro. Aquella que absorbía el Éter.

Y de repente mi mano estaba tocando algo frío. Cerré el puño y lo presioné contra mi pecho.

La magia del Éter nos rodeó, dándole la mano al viento, como cientos de haces de luz envolviéndonos en una calidez que templó mi terror. Entonces pensé en el chico que me había demostrado que no se marcharía de mi lado.

Yo quería regresar al suyo.

Con cada pedacito del corazón roto que latía desenfrenado en mi pecho.

Deseé que la llave de Éter me llevara hasta él.

CAPÍTULO 12
KILLIAN

Una vez escuché que sobrevivir a la muerte te volvía más fuerte; que les devolvía el brillo a aquellas cosas que siempre solían quedarse en nimiedades, perdiendo la batalla contra la insatisfacción humana. Nuestra enfermedad crónica era no saber conformarnos con nada y su única cura llegaba justo antes de que todo se desvaneciera. Un final difícil de encajar cuando se parece tanto al principio que se abre ante tus ojos tras una revelación, pero que termina deshecho entre tus dedos como humo. Entonces comprendías, demasiado tarde, que nunca lo llegarías a tener todo si siempre esperabas algo más. Algo que nunca llegaría. Algo que en realidad ya tenías. Tenían razón y, a la vez, se equivocaban. Estar tan cerca de morir me había hecho dolorosamente consciente de lo muchísimo que necesitaba ver crecer a mi hermano y de que estaba jodidamente colado por Aria, pero no me había hecho más fuerte. Desde luego que no.

Porque estaba totalmente acojonado.

Me volví a enfrentar a la muerte y, pese a conocerla, no fue más fácil. Sino todo lo contrario. La presión del futuro de la Tierra tambaleándose según nuestros movimientos se sumaba al sentimiento devastador que me sobrevenía cada vez que recordaba todo lo que había estado a punto de perder. En realidad, por un periodo demasiado largo para mí y demasiado breve para aquella que esperaba mi llegada, todo lo que *ya* había perdido.

Nada iba bien. Desde Aria tan lejos de mí sin que yo pudiera protegerla hasta trabajar codo con codo con el tío lunático de Connor. Todo estaba fuera de mi control. Y eso se traducía en una bola de emociones que no entendía, pero que me estaban jodiendo a base de bien.

Como consecuencia me desquité con las figuras cadavéricas con vestidos blancos hasta el suelo que intentaban desgarrar nuestra carne. Sus gemidos lastimeros me taladraban la cabeza aumentando la presión que se cernía sobre mi frente.

Dios, necesitaba un poco de silencio.

Al menos cada vez que alimentaba mi poder con mi mala hostia me sentía un poco mejor.

—No las recordaba tan feas —se quejó Jared a mi lado, con una mueca de asco mientras se alejaba todo lo posible del rostro putrefacto y deforme de la Dama Sombría—. En mi mente eran princesas de Disney comparadas con esto.

Sacó de un tirón la flecha de bronce con la que había atravesado el corazón de la madre de Beatrice. El sonido de la carne rasgándose llenó la inmensa y pulcra sala. Se me contrajo el estómago al distinguir el gesto de agradecimiento que cruzó su rostro podrido. Me sentí mal de haber luchado contra ellas aun sabiendo que apenas quedaba rastro de las guerreras fuertes que un día fueron antes de convertirse en... estos seres escalofriantes. Todo por culpa de los Dorados, quienes no permitían a las mujeres desarrollar su potencial para optar por puestos más elevados. El castigo que les impusieron por rebelarse fue proteger eternamente las tumbas de sus enemigos.

La líder de las Damas Sombrías se convirtió en polvo y flotó por el denso aire junto a las pocas que se habían agrupado junto a ella. Por suerte no habían sido muchas. Habíamos actuado con rapidez. Yo la había distraído y Jared había saltado sobre ella. Pan comido para mí; trauma afrontado con éxito para él.

«Tú encárgate de robarles una flecha. Yo buscaré a su líder y acabaré con todas ellas», me había dicho con una seriedad impropia de él cuando faltaba poco para que el pasillo desembocara en la enorme sala cuyo umbral resplandecía bajo una intensa luz blanquecina.

Y así había sido.

Ahora nos encaminábamos hacia la Cripta Eterna, subiendo la hilera infinita de escalones rodeados de oro, mármol y lámparas de araña; una galería muy pretenciosa en comparación con el estilo decadente y modesto del Abismo.

—Oye, he visto algo —le dije a Jared. Se volvió hacia mí con un gesto distraído; parecía haberse quedado suspendido en el aire junto al polvo en el que se habían convertido las Damas—. Cuando he tirado a una al suelo he visto un símbolo dibujado en su nuca. Es pequeño y con ese pelo largo y pegajoso que tienen era muy difícil que os dierais cuenta.

—Ya sabemos cómo las maldijeron los Dorados. —Uno de los músculos de su mandíbula palpitó.

—Sí, de la misma forma que el Dios del Fuego convierte a los Kaelis en Solitarios.

En la biblioteca del Castillo de Brandr, Aria y yo descubrimos que solo unos pocos privilegiados tenían la capacidad de sellar la magia durante un periodo largo de tiempo mediante determinados hechizos. Aquí había ocurrido lo mismo.

—¿Por qué me dijiste que se alimentaban del miedo a la muerte? —Alcé una ceja con evidente escepticismo, recordando ese pequeño y turbio dato que me había acompañado durante toda la misión.

—Porque me hacía ilusión que vivieras la experiencia al completo. —Puso cara de niño bueno.

—¿La de enfrentarme al constante martirio de convivir con la idiotez humana? No te preocupes que ya voy más que sobrado contigo.

Suspiró con... ¿nostalgia?

—Tus insultos se me quedan tan descafeinados después de... —Se calló de sopetón, y carraspeó un poco incómodo. Para fardar con bastante frecuencia de sus dotes de actor, fingió bastante mal que se callaba por culpa de la abrumadora presencia de la Cripta Eterna, la cual llevaba delante de nuestras narices desde hacía largos minutos; alzada en la cima de la inmensa galería a la que habíamos llegado gracias a los atajos de Hanniel.

El tío de Connor llevaba años cuidando el Sauce del Éter. Sus raíces abrazaban el laberinto de pasadizos subterráneos que conformaba el Abismo y eso significaba que Hanniel lo conocía como si hubiera diseñado él los propios planos y se los hubiera tatuado.

Subimos los escalones bajo un tenso silencio, recuperándonos de la lucha breve pero intensa que habíamos tenido contra las Damas Sombrías. Había sido llegar e ir apareciendo como moscas. Menos mal que estábamos preparados y ya sabíamos que para librarnos temporalmente de ellas debíamos matar a su reina abeja. Clavándole una flecha en el corazón. Tras años entrenando en secreto con el arco, los Dorados habían convertido la que había sido su mayor fortaleza en su talón de Aquiles. Jared no me había dado muchos detalles acerca de la madre de Beatrice, pero sí me había contado su historia. Una historia que merecía ser recordada con la esperanza de que, algún día, apareciera alguien que tuviera la valentía de cambiarla.

—¿Cómo fue trabajar con Beatrice? Parece bastante... complicada —pregunté, con cautela. Su cuerpo tenso cada vez que la Guardiana hablaba o alguien se dirigía a ella me advirtió de cuidar muy bien mis palabras. Por mucho que parecieran odiarse, cuando estaban juntos una intensa energía fluctuaba entre ellos, uniéndolos.

Una similar a la tensión no resuelta y a, quizás, más de una conversación pendiente.

—¿Por qué te interesa? —me respondió. El recelo impregnaba su habitual tono despreocupado.

—De verdad pensábamos que estabas muerto y de repente apareces haciendo algo prácticamente imposible con Beatrice, una de las chicas más venenosas que he conocido. —Me encogí de hombros—. Pues qué quieres que te diga, me da curiosidad.

Despegó la vista de los escalones infinitos que dejábamos atrás y sus ojos ensombrecidos me clavaron en el suelo.

Digamos que no había tenido demasiado éxito en cuidar mis palabras.

—No hables así de ella —me respondió cortante, pronunciando cada palabra con una estremecedora lentitud—. Es mucho más que venenosa, en todos los sentidos.

—No lo dudo. —Sonreí de medio lado al ver su reacción y al segundo decidí aflojar—. Perdona, tío. Me refería a que parece estar bastante enfadada con el mundo, y me imagino que con razón. Por eso me da curiosidad saber cómo habéis conseguido trabajar juntos.

Hacía demasiado tiempo que no me molestaba en prestarle atención a la gente, a excepción de Aria, claro. Pero con Jared eso parecía haber cambiado. Joder, a veces era un grano en el culo, pero nos había salvado y le tenía cariño. No tenía problemas en admitirlo. Salvo a él, claro. Seguro que se ponía muy pesado y no estaba de humor.

Su rigidez se evaporó y sus hombros se relajaron.

—Trabajar con Beatrice ha sido frustrante, acojonante y sorprendentemente divertido. Es muy desconfiada así que al principio me lo ocultaba todo, hacíamos tan mal equipo que demasiadas veces estuvieron a punto de pillarnos por nuestra nula capacidad de entendernos. —Soltó una risa suave—. Pero luego… —Su voz se fue apagando y se tomó varios segundos para continuar—. Luego aceptamos que en realidad nos caíamos bien. Y empezamos a hacernos amigos.

—¿Por qué hablas en pasado y con ese tono tan resignado? No pareces ser de los que se rinden tan fácilmente.

—Es que la he cagado a lo grande. Beatrice ha pasado por mucho, le han hecho mucho daño… Sobre todo el imbécil del Guardián. Y ahora me he añadido yo solito a su lista negra.

—Pues sal de ella.

Su expresión fue de completo horror.

—Tío, eres un número más en la estadística inventada de las chicas de que los tíos somos nulos para dar consejos. ¿Qué va a ser lo próximo? ¿No te rayes? Seguro que, hasta Connor, en su momento más inspirado, tiene respuestas mucho más elaboradas y empáticas —bufó.

—Te lo digo en serio, tío. Estoy seguro de que todas esas personas que la han cagado con ella no se han molestado en arreglarlo. Si lo dejas estar significará que no te importa lo suficiente como para intentar solucionar las cosas las veces que haga falta.

—Mucho mejor. Ahora entiendo por qué Aria se ha enamorado de ti. —Me puso ojitos y yo gruñí.

—No seas idiota.

—Hacéis muy buena pareja —comentó—. Dais bastante asco, la verdad.

—¿Es un halago o un insulto?

—Un halago, por supuesto.

—Ya llegaréis Beatrice y tú al punto en el que estamos nosotros.

Frenó en seco.

—¿A qué te refieres? ¿A hacer cosas de mayores? ¿A quereros con todo vuestro corazón? ¿A hablar en secreto con voces de bebé? Beatrice y yo solo estábamos empezando a ser amigos. *Amigos.* No tiene nada que ver con vuestra situación.

—Ya.

—Además a ella está claro que le gusta otro.

—Ya.

—¡Que no me gusta! —Me miró como si hubiera dicho una de las absurdeces que suele estar presente en su vocabulario—. ¿Cómo me va a gustar una persona que en cualquier momento puede clavarme un puñal en el ojo?

—Pues por eso mismo. —Le guiñé un ojo.

—Jamás pensé que diría esto, pero será mejor que nos callemos y nos concentremos en la misión.

Me reí y cuando procesé que esa risa grave había salido de mi garganta sin la presencia de Eric o Aria una corriente de calidez me recorrió y se quedó conmigo hasta que alcanzamos la cima de la escalinata.

La cámara que protegía los cadáveres de los primeros Dorados nos recibió tras una puerta de oro con aspecto señorial. Una oleada de energía intensa y violenta se coló en mis pulmones y tuve el impulso de toser, como si así pudiera sacármela de dentro. Estaba claro que no éramos bien recibidos entre aquellos techos arqueados y columnas de mármol. Y lo que también estaba claro es que nos importaba una mierda. Diez tumbas doradas rodeaban a una escultura de bronce que representaba al Gran Hacedor. Todos los sarcófagos desprendían un halo mágico que se coló bajo mi piel y, entre susurros, intentó convencer a cada una de mis células para que me acercara y sucumbiera a sus deseos. Temí que si no mantenía fuertes mis barreras mentales esa voz antigua y oscura conseguiría ocultarse entre mis pensamientos, corrompiéndolos.

Pero si eso ocurría al menos tendría una excusa para mandarlo todo a tomar por culo y quedarme una noche entera entre las suaves piernas de Aria.

Esa imagen mandó una descarga directa a mis pantalones, en concreto a cierta parte de mi anatomía que tenía vida propia siempre que pensaba en ella, y la cual por supuesto protestó ante la imposibilidad de esa escena. Al menos, de momento.

—Recuerda que solo tenemos un par de minutos antes de que las alarmas se activen —Jared me sacó de mis sucios pensamientos—. Eh, ¿qué pasa, Charles? Me alegro de verte. —Les dio una palmada a los gemelos de la escultura y le sonrió con confianza.

Estaba como una regadera.

—¿Y toda esa sangre? —pregunté mirando hacia la puerta y a los goterones que manchaban el impoluto suelo. Estaba seca, pero se apreciaba a la perfección su tono carmesí.

—Es de Beatrice, de la última vez que estuvimos aquí —me respondió, volviéndose a tensar. Sin añadir nada más se acercó a la tumba de Lunette y levantó la pesada losa.

Rebuscó entre sus huesos y sacó un viejo cuaderno rojo. El polvo cubría por completo la encuadernación deteriorada y las páginas amarillentas. Me pregunté si se desintegraría si se nos caía al suelo.

—¿No deberíamos coger más llaves? —Vacilé al ver que se acercaba a nuestra vía de escape—. Podríamos necesitarlas para salir del Abismo como hicisteis tú y Beatrice.

—No tenemos tiempo. Además, no queda Éter para poder usarlas. Tendremos que confiar en Hanniel.

Suspiré, lejos de estar conforme, pero terminé asintiendo.

Jared pulsó un ladrillo de la pared y nos quedamos a la espera de... algo. No sucedió nada. Una gota de sudor se deslizó por mi espalda. Según mis cálculos mentales solo faltaban cinco segundos para que la cámara diera la voz de alarma. Cuatro. Joder, no podíamos haber llegado tan lejos para esto. Tres. El miedo se volvió más denso en torno a mi garganta mientras que el corazón me seguía aporreando el pecho sin tregua. Dos.

—Uy, si este no era —dijo, como si nada mientras hundía el ladrillo contiguo.

Solté todo el aire que mis pulmones habían estado reteniendo.

Las alarmas no sonaron mientras nos escabullimos por la trampilla que se abrió ante nosotros.

Cumplimos con nuestra parte del trato y le revelamos a Hanniel el motivo por el que el Sauce del Éter estaba seco y cien Maestros habían desaparecido. Habían pasado diez minutos de aquello y aún seguía procesándolo, conectando la reciente información —para desgracia de todos en voz alta y estridente— con la que él había obtenido en su larga trayectoria como traficante de Éter.

—¿A que tú tampoco puedes dejar de mirarle el bigote? Es demasiado... todo —me susurró Jared con la vista clavada en la parte baja de su prominente nariz—. Me costaría un gran esfuerzo dejar de mirarlo incluso en mi boda, con mi mujer vestida de blanco y absolutamente preciosa caminando hacia mí.

—No te atrevas a decirle eso a tu futura esposa si no quieres quedarte sin huevos.

—Teniendo en cuenta nuestro inminente destino dudo mucho que eso vaya a ocurrir —resopló.

—Bueno, de un momento a otro puede aparecer Beatrice y escucharte —le piqué, a sabiendas de que Connor estaba demasiado ocupado soportando a su tío como para escucharnos. Esbocé una sonrisa de suficiencia ante el gesto de fastidio de Jared.

Bastante mal fingido, de nuevo.

—No sufras, mi simple existencia es un motivo más que suficiente para que quiera arrancarme los huevos.

Me reí, pero aquel instante distendido duró poco. La preocupación se volvió a abrir paso en mi pecho. Su presencia, al igual que la de Aria, era imposible de ignorar. Cada vez me angustiaba más no tener noticias suyas. Me repetía que estaría bien, que sabía cuidarse por sí misma y que Beatrice y Zoey la ayudarían en caso de necesitarlo. Pero no era suficiente. Joder, por supuesto que no lo era. Perdería la cabeza como no llegara sana y salva a mi lado.

Volví a maldecir el puto minuto en el que pensé que sería buena idea quedarme aquí.

Y entonces recordé que en ningún momento lo había creído, que simplemente había respetado su decisión.

—Me cuesta creer que esa chiquilla menuda haya sido capaz de acabar con la vida de cien Maestros, la verdad —repuso Hanniel. Estaba muy pálido, su expresión era una mezcla de desconcierto e incredulidad—. Y más dejando sin una gota de Éter al Sauce… Es algo inaudito. —Se tiró del pelo gris estufado, consiguiendo despeinarlo aún más.

—Su padre se aseguró de tenerla controlada para que su poder no se desarrollara, pero al final le resultó imposible ocultar una fuerza como la suya —le explicó Jared a mi lado, que como yo estaba con los brazos cruzados mirando con impaciencia la escena. Su humor se había borrado de un plumazo al mencionar al nuevo aliado del Dios del Fuego.

—Ese desgraciado… —escupió Hanniel, apretando los puños en torno a la capa de Maestro que se había tuneado de violeta—. Soy el menos apropiado para decir esto, dada mi continua inclinación a conspirar contra el funcionamiento del Abismo, pero un traidor entre los Dorados es algo que jamás esperé vivir.

Al ver que Jared no contestaba me giré hacia él.

—Eh, ¿estás bien? Te noto un poco pálido.

Tenía las líneas de expresión muy marcadas, acentuadas por la tez enfermiza que había adoptado de un instante a otro.

—Mierda. Me está empezando a doler otra vez. —Apretó los dientes moviendo los músculos de la espalda como si así pudiera aliviar la quemazón que le provocaban las líneas del tatuaje. Lo entendía, yo había pasado por lo mismo no hacía demasiado y era un dolor que no le deseaba a nadie. Extrajo el diario de Lunette de su capa escarlata y se dirigió al desordenado y viejo escritorio. El polvo del cuaderno se desperdigó por el aire al entrar en contacto con la raída madera—. No hemos podido abrirlo. A ver si tú puedes ayudarnos.

Juraría que el tío de Connor se acercó hasta nosotros aguantando la respiración.

Quizás estaba a punto de perder la única oportunidad de encontrar las respuestas que llevaba tantos años imaginando en su cabeza.

O quizás no.

—Sabe quién soy —susurró con emoción, como si el diario tuviera vida propia—. O cree saberlo.

Tomó un abrecartas que había desperdigado por la mesa y se hizo una pequeña raja sobre la palma de la mano. La cerró en un puño sobre la tapa y en cuanto la sangre goteó y cayó en el cuaderno este se iluminó y se abrió. La presencia de la magia se quedó suspendida en el aire, dejándose notar como aquel que tiene alergia al polen en primavera. Después cogió un minúsculo frasco vacío de una leja y guardó más sangre dentro de él.

—Tomad. Podríais necesitarla. —Nos tendió el recipiente y yo lo cogí, guardándolo en uno de los compartimentos del traje.

—Debieron meter a escondidas el diario en su ataúd. Si no, no entiendo cómo algo tan valioso ha estado siempre al alcance de todo el mundo —comenté, sintiendo cómo la curiosidad se abría paso dentro de mí—. Bueno, solo si logras sobrevivir a las Damas Sombrías.

—Nadie visitó a Lunette durante todos estos siglos —la voz de Jared se rompió, ya no sabía si a causa del destino de la Dorada o del dolor que le recorría los huesos.

—Vamos, no seas dramático. Puede que la visitaran, pero que no quisieran hurgar entre sus huesos. No me parece tan descabellado.

Puso los ojos en blanco como respuesta.

—Quizás la persona que dejó el diario ahí quería que alguien lo encontrara —planteó Connor, que se había mantenido al margen durante toda la conversación.

Mientras continuamos divagando Hanniel no había despegado las gafas rotas del diario.

—Por el Gran Hacedor, hay muchísimos símbolos —exclamó, maravillado—. Y después... habla todo el tiempo de una chica de la que está enamorada. De ahí no podremos sacar demasiado, pero con los hechizos sí podremos trabajar. Puede que aquí esté el último eslabón para llevaros al Helheim.

—Pues date prisa —rogó Jared, y al instante contrajo su expresión en una de intenso dolor. Se agarró al sillón para no caerse y se sentó sobre él—. Como puedes intuir no nos queda tiempo.

Llegué hasta él con la impotencia de saber que no podría hacer mucho para mitigar su dolor.

—¿Qué habéis encontrado en el libro de la magia primigenia? —le pregunté al Guardián, recordando que mientras nosotros les hacíamos una visita de cortesía a los cadáveres de los Dorados ellos se habían quedado investigando.

—Desvaríos —se limitó a decir.

—No lo creo —replicó Hanniel, mientras se ajustaba las gafas y continuaba leyendo. Voló hasta la enorme estantería para sacar el que supuse que sería un libro portal. Se lo colocó al lado y continuó examinando el diario mientras repasaba con el dedo la cubierta de su invento prohibido—. Vamos, muchacho, cuéntaselo.

El Guardián suspiró.

Se le veía muy cansado.

Y a mí me la sudaba.

—Venga —gruñí, echándole una ojeada rápida a Jared para asegurarme de que seguía consciente.

—Habla de un modo distinto de entender la magia. Como si fuera un ente propio y no algo que nos pertenece. Nosotros siempre la entendimos como una fuente de energía que está en nosotros y que la alimentamos mediante nuestras emociones, sacándola y dándole la forma e intensidad que queramos. Pero según este libro antes se trataba de una vinculación consensuada —explicó, y luego soltó un resoplido lleno de rechazo—. Menuda absurdez.

—¿Cómo si…? ¿Cómo si con el paso del tiempo la hubiéramos esclavizado? —preguntó Jared a duras penas, mientras continuaba retorciéndose en el asiento.

No tuvimos ocasión de llegar a ninguna conclusión porque Hanniel se levantó de un salto, tirando la silla.

—Ya sé cómo podéis ir al Helheim —anunció, con los ojos abiertos de par en par. Si antes estaba pálido, ahora parecía translúcido—. Solo necesitamos a…

Fue interrumpido por una avalancha de pasos rápidos y firmes que retumbaron encima de nosotros. Por el rostro sorprendido de Hanniel intuí que semejante afluencia de Guardianes a esta hora no era normal. Todos nos tensamos de forma automática y nos quedamos como auténticas estatuas esperando.

—Algo ha tenido que ocurrir —confirmó el tío de Connor en voz baja, y entonces su mirada se desvió para quedarse completamente ida. Pasaron unos segundos y al ver que no regresaba en sí moví mi mano delante de sus ojos. Nada. No funcionaba. Era como si se hubiera transportado a otro plano al que nosotros no teníamos acceso.

Me recordó a la señora Wendy, al vacío que llenó sus ojos segundos después de que chillara el nombre de su hija, desesperada por encontrarla.

Temiendo que fuera a ocurrir lo mismo, fui a cogerle de los brazos para sacudirlo, pero justo en ese instante reaccionó.

—Los Dorados nos han hablado —exhaló, para después tomar una bocanada de aire. Se apoyó en la pared para recuperarse. Connor frunció el ceño y una corriente de decepción cruzó su mirada. Me dio la sensación de que, por un instante, se había olvidado de que era Guardián exiliado—. Es obligatorio que todos los Guardianes, de mayor o menor nivel, asistamos de inmediato a la gran sala. Tienen algo importante que comunicarnos.

—Vaya, me esperaba un nombre mucho más elaborado y oscuro que *gran sala* —comentó Jared.

—¿Es necesario que vayas? —pregunté, con el pulso desbocado.

—Sí.

No. No podía marcharse ahora. No cuando estábamos tan cerca de conseguirlo.

Además, Jared no podía aguantar mucho más.

Mierda.

—Iremos contigo. —No era una petición. El tono de mi voz lo dejaba muy claro.

—Pero no podemos acer… Acercarnos demasiado los Dorados, podrían percibirnos y descubrir que no somos Guardianes —añadió Jared, sus puños blancos.

—Quizás no con tantos otros Guardianes alrededor. Tendremos que arriesgarnos, no podéis quedaros aquí —Hanniel me dio la razón y suspiró—. El muchacho está a punto de transformarse, así que necesitáis estar conmigo. Iré preparando el hechizo en el Libro Portal mientras tanto, pero para que funcione… necesitamos a Beatrice.

—Tienen que estar a punto de llegar —jadeó Jared—. ¿Mi hermana estará igual que yo?

—No lo sabemos, el tiempo transcurre distinto en la Tierra. Quizás aún se encuentre bien —le explicó Connor.

El chaval normalmente era un robot andante, pero había que reconocerle que estaba mostrando preocupación. Cada parte de su cuerpo indicaba que su mente estaba junto a ella.

Lo entendía, la mía también muy lejos de aquí.

—Vamos, tío, solo queda el último empujón —le dije a Jared, ayudándolo a incorporarse.

Pese a la gravedad de la situación, sus labios se crisparon para contener la risa.

—Tío, se te da de pena animar. ¿Qué soy, una mujer con la cabeza de un niño asomándose entre las piernas?

—No seas imbécil.

—Si me voy a morir me apetecería hacerlo tal y como soy.

Puse los ojos en blanco y desistí.

Hanniel sustituyó su capa violeta por la oficial blanca correspondiente a su rango de Maestro, ocultó el Libro Portal en algún compartimento de su traje y en cuanto el sonido de los pasos cesó el peldaño 436 se abrió para nosotros. El camino escarpado y oscuro estaba completamente despejado, así que, siguiendo el paso rápido y seguro de Hanniel, recorrimos los senderos sinuosos del Abismo. Mi respiración se volvió más rápida conforme nos acercamos y los Guardianes fueron apareciendo desde otros puntos del Abismo. Cuando aún quedaban unos metros para llegar al final del pasillo donde se encontraba la sala de reuniones apareció a nuestra derecha una sala de entrenamiento. No pude ver demasiado porque justo un Maestro salió y cerró los portones, tallados con símbolos que desconocía. Aun así, podía seguir escuchando el susurro fantasma de los golpes y de los gritos.

Una vez entramos a la sala nos quedamos en el rincón más próximo a la imponente puerta intentando no llamar la atención. Estaba atestada de Guardianes; tanto Maestros como Novicios, todos mirando al frente completamente quietos.

La imagen se asemejaba bastante a cualquier película de robots en la que el villano está soltando amenazas de venganza frente a su ejército de máquinas programadas para matar.

—¡Eh, vosotros! —Me tensé por completo—. ¿Qué hacéis tan alejados? ¡Entrad! —nos ordenó uno de los Maestros encargado de organizar a la multitud.

Nos miramos entre nosotros con dudas, pero no tuvimos otra alternativa que continuar con la cabeza gacha para internarnos entre la oleada de Guardianes congregados. Con suerte, Jared se encontraba un poco mejor y había podido caminar hasta allí sin retrasarnos demasiado.

Cada uno de mis músculos estaba en completa tensión por encontrarnos rodeados de aquellos que codiciaban nuestras cabezas.

Y en la elevación de piedra, por encima de todos nosotros, emergieron de las sombras figuras con capas resplandecientes en comparación con la penumbra que asolaba la galería, con la oscuridad que acechaba cada uno de nuestros destinos.

Diez Dorados.

Mirándonos.

CAPÍTULO 13
KILLIAN

El leve murmullo de las respiraciones cesó conforme uno de los Dorados dio un paso al frente.

Cuando el peso de su pie descansó sobre el suelo húmedo, se produjo un leve temblor que me estremeció de pies a cabeza. Tragué saliva confiando en el estado de las columnas que sostenían la galería. Toda la sala contuvo el aliento como si la mismísima muerte acabara de revelar su rostro. Las pocas antorchas, colgadas en las paredes cubiertas de moho con soportes oxidados, titilaron, sacudiendo las sombras que bañaban la enorme caverna.

—Hablo en nombre de todos mis hermanos cuando expreso mi profundo malestar ante los últimos acontecimientos que han asolado el Abismo. —Al Dorado que rompió el silencio no le hizo falta mostrarse agresivo para proyectar autoridad. Antes de que el eco de su aterciopelada voz hubiera rebotado por las paredes rocosas, los Guardianes ya habían bajado la cabeza en señal de respeto. Tuve que tirar de la manga de la túnica de Jared para que hiciera lo mismo. La rabia le cegaba y olvidaba que cualquier paso en falso desencadenaría nuestra muerte. Él resopló, pero por su bien me hizo caso—. No deberíais, pero el Gran Hacedor nos concedió forma humana así que entiendo que es inevitable que algunos sintáis la curiosidad propia de la raza a la que protegemos.

Por eso, por segunda vez en nuestra historia, os hemos reunido aquí para daros respuestas.

El silencio sepulcral se cernió como un monstruo enorme sobre la sala, su aliento enturbiaba el aire, demasiado tiempo estancado bajo la superficie. Las gotas impactaban contra la grava. Una y otra vez. Había mucha humedad, y agradecí que las capas estuvieran forradas con piel. Además, claro, de su principal función de ocultar el rostro de los Guardianes para recordarles que su única identidad era la que les proporcionaba el color de sus capas; el rango de poder que albergaban.

—No nos gustan los rumores —la voz casi ancestral del Dorado se coló en mi interior, poniéndome los pelos de punta. Joder, era inquietante—. Como ya sabéis, el Abismo se rige por la lealtad, la claridad y la servidumbre. Por eso queremos escuchar las preguntas directamente de vosotros. —Nadie pestañeó ni movió un solo pelo. Todos seguían inquietantemente inmóviles—. Ahora.

Durante unos segundos sus palabras dieron paso a más silencio.

Un silencio peligroso.

Una corriente de energía vibrante atravesó el aire y se me pegó a la piel. Aquella magia sacó sus garras y las arrastró por mi garganta. Obligué a mis manos a mantenerse cruzadas sobre mi cintura. Tenía ganas de quitarme de encima aquellas garras invisibles. Un recordatorio nada sutil de la magnitud de sus poderes. De que no dudarían en usarlos si no les obedecían.

El olor del miedo se extendió por cada rincón. Lo inundó todo.

No creí que fuera posible, pero entre la tensión que mantenía rígidos a cada uno de mis músculos se abrió paso una oleada de diversión. A los Guardianes se les llenaba la boca con promesas de servidumbre y fe ciega, pero luego no se atrevían a abrir la boca por temor a ser asesinados por los mismos a los que veneraban.

Patéticos.

Quise preguntarles a Connor y Hanniel, que se habían quedado un poco rezagados detrás de nosotros, cuál era la primera vez que los Dorados convocaron a sus inferiores. Aunque algo me decía que estaba relacionada con la revuelta de las Damas Sombrías. Eso significaba que la situación estaba muy jodida. Y nosotros con ella.

—Señor... —Uno de los Novicios, situado varias filas por delante de nosotros, se atrevió a levantar la voz. A juzgar por el temblor de sus palabras, apostaría lo que fuera a que el Maestro que tenía pegado a su lado lo había obligado—. Os ru-ruego que no penséis que es falta de fe en vuestra dirección, es... es preocupación...

—¿Y qué es la preocupación sino falta de confianza? —replicó con voz queda.

Pero su fría calma no me engañaba. Podía sentir en cada uno de mis huesos la amenaza y el peligro que emanaban de cada una de las palabras que reverberaron por la sala.

El Novicio realizó una inclinación de cabeza en señal de respeto y adoptó la misma posición de sumisión del resto. Se camufló entre los cientos, si no miles, de figuras cuyos bordes estaban borrosos; sombras que se repetían, cuyo nombre e historia no importaban. El Guardián no volvió a pronunciar palabra alguna. Quizás no volviera a hacerlo después de aquello.

De repente, uno de los Dorados se adelantó al resto de sus hermanos y se colocó al lado del que había dirigido la reunión hasta ese mismo instante.

—Como bien es sabido, un Incierto se coló en el Abismo hace unas semanas. —En cuanto Jared identificó esa voz grave y rasposa como la del padre de Beatrice se irguió y cuadró sus hombros; listo para llevarse por delante a cada uno de los Guardianes que lo separaba de su fuente de odio. Bajé la vista para apreciar, incluso con la tenue iluminación de la sala, sus nudillos completamente blancos apretando la gruesa tela de su capa.

—Jared, cálmate, por favor —siseé, en un tono apenas inaudible.

—Le quiero partir los dientes a ese puto desgraciado —gruñó.

—Podrás hacerlo, pero no ahora —le ordené, ganándome una mirada asesina por su parte. Pude sentirla incluso a través de las sombras que emanaban de su capucha. Me la sudaba. No le recordé los motivos por los que era una muy mala idea descubrirnos. Aunque a veces lo pareciera, Jared no era imbécil.

El padre de Beatrice continuó hablando.

—Hemos descubierto que consiguió camuflarse entre los nuestros gracias a la ayuda de una Novicia, Beatrice Amber. —Hablaba con puro desdén y la risa desdeñosa que emitió después me hizo hervir la sangre—. ¿Qué se puede esperar de alguien que lleva la traición en la sangre? Fuimos demasiado indulgentes permitiendo que viviera después del inmenso daño que causó su madre. No olvidemos que corrompió a muchas mujeres y fueron sus ideas descabelladas las que provocaron sus muertes. —Negó con la cabeza como si fuera capaz de sentir compasión por las mujeres que ellos mismos asesinaron—. Sabemos que todos os preguntáis qué ocurrió en el Sauce del Éter y por qué los Maestros no pueden ir a la Tierra a reclutar Inciertos para esta próxima Anual —hizo una pausa que se llenó por la expectación de todos aquellos que esperaban la verdad—. Fue por culpa de Beatrice. Mediante el uso prohibido de hechizos averiguó cómo potenciar de forma deshonesta sus poderes para vaciar el Sauce y utilizarlo para acabar con la vida de cien de los nuestros. Quiere vengarse por la muerte de su madre.

Una exclamación ahogada se extendió por la multitud.

Pero ahí se quedó todo el revuelo.

No nos olvidemos de que eran puñeteros robots.

—Hijo de la gran puta —masculló Jared a mi lado, y aunque quise retenerlo el cabrón estaba fuerte. No pude evitar que se revolviera un poco contra mi agarre. Uno de los Guardianes se giró un poco y nos miró de reojo. Pude sentir en mi piel su mirada escrutadora.

Bajé aún más la cabeza con el fin de hacerme invisible gracias al trozo de tela sobre mi cabeza.

—Cállate, joder, estamos empezando a llamar la atención —el hastío en mi voz pareció hacer efecto.

Joder, ojalá Aria estuviera aquí.

Estaba seguro de que ella sabría calmarlo. Se le daba muy bien eso de las emociones. Se me encogió el corazón al pensar en ella y el nudo de preocupación que me cerraba la garganta desde que se había marchado me dolió más que nunca.

—¿Y dónde están ahora? —Una voz femenina preguntó.

—Estamos buscándolos —respondió el padre de Beatrice. Intentó mantenerse calmado, pero a él, a diferencia de a su compañero, no se le daba tan bien ocultar sus emociones. La rabia y el odio lo consumían.

—¿Y si han logrado esconderse en el Atharav o en el Helheim? —Otra voz anónima.

—Entonces deberemos esperar a la Anual para dar con ellos. Lo haremos en el Día Cero, antes de la batalla, es el único momento en el que atravesamos las barreras para dirigir a los ejércitos de los Kaelis e Ignis hacia el Abismo. Tendremos que esperar para hacer justicia. Por suerte no queda mucho para ello.

El recordatorio de que íbamos a contrarreloj me tensó el estómago.

—Ahora más que nunca debemos estar unidos. Necesitamos que el Sauce sane y se restaure de Éter antes de la Anual. Necesitamos darle al ganador, ya sea Ignis o Kaelis, su recompensa; tiempo en la Tierra —añadió el Dorado que había hablado en primer lugar.

—Pero… ¿Y si esta vez alguien consigue salir con vida de la Cueva Ishtar y rompe la maldición? —preguntó un Novicio. Por su voz aguda, debía de ser bastante joven.

Una nueva exclamación ahogada resonó por la sala. Algunos Guardianes incluso mostraron la parte inferior de su rostro al buscar al individuo responsable de semejante locura. El silencio, por alguna razón, se volvió más denso.

El corazón me latió más rápido. Mi instinto aguzó cada uno de mis sentidos como si la respuesta que emergiera de su boca tuviera el poder de cambiarlo todo.

—No van a ganar. Nunca lo hacen —condenó el Dorado. Pronunció las palabras con tanta convicción que me estremecí y un mal presentimiento se me quedó atascado en la garganta.

—¿Y qué pasará con nosotros si lo consiguen algún día?

—No estamos aquí para atender los miedos de los más jóvenes. Si queréis ayudarnos lo que haréis será recopilar libros, pergaminos viejos… cualquier tipo de información que nos ayude a acelerar el proceso de creación de Éter. Maestros, coged a vuestros Novicios y empezad a trabajar. Esta será la primera y última vez que os demos explicaciones. La próxima vez que oigamos preguntas en el aire, olfateemos vuestras dudas… No seréis dignos de servir al Gran Hacedor y entonces vuestra existencia ya no será necesaria. Podéis marcharos.

Todos los Guardianes se dieron la vuelta como un solo cuerpo y avanzaron hacia la salida. Tan solo había una; dos portones de madera oscura que medían más de tres metros. Se me aceleró el pulso. Este sería el momento perfecto para alzar la voz y quitarle la careta al padre de Beatrice, que en realidad los estaban traicionando. Pero no nos escucharían, irían directamente a nuestros cuellos. Nosotros éramos los enemigos.

¿Cómo iban a dudar de uno de sus amados Dorados?

Su propia identidad no lo permitía.

Así que, resignado, me dejé arrastrar por la marea de Guardianes que se dirigían al exterior. A mi favor, mi altura me confería la oportunidad de tener una buena panorámica y no perder de vista el punto exacto en el que se situaba nuestra salida. Los Guardianes, a diferencia de los Ignis, no tenían una complexión tan fuerte y grande. Por lo general eran más menudos, lo cual no significaba que pudieran patearnos el culo con facilidad. Connor era más grande que la media y Hanniel no se despegaba de él, lo cual me ayudó a no perderlos entre corrientes de telas blancas y rojo escarlata. Todo parecía bajo control hasta que Jared se paró de sopetón, consiguiendo que el Guardián que caminaba detrás de él se chocara con su espalda. Este lo esquivó profiriendo un bufido por lo bajo y retomó su camino sin molestarse en recriminarnos que estuviéramos entorpeciendo el paso. Esa suerte no nos iba a durar mucho. El comunicado de los Dorados ya había sido entregado, no había razones lo suficientemente buenas como para quedarnos allí. No sin llamar la atención.

—¿Qué te pasa? —me incliné hacia él, rígido.

—Mi... poder... —emitió un gruñido de dolor, y luego se dobló un poco, como si una intensa punzada lo hubiera atravesado con la fuerza de un latigazo—. Algo no va bien. No es como antes... La espalda... —Su voz perdió fuerza mientras hablaba.

Las líneas curvadas y arremolinadas de su tatuaje comenzaban a arderle como si alguien las estuviera marcando a fuego en su piel y la tinta fuera un ácido arrasando con todo a su paso. Eso era lo que no había podido llegar a decir. Recordaba perfectamente el profundo y desgarrador dolor en el que me convertí al transformarme en Ignis en el Castillo de Brandr.

—No me jodas.

Su puñetera descendencia estaba a punto de rebelarse en medio de miles de Guardianes y sin tener la puta puerta de huida al Helheim en nuestras manos. Compartí una mirada significativa con Jared y después busqué con ojos rápidos a Hanniel y Connor entre la multitud. Me relajé un poco al ver que se habían dado cuenta de que algo ocurría y se habían detenido en un rincón. A ojos ajenos solo se trataba de un Maestro hablando seriamente con uno de sus Novicios.

La tapadera, sin embargo, solo nos daría un poco de margen.

Ya comenzábamos a levantar más de una mirada curiosa.

—Vamos, tenemos que alcanzarlos —apremié a Jared. Una gota de sudor se deslizó sobre su rostro e impactó sobre la grava. Al cogerle del codo para ayudarle a avanzar noté el fuerte temblor de su cuerpo.

Recordaba la descarga intensa y abrumadora de poder que surgió de mi transformación y por eso sabía que no lo íbamos a conseguir, no al menos sin que nos descubrieran. El pulso me martilleó las sienes.

—Killian... —resolló Jared, obligando a sus piernas a moverse, me cogió del cuello de la capa—. Hay algo extraño en mi cuerpo... Como cuando Beatrice se estaba ahogando y pude hablar con ella a través del agua, pero esta vez es distinto... —Sus ojos se agrandaron y destellaron de pánico al comprender algo—. Se acercan. Ya vienen.

No sabía de qué cojones estaba hablando, pero si por algún motivo podía sentirlas acercándose... Joder, a lo mejor sí que teníamos una oportunidad. El corazón me retumbó contra el pecho de forma descontrolada al pensar en volver a ver Aria, pero todo se vino abajo en cuanto las consecuencias de aquello me abofetearon. Si las chicas habían utilizado la llave de Uriel y habían pensado en nosotros para que el Éter las trajera hasta aquí… Entonces estábamos a punto de ser atrapados.

—Vamos —dije con urgencia. Mi mente funcionaba a toda velocidad, buscando cualquier plan que no concluyera con nuestra muerte directa. En cuanto estuve lo suficiente cerca de Connor y Hanniel proyecté mi voz para que solo ellos pudieran escucharla—: Tenemos que salir de aquí *ya*. Están a punto de llegar.

—La sala de entrenamiento —susurró Hanniel—. Nos refugiaremos allí.

Joder, sí.

—No tiene salida —inquirió Connor, cada extremidad de su esbelto cuerpo rechazando la idea—. Nos van a pillar si entramos allí.

—Ya, pero si no lo hacemos estamos muertos.

Connor negó con la cabeza, pero la decisión ya estaba tomada y él lo sabía. Así que apretamos el ritmo. Los pasos de las filas de Guardianes retumbaban por el pasillo tenebroso al que salimos tras cruzar el umbral de la puerta de la sala de reuniones. Jared se tropezó en un par de ocasiones y se le escapó algún que otro gemido de dolor, pero conseguimos acelerar nuestra marcha sin que…

La atmósfera cambió.

Un humano cualquiera sentiría una tirantez incómoda o un cosquilleo desagradable en la piel, pero ya está. Con nuestros sentidos aguzados, era obvio que algo había ocurrido. Como si una presencia forastera y salvaje acabara de entrar, sin permiso, a un lugar al que no pertenecía. Se sentía en la energía densa que irradiaban las paredes cubiertas de musgo y piedra, su pesada presencia sobre la boca de mi estómago y mis hombros, completamente rígidos ante un poder que no reconocía, pero que tenía la voluntad de destruir los cimientos de un lugar que siempre había estado bañado por la tranquilidad de lo conocido. Por el orden y la rectitud.

Una corriente de aire ondeó el bajo de nuestras capas y se perdió por la longitud del pasillo.

Todos los Guardianes se detuvieron.

—¿Qué es eso? —jadeó uno de los Novicios, su capucha se cayó hacia atrás y todos pudimos ver su rostro de no más de veinte años cubierto de genuino miedo. Al cabo de un segundo caí en la cuenta de que los Guardianes de bajo nivel nunca habían experimentado fenómenos de la naturaleza como lo era el viento o el sol.

—Algo… algo muy poderoso está entrando en el Abismo. Justo aquí —declaró otro alzando la cabeza hacia el techo. Tenía los ojos desorbitados.

El suelo se removió.

La oscuridad se agrietó hasta romperse y de ese hueco que se hundía hacia la nada emergió una explosión de destellos dorados.

CAPÍTULO 14
KILLIAN

Me pitaron los oídos y me cubrí los ojos con una mano para protegerme de la luz cegadora.

Un torbellino de magia, de hebras de Éter, se abrió delante de nuestras narices. Los Guardianes se apartaron y se pegaron a las paredes dejando el espacio de un círculo vacío que pronto sería ocupado. Nosotros nos camuflamos entre ellos, pero asegurándonos de quedar en primera fila. No recordaba la última vez que me había costado tanto respirar. Mis poderes se activaron, a la espera de que yo les permitiera salir a defender a la persona que ya sentían como suya.

Gracias a la llave de Uriel, Aria, Zoey y Beatrice se habían convertido en su propio portal.

El tornado las escupió con fuerza, lanzándolas al suelo.

Al ver el cuerpo menudo de Aria, aquel que tantísimas veces me había dejado sin aliento, impactando contra el terreno… Algo en mí se rompió. Me quedé sin aliento y me dolió físicamente no poder salir corriendo hasta ella. Contuve la respiración mientras comprobaba que estaba viva y cuando su mano se movió todo un mar embravecido impactó contra mí. Salvo algún rasguño, parecía encontrarse bien. El alivio que me golpeó amenazó con hacerme caer de rodillas. Y por mucho que los odiara agradecí a los dioses existentes e inexistentes que me permitieron volver a verla, que me liberaron de la culpabilidad que hubiera acabado conmigo si algo malo le hubiera pasado.

Beatrice fue la única que aterrizó en pie. Su pelo oscuro como la medianoche ocultando sus duras facciones hasta que levantó la cabeza. Palideció al verse completamente rodeada de Guardianes. Mientras evaluaba la situación se acercó hasta Aria y Zoey en ademán protector. Sus ojos se oscurecieron y adoptaron un cariz amenazador. Letal. Lista para saltar encima de cualquiera que las atacara. Nosotros estábamos ocultos por las sombras de las capuchas, así que era imposible que supieran que contaban con nuestro apoyo.

Joder, lo habían conseguido, tenían el Vestigio Original del Aire. Ese era el poder que había hecho temblar los cimientos del Abismo. Una oleada de orgullo y admiración me hinchó el pecho.

Aria y Zoey, visiblemente mareadas por el viaje, se incorporaron lo más rápido que pudieron. Me fijé en que Zoey se llevó las manos a la espalda mientras que las líneas de su rostro se contraían por el dolor de la transformación. Su pelo rubio platino cubierto de sudor. Aria la ayudó a levantarse y quise acabar de un plumazo con el terror que desprendía su cuerpo.

El Éter se quedó pegado a sus pieles hasta que los restos de magia se desperdigaron por el suelo como una bruma silenciosa que se arrastra en todas las direcciones hasta perderse.

Connor y Jared también estaban muy alterados a mi lado. Ambos querían echar a correr hacia Zoey. Aunque el Incierto se detuvo más de la cuenta en la Guardiana. Se mantuvieron en el sitio junto con las decenas de Guardianes que se habían quedado amontonados en el pasillo a la espera de averiguar qué demonios estaba ocurriendo. ¿Cómo actuarían al unísono si nunca habían anticipado una situación como esa? Se les daba de pena improvisar cuando cada movimiento de su historia había estado consensuado y ordenado.

¿Quizás estaban esperando a que los Dorados intervinieran?

—La sangre de un Dorado es la clave, por eso Beatrice debe usarlo —Hanniel, aprovechando el aturdimiento colectivo, me pasó el libro portal con cuidado y yo lo guardé en un lugar seguro de mi traje—. Ella os llevará hasta el Helheim. Yo me encargaré de buscar aliados y me reencontraré con vosotros en la Anual. Mucha suerte. —Me apretó el hombro, pero la determinación de sus palabras no iba de la mano con el miedo que percibí en sus ojos turbados. Estaba asustado.

La sangre recorría mis venas a toda velocidad, preparándome para el momento en el que todo estallaría por los aires. El aliento helado de la muerte me acarició suavemente la nuca y me estremecí. Cada célula de mi cuerpo era muy consciente del peligro que nos rodeaba.

Los Guardianes aún no habían atacado porque percibían la fuente inmensa y desconocida de poder que provenía de las chicas. Eso los mantenía en guardia.

Pero el caos estaba destinado a desatarse.

El círculo de distancia que se había creado en torno a Beatrice, Aria y Zoey empezó a estrecharse. Las preguntas y las exclamaciones de sorpresa se amontonaron en el aire dejando a un lado la incertidumbre de sus identidades y de la fuente de magia inexplicable que las rodeaba.

—¿Quiénes son? Pero ¿qué…? —preguntó un Novicio.

—¡Es Beatrice! ¡La Novicia que lleva la traición en la sangre! ¡Apresadlas! —gritó uno de ellos al reconocerla.

—Seguidme —ordené a Connor y Jared.

Y así lo hicieron.

En cuanto percibí que los Guardianes hacían un primer movimiento para acercarse a Aria cada parte de mi cuerpo se enfureció como una puñetera bestia agresiva.

—Y una mierda —gruñí con voz siniestra, y me adelanté a ellos. Connor y Jared hicieron caer a un par de Novicios próximos a nosotros que se percataron, demasiado tarde, de que no éramos uno de los suyos.

Usé la ira para alimentar el fuego que brotaba de mi interior y lo moldeé hasta darle forma en mi mente. Visualicé lo que quería conseguir y lo materialicé. Con un giro de muñeca levanté un muro de fuego que nos protegió como una burbuja y sirvió para dejar a los Guardianes fuera. El estruendo de las llamas levantándose con reverencia fue atronador. Mantuve mis manos levantadas, concentrado en seguir avivándolas. El calor que irradiaba de ellas comenzó a hacerme sudar. Eché la cabeza hacia atrás y me quité la capucha revelando mi rostro antes de que las chicas me atacaran. Sus facciones pasaron de la sorpresa y la alerta al alivio.

—¿Estáis todas bien? —pregunté, pero mis ojos estaban clavados exclusivamente en *ella*.

A Aria se le llenaron los ojos de lágrimas al verme y la sonrisa de pura alegría que suavizó su bonito rostro aceleró aún más mi pulso. Hizo ademán de abalanzarse sobre mí, pero se contuvo, analizando si yo había sufrido algún tipo de daño.

Juro que me fallaron las piernas al volver a tenerla tan cerca, su aroma dulce embriagó y dejó aturdidos a mis sentidos en el momento más inapropiado. Nos contemplamos sufriendo la agonía del tiempo que nunca teníamos. Sabía que no podía tocarla por mucho que me muriese de ganas de acogerla entre mis brazos. Mi prioridad era ponerla a salvo, pero el morado que se extendía por su pómulo derecho junto con algunos arañazos y el labio partido no me ayudó en absoluto a mantener la puta calma.

Obligué a mis ojos a apartarse de los suyos y a echar un rápido vistazo a nuestro alrededor.

Beatrice y Jared se esforzaron demasiado por ignorarse, pero ambos, aunque en segundos diferentes, se echaron una rápida ojeada de arriba abajo, seguramente para asegurarse de que estaban bien. El Incierto apartó a Connor de su hermana y llegó a su encuentro. Al ver su estado crítico de transformación levantó la mirada para encontrarse con la mía y pedirme en silencio que moviéramos el puñetero culo.

Hecho.

—Tenemos que avanzar hasta la sala de entrenamiento —les informé con la respiración acelerada por el esfuerzo—. En cuanto veáis una puerta, quiero que todos os metáis dentro. Allí ganaremos algo de tiempo para marcharnos.

Todas me miraron con cientos de preguntas en los ojos, pero confiaron en que nosotros también hubiéramos completado nuestra tarea aquí. La magia del libro portal cobraría vida en el centro del círculo que formáramos. Y la sala era nuestra única oportunidad de protegernos de los Guardianes el tiempo suficiente como para poder bajar la barrera de fuego, darnos las manos y largarnos de allí. Ya encontraríamos una forma de sellar la puerta para que no entraran.

—¿Por qué no te pones la corona y nos transportas hasta dentro de la sala? Será mucho más rápido —le preguntó Beatrice a Aria mirando con tensión a través del muro de fuego. Todos corríamos hacia delante y los Guardianes no tenían más remedio que echarse hacia atrás para no ser devorados por las fauces hambrientas del fuego.

Si a Connor le afectó estar atentando contra los suyos no lo reveló, su rostro era inescrutable. La Guardiana también había pasado por completo de él pese a que este, después de acudir a Zoey, se había interesado por ella.

Mis llamas temblaron. Los Guardianes me estaban debilitando cada vez que usaban sus poderes, extrayendo Éter de todas partes y lanzándolo sin descanso contra nosotros.

—Estoy demasiado débil para ponerme la corona, pero sí que puedo hacer esto. —Aria se colocó aún más cerca de mí y me dio su mano, que encajó perfectamente con la mía, mucho más grande y áspera. El tacto familiar de su piel me calentó el pecho. Joder, no podía soportar no tenerla entre mis brazos. Ajena a mi tormento, respiró hondo y aunque pareció llevarle un par de intentos al final logró concentrarse para canalizar su poder de forma que potenciara el mío. Levantó su mano libre y la colocó a la misma altura que la mía, frente a su rostro marcado por la fiereza.

Una corriente de energía me recorrió por dentro. Al instante, el fuego se avivó con tanta fuerza que algunos Guardianes se lanzaron hacia los laterales para que no quedaran achicharrados. Sus gritos y exclamaciones de rabia se mezclaron con el sonido del Éter que continuaba impactando con nuestra muralla.

Aprovechamos y aumentamos el ritmo hasta la sala de entrenamiento. Me animé al ver que solo quedaban unos pocos metros para alcanzarla. Sentí cómo el sudor se deslizaba por los músculos tensos de mi espalda. Estaba exhausto, pero apreté los dientes y me obligué a aguantar. Pero lo que yo quisiera hacer se alejaba bastante de la realidad: librarme de las garras de la muerte me impedía alcanzar todo mi potencial y apenas me quedaban fuerzas para seguir sosteniendo mi magia.

—¡Killian! ¿Estás bien? —Aria me miró con los ojos verdes cargados de miedo y preocupación. Sus facciones también estaban hundidas, agotada por llevar al límite sus poderes. Y eso que yo aún no sabía por lo que habían tenido que pasar en Tengboche para conseguir el Vestigio Original del Aire.

—Sí —resollé. Las rodillas me temblaron y los brazos me ardieron con violencia. No. No, joder. No estaba nada bien. Pero ¿qué importaba eso?

—No va a aguantar —evidenció Connor, pasándose una mano por los mechones que caían desordenados de su siempre perfecto moño mientras que con la otra ayudaba a Zoey a moverse.

—Mira que te gusta ser el aguafiestas del grupo, entre otros adjetivos descalificativos que te dejan en muy mal lugar, claro —Jared usó la poca energía que le quedaba para meterse con el Guardián. Su rostro incluso recuperó un poco de vida.

—Pero ¿tú no estabas a punto de morir? —siseó Beatrice, y le dedicó una mirada de hastío—. Ni aun así consigues callarte.

—Incluso cuando esté bajo tierra me quedará energía para insultarlo.

A la Guardiana no le hizo ni un poco de gracia su comentario.

El intercambio de comentarios y el creciente dolor de mis brazos me desconcentró y la consistencia del muro de fuego se debilitó. Fue tan solo un instante, pero bastó para que los ataques afilados y veloces de los Guardianes traspasaran las llamas y nos alcanzaran. Un intenso ardor se extendió por mi antebrazo seguido de un reguero de sangre a su paso. Reprimí un gruñido y me quedé sin aire al ver cómo Aria esquivaba con rapidez un disco de Éter que iba directo a su cuello. Joder. Había estado demasiado cerca. Por la ausencia de gritos supuse que el resto seguía más o menos ileso. No tenía tiempo de comprobarlo porque tuve que rebuscar en mi interior, en cualquier rincón olvidado donde me quedara aún algo de energía.

Un alarido de dolor salió de mi pecho. No sé cómo lo hice, pero aun sintiendo cómo algo dentro de mí se desgarraba apreté los dientes y logré alzar las llamas de nuevo. Volvieron a actuar como barrera mientras recorríamos el pasillo de luces y sombras, de manchas emborronadas de Éter despedido hacia nosotros. Una chispa de esperanza se encendió en mi interior al vislumbrar los grandes portones de madera oscura de la sala de entrenamiento. Nos fuimos pegando más a la pared, forzando la retirada de los Guardianes que nos atacaban desde ese lado.

Apreté la mandíbula aguantando la presión que se cernía sobre mis sienes.

—¡Parad! —gritó Connor, con un rugido tan elevado que consiguió detenernos a todos—. No vamos a conseguirlo a menos que alguien se quede luchando frente a la puerta para mantenerlos a raya —evidenció. Zoey se alejó de su lado para mirarlo con el ceño fruncido.

—Es un puto suicidio —le advertí intuyendo qué pretendía hacer.

—No necesitamos vencerlos, solo entretenerlos hasta que ya sea demasiado tarde para que puedan atraparos.

—No… No estarás insinuando… —negó Zoey, con una nota de pánico en su voz.

Dio un paso hasta ella y la cogió de la barbilla. Alzó la cabeza para clavar su mirada en ella.

Por primera vez, Connor mostró tristeza.

—Necesitáis tiempo. Tú necesitas tiempo y yo necesito que vivas para regresar a ti. Déjame hacer esto, Zoey. Déjame demostrarte que merece la pena destruir todo por lo que he luchado solo por tener un futuro a tu lado.

—La leche —silbó Jared. Aria le lanzó una mirada de advertencia.

—No… —sollozó ella—. No lo hagas, por favor.

—¿Puedes ayudarla? —le preguntó a Beatrice, que observaba la escena con un dolor que le fue imposible ocultar. Parpadeó desconcertada ante su petición, pero terminó asintiendo. Con un gesto rápido, metió la mano en el bolsillo y le pasó algo a Connor. Él levantó ligeramente las cejas, sorprendido, y se lo guardó. Di por hecho que se trataría de algo personal.

Jared miraba al Guardián como si lo estuviera viendo por primera vez. Parecía que lo observaba incluso con un poco de respeto.

Debía de estar delirando de ser así.

Saltó su vista hacia Beatrice viendo con sorpresa cómo ayudaba a su hermana.

—No… —le suplicó Zoey al Guardián—. Por favor… No saldrá bien.

—Buena suerte —nos dijo a todos, y le dio un casto beso en los labios delante de las narices de Beatrice. Al comprender lo que acababa de hacer le lanzó una breve mirada de arrepentimiento y después apartó el contacto visual para hacerme una petición silenciosa.

Asentí en su dirección y le dediqué una mirada de agradecimiento antes de bajar los muros el tiempo justo para que su capa de Novicio cayera al suelo y se lanzara sobre los Guardianes. Hasta el momento no habíamos visto a Connor luchar así. Era difícil ver con claridad entre el rojo de las llamas, pero percibí la gracilidad y precisión con la que se movían sus músculos, la destreza con la que esquivaba los ataques de los Guardianes y cómo usaba el Éter para alejarlos de él lo máximo posible, y por ende también distanciarlos de nosotros.

Gracias a Hanniel ahora sabíamos que su familia era de alto estatus. Connor había contado con todas las facilidades para ser el mejor de todos ellos. Si no hubiera roto las reglas liándose con una Incierta tal vez incluso podría haberse convertido en un Dorado.

Joder, era impresionante.

—¡No lo matéis! ¡Necesitaremos interrogarle! —escuché la voz de Hanniel alzarse entre el caos de la traición.

—¡Vamos! ¡Hay que seguir! —les dije.

Pronto cruzamos los portones tallados de runas. Nos adentramos en la negrura de una de las muchas salas de entrenamiento que usaban los Guardianes diariamente. Lo último que vimos de Connor fue cómo dejaba fuera de juego a dos de los suyos.

Empleé mis últimas energías en reducir el muro de fuego para limitarlo a cubrir únicamente la entrada. No estaba muy seguro de cuánto aguantaría alzado con los insistentes ataques de los Guardianes, pero con Connor distrayéndolos habíamos ganado un tiempo que podría marcar la diferencia. Las puertas de la sala se cerraron con un sonoro portazo que retumbó por las paredes de roca. Aria encendió con un chasquido todas las antorchas que, colocadas a lo largo de la pared, aportaron tenue claridad a la amplia estancia de techos bajos y abovedados, sostenidos por columnas talladas de piedra. En el suelo terroso había zonas delimitadas para practicar el combate, algunos bancos de madera robusta para descansar y muñecos y sacos para practicar la lucha cuerpo a cuerpo. Me llamó la atención que no hubiera ni una sola arma colgada de las paredes o sobre las estanterías.

En el aire aún quedaban resquicios del olor oxidado de la sangre y del hedor del sudor.

Sin perder ni un instante corrimos hasta el extremo más alejado de la puerta.

Tragué saliva mientras que un mal augurio me recorría la columna vertebral y se posaba en mi estómago. Acabábamos de meternos en la boca del lobo; un callejón sin escapatoria alguna que acabaría cubierto de nuestra sangre como el plan de Hanniel no funcionara.

—Beatrice. —Clavé mis ojos en ella mientras sacaba el libro portal de debajo de mi capa. Su pecho subía y bajaba con fuerza. Pronunciar su nombre la devolvió al presente, sus ojos habían estado fijos en la puerta. El sonido del revuelo era imposible de ignorar. Los gritos traspasaban las gruesas paredes. Quizás entre ellos los del Guardián—. Tienes que usarlo para llevarnos al Helheim.

Se lo puse en las manos y por la mirada que me echó pensé que lo dejaría caer al suelo.

Solo que no fue así.

—Lo primero de todo, si quieres que os salve el culo un *por favor* no habría sobrado. —Alzó el libro poniéndolo a la altura de nuestros rostros y lo sacudió con una mueca de incredulidad—. Y lo segundo, ¿de verdad crees que esto nos va a llevar al Helheim? —Fui a abrir la boca para aclararle que era un libro portal, pero se me adelantó—. Creo saber que así no funcionan los libros portales. Necesitamos una llave de Éter para activar el hechizo que haya creado conductos de magia entre sus hojas.

—Por lo visto con el poder de una Dorada bastará —le respondí con impaciencia. El zumbido de mi magia cada vez era más débil.

—Por si no os habíais dado cuenta yo no soy una Dorada. Además, ¿ahora vamos a fiarnos ciegamente de ese chalado?

—Tienes sangre de un Dorado en las venas, así que tendrá que bastar. Y sí, vamos a fiarnos. No tenemos más opciones —sentencié, endureciendo la voz.

—Por favor —intervino Aria, y lanzó una mirada de ansiedad hacia Jared y Zoey. La Guardiana siguió la dirección de su mirada y se tensó aún más. Apoyados en uno de los bancos más cercanos, los mellizos se retorcían de dolor mientras esperaban lo inevitable—. Si no lo intentas van a morir —le recordó y el esbelto cuello de Beatrice se movió para tragar saliva—. Vamos a morir todos.

Unos gritos de pura agonía cortaron el aire. Me giré hacia Zoey y Jared, que se habían caído al suelo. Muecas de dolor retorcían los rostros.

Aria hizo el impulso de abalanzarse sobre ellos para ayudarlos, pero la detuve. Con una rápida mirada entendió por qué lo había hecho. No sabíamos las consecuencias del estallido de su magia. Y la transformación era un proceso que necesitaba ser completado. No podíamos hacer nada por ayudarlos. Por mucho que nos jodiera.

Sus extremidades temblaron con fiereza a causa del cambio que estaban experimentando y observé con horror cómo ambos clavaban sus dedos en la tierra para aliviar el acuciante dolor. De sus pieles emergía un brillo iridiscente e incluso a través de la tela pudimos ver a la perfección la luz que desprendió la magia del tatuaje. Supe que un lado del montón de líneas arremolinadas que formaban símbolos antiguos se había cicatrizado mientras que la tinta del otro había permanecido latente. Despierta. El rugido de una nueva magia hizo titilar las llamas de las antorchas y densificó el aire. Los mellizos se levantaron, sus ojos dejaron de tener vida para cubrirse de un destello azul.

Lo sentí en la boca del estómago.

Jared y Zoey ya no eran Inciertos.

Se habían transformado en Kaelis.

Tras ese respiro comenzó lo peor. Sus alaridos me descompusieron el estómago. De sus pieles comenzó a salir humo. De pronto entendí qué estaba ocurriendo. La promesa de la maldición se estaba cumpliendo; matándolos si no permanecían en su destierro a excepción del día Cero, donde lucharían en la Anual. No tenían a ningún Maestro que los protegiera y los guiara hasta el Helheim y tampoco el anillo que Uriel me dio para que pudiera moverme libremente fuera del Atharav. Entonces recordé que era él quien nos había guiado hasta aquí, sabía que los mellizos se convertirían en Kaelis y de algún modo también sabía que conseguiríamos llegar hasta su destierro.

Salvo eso y la débil esperanza de un plan improvisado, y una Guardiana que no confiaba en su poder…. No teníamos nada.

La expresión de Beatrice se oscureció al ver a Jared y por el destello que cruzó sus ojos supe que había tomado una decisión.

—Daros la mano —ordenó, mientras dejaba rápidamente el libro en el suelo.

Me acerqué hasta Jared y cargué con él. Beatrice y Aria hicieron lo mismo con Zoey.

—Eh, amigo, ¿puedes mantenerte en pie un momento? Esto acabará pronto —le dije, y consiguió susurrarme una afirmación entre los resuellos de dolor. Avanzamos a trompicones hasta quedar todos juntos.

Con una leve sonrisa de confianza le di la mano a Aria y después me giré de lado para dársela a Jared que consiguió cogerla tras no acertar en un primer intento. Parecía que su visión estaba nublándose. Este se quedó un segundo de más mirando a la Guardiana antes de entrelazar sus dedos con los de ella. Me pareció que Beatrice dejaba de respirar. Salió del trance cuando Zoey la cogió de la mano para cerrar el círculo con Aria.

La Guardiana cerró los ojos, concentrándose en ampliar sus sentidos para conectar con el Éter del libro. Los Dorados, según me había estado contando Jared, tenían una sensibilidad muy superior que el resto de Guardianes para doblegar el Éter a su voluntad. También para darle intensidad y que sus ataques fueran mucho más mortales. Era un elemento que estaba en cada cosa presente en la Tierra y ellos tenían la habilidad de sentirlo, comunicarse con él y utilizarlo a su antojo.

Sin embargo, el libro se mantuvo completamente inerte.

—No puedo. —La voz de Beatrice se quebró, sorprendiéndome. La soberbia y el veneno que siempre marcaban sus movimientos se habían evaporado para dejar lugar al miedo. Sus ojos azul oscuro rebosaban temor. Joder, no era para menos. Tenía mucha presión sobre los hombros. Nuestras vidas dependían de ella.

—No lo escuches a él —exhaló Jared y ella lo miró con absoluta sorpresa, como si se hubiera colado en su mente y supiera exactamente en qué estaba pensado—. Escúchame a mí, Be. Puedes conseguirlo... —la animó con voz áspera—. Has hecho cosas mucho más asombrosas que esto. Solo recuérdalas.

Esperaba una mirada de odio por decirle lo que debía hacer, pero su expresión fue cálida mientras lo observaba y procedía a intentarlo de nuevo.

Dio otro par de respiraciones y entonces ocurrió.

Mi muro de fuego se resquebrajó.

La puerta voló por los aires ante una horda de Guardianes furiosos que la traspasaron para llegar hasta nosotros. El eco denso del silencio se llenó de sus rápidas pisadas.

—¡Beatrice! —grité, mientras intentaba alzar con mi mente de nuevo el muro.

No lo conseguí.

De repente del libro comenzó a sacudirse ante nuestra llamada, se abrió de golpe y la tinta que componía las letras se deslizó para convertirse en un lago oscuro que dejó en blanco las páginas que una vez fueron escritas. De su centro brotó un tornado de masa negra que nos envolvió y dio vueltas sobre nosotros. Reconociéndonos. Valorando si la voluntad de Beatrice era lo suficiente poderosa como para cumplirla.

Lo último que vi antes de que la magia nos lanzara hacia la nada más absoluta fue a los Guardianes tirándose sobre nosotros al tiempo en que Jared y Zoey se desplomaban en el suelo. Me fue imposible saber si se habían soltado del círculo antes de que el Éter los engullera.

PARTE II
HELHEIM

CAPÍTULO 15

JARED

ORFANATO LIGHTHOUSE

«Algo no va bien».

Mis sentidos me sacudieron para sacarme del sueño profundo en el que me había sumergido. Comencé despegando los párpados con lentitud, pero mis ojos se abrieron de golpe en cuanto procesé el paisaje familiar y apagado que se expandía tras la ventanilla. El estómago se me revolvió. No podía haber otra explicación salvo un dramático accidente de coche que hubiera acelerado mi entrada al infierno. Sin embargo, el movimiento constante del vehículo, junto con el latido desbocado de mi corazón, se unieron para desmontar mi teoría. No estaba muerto. Bien. ¿Supongo?

Al instante, una ola de indignación me trepó por la garganta. Se suponía que las pesadillas ocurrían cuando te dormías, no cuando te despertabas. Demasiada intensidad emocional para ser las —desbloqueé la pantalla del móvil— doce del mediodía.

Incluso para mí.

Me enderecé en el asiento de cuero, notando cómo los restos de arena y sal tensaban mi piel; aún sentía los músculos resentidos por el desfase de la última fiesta exclusiva de la que regresábamos. Nos habíamos cargado los bolsillos gracias a las marcas que nos habían patrocinado para que sus productos formaran parte de la experiencia.

Entonces los recuerdos comenzaron a disipar la neblina de confusión: piezas que comenzaban a aparecer desordenadas y que terminaban encajando para revelarte el resultado final del puzle. Lo primero que pensé tras aterrizar en Vermont fue que el calor era asfixiante y que necesitaba —con urgencia— una ducha, después me lancé al interior de la limusina para continuar recuperando horas de sueño y ahora... ahora no sabía qué estaba pasando y por qué habíamos regresado al escenario de mis peores recuerdos. Al lugar donde me quedaba encerrado durante aquellas largas noches en las que una parte de mí se rebelaba contra la mayor de mis mentiras: que estaba bien. La puerta de aquel lugar nunca se abría. No podía salir. No podía escapar del sentimiento de soledad que me hizo tantas veces querer desaparecer.

Enseguida encontré la mirada de mi hermana, que, sentada frente a mí y con los ojos cubiertos por una capa de emoción, esperaba mi reacción. De forma automática, las comisuras de mis labios se elevaron en una sonrisa vacilante.

—¿Si abro la puerta y me tiro me despertaré en una tumbona de Bali? —pregunté, porque era demasiado obvio que no me alegraba de estar allí. Ni yo era tan buen actor con tremenda encerrona.

—Vamos... —Puso los ojos en blanco y una sonrisa genuina iluminó su cara—. Sé que en el fondo te gustará volver. Forma parte de quienes somos y he pensado que sería una bonita despedida, antes de que... ya sabes. —Su máscara se resquebrajó por un instante y asomó parte de la angustia que en realidad sentía. Suspiró—. Quería que fuera una sorpresa.

«¿Las sorpresas no se supone que tienen que ser agradables?».

Por lo visto, esa no era una regla estrictamente necesaria.

Me recordé que Zoey no tenía la culpa. Para ella, regresar aquí, aunque era triste, también era bonito. No podía negárselo después del destino que nos esperaba. En realidad, a ella no podía negarle nada. Así que enterré la ansiedad y fingí que adentrarnos en el largo camino empedrado, flanqueado por la hilera de árboles que se inclinaban hacia nosotros como garras, me hacía tanta ilusión como a ella.

190

La estructura imponente del Orfanato Lighthouse pronto se alzó ante nosotros. Sin embargo, ya no me provocó el mismo miedo que me encogía de pequeño. No parecía tan grande ni tan tenebrosa como entonces. Era simplemente una casa enorme y vieja que servía como jaula para los pobres desgraciados que habían tenido la mala suerte de quedar encerrados en ella; un espacio que les servía como continuo recordatorio de que habían sido rechazados simplemente por llegar al mundo.

Ahora lo único que me producía era un sabor amargo en el paladar y un nudo en el estómago. Aun así, sentía cómo se burlaba de mí, como si de algún modo tuviera vida propia y supiera que había roto mi promesa de no volver jamás.

Aquella que me hice de niño cuando descubrí que las lágrimas se podían acabar. Aquel niño, tan solo y desgraciado como yo, me las robó todas al asegurarme que nadie querría ser nunca mi amigo porque era demasiado rarito. Fue entonces cuando me juré a mí mismo que, una vez consiguiera sacarnos de allí, este lugar quedaría enterrado y olvidado como el peor de los monstruos. Pero me equivocaba.

Porque la naturaleza de los monstruos es perseguirte hasta que dejes de tenerles miedo.

Es imposible olvidarlos.

Entonces lo supe.

Las despedidas habían perdido su significado cuando se volvieron una constante en mi vida, pero los reencuentros... Eso era algo que jamás había experimentado. Y era raro. Mucho. Era como conectar de nuevo con aquella versión de mí mismo a la que también le dije adiós cuando me alejé de aquel lugar.

Una versión débil, triste y rota que ya no me representaba.

Y que me aterraba que alguna vez volviera a hacerlo.

Conforme cruzamos las rejas oxidadas, niños y profesores nos miraron con la boca abierta; ya no era invisible, ahora todos me conocían, todos me querían. Pero había una parte de mí que se sentía igual de vacía incluso con los millones de seguidores que deseaban tenerme en sus vidas.

Mientras recorríamos las diferentes zonas del orfanato, nos encontramos con la madre superiora que se había encargado de nuestra educación y cuidado.

—¡Muchachos! —Se llevó las manos a la cara marcada por la edad en un gesto de sorpresa—. ¡Cuánto habéis crecido! ¡Y qué guapos estáis! Ya me han contado que la vida os sonríe.

—Sí, tanto que en cualquier momento moriremos —respondí, esbozando una sonrisa de oreja a oreja.

—¡Mira que siempre has sido rarito! —masculló por lo bajo y, al escuchar aquella palabra, una punzada de escozor me atravesó el pecho.

Lo ignoré.

Hablamos unos minutos más de temas bastante apropiados para subir con tu vecino en el ascensor y nos despedimos de ella antes de marcharnos. En cuanto Zoey se dio la vuelta, me giré hacia la superiora y le hice una peineta. Se llevó la mano al pecho y soltó una exclamación ahogada que me hizo sentir bastante bien.

«Toma esa, vieja cabrona».

Todavía podía escuchar sus críticas, sus incesantes reprimendas y el dolor de sus collejas.

Nunca se molestó en disimular lo mal que le caía y, aun así, nadie se dio cuenta.

Nadie se daba cuenta de nada. Ni siquiera mi hermana.

Paseamos por última vez por el único «hogar» que había tenido. Un hogar donde nada me pertenecía, ni siquiera el pijama, ya que nos repartían uno diferente cada vez que los lavaban. Lo único que se mantuvo inamovible fueron los cuchicheos de los niños a mis espaldas y la mano pequeña de mi hermana estrechando la mía; un ancla en un mundo en el que todo iba demasiado rápido.

Como nunca quisieron adoptarnos juntos, renuncié a muchos hogares para seguir al lado de Zoey, y aunque ella también lo hizo... no era lo mismo.

En el orfanato, ella tenía amigos que ansiaban que regresara.

Yo no tenía a nadie, tan solo a ella. Así había sido y así sería siempre.

—Dios, ¿cómo es que aún siguen en pie? ¿Te acuerdas de cuando jugábamos? —me preguntó Zoey, una vez terminó nuestra soporífera visita y salimos a la zona de juegos. Empujó con suavidad uno de los columpios mientras lo miraba con la nostalgia bailándole en los ojos.

Asentí

Sí, recordaba que los niños solo me permitían jugar porque Zoey los obligaba. Nunca supo cuánto me afectó aquello, y no la culpo; nunca se lo mostré. No quería que se enemistara con los niños que tanto la querían, no cuando ya nos habían arrebatado tanto.

Las despedidas me gustaban porque siempre decía adiós a cosas que me hacían daño.

Y mientras cruzaba la verja del orfanato, me permití desear tener un hogar que me hiciera temer las despedidas para, por fin, ser capaz de anhelar los reencuentros.

Deseé que mi hermana se hubiera dado cuenta de todo lo que escondían mis sonrisas.

—¿A que te ha gustado regresar? —Me dio un codazo risueño.

Me tragué la punzada de rabia que se encendió en mi interior y me recordé que Zoey era la única que nunca me había abandonado. Así que sonreí con cariño y la atraje hacia mi costado para darle un beso en la sien.

—Pues claro que sí.

Y mientras dejábamos atrás el Orfanato Lighthouse, la armadura que tanto me había esforzado por construir se rompió.

Porque, por más que huyas de quién eres, la verdad siempre acaba alcanzándote. Puedes mirar hacia otro lado, ponerte máscaras, imaginar la persona en la que te quieres convertir y trabajar para ser algo más que aquello que te marcó. Puedes intentarlo, pero bastará un descuido para que la burbuja de cristal estalle y entonces te quedarás solo frente a los pedazos rotos que reflejan lo que tanto habías temido ver.

En mi caso, a nadie.

Yo no era nadie.

CAPÍTULO 16
JARED

«Despierta».

«Ya es la hora».

El suave murmullo del viento me hizo cosquillas por el cuello y me acarició la oreja, susurrándome aquellas palabras. Su voz no se parecía a nada que hubiera escuchado antes. Tan imposible como imaginar un nuevo color, que el sol dejara de dar calor o que me cayera bien Connor. Y tan tocapelotas como él. Con lo a gustito que estaba yo... Tenía entendido que solo gracias a la muerte alcanzabas la paz eterna. Esa era la única recompensa por enfrentarte a algo tan angustioso como dejar de existir. Pero o bien aquello era otra estafa tan grande como la posibilidad de salvar al problemático que está claro que va a reducir tu economía mandándote al psicólogo o bien en el cielo también había que madrugar. Esperaba que no me pusieran a trabajar para ganarme un hueco entre las nubes y... ¿las gaviotas?

De repente el aire dejó de entrarme en los pulmones.

Ni de coña podría compartir espacio con esos seres horripilantes.

Era imposible que aquello estuviera ocurriendo. No podía haber entrado en el infierno. Es más, debería estar en la zona VIP del cielo junto a las personas que ayudan a las ancianas a cruzar los pasos de cebra, las que adoptan a cada gato que encuentran abandonado y aquellas que nunca han visto películas piratas. Porque estaba claro que había sido muy buena persona. Salvo meterme con el posible amor verdadero de mi hermana, romper muchos corazones por mi inigualable encanto, amañar algunos sorteos y no hacer absolutamente nada tras la frase de «Eh, ¡cuánto tiempo! Tenemos que quedar para ponernos al día», no había cometido ningún acto demasiado malvado.

«Has acabado con la vida de cien Maestros», me recordé y un sentimiento de culpabilidad me hundió el pecho.

Un momento. ¿Los muertos también podían sentir culpa? Menuda mierda.

Espera. Otro momento más. ¿Cómo podía haberme dejado de llegar aire a los pulmones cuando estar muerto consistía precisamente en no volver a respirar jamás?

La respuesta parecía obvia, pero me costó procesar que había sobrevivido para, con mucha probabilidad, volver a morir de nuevo. Sentía que estaba en un bucle constante y empezaba a cansarme. Aun así, sonreí. Tenía que alegrarme que mi cuerpo no estuviera siendo comido por un ejército de gusanos hambrientos.

—¿Qué coño haces con los ojos cerrados sonriendo como un lunático? —La voz cortante de Beatrice me devolvió de golpe a la realidad.

Abrí los ojos.

Me encontraba en una realidad muy distinta en la que no reconocí mi propio cuerpo, aquel alto y musculoso que se incorporó para quedar apoyado en… ¿una roca? El corazón comenzó a bombearme con rapidez. No podíamos seguir encerrados en el Abismo. Recordaba vagamente cómo el poder del portal nos había absorbido, pero quizás… Quizás no lo habíamos conseguido. Al menos no como habíamos planeado. Cogí aire de forma profunda y traté de tranquilizarme. Y entonces lo supe. No estábamos en el Abismo. Habíamos llegado a un lugar por el que cada célula que me componía sentía afinidad.

El Helheim.

La Guardiana se quedó de pie, observándome fijamente. Y ella jamás lo admitiría, pero al verme despierto se le escapó un pequeño suspiro de alivio que la delató. Moriría pregonando que no le importaba nada, pero yo sabía que eso era más un deseo que un hecho.

Tardé unos segundos en dejar de ver borroso para apartar la mirada de Beatrice y buscar a Zoey. No fue complicado. La encontré en el lugar en el que siempre había permanecido, a mi lado; descansando en el suelo, su rostro, lejos de parecer sereno mientras dormía plácidamente, se había quedado congelado en un gesto de inquietud. Me presioné las sienes y, tras asegurarme de que no hubiera sufrido ningún tipo de daño, alcé la cabeza para ver la sombra de Beatrice alejándose de la cueva que habíamos conquistado como refugio. Salvo una pequeña hoguera que mantenía el calor, no teníamos nada.

Sostuve el sentimiento de rechazo que me invadió al ver cómo la Guardiana no se había molestado en darme ningún tipo de explicación, me levanté y la seguí. Notaba una energía extraña y poderosa fluyendo con ligereza por mi interior, explorándolo y presionando mis músculos para... que la dejara salir. Apreté los puños para intentar alejar aquel cosquilleo casi molesto, pero no sirvió de nada.

Una vez alcancé la boca de la cueva, aparté a un lado el puñado de ramas secas que la ocultaban y la luz se abrió paso en la oscuridad de aquel lugar de no más de tres metros. Me agaché y salí. En cuanto lo hice me tropecé por la sensación abrumadora de sentirlo y verlo todo con muchísima intensidad. Me sentía como Bella recién transformada en vampiro descubriendo el mundo por primera vez.

Yo, en cambio, lo hacía como un Kaelis.

Los colores brillaban, mucho más vibrantes; cualquier material, con tan solo verlo desde la lejanía, podía sentir su textura en mis dedos, los sonidos estaban ampliados y mi intuición se afiló. Todos mis sentidos superaron límites que no sabía ni que existían. Siendo un Incierto ya lo había notado, pero ahora... Ahora cada fibra de mi ser *sabía* que era poderoso.

El paisaje que se extendió ante mis ojos me hizo tragar saliva.

No había visto demasiado del Atharav, pero por lo que me había contado Aria era una versión congelada de la arquitectura de la Edad

Media que se había adaptado a sobrevivir únicamente con los elementos del fuego y la tierra. Aquí ocurría lo mismo, aunque diferente. En el Helheim sobraba el agua y el viento silbaba y se movía sin descanso, pero se encontraba igual de podrido que el Atharav... ambos destinados a marchitarse. El Gran Hacedor condenó este lugar al hacer desaparecer el fuego y marcar la tierra como incapaz de sostener vida.

Carraspeé para conseguir que Beatrice se diera la vuelta.

No lo hizo.

—¿Por qué te has ido? —le pregunté, y entonces se giró lentamente.

Se me quedó la boca seca al contemplarla. Beatrice era el reflejo de la noche; su belleza era auténtica, salvaje y oscura. Su pelo largo y negro contrastaba con el blanco de su piel, que parecía tan suave... me pregunté qué se sentiría al deslizar mis dedos por el arco de su cuello. Aquella zona tan sensible...

El corazón comenzó a darme brincos y esa fue señal suficiente para sacudir mi cabeza y salir del estado de ensoñación en el que yo solito me había sumergido.

—Tenía que vigilar —respondió finalmente, rehuyéndome la mirada.

Una punzada de preocupación me invadió y di un paso hacia ella sin pensar.

Conforme lo hice Beatrice dio otro hacia atrás.

—¿Qué ha pasado? ¿Estáis todos bien?

—Sí. Llevamos aquí unas horas y todo parece bastante tranquilo, lo cual nos viene genial para recuperar fuerzas. Aria y Killian salieron a buscar comida hace un rato —me informó con aire ausente.

—¿Comida? —pregunté, con incredulidad al ver la superficie de tierra bastante seca que se extendía ante nosotros. Algunas zonas seguían conservando el verdor de la hierba y entre las incontables ramas esqueléticas aún había un puñado de árboles frondosos que se mantenían en pie y se perdían a lo lejos. Pero aun así, todo era decadente. Como si una enfermedad se estuviera propagando por el reino y fuera cuestión de tiempo que su podredumbre lo engullera todo—. No creo que tengamos tanta suerte.

—Ni yo, pero agua está claro que encontraremos —respondió de forma seca—. Sobreviviremos hasta que lleguemos al castillo y hablemos con los reyes.

Entonces, en un descuido, me miró. Se me cortó la respiración al encontrar bajo sus largas pestañas unos ojos vidriosos y rojos.

Fui a hablar, pero me lo pensé dos veces. No quería meter la pata. Por alguna razón, el que manejaba todo allí arriba me había dado otra oportunidad y aunque mi final fuera el mismo, esta vez podría hacerlo recuperando la amistad de Beatrice y habiendo mantenido una conversación con Zoey sobre su traición y sobre cómo eso la estaba haciendo sentir. A ella y a mí.

No estaba seguro de por qué, pero también me apetecía darle un achuchón a Killian.

Esperaba sobrevivir a ello.

—Beatrice... Yo... —comencé a decir, y las palabras se me agolparon y se quedaron atascadas en mi garganta.

Había intentado salvar a mi hermana. Me había defendido ante Connor. Nos había sacado del Atharav a todos... Me sentí sobrecogido. Joder, le debía mucho a esta chica. Todos nosotros.

Pero volví a detenerme al percibir cómo cada uno de sus músculos se tensaba ante su nombre suspendido en mis labios, preparándola para huir o para atacar. Beatrice estaba completamente cerrada a cualquier tipo de acercamiento y aunque no estaba dispuesto a darme por vencido supe que tenía que dejarle su espacio o el muro que había alzado entre los dos sería insalvable.

—¿Qué sabes sobre los poderes de los Kaelis? —le pregunté en cambio.

Un atisbo de sorpresa cruzó por su gesto distante.

—¿Ninguno de los muchos Maestros que os custodiaron te lo explicó? —Alzó una ceja, suspicaz. La tía no era tonta. Sabía lo que estaba intentando hacer.

—Eran bastante reservados con el tema de los poderes, se limitaban a enseñarnos lo máximo posible sobre el combate cuerpo a cuerpo, a usar la magia sin forma propia de los Inciertos y esperar a que el tatuaje se revelara para acompañarnos hasta nuestro destierro —le expliqué, y entonces recordé algo.

Cogí los bordes de la parte superior de mi traje de combate y tiré de ella con fuerza —el tejido resistente se ajustaba a la perfección a mi torso— para sacármela por la cabeza, dejándola colgada sobre el hombro.

Beatrice se quedó clavada en el sitio. Vi cómo su nuez bajaba y subía al tragar saliva. Su mirada se quedó pegada a mi pecho durante unos segundos al tiempo en que su boca, sus labios rosados y carnosos se mantenían entreabiertos por la sorpresa.

Me di la vuelta como un resorte antes de que sacara su cuchillo de emergencia y le diera un uso irresponsable dejándome sin pelotas. O antes de que me pusiera más nervioso de la cuenta por su escrutinio.

—¿Cómo se ha quedado el tatuaje? —Me señalé la espalda. Las líneas que formaban el símbolo de los Kaelis debían de haberse cicatrizado, a diferencia de las que formaban el otro dibujo, que seguirían marcadas por la tinta. El dibujo que antes ocupaba toda mi espalda debía haberse cicatrizado.

—Pero ¿qué mierda haces? —preguntó, con un chillido agudo que me pareció muy mono. Dio un salto hacia atrás como si acabara de salir el mismísimo diablo de un portal delante de sus narices—. ¡No me enseñes tu espalda!

Fruncí la boca para aguantarme la risa.

—¿Para vosotros es como enseñaros la polla o algo así? —Esbocé una sonrisa torcida.

—¡Pues no! —me miró como si fuera gilipollas.

—¿Entonces a qué viene tanto escándalo? —fruncí el ceño, y en cuanto vi cómo sus mejillas se teñían de rojo abrí los ojos de par en par.

—Oh, no, es la primera espalda que ves. —Me llevé las manos a la boca en un gesto teatral.

200

—Serás imbécil —bufó—. Me he acostado con muchísimos tíos.

—¿Enhorabuena? —Una punzada de rabia se instaló en mi estómago.

—Gracias.

—De nada —espeté.

Una energía tensa nos rodeó mientras nos quedábamos de pie, mirándonos y enfrentándonos cara a cara en una especie de batalla que no tenía ningún maldito sentido.

De repente, Killian y Aria aparecieron de entre los árboles. Dios, el alivio al verlos casi me hizo caer de rodillas. Ambos tenían una expresión bastante seria, incluso apagada. Parecía que nadie se alegraba de haber escapado de la mismísima muerte. A mí me daba igual. Acababan de salvarme de empezar a pensar que estaba celoso de unos desconocidos que habían tenido la inmensa suerte de probar a... Joder.

Se me estaba yendo la pinza.

Me lancé a los brazos de Killian amenazando con tirarlo al suelo. Ups. Fallo mío, ahora tenía muchísima más fuerza que antes. Lo rodeé con mis brazos y lo apreté, dándole un achuchón. Fue como estrujar a una enorme piedra. Un poco incómodo, pero reconfortante de algún modo. De todas formas, duró la increíble y precisa cifra de *muy* poco.

—No es que no me alegre de verte, pero ¿qué se supone que haces? —me apartó y me clavó en el suelo con su ceño fruncido. Bueno... alguien no estaba de humor.

—Ah, venga, ¿ahora nos vamos a hacer los machitos y a fingir que los hombres no hacemos esas cosas? —Le di una fuerte palmada en la espalda ganándome otra mirada asesina de su parte. Definitivamente se me estaba yendo de las manos—. Vamos, estabas deseando abrazarme.

—La verdad es que no. Pero ahora lo que sí estoy deseando es pegarte una hostia —espetó.

—Y yo estoy deseando que canalices tus emociones de una forma mucho más sana.

—Eso contigo es imposible —añadió Beatrice uniéndose a la conversación.

—Que sepas que yo sí estaba deseando verte —intervino Aria, su cara iluminada al verme.

Le sonreí con cariño y la atraje hasta mí para darle otro abrazo. Esta vez sí correspondido. Una sensación desconocida y agradable me recorrió el pecho. ¿De verdad estaba abrazando a una amiga?

Los ojos me traicionaron al buscar a Beatrice, que nos observaba con una mirada indescifrable.

¿Con ella también podría haber llegado hasta este punto? Tenía la sensación de que no, de que nuestra relación era diferente. Mucho más complicada y profunda.

—¿Cómo te sientes? —se interesó Aria cuando nos separamos.

—Raro, pero bien —Me miré las manos con emoción, una sonrisa tiraba de mis labios—. Tengo muchas ganas de descubrir qué voy a ser capaz de hacer con mis nuevos poderes.

—¿Y Zoey? ¿Cómo está? —Me gustó que me preguntara por ella.

—Sigue durmiendo —respondí.

—Vayamos dentro. Tenemos que hablar —dijo Killian pasando a nuestro lado para que lo siguiéramos.

—Mira que nos han pasado cosas horribles y hemos estado a punto de palmarla repetidamente, pero esa frase sigue dándome el mismo mal rollo de siempre.

En cuanto nos internamos en la cueva descubrí que Zoey había recobrado la consciencia. Se había incorporado hasta sentarse y se encontraba quieta. Muy quieta. La cabeza gacha enterrada entre el hueco de sus piernas. Cuando escuchó pasos alzó la cabeza y nos miró. Parecía bastante turbada. Su rostro estaba ensombrecido, hundido por la pena. Me acerqué a ella con precaución, sintiendo cómo el corazón se me rompía por verla así.

—Ey, ¿cómo estás? Hemos conseguido llegar hasta Helheim, este será nuestro hotel de cinco estrellas por el momento —bromeé tocándole la mejilla con dulzura.

El silencio marcó los siguientes segundos.

—¿Cómo he podido abandonarlo? —susurró con la voz quebrada.

Sin necesidad de decir nada, me senté junto a ella y la abracé.

Estaba a punto de perder los nervios. La niebla que nos rodeaba era tan densa que se me pegaba a la piel y no había forma de ahuyentarla por más que hiciera aspavientos con los brazos. Me imaginé que así se sentiría atravesar una nube eterna. Y no. No era nada divertido. En fin, otro sueño infantil muerto.

La visibilidad era prácticamente nula y si a eso le sumábamos que la noche había caído con toda su fuerza... Casi podía afirmarse que estábamos avanzando con los ojos vendados, sin posibilidad de ver las criaturas horripilantes que se mantenían a la espera de devorarnos; su aliento putrefacto emponzoñando el aire frío y, junto a sus mugrientos y deformes pies, charcos de saliva corrosiva formándose al pensar de manera enfermiza en el sabor de nuestra carne.

El estómago se me revolvió.

Estaba claro que convivir con Beatrice me había pasado factura.

Me pregunté si a ella también le habría ocurrido. Si de forma involuntaria algunas partes de mi personalidad habían empezado a entrelazarse con las suyas.

Me deshice de aquel pensamiento y continué abriendo mis sentidos para no caerme de bruces por culpa de las piedras y ramas que atravesaban el camino. No lo admitiría ni aunque de hacerlo me liberara de la maldición, pero se notaba la ausencia de Connor. No en plan nostalgia por la cantidad de buenos momentos que habíamos compartido, sino más bien porque al ser un Maestro tenía mucha información sobre el funcionamiento de este mundo de destierros, Dioses malditos y magia elemental. Nosotros en mayor o en menor medida seguíamos siendo novatos. Y Beatrice tampoco es que se mostrara demasiado participativa. Seguía más rara de lo habitual. Perdida en su propia cabeza, como cuando entras en conflicto con algo y tu mente es incapaz de hacer nada salvo poner todas tus energías en resolverlo.

A medida que recorríamos el bosque dormido, cubierto por el manto de niebla, lo único que teníamos entre nuestras manos era un plan cogido con pinzas y la esperanza propia de todo joven que se cree invencible. La nuestra cada vez era más frágil, pero continuaba dándonos la fuerza necesaria para seguir adelante.

—¿Me recordáis por qué estamos haciendo esto? —pregunté. El silencio era ensordecedor. No aguantaba más.

Mis botas se hundieron, una vez más, en el suelo blando y húmedo.

—Porque necesitamos llegar hasta los Kaelis y convencerlos de que luchen a nuestro lado —respondió Aria detrás de mí. Adoraba lo paciente que era, otro ya me hubiera mandado a la mierda. De pronto, el crujido de una rama al quebrarse me hizo dar un respingo, pero enseguida me di cuenta de que había sido cosa de Zoey, que la había apartado a un lado para despejarme el camino—. Es más, tú nos estás guiando porque el poder de los tuyos, a lo lejos, te está llamando.

Pf, ya. Tras conectar con mis poderes, había notado una energía similar tirando de mí; un silbido en la lejanía acompañada por un remolino de aire juguetón que me daba suaves empujoncitos en la espalda. Un leve latido que prometía vida y que se volvía más rotundo conforme nos acercábamos.

Sin embargo, con lo inquietante que estaba siendo la travesía… quedarnos en la seguridad de nuestro refugio no habría estado tan mal.

—Ya nos podría haber dejado mucho más cerca el Libro Portal —regruñí, mientras maldecía por lo bajo a los delgados y altos árboles que nos estaban haciendo avanzar a una velocidad desesperante.

Si apreciabas un mínimo tus ojos, esquivar las ramas punzantes prácticamente a oscuras era todo un deporte de alto riesgo.

—Pensé en un lugar seguro al que ir, no en meternos directamente en la boca del lobo. Si queremos tener una oportunidad para convertirlos en nuestros aliados tendremos que entrar a su castillo por las buenas, con los brazos en alto y nuestra mejor cara de niños buenos. —Beatrice, tras un largo rato callada, sacó a relucir su habitual tono borde y malhumorado.

En realidad, tras debatir nuestros próximos movimientos, repo-
ner fuerzas y ponernos en marcha todos habíamos estado un poco
ausentes. A excepción de cuando nos acojonamos al ver la bruma
acumulándose a nuestros pies para devorar el bosque instantes más
tarde.

—¿Y cómo sabemos que en cuanto vean a Aria no van a percibir
que es la llave que podría romper la maldición? —preguntó por enési-
ma vez Killian.

—Los Ignis no la descubrieron en la Cueva Cushendun, al menos
no hasta que el Dios del Fuego reveló su plan. No conocemos bien las
habilidades de los Kaelis, pero tendremos que confiar en que se traguen
que es una más —le respondió Beatrice, que iba a la cola de la fila que
habíamos formado.

Killian gruñó por lo bajo.

Me fijé en que la cantidad de árboles pegados entre sí había descendido y ahora estaban más dispersos. Además, el viento ahora impactaba
contra nuestras mejillas con más fuerza.

—El problema será cuando descubran que un Ignis se ha colado
entre los suyos —añadió Beatrice. Por esa razón habíamos deshecho
la opción de que invocara fuego para alumbrarnos. No nos podíamos
arriesgar—. Los Kaelis tienen fama de ser más pacíficos que los Ignis,
pero, aun así, son letales. No hay que subestimarlos.

—No tenía intención de hacerlo —contestó mi amigo con su voz
áspera y grave resonando entre los árboles.

—La información que tenemos sobre los Ignis nos protegerá —Aria
se había adelantado para caminar conmigo, así que escuché su voz bastante cerca.

—Bueno, hay métodos bastante convincentes para obligarnos a
hablar —repuso la Guardiana.

—¿Con un *por favor* y ojos de cachorrito? —imité la cara obviando
que nadie podía verme.

—Con métodos de tortura tan crueles que la muerte se convertirá
en el destino al que siempre soñaste ir.

—Imposible que le quite el puesto a Disneyland —repliqué, y cerré la boca de golpe. De pronto todo el cuerpo se me tensó y el corazón comenzó a latirme de forma descontrolada al percibir que algo iba mal. Muy mal.

—Deteneos —bramé, y tuvieron que notar la gravedad en mi voz porque el sonido de sus pisadas cesó sin necesidad de preguntas.

Más adelante, por alguna razón, el manto de niebla se volvía más denso. Era difícil de distinguir, pero la diferencia estaba ahí. Al quedarnos completamente quietos durante unos segundos la neblina que se perdía en el horizonte dejó de ondearse a nuestro alrededor para quedar suspendida en el aire. Entrecerré los ojos y al concentrarme pude ver a través de ella. La oscuridad que se extendía a nuestros pies no era la de la noche. No había sombras ni ningún leve resplandor que aportara algo de claridad. No, esa negrura era absoluta; la ausencia de vida y la presencia del final.

—Así no vamos a llegar nunca —se quejó Beatrice y sentí el movimiento de su cuerpo mientras avanzaba un paso.

Solo uno.

Pero un paso era suficiente para que no la volviera a ver nunca.

—¡Be! —mi grito desgarró el aire y se extendió hacia la nada. El miedo se me subió a la garganta, oprimiéndola

En cuanto notó que su pie no aterrizaba sobre tierra firme una exclamación ahogada se escapó de entre sus labios. Perdió el equilibrio y su cuerpo se balanceó hacia la densa oscuridad. Sin pensármelo dos veces mantuve las piernas firmes y fuertes sobre el suelo y me incliné para enroscar un brazo en torno a su cintura. Tiré de ella hacia atrás consiguiendo que impactara contra mi pecho y que acabáramos cayéndonos los dos al suelo. Ella encima de mí.

Mi respiración era irregular y no mejoró cuando su aroma dulce inundó mis fosas nasales. Durante un instante nubló tanto mi mente que me hizo olvidar hasta mi nombre. Joder, aquello estaba mal.

Abrí los ojos para encontrar bastantes cabezas mirándonos desde arriba. El resto del grupo, sabiéndonos a salvo e intuyendo el motivo por el que no tenían que seguir avanzando hacia esa dirección, nos había rodeado y nos observaban esperando la reacción de Beatrice. Si hasta estaban aguantando la respiración los muy cotillas.

—¿Estás bien? —le pregunté a la Guardiana, notando cómo su cabello negro dejaba de estar desparramado en torno a mí. Se levantó como si yo fuera un Ignis y mi cuerpo ardiera.

—No vuelvas a llamarme así —Beatrice se sacudió y se giró hacia mí, como un resorte, enterrándome con la fiereza de su mirada. Su pecho también subía y bajaba con rapidez y parecía algo descolocada. Sus mejillas, de nuevo, se habían enrojecido—. Casi nos matas, joder.

—¡Eres imposible! Os he avisado cuando me he dado cuenta y, por si no lo habías notado, te acabo de salvar la vida —aguardé a que me diera las gracias, pero ella se cruzó de brazos y alzó la barbilla, rebelde. Solté un sonoro suspiro—. Además, hace un par de horas que soy un Kaelis, no puedes pretender que ya sea una máquina en lo mío.

—Has nacido para esto, no tienes derecho a fallar.

—Bueno, tú has nacido para ser una borde y de vez en cuando alguna sonrisa se te escapa.

Soltó un grito de frustración que, pese a la tensión, me resultó cómico. No era momento de risas por eso fruncí los labios en una fina línea recta.

—Bueno, ya basta —intervino Killian y me tendió una mano para ayudarme a ponerme en pie—. Tenemos que continuar. No nos conviene que se haga de día.

Pues yo estaba deseándolo con el puto mal rollo que me daba este bosque.

—Eso no ocurrirá —respondió en voz baja mi hermana y me sorprendió entrelazando sus dedos con los míos.

Fruncí el ceño y le dirigí una mirada interrogante.

—Jared… He estado practicando por el camino y de alguna forma puedo escuchar al agua y al viento, sus voluntades… Y ellos pueden escuchar las mías. Me dicen que juntos estaremos a salvo, que seremos más fuertes —me contó, por primera vez desde que habíamos aterrizado en el Helheim su voz parecía contener algo de emoción. Por eso me abstuve de decirle que un remolino de neblina se le había colado por el cerebro y le había descolocado las neuronas. Por eso y porque parecía que hablaba en serio—. Concéntrate en visualizar cómo toda esta niebla simplemente... desaparece.

Al cabo de lo que me parecieron horas, conseguí que la vibración de la magia que fluía en mi interior se uniera a la del agua para dominarla. Zoey lo hizo con más facilidad. Compartimos una mirada de asombro antes de que las miles de volutas que flotaban cerca del suelo atendieran a nuestra orden y se deslizaran hacia arriba hasta desaparecer. Pese a la oscuridad de la noche, nuestros sentidos avanzados supieron adaptarse y aprovechar la leve claridad que el cielo aportaba para recuperar parte de nuestra visión. Descubrimos, en efecto, el acantilado que a centímetros de nosotros se extendía a nuestros pies.

—No ha sido tu culpa —intervino Aria, y miró en derredor con desconfianza—. Creo que el bosque nos ha tendido una trampa.

—Joder —silbó Killian agarrándola de la mano y atrayéndola hasta su costado.

—Sí, *joder* —convine.

—Esto tiene que significar algo —dijo Aria.

—Daos la vuelta. Ahí tenéis la respuesta —El susurro de Zoey nos llegó ahogado por la expectativa.

Me giré despacio con el corazón retumbándome entre las costillas.

Una gran explanada se abría al otro lado del abrupto vacío que partía el bosque. Y, siguiendo esa dirección, en la lejanía, una enorme muralla de piedra.

Habíamos llegado.

CAPÍTULO 17

JARED

—¿Qué hacemos? ¿Vamos hacia la puerta y entramos como si nada?
—elevé la voz para que mis palabras no quedaran silenciadas por el rugido del viento.

El aire cada vez nos azotaba con mayor violencia y me provocaba un importante dolor de cabeza. Además, el peso de la atmósfera presionándome las sienes tampoco me ayudaba demasiado. La noche cargada parecía una advertencia en sí misma; peligros que acechaban tras su oscuridad o la descarga de una tormenta sobre nosotros. Miré a Killian con un nudo de temor.

¿El anillo de protección de Uriel evitaría que el agua lo convirtiera en polvo?

Lo dudaba mucho y no me apetecía nada comprobarlo. Por las arrugas de preocupación que atisbé en el rostro de Aria, deduje que a ella tampoco.

En absoluto estado de alerta, escruté nuestro alrededor con los sentidos puestos en las sombras irregulares que los últimos árboles proyectaban sobre la tierra. El bosque finalizaba en una extensión de terreno húmedo y rocoso por la que teníamos que pasar para llegar hasta la muralla, dejando a nuestra espalda el abismo del acantilado por el que casi nos despeñamos y a nuestra derecha el camino que continuaba, probablemente para, kilómetros más tarde, finalizar de forma abrupta con el filo de otro acantilado. Notaba la visión un poco enturbiada. A causa del viento que se había levantado allí arriba, las volutas de niebla que quedaban en el aire se habían reagrupado en forma de remolinos. Aun así, el camino parecía bastante despejado, limpio de obstáculos tras los que pudieran esconderse los monstruos.

Y pese a eso, la inquietud no me abandonaba; se me había quedado atascada en la boca del estómago y permanecía ahí, dejándome mal cuerpo.

Me pregunté cuánto tiempo hacía que no me sentía seguro en mi propia piel.

—¿Qué otra opción tenemos si no? —me respondió Aria finalmente, soltando un suspiro de resignación—. No podemos dar la vuelta, además, si tu conexión con los elementos agua y aire nos ha traído hasta aquí es porque vamos en la dirección correcta.

Asentí.

—Manteneos detrás de mí. —Killian se adelantó un paso. Su mirada fría y cargada de determinación permanecía fija al frente.

—Oh… ¿A mí también deseas protegerme con tu vida? —Le sonreí con burla.

—No, a ti voy a usarte de escudo como no pares de decir chorradas —masculló, e iba a responderle algo ingenioso cuando su pelo, moviéndose hacia todos lados, me distrajo. Estaba bastante gracioso. El viento no aminoraba su fuerza y en esos instantes sentí mi pelo corto tan valioso como cualquiera de los cuatro Vestigios Originales.

Solté un suspiro nostálgico. Ojalá ver el moño de Connor así de despeinado.

—¿Y ahora por qué pones esos ojos soñadores? ¿Tanta ilusión te hace servirme de escudo? —Killian malinterpretó mi gesto.

Beatrice puso los ojos en blanco.

—Hombres.

Zoey y Aria resoplaron dándole la razón.

Si algo podía unir a las mujeres más opuestas y enemistadas era el poder del rechazo —momentáneo o absoluto— hacia la especie masculina. Era infalible.

—No me habéis dejado terminar —Killian encauzó la conversación—. Yo iré el primero y avanzaremos con mucho cuidado, cada uno vigilando un frente. Nos cubriremos las espaldas entre todos.

—Que tú vayas delante no es lo más inteligente teniendo en cuenta que eres un Ignis y los Kaelis, en caso de aparecer, te deberían descubrir lo más tarde posible. —Beatrice se cruzó de brazos y alzó una ceja como diciéndole, «venga, atrévete a llevarme la contraria pedazo de imbécil».

—Iré yo —me ofrecí poniéndome en cabeza.

Tras un asentimiento grupal y una mirada no muy convencida de Killian —que me ofendió un poco— nos pusimos en marcha. Para algunas cosas no me sentía una persona demasiado capaz, pero, aunque no tenía mucha idea sobre cómo controlar mis poderes tenía claro que haría lo que hiciera falta para defender a mis amigos. Eso sí sería capaz de hacerlo.

Así que con ese mantra luchando por relajarme, andamos bastantes metros sin que nos asaltara ningún imprevisto. A medida que nos acercábamos a la muralla, esta comenzó a mostrarnos sus detalles; las piedras que la alzaban estaban bastante erosionadas y contaba con algunas zonas cubiertas de musgo y diferente vegetación, junto con otras de menor altura. El muro había sufrido algunos desprendimientos por culpa del viento o de las batallas de las que había sido testigo, quien sabe qué. Lo que no se veía claro era la puerta... ¿Era de hierro? ¿De madera? Había algo extraño en el material, como si te permitiera echar un vistazo hacia su interior y este fuera difuso, compuesto por una magia que se ondeaba y protegía cambiando de forma según los ojos que quisieran mirar a través de ella.

Conforme recorrimos la explanada mis pulmones me permitieron coger una mayor cantidad de aire.

—Nos merecíamos que algo nos saliera bien —parloteé, y en cuanto lo hice percibí cómo el aire se impregnaba de una quietud extraña

Debían ser imaginaciones mías—. Sin complicaciones, tan solo un grupo de amigos que disfrutan de un paseo bajo una noche un poco fresca de... ¿otoño? ¿Aquí hay estaciones?

—No somos amigos —apuntó Beatrice recogiéndose su largo y oscuro cabello en una trenza. El viento cada vez era más molesto.

—Bueno esa es tu opinión, pero después de todo por lo que hemos pasado el término «conocidos» o «colegas» se me queda muy frío.

—¿Te das cuenta de que eres la típica persona que abre la boca y tiene que gafarlo? —saltó Killian, que al final se había quedado el último y caminaba con un ojo puesto detrás de nosotros, listo para atacar de ser necesario.

—Lo siento, pero no me siento identificado con esa descripción.

—Pues deberías —repuso Aria, y no me pasó por alto la nota de pánico que convirtió su voz en un chillido.

—¿Por qué? —pregunté, pero no hizo falta que nadie contestara. El cielo se estremeció con un sonido que retumbó hasta en mis huesos. Se me pusieron los pelos de punta al ver cómo a lo alto el viento comenzaba a retorcerse de forma salvaje, moviéndose en todas las direcciones y levantando tras de sí algunas hojas, ramas caídas y piedras pequeñas. Como el resto, también me tapé los ojos con el brazo y me agaché un poco—. ¿En serio? —grité con indignación. y se me quedó el aire atascado en la garganta cuando una enorme espiral de aire y niebla se formó delante de nuestras narices para aterrizar con un enorme estruendo en el suelo, agrietándolo—. Es imposible que eso que se dirige hacia nosotros sea un maldito tornado. Seguro que alguien nos estaba escuchando y solo por joder ha decidido atacar justo después de escucharme decir que todo estaba saliendo bien.

El final de mi frase se alargó y se perdió con los gritos ahogados de mis *amigos*. Que no conocidos o colegas, me daba igual lo que Beatrice pensara. Para una vez que podía llamar a alguien amigo estaba dispuesto a hacerlo. Y mucho.

La columna gris de aire cogió velocidad y altura conforme avanzó hacia nosotros, girando verticalmente.

Como aún era estrecha, nos dio tiempo a correr hacia un lado y saltar justo antes de que arrasara con la zona en la que segundos antes habíamos estado. Alcancé el suelo y rodé por él hasta que me incorporé y me levanté. Ni siquiera noté que me había vuelto a poner perdido de barro, el puñetero huracán, dirigido por fuerzas invisibles, parecía volver a buscar el modo de coger carrerilla para llevarnos por delante, eso o quería obligarnos a tirarnos por el acantilado si queríamos esquivar su furia.

—¿Seguís todos de una pieza? —pregunté, aun cuando ya estaba asegurándome de ello.

Salvo algún rasguño por el aterrizaje y las caras de susto que llevábamos encima, así era.

—¿De dónde coño ha salido un puto tornado? —bramó Killian, con los ojos abiertos de par en par.

—¡De ahí! —Zoey señaló la muralla. Se había quedado completamente pálida.

Una línea de unos diez Kaelis, tanto hombres como mujeres, se extendía frente a nosotros, todos con el brazo derecho a la misma altura, señal de que las manos invisibles que manejaban el tornado no eran tan invisibles como pensábamos. Me sentí extraño al pensar que eran de mi especie, ningún sentimiento de pertenencia me invadió ni algo dentro de mí supo que había llegado a casa. Lo único que sentía era miedo porque los seres que debería considerar de los míos se habían propuesto acabar con los intrusos que se habían colado en su reino. Entrecerré los ojos para estudiarlos mejor. Llevaban trajes de batalla similares a los de los Ignis solo que de un color azul profundo y con tejidos distintos, imaginé que diseñados para potenciar su magia. Lo que más me llamó la atención fue la capa de agua que caía de sus hombros. El líquido estaba suspendido y ondeaba a su espalda, meciéndose como un mar en calma.

Me quedé inmóvil al pensar que cada uno de ellos había invertido toda su vida en aprender a eliminar enemigos.

Una mujer rubia y esbelta se adelantó al resto, anunciándose como la Kaelis que llevaba el mando de la operación. Tenía el pelo recogido y una mirada de absoluta letalidad que no presagiaba nada bueno. Desprendía un halo de confianza, poder y calma que te hacía querer que estuviera de tu lado. Si fuera capitán y tuviera que elegir equipo, la escogería la primera. No la dejaría en último lugar como siempre hacían conmigo.

—¡No contraataquéis! Tenemos que llegar hasta ellos para hacerles saber que no somos sus enemigos —nos recordó Beatrice, sin quitar la vista del tornado que, para sorpresa de todos había perdido su fuerza y se estaba deshaciendo en corrientes de aire que se separaron.

No tuvimos tiempo de alegrarnos.

Los Kaelis comenzaron a formar otro, esta vez mucho más grande y poderoso, y, sobre todo, difícil de esquivar. Y antes de que pudiéramos trazar una escapatoria presenciamos cómo, con el brazo que tenían libre hicieron un movimiento al unísono con el que elevaron y dirigieron el agua que formaba sus capas hacia nuestro alrededor. Como movida por hilos invisibles, el agua se desplazó por el aire hasta crear un muro líquido. Se podía ver a través de él, pero parecía sólido, imposible de atravesar.

Los cabrones nos habían cerrado el paso tanto al bosque como a la explanada que seguía a nuestra derecha.

—Bueno, eso ha sido una enorme putada —dije, con la garganta seca.

—No seremos capaces de llegar hasta ellos antes de que el huracán nos lance por los aires —Aria estaba muy asustada y Killian, al percatarse de ello, se pegó a ella. En su rostro se podía leer lo furioso que estaba por no poder alejarla del peligro.

No, esta vez teníamos que *atravesarlo*.

—Joder —maldije—. Ahora es cuando me arrepiento de no haber visto suficientes películas de cazadores de tornados.

—Nos han reducido las posibilidades a dos opciones, o llegamos hasta el enemigo o el tornado nos obligará a caer al vacío. —Beatrice tragó saliva. El nuevo tornado estaba listo para una segunda ronda, el viento giraba y giraba de forma salvaje y violenta. Ahora ya sabíamos que no se guiaba por su propia naturaleza, sino que nos estaba dando caza siguiendo la orden colectiva y silenciosa de los Kaelis.

Pensé en cuál sería nuestra mejor estrategia. El aire y el agua estaban a nuestro alrededor, tan solo había que encontrarlos y canalizarlos. Nuestra magia nos conectaba a ellos para ponerlos a nuestro servicio; la intensidad del ataque o movimiento dependía de nuestra fuerza y de lo poderosa que fuera nuestra fuente de magia. Para bien o para mal las distintas formas de ganar una batalla dependían exclusivamente de nuestra rapidez mental.

Teníamos que utilizar algún recurso que nos ofreciera la escasa naturaleza que quedaba en la explanada.

El suelo tembló cuando el torbellino oscuro y retorcido avanzó hacia nosotros, obligándonos a desandar el trayecto recorrido y regresar hacia las fauces del acantilado. Era tan enorme y avanzaba a tanta velocidad que no podíamos hacer otra cosa salvo correr. Y mucho menos con el muro de agua rodeándonos. El corazón me latía a toda velocidad mientras le echaba una última ojeada a la explanada, buscando desesperadamente un modo sencillo de sobrevivir.

Una fuerte ráfaga de aire impactó contra mí para, al segundo siguiente, desaparecer.

Y entonces tuve una idea.

—¡Joder, eso es! Podemos aprovechar las corrientes de viento para que nos vayan empujando hasta los Kaelis —propuse alzando la voz, mi mente funcionando a la misma velocidad que el tornado nos perseguía—. Tenemos que conectarnos al elemento aire y lanzarnos junto a las corrientes hacia los Kaelis.

Esperaba seriamente que me hubieran escuchado por encima del alboroto porque no tenía tiempo de ponerme a investigar cómo enviar mensajes susurrados por el viento. Eso ya para otro día. Si sobrevivíamos, claro.

—Está bien. Intentémoslo —aceptó Killian y buscó a Aria con la mirada, que se había quedado un poco rezagada. Llegó hasta ella como un rayo y cogió su mano para ayudarla a avanzar—. Ey, ¿estás bien?

Ella asintió demasiado rápido y posó su mirada llena de angustia en mí.

Mientras intentábamos averiguar cómo salir de esta, continuábamos corriendo a todo lo que daban nuestras piernas. Los músculos me ardían a medida que mis piernas rebotaban contra el suelo y trataba de regular el pulso para reservar todas las energías posibles para lo que estaba por venir.

—¿Y cómo se supone que nos transportaremos con las corrientes de aire? —preguntó Aria, con la respiración agitada. La notaba bastante rara aun teniendo en cuenta que la muerte continuaba en su incesante empeño por atraparnos.

—La conexión con el elemento está en nuestro interior, concéntrate y visualiza qué quieres que ocurra —la intenté relajar como si estuviera realmente convencido de ello. En aquellos momentos aparentar confianza era lo único que me salvaba de entrar en pánico.

—Creo que puedo hacerlo —afirmó Zoey, el viento tapándole el rostro con su pelo rubio platino.

—Yo llevaré conmigo a Killian —agregó Aria.

Beatrice, que corría a mi lado, imitó al resto y frenó de sopetón; su rostro brillaba por el sudor y, aun así, estaba guapísima. Nos habíamos acercado peligrosamente al precipicio y el tornado apenas tardaría un minuto en lanzarnos hacia él. Lo primero que la Guardiana hizo fue mirarme con verdadero rechazo. Una oleada de esperanza me recorrió de pies a cabeza, dándome el chute de energía que necesitaba. Si apenas había protestado por tener que acercarse a mí entonces mi plan podría funcionar. Si no, ¿para qué arriesgarse a que mi proximidad le provocara urticaria?

Lo cual, por otro lado, significaba que estábamos bien jodidos.

—Agárrate a mí —grité por encima del viento.

Sus pasos fueron lentos, retrasando todo lo posible el momento de pegarse a mi cuerpo. Nos miramos durante cada uno de los instantes en los que tardó en acercarse. Nos quedamos a centímetros de distancia y por alguna razón el espacio que nos separaba me molestó. Y, al mismo tiempo, una vocecita dentro de mí me gritó que me apartara, que me alejara todo lo posible de la atracción que despertaba en mí incluso en las situaciones más inoportunas. Notaba la boca seca así que tragué saliva y me armé de valor para rodearla por la cintura. Mi brazo se adaptó a su figura como si estuviera hecho para envolver sus curvas. Ella se agarró a mi hombro y yo me estremecí como un puto adolescente al que una chica acaba de tocarle por primera vez.

Dios, me encantaba tenerla así.

—Deja de mirarme de esa forma —me ordenó intentando aparentar serenidad, pero el temblor de su voz y lo nerviosa que estaba la delataron.

Zoey fue la primera en poner a prueba la capacidad de nuestros poderes. Con la vista puesta en la enorme masa de aire gris que se abalanzaba sobre nosotros simplemente... Se esfumó. No me sorprendió en absoluto. De los dos, siempre había sido la que aprendía más rápido. Me maravilló verla fundiéndose con el viento y moviéndose tan rápido que mis sentidos no pudieron seguir su camino en la oscuridad hasta verla aterrizando unos metros más allá.

Había llegado nuestro turno.

Me giré hacia el borde oscuro del acantilado y mis ojos, antes de regresar al tornado, hicieron una breve parada por los de Beatrice. La intensidad de su mirada me atravesó y casi me hizo doblarme de rodillas. Sentí que no me estaba observando a mí, sino al miedo que en realidad estaba sintiendo. Miedo a fallar a los demás, a no poder conseguirlo, a no ser suficiente... Y pese a que un rato antes me había dicho que no tenía ningún derecho a fallar, sus ojos azules me transmitieron confianza. Ella creía en mí.

Todos lo hacían.

Y eso me hinchó tanto el pecho que yo también terminé por hacerlo.

Observé al tornado con fascinación y terror a partes iguales; un monstruo de aire obligado a matar. La sensación era abrumadora.

—Hagámoslo —me susurró, y su voz me acarició como una canción dulce.

Tomé una respiración profunda y traté de alejarme de los estímulos externos que tiraban de mí; el ligero temblor del suelo sacudiéndose por la llegada del tornado, su fuerza empujándonos hacia atrás, el silbido del viento dando lugar a un pitido agudo en nuestros oídos... Sentí una vibración tenue en mi interior y, en el centro, una energía que flotaba viva y nerviosa. Después lancé mis sentidos hacia las innumerables ráfagas de viento que fluían a nuestro alrededor y les ordené que nos transportaran cerca de los Kaelis. Esquivando, por supuesto, el tornado que en cuestión de segundos nos arrollaría. Me tapé los ojos con el brazo que tenía libre para evitar que la tierra se me metiera en los ojos. El viento acudió a mi llamada y se arremolinó a nuestros pies, llevándonos consigo. Beatrice se apretó con fuerza contra mí antes de que todo ocurriera. Nos disolvimos en el viento, convirtiéndonos en nada más que en bruma ligera.

Sentí que flotaba, que no era nada.

Y, aun así, continué notando su presencia a mi lado.

El tornado amenazó con absorbernos, ansioso porque nos sumáramos a su caos para después lanzarnos por los aires, pero mantuve la concentración y conseguí que nuestra trayectoria no se desviara.

El aire nos depositó con cuidado, a un par de metros del punto que había visualizado: al lado de Zoey, a una distancia lo bastante alejada del tornado y prudencial respecto a los Kaelis. Una sensación de adrenalina se descargó por mi interior, pero pronto quedó aplacada por el sentimiento de pérdida que me invadió cuando Beatrice se alejó de mí. Lo hizo en cuanto tuvo oportunidad.

Algunos Kaelis nos observaban impresionados e incluso diría que extrañados. Y tenía todo el sentido del mundo, ¿qué clase de intrusos se dirigen hacia aquellos que intentan acabar con su vida sin contraatacar?

Con los latidos retumbándome en el pecho y antes de cantar victoria —no vaya a ser que me vuelvan a acusar de gafe, esta vez de forma justificada—, busqué a Killian y a Aria con la mirada. Todo rastro de euforia se esfumó. El corazón dejó de latirme; el aire, de llegarme a los pulmones.

El rugido del tornado se tragó el grito de horror que salió de la garganta de Killian mientras trataba de agarrar la mano de Aria. Eso fue lo último que escuché antes de que, en menos de un parpadeo, el caos del viento tirara de ella e hiciera volar su cuerpo como si no pesara nada. Aria intentó aferrarse a algo, pero no pudo hacer nada salvo dejarse arrastrar por el torbellino de aire. Se convirtió en un borrón y después... Desapareció. Killian se resistió al remolino de corrientes violentas que trataban de absorberlo aferrándose con todas sus fuerzas al suelo, sus dedos clavados en la tierra al mismo tiempo que trataba de llegar hasta Aria.

Habíamos acordado mantener escondidos los Vestigios Originales del Aire y Tierra hasta asegurarnos de que podíamos confiar en los Kaelis. De esa forma no se abalanzarían a quitarnos las coronas en cuanto notaran el inmenso poder que escondían. Pero ahora mismo Aria se encontraba en una posición de vida o muerte, no entendía por qué no estaba usando la que llevaba encima para salvarse: precisamente la del elemento aire. Algo le debía de estar ocurriendo.

—¡Zoey! —Me giré hacia ella, que al igual que Beatrice observaba conmocionada la escena y la zarandeé de los hombros—. ¡Tenemos que hacer algo!

De forma instintiva y aferrándome a que antes había funcionado cogí la mano de mi hermana a la vez que compartíamos una mirada significativa. Cuando nuestras pieles entraron en contacto el aire tembló. Solo podíamos hacer una cosa para salvar a Aria y era detener el puñetero tornado.

Los Kaelis nos superaban en número y estaba claro que sabían lo que hacían, pero ellos no estaban sintiendo el terror de perder a una amiga. Las emociones más intensas, bien usadas, podían proporcionarte *mucho* poder. Aun así, por mucho que nos concentramos y visualizamos el aire del torbellino deteniéndose y perdiéndose en la negrura de la noche... no fue suficiente.

—Son demasiado poderosos —farfulló mi hermana entre dientes, su rostro comenzaba a tener signos de agotamiento.

Desesperado, miré a la horda de Kaelis que seguían centrados en atrapar a Killian, seguramente porque ya habían notado que era un Ignis, y busqué otra alternativa. Mi vista saltó a sus espaldas.

—¡El muro!

Zoey entendió al instante lo que pretendía hacer, cosa de mellizos, supongo.

Convocamos al aire libre que se movía a nuestro alrededor y le lanzamos una orden silenciosa para que impactara con la máxima fuerza posible contra la piedra del muro. Una y otra vez. Noté en mi propio cuerpo la solidez del muro, su resistencia y cada uno de los golpes que pretendían derribarlo. Sus cimientos se removieron causando un sonido grave que terminó de llamar la atención de los Kaelis. Pero para mi sorpresa no se dieron la vuelta, sino que dirigieron sus ojos hasta nosotros.

La imagen que verían sería la de dos desconocidos dándose la mano, envueltos en un resplandor azul que se arremolinaba bajo nuestros pies y que vibraba con la potencia de nuestra magia.

La mujer que dirigía el ataque se quedó tan impactada al vernos que se desconcentró y bajó el brazo. A consecuencia de ello, el tornado flaqueó, perdiendo fuerza.

Quizás era momento de probar a mandar mensajitos con el viento.

«Por favor, no queremos haceros daño ni causar problemas. Venimos del Abismo con un mensaje muy importante para vuestros reyes. Si no nos escucháis no quedará nada por lo que valga la pena regresar a la Tierra».

El aire se coló en mi mente y sentí cosquillas mientras envolvía con delicadeza cada una de mis palabras y las enviaba justo detrás de la nuca de la Kaelis. Sabía que era un movimiento muy arriesgado y para recalcar nuestras buenas intenciones cesé en mi empeño de partirles la crisma enterrándolos bajo los enormes bloques de piedra que formaban el muro.

Los Kaelis estaban completamente helados.

Dejé pasar unos segundos que se me hicieron eternos y cuando fui a abrir la boca para decirle a Zoey que acabáramos con el muro, la mujer rubia se me adelantó.

Su voz reverberó por todo el espacio.

—¡Deteneos!

Y al siguiente instante todo se había sumido en un silencio antinatural que ocasionó que un escalofrío me subiera por la columna vertebral. Aguanté la respiración cuando vi cómo el tornado empezaba a debilitarse, convirtiéndose en remolinos sueltos que se deshicieron al mismo tiempo que el rugido de su furia pasaba a ser un leve zumbido que también terminó desapareciendo. El cuerpo magullado de Aria no tardó en caer como un trapo al suelo. El sonido del golpe al impactar contra la tierra fue sordo y resonó en mi interior de forma estremecedora. Killian corrió hasta ella y se desplomó de rodillas a su lado

Cogió su rostro y la acunó en su regazo.

Una punzada de terror me abrió un hueco en el pecho al preguntarme, una vez más, si había perdido a uno de los pocos amigos que había tenido a lo largo de mi vida.

Capítulo 18
Killian

Estaba hasta los huevos.

Y eso se traducía en que llevaba encima una mala hostia que poco nos convenía.

Aunque al borde de mandarlo todo a tomar por culo continué haciendo un esfuerzo abismal para mantener la calma. Si queríamos que los Kaelis accedieran a trabajar con nosotros debíamos comportarnos. Sin embargo, un pequeño problema se interponía entre mi objetivo y yo: no saber quién le estaba poniendo las manos encima a Aria. Notaba el calor de su presencia, su dulce aroma atrayéndome, su pulso débil luchando por recuperar la consciencia… Sabía que estaba cerca de mí como si se tratara de una extensión de mi cuerpo. Y no poder tocarla me estaba volviendo completamente loco. No me consolaba saber que su naturaleza sobrenatural ya estaba curando tanto las heridas más superficiales como los daños internos que le había causado el tornado. Yo la quería a mi lado, a salvo de este mundo de mierda que se empeñaba en jodernos la existencia.

Haría lo imposible con tal de conseguirlo.

Incluido soportar al guardia que me estaba tocando peligrosamente las narices empujándome todo el rato para que avanzara más rápido.

Tras dejarnos capturar, los Kaelis nos habían atado y vendado para llevarnos ante sus reyes. O esa era la orden que había dictado la mujer que dirigía al resto de guardias. Para sorpresa y desconfianza de todos, nos había tratado con bastante amabilidad para ser forasteros que se habían colado en su reino con a saber qué intenciones. Tuvo que controlar a un par de Kaelis que se abalanzaron sobre mí al darse cuenta de que era un Ignis, pero le bastó una sola mirada para prohibirles que me atacaran. Me imaginaba que la posibilidad de que uno de los míos estuviera pisando terreno enemigo sin sufrir las consecuencias ya era motivo suficiente para mantenernos con vida.

Algo estaba ocurriendo.

Y tanto, joder.

Podía parecer que habíamos llegado a un terreno más seguro, pero no bajaría la guardia. Esta conversación era muy importante. Y tan peligrosa y decisiva como una batalla. Solo esperaba que aquí no corriera sangre. Estaba muy cansado de ver a la chica de la que estaba enamorado al borde de la muerte. Una y otra vez. Mi puñetero corazón necesitaba una tregua. Y más después de haberla visto salir volando por los aires sin poder hacer nada para ayudarla. Un nudo de impotencia se me formó en el pecho y me obligué a desterrar el recuerdo muy lejos de mi mente.

Después del largo y sinuoso camino de piedras que dio paso a un sinfín de escaleras irregulares, que hicieron tropezar a Jared y, por ende, gruñir a Beatrice, alcanzamos una superficie plana dentro de un espacio cerrado. De pronto el viento que fluía libremente cesó y su silbido fue sustituido por el ruido que levantó la puerta al cerrarse detrás de nosotros. Murmullos que resonaban entre paredes, exclamaciones ahogadas que se amontonaban y pasos apresurados que se perdieron en la lejanía. Sí, sin duda habíamos llegado al castillo.

Tras recorrer algunos pasillos más el guardia que me custodiaba me cogió del brazo para obligarme a frenar mis pasos. Resistí el impulso de revolverme, tensándome al notar cómo maniobraba para desatar la tela que cubría mis ojos y que, al cabo de un segundo, se aflojó y cayó al suelo. Parpadeé repetidas veces para adaptar mi visión, lo que no me resultó muy complicado porque la noche seguía su curso. A falta de fuego con el que iluminar la estancia, la luz provenía de pequeñas esferas bioluminiscentes que flotaban en el aire y emitían un leve resplandor de color azul verdoso. Iluminaban lo suficiente como para saber que habíamos entrado a la sala del trono.

Y que no estábamos solos.

Aun con la presencia abrumadora de dos Dioses que nos estudiaban fijamente busqué a Aria con la mirada. Se me encogió el pecho al ver que la habían dejado tirada en el suelo, como si no valiera nada. Su pelo castaño y largo se desparramaba sobre la piedra y estaba encogida como si incluso dormida intuyera que debía protegerse. Sentí cómo la rabia burbujeaba en mi sangre e hice el amago de ir hasta ella, pero el gruñido de advertencia que emitió Beatrice clavó mis pies en el suelo. Tampoco podría hacer mucho. Las muñecas me dolían por la presión con la que el agua hacía de esposas.

—Joder —murmuró Jared, admirando la estancia.

Claro, él no había llegado a pisar el castillo de Brandr.

Tampoco encontré grandes diferencias respecto a este. Al final, el Gran Hacedor había levantado ambos destierros en el mismo espacio-tiempo, en la Edad Media, solo que con el paso de los años cada reino se había ido adaptando a sobrevivir con la mitad de los elementos naturales.

Mis ojos tardaron en alcanzar el techo abovedado de piedra, sostenido gracias a las columnas estrechas que se repartían por la sala amplia. Y después, atraído por el odio profundo que desprendía la enorme figura que descansaba sobre un trono, mis ojos se clavaron en el Dios del Agua. Pura naturaleza salvaje, pero contenida tras una fachada de templanza. Todo en él gritaba poder. Lo escudriñé lo más rápido que pude: vestía una túnica larga azul oscura con reflejos que me recordaban al mar. Su pelo rizado descansaba sobre sus hombros y estaba tan mojado como si acabara de quitarse de bajo el chorro del agua. Y a su lado, también sentada en un trono dorado, la Diosa del Aire. Una mujer, también de mediana edad, que destilaba elegancia y no solo por su vestido de gasa cuyas telas se movían como si estuviera inmersa en una corriente calmada de aire. También por su posición corporal; recta y con la barbilla hacia arriba. Ambos representaban la actitud regia y autoritaria que exigía el trono. Su presencia imponía incluso sabiendo que su magia había sido arrebatada.

Se mantuvieron en silencio mientras nos observaban con una fría calma exasperante. Sentía que sus miradas tenían el poder de ver a través de las mentiras que aún no les habíamos contado, como si cada uno de nuestros pestañeos les revelara información, como si hasta el más mínimo movimiento importara y nos delatara. El corazón me latía a toda prisa.

La penumbra nos rodeaba y la tensión que se amontonaba en el ambiente comenzaba a ser asfixiante. Ninguno de los Dioses estaba dispuesto a romperla. Querían ponernos nerviosos.

Jared, Zoey y Beatrice se miraron entre ellos y también compartieron una mirada de determinación conmigo. Había llegado la hora.

Me entraron náuseas conforme me incliné para hacer una reverencia ante los mismos seres que casi matan a Aria. Podrían leer mi expresión de fastidio mientras lo hacía, pero el motivo no era el que ellos se imaginaban. Me daba igual ser un Ignis y estar rebajándome ante los monarcas de los Kaelis. Pese a ser una guerra que fluía por mi sangre, no la sentía en el pecho. Mierda, lo único que había allí dentro era la chica por la cual estaba dispuesto a dejar mi orgullo a un lado.

—Os agradecemos profundamente que nos hayáis concedido unos minutos. —Levanté la cabeza e intenté relajar mis facciones para que no fuera demasiado evidente lo mucho que los detestaba.

La Diosa del Aire entornó los ojos y se tomó algunos segundos para estudiarme con interés.

—Bienvenidos a nuestro hogar —dijo finalmente, ninguna señal de odio irracional hacia mi especie cruzó por sus rasgos cincelados. Su voz era pausada y firme, y sentí que acariciaba mis oídos como si una brisa de aire la hubiera deslizado hasta mí. A su lado, el Dios del Agua nos escudriñaba con cara de pocos amigos—. Con gusto queremos presentarnos: somos Thalor y Aerielle, los reyes del Helheim.

Me sorprendió que nos dijeran sus nombres con tanta facilidad. Pese al tiempo que habíamos pasado en el Atharav nadie había pronunciado nunca los nombres del Dios del Fuego y la Diosa de la Tierra; mucho menos ellos se habían molestado en presentarse. Me obligué a que ese detalle no me hiciera relajarme. Quizás mostrarse cercanos era su forma de manipularnos para después clavarnos un puñal por la espalda.

—Oye, pues son nombres muy bonitos —comentó Jared, y yo quise llevarme una mano a la cabeza—. Por cierto... Tengo una duda desde hace bastante tiempo, espero que no os importe que me tome ciertas confianzas —pasó de esperar a que le respondieran—. Si el Gran Hacedor os dio la vida... ¿os puso él vuestro nombre o lo elegisteis vosotros? ¿Nacisteis siendo adultos funcionales o el mismísimo creador del universo os tuvo que cambiar los pañales?

Por alguna misteriosa razón Jared consiguió arrancarle una leve y repentina sonrisa a la Diosa del Aire. ¿Eso que percibía en su mirada era calidez?

Algo se me estaba escapando.

—Nacimos creados —le respondió, y en cuanto los ojos profundos e impacientes del Dios del Agua se clavaron en ella, su gesto se tornó muy serio. Quizás se estaban comunicando telepáticamente, quién sabe—. Pero no perdamos más tiempo. Tanto Thalor como yo tenemos *muchas* preguntas. Y esperamos que vuestras respuestas sean lo suficientemente interesantes como para manteneros con vida —guardó una pausa en la que su rostro afable y sin ningún tipo de arrugas se cubrió de algunas sombras—. Exigimos saber por qué os habéis colado en nuestro reino y, sobre todo, cómo habéis podido hacerlo.

—Bueno, nos ha costado bastante llegar hasta aquí y hemos contado con cierta ayuda, pero eso no es lo importante —dije, y mi voz se endureció—. El Dios del Fuego ha robado los Vestigios Originales del Agua y del Fuego y como no tiene ningún tipo de pod...

El aire de la estancia vibró y el mismo castillo pareció contener la respiración.

—Guardias, dejadnos solos —el Dios del Agua me interrumpió con una orden grave que no admitía réplicas. Hizo un gesto con la cabeza en dirección a la que supuse sería su mano derecha—. Lysara, tú puedes quedarte.

Los pasos de los Kaelis resonaron por la sala mientras se retiraban lo más rápido que pudieron.

Una vez la puerta se cerró, Lysara, la mujer rubia y alta que había dirigido la misión centró sus ojos claros en la salida. Levantó la mano e hizo un sutil giro de muñeca. La sala vibró en una frecuencia distinta y noté cómo el curso del aire cambiaba. Lo manipuló a su antojo y lo lanzó hacia todos lados, creando una gruesa y sólida capa que se quedó pegada a las paredes. Apostaba a que había insonorizado la habitación, lo cual significaba que los Kaelis, al igual que los Ignis, tampoco conocían el secretito de sus reyes. No les haría demasiada gracia saber que en realidad en su interior solo quedaban unas gotas del inmenso poder que un día tuvieron.

«¿Aquí también tienen rebeldes como en el Atharav?» pensé, recordando a los Indómitos.

—Bien, ahora supongo que ya podemos hablar libremente —me adelanté a decir. Teníamos que mostrarnos accesibles, sí, pero tampoco débiles. Teníamos una mano de cartas muy valiosa que nos había costado sudor y lágrimas conseguir. Y fardaríamos de ello.

Oh, por supuesto que lo haríamos.

—¿Cómo ha podido robar los Vestigios? —Aerielle, la Diosa del Aire, estaba muy pálida. Le fue imposible esconder las arrugas de preocupación que se formaron en su antes tersa frente.

—Bueno, ha contado con la ayuda de algunos Guardianes —les expliqué, y la expresión imperturbable de Thalor amenazó con desestabilizarse por la sorpresa que cruzó sus ojos—. La cosa es que necesitamos quitarle las coronas y devolverlas a la Tierra porque, de no hacerlo, esta se terminará pudriendo.

—¿Y para qué necesita el Dios del Fuego robar los Vestigios? El Gran Hacedor ya nos advirtió que si intentábamos hacerlo pagaríamos muy caro las consecuencias. Y está claro de lo que es capaz de hacer —inquirió el Dios del Agua, con una mezcla de amargura y rencor. Me sostuvo la mirada y noté cómo la sombra de la sospecha nacía y se extendía por sus ojos, tan azules como el mismísimo océano.

Debíamos continuar con el engaño del Gran Hacedor, quien hizo creer a todos los Dioses que sus poderes se habían perdido para siempre. Los Dioses del Aire y del Agua de ningún modo podían descubrir que aquellas coronas encerraban la totalidad de su magia. Y mucho menos averiguar que gracias a los Vestigios Originales el Atharav estaba recuperando su vida y por eso el Dios del Fuego tenía tanto interés en ellos. De hacerlo, estaba seguro de que querrían robarlos para salvar al Helheim de su inminente muerte, volviendo a condenar a la Tierra al mismo final al que ya estaba destinada.

—Están convencidos de que este año ganarán las Anuales y romperán la maldición, y para eso necesitan asegurarse la entrada a la Cueva Ishtar —salí del paso.

—Todos entramos al Abismo convencidos de eso año tras año, ¿por qué ahora hacer este cambio y arriesgarse a la furia del Gran Hacedor? —la desconfianza del Thalor me atravesó como una hoja afilada.

Mierda. El pánico se extendió por mi garganta e intenté tragármelo sin que se notara.

—Creen haber encontrado la llave que romperá la maldición —aseguró Jared.

—Solo quien entra en la Cueva tiene la oportunidad de romper la maldición, es imposible saber de qué forma porque nadie ha sobrevivido a lo que sea que ocurra allí dentro —contradijo Lysara llevándose una mano al robusto cinturón de su traje. En algún punto del camino del claro al castillo habían vuelto a activar la capa de agua que ondeaba a su espalda.

—Si los Ignis están tan convencidos de ello, y os aseguro que lo están, yo no me arriesgaría. —Me encogí de hombros—. Si nos ayudáis a robarles los dos Vestigios Originales, os ayudaremos a llegar antes que ellos a la Cueva Ishtar. De esa forma evitaréis que rompan la maldición y os dejen aquí tirados para siempre —propuse y una corriente de rabia me recorrió las venas al ver el gesto de incredulidad y burla que nos dedicó el Dios del Agua.

—¿Y cómo se supone que cuatro muchachos poco impresionables van a ayudar a todo un ejército? —preguntó con sorna.

—Con esto —Beatrice se agachó y sacó del traje de Aria el Vestigio Original del Aire mientras que yo aprovechaba para sacar el de la Tierra.

Aerielle inhaló bruscamente y sus ojos centellaron al ver la corona reluciente que hacía siglos relucía encima de su cabeza.

El poder que desprendían inundó la sala del trono y me hizo cosquillas en la piel. Beatrice había conseguido ocultarlo con un truquito viejo del que no quiso darnos demasiados detalles. Y menos mal que había funcionado porque si lo hubieran percibido antes tal vez no estaríamos aquí.

—No puede ser… —De los labios de Aerielle salió una exclamación ahogada. Se quedó completamente boquiabierta.

—Hemos estado semanas encerrados en el Atharav, sabemos de qué forma entrenan los soldados del rey, conocemos cuáles son los planes del Dios del Fuego…

—Ya sabéis, típico momento de villano muy orgulloso de su inteligencia —añadió Jared, poniendo los ojos en blanco.

—Nos entrenaréis y nos permitiréis vivir aquí, en libertad, hasta la Anual. Como si fuéramos uno más de los vuestros —exigí con determinación—. Como muestra de confianza, os daremos uno de los Vestigios.

La reina se levantó y nos miró, por primera vez, con respeto.

Entornó sus ojos y nos evaluó con desconfianza.

—¿Y cómo sabemos que no os ha enviado el Dios del Fuego para atacarnos desde dentro?

—Tendréis que arriesgaros —le aguanté la mirada.

Miró a Lysara y ella, tras unos segundos de meditarlo, asintió.

—Tengo una pregunta más para vosotros —dijo la reina y percibí que se había puesto... ¿nerviosa? Paseó la vista por cada uno de nosotros hasta que llegó a Zoey y Jared. Se apretujó los dedos mientras los contemplaba como si estuviera descubriendo la existencia de un ser mitológico—. ¿Sois mellizos?

Los hermanos se miraron entre sí con cara de no entender una mierda.

Y no eran los únicos.

—Eh, sí —respondió Jared frunciendo el ceño—. ¿Por?

—La profecía no se equivocaba... Existís.

—Me imagino que vuestra cara de esperanza significa que la profecía decía que haríamos algo la hostia de bueno. Bueno, pues siento deciros que por culpa de vuestra segunda casi no lo contamos. —Se cruzó de brazos indignado—. ¿Esa profecía por casualidad os ha chivado si conseguimos salir vivos de este follón?

Negó con la cabeza con genuino pesar.

—Pues vaya mojón —farfulló él por lo bajo.

—Sois muy especiales para nosotros... —murmuró ella, llevándose una mano al corazón—. Los Kaelis os entrenarán para que podáis usar vuestros poderes de forma conjunta. Ya tendremos tiempo para hablar tranquilamente.

—Eh... ¿vale?

La cosa no quedó ahí. Estuvimos sometidos a un interrogatorio bastante importante que puso a prueba, una vez más, mi ya escasa paciencia. Tuvimos que guardarnos para nosotros muchos detalles, sobre todo evitando mencionar a Uriel. Les contamos que gracias a algunos Guardianes traidores los Ignis habían conseguido guardar y acumular el Éter que el Gran Hacedor les daba año tras año al conseguir llegar los primeros a la Cueva Ishtar y que los habían guardado en unos anillos para reclutar Inciertos y también para buscar los Vestigios Originales. También les hablamos de los Solitarios y cómo se convirtieron en la encarnación del odio hacia el rey del Atharav. Finalmente, Jared y

Beatrice les contaron cómo habían visitado la Tierra y descubierto un lago completamente seco.

Un nudo de preocupación se instaló en mi estómago. ¿Cómo de rápido estaba marchitándose la Tierra? Ahora también era responsabilidad nuestra por haberle arrebatado los dos núcleos restantes de los elementos Tierra y Aire. Un mal menor por un bien mayor, o eso esperaba.

—Y tú, Guardiana, percibo mucho potencial en ti... —la observó con intriga, y Beatrice alzó la cabeza, haciendo de todo menos amedrentarse por el peso de su atención—. Está claro que algo está ocurriendo si los Guardianes están dispuestos a desobedecer las duras normas de su creador.

Bueno. Ya me había cansado de tanta charla.

—Bueno, ahora que hemos aclarado las cosas... ¿Dónde podemos descansar? —pregunté dirigiéndome por fin hacia Aria. Ahora que habíamos establecido una alianza podíamos movernos libremente sin peligro alguno.

La cogí en brazos y en cuanto la toqué algo dentro de mí se apaciguó.

Lo hice lo más neutral posible para que no llegaran a conocer el grado de cercanía que compartía con ella. No quería convertirla en mi debilidad. Ya lo era, pero guardaría ese secreto ante ellos todo lo que pudiera.

—Oh, si queréis que os tratemos como uno más, no os quedaréis en el castillo. Queda muy poco para la Anual, nuestros soldados ya se están preparando para la batalla —el Dios del Agua nos miró como si supiera algo súper divertido que nosotros aún no habíamos tenido el placer de descubrir—. Vosotros deberéis hacer lo mismo.

Un mal presentimiento se instaló en la boca de mi estómago.

Esperaba que el castillo de mentiras que estábamos construyendo fuera lo bastante sólido como para no derrumbarse. Porque no conseguiríamos sobrevivir a él. Si los Kaelis se enteraban de que Aria era la llave que podría romper la maldición y que nuestro principal objetivo era que se pudrieran allí para siempre... La muerte sería la menor de nuestras preocupaciones.

—Bueno ahora que ya se puede decir que somos aliados me gustaría haceros otra pregunta. Os prometo que será la última... por hoy —Jared volvió a hablar y la emoción brillaba en su rostro. La reina lo miraba con fascinación, seguramente obnubilada por la profecía por fin cumplida mientras que Thalor lo observaba con pesado aburrimiento—. ¿Por casualidad el Gran Hacedor se llama Charles Smith?

Capítulo 19
Aria

Escapé del agujero negro en el que estaba atrapada, pero la sensación de angustia me persiguió. Se quedó pegada a mi pecho, oprimiéndolo hasta que el dolor se volvió intenso. El aire entraba y salía de mis pulmones con dificultad y mi campo de visión se reducía a un manchurrón borroso que no hizo salvo aumentar mi ansiedad. Pero entonces lo sentí. Sus ojos grises sobre los míos trayéndome de vuelta. La calidez de saber que estaba a mi lado me rodeó y me abrazó regulando mis pulsaciones. Fue como un manto de agua fría que me calmó al instante.

Ese era el increíble efecto que él tenía sobre mí.

Sin embargo, pronto el peso de lo ocurrido me abofeteó. Y lo hizo sin ningún tipo de piedad. Se me cerró la garganta y tuve que tragar saliva para no derrumbarme allí mismo, en mitad de una sala sumida en sombras. Me dolía la cabeza horrores, tanto que deseé dormirme de nuevo aun a riesgo de caer en otra terrible pesadilla. El olor de Killian me rodeó cuando se agachó para ayudarme a incorporarme con cuidado. Sabía que no me dejaría apartarme de él así que le permití que me sostuviera pegada a su costado sin pronunciar palabra y evitando por todos los medios mirarle a la cara. No quería enfrentarme a lo que había hecho, o, mejor dicho: a lo que *no* había podido hacer.

Mi cuerpo se tensó al sentir muchas miradas puestas sobre nosotros. Y, al notar la rigidez de cada uno de los músculos de Killian, deduje que estábamos en terreno peligroso.

—Sentimos profundamente lo que te ha ocurrido —una voz dulce y sosegada llegó hasta mí, como una brisa agradable en medio de una noche sofocante de verano. No sabía muy bien a quién pertenecía, pero había algo extraño en ella que me puso los pelos de punta. Desprendía una energía muy poderosa.

Alertada por mi intuición y pese a la inseguridad que me golpeó con fuerza luché por proyectar un muro sólido que protegiera mi verdadera identidad. A cambio, visualicé la alternativa que habíamos practicado. Yo, Aria Bradley, había sido, al igual que Zoey y Jared, una Incierta cuyo padre fue uno de los diez primeros Kaelis en entrar a la Cueva Ishtar y se aprovechó de la recompensa, bajando una noche a la Tierra a pasárselo en grande.

Parpadeé varias veces y las figuras imponentes sentadas en dos tronos frente a mí se volvieron más nítidas. Tanto que pude ver cómo la mujer regia y el hombre de aspecto mordaz me observaban intentando traspasar todas mis capas. Supe que eran los reyes del Helheim al momento. Como Dioses tenían mucha experiencia usando su magia, pero llevaban siglos secos de poder y por esa misma razón nuestras mentiras nos salvarían de convertirnos en traidores.

Beatrice ya nos había hablado acerca de la habilidad de los Kaelis, que a diferencia de los Ignis cuyo poder tenía la capacidad de controlar mentalmente a otros seres, ellos se comunicaban telepáticamente y se colaban en cabezas ajenas en busca de los secretos más jugosos. Durante el camino hasta aquí habíamos practicado proyectar y alzar sólidos escudos que nos protegieran de ellos.

Los miré para hacer ya el repaso habitual de comprobar que todos estuvieran bien.

Me pregunté cuándo para uno de nosotros sería demasiado tarde.

Porque cada fibra de mi ser sabía que ese momento tarde o temprano llegaría.

—Tus compañeros te pondrán al corriente de nuestro acuerdo mientras os acompañamos al que será vuestro hogar temporal —me indicó la Diosa del Aire, y el peso en mi pecho se volvió un poco más ligero al saber que había pasado la prueba.

—¿Cómo estás? —murmuró Killian en mi oído mientras salíamos de aquella sala tan abrumadora. Su aliento hizo que se me erizara la piel.

Me obligué a mirarlo y me dolió el corazón al encontrar preocupación en su rostro tan perfecto.

—Bien —logré decir.

La intensidad con la que me miró me puso nerviosa. Por supuesto que no me creía.

Su expresión prometía que más tarde lo hablaríamos, lo cual me agobió aún más porque lo único que quería era alejarme de él lo máximo posible.

Lysara fue la última en traspasar el portal; su expresión era neutral cuando dio un paso fuera del líquido suspendido y se unió a nosotros. A diferencia del resto, parecía que no acababa de ser absorbida por un maldito espejo de agua para deslizarse a través de trozos gigantescos de agua convertida en gelatina. Ni siquiera se había despeinado. ¿Nuestra experiencia había sido la misma? De ser el caso entonces los Kaelis utilizaban ese método de transporte de forma tan habitual como los humanos usaban los coches. Dios, de verdad que no me acostumbraba a este tipo de viajes mágicos. Se me ponía el estómago del revés y sabía que las náuseas tardarían en irse un buen rato. Según nos había contado la reina, solían usar los espejos de agua para transportarse a puntos muy lejanos del reino. Por lo visto así habíamos conseguido llegar hasta el Castillo de Ondara: la puerta del muro en realidad era un portal. Y después, tras la charla de negociación, habíamos recorrido algunos pasillos antes de toparnos con otro, esta vez escondido en lo alto de un torreón.

Después de introducirnos uno a uno por el objeto como si nos metiéramos al agua emergimos en un claro en el que habían levantado un campamento.

Nubarrones grises y muy densos cubrían el cielo y aunque la bruma aún flotaba en el aire, la claridad del comienzo del día alumbró el bosque apagado lo suficiente como para estudiar el que sería nuestra próximo «hogar». Una multitud de tiendas de cuero de distintos tamaños se desperdigaban por el terreno árido, rodeadas de hierbajos y vegetación cuya vida se desvanecía. Y, merodeando con la calma del recién despertar, decenas de Kaelis. Algunos armados, otros con un cuenco de comida que humeaba. Mi estómago rugió a modo de protesta y yo no tuve más remedio que ignorarlo.

Me fijé en que sus trajes eran del mismo color azul intenso de los soldados que nos atacaron anoche, solo que estos parecían más informales, con un cinturón y refuerzos para aquellas partes que requerían de una mayor protección. De manga larga, se ajustaban a sus cuerpos y acababan con unas botas bastante robustas. Sencillos, pero prácticos. Perfectos para entrenar. Absolutamente todos dejaron a medias lo que sea que estuvieran haciendo. Se quedaron congelados al vernos. Sus ojos, acostumbrados a detectar al enemigo, enseguida localizaron a Killian.

La magia chisporroteó en el aire. Algunos con más rapidez que otros se dispusieron a atacarlo, pero toda intención murió en el momento en el que reconocieron a su reina. Se inclinaron ante ella a pesar de que no entendían nada de lo que estaba ocurriendo. «¿Quiénes eran esos extraños que habían salido del espejo portal? ¿Cómo había conseguido un Ignis colarse en el Helheim sin que la maldición cayera sobre él? ¿Por qué su reina estaba con él como si nada?», casi podía oír con claridad las preguntas que se estaban amontonando en sus cabezas.

Aerielle, con un simple asentimiento, les dio permiso para que continuaran con sus deberes correspondientes. Abrí los ojos de par en par cuando comprobé el nivel de obediencia y fe que la soberana se había ganado entre su gente. Los Kaelis se tragaron las dudas y la conmoción para seguir su habitual rutina sin rechistar.

Al quedarnos apartados a un lado del campamento, estábamos protegidos de los oídos curiosos. Además, no se me pasó por alto que Lysara manipuló el aire para que nos envolviera y encerrara en una burbuja cada una de las palabras que salieran por nuestra boca.

—Más allá se encuentran las Puertas Umbra. —Señaló a la lejanía del claro—. Pronto las veremos abrirse para que los Guardianes nos lleven hasta el Abismo, donde ya sabéis que se librará la Anual —nos contó Aerielle. Para ser una reina había sido bastante considerada en presentarse ante mí.

—¿Tú también lucharás con nosotros? —preguntó Killian, sin molestarse en ocultar su desconfianza.

Los ojos de la reina centellearon.

—Ahora que contamos con la ayuda de los Vestigios y con vuestra información sobre el Atharav, estamos más cerca que nunca de conseguirlo. Así que sí, lucharé. No pienso abandonar a los míos otra Anual más. Si tengo que sangrar, sangraré con ellos —su tono era duro, impregnado de una determinación férrea que envidié—. Durante las dos semanas que quedan averiguaremos entre todos cómo romper la maldición y trazaremos un plan para robarle al Dios del Fuego los Vestigios y devolverlos a la Tierra antes de que sea demasiado tarde.

El pulso se me aceleró al saber el tiempo exacto que teníamos.

La reina buscaba la llave para romper la maldición sin saber que la tenía frente a ella.

Al pensar en nuestra inevitable traición me sobrevino una mezcla de culpabilidad y miedo que no supe cómo gestionar. No les debíamos nada, pero estábamos jugando con la esperanza de un pueblo que volvía a creer en la posibilidad de escapar de aquel infierno. ¿Qué ocurriría cuando los efectos de la corona del elemento Aire mejoraran la calidad de vida del Helheim? El destierro tarde o temprano se nutriría de la fuente de poder de la corona y entonces la reina ataría cabos y se propondría hacer lo mismo que el rey del Atharav.

La Tierra a cambio de que su hogar recuperara su vida.

Un nudo de preocupación me constriñó el pecho.

—¿Te pondrás la corona a riesgo de que el Gran Hacedor se entere y os castigue a ti y a tu pueblo por incumplir las normas? —planteó Zoey, con las cejas gruesas alzadas por la sorpresa. Sus ojos habían perdido todo su brillo, como si una manta de neblina la hubiese apagado desde que Connor se quedó en el Abismo.

—Yo no he sido la que ha robado los Vestigios Originales, pero si tengo que usarlos para proteger a mi pueblo y evitar que el Dios del Fuego destruya la Tierra... Lo haré —la convicción impregnaba cada uno de sus gestos al hablar—. El Gran Hacedor ama este mundo, es su creación favorita por mucho que siga dando vida a más y más planetas y universos, por eso estoy segura de que nos perdonará e incluso nos lo agradecerá.

—Vale... —le respondió Jared—. ¿Y cuál es nuestro papel ahora?

—Lysara se encargará de vosotros. —La susodicha se mantenía recta al lado de Aerielle escudriñándonos con sus ojos. En su mirada había autoridad y severidad, pero más allá de eso... no percibí la frialdad propia de los Ignis. Había calidez en ellos—. Os entrenará tanto en lucha de combate como en usar vuestros poderes de agua y aire. También fortaleceréis vuestras piernas. Necesitareis correr lo más rápido posible para ganar la carrera hasta la Cueva Ishtar. Killian, contigo al principio lo hará en privado. No queremos revolucionar demasiado el campamento. Todo esto es... inaudito —dijo, y tenía razón. Los Kaelis que merodeaban por esta zona del campamento ya le estaban echando miraditas cargadas de desdén.

Intuía que se estaba corriendo la voz y que en cuanto la reina se marchara pagaríamos las consecuencias de años y años de odio irracional.

O no.

La Diosa del Aire dio un paso al frente y Lysara se encargó de solicitar la atención de todos los Kaelis, que se reunieron formando una semicircunferencia a nuestro alrededor.

—Seguro que ha utilizado la telepatía. Es como tener un Snapchat mental y crear un canal de difusión para mandarle mensajes a todo el mundo. Sinceramente, espero que nuestra primera lección sea esa —suspiró Jared con emoción.

—La primera lección que deberías haber aprendido hace ya un tiempo es la de mantener el pico cerrado —siseó la Guardiana.

Era bastante gracioso ver a Beatrice y a Jared juntos, ya no solo por la diferencia de altura y tamaño, sino por sus actitudes; la de él risueña y emocionada y la de ella… bueno, la que te caracteriza querer asesinar a alguien todo el tiempo.

Él le dedicó una sonrisa burlona que la hizo enfadar aún más.

—Sé que os sorprende verme aquí, pero este año las cosas serán muy diferentes —comenzó a decir la reina, proyectando la voz para que llegara, gracias al empujón de la corriente de aire que lanzó, a cada recoveco del campamento—. Os debo honestidad por todo lo que habéis sacrificado intentando salvar nuestro pueblo, por eso os confirmo que hay un Ignis entre nosotros. —Su voz dio paso a un coro de murmullos indignados, conmocionados. Solo el respeto que le tenían evitó que cada uno de ellos se abalanzaran sobre Killian para matarlo.

—¿Cómo es posible que pueda sobrevivir fuera de su destierro? —alguien se atrevió a lanzar la pregunta, después de varios minutos de revuelo.

El silencio se extendió por el campamento.

—Ha contado con la ayuda de un Guardián —respondió escueta—. Como ya veis, fuera de estas murallas invisibles, muchas cosas están cambiando y… —los Kaelis comenzaron a protestar de nuevo y la reina se llevó una mano a la sien, expulsando todo el aire de sus pulmones en un suspiro agobiado que estaba segura de que no fingió. Ese fue el único gesto de debilidad que se permitió. Cuadró sus hombros e irguió su barbilla—. Sé que es algo imposible de permitir. Pero como vuestra reina os pido que, una última vez, me deis vuestra confianza. Killian hace poco era un Incierto y luchará por primera vez en la Anual, solo que de nuestro lado.

Aquel dato pareció calmar un poco los ánimos. Al parecer a los Inciertos no les tenían tanta inquina como a los Ignis de pura sangre.

—Él y sus compañeros tienen información muy valiosa acerca de los planes del Dios del Fuego y por eso trabajaremos codo con codo para arruinar sus planes y que esta Anual, al fin, podamos romper la maldición que está pudriendo nuestras tierras —prosiguió Aerielle—. Lysara os contará esta tarde los detalles. Hasta entonces os ruego que sigáis entrenando y cumpliendo las órdenes de vuestros superiores. También tengo que daros otra noticia que me hace especial ilusión contaros —y así lo demostró su voz, que se tiñó de emoción—. Jared, Zoey, dad un paso al frente —susurró, para después volver a subir su tono—. Queridos míos, os presento a los mellizos. Hacía tiempo que ningún Incierto se unía a nuestras filas así que esto también es una muy buena noticia.

Claro, porque los Ignis se encargaban de secuestrarlos para transformarlos en Solitarios.

—Está claro que nuestro destino, aparte de la muerte, es ser famosos. Mira aquí que fácil, simplemente por nacer somos la hostia. Ojalá haberlo sabido de niño, me hubiera ahorrado algunos traumas infantiles —comentó Jared como si nada.

—Ya conocéis la profecía, sabéis lo que significan para nosotros. —El comunicado de la reina finalizó y dio paso a exclamaciones ahogadas que reflejaban lo mucho que esperaban y veneraban las figuras de los mellizos. Un murmullo extendido llenó el ambiente.

Después de aquella charla Lysara puso orden entre los Kaelis y nos guio a través de las tiendas pasando por algunos puntos donde servían comida y una zona abierta en la que había bastantes soldados entrenando con armas. Usando incluso la magia para volverlas aún más letales. Levantamos todo tipo de miradas, la mayoría cubiertas de odio y desconfianza.

Me pesaba el cuerpo como si llevara meses sin dormir, así que agradecí que al fin llegáramos a las tiendas que nos habían asignado para descansar.

—Nuestros guerreros menguan Anual tras Anual, por eso siempre tenemos algunas libres —nos explicó Lysara con un profundo pesar en sus ojos verdes con el que empaticé al instante.

Nos indicó cuál nos correspondía a cada uno y se marchó después de concedernos unas cuantas horas antes de comenzar con los entrenamientos. No se molestó en amenazarnos para que no hiciéramos ninguna tontería, tanto ella como nosotros sabíamos que no nos quitaría el ojo de encima.

Entré en la oscuridad de la tienda a sabiendas de que Killian irrumpiría a los pocos segundos. Era lo bastante alta y ancha como para que me pudiera mover por ella con comodidad. Me dio tiempo a echar un rápido vistazo a lo poco que había en su interior antes de enfrentarme a la conversación de la que solo quería huir: un camastro a un lado con una manta gruesa echada por encima, una mesita desvencijada de madera para dejar mis pertenencias junto con un taburete y una vitrina para depositar agua.

—Joder, por fin —la voz áspera de Killian llenó el espacio, y me acarició la piel antes de que se abalanzara sobre mí. Me estrechó entre sus brazos, dándome un beso en la sien que me derritió un poquito por dentro.

Quise relajarme apoyada en su cuerpo, rodeándome de su olor ya tan familiar, pero había algo que me lo impedía. Quizás la culpabilidad, aquella que se esforzaba por no abandonarme.

—Aria —mi nombre en sus labios sonó a súplica cuando notó que no le devolvía el abrazo como siempre—. ¿Qué te pasa?

¿Cómo podía hacerme esa pregunta? ¿Acaso ya se había olvidado de lo que había ocurrido?

Guardé silencio meditando si estaba preparada para mostrarme tan vulnerable ante él.

—Nada, solo estoy un poco abrumada por todo esto —terminé encontrando mi voz.

—Y una mierda —me dijo, y me empujó suavemente para que me sentara en la cama. Tampoco encontré fuerzas para resistirme. Se agachó de cuclillas para que nuestros ojos quedaran a la misma altura. Me miraba de una forma… Nadie me había mirado así nunca—. Por favor, necesito saber qué está pasando por esa cabecita tuya. —Me hizo una leve caricia en la mejilla que debilitó mis defensas.

Aparté la mirada.

—Estoy agobiada, han pasado muchas cosas yo… Creo que necesito descansar.

—Lo sé, pero te conozco y sé que me estás ocultando algo. Desde que regresaste del templo de Tengboche has estado muy rara. ¿Fayna te hizo algo? —Los músculos que me rodeaban las piernas se tensaron y se relajaron solo cuando negué con la cabeza. Al cabo de un momento, el pecho se me encogió al percibir inseguridad en su rostro—. ¿Has cambiado de opinión respecto a lo nuestro?

Su pregunta consiguió romper parte de mis barreras; barreras de vergüenza y vulnerabilidad que no sabía si quería que traspasara en esos momentos.

Le ahuequé la cara con las manos y nos quedamos mirándonos durante largos segundos en los que quise transmitirle todos los sentimientos que tenía hacia él. Lo fuertes e intensos que eran. Lo mucho que me importaba. Le di un rápido, pero cariñoso beso que me correspondió. Sus labios seguían siendo tan suaves como recordaba.

—Sigo queriendo apostar por nosotros incluso si estamos condenados al fracaso —le aseguré pegando mi frente con la suya de tal forma que nuestros alientos se entremezclaron. Tras un segundo me aparté un poco de él y solté el aire que no me había dado cuenta de que estaba reteniendo—. Es solo que…

Dudé y finalmente guardé silencio.

Killian me estudiaba como si, concentrándose lo suficiente, lograra averiguar qué me pasaba.

—Venga, vamos a tumbarnos y a dormir un poco —propuso, y se levantó para lanzarse en la cama de cuerpo y medio que ocupaba gran parte de la tienda. Me miró desde abajo y abrió sus brazos para que me metiera en ellos.

Una oleada de calidez me inundó y en esos instantes en los que priorizó mi necesidad de espacio a su necesidad de saber qué me ocurría me hicieron quererle un poquito más. Me encantó que confiara en que en algún momento estaría preparada para contárselo. Yo también confiaba en ello, en el vínculo que estábamos creando poco a poco.

Por mucho que la voz de mi cabeza me pidiera alejarme, no quería hacerle sentir mal así que me tumbé junto a él.

El silencio nos envolvió durante una fracción de segundo para hacerse añicos por los ruidos que provenían del exterior: el choque incesante del metal de las armas, multitud de gritos que se superponían, algunos por el enfrentamiento de sus dueños y otros para hacerse oír entre el bullicio y golpes atronadores que supuse provenían de los entrenamientos con magia elemental.

Me sorprendió lo rápido que me había habituado a estar en un mundo que no era el mío.

Parecía tan lejana aquella chica que llegó a Haven Lake queriendo empezar de cero…

Una punzada de nostalgia me asaltó y espanté los recuerdos antes de que me llevaran a mi madre.

—¡Eh! ¡Que aquí algunos llevamos días huyendo de toda clase de monstruos e intentamos dormir! —vociferó Jared desde la tienda contigua.

Una carcajada inesperada brotó de mi pecho. Este chico no tenía remedio.

—¡No van a parar sus vidas solo para que la nueva súper estrella del Helheim pueda dormir! ¡Aunque ojalá! ¡Solo así lograrías callarte! —gritó Beatrice aún más alto.

—¡Me convertiría en sonámbulo solo por fastidiarte!

—Dios, son insoportables. —Temblé de risa en el pecho de Killian y él se incorporó para observarme atentamente. Algunos mechones de su pelo oscuro le cayeron sobre la frente y pensé que estaba guapísimo así, con las sombras oscureciendo su increíble e implacable rostro y creando el contraste perfecto con el brillo que emitían sus ojos al mirarme.

—No tanto si han conseguido que te rías —murmuró con voz áspera y una sonrisa de satisfacción adornando su cara como si hubiera sido una increíble hazaña.

Puse los ojos en blanco y le di un golpe juguetón en el hombro.

—Ah, con que esas tenemos… —arrastró las palabras alzando una ceja en actitud traviesa.

—No tengo cosquillas —le aseguré, aunque por dentro me encogí de miedo al verme amenazada por aquel despiadado método de tortura.

Una sonrisa malévola se extendió por su rostro al tiempo que se acercaba peligrosamente a mí.

—*Para*.

Mi petición cargada de terror me delató de tal manera que se echó a reír.

Y su risa grave y vibrante fue como melodía para mis oídos.

Me quedé embobada mirándolo. Admirándolo.

—¿Cómo estás? —le pregunté sintiéndome cada vez más tranquila—. Siento que llevamos mucho tiempo sin estar solos.

—Como una eternidad —suspiró dramáticamente y me apartó con delicadeza un mechón de pelo para recogérmelo detrás de la oreja. Sus dedos siguieron acariciándome la piel relajadamente mientras me observaba con auténtica veneración. Me tragué el suspiro que quiso escapar de mis labios. Dios, estar así de cerca… Me ponía nerviosa en todos los sentidos—. No sé cómo estoy. No quiero hacerme ilusiones de que toda esta locura pueda tener un final feliz.

—Pero ya te las has hecho, ¿verdad?

—Es inevitable. —Sus hombros anchos se hundieron—. Pero en realidad imaginar lo que me espera ahí fuera me da fuerzas para seguir soportando toda esta mierda —comentó con la mirada perdida en el techo. La tela que hacía de tienda era bastante gruesa, por lo que dificultaba la entrada de luz, reduciendo el espacio y volviéndolo más íntimo.

—¿Y qué podrías tener? —susurré.

Deslizó sus ojos verdes hasta clavarlos en los míos con una intensidad que me desarmó.

Un destello malicioso se cruzó en ellos y provocó que el vello de la nuca se me erizara.

—A ti.

—A mí ya me tienes —le respondí, sosteniéndole la mirada.

—Pero no de todas las formas que me gustaría. —Su voz bajó de volumen, y se volvió mucho más ronca, lo que mandó una descarga directa al centro de mis piernas.

Por la sonrisa de medio lado que esbozó era muy consciente del efecto devastador que su simple existencia provocaba en mí.

Estábamos muy cerca, tanto que algunos puntos de nuestros cuerpos se tocaban de forma peligrosa. De repente noté cómo el corazón me empezaba a latir mucho más rápido y fuerte. Mis ojos se desviaron a su boca, entreabierta y con los labios carnosos cuya forma perfecta me sabía de memoria. Se los humedeció y yo tuve que tragar saliva, sintiendo cómo la tensión se acumulaba en mi vientre.

Me quedé sin aliento cuando hundió su cara en mi cuello.

—¿Qué pasa, Aria? —me susurró al oído, sus palabras haciéndome cosquillas en la piel sensible.

—Nada —conseguí decir.

—Eso, de nuevo, no es verdad. Y esta vez no estoy dispuesto a dejártelo pasar —me dijo, con la voz ronca mientras depositaba un beso lento sobre mi cuello. Luego otro más abajo, esta vez más húmedo. Y otro más. Apreté las piernas para aliviar la necesidad— Solo tienes que decírmelo… pedírmelo. Y lo tendrás.

Sus palabras cargadas de deseo junto con su expresión puramente animal estaban nublándome la mente. No podía pensar con claridad.

Por esa razón cogí su mano, grande y robusta, y me la puse en la parte baja del estómago.

Él lo presionó y me apretó las uñas, arrancándome un débil jadeo.

Sus ojos se oscurecieron.

—No tengo muy claro qué significa eso… —volvió a decir contra mi cuello.

—Quiero que me toques —exhalé.

Mi petición originó una sonrisa depredadora en su rostro ya marcado por el hambre.

—Esa es mi chica, me encanta que me digas lo que quieres —ronroneó, lo que terminó por hacerme perder el sentido.

Me lancé a su boca sin pensarlo ni un instante.

La atracción que sentía por él me consumía, me volvía insensata y al mismo tiempo me hacía sentir viva. Y la sensación era adictiva. Peligrosa. Recibí su lengua con gusto y nos devoramos como si fuera la primera vez o la última que lo haríamos. Killian me sujetaba de la nuca con firmeza mientras continuamos besándonos entre jadeos y gemidos que caldearon aún más el interior de la tienda. No sé cuántos minutos estuvimos pegados el uno al otro, sin tener suficiente, pero intentando saciarnos.

El aire se quedó atascado en mi pecho cuando Killian, tomándose su tiempo y queriendo acabar con mi cordura, fue bajando su mano libre desde mi ombligo hasta colocarla encima del traje, justo en la zona más sensible de mi cuerpo. Hizo un poco de presión con los dedos y los movió de arriba abajo. Le mordí el labio como respuesta y después tuve que romper el beso para gemir, arrancándole un gruñido de aprobación. Le cogí de la mandíbula para echarle la cabeza a un lado y tener acceso libre a su garganta, a las líneas de tinta que lo marcaban, y entonces le lamí la piel y la saboreé, notando cómo cada vez me humedecía más.

—Dios, tengo tantas ganas de sentirte… —gruñó, encendiéndome más, si es que eso era posible.

Tenía el pulso descontrolado y sentía que estaba perdiendo el control sobre mí misma. Dios, me encantaba. Me sentía tan bien…

Le aparté la mano y me coloqué encima de él para que nuestros cuerpos se unieran. Presioné mi centro contra el bulto duro que sobresalía de sus pantalones y me restregué con lo que solo podía ser pura desesperación. Él me cogió de las caderas marcando el ritmo y elevó la vista al techo disfrutando el momento.

—Vas a acabar conmigo —jadeó, y hundió los dedos en mi carne.

Sus ojos se agrandaron por la sorpresa y se cubrieron de un brillo hambriento al ver cómo me sacaba una goma de la muñeca y la utilizaba para recogerme el pelo en una rápida coleta. Una sonrisa de anticipación se extendió por mi rostro al saber lo mucho que ansiaba lo que estaba a punto de hacerle.

Me relamí los labios y me quedé pegada a su torso, metiendo las manos bajo la tela para deslizarlas por sus abdominales. Me encantaba sentir el calor que irradiaba su piel junto con la dureza de sus músculos definidos.

—No sabes la de veces que me he imaginado este momento. —Su nuez se movió al tragar saliva. No podía apartar los ojos de mí, siguiendo hasta el más mínimo de mis movimientos.

—Puede que las mismas que yo.

Se endureció aún más.

Se recostó sobre el cabezal de hierro y yo me coloqué de rodillas para colarme entre sus largas y musculosas piernas. Toqué su miembro por encima del pantalón y lo presioné moviendo la mano hacia arriba y hacia abajo, haciéndole sufrir lo mismo que él había hecho minutos antes conmigo. Noté cómo apretaba las piernas y maldecía. Entonces me agaché y deposité algunos besos por encima del pantalón mientras que con la mano continuaba tocándolo.

—Aria…

Levanté la mirada para ver cómo apretaba la mandíbula. Suspiró de pura desesperación y solo entonces decidí ablandarme un poco.

Con su ayuda le bajé los pantalones por la cintura para liberar su miembro, tan grueso y grande como había imaginado. Me quedé unos segundos contemplándolo y un nudo inesperado de nervios se formó en mi garganta. Había creado tanta expectación que me daba miedo que no le gustara. Él tuvo que leer las dudas en mi expresión porque su expresión se llenó de calidez.

—Ey —llamó mi atención, suavizando la voz mientras me acariciaba el brazo con cariño—. Tú solo disfrútalo, ¿vale? Y si en algún momento quieres que paremos solo tienes que decirlo. —El gris de sus ojos volvió a incendiarse mientras me recorría el cuerpo—. Y ten claro que hagas lo que hagas será la puta mejor sensación del mundo porque eres *tú*.

Me acerqué a su rostro hasta que nuestros labios se quedaron a milímetros de rozarse y entonces presioné su boca con la mía, apoyándome con una mano en el colchón y con la otra hundiendo mis dedos en su pelo. Me cogió de la cintura y sus manos bajaron hasta mi culo para apretármelo con fuerza. Y fue aquel beso junto con sus palabras cubiertas de seguridad los que disiparon el miedo. La excitación regresó y se expandió por mi cuerpo líquido, arrasándolo todo.

Dejé caer un poco de saliva para humedecer la zona y entonces rodeé su pene con mis dedos para empezar a estimular la base. Hice movimientos circulares en torno a la punta y otros verticales que le gustaron por los ruidos guturales que estaba profiriendo. Y entonces me la introduje en la boca. Utilicé la lengua para chuparla mientras con la mano hacía movimientos ascendentes y descendentes.

—Joder, no creo que vaya a durar mucho —maldijo Killian—. Ven aquí, necesito tocarte.

Me coloqué de lado hacia él dejando que me sobara el culo y tras entender lo que quería me quité los pantalones para quedarme sin nada. Con desesperación pasó su dedo por mi hendidura completamente empapada. Una descarga intensa de placer me asaltó. Dios. Lo necesitaba ya. No podía esperar más.

—Joder, estás… —comenzó a decir, y perdió el hilo cuando volví a introducirme su pene en la boca, esta vez hasta el fondo de mi garganta, para después subir el ritmo de mis movimientos.

Él continuó tocándome, consiguiendo que mi cometido se viera interrumpido por el placer que me estaba causando la destreza de su mano. Gemía y me dejaba caer sobre su muslo para retorcerme al meterme un dedo y acto seguido, el segundo. Los arqueó de una forma que… dios mío. Me arqueé de puro goce, sintiendo cómo el placer se acumulaba en mi interior.

¿Dónde había aprendido a hacer eso?

En realidad, no lo quería saber.

—Estoy a punto... —jadeó, robándome las palabras—. ¿Quieres que me corra...?

—Sí —le dije y noté cómo sus piernas temblaban con los espasmos del orgasmo mientras mi boca se llenaba de su líquido.

Una vez acabó se quedó unos segundos sintiendo los últimos efectos del orgasmo y después me dedicó toda su atención. Se tumbó a mi lado y mientras me lamía la garganta y me tocaba los pechos continuó metiendo y sacando sus dedos. Agarré su traje con fuerza.

Una explosión estalló dentro de mí y se extendió por todo mi cuerpo, derrumbándome y dejándome completamente exhausta.

Había conseguido, de nuevo, que me corriera. Y de las veces que me había acostado con alguien, era la primera vez que me ocurría.

—Necesito follarte —me pidió, sus ojos grises completamente oscurecidos con la necesidad de más.

Pero fue pronunciar esa palabra y todas mis alarmas se activaron, tensándome y revolviéndome el estómago. Si llegábamos tan lejos... Había muchas posibilidades de que descubriera las palabras que Marlon había marcado en mi piel. «Asesina». Se horrorizaría y después se cabrearía conmigo por habérselo ocultado y haber sufrido en silencio.

—Aquí no hay condones —le dije rápidamente.

Su mandíbula se tensó y su rostro sudado se cubrió de frustración.

—Mierda. Es verdad. Bueno... Podríamos preguntar qué métodos anticonceptivos usan en el Helheim —me dijo y me dio un vuelco el corazón cuando depositó un beso sobre mi frente.

—Si lo único que quieren es procrear para aumentar su número de guerreros para las Anuales no creo que usen ninguno.

—Bueno, no perdemos nada por preguntar —Se encogió de hombros y me miró con el ceño fruncido.

—Sí, está bien —contesté más seca de lo que pretendía.

—Oye... —la preocupación tiñó de nuevo su voz, mientras me buscaba con la mirada—. Sabes que puedes confiar en mí, ¿verdad? Puedes contarme cualquier cosa que no voy a juzgarte. Sea lo que sea lo resolveremos juntos.

Me aferré a él mientras un nudo se me formaba en la garganta.

—Lo sé.

Y después de aquello guardamos silencio, disfrutando del calor del otro mientras sentíamos las sensaciones relajantes posteriores al orgasmo.

Se quedó despierto hasta que yo me dejé llevar por el sueño.

CAPÍTULO 20
ARIA

«Esa verdad te destruiría, Aria. Y no solo a ti. Destruiría el mundo».

Las palabras de Uriel retumbaban en mi cabeza como latidos profundos, tan intensos que conseguían silenciar las voces de alrededor. La frase se reproducía de manera obsesiva; una y otra vez, sin conseguir nada salvo generar más preguntas sin respuesta, además de distraerme del primer entrenamiento como aliados oficiales de los Kaelis.

—No lo entiendo, hace unas horas parecía más fácil —farfulló Jared, taladrando con la mirada al lago en calma que se extendía a nuestros pies—. Creo que he perdido los poderes durante la siesta. —Levantó la vista hasta Lysara—. ¿Es eso posible?

Ella negó con la cabeza, y una suave y melódica risa se escapó de su garganta. Me fue imposible no compararla con Fayna, ambas desprendían autoridad y poder, pero la calidez de Lysara contrastaba de forma abismal con la crueldad de la hija del Dios del Fuego.

—Cuando nuestras emociones son muy intensas, es más fácil conectar con los elementos y alimentarlos para usarlos a nuestra voluntad —nos explicó con paciencia, paseando su tranquila mirada por cada uno de nosotros. Nos habíamos alejado del revuelo del campamento para empezar cuanto antes con nuestra formación y, al mismo tiempo, dejar espacio a los soldados para que fueran asimilando que lucharían con un Ignis entre los suyos—. Por eso, cuando os atacamos en el claro, os resultó más sencillo usar vuestros poderes, el miedo que sentíais era tan intenso que actuó como motor. El resto fue solo cuestión de astucia y valentía.

Una expresión de orgullo se instaló en el rostro de Jared.

A mí, en cambio, una punzada de culpa me atenazó las entrañas

—¿Y cómo podemos mejorar? —preguntó Jared, sus ojos brillantes por la determinación.

—Trabajando la concentración y la disciplina. —Lysara movió los dedos, y con la vista fija en el agua, el líquido comenzó a cobrar vida y moverse en círculos hasta elevarse, formando un remolino de unos cinco metros. Algunas gotitas nos salpicaron, y Killian tuvo que retroceder y levantar el brazo para que no le quemaran la piel del rostro. Lysara, al percatarse, le dirigió una mirada de disculpa—. La Anual está al caer, pero confío en que vuestra naturaleza como mellizos acelere las cosas.

Con otro simple movimiento, consiguió que el lago volviera a su estado de calma natural.

—¿Por qué de repente aquí sois una leyenda? —Beatrice intervino en la conversación por primera vez. Aunque ella y Killian no pudieran practicar con los elementos agua y aire su poder funcionaba de forma similar, así que también vendrían a las lecciones.

El rostro maduro y simétrico de Lysara se cubrió de emoción al escuchar su pregunta.

Pensé que su energía era similar a la del espacio que nos rodeaba: tranquila y armoniosa. Sin embargo, sus ojos contenían sombras que delataban lo muy mellada que estaba por luchar en una guerra en la que el final siempre terminaba siendo el mismo. Al igual que los árboles altos a nuestro alrededor, cuyos troncos eran fuertes y robustos, pero sus ramas finas sin vida delataban que, aunque muy poco a poco, ellos también se estaban consumiendo. El olor a tierra no me inundaba las fosas nasales. Y aunque el bosque aún conservaba parte de su verdor, era un color apagado, apático. Al igual que el aire que se respiraba, que tampoco era limpio. Se escuchaba el sonido de las ramas al moverse y muy a lo lejos, si te concentrabas, el bullicio del campamento, pero ningún cantar de pájaros ni los sonidos propios del bosque. La enfermedad de la maldición acabaría por destruir lo poco que quedaba de vida, tanto del Helheim como del espíritu de sus habitantes.

La voz armoniosa de Lysara recuperó mi atención.

—El destino tiene prohibido rebelarse, pero está escrito y en ocasiones consigue escapar de sus propias reglas... El viento nos susurró fragmentos de lo que estaba por llegar. Retazos que iluminarían aquello que debe ser visto para ser cambiado. Y en un momento de plena desesperación, cantó acerca de vuestra inevitable llegada. —Miró a Jared y Zoey con auténtica devoción—. Nunca susurró vuestros nombres, pero ahora que los conocemos, podemos permitirnos volver a sentir esperanza.

—¿Cómo estáis tan seguros de que la profecía se refiere a ellos? ¿Y si de repente aparecen otros dos mellizos? —planteó Beatrice, con evidente reticencia.

—¿Tanto te cuesta creer que podamos ser especiales? —el tono de Jared era molesto. A Zoey, sin embargo, parecía que la historia le importaba bien poco.

—Es simple curiosidad. —La Guardiana se encogió de hombros, fingiendo despreocupación, pero todos sabíamos que la única forma que encontraban de obtener la atención del otro era sacándose de sus casillas. Y, por supuesto, ella lo estaba consiguiendo.

—Cuando el orden se altera las cosas jamás regresan al mismo sitio, el cambio es inevitable —La sabiduría contenida en la voz serena de Lysara nos hizo guardar silencio—. Vuestra llegada junto con la Tierra apagándose por culpa de los planes del Dios del Fuego no será algo que se quede en la nada. Cambiará el trascurso de la maldición. La cuestión es si nos llevará hacia la salvación o hacia la perdición.

Nadie habló.

El ambiente se enrareció a partir de ese momento, soportando el peso de la incertidumbre de lo que estaba por venir.

Poniendo en práctica una de las técnicas de respiración que Lysara nos enseñó, Jared continuó intentando controlar el agua hasta que la superficie líquida tembló. Su objetivo era conseguir que un tentáculo de agua le acercara una de las muchas hojas secas que se posaban en el lago. La mano derecha de los reyes le dirigió una sonrisa de aprobación cuando, después de muchos intentos, lo consiguió. Con un gesto de mano, le indicó a Zoey que era su turno.

«Esa verdad te destruiría, Aria. Y no solo a ti. Destruiría el mundo».

¿Cuál era el verdadero motivo por el cual mi madre se había escondido en la Tierra? Había condenado a su gente a años de sufrimiento por ese secreto. Tenía que ser algo muy gordo, tanto como me había insinuado el mismo Dorado que la ayudó a ocultarse. Una idea comenzó a tomar forma en mi cabeza. Estaba en el hogar dónde mi madre había crecido, donde había descubierto la verdad... Necesitaba poder llorar su pérdida sin la rabia que sentía al pensar en que me había mentido durante toda mi vida. Incluso con la identidad de mi propio padre.

Y para poder hacerlo, tenía que descubrir el secreto que la había llevado a alejarse de mí.

Solo de esa forma sería capaz de entenderla... y perdonarla.

—Ey, ¿estás lista? —Killian me dio un golpecito con el hombro. Como todos, él también se había puesto el traje de entrenamiento de los Kaelis, que se ajustaba a su alta figura y le quedaba como un guante. El material se ceñía a su torso de tal forma que, de repente, solo era capaz de pensar en los abdominales y músculos duros que se escondían debajo. Se me quedó la boca seca.

—¿Qué? —pregunté como una tonta.

—¿Dónde estabas? —Frunció el ceño, divertido, y esbozó una sonrisa torcida que envió una corriente directa a mi pecho—. Te va a tocar dentro de nada.

Al instante, una sensación desagradable me constriñó el estómago, ahuyentando el torbellino de mariposas que aparecían cada vez que estaba cerca de él. No me apetecía nada mostrar delante de todo el mundo mis penosas habilidades.

—Necesito que después hablemos —le dije, bajando la voz para que solo él pudiera escucharme. Su expresión cambió al instante, tiñéndose de preocupación y curiosidad.

En realidad, todos teníamos que hablar, y tendríamos que hacerlo sin levantar sospechas, pero después de despertar en el calor de sus brazos, después de desvelarme en repetidas ocasiones, y que en cada una de ellas me buscara sumergido en sus sueños para seguir tocándome y abrazándome... Killian se merecía que afrontara el miedo y la vergüenza y le contara lo que me había hecho Marlon. Si nos habíamos comprometido a que nuestra relación avanzara no podía comenzar con secretos que estaban más que condenados a salir a la luz. Y más después de lo que habíamos compartido en la tienda... Tarde o temprano llegaríamos a más y no quería que ese momento quedara marcado por el miedo o el rechazo que sentía hacia mí misma por culpa del psicópata de Marlon.

Como era de esperar, mi ejercicio con el manejo del agua terminó siendo un auténtico desastre.

Sin embargo, para mi sorpresa, no percibí decepción en el rostro de mi instructora. Lysara no tenía ni idea de que yo era la llave que rompería la maldición, así que no tenía expectativas sobre lo que debía saber hacer. Lo cual suponía toda una liberación.

Evité mirar a nadie más.

—No os preocupéis. Cada día os resultará más sencillo controlar vuestra magia —nos tranquilizó la general de regreso al campamento. La luz del día comenzaba a atenuarse y nuestros estómagos ya rugían por la falta de alimento—. Mañana extraeremos agua del lago para adherirla al traje en forma de capa. Practicaremos hasta que el elemento se quede ligado a nosotros como si fuera una extensión de nuestro cuerpo.

—¿No es un gasto de energía innecesario? —preguntó Killian, e hizo un gesto señalando el bosque que nos rodeaba—. Podéis absorber los elementos al momento.

—Así es, pero cada vez que lo hacemos perdemos unos segundos, segundos que pueden determinar el final de una batalla. El aire es mucho más fácil de manejar que el agua —dijo, y una brisa suave y fría me acarició la mejilla—, pero esta es más letal. Tenerla a mano es una ventaja innegociable. Además, en el Abismo necesitaremos llevarla desde casa. Allí no hay nada salvo muerte.

Sus palabras fueron carne fresca para alimentar mi ansiedad.

Por suerte, mientras cruzábamos la escasa vegetación, la conversación derivó a temas mucho más ligeros. En apariencia, claro. En realidad, nos encontrábamos en medio de un interrogatorio velado. Lysara nos lanzaba preguntas curiosas envueltas en un tono tan relajado que te invitaba a bajar las defensas. Ninguno de nosotros lo hizo. Cada una de sus dudas inofensivas tenía un propósito: hacernos caer. Ante sus ojos astutos cualquier gesto sospechoso podría revelar los hilos de mentiras que habíamos tejido desde que habíamos aterrizado en su reino.

Una palabra mal pensada, una sola contradicción... Y estaríamos muertos.

Por esa razón, cuando al fin llegamos al campamento, estaba agotada.

—Acercaos al puesto de comida y poneos a la cola. Nos vemos mañana, media hora después de que el cuerno suene, en el centro del campamento —antes de darse la vuelta Lysara nos lanzó una escueta pero intensa mirada de advertencia—. Todos buscarán razones, de peso o no, para mataros. No nos lo pongáis fácil. —Luego, con un asentimiento de despedida, se retiró.

Aun con los mellizos legendarios de nuestra parte, desconfiaban de nosotros.

Hacían bien, al fin y al cabo, íbamos a traicionarlos.

La seguí con la mirada para verla mezclarse entre grupos de Kaelis que regresaban de entrenar desde distintas direcciones, todos ellos sudados y exhaustos; demasiados con zonas del cuerpo mal vendadas y dejando tras de sí un reguero de sangre que marcó su trayectoria. Se me encogió el estómago al distinguir a jóvenes de no más de catorce años entre los soldados. Antes de que la perdiéramos de vista, la segunda de los reyes se paró a hablar con algunos Kaelis que se acercaron para saludarla. Parecían apreciarla y respetarla mucho.

«Mi madre también fue uno de ellos», pensé de repente. Me resultaba difícil imaginarla en ese entorno tan hostil. Sin sus vaqueros desgastados y las blusas sueltas y fresquitas que siempre solía usar, enfundada en un traje de entrenamiento y practicando cada día las distintas formas de matar a los Ignis.

El dolor que se había instalado en mi pecho se intensificó.

Estaba descubriendo sus raíces, su verdadera identidad, y de alguna forma la sentía más lejos que nunca. «Viviré y moriré sin saber quién era mi madre».

Me tragué aquel pensamiento tan deprimente cuando noté la mirada preocupada de Killian sobre mí. Hizo el amago de darme la mano, pero dudó y finalmente no lo hizo. Cruzamos una breve mirada de entendimiento, y al instante la punzada de decepción que me había invadido perdió intensidad. No podíamos mostrar nuestra relación tan abiertamente ante los que tarde o temprano se convertirían en nuestros enemigos. Así que enterré el deseo de sentir su apoyo y, junto al resto, seguí las indicaciones de Lysara hacia el centro del campamento.

Pasamos por delante de diferentes puestos: en uno un sanador le recolocaba la nariz a una Kaelis morena que rondaría nuestra edad; en otro un herrador le reparaba el mango de una daga a otro mucho más mayor y robusto y un hombre que había perdido sus piernas era el encargado de otra tienda más amplia tras la que se había formado una pequeña fila de soldados que esperaban a que les repartiera suministros como jabón, papel, mantas, botas, trajes nuevos…

A medida que nuestros pasos quedaban marcados en la tierra levantábamos miradas de odio y repulsión. Por donde pasábamos las conversaciones animadas se apagaban hasta quedar remplazadas por un silencio denso que aceleró mi pulso. La magia contenida chisporroteaba en el aire. Tragué saliva. Esto no pintaba nada bien. Por mucho que Lysara y la reina hubieran lanzado órdenes estrictas de mantener la paz… Estábamos hablando de un Ignis paseándose entre cientos de

Kaelis que habían nacido expresamente para matarlo. No. No creía que fuera a ser suficiente. Ni de lejos.

Con la ansiedad presionándome el pecho, miré de reojo a Killian. Sus hombros anchos estaban rígidos, y el músculo de su mandíbula se movía al apretar los dientes. Sus ojos escudriñaron nuestro alrededor, atentos a cualquier movimiento sospechoso. Y aun así… consiguió moverse con una seguridad que me dejó impresionada. Caminaba como si fuera uno de los mandos más importantes del campamento, dirigiéndose con parsimonia hacia el centro de reuniones.

Excluyendo a Beatrice, que le salía natural, el resto intentamos imitarlo lo mejor que pudimos.

Conforme nos acercamos al puesto de reparto de comida, nos encontramos con grupos de no más de cinco Kaelis esparcidos por la zona. Disfrutaban de la cena sentados en troncos de madera frente a puntos de esferas bioluminiscentes que flotaban a ras del suelo. Si no fuera por la energía pesada e incómoda que flotaba en el aire, el resplandor de color azul verdoso que emitían hubiera envuelto al bosque en un halo casi mágico.

—¿Creéis que esto es buena idea? —preguntó Jared, detrás de mí una vez nos colocamos en la fila.

—Eh, no os acerquéis. —El Kaelis que iba delante de nosotros se dio la vuelta para mirarnos con auténtico desprecio. Era uno de los soldados más mayores que había visto en el campamento. Me quedé completamente rígida. La distancia que lo separaba de Killian, que como siempre se había adelantado para colocarse el primero, era mínima.

Se retaron con la mirada, y el corazón se me aceleró, a la espera de que la sangre de alguno de ellos salpicara el suelo. Así que actué rápido y agarré del brazo a Killian para que retrocediera junto a nosotros un par de pasos. Le lancé una sonrisa apaciguadora al soldado, y él soltó un bufido antes de girarse.

—Tranquilo —le dije.

—Ni de coña esto es buena idea. Por mucho que lo entienda no me gusta ni un puto pelo que nos traten así —le respondió a Jared, con los puños apretados y después bajó la voz——. Pero si queremos ganarnos su confianza no podemos desobedecer a Lysara.

Le lancé una mirada de advertencia que captó al instante.

No era precisamente el mejor lugar para empezar a hablar sobre nuestra traición, no sin ni siquiera saber hasta qué punto los Kaelis habían desarrollado sus sentidos. Necesitábamos una forma segura de comunicarnos o la rutina nos consumiría y cuando quisiéramos darnos cuenta, cientos de soldados nos arrastrarían hacia la Anual.

La última Anual.

Me volví a tensar cuando, poco después, un par de mujeres Kaelis se unieron a la fila. Guardaron una distancia prudencial mientras miraban a su alrededor incrédulas, como buscando una confirmación de que aquello que estaban presenciando era real. Durante los siguientes minutos se dedicaron a cuchichear entre ellas sin apartar sus ojos de Killian. Ni siquiera estar cerca de Jared y Zoey, los mellizos legendarios, podía superar el hecho de que un Ignis estuviera compartiendo espacio con ellos.

—No permitiré que un Ignis coma de nuestra comida —de repente, una voz grave irrumpió detrás de nosotros.

Ocurrió tan rápido que solo pude captar el movimiento de una sombra densa empujando a Killian. Lo sacó de la fila con tanta fuerza que faltó poco para que lo derribara sobre la tierra. Tropezó hacia atrás, pero consiguió mantener el equilibrio. Un conjunto de exclamaciones ahogadas se solapó con la mía.

Con el corazón desbocado, me tomé unos instantes para analizar la situación.

El Kaelis que había atacado a Killian nos lanzó una intensa y peligrosa mirada que pretendía intimidarnos. Su melena rubia rozándole los hombros alimentaba el aspecto salvaje que tenía pese a lo joven que era. Apostaría a que rondaría nuestra edad. Claro que, aquello en el Helheim podía significar muchísimo tiempo más vivido. Guardándole las espaldas, una chica menuda y otro chico más desgarbado lo apoyaban con una postura de brazos cruzados junto con un gesto depredador que amedrantaría a cualquiera.

El gris de los ojos de Killian se oscureció y las líneas de su rostro se endurecieron.

—Si no como de vuestra comida, moriré. Y te aseguro que no quieres que eso pase —le aseguró, hablando con una lentitud amenazante.

El Kaelis se rio por lo bajo.

—No hay nada que desee más que verte muerto. A ti y a cada uno de los tuyos. ¿Por qué no iba a querer que eso pasara?

—Porque somos vuestra última esperanza.

—Y una mierda —escupió, y se dispuso a abalanzarse de nuevo sobre él.

—Eh, relájate —Jared se interpuso entre los dos, y lo frenó poniéndole una mano en el pecho—. Mira, entiendo que os haga poca gracia su presencia, pero está de nuestra parte.

Lo observó de arriba a abajo y apretó la mandíbula.

—Anda... Pero ¿a quién tenemos por aquí? A uno de los mellizos salvadores... ¿Dónde habéis estado mientras dejábamos atrás los cuerpos casi irreconocibles de nuestras familias y amigos? —los ojos claros se le salían del rostro, los tenía encendidos por la rabia—. ¡¿Dónde?!

—Bueno, no lo sé, es que viajamos mucho. —Se encogió de hombros, y ante la mirada atónita que le devolvió reculó y adoptó de nuevo una expresión seria—. Pero ya estamos aquí, ¿vale?

—Me importa una mierda. Quiero que se vaya. Muchos de nosotros lo queremos —aseguró señalando con la cabeza a Killian. De la muchedumbre que nos rodeaba emergieron gruñidos de aprobación y silbidos—. No me pidas que confíe en un Ignis cuando llevo toda mi vida viendo como acaban con la vida de las personas que más quiero. Y créeme, ha sido larga, demasiado larga.

El dolor que impregnaba su voz era tan profundo, tan amargo, que no pude evitar empatizar con él. Y más teniendo en cuenta que nuestro plan era dejarles allí tirados. Un torbellino de culpabilidad me agujereó el pecho y tuve muchísimas ganas de apartar la mirada. Me obligué a no hacerlo. Memoricé su rostro. Si todo salía bien, me reencontraría con él en mis pesadillas.

Otro pequeño revuelo fue el aviso de que no estábamos solos

—No os hemos pedido que confiéis en el Ignis. Os hemos pedido que creáis en las decisiones de nuestros reyes —conforme Lysara avanzaba todos los Kaelis que se amontonaban para no perderse detalle alguno del enfrentamiento le abrieron paso—. Beau y compañía, retiraos.

—Pero… —comenzó a protestar.

—He dicho que os retiréis —repitió en tono cortante. Nos lanzaron miradas que prometían a voces que esto no se había terminado y solo una vez que se internaron en un camino en cuyos francos aún quedaba vegetación Lysara nos miró—. Vosotros, marchaos a vuestras tiendas, uno de mis soldados os acercará la cena más tarde.

Y eso hicimos.

Conforme pusimos distancia, la atmósfera cambió. Despertaron al bosque, que se moría en el silencio del paso del tiempo, lanzándonos fuertes corrientes de viento sobre nosotros. Las copas de los árboles se sacudieron y tuve que taparme los ojos para protegérmelos de la tierra que se levantó.

Nos marchamos con el rugido de la tormenta persiguiéndonos, deseoso de perdernos de vista.

Me pregunté en qué momento la furia de cada uno de los Kaelis que la alimentaba caería sobre nosotros.

—Estoy seguro de que va a vomitar en el primer arbusto que encuentre, y no porque nos hayan envenenado. Joder, este puré está asqueroso. —Jared tragó aquella sustancia con la cara arrugada por el asco. Un escalofrío lo recorrió y se tapó la boca para tragarse la arcada que lo sacudió. Beatrice, sentada para su desgracia a su lado, puso los ojos en blanco.

Jared hablaba del soldado que acababa de marcharse. Obligado por Lysara, nos había acercado la comida y nosotros, como gesto de agradecimiento, le habíamos obligado a probar un par de cucharadas. Con cientos de Kaelis soñando a escondidas con nuestra muerte, toda medida de precaución era escasa.

Habíamos formado un círculo delante de nuestras tiendas para que los soldados nos tuvieran a simple vista y con suerte no se acercaran a fisgonear demasiado. Al final nos había venido bastante bien que aquel Kaelis, Beau, perdiera los nervios. Entrecerré los ojos para observar con cuidado nuestro alrededor. Lysara debía estar calmando los ánimos de los Kaelis porque estábamos solos y la tormenta parecía haberse apaciguado. El corazón comenzó a latirme con fuerza ante aquella oportunidad concedida. Porque allí nada ocurría porque sí. Estaba segura de que la general nos había permitido este rato a solas para compensar lo que había ocurrido.

Por mucho que se esforzaran en dejarnos claro lo fácil que sería acabar con nosotros… nos necesitaban.

—Chicos, tenemos que hablar, y además tenemos que encontrar un modo seguro de poder hacerlo siempre que queramos. Lo necesitaremos cuando las cosas vayan avanzando… —dije, bajando la voz. Jared, que se había sentado frente a mí, me observaba con una expresión seria. Mi tono dejaba claro lo urgente que era mi petición. Y también lo nerviosa que estaba.

El viento era el mejor aliado de los Kaelis y no teníamos forma de saber cuándo soplaba por pura naturaleza y cuando lo obligaban a robar nuestras palabras.

—Le he preguntado a Lysara cómo consiguen abrir un canal mental para comunicarse entre ellos, pero me ha respondido vagamente, y tampoco he querido insistir mucho para no levantar sospechas.

—Solo por hacer esa pregunta ya nos has delatado. —Killian suspiró pesadamente.

—¿De verdad creéis que solo le ha hecho esa pregunta? —inquirió Beatrice, alzando una ceja.

No lo decía precisamente para defenderlo.

—Exacto, para disimular le he hecho unas veinte distintas acerca de cómo funcionan mis poderes —le dio la razón—. De todas formas, ya estamos en su punto de mira, hagamos lo que hagamos.

—Pongámonos en la situación de que consigues que ese canal mental funcione. Beatrice y yo no somos afines a los elementos agua y aire, por lo que no podremos usarlo —indicó Killian a mi lado. Desde que había ocurrido el enfrentamiento con los Kaelis estaba distante.

—Eso no lo sabemos con seguridad. Esta noche averiguaré cómo hacerlo —prometió Jared, que, pese a sus quejas iniciales, había terminado repelando todo el plato—. Además, no puede ser tan difícil... me imagino que funcionará igual: alimentando la magia a través de nuestras emociones y concentrándonos para darle una forma y, por tanto, un uso concreto. —Paseó la vista por todos nosotros hasta que llegó a su objetivo—. Así que si de repente escucháis una voz en vuestra cabeza no os alarméis... soy yo.

—Lo que me faltaba —farfulló Beatrice, dejando su plato con más fuerza de la necesaria sobre el borde de la roca sobre la que, al igual que todos, estaba sentada.

—¿No te parece bien que te pueda dar las buenas noches todos los días? —Los labios de Jared se curvaron en una sonrisa burlona que lo hizo parecer aún más canalla.

Lo fulminó con la mirada, consiguiendo que la sonrisa del mellizo se ensanchara.

—Espero que ese canal mental tenga la opción de bloquearse.

Pero Jared se distrajo, y no continuó con el intercambio de pullitas. Sus ojos se habían desplazado hasta Zoey, que se encontraba completamente ausente, apenas sin comer nada, apagándose al mismo ritmo que el día llegaba a su fin. Desde que habíamos dejado atrás el Abismo, el silencio la acompañaba. Y en lo más profundo de aquella nada... una bola de pensamientos enmarañados y puntiagudos. Todos relacionados con Connor, quizás con las barbaridades que podrían estar haciéndole mientras ella simplemente respiraba, dormía, comía. Zoey sostenía la culpabilidad de no poder hacer nada por ayudarlo.

Se me encogió el pecho.

—¿Zoey? —le preguntó Jared, con cuidado y ella se sobresaltó al escuchar su nombre. Parpadeó un par de veces hasta que ubicó quien se dirigía a ella—. ¿Podemos hablar un momento?

—Eh… Mejor mañana. —Apartó su mirada para trasladarla a mí. Carraspeó y se enderezó. Aquel mínimo movimiento pareció costarle horrores—. Quién sabe cuándo volverán a dejarnos algo de privacidad —dijo, delatando lo poco atenta que había estado a nuestra posible solución de abrir un canal mental.

Agradecí en silencio que recondujera la conversación. Por mucho que lo hiciera por beneficio propio.

—Además de lo obvio —habló Beatrice, refiriéndose a cómo conseguiríamos entrar los primeros en la Cueva Ishtar con las cuatro coronas en nuestras manos—. ¿De qué se supone que tenemos que hablar? Porque me da la sensación de que hay algo más. —Sus ojos me observaron con astucia.

Ignorando el nudo de temor que se había instalado en mi estómago, decidí soltarlo.

—Uriel me habló del secreto que escondía mi madre. Aquel que hizo que abandonara a su gente. Ella nació aquí y solo tenemos esta oportunidad para descubrir por qué no rompió la maldición, además, tenemos el diario de Lunette, la única Dorada que ha existido nunca… Seguro que ahí encontramos algo —hablé a bocajarro y cuando acabé sentí la boca seca. Un sabor amargo me recubría el paladar.

Excitación. Miedo.

—No sé si podremos sacar mucho más del diario teniendo en cuenta que salvo los símbolos solo habla de sentimientos —repuso Beatrice.

—Bueno, pero podemos seguir estudiando los símbolos —propuse con la esperanza de que gracias a ellos pudiéramos encontrar la forma de liberar a los Solitarios realizando un contrahechizo.

—Espera, espera, espera. ¿Además del marrón que tenemos encima teniendo que salvar a toda la humanidad, quieres ponerte a investigar? —Jared tenía los ojos como platos. Las palabras de justificación comenzaron a agolparse en la punta de mi lengua, pero se quedaron ahí porque, tras un segundo de pausa, se relajó y sonrió con determinación—. Me apunto.

Una chispa de emoción y agradecimiento se abrió paso dentro de mí.

—Empezaría buscando el que fue su hogar. Allí puede que encontremos alguna pista o a alguien que pueda hablarme de ella —propuse, y me estrujé los dedos nerviosa.

Killian se mantenía al margen de la conversación. Como siempre, podía notar sus profundos ojos puestos sobre mí. Intenté descifrar su expresión, ir más allá de la seriedad que tensaba las líneas de su rostro, pero no lo conseguí. Se había puesto una máscara y me había incluido en la lista de personas que no quería que viera lo que se escondía tras ella. Aquello me asustó. Me dolió. Me dio miedo que, al igual que ocurrió en Haven Lake cuando nos conocimos, ahora tampoco quisiera ayudarme a investigar, por mucho que en la biblioteca del Castillo de Brandr sí que hubiera estado dispuesto a hacerlo.

—Si vamos mencionando tu apellido por ahí generaremos muchas preguntas —me advirtió Beatrice.

Preguntas que no podían ser respondidas. No si queríamos seguir ocultando mi verdadera identidad. La llave que podría liberarlos a todos. La llave que quizás no sería capaz de hacerlo.

—Actuaremos con mucho cuidado. Lo último que quiero es poner a nadie en peligro. De hecho, entenderé si no queréis formar parte de esto. Casi que prefiero hacerlo sola —confesé con el peso de la culpa sobre mis delgados hombros.

Álex y Nora. Sus nombres ya no estaban ligados a risas sonoras, abrazos cálidos y bromas privadas, la unión de aquellas letras era como puñales que dejaban en carne viva, una y otra vez, a una herida que ya se había cansado de intentar cicatrizar.

—Te recuerdo que eres la única que puede entrar dentro de la Cueva Ishtar y para poder hacerlo necesitas estar *viva*. Estás poniendo a toda la humanidad en peligro —me dijo Beatrice, sin pelos en la lengua.

No supe qué responder. Tenía toda la razón.

Y aun así... muy en el fondo, una fuerza desconocida tiraba de mí. Un murmullo sin mensaje, pero tan persistente que se colaba en mi cabeza como un zumbido imposible de callar. Era como si de repente me sintiera incómoda bajo el peso de mis propios huesos. De lo que siempre sentí correcto. Mi intuición me zarandeaba para que despertara. Para que hiciera algo.

—¿Zoey? ¿Tú qué opinas de todo esto? —le preguntó Jared, con evidente preocupación.

—Me parece bien. —Su hermana forzó una sonrisa a nadie en particular.

—¿Killian? —reuní el valor de preguntarle.

Sus ojos grises no me encontraron cuando su voz grave se reunió con el sonido rápido de mis latidos.

—Deberíamos regresar. Hablaremos de esto cuando sea seguro hacerlo.

CAPÍTULO 21
KILLIAN

Aquella noche hubo un acuerdo silencioso y ninguno de los dos siguió al otro.

No busqué de reojo la dirección que seguirían sus pasos. Sabía que lo harían lejos de mí. Pese a eso, su decepción y tristeza sí me acompañaron. Se pegaron a la piel como una capa pesada, viendo cómo apartaba la tela con rabia y me internaba en la tienda. Me sentía despreciable por no seguirla, pero mi respuesta le haría daño y yo no quería eso por nada del mundo. Porque Aria se merecía que me tragara cada uno de mis miedos y fuera detrás de ella, de la mano o incluso delante para protegerla de cualquiera que quisiera herirla. No se merecía que me escondiera. Pero allí estaba. Ansiaba la oscuridad porque era el único testigo que no huiría al ver aquello que me estaba consumiendo.

No quería que Aria investigara.

Y mucho menos quería ayudarla.

Me aterraba que eso la pusiera en peligro. Y sabía que estaba mal porque no era una decisión mía. Quería apoyarla, pero... Primero tenía que calmarme. Sí. Pondría en orden el huracán de emociones que había arrasado conmigo y después encontraría el modo de ayudarla sin que eso nos destruyera. Quería, con todas mis fuerzas, mantener la esperanza. Pero cuanto más me enamoraba de ella, más frágil se volvía el mundo. Caminábamos de puntillas sobre un lago helado, sin un camino seguro de retorno, y a mí me obsesionaba el hecho de que con una simple grieta todo se haría trizas. La violenta gelidez de sus aguas nos ahogaría, presionando nuestros cuellos hasta que el fondo nos engullera. Pues no. Claro que no podía creer que todo fuera a salir bien. Al menos no en esos momentos. Desde que había descubierto la existencia de la magia sentía que mi vida se había configurado para funcionar de una manera distinta y solo avanzaba si dejaba atrás todo cuanto quería: mis amigos, al borrar mi existencia de sus vidas; mi madre, mi hermano, Nora… Sus pérdidas me habían llevado hasta aquí. Y si algo tenía jodidamente claro es que no estaba preparado para alejarme de Aria. Para sufrir cada uno de los segundos de su pérdida después de haberme imaginado una vida a su lado.

Me senté en la cama y me llevé las manos a la cabeza para apretarme las sienes en un intento inútil de rebajar la presión que amenazaba con hacerme estallar. El dolor de espalda que llevaba persiguiéndome desde mi estancia en el Atharav tampoco ayudaba demasiado.

Joder, estaba de acuerdo con Beatrice. Ponernos ahora a investigar solo complicaría las cosas. Deberíamos seguir entrenando, portándonos bien para fortalecer nuestra alianza con los reyes del Helheim y acabar con toda esta puta mierda de una vez.

Se me formó un nudo de impotencia en la garganta.

No sabía qué hacer. No sabía qué pensar salvo que de una forma u otra la estaba cagando.

Masticando la vergüenza, intenté serenarme, dejando salir mis pensamientos más oscuros. Confiaba en que, de esa manera, conseguiría ser la persona que ella necesitaba. No sé cuánto tiempo pasó, si diez minutos o una hora, solo sé que fue demasiado tarde.

Alcé la cabeza cuando alguien rompió la inquietante calma de la noche. Desde la tienda contigua me llegó el sonido de la tela al moverse, seguido del crujido de la gravilla. Contuve el aliento y clavé los ojos en la pequeña abertura de mi tienda, esperando que no entrara, deseando que interrumpiera en mi escondite para gritarme por qué no la había apoyado. Pero sus pasos alejándose de mí me escocieron, por muy poco sentido que aquello tuviera. Supongo que el dolor no entiende de reglas ni de justicia.

Solo cuando salí detrás de ella el oxígeno logró entrar a mis pulmones.

Percibí su figura menuda internándose entre los árboles bajo la tenue luz que emitía el satélite de este mundo inventado. El aire ya no crepitaba por el uso de la magia; todos dormían salvo el puñado de guardias encargados de vigilar. Por suerte, la zona a la que se dirigía Aria estaba despejada, ya fuera de manera intencionada o no, aunque aún no sabíamos qué clase de criaturas reinaban en aquellas sombras desconocidas. La seguí como debería haber hecho desde un principio. Pensé, con un poco de vértigo, que hace no mucho era ella la que se movía entre las sombras de Haven Lake para descubrir mis secretos.

Y ahora era yo quien la perseguía para enfrentarme a los míos.

A los suyos.

El latido de mi corazón retumbaba contra mi pecho ante la expectación de atraparla. Pero no aceleré el ritmo. Ella, por alguna razón, quería perderse. Y yo me dediqué a contemplar cómo el conjunto de sombras y luces bañaban su cuerpo moviéndose a través de los árboles. No sé cuánto tiempo ignoramos el crujir de las hojas secas bajo nuestras botas junto con nuestras respiraciones agitadas. Solo sé que de repente tomó una decisión. Se detuvo y, tras unos segundos de vacilación, se dio la vuelta hacia mí. Me quedé parado frente a ella, masticando la incertidumbre.

Nos observamos durante unos instantes densos, en los que incluso el bosque dejó de respirar.

—Me has encontrado. —Su voz llegó hasta mí acompañada por una brisa fresca de aire nocturno.

—¿Querías que lo hiciera? —tanteé.

—No. Sí. —Apartó la mirada dejando escapar un suspiro frustrado—. No lo sé.

Ante nosotros se abría un muro que ninguno de los dos había imaginado. Una amenaza al vínculo que tanto nos estábamos esforzando en crear. Y debíamos saltarlo, en la misma dirección, antes de que fuera demasiado alto.

—Antes… mientras cenábamos… no has dicho nada —evidenció. Podía notar su vulnerabilidad. Me estaba mostrando lo importante que aquello era para ella. Y yo me sentí aún más asqueado de mí mismo.

—Te apoyo con lo que decidas hacer —le aseguré de forma atropellada, acortando la distancia que nos separaba—. Si quieres que investiguemos acerca del secreto que escondía tu madre lo haremos.

Su reacción me descolocó. Se echó hacia atrás, como si mis palabras la hubieran golpeado. Me miró fijamente, con la frente cubierta de pequeñas arrugas de preocupación.

—¿Por qué me mientes?

—Aria —pronuncié su nombre como una súplica—. ¿Qué quieres que te diga?

—La verdad. —Alzó la barbilla, desafiándome con la mirada.

Su franqueza me gustó y, al mismo tiempo, fue el peor ataque contra aquello que en estos momentos me sostenía.

Tragué saliva.

—Mi verdad a cambio de la tuya —le ofrecí, observándola con cautela. Tenía miedo de decepcionarla y estaba dispuesto a retrasar aquel momento todo lo posible—. Antes me dijiste que querías hablar conmigo.

Mi recordatorio la pilló por sorpresa, pero se recompuso rápido.

—Estás desviando la conversación —me recriminó—. Así no funcionan las cosas.

—Joder. Ya.

Solté un suspiro de exasperación. De agobio.

Sentía que nos encontrábamos en un callejón sin salida.

Un silencio pesado se extendió entre nosotros. Nos quedamos mirándonos, esperando a que alguno de los dos se atreviera a abrirse.

Pero en el fondo yo sabía quién hablaría primero. De los dos, ella siempre había sido la más valiente.

—No creo que sea lo suficientemente buena —admitió con voz pequeña.

Fruncí el ceño, al principio por la inesperada confesión, pero segundos después detectando y odiando cada atisbo de inseguridad que percibí en su precioso rostro.

—¿Para quién?

—Para todos los que esperan que haga grandes cosas. Para mí. No quiero descubrir que no soy la persona que siempre soñé ser: valiente, decidida, buena.

—Para mí lo eres —me apresuré a decir. Porque era verdad. Era maravillosa.

Soltó una risa triste y sus ojos se hundieron por el peso de la culpa.

—No pude ayudarte cuando el tornado nos arrasaba. Casi mueres porque yo no fui capaz de hacer lo único por lo que he venido a este mundo.

Un remolino de rabia me incendió las venas al escuchar cómo hablaba de ella misma. Como si su mera existencia se redujera a ser un puto objeto que otros debían usar para enmendar sus errores.

Intenté calmarme. Mi mirada se suavizó y, esta vez, cuando me acerqué a ella, no retrocedió.

—No siempre podrás ayudar a todo el mundo ni mucho menos cumplir con sus expectativas, pero lo que te hace ser fuerte y valiente es que siempre intentas dar lo mejor de ti misma incluso cuando no crees que puedas hacerlo.

Negó con la cabeza repetidas veces, pero sus ojos se habían humedecido.

—También me bloqueé cuando Fayna nos atacó en el templo de Tengboche y de no ser por Beatrice... no sé qué hubiera pasado. —Su voz se quebró, y yo sentí que algo dentro de mí también se rompía—. Estaba muy asustada, de querer hacer algo, pero no encontrar el modo. De sentir que no sería capaz de conseguirlo.

La atraje hasta mí y la rodeé con los brazos, disfrutando del calor que desprendía su cuerpo y de lo bien que me sentía al tenerla pegada a mí. La forma en que apoyó su cabeza sobre mi pecho, en medio del bosque oscuro de un reino maldito, como si estuviera en el lugar más seguro del mundo... hizo que mi corazón se estrujara de un modo que me hizo ser consciente de lo mucho que significaba para mí.

—¿Por qué no querías decírmelo? —susurré sobre su pelo, mientras dibujaba con mis dedos pequeños movimientos sobre su espalda. Arriba y abajo. Una y otra vez. Se estremeció ante mi contacto.

—Porque me daba mucha vergüenza. No quería decepcionarte. Tampoco quería hablarlo porque de hacerlo el problema se volvería real. Y eso aún me aterrorizaba más. Me decía a mí misma que ya lo haría al día siguiente, pero la verdad es que nunca encontraba el momento.

La aparté con suavidad y puse mis manos sobre sus rosadas mejillas, acariciando su rostro para obligarla a mirarme.

—Te estás enfocando en las cosas que no están funcionando en vez de en la larga lista de cosas que sí has conseguido.

Soltó una risa amarga y se desprendió de mi agarre, cruzándose de brazos.

—Venga, ¿y qué se supone que he conseguido?

—Está claro que no está siendo precisamente tu mejor noche si tienes que preguntarlo —la piqué y señalé mi rostro mientras esbozaba una sonrisa descarada—. A mí ¿Acaso eso no te parece más que suficiente? —le guiñé un ojo.

Aria puso los ojos en blanco, pero no pudo evitar que sus bonitos labios se curvaran en una sonrisa inesperada. Se me hinchó el pecho, como si acabara de conseguir el logro más importante de la historia.

Estaba muy jodido.

—Ahora en serio. Has conseguido sobrevivir a varios ataques de los Ignis, tu madre y yo te lo pusimos muy difícil y, aun así, acabaste descubriendo nuestros secretos, me trajiste de vuelta cuando estaba más muerto que vivo, joder, te estás enfrentando a dos duelos muy dolorosos… Y seguro que se me olvidan mil cosas más —reduje la distancia que nos separaba y la miré con intensidad, deseando que se le pegara un poco la forma en la que yo la veía—. Y todo esto te lo repetiré las veces que haga falta. Cada vez que dudes de ti misma o simplemente por el placer de recordarte lo increíble que eres.

Sus ojos se iluminaron, alumbrando cada resquicio de la oscuridad calmada que nos abrazaba, pero las sombras emprendieron su ya aprendido camino de vuelta y opacaron cualquier rastro de brillo que pudiera haber existido. Fue fugaz, como si no se pudiera permitir creer en mis palabras.

—¿Cómo eres capaz de verme de ese modo?

—Porque yo no estoy sintiendo tu miedo, ni tu dolor ni tu culpa. —Me encogí de hombros—. Ellos son los que no te permiten verte así.

—No sé cómo silenciarlos —me susurró mordiéndose el labio.

—A mí me ocurría lo mismo cuando pensaba en mi madre. Aún me cuesta callar a las voces que me repiten una y otra vez que por mi culpa está muerta, que su asesino sigue libre —un destello de algo que no supe cómo interpretar cruzó el rostro de Aria— y que tampoco he sabido encontrar la forma de quedarme junto a Eric. Pero a veces consigo ignorarlas. Y cuanto más lo hago más rato tardan en volver. Pero siempre vuelven, Aria. Siempre lo hacen.

—¿Cómo lo soportas? —Se le quebró la voz y a mí se me encogió el pecho. Me contuve para no abrazarla.

—Sigo aprendiendo a hacerlo.

Cogió aire y el silencio, esta vez más agradable, se volvió a desplegar entre nosotros. Se quedó pensativa, como si mis palabras estuvieran calando en ella y necesitaran tiempo para traspasar la horda de pensamientos que le gritaban que no se dejara engañar por mí, y que, en efecto, era insuficiente y que jamás podría liberarse de esa sensación.

La miré con atención, repasando cada uno de los detalles de su rostro que me volvía loco, como si así pudiera alimentar mi necesidad de ella. Como si eso fuera posible.

—Gracias —me dijo finalmente, alargando la mano para atrapar la mía. La cogí y acaricié la suavidad de sus nudillos mientras yo la observaba a ella y ella, a su vez, contemplaba nuestros dedos tocándose con una intimidad que me encogió el corazón.

—Me gustaría ayudarte a que dejaras de sentirte así. Dime qué puedo hacer.

—Yo... solo necesito que estés aquí. Conmigo —Suspiró y levantó la mirada para conectar nuestros ojos. Una capa de dolor cubrió los suyos—. No quiero volver a sentirte como antes, durante la cena. Estabas tan distante, tan inaccesible...

El recuerdo hizo que soltara su mano, como si de repente el momento que acabábamos de compartir no fuera más que una burbuja de irrealidad que se acababa de explotar.

—Ya... Lo siento —Me pasé una mano por la cabeza, hundiendo los dedos entre los mechones, despeinándolos.

—¿Te parece mal que vaya a investigar? Tú mismo me animaste a hacerlo en el Atharav —buscó en mi rostro cualquier atisbo de respuesta que la ayudara a entenderme.

—Es peligroso —fue lo único que fui capaz de articular.

—Pero es que todo lo es, Killian. Absolutamente todo. Incluso estar aquí, en medio del bosque en plena noche —me respondió, su tono de voz reflejando su enfado—. Si no quieres arriesgarte, lo respeto. Pero yo sí que lo voy a hacer.

—Joder, no lo estás entendiendo.

—Pues no, la verdad es que no. Lo único que esperaba era que cumplieras con lo que me prometiste y de repente te quedas ahí callado como si estuviera hablando del tiempo o... no sé.

—Es que no es fácil.

Sus ojos se abrieron de golpe.

—No tienes por qué venir, puedes quedarte a salvo en el campamento entrenando o...

—No, nada de esto tiene que ver con mi seguridad —aclaré, y mi tono se volvió más grave—. Lo que no es fácil es ver cómo te pones aún más en peligro cuando estamos rodeados de gente que querría hacerte daño y alejarte de mí si descubrieran quién eres. No es fácil saber que hay una posibilidad de que no pueda protegerte.

Su expresión se ablandó al escucharme.

—Lo sé, pero es que... necesito hacerlo. Y odio que no estés a mi lado.

—Cada parte de mi cuerpo me impulsa a querer impedírtelo. Joder, no me hace ni puñetera gracia todo esto. —Solté el aire que se había quedado atascado en mi interior y clavé mis ojos en ella—. Pero no te estaba mintiendo al decirte que te ayudaría a descubrir la verdad. Pues claro que lo haré, Aria.

—Es que ahora no quiero que lo hagas —alzó la voz—. Si no te nace hacerlo no lo quiero.

—No me nace, pero elijo hacerlo porque eso te hará sentir bien, y yo lo único que quiero es eso, por mucho que me haga sufrir a mí. ¿Lo entiendes ahora, Aria? Haría cualquier cosa si eso significara que tú fueras feliz.

Se estremeció. La dejé tan descuadrada que lo único que pudo hacer fue quedarse pasmada mirándome. Aquello me pareció tierno y me dieron ganas de sonreír. Era adorable.

—¿Tan impresionante ha sido?

—No estoy acostumbrada a que los tíos me cuiden así.

—Y yo tampoco a que una chica me haga perder la cabeza.

—Pues precisamente ahora has sido bastante racional...

—Ya, pero ya sabes a qué me refiero —me acerqué peligrosamente a ella. Me di cuenta entonces que nuestros pasos aquella noche habían seguido la coreografía de un baile que nos acercaba y nos alejaba al compás de las palabras que nos atrevíamos a dar voz.

Me incliné hacia ella y abrí mi mano para rodear su cuello con lentitud, inclinándole la cabeza hacia atrás para tener un mejor acceso a su boca. Nuestros alientos se entremezclaron, expectantes hasta que no pude soportarlo más y capturé sus labios con los míos. La besé con adoración, con hambre y con miedo, pero sobre todo con la emoción de saber que, en un mundo en ruinas, ella era lo único indestructible que me sostenía cuando todo lo demás caía y se rompía.

Después de un rato besándonos, tuvimos que separarnos para recuperar el aire.

—Deberíamos volver —le dije, consciente de que nuestra escapadita al bosque nos mandaría directos a un interrogatorio al día siguiente.

—Sí.

Me dio la mano y esta esta vez nuestros pasos sí que siguieron el mismo camino de vuelta.

Mientras nos adentrábamos en la noche, sumidos en un cómodo silencio me concentré en el peso cálido de su mano junto a la mía. Pensé sorprendido que la conversación de la que había huido por miedo a que nos destruyera había terminado por acercarnos más.

Y entonces me pregunté qué sentido tenía en realidad construir algo cuando todo a nuestro alrededor se derrumbaba.

Quizás no teníamos la oportunidad de disfrutarlo.

Quizás no quedaría nada en pie.

Decidí que me importaba una mierda.

CAPÍTULO 22
JARED

Mi capacidad de adaptación me fascinaba tanto como me asustaba. ¿En qué momento me había despertado, quitado las legañas y mis pies se habían movido de forma automática hacia el primer entrenamiento del día? ¿En qué instante exacto ser una criatura sobrenatural encerrada en un reino maldito se había vuelto algo normal para mí?

Era surrealista. Y asombroso.

Quizás seguía disociado. ¿Era posible después de tantos días? Recordé entonces aquellas tardes mágicas en las que ella me ayudaba a descubrir más de mí mismo. A veces me costaba ir a verla porque algo dentro de mí se removía con violencia, temeroso de ser visto. Porque ella lo veía *todo*. Tenía la capacidad de traspasar cada una de las capas que protegían mi corazón para animarme a que yo también lo hiciera. Suspiré, con la nostalgia abrazándome el pecho. Echaba de menos a mi psicóloga.

La piel de mi cuello se erizó al percibir la presencia de algo peligroso. El aire a mi alrededor se calentó. Estaba cerca.

—¡Jared! —me advirtió Zoey, proyectando su voz aguda por todo el claro. Se había unido a cuatro Kaelis para ser testigo de mi pequeño combate con Killian.

Ah, sí.

El combate.

Parpadeé sacudiendo la cabeza a tiempo de ver cómo la masa de fuego que Killian invocaba se deslizaba de las palmas de sus manos para girar sobre sí misma hasta adquirir una forma punzante. Un tentáculo de punta afilada se dirigió directo hacia mí. Gracias a las horas de entrenamiento sus ataques habían ganado velocidad y fuerza, lo cual era todo un fastidio teniendo en cuenta que yo estaba un *pelín* disperso.

Por mero instinto de supervivencia logré salir de mi estado de ensoñación y visualicé en mi mente un escudo de agua lo suficientemente grande para no salir chamuscado del duelo. Contuve la respiración y apreté los dientes cuando ambos elementos colisionaron. Sus llamas impactando contra el muro sólido de agua que había formado como si dos metales se hubieran chocado con extremada violencia. El choque reverberó por todo el espacio. Los músculos me dolían a rabiar y solté un gruñido por lo bajo mientras luchaba por nutrir de energía a mi escudo. Una gota de sudor fría se deslizó por mi frente al darme cuenta de que no lo iba a conseguir.

—Suficiente. —La orden de Lysara evitó por los pelos que acabara frito. Ya podría la tía haber confiado un poquito menos en mí en vez de creer que acabaría venciéndolo. Killian había sido *muy* superior a mí en este combate. Y yo tampoco se lo había puesto muy difícil; me estaba resultando imposible enviar mis preocupaciones al fondo de mi mente. Sentí sobre mi cuerpo sudoroso los ojos perspicaces de la capitana general del campamento— ¿Qué te ocurre hoy?

La presencia constante de la segunda del Helheim, al igual que las sesiones de carrera, los entrenamientos de dominio de magia junto con las clases de lucha y sus respectivas prácticas, se había vuelto una parte habitual de mi rutina durante los últimos siete días. El cuerno daba señal al inicio de la jornada, nos llenábamos los estómagos con la misma comida insulsa y después de intercambiar un par de palabras sobre nuestro objetivo secreto del día nos sumergíamos en eternas horas de formación como si fuéramos alumnos con todo el curso escolar por delante. Estaban convirtiéndonos en armas, afilándonos sin saber que la punta de nuestras espadas se volvería en su contra para hacerlos sangrar.

Aquel pensamiento un poco oscuro me llevó hasta Beatrice. Estaba enfrascada en una pelea cuerpo a cuerpo con Aria en uno de los círculos que delimitaban las áreas dispuestas para luchar de forma segura. Lo ideal sería enfrentarnos a los soldados del Dios del fuego con nuestra magia, pero era bastante probable que en algún punto nos quedáramos sin energía y tuviéramos que luchar a la vieja usanza.

Las chicas estaban un poco alejadas de nosotros, pero no lo suficiente. Nunca lo suficiente. No podía comprender cómo sucedía... o *por qué*, pero cada célula de mi cuerpo sabía exactamente dónde se encontraba Beatrice. Siempre. Contemplé maravillado la gracilidad con la que atacaba y se defendía. Sus pasos eran firmes, siempre seguros de cuándo y hacia dónde moverse para infligir el máximo daño posible. Al igual que su lengua venenosa. Aria, a pesar de tener muchísima menos experiencia, no se le daba del todo mal.

—En fin, luego hablaremos. —Lysara suspiró, y lo dejó estar al ver que no le daba ningún tipo de respuesta. Me dio igual quedar como un idiota. Ya estaba acostumbrado a que todos pensaran que lo era, así que, por una vez más, ¿qué importaba?—. Killian, tengo que felicitarte por el excelente dominio de la dirección de tu ataque. Has conseguido darle una intención muy concreta y nutrirlo de algo... muy poderoso.

Desconecté de las alabanzas y de la cara de hastío que estaba poniendo Killian para regresar a Beatrice. Algo dentro de mí se estremeció al ver cómo el traje azul marino se ceñía a sus curvas como un guante. Se me secó la boca y tuve que carraspear, descolocado por la dirección que cada vez mis pensamientos tomaban con mayor facilidad. Mi misión de recuperar nuestra amistad, al igual que la misión grupal de descubrir el gran secreto de Nora, estaba siendo un fracaso. Siempre que me acercaba a ella regresaba a mi tienda o a donde fuera soltando una rastra de maldiciones. Nuestro terreno seguro de juego era nuestra habitual dinámica de tira y afloja y eso me enfadaba mucho. El problema era que no sabía cómo salir de ahí.

Al igual que tampoco sabía cómo enfrentarme a mi hermana.

¿Cómo hacerlo cuando se había convertido en un alma en pena por la marcha del sieso de Connor? ¿Cómo iba a ser capaz de confrontar sus débiles excusas de no hablar conmigo cuando sabía lo mal que lo estaba pasando? ¿Qué clase de hermano sería si lo hiciera?

«La clase de hermano que pensó que iba a traicionaros de nuevo».

«La clase de hermano que se avergüenza de sus actos».

«La clase de hermano que siente decepción de la persona que más quiere en el mundo».

Necesitaba hablar con ella porque mi culpa y mis miedos estaban alejándonos como nunca.

Y lo que más me destrozaba era que a lo largo de esa semana, pese a todas las cosas que tenía por resolver… me había sentido bien conmigo mismo. Estaba desenvolviéndome muy bien con mis poderes, destacando incluso, y por primera vez, había conseguido hacer amigos. Estaba casi seguro de que a Killian y a Aria les gustaba estar conmigo, buscaban mi compañía para hablar, desahogarse o hacer tonterías. Por primera vez Zoey no era la única persona que tenía un lugar en mi vida. Y aún debía desenmarañar el revoltijo complejo de emociones que eso me hacía sentir.

—*¿Te ha dicho algo Lysara sobre los Brookmire?*

Me sobresalté al escuchar la repentina y distorsionada voz de mi hermana llenando el canal mental. Por un momento me encogí de miedo ante la posibilidad de que hubiera escuchado mis pensamientos. Pero me tranquilicé recordando que no teníamos ese poder. Y menos mal.

Habían transcurrido cuatro días desde nuestro intento fallido por averiguar dónde se encontraba la casa de Antheia Brookmire.

«Queremos descubrir nuestros orígenes… Conocer la historia de nuestro padre», le habíamos pedido a Lysara de camino al lago para continuar con los ejercicios de control del agua.

Se volvió hacia nosotros sorprendida, pero ninguna sospecha cruzó su rostro sereno.

—Durante más de dos décadas hemos ganado muchísimas Anuales y todas esas veces diez de nuestros guerreros han podido visitar la Tierra para concebir Inciertos. Es imposible saber cuál de ellos es vuestro padre —nos respondió Lysara, con una expresión acongojada. Si algo tenía claro es que esa mujer nos tenía cariño.

—Tenemos un apellido que nuestra madre repetía en sueños... cuando la fiebre la asolaba: Brookmire. No es un apellido muy común en nuestra tierra así que se nos quedó grabado.

Mentira. Todo era mentira.

Lysara frunció el ceño y trató de recordar.

—Lo siento, chicos, no me suena ahora mismo. Pero os prometo que intentaré investigar. Nos encantaría conocer a vuestro padre. Al fin y al cabo, debe ser especial si dio vida a la profecía de los mellizos».

Le había preguntado en otra ocasión, pero, aunque con palabras amables, nos había dejado entrever la poca relevancia que tenía nuestra petición teniendo en cuenta que su trabajo era dirigir los entrenamientos y coordinar las reuniones con los reyes. Reuniones en las que habíamos estado participando. No en todas, pero sí en las suficientes, y aportando lo suficiente como para que los Dioses continuaran tolerando nuestra presencia. Les habíamos dado todo tipo de información sobre el funcionamiento del Atharav y, sobre todo, de sus entrenamientos.

Como tampoco podíamos ir por ahí preguntando acerca del apellido Brookmire para evitar sospechas, nos encontrábamos en un punto muerto que tenía a Aria bastante pensativa. Y a Killian, por tanto, bastante encima de ella.

Eran asquerosamente adorables.

—*No, aún nada y no creo que lleguemos a recibir ninguna respuesta* —le respondí a mi hermana.

—Muy bien. —Lysara hizo un gesto con las manos para reunirnos a todos—. Fin por hoy. Id a comer, os esperaré frente a vuestras tiendas para partir hacia el lago a la misma hora de siempre. Hoy practicaremos las corrientes de aire dirigidas, pero acabaremos mucho antes —nos informó y, ante nuestros gestos interrogantes, continuó—: Los reyes os han invitado a la Aurora de los Nacidos.

—Y dale con la manía de poner nombres intensos a todo —arrugué el gesto—. ¿En qué consiste esa celebración?

Lysara me miró y se rio con suavidad.

Con una calidez que me incomodó.

—Es una noche de pleno disfrute en la que habrá música y mucha comida para dar la bienvenida a los bebés que han llegado recientemente a nuestro reino. Cada uno de esos pequeños Kaelis significa prosperidad para nuestra especie, más guerreros para entrar en la Cueva Ishtar y salir de este infierno —no pudo evitar que su voz se cubriera de tristeza, seguramente por el destino oscuro que marcaba sus nacimientos—. Aunque con suerte esos niños crecerán bajo un cielo más azul y una tierra más verde.

Se me revolvió el estómago.

Y por el ambiente deprimente que flotaba sobre nosotros, no era el único que se sentía así, pese a saber que estábamos haciendo lo correcto para los nuestros.

—No deberíamos ir todos —intervino Aria.

—No, no deberíais. —Lysara negó con la cabeza y clavó su vista en un punto fijo a mi lado—. Killian, por motivos de seguridad, se quedará en el campamento con los guardias.

Él bufó, pero no protestó.

La tirantez entre los Kaelis y el único Ignis había tensado la cuerda tanto como era posible. Aún no se había roto. Pero todos sabíamos que era cuestión de tiempo. Y de oportunidades.

—Yo me quedaré con él —declaró Aria, sin dejar lugar a réplica—. No es seguro que se quede solo, por muy pocos Kaelis que haya.

Killian la miró con profundidad, ocultando sus emociones bajo una máscara fría de indiferencia que los protegiera de Lysara. Cuanto menos supieran sobre nuestras relaciones, mejor.

La comandante la estudió con gesto serio sopesando sus opciones, pero por la expresión de firmeza de Aria tuvo que llegar a la conclusión de que de nada serviría negárselo. Así que finalmente asintió.

—*Tened mucho cuidado* —abrí nuestro canal mental, asegurándome de alzar escudos de aire invisibles e imperceptibles para Lysara.

Normalmente nunca hablábamos tan cerca de ella, ya que era arriesgado, pero necesitaba seguir mandando mensajes inofensivos para comprobar si la comandante nos escuchaba. Por el momento, no había ninguna señal de que lo hiciera.

—*Ya vas a provocarme dolor de cabeza* —se quejó Beatrice.

—*Llevad mucho cuidado vosotros también. Os esperaremos para que nos contéis todo lo posible sobre lo que hayáis visto* —me respondió Aria.

—*¡Qué faena tener que quedaros despiertos!* —exclamé—. *¡Espero que nos os aburráis demasiado! ¿Queréis que os recomiende algún juego?*

—*¡Parad de hablar por aquí y decid algo, joder! Al final acabaréis haciendo que se dé cuenta* —saltó Killian, y el canal vibró hasta teñirse de rojo por su cabreo.

—*Espera* —intervino Aria antes de que cortara la conexión— *Killian y yo aprovecharemos para empezar a leer el diario* —nos informó, omitiendo a la dueña de aquel cuaderno.

—*Bonito mensaje en clave para contarnos que vais a follar.*

—*Jared* —el rugido de Killian fue tan atronador que me volteé hacia Lysara por si había sido capaz de traspasar mis barreras.

Había tardado días en conseguirlo, pero ahí estaba. Un modo de comunicarnos de forma segura rodeados de nuestros enemigos. Utilizaba el aire como puente y lanzaba por él mis pensamientos como si fueran corrientes de aire capaces de atravesar cortas distancias. Era una pasada y estaba muy orgulloso de haberlo conseguido. La primera a la que había ido a visitar era a Beatrice para darle las buenas noches.

—Cuando el cuerno suene a media tarde os reuniréis junto al resto de los Kaelis en el centro del campamento para partir hacia el corazón del Helheim. Lo haremos, de nuevo, mediante los espejos de

285

agua —su mirada nos recorrió de tal forma que un nerviosismo hasta ahora desconocido se apoderó de mí. Lysara detuvo su atención en cada uno de nosotros con una expresión indescifrable que me produjo un escalofrío—. No lleguéis tarde.

El llanto agudo de un bebé atravesó el escándalo de la plaza, silenciándola. Y un instante después… los vítores y gritos de alegría estallaron a nuestro alrededor como fuegos artificiales. Beatrice, Zoey y yo permanecimos como estatuas en medio de una multitud que saltaba, incapaz de sostener tanta emoción. Cualquiera podría habernos señalado como forasteros; de hecho, atrajimos miradas curiosas, la mayoría de ellas de admiración por la profecía con la que algún ser divino, con mucho sentido del humor nos había bendecido.

El nudo que me atenazaba la garganta desde que habíamos traspasado los espejos de agua para abandonar el campamento se intensificó. Batallé contra el impulso de taparme los oídos; de apretar tanto los ojos hasta conseguir fundirme con la oscuridad. Quería, con todas mis fuerzas, escabullirme de toda esa marabunta de gente que miraba en alto hacia una misma dirección, esperando a que los reyes aparecieran para dar comienzo a la celebración.

Si consiguiera regresar al campamento las familias Kaelis continuarían siendo una mancha sin rostro a las que me resultaría menos complicado abandonar. No sabía qué hacer desde que un sentimiento inesperado de pertenencia se había asentado en mi estómago. Sentir su afecto al mismo tiempo que aprendía a manejar mis poderes dándome cuenta de que, si quisiera, podría ayudar a toda esa gente me tenía… descolocado, incómodamente satisfecho conmigo mismo. Debía luchar por mi gente, por el mundo que me había visto dar mis primeros pasos, pero que nunca me dio su mano para que no me cayera. Un mundo al que, en realidad, no le importaba.

Por una vez no tenía ganas de hablar. Ninguna broma luchaba por abrirse paso en mi interior para rebajar la rigidez que me tensaba los hombros. Los Kaelis celebraban los nacimientos de sus nuevas promesas mientras yo sentía que estaba asistiendo a sus funerales. Y eso me estaba dejando muy mal cuerpo, tanto que ni siquiera había salivado al imaginar los exquisitos manjares que cada familia aportaría para sus vecinos. Los soldados no habían dejado de hablar de eso durante todo el camino. Además de las ganas que tenían de volver a ver a sus hijos, padres, hermanos, amigos...

El aire estaba cargado por la cantidad de Kaelis que ocupaban hasta el último hueco de la plaza central. El espacio de reunión consistía en una zona abierta y empedrada en la que convergían algunos canales de agua que atravesaban las calles del reino. Esferas bioluminiscentes que danzaban en el aire iluminaban la noche, dotándole de un aspecto mágico. El rubor de la corriente se mezclaba con las conversaciones animadas de espera y el latido estridente de mi corazón.

Lysara nos había colocado cerca de ella junto con otras figuras importantes como familias de poderosos guerreros que habían luchado en las Anuales durante largas generaciones o simplemente con Kaelis que poseían tierras que aún no se habían marchitado y que, por tanto, eran vistas como auténticas minas de oro.

—¡Mirad! ¿Esos no son los mellizos? —escuché cómo dos chicas de nuestra edad cuchicheaban varias filas por detrás. Aquello me hizo sentir aún peor.

Para ellos, estaba destinado a ser un héroe, cuando en realidad estaba condenado a ser el villano de un cuento al que jamás quise pertenecer.

Suspiré, agotado de mis propios pensamientos. Por Dios, ¿cómo debía ser vivir dentro de la cabeza de Connor durante un día entero? Se me partió el alma al empatizar con él.

Echaba de menos insultarlo y ver cómo se esforzaba en mantener su actitud serena y diplomática cuando lo que más deseaba era soltarme un buen puñetazo. Y echaba de menos que su aburrida presencia activara la serotonina y las ganas de vivir de mi hermana.

Aproveché para darle un codazo y obtener su atención. La falda azul cuyo bajo descansaba en el suelo junto con la camisa de mangas holgadas le conferían un aspecto más mayor. Claro que el brillo apagado de sus ojos junto con el de su piel, tampoco ayudaba demasiado. Despacio, trasladó la mirada hasta mi rostro. Su expresión era desganada, como si quisiera estar en cualquier otro lugar excepto en este. La Guardiana, justo a su lado, y con una ropa similar, pero de color verde oscuro, mantuvo la vista al frente. Lo pillaba. Se dedicaría a ignorar nuestra presencia durante toda la noche. A diferencia de mi molesto interés por comprobar una y otra vez lo guapa que estaba. ¿Tanto le costaba nacer fea? Un rostro al que solo miraría por educación en lugar de uno del que tengo que apartar la mirada a propósito para no parecer un maldito acosador.

—¿No te ha recordado eso a nuestra antigua vida? —me forcé a curvar los labios, haciendo referencia a las fans que antes nos perseguían por nuestra carrera de influencers, pero Zoey continuó inmersa en su tristeza, como si la brisa que nos acariciaba hubiera disipado mis palabras antes de que llegaran hasta ella.

O no. Quizás simplemente había pasado de mí. Así que devolví la vista hacia la plataforma de mármol blanco que se elevaba, flotante, sobre el canal principal del reino justo cuando unas figuras emergieron de entre la bruma. Aplasté la rabia hasta enterrarla y contemplé la escena que mantenía a toda la plaza en vilo. Thalor y Aerielle, reyes del Helheim se mostraron ante sus súbditos. Alzaron sus manos para saludarlos con sonrisas de revista dibujadas en sus cincelados y regios rostros.

Esperaron unos minutos a que la multitud se calmara y entonces la reina, con su túnica larga y de un gris brillante, dio un paso al frente. Las capas de su vestido ondearon al son de la brisa que siempre la acompañaba y que hacía flotar su pelo castaño como si no pesara nada.

—Os agradecemos profundamente que sigáis celebrando, junto a nosotros, la vida. Porque sí, llevamos años conviviendo con la muerte, pero si hay algo que siempre seguirá naciendo en nuestras tierras… es la esperanza —su voz melódica sonaba contenida por el sentimiento de amor hacia su gente. Habló llevándose las manos al pecho mientras su

¿marido? la observaba completamente prendado de ella—. Bienvenidos y bienvenidas a La Aurora de los Nacidos.

La plaza retumbó por los aplausos. Paseé la mirada por los rostros ilusionados de los Kaelis para comprobar lo que ya sabía: cada uno de ellos miraba a sus reyes con auténtica devoción y confianza.

De pronto, Aerielle invocó un viento que despejó la bruma que rodeaba la plataforma. Las exclamaciones ahogadas se agolparon al ver una fila de diez mujeres Kaelis apareciendo ante nosotros. Todas ellas sostenían a un bebé en sus manos. Se me cortó la respiración cuando las pequeñas criaturas fueron rodeadas de suaves corrientes de aire para elevarse, como si acabaran de ser bendecidas por dicho elemento. Una vez regresaron a la seguridad de sus madres, los reyes se acercaron. Se hicieron un corte superficial en las palmas de sus manos y depositaron su sangre en un cáliz que el rey extrajo de su túnica azul oscura. Después, se dirigieron a cada uno de los bebés y, alternándose, utilizaron el agua ensuciada por la pureza de la realeza para trazar un símbolo de espiral en sus pequeñas cabecitas. Un símbolo que había visto bastantes veces por las calles del reino de camino hasta la plaza.

—Estos niños, abrazados por todo vuestro cariño en sus primeros días de vida, han sido bendecidos por sus reyes —continuó Aerielle, y proyectó la voz, empujándola por una corriente de aire que se coló en cada uno de nosotros. Sentí sus palabras reverberar dentro de mi pecho. Cálidas y reconfortantes—. Para que la gloria sea el destino al que pertenezcan e iluminen el camino de regreso a casa. —La reina miró con ternura a los bebés, algunos de ellos ya lloriqueando y se volvió hacia la marea de gente que se aplastaba para lograr conseguir la mejor panorámica posible—. Ojalá esta Anual les permita ser niños normales que no sepan reconocer el olor de la sangre, pero si no es así… estoy segura de que conseguirán romper la maldición. —Su rostro hermoso brilló por la determinación—. Conseguirán, por fin, cerrar el Museo de los Alientos Perdidos.

Cómo no, otro nombrecito.

La reina continuó con su discurso de motivación, pero yo dejé de escucharla. El lugar estaba tan abarrotado que no había apenas espacio para moverse, pero Zoey adivinó qué pretendía hacer y se pegó con el Kaelis de atrás para que pudiera pasar, ganándose una mirada de fastidio por su parte. Lo de Beatrice ya era otro tema.

—¿Es que no puedes estarte quieto ni un maldito segundo? —refunfuñó, molesta—. ¿A dónde pretendes ir con toda esta gente?

—Necesito hablar con Lysara.

—Pues adelante —me dijo alzando la barbilla en un gesto de desafío que mandó una descarga eléctrica directa a mis pantalones. Sus ojos azul eléctricos destellaron.

«Pero ¿qué te pasa?».

«Es por culpa del vestido».

Me pegué a ella para deslizarme a su lado de modo que nuestros cuerpos, el mío mucho más grande que el suyo, se rozaron por completo. Mi pulso se disparó. Su aroma terminó por castigarme, por un segundo me olvidé hacia dónde me dirigía y su cercanía me tentó a quedarme quieto. Nuestras respiraciones se entremezclaron, pero ninguno de los dos se atrevió a mirar al otro. Fingimos indiferencia, al menos yo intenté hacerlo.

—Lysara —alcé la voz cuando llegué hasta ella.

No tuve tiempo de recuperar el ritmo normal de mi corazón.

—¿Os está gustando la celebración? —me preguntó, con una sonrisa amable. Ella era de los pocos soldados que no se había quitado el uniforme.

—Sí, mucho —mentí. Otra vez—. Oye, ¿qué es el Museo de los Alientos…?

—Perdidos —completó por mí, y me dio la sensación de que las arrugas tenues de su rostro se acentuaron, como si de repente el paso del tiempo se hubiera acordado de reclamarla—. Es un templo que hay a las afueras del pueblo, allí guardamos los objetos más valiosos de los guerreros caídos. Antes de cada Anual los depositan en una caja que conservan sus familiares hasta que… todo acaba. Si han conseguido entrar en la Cueva Ishtar, pero no consiguen romper la maldición y salir con vida trasladamos sus pertenencias al museo para que todo el mundo pueda visitarlas. Recordar las cosas que más amaban es la forma más cercana que tenemos de conocer quiénes eran.

No daba con el motivo, pero aquella frase se quedó flotando en mi cabeza durante un buen rato hasta que descubrí una nueva cara del Helheim de la que tampoco pude despegar la mirada.

—Ah, pero ¿no regresamos ya al campamento? —pregunté cuando el ritual llegó a su fin y no nos movimos.

—¿Ya os queréis ir? —Lysara puso una falsa expresión de disgusto y después sus ojos centellearon con la ventaja de conocer un secreto—. Ahora comienza la mejor parte de la Aurora de los Nacidos.

Los reyes, tras charlar brevemente con algunos Kaelis, tanto pertenecientes a su círculo más cercano y poderoso como más humildes, se retiraron al castillo de Ondara para celebrar el festejo en privado. La multitud se había ido dispersando, de camino a sus hogares para recoger la cena y depositarla en las mesas de madera que algunos soldados habían ayudado a sacar. Todo a mi alrededor se movía a una velocidad emocionante. Las pocas ancianas que vi sacaron de sus bolsos de tela guirnaldas azuladas para, con un chasquido de magia, lanzarlas al aire y que se quedaran suspendidas de un extremo a otro de la plaza Sonidos improvisados de instrumentos como la flauta o los tambores comenzaron a llenar el espacio al tiempo que las charlas alegres se mezclaron con las carcajadas de los niños. Eran tan monos. Corrían de mesa en mesa para coger comida y repartir coronas y pulseras de agua a cualquiera que se cruzara en su camino. Me pregunté cuánto tiempo permanecería intacta su inocencia. Apartado en una esquina del evento, contemplé el espacio de celebración popular en el que se había convertido la plaza con una sensación amarga posándose sobre mis huesos. Un dolor agudo se coló en el centro de mi pecho, poniéndose cómodo para instalarse allí.

Había perdido de vista a Beatrice entre la multitud, pero alcancé a ver a Zoey, apartada unos metros más allá y con la mirada ausente.

291

Respiré hondo y me dije que era el momento.

Mis pasos avanzaron hacia ella.

Hacia la conversación que nunca me había atrevido a tener con mi hermana.

Aquella que cambiaría nuestra relación para siempre.

CAPÍTULO 23
JARED

Me coloqué a su lado sin saber muy bien qué hacer con las manos mientras sentía cómo una gota de sudor se deslizaba por mi espalda. La noche era fresca, pero la tela de mi camisa blanca, de cuello abierto, era sofocante y acentuaba aún más mi nerviosismo. ¿Sería muy cobarde desnudarme para desatar el escándalo público y que me llevaran a rastras al campamento? Mirando los cuerpos fornidos de los soldados que bailaban con sus parejas o vigilaban el evento, pensé que más bien sería de valientes.

«No podrás evitar esta conversación eternamente».

«Necesitas que te explique por qué lo hizo».

Escuchar mi voz madura en vez de la exigente siempre era agradable... excepto ahora. Suspiré con resignación y, mentalmente, conté hasta treinta y cinco.

«Zoey, quería hablar contigo porque desde que regresamos del Atharav, hemos estado muy raros, y me gustaría preguntarte por qué pensaste que yo estaría conforme con la idea de traicionar a nuestros amigos para salvarme la vida».

No. Pero ¿cómo iba a decirle eso? Iba a sentarle fatal, estaba seguro. Por todos los dioses, se trataba de Zoey. Era mi hermana.

«Por eso mismo. Tienes que poder ser sincero con ella».

—Hola —su voz me sobresaltó e hizo que pegara un grito.

—Joder, qué susto me has dado —me llevé una mano al pecho de forma dramática. Miré a nuestro alrededor, pero estábamos apartados y mi grito, conforme salió por mi boca, quedó reducido por el alboroto que había. La gente tenía cosas más importantes a las que dedicar su atención.

—Pero si has sido tú el que se ha acercado a hablar conmigo —se defendió, alzando una ceja, observándome como si de verdad no conociera lo raro que podía llegar a ser a veces. Al ver que no conseguía pronunciar palabra alguna, entrecerró los ojos—¿Qué ocurre?

Cogí aire con fuerza y bajé la vista al suelo, solo por un instante, antes de atreverme a mirarla.

—Llevo días intentando hablar contigo.

De pronto, sus hombros se tensaron y sus ojos se desviaron en busca de cualquier vía de escape. Al no encontrar ninguna, me miró con una mueca en el rostro visiblemente pálido.

—Ya, pero es que… No tengo ganas, Jared. No puedo dejar de pensar en Connor, en qué pueden estar haciéndole. —Sus ojos se humedecieron y dejó escapar una exhalación temblorosa.

Le puse una mano en el hombro y replegué la rabia que recorrió mis venas al saber lo poco que le importaba conocer el motivo de la conversación. ¿Y si me pasaba algo malo y necesitaba desahogarme? ¿Y si simplemente necesitaba el apoyo de mi hermana por muy mal que ella también lo estuviera pasando? Que no hiciera el esfuerzo de dejar a un lado su dolor, tan solo unos minutos, para preocuparse por mí hizo que se me comprimiera el pecho.

—Tenemos que confiar en que volverá sano y salvo —me esforcé por empatizar con ella.

Asintió mientras se mordía el labio inferior en un gesto de contención. Parecía querer decir algo, pero no se atrevía. Bueno, pues ya éramos dos. Cogió aire y se recogió algunos mechones de pelo platino tras las orejas. Las raíces oscuras avanzaban cada vez más, una marca silenciosa del tiempo que llevábamos lejos de la Tierra.

Clavó sus ojos en los míos. Su expresión era de resentimiento.

—A vosotros solo os interesa que regrese porque necesitáis aliados —endureció el tono.

—¿En serio acabas de decir eso? —su acusación me dejó clavado en el suelo, respirando con dificultad. Vale que Connor no me caía bien, pero no era tan mala persona—. Estás siendo muy injusta.

—¿Acaso no es cierto? Ninguno se ha molestado en conocerlo —su reproche me encendió, abriendo la compuerta a todas las emociones que nunca me había permitido sentir con ella—. A mí, a diferencia de a vosotros, sí me importa. Lo quiero.

Ahogué una risa ácida que no supe de dónde surgió y que se mezcló con el coro de risas de un grupo de jóvenes que bailaban cerca de nosotros.

—¿Qué ocurre? ¿No te lo crees?

—Zoey... Apenas lo conoces y te ha ocultado muchos secretos.

Ella dejó de mirarme, como si le doliera hacerlo.

—Lo ha hecho para protegerme. —Apretó los dientes.

—A Beatrice le ocultó la existencia de los libros portal —le recordé. Quería que abriera los ojos—. Y ya puedes imaginarte lo mal que la han tratado allí... Joder, permitió que sufriera en vez de ayudarla a escapar.

—Porque también quería protegerla. Sabía que la perseguirían y terminarían encontrándola.

—Esa decisión era de Beatrice, no suya —mi voz sonó gélida—. Connor lo único que quería era protegerse a sí mismo. Evitar la mancha que quedaría en su expediente si descubrieran que su tío era el mismísimo creador de esos objetos prohibidos.

—Él no es así y os lo ha demostrado. ¡Se ha sacrificado por todos nosotros! ¿Qué más queréis? —exclamó, con los ojos fervientes de rabia. Hizo una pausa en la que ambos compartimos un silencio tenso y después su voz sonó mucho más calmada. Fría—. No te lo había dicho antes porque al principio me hacía gracia, pero no me gusta cómo lo tratas y si quieres que nuestra relación siga como siempre, tendrás que darle una oportunidad.

Su exigencia terminó por hacerme perder el control.

—¿Cómo siempre? —repuse con ironía—. Llevo una semana intentando hablar contigo acerca de lo distanciados que estamos y tú ni siquiera te has dado cuenta.

—¡En el hotel lo intenté y fuiste tú el que te negaste! —estalló apretando los puños a sus costados. —. ¿Y ahora me vienes con reproches? Estoy intentando sobrevivir con la culpa de lo que he hecho y sobrellevar como puedo la pérdida de Connor... No tengo fuerzas, ¿es que no lo entiendes? —Se le quebró la voz y aquello me hizo aflojar.

Una oleada de dolor me sobrevino al verla así, pero el problema era que yo también estaba roto, y la lucha entre dos personas tan heridas nunca tenía un final libre de cicatrices.

—Lo sé y siento muchísimo por lo que estás pasando, pero...

—No tengo ganas de hablar contigo acerca de mis cagadas —masculló, con la voz tan punzante como el filo de un cuchillo.

—¿A lo que ocurrió lo llamas «cagadas»? —Mi voz sonó más amarga de lo que pretendía. Cogí aire, preparándome para lo que iba a decir—. Sé que estabas destrozada por perderme, pero necesito entender cómo fuiste capaz de venderlos sabiendo que eso les provocaría la muerte.

—¡Porque quería que regresaras a mi lado! —gritó y yo me acerqué a ella para cogerla con suavidad, pero se apartó bruscamente.

Suavicé mi tono tratando de calmarme, pero no podía. Estaba muy alterado y, como tanto temía, la conversación se me había ido de las manos.

La miré con los ojos cubiertos de dolor y negué con la cabeza suavemente.

—Zoey, prefiero morir antes que hacerle ese tipo de daño a mis amigos.

—Bueno, no sé si se te ha olvidado, pero vamos a provocar muchísimas muertes si nuestro plan sale bien —soltó con veneno, y yo abrí los ojos como platos, sintiendo cómo una oleada de dolor amenazaba con derribarme. Le chisté para que bajara la voz y me aseguré con un rápido vistazo de que nadie estuviera pendiente de nuestra acalorada discusión. Y así era. Los Kaelis continuaban degustando la comida bajo las carpas improvisadas, charlando despreocupados y bailando al ritmo de la música que flotaba por la plaza y se colaba entre los hogares de piedra que rodeaban el espacio y serpenteaban por la ciudad—. Perdona si no estaba dispuesta a perderte. Me siento fatal por lo que hice y sé que fue horrible, pero amigos podrás tener muchos a lo largo de tu vida… familia no.

Parpadeé. Miré a la persona que había estado a mi lado cada día de mi vida como si fuera una completa extraña.

—Yo nunca he tenido amigos —musité, y de no ser por el oído desarrollado que teníamos hubiera sido imposible que me escuchara—. Ellos son los primeros.

—Pero ¿qué dices? —Frunció el ceño—. Tú siempre has tenido muchísima gente que te aprecia.

—¿Te estás quedando conmigo?

Me observó atónita. La realidad de que no nos conocíamos tan bien como pensábamos estalló en su interior, poniéndolo todo en duda.

Y yo volví a sacudir la cabeza, pasándome una mano por el pelo en un gesto de frustración.

De desconcierto.

—Nunca te has dado cuenta de nada. Nunca… Ni siquiera de pequeños. —El corazón me latía con tanta fuerza que me dolía.

—¡Claro que me daba cuenta! —bramó sin aliento—. Por eso nunca te dejaba solo y te intentaba incluir en todo.

—¿Y por qué fingías que yo no lo pasaba mal?

—Yo… ¡No sé! No quería que te sintieras mal y después te empecé a notar bien así que… Supuse que ya estaba todo resuelto.

—¿Por qué nunca te diste cuenta? —mi voz subió de nivel y aquello que siempre había ocultado entre las sombras encontró el camino hacia la luz—. ¡Me llevaste de sorpresa al orfanato Lighthouse cuando es el lugar que más odio en el mundo!

—¿Y por qué no me lo contaste? ¿Por qué no me dijiste que no querías entrar? —Su expresión era de pura sorpresa, pero se tornó

297

áspera—. Me estás reprochando que no haya adivinado nunca tus verdaderos sentimientos cuando tú eres el primero que vas todo el rato diciendo chorradas y fingiendo que estás de buen humor.

Sus palabras me abrieron una raja en el pecho que empezó a sangrar.

—Yo solo quería que tú me conocieras lo suficiente para saber qué era aquello que me daba miedo decir —dije, con un hilo de voz.

—Pues por lo visto no te conozco lo suficiente y tampoco tenemos la clase de vínculo que deberían tener dos hermanos.

—No digas eso —sus palabras se clavaron en mi pecho y me dolieron más que cualquiera de las heridas que escondían mis cicatrices.

—¿No? ¡¿Entonces que es?! ¿Crees que ahora lo que más necesitaba era lidiar con esta mierda?

—Quería poder serte sincero —repuse con cansancio—. Además, intenté hablar contigo no solo para decirte esto sino para apoyarte, pero no me lo has permitido porque no has tenido la valentía de enfrentarte a tu decisión de traicionarlos.

—La has cagado, Jared. Mucho. Y ya me he hartado de esta conversación —escupió y fue dando pasos hacia atrás hasta que se dio la vuelta y se marchó.

—¡Zoey! ¡Espera! —hice ademán de seguirla, pero algunos Kaelis, rebosantes de alegría, me impidieron el paso y me quedé parado, viendo cómo se perdía entre la multitud.

Me dije que era lo mejor mientras me llevaba las manos a la cabeza y soltaba una maldición.

La dichosa Aurora de los Nacidos se me estaba atragantando. Las horas fueron pasando de forma lenta, como si la vida tuviera el bonito detalle de darme más tiempo para regodearme en mi miseria. Sin saber muy bien dónde meterme hasta que Lysara nos avisara para regresar al campamento, divagué por las calles cercanas a la plaza. Allí también había llegado la fiesta y aunque en los puestos apenas quedaba comida, la música, incansable, seguía acompañando las danzas de los Kaelis.

—¿Quieres uno? —me preguntó una chica rubia tendiéndome una especie de dulce que no reconocí—. Los ha hecho mi abuela.

—¿De qué son? —le pregunté examinando el bollo como si se tratase de una bomba.

—La gracia es averiguarlo —Me sonrió guiñándome un ojo. Sus ojos azules brillaron con simpatía pese a las evidentes ojeras que surcaban su rostro y yo solo pude pensar en las palabras de mi hermana: «vamos a provocar muchísimas muertes si nuestro plan sale bien».

La culpa me sobrepasó.

—Gracias —musité, cogiéndolo y alejándome de ella y del gentío lo más rápido que pude.

Lo único que quería era encontrar un refugio que me protegiera de la alegría de aquel reino condenado para poder comer en soledad.

Me senté en el bordillo húmedo de uno de los canales que atravesaba la ciudad, con los pies colgados bajo el agua que fluía sin descanso. El murmullo de la corriente reemplazó al ruido, dejándolo en un segundo plano. Mientras masticaba aquella delicia mi mente viajó hasta Beatrice. La había visto hablando muy cerca de uno de los soldados que solían entrenar con nosotros. Fyeld, creo que se llamaba. Me daba igual. El caso es que ver aquella escena había empeorado mi humor, y era otra de las razones por las que había acabado aquí. Solo. En uno de los canales con vistas a una fila de casas de piedra que se reflejaban en el agua.

Pese a la oscuridad de la noche, por las ventanas podía vislumbrar la silueta de algunos muebles iluminados gracias a las esferas bioluminiscentes que flotaban por toda la zona. En aquel instante, el único que estaba solo era yo.

Había sido un capullo con Zoey y sabía que me había equivocado en muchas cosas, pero... algunas de sus palabras se me habían clavado en el pecho y no conseguía sacármelas de encima. Se refirió a mis chorradas de un modo tan despectivo... Noté como el nudo que había estado conteniendo se apretó y aunque me mordí el interior de la mejilla con fuerza, no pude evitar que un par de lágrimas se deslizaran por mis mejillas. Acerqué los dedos a mi rostro para sentir su humedad, sorprendido al darme cuenta del tiempo que llevaba sin llorar.

—Hola.

Volví a gritar dando un respingo.

—Joder, qué susto me has dado —farfullé a la figura oscura que había aparecido de repente a mi espalda. Rodeado por las sombras, me limpié las lágrimas con la manga de la camisa.

Aquella noche era un bucle de muy mal gusto y con la aparición de Beatrice estaba a punto de comenzar otra conversación desagradable que me dejaría aún peor.

—Tenemos que hablar —me dijo con su habitual voz de mandona, esperando a que me pusiera en pie para dedicarle mi absoluta atención.

Sabía que tenía otro conflicto pendiente con ella, pero debía esperar. Al menos hasta mañana. No quería volver a cagarla. No con Beatrice.

Al darse cuenta de que no iba a levantarme se agachó soltando un gruñido y se colocó a mi lado; su falda verde oscura desparramada por la piedra. Guardó una distancia segura, pero para mí fue como si se hubiera pegado por completo. El aroma de su fragancia atontó mis sentidos y revolucionó mi cuerpo como un huracán arrasando con todo a su paso.

Tragué saliva con fuerza, manteniendo la vista clavada en el brillo del agua.

—He estado hablando con un soldado…

—Sí, ya te he visto —la corté con sequedad.

—Ah —soltó y sentí sus ojos suspicaces sobre mí.

Me aclaré la garganta; los celos que habían surgido en mi interior me encendieron las venas.

—¿Y qué tal? —hice el terrible esfuerzo de preguntar.

—Le he estado preguntando acerca de… —se le fue apagando la voz al darse cuenta de algo—. ¿Qué te ha pasado?

A ambos nos sorprendió su pregunta.

La miré y se podía leer con facilidad lo descolocada que estaba por verme así.

—Nada —respondí, un poco incómodo.

—Has hablado con Zoey, ¿verdad? —dedujo—. Antes me la he cruzado y estaba muy alterada. Le he preguntado, pero no ha querido decirme el motivo.

Guardé silencio durante lo que me pareció tanto rato que llegué a pensar que acabaría rindiéndose y se marcharía, pero no fue así. Se mantuvo sentada a mi lado en aquel bordillo. Su compañía, pese a todo lo que nos separaba, me reconfortó. ¿Qué sentido tenía callarme lo que había ocurrido? Era demasiado evidente.

—Sí, Zoey y yo hemos discutido —Suspiré con pesadez.

Beatrice me dio espacio para que continuara con mi explicación, pero estaba tan desanimado, tan perdido... que no tenía ni energía ni ganas de hablar.

—Vaya, vaya... Jamás creí que tuviera que sacarte las palabras.

—¿No es lo que siempre deseas? ¿Qué mantenga la boca cerrada? Pues esta noche has tenido suerte y tu deseo ha sido concedido —le dije con amargura, las palabras afiladas de Zoey acerca de mis tonterías presionando la herida y haciéndola sangrar.

—Ya, pero es que estamos ante una de esas extrañas excepciones de una regla. Así que más te vale aprovecharla.

Sus ojos azules, siempre intimidantes, me habían concedido una tregua.

—Yo... Solo quería entender por qué lo hizo —me desahogué sin que hiciera falta especificar a qué me refería—. Pero se me ha ido la olla y al final he terminado sacando mierda del pasado y confesándole cosas que nunca me había atrevido a decir y que tampoco debería haber dicho. Como podrás adivinar, no ha acabado bien.

Beatrice me observó con el entendimiento flotando en su expresión, sabía que esta historia le resonaba. Ella también había dejado muchas cosas sin decirle a Connor, mucha ira contenida.

—Las palabras que permanecen tanto tiempo ocultas terminan pudriéndose, y cuando salen, siempre lo hacen de un modo caótico, *muy* dañino.

—Ya, por eso mismo evitaba tener esta conversación. —Suspiré, con los hombros hundidos. Me sentía tan triste, pero tan a gusto al mismo tiempo que ni siquiera me di cuenta de que, por primera vez desde el Bosque de las Bestias parecíamos los de antes. O, más bien, los del único instante en el que consiguieron ser amigos.

—Lo arreglareis —me aseguró.

—Sí, al igual que lo hemos hecho tú y yo —resoplé y una sonrisa triste se curvó en mis labios.

Ella desvió la mirada y ni siquiera tuve fuerzas para sentir miedo por haber vuelto a alejarla.

—Esto es… diferente —dijo con cautela, con los músculos más tensos—. Vosotros sois familia y a la familia nunca se la abandona. Ni tú lo hiciste cuando quedaste atrapado en el Abismo ni ella lo hizo cuando tuvo la mínima oportunidad de poder recuperarte. Eso no se va a perder por una discusión. Es imposible.

La seguridad y calma con la que habló fue como un manto que cubrió parte de mi ansiedad.

En el fondo sabía que tenía razón, pero me encontraba en un terrero inhóspito que Zoey y yo jamás habíamos explorado y la incertidumbre me estaba nublando la razón.

—¿Sabes? Lo único que me ha llevado hasta aquí ha sido el miedo a que la única persona por la que me he sentido querido me abandonara —confesé, porque Beatrice ya lo sabía. Ella, cuando me miraba, veía más allá de las caretas con las que me disfrazaba—. Siento que eso me ha llevado a comportarme de un modo irracional, haciendo daño a gente que estaba intentando entrar en mi vida simplemente por quién era… Como tú.

Mis palabras la hicieron contener la respiración.

—Sé que la he cagado. Contigo y con Zoey. —Sacudí la cabeza y me pasé una mano por el pelo, después, devolví mi atención a ella—. Os he mostrado mis partes más feas y ha pasado lo que más temía: os habéis marchado. Pero me jode, Beatrice.

—Yo… —respiró hondo, y dejó salir todo el aire de sus pulmones. Parecía muy insegura, incómoda, pero, aun así, tuvo el valor de seguir—. Me dolió mucho que me trataras así. Puedo entender que lo hicieras, en serio. Pero me hizo sentir como el monstruo que siempre me han repetido que era. Y fue horrible porque tú fuiste la misma persona que empezó a verme de otro modo —Sus mejillas se tiñeron de un leve color rosa—. Comencé a pensar que podía tener luz gracias a ti.

Apreté los ojos con fuerza, controlando las terribles ganas que me entraron de llorar. De abrazarla. De retroceder el tiempo para evitar que por mi culpa se sintiera así.

—Lo siento mucho, Beatrice. —La miré a los ojos de forma sincera, con todo lo que tenía entre las manos, entregándoselo.

—Yo… Yo también siento no haber pensado en tus sentimientos cuando ataqué de esa manera a Zoey —me dijo, mordiéndose el labio inferior.

Compartimos una mirada silenciosa en la que expresé mi gratitud por una disculpa que en realidad sentía que no merecía.

—Creo que tenemos que aceptar que no somos solo luz u oscuridad —reflexioné.

—Ya, pero es difícil cuando, para sobrevivir, has aprendido a identificarte solo con una.

Ambos nos quedamos en silencio durante un rato, cada uno conviviendo con sus propios pensamientos y la sorpresa de aquella tregua que ninguno de los dos esperaba.

—¿Sabes? Por un segundo, cuando has aparecido, he pensado que habías venido a hablar conmigo porque, de algún modo, sabías que estaba mal.

—No, no ha sido así —me dijo con franqueza, y después un brillo muy bonito iluminó su mirada—. Pero me he quedado por eso.

Permanecimos muy quietos, mirándonos mientras el aire nos despeinaba y la melodía de una canción conmovedora empujaba los sentimientos que se expandían por mi pecho. Beatrice no me aseguró que volveríamos a estar como antes y yo tampoco le pregunté. Había aceptado sus tiempos, las reglas con las que su corazón había aprendido a protegerse... Así que continuamos compartiendo aquel extraño, pero liberador momento.

—Oye... ¿qué era lo que tenías que decirme? —me acordé al cabo de unos minutos.

Sus ojos se abrieron por completo, como preguntándose cómo había sido capaz de olvidarse de algo tan importante.

—He estado hablando con el soldado acerca del Museo de los Alientos Perdidos.

Ah, sí... aquel lugar que no había salido de mi cabeza antes de encontrarme con Zoey.

—¿Qué ocurre?

—La madre de Aria, para ellos, sigue siendo una Kaelis que entró en la Cueva Ishtar, pero que, como tantos otros, no regresó con vida.

—Joder —silbé, adivinando su descubrimiento.

—Sí, *joder* —me sonrió con una mirada gatuna que aceleró los latidos de mi corazón.

Allí encontraríamos sus pertenencias.

Y, con suerte, una pista que nos acercara más a una verdad que podría cambiar el transcurso de la guerra.

CAPÍTULO 24
ARIA

El diario de Lunette

Hoy he conocido la siguiente vida que arruinaré. La que más me dolerá hacerlo. Su propietaria luce una sonrisa risueña de dientes bonitos y tiene muchísimas ganas de hacer las cosas bien. De cuidar y amar desde la valentía. Su mirada oscura es limpia, tanto que te hace avergonzarte de tus propias sombras; preguntarte si de verdad es normal que estén ahí. Con frecuencia tengo que recordarme que son una parte más de mí misma. Que no hay nada malo en ellas excepto que consigan deslumbrarte con su atractiva oscuridad. Nací marcada por la servidumbre, pero mientras contaba sus pecas y aquel número dejaba de ser uno más pensé que quizás mi destino la estaba esperando. A ella. O eso creía antes de la horrible verdad. Me salí de la línea que él marcó y por culpa de mi inesperada bondad apagué lo único que me había hecho sentir viva. Ella. De nuevo, ella.

Me había equivocado.

Los símbolos del diario resultaron imposibles de interpretar. Sin un libro de referencia en el que apoyarnos y sin los conocimientos de Hanniel, Killian y yo habíamos fracasado en nuestra búsqueda de… *algo*. Cualquier pista con la que alcanzar una verdad que flotaba a nuestro alrededor, pero que éramos incapaces de tocar con nuestros dedos. Habían pasado un par de días desde la Aurora de los Nacidos, desde aquella noche que compartí con Killian en la que, refugiados en el calor de su tienda, destapamos el frasco de cristal de Hanniel. Agradeciendo lo previsor que había sido, habíamos vertido unas pocas gotas de su sangre sobre el cuaderno rojo. Al instante, fuimos aceptados para leer las palabras de tinta que ocupaban cada una de las hojas amarillentas. Las entradas sobre Lunette y su misteriosa amada eran las más abundantes. Contaba una historia de amor cuyo final dejó sin escribir, pero que al mismo tiempo podías entender tan solo leyendo el primer escrito. Profunda e intensa. Agónica. Sus palabras lograron traspasar mi piel. Por muy caóticas y ambiguas que fueran… desbordaban emoción.

—No creo que esto nos vaya a ser de mucha utilidad —había concluido Killian, soltando un resoplido de frustración después de horas concentrados, ambos con las piernas cruzadas sobre el suelo terroso.

Dejó el cuaderno en medio de ambos, y yo me quedé observándolo con una sensación confusa hormigueándome la piel.

—Por más que lo mires, no te va a dar las respuestas que necesitas —me dijo con una sonrisa cansada.

—No sé, es que… —le respondí, con aire indeciso, aún con la vista puesta en el objeto—. Siento que se nos vuelve a escapar algo.

—Tan solo es otra historia de amor rota por la maldición.

—Nunca es *solo* una historia de amor —le contradije muy segura, pero sin encontrar razones de peso que sostuvieran mi afirmación.

Killian no contestó. Se limitó a mirarme con una intensidad que me robó el aire de los pulmones. El corazón comenzó a latirme más rápido. Sus ojos grises puestos en mí lograban alterarme de una forma que seguía sin comprender. Nos observamos en silencio hasta que no pudimos contenernos más. No sé quién se impulsó primero hacia el otro. El caso es que nuestros labios terminaron encontrándose a medio camino. Y mientras nos saboreábamos, todo lo demás quedó atrás. La maldición. El peligro. La muerte de mi madre. Solo él conseguía que quisiera sentirlo *todo*. Al menos hasta que sus manos grandes y ásperas cogieron el borde de la camiseta para quitármela. La espalda me ardió al instante, un aviso de que Killian estaba muy cerca de descubrir el horror que la marcaba. La vergüenza me ganó, una vez más. Y aunque él fingió tragarse mis excusas…, no sabía cuánto tiempo aguantaría sin hacer preguntas. No después de la conversación sincera que habíamos mantenido en medio del bosque y que nos había hecho estar mejor.

También conmigo misma.

Me esforcé cada día en mejorar mis movimientos en la lucha cuerpo a cuerpo, por muy doloridos que tuviera los músculos. También me concentré en canalizar las emociones que seguían pesando sobre mis hombros para alimentar mi magia. Manteniendo dormidos los elementos fuego y tierra, encontré ataques sencillos, pero eficaces para acabar con la vida de los Ignis: colar un tentáculo de agua por sus bocas para inundar sus pulmones de líquido o extraer todo el oxígeno que pudieran albergar para después cerrar sus gargantas. No me reconocía y al mismo tiempo comenzaba a aceptar esta nueva y sobrenatural versión de mí misma. Una obligada a hacer daño para cumplir con su destino de salvar vidas. Un cliché que ni en mis días más intensos de adolescente pensé que iba a experimentar. Lo que más me costó fue hacer oídos sordos a los pensamientos insistentes que trataban de convencerme de que no era tan buena. Y quizás tenían razón, pero ¿y qué? Si dejaba de intentarlo solo por miedo a fracasar entonces estaría desperdiciando la oportunidad de mejorar.

Y con la esperanza de llegar a convertirme en una buena luchadora.

Así que, durante mi pequeño descanso en la sesión de entrenamiento de aquel día, intenté dejar la mente en blanco y premiarme un poco observando a Killian. Cómo el traje de un azul profundo se ajustaba a su esbelto torso y resaltaba cada uno de sus duros y definidos músculos. Se me secó la boca al recordar lo que se escondía más allá de las líneas que marcaban aquella forma de V. El pelo, empapado en sudor, se le pegaba a la frente mientras entreabría los labios para regular la respiración tras el esfuerzo. El ala tatuada de su cuello, tan familiar para mí, se tensaba y rozaba su nuez con cada inspiración. Su pecho ascendía y descendía en un vaivén hipnótico que me transportó a un lugar muy distinto.

La tarde alcanzaba su fin y la mayoría de los soldados habían corrido al lago para desprenderse de la tierra, el sudor y la sangre pegados a su piel. Les esperaba una cena insulsa, pero muy apetecible teniendo en cuenta la energía gastada. Estaba segura de que Gylem, el Kaelis encargado de cocinarla y repartirla, podría hacerlo hasta con los ojos cerrados. Me pregunté cuántos años llevaría haciéndolo. A nosotros, para evitar conflictos, nos servía nuestra correspondiente ración media hora más tarde.

—¿Qué intentas hacer? —Lysara arrugó la frente al ver que Killian había desobedecido su orden. En vez de crear una llama flotante para practicar la velocidad e intensidad de los lanzamientos, se había quedado muy quieto, observando la tierra marchita bajo sus pies.

—Durante la pelea del Bosque de las Bestias conseguí quitarme de encima a Fayna dando vida a dos animales de lava que salieron de mis manos. —Abrió las palmas para mostrárselas y apretó la mandíbula con fuerza. Lysara lo escuchó atentamente. Se había quedado quieta como una estatua—. No tengo ni idea de cómo lo hice, pero nunca me he sentido tan poderoso. Pensaba que podría volver a hacerlo ahora que he mejorado mis habilidades, pero no.

—¿Lo llevas intentando mucho tiempo? —le preguntó, y no me pasó desapercibido el cambio de su tono, ahora mucho más serio.

Killian se encogió de hombros, restándole importancia.

—Suelo hacerlo un par de veces al día mientras el resto hace sus ejercicios.

—Bueno… pues habrá que seguir probando. Quizás aún no has dado con la tecla indicada, pero… bueno, es cuestión de tiempo. —Forzó una sonrisa, y dio un pequeño traspiés al dar algunos pasos hacia atrás.

¿Qué mosca le había picado?

—Chicos —Lysara se dirigió a Zoey, Jared y Beatrice, que realizaban ejercicios de fuerza con pesas improvisadas unos metros más allá mientras esperaban a que nuestro turno terminara. Las dejaron en el suelo de inmediato para acudir a su llamada. La estampa que formaban los tres juntos gritaba tensión. Desde que habían vuelto de la celebración, Jared buscaba todo el rato con la mirada a su hermana y ella, experta en evitarlo, se la rehuía de forma descarada. Beatrice parecía desear que un hoyo se abriera bajo sus pies para poner fin a la tortura de compartir espacio con los mellizos—. Necesito hablar con vosotros. Esperadme aquí. Volveré en quince minutos.

—¿Y por qué no ahora? —cuestionó con cautela Jared, quien parecía tener más afinidad con ella.

—No es asunto vuestro, pero no me importa informaros que han reclamado mi presencia.

—Ah —se limitó a decir ante sus palabras cortantes.

No era la única que estaba notando a la segunda muy rara.

Se marchó con paso rápido, su pelo rubio deslizándose sobre los hombros conforme se alejaba por el camino de árboles altos que conducía de regreso a las zonas comunes del campamento.

El aire vibró por la magia de Jared, que movió algunas corrientes de viento para que nos rodearan, creando una barrera sólida que protegiera nuestra conversación. La mayoría de los Kaelis estaban cenando y los más rápidos reuniéndose en círculos para acabar el día entre partidas de cartas, viejas anécdotas y bebidas fuertes para conciliar el sueño.

—La habéis notado rara, ¿verdad? —Me di la vuelta hacia el resto.

—La hostia de rara —Killian confirmó por todos, y se colocó a mi lado, rodeándome el hombro con un brazo. El calor que desprendía su cuerpo me hizo querer acurrucarme contra él para protegerme del fresco que se abría paso en el Helheim cuando caía la noche.

—¿No sería más seguro utilizar el canal mental para comunicarnos? —planteé.

309

—Imagínate a cinco personas cerradas en un círculo mirándose los unos a los otros a los ojos en completo silencio —me respondió Killian, con una sonrisa socarrona en su rostro.

—Espeluznante —confirmé.

—En el Abismo podría colar perfectamente —Jared se encogió de hombros.

Beatrice emitió un sonido de confirmación y se miraron brevemente.

Esperé un par de segundos y… nada.

No. Se. Metió. Con. Él.

Más tarde hablaría con Jared para alimentar su ilusión de una posible reconciliación.

—¿Habéis encontrado ya la forma de entrar al Museo de los Alientos Perdidos? —les pregunté, mi corazón acelerándose ante la posibilidad de que allí dentro se encontrara alguna pertenencia de mi madre.

—He estado hablando con Milly, una soldado con serios problemas para darse cuenta de cuándo está hablando demasiado —nos contó Jared, y Beatrice carraspeó, ganándose una mirada de fastidio por parte de él—. En fin. Sigo —cogió aire y continuó—. Fingí que la fiesta me había encantado para preguntarle si se celebraría otra pronto. Pero me dijo que quedaba muy poco para la Anual y que ya no permitirían más visitas al pueblo, excepto la final de despedida.

La decepción me aplastó.

—¿Os dijeron algo más acerca del funcionamiento del Museo?

—No, solo lo que ya os contamos. Está abierto al público un día a la semana y solo se puede acceder mediante visitas guiadas —explicó Jared.

—Pues tendremos que colarnos. —Suspiré no muy convencida.

—Pero ¿cómo? —planteó Killian dejándome libre de su agarre. Su expresión era de preocupación cuando habló, pasando su mirada por cada uno de nosotros—. Aunque nos estén dando cierta libertad no nos quitan el ojo de encima. Y una cosa es hablar a escondidas y otra es salir de aquí utilizando sus portales para colarnos en un lugar que es sagrado para ellos.

—Es demasiado arriesgado —convino Beatrice.

—Ya. Tenéis razón. No podemos arriesgarnos —cedí. No podíamos jugárnosla de esa manera cuando la vida de tantísimas personas en la Tierra estaba en juego.

—¿Y si pedimos que nos lleven? —propuso Jared y al ver nuestras caras escépticas hizo un mohín con la nariz—. Venga ya, ¿acaso no os han enseñado que las cosas se consiguen pidiéndolas por favor?

—*Por favor*, ¿puedes dejar de hablar?

Jared atravesó con la mirada a Beatrice, quien parecía estar disfrutando.

—No, ¿y tú puedes dejar de pedirme eso todo el tiempo?

—*No* —y nos miró con gesto triunfante—. ¿Lo veis? No funciona.

Jared puso los ojos en blanco e insistió.

—Ya habéis visto que me llevo bien con Lysara, puedo pedírselo con alguna excusa que me invente.

Y hablando de la general, nos callamos de golpe cuando apareció en el camino. Su rostro maduro parecía haber perdido color, lo que provocó que una sensación de malestar me recorriera el cuerpo.

—Ni se te ocurra hacerlo —le advirtió Killian con voz letal—. Y menos sin un plan detrás.

Pero no fue Jared el que habló primero, sino Lysara.

Estaba aún más seria que cuando se había marchado.

—Los reyes os están esperando en el castillo.

La negrura absoluta cubría el cielo, cerniéndose sobre nosotros de forma imponente. Debajo de él, la ciudad resplandecía con la multitud de luces que alumbraban los hogares de los Kaelis. Por su origen natural, parecían estrellas robadas. Las mismas que el cielo inhóspito echaba de menos. Aprecié el paisaje desde el balcón privado del nivel superior del castillo de Ondara. Suspendido en el vacío y con forma semicircular, estaba construido con la misma piedra blanca.

La noche cumplía con lo que se esperaba de ella. Era oscura y en su abrigo de sombras escondía todo aquello que no quería ser visto. Deseé que también ocultara nuestros secretos.

Era fría. Tanto que eché en falta una capa gruesa sobre el vestido que se ceñía sobre mis curvas hasta caer al suelo. Era bonito. Azul celeste y tejido con un material muy gustoso. Me había esforzado por hacerme un recogido presentable, una tarea complicada con el temblor de mis manos provocando que los mechones de pelo se me escaparan una y otra vez. Mi miedo se había acentuado y me apretaba con más saña la garganta.

Porque, aunque confiaba en que no, seguía esperando el momento en el que nos descubrieran.

«Inevitable». Esa era la palabra que había echado raíces en mi interior.

Porque las mentiras estaban destinadas a salir a la luz, de lo contrario, se podrían hasta marchitar la vida de quien fuera que las codiciara. Miré a mis amigos con el pecho encogido y confié en que nosotros sí podríamos sobrevivir a ellas. No podíamos permitirnos otro final.

Me sentí ingenua cuando aquel pensamiento alivió mi ansiedad.

Apenas habíamos hablado desde que Lysara anunció que cenaríamos con Aerielle y Thalor. Cada uno de nosotros dudaba de su palabra, por muy bien que se hubiera portado desde nuestra llegada. La pregunta se repetía una y otra vez como un disco rayado. ¿Qué habíamos hecho para que desconfiaran de nosotros?

Los candelabros flotantes esparcidos por el balcón bañaban la estancia de forma tenue, consiguiendo que el momento casi pareciera mágico. Los sirvientes se retiraron tras depositar los últimos platos en la larga mesa que ocupaba gran parte del espacio. Nos habían servido copas de un licor que olía dulce y fresco, pero que ninguno de nosotros se atrevió a probar.

Al menos hasta que Jared mojó sus labios con el líquido y dio el primer sorbo. Acto seguido, los ojos de Beatrice se agrandaron y noté como la vena de la frente amenazaba con estallarle.

—*Si no bebemos nada, lanzaremos un mensaje directo de desconfianza hacia nuestra alianza* —se justificó Jared a través del canal mental.

—*Ya, pero ¿y si le han echado veneno o algún tipo de droga que nos obligue a decir la verdad?* —inquirió la Guardiana.

—*Eso que estoy notando es... ¿preocupación?*

—*No.* —Su voz sonó dura como el acero—. *Es sorpresa por lo imprudente que puedes llegar a ser.*

—*Bueno, y eso que aún no ha comenzado la noche* —dijo con una sonrisa de desafío.

Beatrice no pudo replicar. Las puertas acristaladas se abrieron y de su interior emergió Lysara con una versión más formal de su traje de combate, manteniendo el color oficial del reino: azul marino. Todos sabíamos lo que eso significaba así que me alejé de la barandilla para colocarme junto a Jared, Beatrice, Zoey y Killian, quien rozó su mano con la mía para tranquilizarme. Funcionó. Un poco.

—Sus majestades: el rey y la reina del Helheim —Lysara los presentó con la voz teñida de admiración y cariño.

Las esferas de luz esparcidas por el balcón parpadearon ante la aparición de dos figuras altas y regias. Su presencia alteró la atmósfera y robó todo el oxígeno de la sala hasta tal punto que tuve que tomar una bocanada.

—Oh, vamos, sabes que en las distancias cortas no nos gustan las formalidades —le recordó Aerielle con una sonrisa cálida mientras salía al balcón. Su expresión afable titubeó al advertir el gesto estoico de su compañero, que iba un paso por detrás de ella. Dirigiéndonos una mirada cómplice, añadió por lo bajo—: Al menos a mí no.

Thalor emitió un gruñido bajo, de tal forma que sus rizos mojados se sacudieron.

Aquella extraña camaradería me puso aún más histérica. ¿Por qué no nos decían de una vez el motivo por el que nos habían invitado a cenar? Las reuniones anteriores habían sido mucho más rápidas y concisas, en el salón del trono.

—Bueno, tomad asiento. —Aerielle abrió sus delgados brazos para darnos paso a la mesa. Su vestido de gasa casi translúcida ondeaba con

313

cada uno de sus movimientos. Su porte elegante la acompañaba incluso en sus gestos más pequeños, al igual que su elemento aire. Compartiendo miradas de cautela, apartamos las sillas para sentarnos. El rey y la reina, por supuesto, presidieron la mesa ocupando cada uno de los extremos. El aroma a comida recién hecha hizo que mi estómago protestara—. Sabemos que debéis de estar agotados, por eso nos gustaría disculparnos por este encuentro tan improvisado.

—No tenéis por qué hacerlo. Siempre es un placer pasar tiempo con mi queridísima reina —dijo Jared haciendo uso de su habitual encanto. Ninguna señal en su rostro que indicara que su organismo estaba siendo atacado por un veneno mortal.

—Lo mismo digo. —Inclinó la cabeza como señal de agradecimiento. Al rey, sus carantoñas no parecían surgirle efecto. No nos quitaba de encima sus ojos astutos y profundos como dos pozas de agua antiguas—. Os estaréis preguntando qué hacéis aquí, pero es muy sencillo. —Guardó una pausa que aumentó mis nervios—. Queremos agradeceros todo lo que estáis haciendo por nosotros y contaros cómo el reino está cambiando con vuestra llegada.

Se me heló la sangre. Intenté que sus palabras no me afectaran, pero me resultó muy complicado no exteriorizar ni un ápice de la oleada de pánico que se abría paso por mi interior.

—No sé muy bien a qué os referís, su alteza. Los Kaelis siguen sin confiar en mí —apuntó Killian. La túnica negra le quedaba como un guante y le confería un aire peligroso.

—No esperamos que eso llegue a ocurrir. Es imposible borrar siglos de sangre y muerte —le respondió la reina—. Pero no es eso a lo que nos referimos. Los Kaelis que se encargan de la agricultura han notado un cambio notable en sus Tierras.

Las alarmas de emergencia comenzaron a sonar en mi mente. Si descubrían que los Vestigios Originales no eran las migajas de magia que había quedado en la Tierra sino sus poderes entonces querrían hacerse con ellos. Y la Tierra acabaría condenada al mismo destino.

—La podredumbre no ha avanzado. Tampoco es que las tierras

hayan recuperado su fertilidad, pero *nunca* se había detenido y eso solo puede significar una cosa —continuó explicando Aerielle

Le lanzó una mirada de emoción a Lysara, quien tenía toda su atención puesta en ella hasta que un instante después paseó sus ojos por cada uno de nosotros.

Era imposible adivinar las siguientes palabras que emitiría su voz serena y contundente.

La dulzura con la que envolvería la revelación de nuestras mentiras.

Cada uno de nosotros masticó la tensión conforme esperábamos a que el final nos arrastrara.

—La profecía de los mellizos está cumpliéndose. Con vuestra llegada, la muerte se ha detenido y eso solo nos da más motivos para creer que este año romperemos la maldición. —En sus ojos danzaba un brillo esperanzado.

El alivio me golpeó tan fuerte que tuve que controlarme para no soltar de golpe todo el aire que estaba conteniendo. Miré de reojo al resto, que, al igual que yo, lucharon por aparentar normalidad.

Thalor continuó callado en su habitual actitud distante y hermética O bien sabía cómo ocultar la emoción o no llegaba a confiar en la veracidad de la profecía de los hermanos.

—Mira que sois importantes, ¿eh? —añadió Beatrice al lado de Jared en tono burlón.

—Pues sí, por mucho que a algunas eso les de envidia —le respondió sin girarse hacia ella.

—¿Y por qué nos lo decís a nosotros y no a vuestra gente? —cuestionó Killian mirando con los ojos entrecerrados a la reina.

—Aún es pronto para echar sobre sus hombros esa carga. Y como no queremos precipitarnos será mejor esperar para ver cómo avanzan las cosas. La esperanza es muy poderosa, pero también frágil. Tenemos que cuidarla para que no se rompa porque una vez lo haga será muy difícil volver a reconstruirla. Y ya no nos quedan más profecías a las que aferrarnos. —Una sombra acechó el hermoso rostro de la Diosa del Aire.

315

Jared se aclaró la garganta, reclamando la atención de la mesa.

Aún no habíamos probado ni un solo bocado de comida.

—Desde la Aurora de los Nacidos he estado dándole vueltas a una idea y creo que, con el poco tiempo que nos queda, ha llegado el momento de darle voz —dijo, y clavó sus ojos en Aerielle antes de darle otro trago a su copa de vidrio líquido. «No será capaz de...»—. Nos encantaría visitar el Museo de los Alientos Perdidos.

Los rostros de los reyes se arrugaron ante la repentina petición.

Nosotros estábamos estupefactos. Miré de soslayo a Beatrice y un escalofrío me recorrió la espalda al ver la promesa de muerte y destrucción que guardaban sus ojos azul medianoche.

—¿Con qué motivo? —el tono grave y brusco del Dios del Agua resonó en el balcón por primera vez.

—Podría ser el impulso de motivación que necesitan los soldados.

La Guardiana alzó una ceja.

—¿El recordatorio de la increíble cantidad de Kaelis que no regresaron jamás de la Cueva Ishtar?

—¡No! El recordatorio del valor que tuvieron de intentarlo y el sacrificio que hicieron por el futuro de su pueblo. Creo que deberíamos honrarlos una última vez antes de romper la maldición. No volveremos a tener otra oportunidad como esta.

Tanto Lysara como Aerielle lo observaban perspicaces, decidiendo si era una buena idea.

Zoey, Killian y Beatrice lo hacían fantaseando con estrangularle.

—No creo que estés diciendo la verdad, muchacho —sentenció el rey con lentitud, tamborileando el borde de la mesa con sus dedos gordos—. Y no quieras que te obligue a hacerlo.

Se me secó la garganta y me obligué a calmarme.

—Está bien... admito que no he sido del todo sincero —Jared soltó una exhalación y una sonrisa inocente de disculpa apareció en su rostro—. Zoey y yo seguimos queriendo conocer la identidad de nuestro padre, y como bajó a la Tierra y dejó embarazada a nuestra madre, sabemos que fue uno de los diez guerreros que llegó primero a la cueva.

Y, quien sabe, quizás fue el que intentó romper la maldición aquella Anual. Si visitamos el museo, tendremos la posibilidad de reconocerlo entre las reliquias expuestas.

—Entiendo. —La expresión seria de la reina se suavizó—. Ya nos había comentado Lysara que querías encontrar a vuestro padre —«En realidad a mi madre, pero bueno»—. Lo estudiaremos más tarde con ella y pronto os daremos una respuesta. No podemos robarles mucho tiempo de entrenamiento a los soldados ahora que se acerca la Anual.

Los mellizos asintieron con gratitud.

—¿Cuánto queda para que comience? —pregunté.

—¡Estamos hablando demasiado y comiendo muy poco! —nos regañó la reina con tono amable, y movió la mano usando el aire para hacer sonar una campanita. Al momento los sirvientes entraron desde el salón para rellenar las copas y servirnos la comida de las bandejas que relucían en el centro.

Pan, verdura, queso, carne de los pocos animales que aún resistían... teniendo en cuenta la decadencia del reino, esto era un manjar. Una pena que tuviera el estómago cerrado.

—Apenas falta una semana para que la Anual comience —Lysara retomó mi pregunta tras pinchar un tipo extraño de pescado—. Entonces las Puertas Umbra se abrirán y los Guardianes nos conducirán hacia el Abismo.

Tragué saliva. Removiendo con poca gana la comida al ser consciente de cómo la muerte se abría camino y estaba más cerca que nunca.

—¿Cuánto durará? —preguntó Zoey, quien parecía haber despertado tras la posibilidad de volver a ver a Connor.

Lysara negó con la cabeza.

—Es imposible saberlo. Hay Anuales que han durado unas horas y otras se han alargado días porque ambos bandos resistían e impedían al otro entrar en la Cueva Ishtar.

—¿Cómo es? —quise saber.

—¿La Cueva?

—Sí. ¿Quién controla cuantos soldados de cada bando llegan primero para después proclamar al vencedor?

—Los Dorados. —Ladeó la cabeza mientras su mirada sobrevolaba hacia Beatrice—. Además, un hechizo rodea la cueva y hay un umbral claro que traspasar. Lo más sangriento y despiadado sucede cuando los soldados están cerca y luchan por convertirse en uno de los diez primeros que la pisen.

—¿Y después qué? ¿Simplemente alzan las manos y dejan de matarse entre ellos?

—Más o menos. Cada año los números decaen y no nacen tantísimos bebés como para recuperarnos. A ninguno de los bandos nos conviene perder soldados porque sí. —La voz de la segunda se tornó sombría—. Aunque hay veces que el odio gana a la razón e incluso después de que todo haya acabado hay asesinatos. La señal de que la maldición no se ha roto es que los Guardianes aparecen para llevarnos de vuelta a nuestros destierros. Esperemos que este año sea distinto.

—Y lo será puesto que este año uno de los mellizos romperá la maldición.

Empalidecí.

«¿Qué?».

—No... —Se detuvo—. No sabía que tendríamos que entrar uno de los dos.

—Pues claro, ¿si no qué sentido tendría la profecía? —espetó Thalor.

—No sé... Yo pensaba que os ayudaríamos en general —se excusó Jared, siendo consciente de que la única llave que rompería la maldición, por desgracia, era yo. Si obligaban a alguno de los dos a entrar a la Cueva Ishtar morirían.

—Pues no. Pensábamos que era algo bastante evidente —dijo sin molestarse en ocultar su irritación.

—Thalor —lo amonestó la reina—. No te pases con él. Son nuevos en todo esto, no olvidemos que se han criado en la Tierra.

Se creó un momento de incomodidad en el que nos limitamos a comer en silencio.

318

—Bueno, ha llegado el momento… —dejó caer el rey con voz enigmática, disfrutando mezquinamente de lo tensión que estaba creando. Su presencia, a diferencia de la reina que se mostraba mucho más accesible, me imponía incluso sabiendo que cualquiera de nosotros tenía más poder que él—. Lysara, nos gustaría que nos hablaras acerca del progreso de los chicos durante los entrenamientos.

—Desde que llegaron ha habido un progreso muy notorio, tanto en combate como en el manejo de sus elementos. Y también han ganado velocidad gracias a sus entrenamientos de carrera —relató con orgullo—. La Guardiana ya venía entrenada de casa, no hemos podido hacer mucho con ella, pero con el resto sí. Os aseguro, sus majestades, que, pese al tiempo limitado, están preparados lo máximo posible.

—Te lo agradecemos, Lysara —le respondió Aerielle con una tenue sonrisa.

Se me aceleró el pulso cuando la mirada de la segunda se detuvo en la mía.

Su tono se volvió serio.

—Desde que los conocí he percibido una energía extraña que los rodeaba, pero que hasta hoy no he sabido identificar de quién provenía.

¿Estaba hablando de los poderes que me esforzaba por dormir cada vez que entrenaba con el aire y el agua? ¿Aquellos que delataban que no era uno de ellos?

Me tensé y noté la rigidez de Killian a mi lado.

—Creo que tenemos entre nosotros a una pieza muy valiosa para el Dios del Fuego. Y lo que no puedo llegar a comprender es cómo ha sido capaz de dejarla escapar. —Lysara entornó los ojos saltando su mirada sobre todos nosotros. Los reyes no parecían confusos por sus palabras; esta conversación ya la habían mantenido antes—. Lo que me llevaba a sospechar que no nos habíais contado toda la verdad.

Una gota de sudor se deslizó por mi columna vertebral.

—No sabemos de qué estáis hablando. —Killian apretó la mandíbula con fuerza.

—Me extraña que precisamente *tú* seas el que aseguro eso. —Thalor chasqueó la lengua.

—¿Habéis oído alguna vez hablar sobre la mitología del dragón? —planteó Lysara analizando cada una de nuestras reacciones.

Pero nuestras caras de confusión no eran fingidas. No teníamos ni idea de qué estaba pasando y mucho menos sabíamos cómo hacerle frente sin salir escaldados.

—Cada destierro tenía un Protector, un Kaelis o Ignis con un poder mucho más intenso que el del resto. Esa magia que fue sellada con un hechizo que los destinaba proteger algo que amaban puramente: a sus reyes. El último que tuvimos fue asesinado durante una Anual antes de reproducirse y que su destino pudiera pasar a la siguiente generación. Fue una tragedia —relató Lysara, y los reyes asintieron de acuerdo. Parecían realmente apenados ante el recuerdo—. Lo raro fue lo que ocurrió con el último Protector de los reyes del Atharav, puesto que sobrevivió a la última Anual y después... simplemente desapareció. Llevamos siglos sin verlo y pensábamos que, al igual que nosotros, los Dioses del Fuego y la Tierra no volverían a contar con esa ventaja, pero está claro que nos equivocábamos.

—Repetiremos de nuevo la pregunta: ¿habéis escuchado algo acerca de la mitología del dragón?

—De verdad que no sabemos de qué estáis hablando —les aseguró Jared.

Entonces los recuerdos acudieron a mí como fogonazos que me dejaron mareada: las alas de dragón que el rey tenía colgadas en su sala de los tesoros, los monstruos de lava que Killian había invocado para protegerse de Fayna...

¿Eso significaba que Killian...?

—Podríamos creer que vuestra aparición en el Helheim es una trampa orquestada por el Dios del Fuego para atacarnos desde dentro si no te hubieras delatado tú mismo al contarme hace un rato lo de tus poderes —Aerielle clavó la vista en Killian—. Eres el protector del Atharav.

CAPÍTULO 25
KILLIAN

«Me tienen que estar vacilando».

Eso fue lo primero que pensé ante la posibilidad de que por mis venas corriera sangre destinada a proteger al puto Dios del Fuego. Después me asaltó una imagen un poco difusa. Tuve que tirar de mi memoria para terminar de dibujar los detalles que me faltaban. Las alas que se desplegaron en mi mente medían más de dos metros y eran de un rojo denso, como la sangre espesa. Recuerdo las membranas tensando el tejido duro y los espolones coronando las puntas afiladas. Parecían de verdad, pero incluso en medio de un puto mundo sobrenatural mi escepticismo se impuso y descarté que aquella criatura mitológica pudiera existir.

Según Lysara, los dragones que habían nacido en el Atharav poco tenían que ver con los que habitaban en nuestro imaginario colectivo. De hecho, no eran bestias como tal. El Ignis protector mantenía su cuerpo y compartía con esos seres su fuerza abismal y unas alas idénticas con las que ayudarse a masacrar a sus enemigos desde las alturas. Y entonces, una voz me recordó la frase a medias que encontré en una de mis búsquedas en la biblioteca del Castillo de Brandr: «Su tesoro brilla con la misma fuerza que el latido de su corazón, para el dragón, ambos son lo mismo». Había querido seguir leyendo, pero, qué casualidad, las siguientes hojas habían sido arrancadas.

«El dragón protege su tesoro. Aún no sabemos cuál es el tuyo teniendo en cuenta que no te has criado con los Dioses y no les profesas demasiada devoción», me había explicado la reina Aerielle mientras servían los postres. «Esto es algo inaudito».

A mí lo que en realidad me parecía era una ida de olla. Y pensaba seriamente que se equivocaban. Yo no podía ser el Protector de los reyes del Atharav. De ninguna jodida manera.

Pero... ¿Y si el dolor de espalda que arrastraba desde hacía semanas tenía que ver con eso? Empezó cuando estaba en el Atharav y, aunque siempre lo había atribuido a llevar mi cuerpo al límite durante los entrenamientos, quizás...

—*¿A ti no te contaron nada acerca de los Protectores?* —le preguntó Jared a la Guardiana, que aún estaba echando chispas por su imprudente petición de llevarnos al Museo de los Alientos Perdidos.

La cena había finalizado y estábamos de regreso a nuestras tiendas en aparente silencio, pero con nuestro canal mucho más concurrido de lo normal después de la bomba que nos habían soltado durante la tensa cena.

—*Son prácticamente una leyenda por el tiempo que ha pasado desde la última vez que existió uno. No pensé que fuera relevante informaros de eso.* —Se encogió de hombros un poco a la defensiva.

—*Y no lo era* —la tranquilizó Aria y la mirada que compartieron relajó la expresión de Beatrice.

—*Bueno, volviendo a lo importante... ¿Qué sentido tiene que el Dios del Fuego matara a su propio protector?* —preguntó Jared, rascándose el pelo rubio platino.

Les habíamos hablado, tanto a los reyes como a Lysara, acerca de las alas que encontramos en el castillo. Total, no nos servía de nada guardarnos aquella información y tanto los reyes como nosotros necesitábamos que nuestra alianza siguiera en pie. Y más ahora que habían descubierto que mis poderes eran muy superiores a lo que ellos imaginaban. Aun así, era más prudente que mantuviéramos aquella conversación en privado. Si aún no nos habían descubierto significaba que Jared estaba haciéndolo muy bien.

—*¿Quizás los Solitarios fueron los culpables de su muerte? Como ocurrió en el Atharav eso explicaría por qué los Kaelis no conocen el motivo de su desaparición* —teorizó Aria a mi lado. Su mirada estaba fija al frente, lo cual resultaba complicado teniendo en cuenta que manteníamos una conversación grupal. Podríamos haber esperado a llegar a las tiendas, pero nuestro punto fuerte no era la paciencia.

Y tampoco es que fuéramos sobrados de tiempo.

—*Pero, entonces, ¿por qué las tiene expuestas en su museo privado?* —planteé.

—*¿Cómo homenaje por sus excelentes servicios hasta que llegó su hora de palmarla?* —propuso Jared.

—*Lo dudo mucho. Además, leí un libro que estoy seguro de que hablaba sobre la mitología del dragón* —respondí, y añadí tras un momento—: *Lo curioso es que había algunas páginas arrancadas.*

—*Si el rey no tuviera nada que ver con la desaparición de su protector, ¿para qué ocultar sus alas en una sala secreta?* —señaló Aria, mientras nos internábamos por el camino que conducía a la zona más alejada donde nos habían asignado las tiendas—. *Si los culpables hubieran sido los Solitarios estoy segura de que el Dios del Fuego lo iría pregonando y las tendría expuestas en medio de la plaza del pueblo.*

—*Algo importante debió ocurrir porque si os dais cuenta ni un solo Ignis lo mencionó. Al menos durante nuestra estancia.*

—*Ya. Igual que nadie solía pronunciar el nombre del Castillo* —me recordó Aria, y Zoey, que andaba a un ritmo más despacio, asintió.

—*El Castillo de Brandr* —susurré más para mí mismo, y el sonido de aquellas palabras, esta vez, tuvo un efecto diferente en mí. Me transportó al momento en el que nos dispusimos a cruzar las Puertas Umbra en el Bosque de las Bestias. Un Indómito había dicho algo que me llamó mucho la atención. Justo después, Fayna me atravesó el pecho con una hoja afilada que me empujó hacia las garras de la muerte—. *¡Joder! ¿Cómo no me he dado cuenta antes? Nunca os lo llegué a decir, pero uno de los Indómitos llamó así al Alfa.*

—*¿Lo llamó Brandr?* —quiso confirmar Jared porque sí, era la hostia de raro.

—¿*Cómo es posible que el castillo del rey se llame igual que uno de sus mayores enemigos?* —cuestionó Aria, parándose en seco.

—*Algo se nos está escapando* —musitó Jared, con el rostro tenso por tratar de alcanzar una respuesta.

—*Ya, pues como siempre.* —Suspiró Aria, igual de frustrada que el resto, y tras unos momentos de silencio en los que su ceño estaba adorablemente fruncido por la concentración, sus ojos verdes se iluminaron—. *Pensad en los uniformes de los Indómitos, llevaban máscaras con la forma de la cabeza de un dragón y tanto los guanteletes como los chalecos de cuero eran de escamas, simulando su piel. ¿No es demasiada casualidad?*

—*Aquí las casualidades no existen* —aseguré, y ella posó su atención en mí.

—*Exacto* —me sonrió, con la emoción de, por fin, estar cerca de algo.

—*Puede que los Indómitos estén vinculados al Protector porque, en su momento, él se alzó contra el rey* —dedujo Jared—. *Y por eso los rebeldes lo han usado como símbolo.*

—*Es muy probable. ¿Y que coincidan el nombre del castillo de Ígnea con el del Alfa? ¿Qué significa eso?* —añadí, con el corazón retumbándome contra la caja torácica. Parecía prepararme para una respuesta que no quería escuchar.

—Ya hemos llegado —nos indicó el soldado, consiguiendo que todos nos sobresaltáramos. Nos miró con cara de pocos amigos mientras su tono se volvía tosco—. Es de muy mal gusto mantener conversaciones privadas delante de otros. A Lysara no creo que le siente demasiado bien saber que lo estáis haciendo.

Y hasta aquí había llegado nuestro chollo.

De puta madre.

Pero ¿qué pretendíamos? Habíamos recorrido todo el trayecto en completo silencio y con que aquel soldado conociera un poco a Jared sabría lo raro que era aquello. Además, abrir canales mentales debía ser para ellos tan usual como para nosotros lo era utilizar el móvil.

Jared dio un paso al frente con un aire diplomático que no auguraba nada bueno.

—Neuhmont Hyfe Joiufegh, ese era tu nombre, ¿verdad? Espero haberlo pronunciado de forma correcta, te ruego que me perdones si no es así. —Estaba seguro de que el capullo se lo había inventado.

—No, mi nombre es Fyorn. —El soldado corpulento lo taladró con la mirada.

—Bueno, *Fyorn*, estamos un poco tensos teniendo en cuenta que buscáis cualquier oportunidad para degollar a mi querido compañero Ignis —le explicó, señalándome con un gesto de cabeza. Su actuación estaba tan desfasada que no pude hacer otra cosa salvo pellizcarme el puente de la nariz, rindiéndome a lo que estaba por ocurrir—. Y lo último que queremos es que utilicéis nuestras conversaciones privadas para acabar con su trágica vida. —Entonces se acercó a mí y con una mano me cogió del rostro, inclinándome hacia el soldado que nos observaba desconcertado—. Sería una pena que a esta cara tallada por los mismísimos dioses se la comieran los gusanos, ¿no crees?

Contuve la risa que trepó por mi garganta y que ganó terreno a mis ganas de soltarle un puñetazo.

Y eso que tenía muchas.

—Más te vale que me sueltes —siseé, en voz baja. En cuanto la amenaza salió de mis labios, Jared apartó sus manazas de mi piel como si le quemara.

—Todos a vuestras tiendas. ¡Ya! —ordenó el soldado con un gesto hastiado y yo cogí de la nuca a Jared para evitar que acabáramos muertos. ¿Es que no se daba cuenta de que aquel Kaelis medía el doble que él?

Por el campamento se extendía un agradable silencio, tan solo interrumpido por los ronquidos de cualquiera de los cientos de Kaelis que yacían durmiendo a esas horas de la madrugada.

Retomamos nuestra marcha con paso ligero, pero, obviamente, Jared tenía una opinión e iba a darla.

—Y mira que pensaba que no había quien pudiera tener más palos metidos por el culo que…

Zoey se giró hacia él como un resorte y le lanzó una mirada dura de advertencia. Sus ojos eran dos llamas de furia helada que lo inmovilizaron.

—… los Guardianes, en general —balbuceó Jared y esbozó una sonrisa inocente que su hermana ignoró por completo. Se dirigió hecha un basilisco hacia su tienda, apartó la tela hacia un lado con rabia y se internó en ella.

—Jared… Esta vez te has pasado —le riñó Aria con una mueca de desaprobación.

—¡Lo siento! ¡Es la costumbre! —Puso las manos en alto con gesto de cachorrito apaleado—. ¿Qué culpa tengo yo si el sieso de Connor ahora de repente es el héroe que se ha sacrificado por todos nosotros? Jamás pensé que diría esto, pero preferiría que estuviera aquí. Así podría meterme con él sin que estuviera feo hacerlo.

Le di una palmada amistosa en la espalda.

—Tío, mira que yo no soy un experto, pero se te da fatal tratar con mujeres.

Sus hombros se hundieron.

—Ya. —Elevó sus ojos hacia los míos con renovada emoción—. ¿Quedamos luego para que me des algunos consejos?

—¿Me estás hablando en serio?

—Pues claro.

—Tira a dormir. Ya hablaremos mañana.

—Tío, los amigos están para apoyarse —me recriminó, y sin un ápice de vergüenza añadió—: Seguro que ahora te vas a meterle mano a Aria.

—Bueno, si tengo un poco de suerte, sí.

—¿Admites que prefieres estar con ella antes que conmigo? —Abrió la boca de indignación.

—¿De verdad es necesario que te responda?

—Creo que sí.

—Vale, pues la respuesta es *sí*.

—Acabas de herir mis sentimientos. —Se llevó una mano al corazón.

—Sois idiotas. —Aria, que había avanzado cerca de nosotros todo este tiempo, resopló. Beatrice, por el contrario, se había retirado ya a su tienda. Menos mal—. ¿Sabéis que os estoy escuchando?

—Claro —respondió Jared.

—¿Y qué opinas sobre lo de meterte mano? —le guiñé un ojo mientras mis labios se curvaban en una sonrisa ladeada.

—Opino que si quieres pasar tiempo conmigo deberás currártelo un poquito más que hacerme esa petición tan vulgar delante de tu colega —masculló, y se dio la vuelta para marcharse hacia su tienda con paso airado.

Jared me miró pensativo mientras se rascaba la mandíbula.

—Tío, creo que ya no necesito tus consejos. ¡Pero no te preocupes! Mañana buscaremos a alguien que nos ayude. Buenas noches —Jared esbozó un mohín de disculpa y se marchó, dejándome solo bajo la penumbra del bosque.

Me dispuse a seguir a Aria para disculparme con ella, pero una idea mucho mejor frenó mis pasos.

Capítulo 26
Killian

Al cabo de una hora me presenté frente a la tienda de Aria. Los nervios me burbujeaban en el estómago como si fuera un puto adolescente a punto de tener su primera cita. Y, en realidad, no estaba tan lejos de ser así. Obviando el hecho de que ya era un adulto, Aria y yo nunca habíamos tenido un encuentro planeado para, simplemente, ser dos personas que se gustaban y tenían ganas de descubrir más el uno del otro en cualquier restaurante, cine o paseo por la ciudad. Con los reyes recordándonos que la Anual comenzaría pronto, la posibilidad de que nunca llegáramos a tener esa primera cita me golpeó con violencia. Nuestro mañana no estaba asegurado, pero aún quedaba noche y, joder, no pensaba desaprovecharla.

Carraspeé y golpeé tres veces una de las vigas de madera que sostenían la tienda.

—¿Aria? ¿Estás despierta? —pregunté en voz baja.

Esperé con el oído bien atento a cualquier movimiento. El frufrú de las mantas junto con el sonido de sus pies cruzando el espacio me hizo retroceder. Conecté con la ilusión que me calentaba por dentro al estar a punto de darle un regalo y, con esa energía, alimenté la llama que ardía, incansable, en mi interior. Usé mi poder visualizando el recorrido que el fuego debía trazar para imitar la imagen que tenía en mente.

Un instante después, un ramo de flores bastante inusual y peligroso crepitaba sin consumirse delante de mí. Apreté los tallos y lo oculté con rapidez a mi espalda.

Mi corazón, que palpitaba con fuerza, se saltó un latido cuando apareció. Asomó la cabeza entre los trozos de tela gruesa. Sus ojos verdes me encontraron con rapidez y un brillo de ilusión se instaló en ellos mientras sus labios carnosos se entreabrían para coger una bocanada de aire. Acababa de despertarse, porque su pelo castaño descansaba, enredado sobre sus hombros, y había sustituido el vestido elegante de la cena por un camisón blanco que le llegaba hasta los pies. Estaba tan guapa que tuve que contenerme para no abalanzarme sobre ella y besarla.

Un nudo de emoción se instaló en mi garganta al pensar en la suerte que había tenido de conocerla en medio del infierno en el que se había convertido mi vida.

—Has tardado mucho en venir a buscarme, ¿no? —me pinchó con una expresión divertida. Sabía que no se había enfadado de verdad—. Al final me he quedado dormida.

—Estaba preparando algo para que aceptaras pasar tiempo conmigo. —Una sonrisa misteriosa se abrió paso en mi rostro.

—Bueno… —Elevó los ojos, cubiertos de largas pestañas, hasta posarlos en los míos. El brillo que los rodeaba hizo que se me encogiera el pecho—. Cuando me lo muestres te daré una respuesta.

—Vale, acepto el reto. —Le dediqué una mirada decidida—. Empezaremos por esto. —Saqué el ramo de flores que refulgía detrás de mí, hecho por completo de fuego. Lo coloqué frente a ella y el movimiento trazó estelas que iluminaron el aire. Aria se quedó boquiabierta. El ramo emitía un calor que agradecí, teniendo en cuenta el fresco que hacía aquella noche.

—Son… rosas de fuego —susurró, emocionada mientras lo observaba con los ojos bien abiertos.

—Es todo lo que tengo —le dije, con las mejillas encendidas porque no estaba acostumbrado a realizar ese tipo de gestos.

—Para mí es más que suficiente. —Las cogió y las sostuvo, completamente maravillada Acercó su delgada mano a uno de los pétalos, del cual se desprendían chispas de fuego, y siguió sus líneas con admiración. El resplandor dorado que emitía el ramo iluminó su rostro y volvió aún más bonita la sonrisa cálida que me regaló.

—Espero que sea el primero de muchos —confesé intentando ahuyentar el fantasma de la incertidumbre.

—¿Las próximas pueden ser de aire?

—Eh... Bueno...

Aria soltó una risa dulce que me estrujó el corazón.

—Estoy tomándote el pelo. Unas normales serían perfectas.

—Qué graciosa estás esta noche, ¿no? —Hice el amago de hacerle cosquillas en el costado y se movió de una forma tan brusca que por poco no me estampa el ramo en la cara. Arrugó la nariz—. Perdón —y después, un destello de burla cubrió su mirada mientras fingía pesar—. Sería una pena que esa cara tallada por los mismísimos dioses se echara a perder.

Puse los ojos en blanco ante la repetición de las palabras de Jared, pero no pude evitar que mi sonrisa se ensanchara. Me encantaba esta versión despreocupada de nosotros.

—Toma anda, he robado esta capa para ti. —Me agaché para recogerla del tronco de madera cortado que hacía de silla en la zona exterior de la tienda.

Me coloqué detrás de Aria y se la puse sobre los hombros, frotándoselos para alejar el frío de su cuerpo. Se echó hacia atrás buscando mi cercanía y yo, por supuesto, se lo permití. Más que complacido de tenerla sobre mí, extraje con cuidado su pelo sedoso atrapado bajo la tela. Cayó libremente por su espalda como una cascada y, sin motivos para contenerme, pasé mis dedos sobre su melena, consiguiendo que se estremeciera. Aquel momento rodeado de un cómodo silencio y una familiaridad que nunca me habría imaginado sentir con alguien que no fuera de mi sangre me llevó a inclinarme para darle un beso en la mejilla. Se me hinchó el pecho cuando sentí cómo se derretía ante el contacto suave de mis labios.

Se dio la vuelta hacia mí, quedándonos frente a frente. Me observó con una mirada picante bailándole en el rostro.

—¿De repente te has convertido en un ladrón romántico para poder meterme mano?

—Me convertiría en lo que hiciera falta para poder meterte mano, Aria. —Esbocé una sonrisa ladina.

Soltó un suspiro soñador.

—Es la primera vez que me dicen algo tan bonito.

—Lo sé. —La miré socarrón y la cogí de la mano, entrelazando nuestros dedos—. Venga, vámonos.

—¿A dónde? —Frunció el ceño—. Es muy tarde.

Ladeé la cabeza, mirándola como si le hubieran salido dos cabezas.

—¿De repente te has vuelto superresponsable y has dejado de lado tu afición de salir al bosque en mitad de la noche?

—¿Qué? Eso jamás. —Negó con determinación y unas pequeñas arrugas aparecieron en sus ojos cuando su sonrisa se ensanchó—. Venga, vale, estoy preparada.

—No, no lo estás.

Disfrutando de los nervios que le habían causado mis palabras, cogí el ramo para llevárselo yo y la guie, poniendo atención a las profundas sombras que se colaban entre los árboles. Ante la ausencia de antorchas, la luz tenue que emitían las flores de fuego nos ayudó a ver mejor todo lo que nos rodeaba. Seguimos la senda que conducía a nuestro destino con paso tranquilo, charlando sobre cómo habían ido los entrenamientos de hoy y lo distantes que seguían estando Jared y Zoey. Habíamos recorrido ese camino bastantes veces, por lo que Aria pronto se olió a dónde nos dirigíamos. Lo supe porque sus dedos dejaron de estrujar con tanta fuerza los míos.

—¿Esto nos va a causar problemas? —me preguntó, alzando la cabeza hacia mí con preocupación.

—No. Ya he avisado a los soldados que están de guardia por nuestra zona. Además, no nos alejaremos de los límites.

—Pero se van a dar cuenta de lo nuestro. —Frunció aún más el ceño.

—Ya lo saben, Aria. —Clavé mis ojos en ella con intensidad—. Es imposible no hacerlo.

Asintió, ruborizándose y mordiéndose el labio para reprimir la sonrisa que luchaba por abrirse paso entre sus labios.

Una ráfaga de aire movió algunas ramas próximas a nosotros y el sonido repentino la hizo encogerse y, de forma instintiva, pegarse más a mí. Tras un segundo, el movimiento de los pájaros nocturnos y el zumbido constante de los insectos se restauraron. Cuando retomó sus pasos me di cuenta de que caminaba con un poco de torpeza. Enseguida miré hacia abajo.

—¿Por qué no te has puesto zapatos?

—No sé, es que estaba durmiendo. —Se encogió de hombros restándole importancia—. No pensé que me llevarías de ruta por el bosque y luego ya... —Pegé un gritito cuando solté su mano para cogerla en volandas.

—Vamos, que mi increíble personalidad te ha distraído —la chinché, mientras me rodeaba el cuello con los brazos y su aroma fresco y dulce embriagaba todos mis sentidos.

—Esto ya me parece demasiado. —Se rio, y estábamos tan cerca que nuestros alientos se entremezclaron. Tragué saliva.

—Me da igual si lo es. No quiero que te hagas daño en los pies.

Pegué mi frente a la suya y deposité un beso rápido en su nariz.

—Gracias —musitó.

Agradecí que no discutiera conmigo porque sinceramente me volvía loco tenerla tan cerca.

Después de unos minutos más caminando, mis pisadas aplastaron las últimas hojas caídas. Habíamos llegado al lago. La extensa superficie se extendía ante nosotros; su orilla brillaba pese a la oscura noche que nos envolvía y el bosque acogiéndolo en su abrigo de árboles altos y, algunos de ellos, todavía verdes. El agua estaba cristalina y por mucho que el tiempo no acompañara deseé poder ser un humano corriente para meterme junto a Aria y disfrutar en condiciones de aquel espectáculo de la naturaleza.

—Pero ¿qué...?

—Bienvenida a nuestra primera cita —le dije, depositándola sobre la manta extendida que había colocado minuciosamente sobre aquel trozo de terreno con vistas al lago.

—¿Y la que tuvimos en la posada? —me preguntó, mirándome desde abajo.

—¿Te refieres a la que te di de cenar porque estabas atada y que catalogamos como «quedada entre dos colegas secuestrados»?

—Bueno, esa cita no tuvo un final precisamente de amigos... —Un brillo de deseo se instaló en su mirada y a mí el recuerdo me provocó un repentino dolor en los pantalones.

—Ni de coña, pero esa no cuenta. Esta es nuestra primera cita oficial.

—Tienes razón —me concedió con sus ojos verdes iluminados por la ilusión—. Además, el sitio que has escogido es mucho más bonito que aquella posada de mala muerte.

—Lo es. Por cierto, ¿a qué hora tienes que estar en casa?

—Mmm... —Fingió que lo meditaba—. Por lo menos antes de que suene el cuerno y empiece la jornada de entrenamiento.

—Vale, entonces tenemos tiempo.

—Sí, lo tenemos. —Me aguantó la mirada y yo volví a quedarme sin aliento, como si me hubieran sacado de golpe todo el aire de los pulmones.

Me senté a su lado, tratando de recomponerme y, siguiendo con el plan, chasqueé los dedos. El leve sonido resonó entre los árboles. Aria soltó una exhalación de sorpresa cuando el ramo de rosas que había depositado en el suelo se elevó para deshacerse en el aire. Cada una de las chispas de fuego que lo componían flotó a nuestro alrededor y, en su conjunto, parecían luciérnagas danzando e iluminando la noche fría. Les pedí, con una petición muda, que se mantuvieran suspendidas en lo alto.

—Esto es precioso —susurró Aria, con los iris verdes resplandeciendo por la belleza de las luces—. Si me hubieras avisado con un poco de tiempo me habría puesto guapa para la ocasión —me reprendió, justo un segundo después mientras recorría mi cuerpo con la mirada. Aún llevaba los pantalones oscuros y ceñidos junto con la camisa entallada, de tejido flexible, que me había dejado un soldado en el interior de la tienda. La capa con capucha me la había puesto más tarde, cuando la temperatura había descendido.

—¿Aún más guapa? Eso es imposible.

—No seas pelota. —Estiró la tela del vestido con énfasis—. Parezco una abuela con este camisón.

—La verdad es que la mía tiene uno más moderno que ese. —Un pinchazo de dolor me atravesó de lado a lado al pensar en ella y, por lo tanto, en Eric. Pero como no quería que mi humor se ensombreciera decidí inspirar hondo y pensar en otra cosa. En Aria. Apoyado con el brazo opuesto, utilicé mi mano libre para recoger un mechón de pelo y colocárselo detrás de la oreja. Me aseguré de rozar su piel—. Pero, aun así, estás muy guapa.

Sus mejillas adoptaron un tono rosáceo que se marchó con rapidez cuando una sombra conocida se cernió sobre su rostro.

Nos quedamos mirándonos durante unos segundos en los que el corazón me martilleó en el pecho. Quería saber en qué estaba pensando, pero egoístamente también quería que fuera una cita bonita. Hablar de cosas triviales. Reírnos. Picarnos. Tal vez sería nuestra única oportunidad de hacerlo. Pero era difícil dejar a raya las conversaciones llenas de preocupaciones. También lo era mantener mis manos alejadas de ella. La atracción que sentíamos el uno por el otro era una bestia insaciable. Al igual que la incertidumbre y el miedo por lo que estaba por llegar. Tenían mucha hambre y nosotros nos negábamos a alimentarlos.

—¿Te puedo preguntar algo? —me dijo, tras un momento de vacilación.

—En eso consisten las citas —la animé.

—Ah, pero ¿no consistían en besarse?

—También, pero lamentablemente no todo el tiempo. —Puse una mueca de decepción.

—Ah, ¿no? —Aria se inclinó hacia mí con un movimiento lento y decidido. La electricidad corrió por mis venas, llenándome de energía y provocándome un cosquilleo nervioso en los labios, que pedían a gritos que probara de una vez por todas los suyos—. Pues es una pena —susurró. Estábamos cerca. Muy cerca. Y esta tensión era una puta tortura.

—A la mierda —gruñí sobre su boca.

La cogí de la nuca y la atraje hasta mí. Nuestros labios chocaron con una necesidad urgente y un deseo que me hizo perder la noción del escaso tiempo que nos quedaba, de la oscuridad que nos rodeaba e incluso de mi posible naturaleza como Protector de un rey al que odiaba. Lo único que me importaba era obtener más de ella. Más. Mucho más. La cogí de la cintura y la apreté contra mí, saboreándola. Un gruñido gutural se escapó de mi garganta. Nuestros labios se movían al mismo ritmo, rápido e incansable, mientras los suspiros de placer se perdían en el eco del bosque dormido. Le mordí el labio inferior y ella gimió suavemente contra mi boca. Introdujo su lengua y yo sentí cómo se me ponía aún más dura. El corazón se me iba a salir del puto pecho.

Dejaría con gusto que aquel beso me consumiera por completo.

—¿Esto no había que hacerlo al final? —preguntó Aria, apartándose antes de que la cosa llegara a más. Su respiración, tan agitada como la mía, delataba lo complicado que le había resultado.

—Creo que sí, pero no pasa nada, luego podemos repetirlo. —Le guiñé el ojo, aún muy alterado. Agradecí su fuerza de voluntad porque no tenía muy claro si yo hubiera sido capaz de parar. Encantado, la habría desnudado allí mismo, para asegurarme de recorrer con mi lengua cada centímetro de su cuerpo.

Nos contemplamos fijamente unos segundos y al vernos en aquellas condiciones: nuestros pechos subiendo y bajando con rapidez, su pelo enmarañado por el paso de mis manos y nuestros labios hinchados… nos echamos a reír. Me sentí extraño cuando la carcajada brotó de mi pecho para unirse a su risa sonora, pero también me sentí más ligero. Más joven.

—Somos lo peor —comentó sacudiendo la cabeza.

—¿Acabamos de estropear la cita?

—No, solo la hemos mejorado —me respondió, con una sonrisa preciosa.

Seguimos mirándonos como dos idiotas colados hasta los huesos hasta que un pensamiento cruzó por su cabeza. La expresión sombría que antes había conseguido alejar regresó para quedarse.

—¿En qué piensas?

—No creo que sea el momento de hablar de eso —exhaló un suspiro entrecortado.

La atraje hacia mí hasta que su espalda tocó mi pecho, y la abracé. Se acomodó dejando salir un profundo suspiro y permanecimos un rato bajo un cómodo silencio.

—Yo también estaba evitando hablar de cosas... complicadas —confesé en voz baja—. Pero no quiero una cita perfecta, quiero una real y por eso me gustaría mucho que me contaras lo que te está preocupando.

Aquellas palabras también me sirvieron como recordatorio. Nuestra relación no había seguido los pasos convencionales, pero habíamos trabajado con uñas y dientes la confianza y nos estábamos convirtiendo en el lugar seguro del otro. Y, para conseguirlo, debíamos aceptar que a veces el plan idílico que tenemos en mente termina convirtiéndose en el escenario de una conversación difícil, pero necesaria.

—No paro de preguntarme cuánto vamos a tener que sacrificar para conseguir nuestro final feliz.

Una punzada de temor se me clavó en mi pecho.

—Me gustaría decirte que nada, pero no me pega ser tan optimista —intenté bromear.

—Ya —musitó, cabizbaja.

La cogí de la barbilla y moví su rostro para alinear nuestros ojos.

—Pero sacrificaré lo que haga falta con tal de tener una oportunidad contigo —le dije muy despacio. Quería que mi mensaje calara en ella—. Lo sabes, ¿verdad?

Me miró de una forma que no me gustó. Como si no se mereciera mis sentimientos.

—Deberías buscarte a una chica a la que no quieran usar todos —intentó quitarle peso al asunto ella también, pero aquello no me hizo ni pizca de gracia—. Tienes muchas probabilidades de perderme.

—Joder, estoy aterrorizado de que eso ocurra, pero aun con esa posibilidad tengo claro que no quiero a ninguna otra chica —dije y bajé la voz—. Solo te quiero a ti.

Sus ojos se humedecieron y parpadeó para contener las lágrimas que amenazaban con deslizarse por sus mejillas.

—Yo también te quiero solo a ti. —Depositó un suave y tierno beso contra mis labios y me sentí vulnerable de narices por sentir que comenzaba a pertenecer a alguien más. También me sentí jodidamente afortunado.

—Además, ¿quién puede decir que la superheroína de la historia está enamorada de él?

Ario rodó sus bonitos ojos y negó con la cabeza.

—No soy ninguna heroína. Ya me has visto en los entrenamientos, me cuesta mucho avanzar con las lecciones.

—¿Y qué tiene que ocurrir para que te consideres una heroína? —le pregunté por curiosidad. Quería entenderla.

—Que ganemos, que todo salga bien.

—Eso es muy difícil. —Suspiré con resignación—. Y, aunque perdiéramos, seguirías siendo una heroína.

—¿Por qué? Los nombran héroes porque siempre ganan el final de la batalla, pero ¿conoces a alguno que haya perdido y, aun así, haya conservado su título?

—Piensa en tu madre —le pedí con suavidad y temor a que aquello le revolviera el dolor con el que cargaba a diario—. Sacrificó mucho y, aunque no ganara, para mí sigue siendo una heroína.

—Para mí también —me concedió con rapidez.

—Lo que la convirtió en una heroína fue el sacrificio que estuvo dispuesta a hacer por tu bien y el de su gente.

«Por mucho que no lo pareciera al dejarlos aquí tirados», pensé confiando en que debía tener una buena explicación para aquello.

Aria asintió.

—Mis padres sacrificaron su oportunidad de estar juntos para que yo hoy pueda estar aquí —me dijo en un susurro trémulo—. Quiero que merezca la pena. Y al mismo tiempo, egoístamente, no me apetece sacrificar lo que estamos construyendo por nadie ni por nada. ¿En qué clase de heroína me convierte eso?

—Te convierte en una humana. Y sabes que al final lo harías, Aria. Sé que harías lo necesario para salvarnos a todos —le dije con la voz más grave—. Igual que todos nosotros.

—Por eso esta historia está llena de héroes —dijo refiriéndose a nuestros amigos y a todas aquellas personas que Anual tras Anual dieron su vida por un futuro mejor—. Pero no quiero verme obligada a escoger. No quiero perderte. —Su voz se quebró.

—A veces perder es la única manera de avanzar.

—Entonces quiero quedarme así, para siempre —susurró, mientras se acurrucaba en mi cuello y yo la envolvía con mi cuerpo como si eso bastara para protegerla del final que nos esperaba.

«Yo también deseo quedarme aquí», pensé con la tristeza rodeándome tan fuerte como sus brazos.

CAPÍTULO 27
ARIA

El diario de Lunette

Hoy he probado el sabor de sus labios por primera vez. Y recuerdo cada detalle. Y no me refiero solo a la textura de su vestido elegante de color terroso o a sus suaves labios explorando los míos con la emoción propia de la aventura. No. Recuerdo el sonido. El olor. Cada una de las sensaciones que erizaron mi piel y me hicieron estremecer. Estábamos envueltas en el murmullo constante del agua bajo el mármol que había levantado aquel lugar oculto entre cascadas. Relucía con tanto esplendor que pensé que era el culpable de robar los últimos resquicios de luz del día. El alma de aquel lugar sagrado se removía bajo nuestra presencia y nos empujaba con fuerza, implorándonos que nos marcháramos. Tú nunca lo supiste, pero fuiste el pecado que tenía que expiar cada noche para, bajo el primer rayo de luz del amanecer, aceptar que caería de nuevo. Porque siempre caería por y para ti. Asumo que lo que te enamoró de mí fue la sensación de libertad que te golpeaba cada vez que me querías y que, por lo tanto, te hacía olvidar las cadenas con las que habías llegado a este mundo gris y frío al que nadie quería pertenecer. La muerte se había convertido en una plegaria. Un deseo pronunciado. Anhelado. Hasta que dejó de serlo. Yo no sabía que su lugar favorito formaría parte del destierro contrario. Si tan solo hubiera podido regalarle eso... quizás su mente fragmentada hubiera tenido un lugar familiar en el que reencontrarse. Por eso escondí allí el único manuscrito antiguo que no fue quemado antes de que se alzara la maldición. Él nos obligó a deshacernos del pasado para crear un nuevo futuro. Y entendía que hubiera sido necesario, pero aun así... Escondí aquel papel con la esperanza de que alguien lo encontrara cuando aún no fuera demasiado tarde. Y, sobre todo, con la esperanza de que supiera qué hacer con el poder más grande que existiría jamás: el de la verdad.

Me habría sido imposible sacarme esa entrada de la cabeza por mucho que no la hubiera repasado una docena de veces. Era la más reveladora hasta el momento. Intuíamos que el lugar del que hablaba Lunette se encontraba en el Helheim, pero no sabíamos exactamente dónde y tampoco si la verdad de la que hablaba era la misma que había descubierto mi madre y que Uriel me advirtió que, si salía a la luz, acabaría con el mundo. Jared aseguró que estaba exagerando «Los Guardianes son un poco intensos», añadió ganándose una elevación de cejas por parte de todos, pero ¿acaso podíamos arriesgarnos? El Alfa de los Indómitos también me había dicho que algunos secretos era mejor que murieran enterrados. ¿Y si mataron a Lunette borrando su existencia porque había dejado un camino de pistas para llegar hasta la verdad? Pero, pensando fríamente, si hubieran leído el diario y hubieran visto algo más que una historia de amor… no habrían permitido que cayera en las manos equivocadas. No. Lo habrían destruido al instante.

Dios, estaba hecha un lío.

Y nerviosa. Notaba cómo algunas gotas frías de sudor se deslizaban por mi espalda.

—No me creo que su insensatez nos haya llevado hasta aquí —comentó Beatrice mientras contemplábamos la fachada de piedra antigua y mohosa del Museo de los Alientos Perdidos.

—Al final pedir las cosas por favor sí que ha funcionado —hablé.

—Sorprendentemente sí, pero jamás lo admitiré ante él.

Su gesto orgulloso se desinfló cuando, de repente, una figura delgada pero corpulenta se abrió paso a empujones en medio de la fila de soldados que esperaban a que comenzara la visita. Esperé a que apareciera Killian, pero fue Jared el que se colocó entre ambas. Nos pasó sus fuertes brazos por encima de los hombros con una sonrisa engreída que acentuó los rasgos más atractivos de su rostro. Aguanté la respiración a la espera de que Beatrice lo lanzara por los aires para estamparlo contra cualquiera de los árboles que nos rodeaban. Pero se quedó inmóvil, con expresión de desconcierto procesando la cercanía de Jared. Se inclinó hacia ella dejando su cuello expuesto y acercó sus labios a su oído. Noté cómo la Guardiana contenía la respiración.

—Demasiado tarde, ya lo he escuchado todo —se regocijó con voz grave.

—¿De dónde leches has salido? —masculló con los ojos encendidos e intentó zafarse de su agarre—. ¡Quítate de una vez!

La miró con socarronería.

—No finjas que no lo sabes. Me tienes localizado todo el tiempo.

—Lo único que sé todo el maldito tiempo es que eres idiota —gruñó.

—Bueno, pero ¿qué tendrá que ver una cosa con la otra?

«¿Por qué estaba de tan buen humor?». Desde luego que por haber hecho las paces con su hermana no. Empezaba a conocerlo mejor e intuía que el motivo podía ser otro. Con su plan, por el momento, calificado por él mismo como todo un éxito, se sentía útil para el grupo. Y después de que la traición de Zoey casi acabara con nuestra vida...

Jared quería compensárnoslo para ser merecedor de un lugar a nuestro lado. Tonterías. Él era imprescindible para todos. Por mucho que a algunos les costara un poco más admitirlo.

—¿Y Killian? —le pregunté a Jared, poniéndome de puntillas para localizarlo entre la multitud de Kaelis. Aunque todos compartían el mismo traje de entrenamiento, podría distinguirlo con facilidad en cuanto viera su espalda ancha, el contorno de sus bíceps o un mechón de su pelo oscuro cayéndole por la frente.

Así de colada estaba por él.

—Se ha quedado atrás para... —Elevó y bajó las cejas de forma extraña—. Ya sabes.

«Sí, por desgracia». Nuestro maravilloso plan era incluso más sencillo que el que nos había abierto las puertas del museo: provocar una pelea y usarla de distracción para robar las pertenencias que encontráramos de mi madre. Si es que había dejado algo, claro.

—¿Por qué sigues creyendo que puedes tocarme con tus sucias manos? —espetó la Guardiana y esta vez la dureza de su mirada sí que dio un poco de miedo.

Jared dejó de tentar a la suerte y nos soltó poniendo los brazos en alto. Antes de marcharse me dio un beso en la cabeza —seguramente porque había notado mi estado ansioso— y yo le sonreí agradecida. Era un ser maravilloso. Subió la escalinata de piedra y, cerca de la entrada, se giró para lanzarle un beso a Beatrice. Ella puso tal mueca de asco que no pude hacer otra cosa salvo reírme.

Jared, con su rubio platino y un gesto de determinación, nos miró un instante más antes de darse la vuelta para quedarse con Zoey y Lysara, que encabezaban la fila. Al fin y al cabo, en apariencia, aquella excursión concedida por los Dioses se había organizado para que los mellizos descubrieran sus orígenes paternos. Además de servir como tributo a los caídos y proporcionar un chute motivacional tanto a los soldados más fuertes como a aquellos más perturbados por la llegada de la Anual. Por nuestra poca experiencia, nosotros también habíamos sido seleccionados por la segunda de los reyes.

Un conjunto de nubes sólidas se amontonaba sobre el cielo gris, confiriéndole al lugar un aspecto tenebroso que me dio mala espina. Aún caminaba con una leve sensación de mareo turbándome los sentidos, culpa del viaje a través de los espejos portales. Podíamos haber accedido a pie desde el pueblo, pero por desgracia el museo estaba bastante lejos del campamento, en una zona más húmeda del extenso bosque donde la niebla se mezclaba con el aire y de la tierra emergían algunos manantiales. Mi corazón se aceleró cuando la cola por fin se movió. No tardamos en traspasar el arco flaqueado por dos columnas desgastadas por el paso del tiempo. El edificio de piedra oscura constaba únicamente de una planta, pero sus techos se extendían varios metros a lo alto.

Tragué saliva cuando, desde el sencillo recibidor, nos adentramos en un extenso pasillo tan solo iluminado por varios puntos de esferas bioluminiscentes. El eco de nuestras pisadas se elevó por las paredes lisas y húmedas. No conseguí ver la luz de la salida así que me limité a caminar junto a la marea de Kaelis que seguían avanzando mientras charlaban entre ellos. Me clavé las uñas en las palmas de las manos mientras me habituaba a la presión que me aplastaba el pecho.

—¿Estás bien? —me preguntó Beatrice. Sus facciones, siempre duras e impasibles, mostraban preocupación. Se había recogido su larga y negra melena en una coleta estirada que acentuaba sus pómulos marcados y su mirada.

—Sí, tranquila. Es solo que este lugar me da repelús —expliqué escuchando las gotas caer desde el techo abovedado hasta el suelo frío de mármol.

—Si te consuela existen sitios muchísimo más terroríficos que este. —Esbozó una mueca parecida a una sonrisa de consuelo—. Si no pregúntale a Jared, seguro que lo niega, pero casi desmaya cuando entramos en la Cripta Eterna.

—Este lugar es como un cementerio, pero mucho más retorcido —musité pensando en que no guardaba cadáveres putrefactos sino los recuerdos más significativos de aquellos que lograron entrar en la

Cueva Ishtar—. No sé si encontraremos algo o estamos dando palos de ciego.

—Bueno, en el caso de que no consigamos nada al menos nos habremos ahorrado una noche de acabar sudorosas y exhaustas después del entrenamiento.

Me reí dándole la razón.

—Si Jared estuviera aquí te diría que te ha pegado su positivismo.

—No lo nombres que lo invocas. —Fingió que un escalofrío le recorría los brazos.

—¿Qué ha sido eso de antes? —me atreví a preguntar.

—¿A qué te refieres?

—A Jared —fui directa al grano—. ¿Cómo es que se ha atrevido a tocarte? ¿Ya no estáis peleados? —y al soltar la pregunta no pude evitar que mis ojos se trasladaran a la cicatriz rosada que cruzaba su mejilla derecha. Desvié la vista al instante, pero fue demasiado tarde.

—No me importa que la mires. Sé que estoy guapa igual —ronroneó, con una sonrisa gatuna.

—Lo estás —admití porque su rostro era... despampanante. Ojalá tener unos rasgos tan llamativos e intimidantes. Así podías decidir quién se acercaba a ti y quién no—. ¿Y bien? ¿Os habéis reconciliado?

—Eso suena fatal. —Puso una mueca de disgusto y tardó unos segundos en sacar una conclusión—. No lo sé. No me cae bien. No entiendo por qué de algún modo siento que... —Suspiró y apartó sus ojos de los míos con timidez—... me ve.

—Y eso te fastidia.

—Sí. No quiero que nadie entre en mi vida —sentenció con un tono duro volviendo a clavar su iris azul en mi rostro—. Y menos si ya lo ha intentado y me ha hecho daño.

—Nadie es perfecto. Lo raro sería que en cualquier amistad o relación no hubiera errores que hicieran daño al otro. Lo importante es si se admiten, van acompañados de una disculpa y se lleva mucho cuidado para no volver a repetirlos.

Medité mis palabras durante un breve momento.

—Ya, sé que tienes razón —me dijo con voz pequeña—. Acepto sus palabras de arrepentimiento porque yo también fui un poco zorra, pero, aunque me esfuerzo... no termino de creérmelas. Necesito hechos. Y de todas formas tampoco estoy segura de que pudiera abrirme de nuevo a él.

—¿Igual que estás haciendo conmigo?

—Contigo es diferente, sorprendentemente me caes bien —confesó y compartimos una mirada de complicidad.

Conseguir que una persona tan compleja como Beatrice admitiera eso era como recibir el mismísimo Premio Nobel de la Paz. Me sentí superorgullosa de caerle bien a una mujer a la que admiraba tanto.

—Tú a mí también me caes bien —le dije, y sus labios se curvaron en una leve sonrisa que correspondí.

Nuestra inesperada conversación murió cuando giramos por la siguiente bifurcación. Cada uno de mis músculos se tensó al advertir el final del largo pasillo. Allí, se encontraba una puerta cerrada y arqueada que daba acceso a la sala principal. Agucé el oído justo para escuchar el clic de la cerradura. La puerta pesada se arrastró, rozando el suelo y emitiendo un sonido chirriante.

Conforme fuimos adentrándonos en el museo, el volumen de las voces descendió hasta convertirse en susurros apenas inaudibles. Un silencio lúgubre se desplegó y lo cubrió todo. Como si la muerte se hubiera encarnado en una figura más visitando las vidas que ella misma había arrebatado. El polvo se arremolinaba y bailaba bajo la luz que entraba por los ventanales. Siguiendo un orden preciso, los Kaelis se repartieron por la amplia sala, tan alta como ancha, repleta de pasillos formados por muebles de roble. En la parte superior de cada uno de ellos, descansando en una vitrina de vidrio, se exhibían los objetos personales de los soldados caídos. Todos tenían un pequeño cartelito con el nombre de su propietario escrito en tinta. Aún no estaba lo suficientemente cerca para distinguir con claridad las letras alargadas, pero la posibilidad de leer el verdadero nombre de mi madre me emocionó y... me aterró. No necesitaba una confirmación de sus mentiras y de la vida secreta que había dejado atrás para criarme, pero, aun así, me seguía costando procesar que Nora, en realidad, era *Antheia*.

Un movimiento nuevo a mi espalda me sacó de mis pensamientos. Alguien se colocó detrás de mí. Al instante, supe quién era. Su perfume era inconfundible y el cosquilleo electrizante que me recorría el cuerpo cada vez que lo tenía cerca también.

—¿Vas bien? —La voz baja y profunda de Killian me acarició la nuca.

—Sí, ¿y tú?

Sus manos se dejaron caer sobre mis caderas en un gesto natural.

—También. Los tengo bastante calentitos —dijo y pude sentir su sonrisa provocativa tironeando de sus labios.

Me giré hacia atrás para mirarlo y, además, de forma disimulada, buscar entre el grupo de soldados que, como nosotros, aguardaban a que nos dieran vía libre para explorar la sala. Pronto distinguí a Beau, el Kaelis que encabezaba el grupo inseparable de tres soldados. Esta vez llevaba la melena rubia recogida en un moño y sus ojos claros estaban cubiertos de una furia helada que no presagiaba nada bueno. La chica más menuda y de caderas anchas, junto con su otro compañero —de nariz puntiaguda y rostro alargado—, seguían guardándole las espaldas. Noté que, a diferencia de otros Kaelis que se habían rendido ante la presencia de un Ignis, ellos estaban deseando encontrar cualquier excusa para demostrar que seguía siendo el enemigo. Lo cual, por mucho miedo que me diera, nos venía bien.

Un carraspeo devolvió mi vista al frente.

—Bienvenidos al Museo de los Alientos Perdidos —nos recibió encantada una de las Kaelis más longevas que había visto desde mi estancia en el Helheim. Era bajita y tenía una postura encogida que delataba que sus brazos y piernas ya no se movían con la misma agilidad que antes. Su piel pálida estaba cubierta de profundas arrugas—. Para los nuevos visitantes, soy Graciella, la encargada de conservar este lugar sagrado.

Imitamos al resto de soldados, agachando la cabeza en señal de gratitud.

Lysara se situó a su lado, sus pasos resonaron por los altos muros de piedra, y se dirigió a la multitud.

—Nuestra querida Gracie encabezará el recorrido para que podáis verlo todo bien y solo al final responderá vuestras dudas —nos informó y, por cómo su expresión se tiñó de emoción, supe que iba a decirnos algo importante para ella—. Algunos pensarán que estos objetos son cachivaches viejos sin importancia alguna, pero se equivocan. Son valiosos porque hacían felices a los soldados que dieron la vida por nosotros. Aquí, de algún modo, residen sus almas. Así que espero que honréis su memoria y os nutráis de la valentía que dejaron a su paso.

Un silencio de respeto se extendió por la sala.

—Vamos muchachos, no os disperséis —lo rompió Graciella, guiándonos con paso lento, pero con ritmo.

Habíamos decidido dividirnos. Jared y Zoey irían por delante junto a Lysara. Así la distraerían y continuarían con el papel de buscar a su familia paterna. Killian se quedaría por el final, cerca de Beau y compañía para provocar la pelea, y Beatrice y yo nos mantendríamos todo el tiempo detrás de ellos. Una vez localizáramos el objeto, lanzaríamos la señal. Y entonces arriesgaríamos todo por lo que habíamos llegado hasta aquí.

«Pan comido», había asegurado Jared a través del canal mental que había titulado como: «Familia desestructurada».

A pesar de los grandes ventanales arqueados que permitían la entrada de la luz, el lugar tenía un aire nostálgico y triste que lo apagaba todo. Me costaba respirar y notaba la garganta rasposa. La atmósfera era densa, como si aquel lugar se hubiera contagiado del polvo de los recuerdos que permanecían en el interior de las vitrinas. Una sensación de pesadez se instaló en mi estómago. No sabía si a causa de los nervios o por la sensación cruda de pérdida que flotaba en el ambiente.

El recorrido comenzó y ante mis ojos pasaron libros tan antiguos que un soplo de aire podría desintegrarlos, trajes oficiales de entrenamientos muy desgastados, ilustraciones de paisajes y otras de retratos realistas, frascos con restos de flores secas dentro, esferas de vidrio con

349

agua encerrada, relojes que ya no funcionaban... Cada vez que aparecía un nuevo cartel sentía que la sangre me abandonaba. Después, venía la decepción.

«El siguiente. Es el siguiente», intentaba animar.

Pero tampoco lo era.

—Esto es enorme —me dijo Beatrice al notar cómo mis hombros se hundían cada vez que terminábamos un pasillo. La voz de Graciella relatando las historias épicas de cada uno de los Soldados quedó en un plano muy lejano—. Lo encontraremos.

Quería creerla, pero conforme dejábamos atrás más y más objetos el pesimismo amenazó con tragarme.

—No entiendo cómo le han dejado pasar. Es inadmisible —escuché cómo bufaba Beau un par de personas por delante de nosotras. Apenas se detenían a observar los objetos preciados de sus antepasados. Cubiertos de un odio gélido que me estremeció, sus ojos taladraban la espalda de Killian, que, justo delante de ellos, hacía oídos sordos a sus quejas mientras avanzaba con la tranquilidad de quien anda por su casa. Aquello debió de reventarlos por dentro.

Llevábamos semanas andando de puntillas, guardando las distancias y cuidando cada una de las palabras con las que nos dirigíamos a ellos. Hasta hoy.

La tensión por la seguridad de Killian me distrajo. Supe que algo ocurría cuando, a mi lado, Beatrice ralentizó su paso. Fue algo apenas imperceptible, pero yo lo noté. Se giró despacio para mirarme. Los latidos se me aceleraron y tuve que entrecerrar los ojos. La tensión me hizo verlo todo borroso. Apoyado en una lona de color granate, a la altura de mis ojos descansaba un cofre decorativo con símbolos de espirales. Con un nudo en la garganta y el corazón martilleándome en el pecho, conseguí leer el cartelito situado a su derecha inferior: «Antheia Brookmire».

Las rodillas me flaquearon y el dolor por su muerte me atravesó como si acabaran de arrebatarme, de nuevo, su cuerpo ensangrentado de mis brazos. Tuve miedo de venirme abajo. La sensación era desgarradora hasta el punto de querer desaparecer solo para evitarla. Inspiré hondo para calmarme y, una vez tuve medio claro que no me echaría a llorar, miré a Beatrice con determinación.

Había llegado la hora.

Nos internamos en el siguiente pasillo, uno de los últimos antes de que el recorrido llegara a su fin. La trayectoria era circular, por lo que regresaríamos a la casilla de salida.

—¿Podéis ir un poco más deprisa? Me estoy empezando a aburrir y necesito aire fresco con urgencia —farfulló Beatrice proyectando su voz lo suficiente para recibir miradas reprobatorias de parte de los Kaelis más cercanos a nosotras.

Noté cómo Killian se tensaba brevemente al escuchar la frase que habíamos escogido como señal. Después cuadró sus hombros y se preparó.

—¿Sabéis lo que también me está aburriendo? —Se dio la vuelta para encarar a un Beau que no le quitaba el ojo de encima—. Vuestras quejas. Deberíais prestar un poquito más de atención a las almas honradas y valientes que murieron para que vosotros estuvierais aquí —se aseguró de utilizar un tono burlesco que hizo que los puños del Kaelis se cerraran, temblando por la furia contenida. Sus compinches miraron a Killian, dando la impresión de que también querían arrancarle la cabeza—. Aunque solo hace falta echaros un vistazo para saber el desperdicio tan grande que hicieron.

—Pero ¿de qué demonios vas? —escupió Beau, acercándose peligrosamente a su rostro.

—Me he cansado ya de aguantar vuestras mierdas. —Se encogió de hombros con actitud chulesca—. Ha llegado la hora de que recibáis la dosis de sinceridad que tanto os hace falta.

—Ignis —pronunció con voz mortífera, e inclinó su cuerpo hacia él de forma amenazante. Su pecho subía y bajaba con rapidez a causa de la ira. Levantó un dedo y se lo hincó en el pecho—. Más vale que cierres tu sucia boca.

—Eres tú el que me está apestando con tu aliento. —Puso una mueca de asco, y lo empujó en el pecho para apartarlo.

Beau retrocedió. Tenía la cara roja y la mandíbula tan apretada que casi podía escuchar el rechinar de sus dientes. La discusión había comenzado a llamar la atención de los Kaelis que avanzaban por delante de nosotros, de modo que aminoraron el paso para ser testigos de la trifulca. Lo cual era bueno y, al mismo tiempo, me tenía aterrorizada.

Ante el silencio cargado de tensión de Beau, Killian volvió a arremeter.

Una última y decisiva estocada.

—Anda, pero si sabes mantener el hocico cerrado —canturreó, y se dio la vuelta para continuar con el recorrido como si no acabara de cabrear a unos perros salvajes cuyos dientes afilados ya estaban preparados para clavarse en su piel. Pero, en realidad, se mantenía a la secreta espera de que Beau se abalanzara sobre él. Conté los segundos conteniendo el aliento.

Tres. Eso fue lo que el Kaelis logró resistir antes de ceder a su impulso.

Y entonces el tiempo se dobló.

Beau elevó su brazo derecho y se abalanzó sobre Killian. Le propinó un puñetazo en la mandíbula que lo hizo retroceder. A pesar de lo fuerte que le había dado, logró mantenerse en pie. Una exclamación ahogada se extendió por nuestra fila y algunos Kaelis se apartaron para dejar hueco a la pelea. Todos le tenían ganas, pero nadie excepto Beau se atrevió a sufrir las consecuencias de Lysara. Killian se limpió la sangre del labio sin quitarle la mirada de encima y le sonrió. Sus dientes rectos y blancos, ahora cubiertos de sangre. Escupió a sus pies, manchando el pulido suelo de mármol.

—¿Eso es todo lo que sabes hacer? —ronroneó y se crujió los nudillos.

—Pedazo de escoria —bramó con el rostro rabioso.

Cogió carrerilla y lo estampó contra la dura pared. Su cuerpo chocó con un estruendo seco. Lo retuvo cogiéndolo de la parte superior del traje y le propinó otro puñetazo, solo que esta vez en las tripas. A este lo siguieron dos. Tres. Cuatro golpes más. Killian soltó un gruñido de dolor y, enseñándole los dientes, lo empujó con su cuerpo. Se lo quitó de encima fácilmente, pero Beau no estaba solo. Así que los perritos falderos del Kaelis lo volvieron a coger, cada uno por un lado para mantenerlo aprisionado, pegado a la pared. Una gota de sudor me recorrió la sien mientras sentía cómo el dolor se extendía por mi pecho. No soportaba ver cómo le estaban haciendo daño. La magia se activó en mi interior como si tuviera vida propia y tampoco pudiera presenciar aquella escena sin quedarse de brazos cruzados. Una luz cegadora se encendió y despertó a aquellas partes de mí que mantenía dormidas y tranquilas. El fuego quemó mi piel y la tierra se removió, inquieta. La sangre recorría mis venas a toda velocidad, preparándome para actuar. Apreté los dientes y mantuve mis pies clavados en el suelo. Me obligué a no hacer *nada*. Lo cual fue todo un martirio para mí. Una punzada de miedo me golpeó ante un final en el que ver sufrir a Killian no hubiera servido de nada.

—¡¿Qué está pasando por ahí?! —exigió saber Lysara que, tal y como habíamos previsto, no dejaría que la pelea se alargara demasiado Dejando a Graciella atrás, corrió hacia Killian y Beau.

Su intervención fue la siguiente señal.

Le costó abrirse paso hasta donde estábamos y Killian, atento a su voz, aprovechó ese margen para librarse del agarre. Le dio un rápido rodillazo al segundo de Beau, que lo soltó al instante para protegerse sus las partes íntimas de un nuevo ataque. Su rostro alargado estaba contraído por el dolor. A la chica la tiró al suelo dándole un codazo con el brazo que le había quedado libre. Era muy superior a ellos, de él emergía una energía poderosa y antigua que ponía los pelos de punta incluso a mí.

Beau y él volvieron a quedarse cara a cara.

Sentí el pulso frenético en mi garganta.

—¡Killian! —gritó Jared, apareciendo en escena un poco antes que Lysara, lo suficiente para poner en marcha la parte más importante del plan. Se llevó las manos a la cabeza en un gesto que seguro había estado ensayando—. ¡Deja a mi amigo en paz!

Su exclamación acompañó al movimiento del Kaelis, que había vuelto a abalanzarse contra Killian. Pero sus nudillos no llegaron a rozarle el pómulo derecho.

El alarido de Jared se mezcló con el rugido de la corriente de aire que invocó. Desde la palma de su mano brotó una ráfaga directa, como una flecha, afilada como un cuchillo. La lanzó hacia un Beau ojiplático por el giro de los acontecimientos. El impacto lo hizo salir despedido hacia la hilera de estanterías. El cristal estalló en miles de pedacitos que cayeron como lluvia y quedaron esparcidos por el suelo. Al igual que Beatrice y yo, algunos soldados también se agacharon y se protegieron las cabezas con los brazos. Otros crearon escudos de aire, que vibraron por la presión. El estallido fue seguido de un silencio breve y denso. La barrera que protegía los objetos sagrados había desaparecido. Tanto la del pasillo donde estábamos como la detrás, donde aguardaba el cofre.

Me obligué a respirar hondo. Había llegado mi turno.

Calculé los metros que me separaban de la vitrina y el tiempo que disponía para averiguar qué contenía el cofre. Ya resolvería más tarde dónde guardaría aquello que contuviera. Aprovechando el alboroto, me escabullí. Los pocos soldados que habían visto la exposición detrás de nosotras se habían unido al barullo de gente que se empujaba para ver en primera fila cómo, por fin, le daban su merecido al Ignis. Nadie me prestó atención. Ni uno solo de ellos me vio retroceder al pasillo anterior. Y si alguien lo hubiera hecho, ante sus ojos tan solo sería una chica asustada queriendo huir del peligro.

Los cristales crujieron bajo el peso de mis botas. Tenía que ir con cuidado. Y rápido. Muy rápido. Lo único que escuchaba era el latido de mi corazón mientras escudriñaba el suelo en busca de… Ah, ahí estaba. Sin poder apartar los ojos del cofre que perteneció a mi madre, me agaché junto a él y lo cogí. No era pesado y mi magia no vibró al entrar en contacto con ningún hechizo de protección que me impidiera abrirlo. Lo cual no era una buena señal. Al examinarlo de cerca pude apreciar la textura de la madera de roble ennegrecida y el relieve formado por los símbolos de espirales que habían sido tallados a mano. Extendí mi brazo tembloroso para levantar el pestillo y abrirlo. La adrenalina y la expectación fueron un chute de energía que opacó al miedo y a las dudas.

Hasta que regresaron con más fuerza.

Un mal presentimiento se instaló en la boca de mi estómago Congeló todos mis músculos y afiló mis sentidos.

«Algo no va bien».

De repente, el Museo de los Alientos Perdidos se estremeció ante la llegada de una fuerza extraña y poderosa. Antigua. Se propagó por las paredes como un eco ahogado.

«¿Qué está pasando?», pensé asustada. Esto no formaba parte del plan.

Un temblor hizo que las estanterías se tambalearan. Escuché en los pasillos contiguos los sonidos de asombro. Los Kaelis se prepararon para lo que fuera que estuviera a punto de atacarnos. Pero yo no tuve tiempo. La sombra de la estantería me engulló antes de que su peso me aplastara.

Lancé el cofre antes de que mi vista se fundiera a negro.

CAPÍTULO 28

ARIA

El caos se deslizó por los escombros, ansioso por encontrarme. No tardó en conseguirlo. Trepó por mi garganta y se coló por mis labios separados. Su intrusa presencia me despertó al instante. Los sonidos del movimiento frenético, de los gritos y de la magia colisionando llegaron hasta mí amortiguados. Los oídos me pitaban con un fuerte zumbido que me hizo querer encogerme. Y, de repente, una oleada de intenso dolor impactó contra mí. Abrí la boca para gritar. Pero mi garganta no emitió ningún sonido. Lo único que pude hacer fue rendirme a la presión que me aplastaba contra el suelo.

Los párpados me pesaban, pero tras un par de intentos conseguí despegarlos.

Me recibió la oscuridad.

Mi respiración se aceleró a causa del pánico que se extendió por mis venas. Luché por mantener la calma, intentando recordar dónde me encontraba y qué podía haber ocurrido. La sensación de la llegada de *algo* seguía pegada a mi piel, poniéndome los pelos de punta. Sí. Estaba en el Museo de los Alientos Perdidos y... ¿por qué no podía moverme? Ordené a mis músculos que me ayudaran a salir de ahí, pero no respondieron. Estaba atrapada. Aplastada bajo el peso de... una estantería. Sí. Eso es. Aturdida, recordé de forma vaga cómo se me había venido encima tan rápido que no había podido apartarme.

«Killian», su nombre ocupó todos mis pensamientos.

La urgencia de asegurarme que estuviera bien me zarandeó y se mezcló con las punzadas que atravesaban mis pulmones. Me faltaba el oxígeno, pero, aun así, logré coger un poco de aire para concentrarme y recordar las innumerables lecciones de Lysara. Conseguí mover los dedos de la mano derecha, que estaban agarrotados, para nutrir mi núcleo de magia. Lo alimenté del miedo profundo que me susurraba que no saliera y al mismo tiempo me exigía que actuara antes de que las garras de la muerte me aprisionaran. Reclamé el viento y le ordené que llegara hasta mí. Una leve corriente de aire me acarició el rostro unos segundos más tarde, como queriendo decirme: «*ya estoy aquí*». Cerré los ojos con fuerza y logré entrelazarme con su conciencia. Tanteé los bordes rugosos de la enorme estantería y la corriente se volvió tan sólida que pudo alzarla desde la parte superior. Mis pulmones volvieron a recibir oxígeno cuando se levantó unos centímetros. Cargando con el dolor, me arrastré a duras penas por el suelo cubierto de cristales hasta que estuve fuera de peligro.

El brazo de viento se replegó y la estantería volvió a impactar contra el suelo con un golpe sordo.

Algunos destellos blancos seguían nublándome la visión, pero gateé hasta la siguiente estantería, que por suerte había logrado mantenerse en pie. Los trocitos de cristales desparramados por el mármol se clavaron en mi traje, algunos tan afilados que sentí cómo me cortaban la piel. Me asomé por el borde del mueble con el pánico estrujándome el corazón. La mayoría de los pasillos se habían venido abajo por lo que obtuve una vista amplia de la sala. El mundo giraba a mi alrededor, pero incluso así supe que estaba ante una masacre.

Temblé mientras trataba de recomponerme.

Los destellos que dejaba el uso de magia y el polvo impregnaban la atmósfera, volviéndola más densa. Los bordes de mi visión seguían borrosos por lo que solo capté fragmentos de lo que se desarrollaba delante de mí a una velocidad vertiginosa. Distinguía manchurrones rojos rodeadas de un fulgor dorado que salía despedido de ellos. Figuras cruzándose, torbellinos de aire causando estallidos cuando, tras unos instantes de silencio contenido, impactaban contra sus objetivos. Clavé los talones en el suelo para resistir el golpe de las ráfagas que sobrevolaban cerca de mí. Confiaba que la estantería que me ocultaba —y una de las pocas que había aguantado el temblor de la tierra ante el primer ataque— resistiera lo suficiente hasta que mi naturaleza sobrenatural sanara a mis células.

Quedarme en un segundo plano mientras mis amigos luchaban sería algo impensable hace unas semanas. Pero había aprendido que, a veces, mantener la mente fría te ayudaba a protegerte tanto a ti mismo como a los demás.

Parpadeé un par de veces cuando sentí que las imágenes comenzaban a cobrar textura y nitidez.

El corazón se me disparó. Sí. *Por fin.*

Los manchurrones color sangre dejaron de serlo. Se trataba de un grupo de Guardianes que había asaltado el museo para… Fruncí el ceño. ¿Eliminar a algunos de los soldados Kaelis más poderosos? ¿Qué sentido tenía eso cuando estábamos a expensas de que la Anual comenzara? ¿Por qué arriesgarse a que el Gran Hacedor se enterara de lo que estaban haciendo?

Encapuchados para proteger sus rostros, las robustas capas color rojo escarlata los identificaban como Novicios, el rango que incluía a los aprendices que, con suerte, llegarían a convertirse en Maestros. Aunque sospechaba que algunos Maestros se habían colocado aquella capa para proteger su identidad. Al igual que los tres Guardianes que nos persiguieron en coche por las concurridas calles del barrio francés, estos también debían trabajar para el Dios del Fuego, y, por lo tanto, para el padre de Beatrice; el Dorado que había traicionado al Gran Hacedor aliándose con el rey del Atharav.

Con el corazón en la garganta, localicé a Killian. Los gritos de los soldados y las ráfagas de viento estallaban a su alrededor; el desconcierto y la rabia tensaban sus rostros mientras creaban escudos de aire para sobrevivir al avance implacable de los Guardianes. Al igual que el resto de los Kaelis, Killian también se defendió usando el aire, ya que para moldear el agua tenían que extraerla del exterior y aunque ahí fuera abundaban los manantiales y riachuelos, no podían permitirse gastar esos segundos en esperar a que el agua se alzara para acudir a su llamada. Era mucho más rápido usar el aire, o en su caso, también el fuego.

Los Guardianes destacaban en agilidad y manejo de la daga. Utilizaban su cuerpo, brutalmente entrenado, para esquivar los ataques elementales y cansar a sus contrincantes. No malgastaban energía dando palos de ciego. Buscaban el momento preciso para que su ataque fuera lo más mortífero posible. Extraían el Éter de cualquier objeto, rincón o sombra del museo para provocar el último aliento de su víctima. Y fueron muchos los Kaelis que dejaron de respirar.

Sentí cómo el pecho se me tensaba de golpe cuando Killian rodó por el suelo cubierto de restos. Esquivó por los pelos el fogonazo dorado que salió disparado de las manos del Novicio. Y se puso en pie de un salto, preparado para el siguiente ataque. Tenía el rostro perlado en sudor y su mirada se ensombreció con una ira contenida que estaba segura de que aturdió al Novicio que pretendía matarlo. Levantándola mediante una corriente de aire, Killian usó como escudo una de las estanterías tiradas por el suelo. Al igual que estaban haciendo algunos Soldados, que las lanzaban para desviar la trayectoria del Éter que se dirigía hacia ellos o para que este perdiera fuerza y pudieran reducirlo con mayor facilidad. Apreté los bordes de la estantería con fuerza al ver cómo Killian invocaba dos llamas intensas de fuego. Las lanzó hacia el Novicio con una velocidad difícil de captar incluso para mis sentidos sobrenaturales. Durante el trayecto hasta su cuello moldeó las llamaradas hasta convertirlas en dos discos tan afilados que en cuestión de segundos la cabeza del Guardián rodó por el suelo. Solo entonces la capucha cayó hacia atrás, espantando a las sombras y revelando un rostro conmocionado. El resto del cuerpo cayó desplomado emitiendo un sonido que me costaría mucho olvidar.

Una arcada me subió por la garganta.

Un profundo dolor me agujereó el pecho al presenciar cómo Killian se veía obligado a matar.

Pero ya no éramos dos jóvenes con una vida aparentemente normal. Nuestro destino estaba lleno de sombras bajo las que quedaríamos atrapados y que nunca nos permitirían volver a ser los mismos.

Una vez se deshizo del Novicio, Killian se quedó parado, sus ojos cruzando la multitud para... buscarme. Podía notar su preocupación en el rostro. Pero no pudo encontrarme porque, de pronto, un par de Novicios aparecieron por detrás de él y lo atacaron. Fui a dar un paso hacia delante para salir de mi escondite, pero Beatrice, que acababa de lanzar a otro Novicio por la ventana, apareció en escena para ayudarlo. Me tranquilicé porque sabía que no eran rivales para ella, y menos para ambos juntos. Sus rostros cubiertos de sudor no tenían más daño que algunos cortes provocados por el estallido de las ventanas. Los dos se movían con ligereza, lo cual indicaba que no los habían herido de gravedad.

El problema era que nos superaban en número. Y el factor sorpresa también jugaba a su favor. En siglos de historia los Guardianes habían sido los encargados de proteger el orden, ¿cómo iban a imaginar los Kaelis que de un día para otro irrumpirían en su destierro para asesinarlos?

Cerca de Killian reparé en Beau y sus dos amigos, que se enfrentaban con dificultad a un grupo de cinco Guardianes. Me llevé las manos a la boca cuando la cabeza de la chica golpeó el suelo con un sonido seco. Su gesto se contrajo en una expresión de puro horror. Era demasiado tarde para ella. La daga del Guardián ya le había atravesado el pecho. Se la intentó sacar con las manos, que al instante se cubrieron de sangre por lo afilada que estaba la hoja, pero las fuerzas la abandonaron. Sus brazos cayeron flácidos al mismo tiempo que sus ojos se perdían en el vacío del museo que, con cada muerte, se acercaba más a convertirse en un cementerio. Un charco de sangre comenzó a formarse debajo de ella, ahogando los escombros que habían ensuciado el impoluto mármol.

Estaba muerta.

—¡No! —el grito roto de Beau resonó por el museo, tan fuerte que el estruendo de la batalla quedó en un segundo plano.

La pérdida de su amiga lo desconcentró y el par de Novicios que se enfrentaban a él comenzaron a ganarle terreno. El asesino de su compañera se preparó para atestarle el golpe mortal por la espalda, y, de no ser por Killian, que invocó un escudo de fuego y se situó entre el ataque y Beau, el Éter lo habría dejado fuera de juego.

—No necesito tu ayuda —escupió el Kaelis, con un ojo hinchado y el labio partido.

—Ya, pues a mí me parece que sí —replicó Killian, alzando un muro de fuego para contener al tercer Novicio.

Mientras todo a su alrededor se desmoronaba, Lysara libraba dos luchas a la vez; la de bloquear los ataques de los Novicios y la de leer el campo de batalla, lanzando órdenes rápidas para que los grupos de Kaelis se replegaran y ordenaran según sus necesidades. No había espacio para estrategias estudiadas que pudiera poner en práctica. Esto era pura supervivencia. El sudor le corría por el rostro, pero no permitió que el miedo se reflejara en él. Se movía con gracilidad y concentración. Su expresión, tan imperturbable como las ráfagas letales de aire que invocaba, era la única seguridad con la que contaban los Kaelis.

Lysara movió los labios para dar una orden a los mellizos, que habían dejado a un lado sus diferencias para luchar juntos. Como una sola mente, habían entrelazado sus poderes y manejaban el viento. Eran la profecía que estaban destinados a ser. No alcancé a escuchar la orden, pero pude intuirla cuando se tomaron de la mano y, concentrados en un objetivo fijo, alzaron la otra mano a la altura de sus hombros. A unos metros frente a ellos, dos Novicios estaban dándole bastantes problemas a un par de Soldados agotados. De pronto se elevaron del suelo como si levitaran. Movieron las extremidades tratando de romper aquella especie de hechizo, pero el aire que los apresaba los empaló en los candelabros suspendidos en el techo.

—*Deberíamos salir del museo. Si utilizamos el agua conseguiremos ser más fuertes que ellos* —me llegó una voz sofocada de uno de los Kaelis. La general debía haber abierto un canal para recibir información de los soldados.

—*Lo sé. Pero nos superan en número* —la voz de Lysara sonó más apretada, interrumpida por el impacto de un ataque—. *¡Nos tienen acorralados! ¡No podremos contenerlos el tiempo suficiente para replegarnos sin que nos ataquen por la espalda! Así que concentraos en acabar con todos los que podáis.*

La opción de replegarnos hacia un lugar seguro se había convertido prácticamente en un milagro.

La batalla había empezado y terminaría allí. Quedase quien quedase en pie.

Un escalofrío me recorrió la nuca y mis ojos se vieron arrastrados por una presencia, que, hasta el momento, se había envuelto por las sombras. La figura corpulenta se mantenía alejada de la pelea, con los brazos cruzados mientras, completamente quieta, escudriñaba la multitud. Era un Guardián y parecía... buscar algo. Aunque me dio mala espina, no le di más importancia. No podía permitírmelo cuando tanta gente estaba muriendo a mi alrededor.

Aún un poco mareada, encontré el modo de ayudar de forma segura.

Desde mi posición retirada podía lanzar ataques que necesitaran más concentración y energía. Así que eso hice. Clavé mi vista en aquellos Guardianes que estaban infringiendo más daño y, entonces, uno a uno, les fui extrayendo el aire de los pulmones para cerrarles la garganta. Se llevaron las manos al cuello con un gesto de espanto y se lo arañaron como si de esa forma el oxígeno pudiera entrar de nuevo. No lo haría. Algo dentro de mí se quebró conforme los cuerpos se desplomaron uno a uno como fichas de dominó.

Solo que nadie sabía quién había empujado la primera ficha. Sus expresiones mudaron a la sorpresa mientras, tanto Guardianes como Kaelis, buscaban al culpable.

Se me revolvieron las tripas. Por mucho que fueran nuestros enemigos, nada podía cambiar el hecho de que estaba arrebatando vidas. Una fuerte arcada me sobrevino y me llevé las manos a la barriga. Se me dobló la espalda mientras vomitaba lo poco que había comido aquel día.

Con un sabor amargo en el paladar, me volví a asomar. Y entonces advertí de nuevo a la figura corpulenta que examinaba la batalla con mirada de halcón. Mi ritmo cardiaco se disparó para avisarme de que algo muy malo estaba a punto de suceder. Mis huesos vibraron al comprenderlo. Igual que había ocurrido en Nueva Orleans, los Guardianes me estaban buscando para asegurarse de que los Kaelis no pudieran usarme para romper la maldición. Me querían muerta.

Y el que no había intervenido... Clavé mis ojos en él justo cuando decidió que ya era hora de revelar su identidad. Muy despacio, se deslizó la capucha hacia atrás como si supiera que alguien lo estaba mirando. Lo primero que identifiqué fueron sus ojos, cubiertos por una profunda oscuridad que no sabía de dónde venía, pero... no era natural. Y después, las cicatrices que desfiguraban su rostro adulto junto a su coleta baja.

Era él. Marlon.

Nos había perseguido desde la fiesta del verano en Haven Lake dispuesto a todo para hacernos sufrir.

Una corriente de terror me heló las venas, impidiendo que mi cuerpo funcionara con normalidad. Las rodillas me flaquearon y tuve que entreabrir los labios en busca de aire. La opresión que me cerraba la garganta dificultaba la llegada de aire a mis pulmones, lo cual, dada la situación, resultaba irónico. Observar aquel rostro era volver a despertar en aquel granero, tirada en el suelo sin saber que el horror esperaba, pacientemente, a que abriera los ojos. La diferencia era que ahora sabía lo que esos tres hombres habían planeado hacerme. Volví a ser aquella chica asustada y atascada en su culpa; mi tráquea encendida por la quemazón de mi voz desgarrada, el sabor de mi propia sangre después de las patadas que me dieron en la cabeza, la fría soledad que se hundió en mi corazón al comprender que nadie vendría a ayudarme y después… El asqueroso tacto de su enorme mano en torno a mi cuello para que no me moviera mientras él me quemaba la espalda.

La convirtió en una masacre y, escribiendo la palabra pegando mi cara al suelo arenoso, me reveló aquello en lo que me había convertido: asesina.

Me clavé las uñas en las palmas de las manos para poder soportarlo. Aquellos recuerdos no necesitaban la seguridad de la noche para atormentarme. Habían escarbado en mi mente y ahora siempre tenían un lugar seguro al que regresar. Quería desprenderme de ellos, borrar aquellas letras de mi piel y perdonarme por lo que había permitido. Porque el peor daño me lo hice yo misma cuando mis poderes se activaron para defenderme y yo… los reprimí. Merecía ese castigo por el daño que había causado en mi incesante búsqueda de la verdad.

Una pequeña parte de mí seguía pensándolo.

Pero no toda, *ya no.*

Aquella era una herida abierta que nunca dejaría de sangrar.

Marlon, como si recordara el olor de mi miedo, ladeó la cabeza Movió el cuerpo con lentitud hacia mi dirección y entonces clavó sus ojos tenebrosos en los míos. Dejé de respirar. Temblando, me giré lo más rápido que pude pegando mi espalda en la estantería.

«Me ha visto», pensé muerta de miedo.

«Ya viene a por ti».

El corazón se me iba a salir del pecho. Tenía que salir de allí lo más rápido posible. Antes de que viniera a buscarme. Quizás sus pasos ya resonaban por los altos muros. Acercándose y apartando con patadas los objetos más valiosos de los héroes caídos, que habían terminado perdiéndose entre la sangre y el movimiento de la pelea. En cualquier momento su cuerpo esbelto aparecería frente a mí y sus manos sucias volverían a hacerme daño. Sus uñas mordidas y con los bordes negros volverían a clavarse en mi piel.

No. No podía permitirlo.

Mi mente se puso a funcionar a toda velocidad. Sin poder usar mis poderes de fuego para que los Kaelis no me descubrieran, mi única posibilidad, tal y como había confirmado Lysara, estaba ahí fuera, cerca del agua. La suerte con la que yo contaba es que estaba al lado de la salida. Tan solo tenía que cruzar el inmenso pasillo y entonces tendría una oportunidad. Un milagro.

Pero antes tenía que recuperar el cofre de mi madre. Me agaché en el suelo y, de rodillas, lo busqué con la ansiedad devorándome por dentro como una bestia rabiosa. Los dedos me temblaban con violencia mientras apartaba a toda prisa los escombros bajo los que había brazaletes, libros destrozados, peluches ennegrecidos y más objetos que hacía unos minutos se exhibían, impolutos, en las vitrinas. Los agujeros que los estallidos de magia habían abierto en el techo lo habían dejado todo patas arriba. Mi mente me torturaba con la aparición de Marlon una y otra vez detrás de mí. Muy quieto, observándome con una calma estremecedora. Me giré con el corazón en un puño, pero el espacio de la pared seguía vacío.

«El tiempo se te acaba».

Un nudo me apretó la garganta y tuve ganas de echarme a llorar por la tensión del momento.

No lo hice. Distinguí un segmento de material diferente debajo de algunos trozos de madera oscura, mezclados con yeso y cristales. Los aparté con apremio y, con el corazón en la garganta, cogí el cofre con mis manos. Las bisagras chirriaron cuando lo abrí.

Solté un largo suspiro de derrota y me dejé caer sobre los talones, decepcionada.

Aquello que guardaba en su interior era un colgante con una pequeña piedra azul apagada. La toqué, pero no percibí ninguna vibración de magia que me indicara que poseía algún poder especial, como el colgante de sombras. Vacié el cofre por completo y... nada. No parecía albergar nada más. No lo entendía. Mi madre no era una persona a la que le encantaran las joyas. De hecho, en las últimas navidades que pasamos los tres juntos, papá y yo le habíamos regalado una pulsera de plata preciosa y tiempo después aún teníamos que recordarle que existía para que se la pusiera.

Sin rendirme, pasé los dedos por el relieve de los símbolos tallados en la madera. Lo examiné con cuidado y me di cuenta de que una de las espirales era distinta a las demás. La presioné y cedió un poco. Pero no ocurrió nada. Entonces me invadió una idea disparatada. Cogí uno de los cristales sueltos por el suelo y me lo clavé en la palma de la mano, causándome una quemazón punzante que se extendió por la zona. En cuanto la sangre comenzó a brotar y a extenderse por mis dedos llevé la mano al símbolo y volví a empujarlo. Un suave clic se abrió paso entre mis jadeos y el fondo se levantó apenas unos milímetros. Lo terminé de alzar y la emoción que sentí fue como un chute de energía. Ahí estaban. Esto era algo que encajaba mucho más con mi madre y que podría haber guardado como su posesión más valiosa.

Un puñado de cartas sujetas con una cuerda.

Me las metí en el bolsillo resignada a tener que arrugarlas y, justo cuando lo hice, una sacudida repentina de inquietud me hizo levantar los ojos.

Me choqué de lleno con su mirada depredadora.

Se lamió los labios y una sonrisa fría se extendió por su rostro mientras daba un paso hacia mí.

Los escombros se hundieron bajo su peso.

Ahí estaba.

Marlon me había encontrado.

CAPÍTULO 29
ARIA

Lo último que sabía de aquel psicópata eran las palabras de Fayna en el templo de Tengboche: «Está preparándose para la próxima vez que te vuelva a ver… Te tiene muchas ganas, ¿sabes?» Había evitado pensar en ellas hasta ahora, que, teniéndolo enfrente, se reproducían en mi cabeza por una voz ronca y susurrante. El vello de la nuca se me erizó.

Marlon me miró completamente embobado, recorriendo mi cuerpo de arriba abajo con una parsimonia que me puso aún más histérica.

Soltó un suspiro.

—No sabes cuánto tiempo llevaba fantaseando con esto. —Sus fosas nasales se abrieron, como si estuviera oliéndome. El bullicio de la pelea se alejó hasta convertirse en un zumbido—. Cada noche me iba a dormir con la esperanza de poder soñar contigo.

Guardó una pausa y ladeó la cabeza. Sus ojos me escrutaron con una mayor intensidad, sin parpadear siquiera. Miré a los lados buscando una salida. Quería huir de su espeluznante mirada, pero si quería sobrevivir tenía que actuar con mucho cuidado. Así que decidí quedarme quieta, como el pajarito asustado que él pensaba que era.

—¿Quieres saber lo que te hacía?

—No, pero me lo vas a decir de todas formas —contesté con sequedad, luchando por impedir que mi voz no delatara el terror que en realidad estaba sintiendo.

—Mmmm… volver a escuchar esa lengua venenosa es como música para mis oídos —ronroneó, cerrando los ojos para disfrutar del momento. Después volvió a clavarlos en mí y su gesto se tornó inquietantemente tranquilo—. Lo que te hacía es justo lo que va a ocurrirte en los próximos minutos —bajó la voz—. Te lo cuento para que puedas prepararte, ¿no te parece una buena idea?

Cogí aire de manera superficial y, sin pensármelo dos veces para no acobardarme, me giré para echar a correr por el pasillo por el que habíamos entrado al museo. Aquel que conducía justo a la salida. Al milagro que tanto necesitaba. Pero el suelo a mis pies se fragmentó y de él surgieron raíces con vida propia que se aferraron a mis tobillos. Ahogué un grito de dolor cuando me apretaron con saña.

—¿Qué haces? —me observó con desaprobación—. Aún no puedes irte. Tengo que contarte cómo voy a matarte. —Una de las raíces se alargó, y se elevó hasta quedar a la altura de mis labios. Arrugué la nariz. Dios, olía fatal. El tentáculo me rozó la mejilla casi con cariño y mis ojos se humedecieron ante el contacto—. Ah, pero ¿ya estás llorando? Es pronto para eso.

—¿Por qué me odias tanto? —la pregunta salió de mis labios antes de que pudiera contenerla. Era estúpido por mi parte y me hacía parecer aún más débil, pero necesitaba tiempo.

—No te odio. Al contrario. Me provocas fascinación —me respondió con los ojos brillantes. Se acercó hasta mí y las manos se me cubrieron de sudor frío. Tenerlo tan cerca provocó que mis piernas flaqueasen, pero encontré la fuerza que necesitaba para cerrar mi puño y propinarle un puñetazo. Me cogió el brazo al vuelo y lo retorció contra mi espalda mientras una sonrisa maliciosa curvaba sus labios. Su aliento caliente y maloliente estaba a centímetros de mi rostro.

—Suéltame —gruñí, ahogando un gemido de dolor.

—¿Y sabes por qué me fascinas? Porque eres una presa que parece muy fácil de atrapar, pero siempre terminas escurriéndote de entre mis dedos. Justo cuando estoy a punto de romperte el cuello... —con su mano libre me cogió de la tráquea y la apretó con fuerza, ahogándome— consigues escapar y dejarme con las ganas.

Ya estaba nutriendo a mi núcleo de energía con la ira que estaba sintiendo cuando aflojó su agarre y me soltó. Di una bocanada de aire y, tosiendo, me llevé las manos al cuello.

—Además de lo poderosa y preciosa que eres —prosiguió con su explicación relamiéndose los labios—. Nunca le he quitado la vida a alguien como tú y estoy deseando hacerlo y al mismo tiempo quiero alargarlo lo máximo posible.

Su expresión fue de puro disfrute al tenerme tan cerca de él, completamente a su merced. Sus ojos pertenecían a los de un lunático completamente obsesionado con su víctima. Sabía que podía soltarme si me concentraba, pero antes pretendía sacarle información.

Deseé que Jared abriera nuestro grupo «Familia desestructurada» para lanzar un mensaje de auxilio, pero entendía que también estaba muy ocupado intentando salir con vida de la emboscada.

—¿Y el Dios del Fuego? ¿Él también me echa de menos? —Alcé la barbilla.

—Oh, mucho. Está muy sorprendido de que hayáis conseguido llegar tan lejos... Con dos de los Vestigios Originales en vuestro poder y contando con la protección de los reyes del Helheim —en su rostro se encendió una chispa de comprensión—. Pero visto lo sola que estás y que aún no hayas usado el elemento que mejor se te da controlar... ¿No le habéis contado a vuestros queridos amigos que podrías liberarlos de la maldición?

Apreté los dientes y guardé silencio.

Su pecho vibró cuando dejó escapar una carcajada áspera.

—Interesante. Muy interesante. Bueno, de todas formas, da igual porque hoy es el último día de tu vida —me tocó el pelo, aplastándomelo contra la cabeza, mirándome con una cara de cerdo que me puso

371

el estómago del revés. La única forma que se me ocurrió de borrarle esa expresión fue escupirle en el rostro. No fue una buena idea—. ¡Zorra asquerosa! ¿Cómo te atreves?

Se limpió el líquido que caía por su mejilla derecha mientras me miraba rabioso, enseñándome los dientes, la mayoría manchados por la suciedad.

Me cogió del pelo con tanta fuerza que me tuve que morder la mejilla interior para no darle el gusto de gritar.

—Quiero que me escuches atentamente —me pidió en voz baja, inclinándose aún más hacia mí—. Lo primero que voy a hacer es perseguirte hasta atraparte. Después te arrastraré por el suelo mientras me suplicas que pare y me pondré encima de ti —su voz era como una pesadilla susurrándome en el oído. Quería llorar, hacerle daño y al mismo tiempo estaba completamente atrapada en el juego que había preparado para mí—. ¿Esto te recuerda a algo? Sí, a mí también. Te intentarás escapar bajo mi peso, pero no podrás porque yo soy mucho más grande y fuerte que tú. Así que te limitarás a sentir cómo te desgarro el traje para escribirte otra bonita palabra en la espalda. —Mis ojos se avivaron por el pánico. No. Otra vez no. Por favor. Me rodeó con un brazo y pasó uno de sus dedos gordos por mi columna, recorriéndola con una suavidad que después no tendría. Un escalofrío me subió, poniéndome aún más tensa de lo que ya estaba.

—No vais a ganar. —Negué con la cabeza y lo miré con un gesto férreo—. Somos muchos más los que queremos salvar la Tierra.

—Ah ¿sí? ¿Lo dices por Connor y su intento inútil de avisar a los Guardianes de lo que estamos haciendo? —soltó una risa desdeñosa, y continuó con burla—. ¿O por Eidan queriendo unirse a los Indómitos para colarse en la Anual y ayudaros? No permitiremos que tengáis esperanza.

—Pues llegáis tarde porque ya la tenemos. —Apreté los dientes. Con un movimiento apenas perceptible hice bailar el aire a mi espalda y lo agrupé en un pequeño torbellino entre mis dedos. Esperé al momento justo.

—¿De dónde sale toda esa valentía tuya? Eres una inútil con tus poderes y apenas sabes luchar. Y quiero que comprendas que Killian no vendrá a rescatarte. Me he asegurado de que los mejores Guardianes lo mantengan muy ocupado mientras acabo contigo —me dijo, muy atento a mi reacción. Mi rostro era una máscara impasible. Y eso lo cabreó—. ¡¿Es que no tienes miedo de lo que voy a hacerte?! Porque deberías —su tono se endureció—. Claro que deberías.

—El que deberías tener miedo eres tú —musité.

—¿Ah sí? ¿Por qué? —su tono era de pura excitación y aquello solo me enfadó más.

—Porque como siempre, me estás infravalorando y eso me está enfadando mucho. Y no quieras que eso ocurra —le dije con calma, y entonces me agaché y le golpeé con la enorme masa de aire que estaba acumulando detrás de mí. Salió despedido y se cochó contra la pared. Las raíces se retiraron como un animal herido y yo corrí casi sin aliento hacia la puerta.

Lo último que vi antes de internarme por el pasillo fue cómo se despertaba y se apoyaba en una de sus rodillas para ponerse en pie. Una sonrisa retorcida deformó sus rasgos.

Y entonces sus palabras me sacudieron: «Lo primero que voy a hacer es perseguirte hasta atraparte». Sin darme cuenta había seguido los pasos de su profecía. Y si conseguía atraparme... Recordé la sensación de asfixia y ardor en la piel cuando trató de quemarme viva en el Bosque de las Bestias. Si no hubiera sido por la aparición de Killian y los guardias del rey ahora estaría muerta.

Así que corrí tan rápido como pude. Mis pasos impactaron contra el suelo y rebotaron en mis rodillas. Una y otra vez. Hasta volverse casi doloroso. Intenté no mirar hacia atrás. Sabía que me perseguía cuando escuché el tacón de su bota atravesar el aire. Pum. Pum. Pum. A un ritmo constante y tranquilo. Todo lo contrario al ritmo frenético de mi corazón.

Avancé recorriendo los pasillos serpenteantes lo más rápido que mis piernas me permitieron. Las luces bioluminiscentes que antes aportaban puntos de luz se habían apagado de un plumazo. Atravesé la oscuridad entrecerrando los ojos, intentando distinguir algo. Pero era inútil. El aire cargado de polvo era espeso. Agobiante. Un chasquido de una losa me distrajo y no calculé bien al girar, provocando que me chocara con la húmeda y dura pared. Apreté la mandíbula tragándome el dolor. Segundos después, volví a recuperar la velocidad. Rodeada de sombras que no terminaba de dejar atrás imaginaba el rostro de Marlon emerger de una de ellas. El eco de sus pasos sonaba como un reloj atascado, anunciando una hora que se acercaba.

Y también me perseguía, recordándome lo cerca que podía estar de mí.

Así que, con una expresión de angustia y con el rostro cubierto de sudor, me di la vuelta. Una figura oscura apareció de repente a unos cuantos metros de distancia. Caminaba de forma tranquila sin apartar los ojos de mí. En ellos se reflejaba una promesa que ya conocía muy bien.

Lo peor era que Marlon no se esforzaba por llegar hasta a mí. Sabía que, tarde o temprano, sus manos me atraparían.

El pánico se cernió sobre mi garganta. No había final. Un pasillo. Luego otro.

Y luego otro.

Y otro más.

Y…

—Ya voy —canturreó, y su voz rebotó por las paredes hasta alcanzarme.

Tropecé, sintiendo cómo la garganta me ardía. Me levanté con un salto, apenas sin impulso.

Y entonces comprendí lo que estaba haciendo.

Quería cansarme. Primero, desgastarme la mente con la escenita de antes. Segundo, agotar mi cuerpo con esta persecución. De esa forma le resultaría mucho más fácil matarme. Aunque me hiciera saber lo inútil que le parecía, en realidad no era tonto, era consciente de que albergaba un poder mucho más peligroso que el suyo.

Quería que yo lo olvidara.

Y lo estaba consiguiendo. Me había hecho creer que yo era la víctima cuando, si confiaba un poco más en mí, la víctima podía ser él.

«Te estás enfocando en las cosas que no están funcionando en vez de en la larga lista de cosas que sí has conseguido», me había dicho Killian y tenía razón. Sin darme cuenta, estaba volviendo a hacerlo. Era mi forma de funcionar, pero ahora que empezaba a conocerme más podía cambiarlo. Por mucho que al principio tuviera que esforzarme para conseguirlo.

Me tapé los ojos con el brazo cuando, al salir, la luz me deslumbró por un instante. Bajé las escaleras de piedra, pero ahí terminó mi huida. Levanté la mirada: el cielo estaba cubierto de nubes densas y grises y el aire rugía, alterado por la cantidad de Kaelis que lo manipulaban. Incluso fuera costaba respirar. El bosque me envolvía; sentí la humedad de la hierba filtrarse por mis zapatos. Desplegué mis sentidos para encontrar el estanque más cercano a mí. Su murmullo me atrajo como la luz a una polilla y cuando lo localicé, empecé a conectarme a él.

Un escalofrío me sacudió cuando la puerta se cerró con un sonoro portazo.

Me di la vuelta para enfrentarme a Marlon.

La capa color escarlata le ondeaba por el vaivén del viento mientras me miraba, deseoso de empezar a jugar. Y eso fue lo que hicimos.

Se impulsó con los talones para lanzarse hacia mí. Marlon no usaría sus poderes para acabar conmigo, lo haría de una forma más íntima: sintiendo cómo mi cuerpo asustado luchaba por escapar de su fuerza y oliendo mi sangre mientras corría en surcos por la piel desgarrada de mi espalda. Inspiré de forma profunda y ahuyenté esos pensamientos. Obligándome a quedarme quieta, invoqué cuatro muros de aire que emergieron a su alrededor con un sonoro estruendo. Detuvieron su carrera en seco.

Sin apenas poder moverse posó los ojos en mí, en ellos centelleaba un matiz de sorpresa. Nutriendo mi magia con la ira que calentaba mi pecho, estreché las paredes de aire lo máximo que pude para que no tuviera oportunidad de contraatacar. Hubiera sido más seguro ahogarle como había hecho minutos atrás con otros Guardianes, pero no tenía ni la calma ni el tiempo necesarios para ello.

—No eres más fuerte que yo —me recordó con los dientes apretados por la presión del aire cerniéndose sobre él, tal y cómo él había hecho cuando casi me quema viva.

—Yo creo que sí —repuse.

Sus dedos se encendieron de un rojo palpitante. Un aviso de que buscaba la manera de escapar. No. Aún no era el momento. Dejándome llevar por la ira que corría por mis venas al tenerlo tan cerca, absorbí una corriente de agua del estanque. Segundos después apareció detrás de mí. Dividí la masa de líquido en cinco remolinos de agua, que, cediendo ante mi voluntad, adoptaron forma de cuchilla. Suspendidas en el aire, se prepararon. Hice caer los muros de aire que apresaban a Marlon y propulsé las cinco cuchillas hacia su cuerpo. Con los ojos abiertos de asombro, Marlon invocó un escudo de fuego tan sólido que, al colisionar contra él, las cuchillas se deshicieron en vapor de agua. El aire se cubrió del olor metálico de la magia. Retrocedí asustada. Mierda.

No me permití pensar que yo no era suficiente. Si lo hacía, me ocurriría lo mismo que en el incidente con los tornados. Me bloquearía y entonces todo se acabaría.

Busqué un modo de cambiar aquello que estaba fallando para no rendirme: quizás no había sido lo suficientemente rápida o tal vez no estaba conectando profundamente con mis emociones para acceder a la totalidad de mi magia. Sí, tenía que ser eso.

Las comisuras de la boca de Marlon se elevaron.

—Te lo dije, no puedes vencerme.

Las llamas reptaron por sus brazos como serpientes obedientes y se concentraron en sus palmas. Impulsó los brazos hacia delante, arrojando grandes llamaradas de fuego en mi dirección. Sin apenas respirar, me agaché en posición fetal. Me aferré al miedo y me nutrí de él para conectar con el agua, aún suspendida en el aire. Cambié su estado y la convertí en líquido. Con ella me envolví en una burbuja protectora. Las llamaradas me golpearon con una fuerza que me retumbó en los oídos y me echó hacia atrás. Tuve que apretar los músculos para resistir. Pero aguanté. No consiguió derribarme.

Boqueé, tratando de recuperar el aire.

—Mmm… Eso no ha estado nada mal —admitió Marlon con una mueca de aprobación. Me puse en pie y nos miramos cara a cara. Apreté los puños—. Pero siento decirte que ya me he cansado de tantos jueguecitos. —Alzó su mano para retorcerla como si estuviera apretándome la carne y su voz bajó varias octavas—. Necesito tocarte. Y matarte.

Con un movimiento seco de cabeza una raíz brotó del suelo y se ancló a mi tobillo. Me tiró y me arrastró hacia él. Traté de resistirme clavando las uñas en el terreno, pero la raíz tiraba de mí con violencia. Esperando que nadie me viera, conecté con el elemento tierra y extraje una raíz mucho más gruesa. La arrastré hacia mí, con la tierra salpicándome la cara, y la utilicé para que me sujetara del torso. Quería frenar como fuera el recorrido que me llevaba hasta sus botas, pero no lo conseguí. Marlon, con un simple chasquido de dedos, enterró de vuelta la raíz.

—Ven aquí. Llevo demasiado tiempo esperándote.

Cerré los ojos con fuerza conteniendo las lágrimas que el miedo quería arrancarme.

No le daría ese placer.

Una vez a sus pies, se agachó a mi lado y antes de que pudiera atacarle me dio una fuerte bofetada que me arrebató el aliento. Con una patada en las costillas, terminó de darme la vuelta. La mejilla me ardía, pero apenas sentí dolor cuando se colocó encima de mí. Dejó caer todo su peso sobre mi espalda, aprisionándome. Cerré los dedos sobre la hierba húmeda.

—Te intentarás escapar bajo mi peso, pero no podrás porque yo soy mucho más grande y fuerte que tú —me susurró cogiéndome del cuello. No quería que me perdiera ni una sola palabra de su promesa de tortura—. Así que te limitarás a sentir cómo te desgarro el traje para escribirte otra bonita palabra en tu espalda.

Tomé una inhalación superficial y traté de encontrar una salida.

Grité lo más fuerte que pude. A Killian, para que escuchara mi voz desgarrada. A mis amigos, para que vinieran a ayudarme. A cualquiera que pudiera quitármelo de encima. *Por favor.*

Lo único que respondió a mi súplica fue el sonido lejano de la batalla.

Y entonces, tal y como ocurrió en el granero, comprendí que nadie vendría a rescatarme. El frío me envolvió. Si quería sobrevivir tendría que salvarme a mí misma. Contuve un grito de desesperación cuando Marlon me pasó la mano por la espalda, trazando formas irregulares durante lo que me pareció una eternidad. Una vez se cansó, rasgó la tela resistente del traje.

Una brisa fría me acarició la piel desnuda.

El pecho me subía y me bajaba de forma frenética, a la espera.

Sentí calor en la espalda cuando los dedos de Marlon se encendieron con chispas de fuego.

—Preciosa —susurró, maravillado al contemplar su obra retorcida mientras apretaba un lado de mi cara contra la hierba, haciéndome probar su sabor. Una lágrima cayó rebelde por mi mejilla—. Espero que la nueva marca sea de tu agrado. Creo que te pega mucho. —Se rio en mi oreja y su aliento me provocó tal oleada de asco que algo distinto al terror se abrió paso en mi interior.

Sentí el calor concentrándose en un punto de mi espalda. Un dolor ardiente afloró en ella cuando presionó su dedo contra mi piel. El olor a carne quemada se coló por mis fosas nasales, nublándome los sentidos. Marlon había comenzado a escribir en mi cuerpo como si le perteneciera.

Sentí su dedo trazando las líneas rectas de la primera letra y un grito de rabia salió de mi garganta.

Una oleada de humillación me sobrevino y sentir aquello me cabreó tanto que un intenso calor se expandió por mi pecho. Cada centímetro de mi cuerpo emanaba un odio profundo por aquel psicópata. La ira encendió mis venas y fluyó por ellas soltando un bramido que llegó hasta un espacio muy oscuro que rara vez visitaba. Atraída por él, me replegué hacia mi interior.

Dejé de sentir la presión del cuerpo de Marlon aplastándome, lo que fue todo un alivio. Los bordes de mi visión se difuminaron y un intenso zumbido me transportó a aquel lugar misterioso donde un punto de luz latía de forma intermitente. Su vibración me calmó y me permitió respirar lo suficiente para distinguir el contorno de una puerta. La abrí y los recuerdos salieron volando como pájaros liberados después de un largo encierro: Killian contándome cómo Marlon había asesinado a su madre, mis lágrimas cada vez que me miraba al espejo y me sentía horrible por su culpa, la violencia con la que me maltrató, su modo de jugar conmigo como si fuera su muñeca favorita... Y muchos más. Me golpeaban con violencia, lanzándome hacia lugares oscuros de los que solo quería huir. Y eso solo consiguió enfadarme más. Y cuanto más lo hacía, más poderosa me sentía. Más capaz de arrebatarle la vida a aquella escoria. Una energía cada vez más furiosa me aprisionó los huesos hasta que permití que saliera.

Me rendí ante mi ira.

Las ramas retorcidas de los altos árboles se sacudieron en lo alto. Abrí los ojos de par en par y grité. Grité tan alto que me pitaron los oídos y la tierra tembló bajo nuestros pies. Marlon, desconcertado por lo que ocurría, interrumpió su tortura. Noté cómo la nariz me sangraba, pero me dio igual. Todo mi ser se concentró en quitármelo de encima.

Y eso hice.

Me convertí en una explosión de fuego que lanzó a Marlon por los aires, estrellándolo con uno de los árboles que delimitaba la senda.

Su grito, genuinamente aterrado, me produjo una satisfacción que jamás habría esperado sentir.

Recuperando el aire, me incorporé. Elevé la cabeza y, percibiendo movimiento detrás de mí, me giré. Cinco Kaelis me observaban muy quietos e incrédulos. Sus ojos estaban desorbitados. Entre ellos, se encontraba Killian. Tenía el rostro sucio y cubierto de sangre y los labios apretados. Cerró la mano con fuerza en torno a la daga que portaba y apretó la mandíbula. Por la oscuridad siniestra de su mirada sabía que había visto mi espalda. Sentí la sangre descender formando surcos.

La vergüenza me invadió; quise salir corriendo de allí.

El pecho me latía desbocado; el aire rugió como si un trueno hubiera atravesado todo el Helheim. Avisándonos de que algo que debíamos temer se aproximaba.

En realidad, ya estaba aquí.

Tenía sus ojos grises clavados en mi espalda.

Y después los desplazó con lentitud depredadora hacia Marlon.

—Estás muerto.

CAPÍTULO 30
KILLIAN

La explosión de fuego me cegó.

Aria.

La vi tirada en la hierba y supe al instante que algo muy malo le había ocurrido. El pelo, empapado por el sudor, se le pegaba a la cara y tenía dificultades para respirar. Su rostro era una mezcla de cansancio, conmoción y… miedo.

El corazón me retumbaba con fuerza mientras bajaba la vista a su espalda desnuda. Lo primero que detecté fue sangre y después… La palabra «Asesina» grabada a fuego en su piel y, más debajo de esta, la letra «Z» en carne viva.

Comencé a ver rojo.

Una furia salvaje invadió cada centímetro de mi ser mientras la imagen de la espalda destrozada de Aria se clavaba en mi mente como una cuchilla afilada, haciéndome sangrar por dentro. Su precioso rostro, marcado por el horror protagonizaría mis próximas pesadillas, atormentándome. Una parte de mí se rompió al saber que había sufrido un auténtico horror y yo no había podido protegerla. Debí haberlo imaginado, joder. Cada puto minuto que duró la pelea la estuve buscando entre el marullo de gente, pero los Guardianes se abalanzaban sobre mí para matarme. Uno detrás de otro, sin darme tregua. Después de registrar hasta el último rincón del museo, había corrido por el pasillo para salir.

Cuando vi a Marlon encima de ella... me volví completamente loco.

Aún debía de estarlo, porque dentro de mí nada funcionaba con normalidad.

Nutrida por la ira que corría a toda velocidad por mi cuerpo, mi fuente de poder se expandió y me suplicó que bebiera de ella. Me moría por hacerlo. Girándome hacia el punto donde había aterrizado Marlon, me encaminé hacia él con las manos cerradas en puños. Lo miré con un hambre depredador que jamás había sentido. Tenía ganas de matarlo. De hacerlo sufrir de formas inimaginables.

El odio se retorcía en mi interior como una bestia indomable, destrozándolo todo a su paso. Quería salir e hincar sus fauces en aquel hijo de puta que había dañado lo que más quería. Aquel descontrol hizo aparecer una compuerta dentro de mí. La abrí, y una luz cálida y resplandeciente me bañó, reconociéndome y haciéndome suyo. La energía, extraña y antigua me recorrió las extremidades con una velocidad vertiginosa. El pulso se me disparó y los músculos se me pusieron rígidos, preparándose para... *cambiar.*

Porque era yo, pero al instante siguiente dejé de serlo.

Aquello no me asustó. Cegado por la ira, esbocé una sonrisa letal en la que le enseñé los dientes a Marlon.

Caminé con paso decidido hacia él, que se recuperaba del ataque de Aria. Con algunas heridas en el rostro, tenía los ojos sombríos fijos en mí. Estaba tenso. Era imposible que no temiera las intensas oleadas de poder que emanaban de mí. Un grito grave brotó de mi caja torácica cuando me resultó imposible contener tal cantidad de poder. Necesitaba dejarlo salir. Liberarme. Aullé de dolor cuando una corriente de electricidad se abrió paso por mi espalda, presionándome con violencia hacia fuera. Las exclamaciones ahogadas que me rodearon se quedaron en un segundo plano: un fuerte pitido me resonaba en los oídos por culpa del temblor que me estaba dejando exhausto y, al mismo tiempo, me volvía más poderoso que nunca. Apreté los dientes hasta probar el sabor metálico de la sangre. El dolor punzante se volvió insoportable cuando noté cómo una masa de carne brotaba de mi espalda, desgarrándome la piel. Lo siguiente que vi fue la sombra amplia de... Giré la cabeza hacia un lado y lo que vi me dejó perplejo. De mi espalda habían nacido unas alas membranosas de varios metros, prácticamente iguales a las expuestas en la sala secreta del rey.

No podía ser.

Los reyes tenían razón: la mitología del dragón era real.

Y yo acababa de convertirme en el maldito Protector del Dios del Fuego.

Aunque... tal vez eso no era del todo cierto.

«El dragón protege su tesoro. Aún no sabemos cuál es el tuyo, teniendo en cuenta que no te has criado con los Dioses ni les profesas demasiada devoción», las palabras de Aerielle me envolvieron con el corazón a punto de salírseme del pecho.

«Su tesoro brilla con la misma fuerza que el latido de su corazón, para el dragón, ambos son los mismo», había leído en aquel libro antiguo del Castillo de Brandr.

—¡Killian! —Aria gritó mi nombre, asustada.

Y entonces algo dentro de mí hizo clic y... simplemente lo supe.

Ella era la única que tenía mi corazón.

Era el tesoro del dragón que corría por mis venas.

Uno al que no había podido proteger.

Pero quien sí podía vengar era a ella, para asegurarme de que Marlon no tuviera la oportunidad de volver a hacerle daño. Moriría. Lentamente. Solo porque se había atrevido a tocarla.

El suelo tembló bajo cada paso que di. Al igual que ocurrió en el Bosque de las Bestias, la tierra respondió a mi llamada y se encendió con el fuego abrasador que corría por mis venas. El calor se enroscó por mis brazos, calentándome por la acumulación de poder. Abrí las palmas de las manos y de ellas salieron dos bestias de lava con las fauces abiertas, mucho más letales y voraces que las anteriores. Rugieron, haciendo callar al bosque. Me enlacé a sus conciencias y, pensando en el peligro que corrían mis amigos, envié una de ellas al interior del museo, cruzando una de las ventanas que se extendían por el edificio. El caos de los gritos, la sangre y los últimos suspiros de vida me recibieron. Sorteando a los Kaelis, localicé a los Guardianes y los atravesé uno a uno. Un circuito de muerte del que solo unos pocos, que se arrojaron por las ventanas, pudieron escapar. Noté cómo la masa de fuego abría agujeros en sus cuerpos, sentí la facilidad con la que el músculo cedía y los huesos ponían un poco más de resistencia. Pero fue... fácil. Satisfactorio.

Una vez terminé, aquella extensión de mi poder se redujo hasta convertirse en cenizas que volaron entre los restos de polvo. Mis sentidos regresaron al exterior del museo.

—¡Retirada! ¡El rey nos necesita! ¡Se la han llevado! —le gritaron a Marlon los Guardianes, que cayeron por las ventanas, corriendo hacia él.

«Se la han llevado, ¿a quién?».

—Hoy no va a ser el día —aseguró el asesino de mi madre con una sonrisa de burla.

Se incorporó poniéndose en pie con un ojo puesto en sus compañeros.

—Oh, ya lo creo que sí.

La segunda bestia de lava rugió y se lanzó contra él.

Abrió los ojos de par en par y fue la primera vez que identifiqué auténtico miedo en su mirada. Fruncí el ceño al ver cómo se frotaba un anillo muy similar al que Uriel me había dado para proteger a mi naturaleza de estar en el destierro contrario. La magia lo envolvió junto al resto de los Guardianes y se esfumaron de un plumazo.

La bestia de lava lo rozó y fundió el árbol que había detrás de él.

El agujero que le dejó fue el mismo que se abrió en mi pecho al comprender que había fallado.

Hijo de puta.

Sin tiempo para lamentos, me tragué la rabia y busqué a Aria, que seguía tirada sobre la hierba, intentando alcanzarme. Sus ojos verdes estaban rojos de tratar de contener el llanto. Y yo corrí hasta ella como si me fuera la vida en ello.

Caí de rodillas a su lado y nos envolví con las alas, que se movieron obedeciendo mi desesperación.

Nuestros cuerpos se encontraron al instante. Estaba fría y temblaba con violencia. Se estremeció cuando, al rodearla con mis brazos, mi piel rozó su espalda sin querer. Se me rompió el alma.

—Ya está. —Acuné su mejilla, y odié la profunda vergüenza con la que me miró—. Ya estoy aquí. Siento mucho haber llegado tarde. Lo siento mucho —repetí, y la voz se me rompió. Una solitaria lágrima rodó por mi mejilla—. ¿Qué te ha hecho? —susurré, horrorizado.

Pero ella no me contestó.

Se acurrucó contra mi pecho y enterró su cara en mi cuello, permaneciendo en silencio. No entendía cómo podía seguir siendo su refugio. No lo merecía.

—¿Te duele? —le pregunté en voz baja.

—Sí —musitó.

No encontré palabras de consuelo. No las había. La impotencia me estaba devorando, pero lo único que podía hacer era abrazarla. Eso era lo que Aria necesitaba, y eso fue lo que le di. No nos movimos durante un buen rato, en el que ninguno de los dos llegamos a calmarnos del todo.

Las alertas volvieron a activarse en mi cabeza cuando escuché cómo los pocos Kaelis testigos de la escena informaban a una Lysara exhausta y herida de que habían visto a Aria invocar... fuego.

Algo imposible para un Kaelis.

El problema es que no lo era.

Era la llave.

La que rompía la maldición.

Y los Dioses del Helheim estaban a punto de descubrirlo.

CAPÍTULO 31
JARED

—Pues ya estamos aquí otra vez. La familia desestructurada reunida de nuevo.

Había pasado una eternidad desde la última vez que nos vimos.

En realidad, tres días. Pero desde que los Kaelis descubrieron nuestra traición, el tiempo se había estirado y afilado, y cada minuto duraba y dolía mucho más. Por eso sentía casi como una celebración importante nuestra pequeña reunión en las mazmorras del Castillo de Ondara. Solo que ninguno de nosotros comería pavo ese día. Lo cual era una putada teniendo en cuenta que no habíamos probado bocado desde la emboscada en el Museo de los Alientos Perdidos.

Reventado por la pelea contra los Guardianes, me costó un poco darme cuenta de lo que ocurría a mi alrededor. Gracias al fuerte golpe en la cabeza me quedó más claro: nos habían descubierto. Y, claro, toda la red de mentiras que habíamos tejido para dejar que los Kaelis se pudrieran en este destierro no les había hecho mucha gracia.

Lo comprendía perfectamente.

Mi psicóloga solía resaltar lo empático que era. También mi tendencia al catastrofismo. Por eso despertarme con la cara pegada al suelo de una celda mugrienta y siniestra a mí tampoco me había hecho mucha gracia. En fin, un empate en toda regla.

Tenía la espalda molida de dormir sobre la roca fría y cualquier tela que me abrigase se había convertido en un recurso de primera necesidad, compitiendo con el agua y la comida, claro. Mi estómago se retorcía y gruñía, pero lamentablemente el único alimento que podía proporcionarle eran las patatas fritas del McDonald´s con las que fantaseaba cada quince minutos. Conmigo los reyes ahorraban en personal. Yo solito me torturaba. Los bordes de mi visión seguían difusos y la sensación de mareo no se despegaba de mí, tan fiel como mi sombra; la única compañía que había tenido desde que me metieron en aquella oscuridad opresiva.

—¡Que me sueltes, pedazo de cabrón!

La voz de Beatrice me llegó instantes antes de que su figura emergiera del pasillo. Sin poder hacer nada, vi cómo los Soldados la arrastraban hacia el interior de la celda. La ira se concentró en mi estómago, subiéndome hasta los hombros. Rígido, contemplé con impotencia cómo la empujaban hacia la última silla que quedaba vacía. Aun estando tan débil, necesitaron tres soldados para encadenarla.

Su gesto de insolencia titubeó al vernos a todos allí.

Expuestos como animales esperando, sin saberlo, a que nos sacrificaran.

El estado de nuestros trajes era un recordatorio del enfrentamiento con los Guardianes; las manchas de sangre, la tela rasgada por los ataques que no habíamos podido esquivar y su color azul profundo, apagado por el polvo y la humedad de las mazmorras.

—¿Qué pasó? —susurró, con voz áspera una vez los Soldados se marcharon. Conforme habló una nube de vaho se formó frente a su boca. Sus labios carnosos estaban agrietados, un reflejo del frío y la sed que estábamos soportando. Al igual que todos, además de atada de brazos y piernas, tenía restos de sangre y suciedad en el rostro. Unos profundos surcos marcaban sus ojeras y el sudor se deslizaba por su frente.

«Aun así, está preciosa».

Aquel pensamiento me disparó el pulso y me asustó más que la presencia invisible que estaba seguro de que respiraba a nuestra espalda.

Podía sentir su aliento helado en la nuca, pero no podía darme la vuelta para comprobar si estaba detrás de mí. Lo cual me tenía acojonado. La celda donde nos habían trasladado después de días de angustioso silencio era mucho más amplia, aunque igual de tenebrosa. Los muros de piedra cubiertos de musgo eran gruesos y estaban protegidos con hechizos que impedían el uso de la magia. El goteo constante de la humedad me puso aún más tenso.

—No pude controlarme —le respondió Aria finalmente, la culpa pesaba sobre sus palabras y su voz también sonaba rasposa, como si llevara días sin usarla—. Me vieron manipulando el fuego.

—Joder, ¿cómo no llevaste más cuidado? —el reproche en la voz de Beatrice despertó a Killian.

—No fue su culpa. Marlon estaba haciéndole daño —salió en su defensa. El tono de su voz adquirió un matiz peligroso que por supuesto Beatrice ignoró.

—Sé que no fue su culpa, pero...

—No lo digas —espetó.

—Todos aceptamos apoyarla para descubrir la verdad, aun sabiendo el riesgo que había —le recordé a Beatrice con suavidad. No quería exponerme de nuevo a su enemistad, pero tampoco podía ni quería quedarme callado. Aria también era mi amiga y sabía lo mal que debía sentirse—. Confío ciegamente en ella y sé que las cosas tuvieron que ponerse realmente mal para que usara sus poderes como Ignis.

Encadenada a una silla, Aria bajó la vista.

Estaba pálida.

—Lo sé. Lo... —Beatrice suspiró con pesadez y miró hacia el techo rocoso, a cualquier lado menos a nosotros—. Lo siento. Es solo que... estamos jodidos. No sé cómo vamos a salir de esta. La magia no funciona y la Anual debe estar a días, si no a horas, de comenzar. No nos queda tiempo.

—Beatrice tiene razón —intervino Aria levantando la barbilla—. No deberíamos habernos arriesgado tanto. La vida en la Tierra depende de nosotros.

Un silencio cargado de significado se expandió por la sala, aplastándonos mientras digeríamos nuestra cagada. Pero es que, ¿a quién se le ocurría dejar tremenda responsabilidad en manos de un grupo de chavales? El irresponsable era el destino, no nosotros.

—Encontraste algo de Nora, ¿verdad? —le preguntó Killian a Aria, apresado a su lado. Yo estaba flanqueado por él y por Beatrice, y a continuación de ella se encontraba Zoey, que aún no había dicho ni una sola palabra. Cabizbaja, los mechones de pelo apelmazados y húmedos se le pegaban a la frente.

—Sí, encontré un fajo de cartas. Pero me las quitaron cuando me registraron antes de encerrarme aquí. Así que es muy probable que se hayan deshecho de ellas. —Su voz fue perdiendo fuerza conforme continuó—. Todo lo que hemos arriesgado y perdido no ha servido de nada.

—Quizás sí... Si volvemos a jugar bien nuestras cartas —planteó Killian.

Tenía razón. Aún podíamos serles de utilidad, solo teníamos que encontrar el modo de convertirnos en algo que necesitaran con desesperación.

—Oye, pues te sienta bien ser optimista.

—¿Qué otra opción nos queda? —Miró fijamente los barrotes oxidados de la celda.

—Ahí ya la has cagad...

—¿Os dijeron algo de Connor? —me cortó Zoey y pronunció la siguiente pregunta con lentitud, remarcando cada una de las palabras—. ¿Alguien preguntó por él?

Que la primera pregunta de mi hermana fuera esa... me hirvió la sangre. Los soldados me habían metido el primero en la celda y en cuanto Zoey apareció sujeta por dos Kaelis de mirada peligrosa, para mí, nuestra pelea, había dejado de importar. Solo quería que estuviera bien. Pero su actitud se había mantenido distante y me dolió saber que para ella las cosas entre nosotros no habían cambiado.

—Yo no —respondí con sequedad.

Me ignoró.

—¿Beatrice? —le preguntó con voz afilada. Esperó unos segundos y, como la Guardiana seguía sin responder, Zoey se inclinó para clavar sus ojos en ella—. Has sido la única familia que Connor ha tenido en ese infierno. Me imagino que tú, al menos, sí te habrás interesado por si sigue vivo o no.

Beatrice tragó saliva.

—Ni uno solo de esos Guardianes nos habría dicho nada.

—¿Y tampoco si hubieras amenazado con matarlos? —Le enseñó los dientes, pero más que rabiosa, en el fondo parecía herida. Rota—. Vamos... seguro que has hecho cosas peores.

La Guardiana fue a abrir la boca, pero la cerró, apretando la mandíbula.

El pecho me dio un vuelco. ¿Se estaba conteniendo por mí, aunque sabía lo injusta que estaba siendo mi hermana con ella?

No pude mantenerme al margen.

—Connor ni siquiera se merece que Beatrice malgaste saliva preguntando por él —le dejé claro a mi hermana. Aún me sentía raro hablándole de esa forma, pero no quería retroceder los pasos que había avanzado, por mucho que los hubiera dado en dirección contraria a ella—. Pero incluso con las enormes putadas que le ha hecho, si hubiera tenido la oportunidad de saber algo sobre él, ten por seguro que hubiera preguntado. Al igual que cambió su libertad para ayudar al segundo hombre que siempre se la arrebató —mi voz se volvió de acero—. Así que no le hables en ese tono.

Zoey se quedó paralizada ante mi respuesta. Para escapar de la expresión de dolor que inundó su rostro un segundo después, mis ojos saltaron a Beatrice, que me observaba boquiabierta.

La tensión de la sala aumentó; la sentía en cada uno de mis músculos.

—Marlon sí que sabía que Connor y su tío estaban buscando aliados en el Abismo —intervino Aria, y noté lo mucho que le costó pronunciar el nombre de aquel monstruo. Entonces recordé cómo en el enfrentamiento de Nueva Orleans Marlon se había interesado de forma

391

burlona por el estado de su espalda. Mierda. Aquello me extrañó, pero con el follón de intentar sobrevivir todo el tiempo, se me había pasado preguntarle—. Al igual que mencionó que Eidan se había aliado con los Indómitos para colarse en el Abismo y ayudarnos durante la Anual. —Exhaló un suspiro—. Y por cómo me lo contó… no pinta bien para ninguno de ellos.

—No es muy buena señal que los Ignis lo sepan… —La preocupación cubrió el rostro de Beatrice.

—No —suspiré, y mi abatimiento no fue fingido.

Zoey cerró los ojos con fuerza y desvió la mirada, rehuyendo la nuestra. No quería que la viéramos llorar. Algo dentro de mí se aflojó. No había vuelto a ser la misma desde las Cuevas de Cushendun y me partía el corazón que fuera precisamente en estos momentos tan duros cuando más distanciados estábamos. Antes, incluso el silencio compartido y las miradas cruzadas eran un puente que nos unían. Ahora ni siquiera las palabras conseguían acercarnos. No entendía cómo habíamos terminado así. De repente, en medio del enredo de emociones, el miedo se hizo más fuerte. ¿Y si estaba siendo demasiado duro? ¿Y si no estaba siendo un buen hermano justo cuando más me necesitaba? No sabía el infierno por el que estaba pasando y quizás debería haber esperado más a que me abriera la puerta.

Ahora era muy probable que nunca me dejara pasar.

—Bueno, centrémonos en las cosas que aún podemos hacer. Necesitamos un plan —saltó Killian, apretando los puños. Intentó deshacerse de los aros de hierro, pero fue en vano. No podríamos escapar de aquellas cuatro paredes de piedra.

Las sombras titilaron ante la llegada de alguien. Instantes después, el sonido de las botas al impactar contra el suelo de piedra rompió el silencio del pasillo. Mi pulso se aceleró conforme los pasos nos alcanzaban con más fuerza.

—Bueno, seguiremos el plan que mejor nos funciona —propuse con la voz un poco aguda por el miedo.

—¿Cuál? —Killian me miró con los ojos entornados.

—Y ni se te ocurra mencionar el de pedir las cosas por favor —masculló Beatrice.

—Mi plan favorito: el de improvisar.

Las comisuras de mis labios se curvaron ante su reacción de puro espanto, pero la sonrisa no me llegó a los ojos.

Un ruido brusco se alzó sobre nuestros susurros. Las rejas de hierro oxidado se abrieron dejando tras de sí un chirrido ensordecedor. Ojalá nos sacaran a dar una vuelta, tenía el culo congelado y los músculos entumecidos de llevar un buen rato en la misma posición. Ni en clase había aguantado tanto tiempo sentado. Por no hablar de la irritación de mis muñecas encadenadas, que poco a poco había dado paso a un dolor que resultaba cada vez más molesto.

Antes de que entraran, una corriente fría de aire se coló por las rendijas. La temperatura cayó en picado y los dientes comenzaron a castañearme. Por un instante, todos contuvimos la respiración, paralizados ante las figuras que pronto se revelarían en el umbral de la puerta. Rodeados de soldados cuyas caras reconocí por la convivencia en el campamento, Lysara, Thalor y Aerielle se internaron en la celda. Siguiendo una orden silenciosa, la puerta se arrastró hasta cerrarse. Me sobresalté. Los reyes del Helheim y su segunda al mando se colocaron delante de nosotros con rostros de absoluta decepción, pero sobre todo... enfado.

Qué menos. Nos habían acogido, entrenado y alimentado y, ¿cómo se lo habíamos agradecido?

Engañándolos. Planeando abandonarlos a su suerte.

En esta historia los Kaelis no eran los monstruos.

Éramos nosotros.

El aire se volvió más pesado, dificultando la entrada de oxígeno a mis pulmones. Durante días, la ira se había ido acumulando en los Dioses y me pregunté si había llegado la hora de que estallara, arrasándonos a su paso. El miedo se hundió en mi pecho y se instaló allí. Forcejeé otra vez, intentando conectar con mis poderes y liberar mis tobillos, pero en mi interior solo encontré un vacío oscuro y el eco de la nada absoluta.

—Nos habéis traicionado —Aerielle fue la primera en hablar. Thalor, a su derecha, parecía capaz de ahogarnos con tan solo una mirada de aquellos ojos azul profundo—. Y espero que sintáis el suficiente respeto por nosotros como para no atreveros a negarlo.

Ante nuestro silencio, Lysara alzó la voz; el cansancio le pesaba en la mirada.

—Siempre percibí una energía extraña en vuestro grupo, pero pensé que se trataba de Killian y su naturaleza como Protector. —Desvió los ojos al espacio que habían ocupado las alas tras su espalda. La única señal de que habían estado ahí eran los jirones en los que se había convertido su traje de entrenamiento. Aquella nueva extensión de Killian formaba parte de su versión 2.0, revisada y mejorada. La general dirigió su mirada a Aria, que la observaba intentando aparentar una tranquilidad y una entereza que en realidad sabía que no estaba sintiendo—. Pero… eras tú. Todo este tiempo has sido tú.

—La cuestión es… ¿por qué? —la Diosa del Aire dio un paso hacia delante, los bordes del vestido de gasa verde manchándose al arrastrarse por la mugre acumulada en el suelo—. Y eso es lo que hemos estado averiguando estos días.

—Eres la llave que rompe la maldición —declaró Thalor rotundo. Miraba a Aria con la intensidad de quien descubre el valor de algo que siempre había creído corriente. Sin poder evitarlo, nos encogimos. Aquello lo cambiaba *todo*—. Es la única explicación que podemos darle a tu mera existencia. El nacimiento de una nueva especie bajo el silencio del Gran Hacedor solo puede significar que tienes un propósito secreto —entonces sus gruesas y generosas cejas se fruncieron—. Lo que no entendemos es por qué el Dios del Fuego querría asesinar a la única oportunidad que tiene de regresar a su hogar.

Apreté los dientes y miré de soslayo a mis amigos. Aria y Killian tenían toda la atención puesta en los reyes, manteniendo los labios apretados, seguramente meditando qué dirección tomar. Nuestro siguiente movimiento podría sellar el destino de la Tierra. Así que debíamos actuar con cuidado. Ninguno de nosotros quería arriesgarse a presionarnos aún más contra el filo de la espada que apuntaba a nuestros cuellos, pero... estábamos obligados a hacerlo. En el caso contrario, lo único que nos esperaba era la muerte.

—Solo te necesitamos a ti — le dijo Aerielle a Aria, y tras un breve momento en el que ambas se mantuvieron la mirada con una tensión palpable, la reina se giró hacia mí. En sus ojos palpitaba una determinación fría—. Como castigo por vuestra traición... el resto de vosotros morirá.

Mis hombros se hundieron.

Menudo bajón.

—Si estamos muertos la profecía de los mellizos no se cumplirá —apunté, tratando de mantener el espíritu vivo. Y la calma. Sobre todo, la calma.

—La profecía no es más que una patraña —farfulló Thalor, girándose hacia mí. La capa que llevaba sobre la túnica de terciopelo azul se agitó. Aquel movimiento me recordó al vaivén del agua.

—¿De verdad estáis cuestionando a la sabiduría del viento? —Alcé una ceja—. Ha sido él quien lleva décadas susurrándoos lo que estamos destinados a hacer.

—Nos arriesgaremos —sentenció la reina con un gesto solemne.

Cogí aire y me armé de valor.

—Pues os estáis equivocando —solté.

Los soldados encargados de escoltarlos rompieron su mirada fija al frente para observarme como si hubiera perdido la cabeza; los reyes lo hacían con furia y Killian, como si fuera un completo imbécil.

—¿Cómo te atreves? —la reina me miró, con los ojos centelleantes por la ira y, presa de la rabia, sus dedos se movieron en un gesto rápido.

Hubo un cambio en la vibración de la atmósfera. Con el corazón acelerado por la expectación miré a todos los lados para descubrir hacia quién había dirigido su ataque. El estómago me dio un vuelco cuando, lo siguiente que supe, fue que mi hermana se estaba ahogando.

Su pecho se elevó al tiempo que Aerielle absorbía el aire de sus pulmones y, un momento después, se quedó inmóvil. Zoey, presa del pánico, abrió los ojos de par en par. Desde fuera, parecía que una soga invisible se apretaba en torno a su cuello. Instintivamente, lo echó hacia atrás, impulsada por un intento desesperado por conseguir abrir la garganta, que no funcionó.

El aire que la Diosa le había arrebatado permaneció flotante sobre su mano, iluminándose con destellos blancos al entrar en contacto con la poca magia que aún fluía por sus venas.

—¡¿Qué hacéis?! ¡Dejadla en paz! —rugí alarmado, pero la reina se me quedó mirando con un gesto de desafío.

—Permitiré que vuelva a respirar cuando me deis una razón lo suficientemente buena. Depende de vosotros llegar a tiempo o no.

Cada uno de nosotros empalideció.

Zoey nos miró con una expresión de pura súplica.

—¡Seguís necesitando nuestra ayuda! Y lo sabéis, por mucho que eso os fastidie —exclamé cuando algo dentro de mí comprendió con horror que no se detendrían por más que suplicara. Necesitaban una verdadera razón para perdonarnos la vida. Y yo la encontraría. No supe cómo conseguir mantener la calma cuando la persona a la que más quería se moría a mi lado, pero intenté hacerlo—. Si nos matáis habréis acabado con vuestra única posibilidad de supervivencia.

—Durante semanas os habéis aprovechado de la poca esperanza que nos quedaba para utilizar nuestros recursos y a nuestros soldados —nos reprochó Aerielle y sus ojos azules se abrieron en un asombro cortante—. ¿Y ahora esperáis que os demos otra oportunidad? Me parece insultante.

—Sí, esperamos que nos escuchéis porque sois muy distintos al Dios del Fuego —intervino Aria, hablando con rapidez. Su rostro estaba perlado en sudor al ser testigo del sufrimiento de mi hermana—. Y de verdad que lo sentimos mucho —*Wow*. El plan de arrepentirse no se me había ocurrido—. Pero no teníamos otra alternativa.

Por más que Zoey intentaba dar bocanadas de aire, el oxígeno no lograba entrar en sus pulmones. Las cadenas de hierro chocaban con los reposabrazos mientras ella trataba de escapar. Sus jadeos se expandieron por la sala, llenando las paredes rocosas y agujereándome el estómago.

Mi campo de visión se estrechó por la mezcla de ira y miedo que estaba sintiendo.

Teníamos que darnos prisa.

—¿También nos mentisteis sobre por qué queríais visitar el Museo de los Alientos Perdidos? Porque gracias a esa visita improvisada ahora ya no es un lugar sagrado, es un cementerio. —Los ojos de Lysara estaban impregnados en un rencor que solo podía significar que el cariño que llegó a sentir por nosotros fue real.

Lo que lo volvía todo más complicado.

Una punzada de culpabilidad me atravesó el pecho.

—Si os hemos mentido ha sido para salvar a nuestras familias y a nuestra gente, ¿acaso no haríais vosotros lo mismo? —planteó Killian apretando la mandíbula.

—Sí. Eso es justo lo que estamos haciendo —le respondió muy despacio la Diosa del Aire, mientras continuaba cerrándole la garganta a Zoey.

Cada intento suyo por respirar se volvió más salvaje y desesperado.

Era inútil. Solo podría salvarla si conseguíamos convencerlos de que nos necesitaban.

Pero pensar con claridad no resultaba nada fácil en esos momentos.

Le lancé a mis amigos una mirada significativa. Estábamos muertos de todas formas. La única posibilidad que teníamos de salvarle la vida a mi hermana y de sobrevivir era negociar de nuevo. Hacerles una oferta tan jugosa que superara la desconfianza y la traición.

Y para eso teníamos que contar la verdad.

—No os mentimos en todo —comencé a decir. Notaba la boca seca, pero intenté ser lo más conciso posible—. La Tierra se está pudriendo porque el Dios del Fuego ha robado los cuatro Vestigios Originales, la fuente que le otorga poder y vida. ¿Y sabéis por qué esas coronas son tan poderosas? Resulta que el Gran Hacedor las usó para encerrar allí vuestros poderes. —Los Dioses se quedan lívidos—. ¿Cómo íbamos a arriesgar la vida de la humanidad si no os conocíamos de nada? ¿Cómo podíamos saber que vosotros no haríais lo mismo que el rey?

—¿Hacer el qué?

Los labios de Zoey comenzaron a ponerse azulados, sus ojos buscaron los míos, suplicantes.

Su vida se escapaba de entre mis manos.

Mi corazón latió aún más deprisa. Nunca había sentido tanto miedo.

—Dejar que la Tierra se pudra para dar vida a vuestro reino. ¿No habéis notado que la podredumbre en el Helheim se ha parado? Vosotros mismos dijisteis que el terreno ya no está tan reseco… No es por mi presencia ni la de mi hermana: es por las dos coronas que trajimos con nosotros, en concreto por la de la Diosa de la Tierra —les explicó Killian.

—Por eso el Dios del Fuego quiere robar los Vestigios, quiere convertir el Atharav en la nueva Tierra… —reflexionó la reina, comenzando a andar de un lado para otro.

Thalor y Lysara se quedaron rígidos, procesando la magnitud de los planes del rey del Atharav; la posibilidad de que en el Helheim floreciera la vida.

Esperé con ganas de vomitar.

—No podíamos arriesgarnos a que vosotros quisierais hacer lo mismo, por eso tuvimos que mentiros —repetí. Mi cuerpo temblaba de forma violenta.

Aerielle me miró y, por primera vez, las líneas duras de su expresión se suavizaron.

—Los Kaelis no seríamos capaces de condenar a nuestro antiguo hogar, no cuando llevamos siglos luchando por recuperarlo. Amamos la Tierra y queremos regresar a ella cuanto antes. —Clavó su vista en Aria—. Así que esto es lo que haremos: recuperaremos los otros dos Vestigios para devolverlos a la Tierra y tú, a cambio, romperás la maldición para nosotros.

El cuerpo de mi hermana dejó de luchar.

Comenzaba a perder la consciencia.

«No. Por favor. Sigue luchando. Aguanta», le pedí como si pudiera llegar hasta ella a través de su mente.

—¡Aria! —supliqué al ver cómo se mordía el labio mientras se lo pensaba. Sabía que era una decisión muy importante, teniendo en cuenta que la Tierra de repente se veía invadida por seres sobrenaturales que querrían imponer sus normas. Se desatarían guerras. Moriría mucha gente.

Las lágrimas comenzaron a caer por mis mejillas al mirar la cabeza caída de mi hermana. El pánico latía en mi pecho a una velocidad que me estaba mareando.

—Acepto —dijo al fin y su mirada se cubrió de determinación—. Con dos condiciones, claro.

—Adelante.

—Protegeréis a mis amigos como si fueran vuestros soldados y... me devolveréis las cartas que me robasteis.

La reina vaciló y, tras unos segundos en los que sentí que me moría por dentro, movió la mano hacia Zoey, que estaba tan pálida que su cuerpo comenzaba a parecerse al de un cadáver.

La bola flotante de aire se coló por sus labios y su pecho se hinchó. Pero ella seguía sin moverse. Inquietantemente quieta.

—¡Zoey! Zoey, por favor —se me quebró la voz. Mi mente comenzó a fundirse a negro, negando la posibilidad de ver a mi hermana muerta.

De repente, un jadeo seco le sacudió el pecho, y, aunque de forma muy débil, este comenzó a subir y a bajar. Estaba viva. *Viva*. El alivio me hundió los hombros y cerré los ojos con fuerza para agradecer al Dios que hubiera velado por ella para salvarla.

—Ahora hablemos de verdad —Aerielle alzó la barbilla, y su voz se convirtió en una cuchilla afilada—. A la siguiente mentira no habrá más preguntas. Lo único que encontraréis será la muerte.

PARTE III

LA CUEVA ISHTAR

Para Antheia:

Bajo mis pies ya no se acumulan bolas de papel destinadas a convertirse en cenizas. Me resulta difícil imaginar un comienzo en el que escribirte fuera tan complicado. La primera gota de tinta manchaba el papel. Paraba. Pensaba. Tachaba. Volvía a equivocarme. Me quedaba largos minutos con la mirada perdida en la pared de mis aposentos, sin saber qué contarte, con el crepitar del fuego y las sombras de la noche como única compañía. Deseaba gustarte tanto que cada Anual decidieras volver a traicionar a tu pueblo para reunirnos en nuestro escondite secreto.

Con el paso de los años comprendí que, además del miedo de no parecerte interesante, me costaba escribir porque nunca me había mirado por dentro. No sabía de qué color ni qué forma tenían mis ideas y emociones. Pero tus ganas de saber quién era fueron tan contagiosas que lo descubrí solo para poder contártelo. Ahora las palabras se han convertido en algo tan familiar para mí como el tacto frío del mango de una daga o el calor del fuego. He aprendido a manejar el arte de las cartas porque es mi forma favorita de quererte cuando estamos lejos. Y, excepto unas horas al año, siempre estamos lejos.

También te quiero cuando pienso en las motas doradas de tus ojos y rememoro las pocas veces que te vi sonreír de verdad, y cuando nos imagino en la Tierra, teniendo encuentros en silencio o rodeados de una canción lenta y tranquila. Sería un regalo poder charlar contigo sin el eco desgarrador de una guerra de fondo; descubrir los matices de tu voz, libre de tensión y de culpa. Estoy seguro de que es preciosa. No puedo imaginar una parte de ti que no lo sea.

Te escribo la última carta de nuestro noveno año juntos, en la intimidad de mi tienda. Siempre hay

403

ruido la noche previa a la Anual y me cuesta mucho concentrarme. El campamento se cubre con un manto de oscuridad, incertidumbre y miedo. Hoy he pensado mucho en este último. En lo escurridizo y peligroso que puede llegar a ser; en lo bien que sabe esconderse. El miedo siempre consigue atravesar las máscaras con las que mis compañeros cubren sus rostros, algunas son de seguridad, otras de ira por los guerreros perdidos y otras resultan indescifrables.

Y, aun así, en el campamento improvisado el miedo flota en el aire; lo vuelve más pesado y pegajoso. Casi irrespirable. Es como un elefante enorme en medio de una sala pequeñita al que nadie se atreve a mirar, mucho menos a hablar de él.

Pero está ahí.

El miedo tiene su propio latido dentro de nosotros.

Bombea y alcanza cada duda, cada seguridad y cada ápice de esperanza.

Todos fingen descansar, pero ¿quién podría dormir sabiendo que quizás es su última noche con vida? Yo he dejado de intentarlo, y no porque el miedo me impida conciliar el sueño, que en parte también, sino porque la emoción por volver a verte es tan intensa que no puedo relajarme. ¿Qué clase de Ignis tiene ganas de que llegue el día en el que algunos de sus amigos morirán? Un monstruo. Eso es lo que soy en realidad. El pecado marca mi sangre y sella mi destino cada vez que me doy la vuelta para correr a buscarte. Pero prefiero condenar mi alma como Ignis antes que vivir una vida destinada a perseguir la muerte.

Así que debemos conseguir que nuestra traición merezca la pena, que cada vez que nos reencontremos en el Abismo, demos más pasos hacia la salvación de nuestros pueblos. Tenemos que darle un sentido a lo que estamos haciendo porque no puedo mirar a mi madre a los ojos sin que me ahogue la culpa. Y sé que tú sientes lo mismo, Antheia. Por eso me desahogo contigo.

Todo lo que realmente vale la pena requiere sacrificio.

Por eso estoy convencido de que el sufrimiento al que nos hemos rendido para estar juntos debe guardar un propósito.

¿Serán ciertas nuestras sospechas y la llave que rompe la maldición será un Ignis y un Kaelis entrando juntos a la Cueva Ishtar? ¿Seremos nosotros los que salvaremos a nuestro pueblo de la decadencia y el hambre? No sé mucho acerca del Gran Hacedor, pero le he dado vueltas y no me encaja del todo un creador de mundos dando lecciones de moralidad

Pero quién sabe.

Te lo habré dicho ya cuando nos veamos dentro de unas horas, pero como sé que tu nostalgia te impide deshacerte de las cartas que te escribo durante el año que pasamos separados, te recordaré que, por favor, lleves mucho cuidado al colarte en el Templo de las Promesas Rotas. No sé si has conseguido hacerlo ya, pero me quedé muy inquieto con tu forma de describir su peligroso acceso. Que esté oculto entre cataratas no me genera mucha confianza.

La leyenda de los misteriosos amantes que rompieron su relación y ocultaron allí un secreto protegido por magia salvaje puede que sea solo eso: una leyenda. Quizás no tiene nada que ver con el origen de la maldición. No sé si merece la pena arriesgar tu vida por una pista tan vaga. Por muy bondadosos que sean los Dioses con los Kaelis... lo son porque cada uno de vosotros vive por y para cumplir sus normas.

¿Qué pasaría de no ser así?

Te adelanto que el Dios del Fuego no tendría piedad, ojalá tus reyes sean benevolentes.

Con los entrenamientos tan exigentes y todos los libros antiguos que desaparecieron me ha resultado muy difícil averiguar algo de utilidad, pero estos son los avances que he hecho durante estos meses de investigación. Te los escribo para que puedas acceder a ellos durante el próximo año. He hablado con dos de los Ignis más longevos del Atharav. Fueron las primeras creaciones del Dios del Fuego y la Diosa de la Tierra y de pequeños convivieron un periodo muy corto con los humanos, hasta que el Gran Hacedor se enteró de lo que había ocurrido y alzó la maldición como castigo. Ambos coinciden en una cosa: los humanos les contaron cómo los Dioses convivían en absoluta armonía y trabajaban codo con codo para intentar hacerlos felices. Sin embargo... había algo que no terminaba de funcionar. La Tierra era preciosa, un abanico de colores vivos, abundante agua, aire limpio y campos de tierra fértil dando vida a innumerables alimentos. Y aun así... los humanos parecían infelices. Nadie vio venir las discrepancias que surgieron entre los Dioses de un día para otro, simplemente, de repente... todo estalló. La Diosa de la Tierra, para tu decepción, sigue tan ida como siempre. El rey apenas permite que asista a las celebraciones oficiales porque empieza a desvariar y a decir cosas sin sentido. La que más repite es: 'Lo que se da no puede ser robado' y otras variantes de esa frase. Este año, además, ha tenido una de sus crisis y no ha podido asistir al ritual de gratitud que se celebra en el castillo.

Entiendo tu fascinante curiosidad por mi reina.

Porque... ¿cómo es posible que una Diosa todo poderosa pierda el juicio?

Sé que estás de acuerdo con los rumores que circulan por los callejones más oscuros de Ígnea, aquellos que te conté durante los primeros años de conocernos: la Diosa de la Tierra fue obligada a perderse en la locura para ocultar un secreto. Pero ¿qué forma tendríamos de averiguarlo? Siguen siendo habladurías.

¿Sabes lo que más adoro de ti? Tu capacidad de cuestionar lo establecido como verdad, de ver los muros tras los que nos encerraron, convenciéndonos de que vivíamos en un universo infinito, y encontrar sus grietas para mirar a través de ellas, descubriendo que ahí fuera hay mucho más. Tu deseo de resolver misterios puede llevarnos a la perdición, Antheia, pero también a la salvación.

No lo olvides nunca.

Bueno, debo dejarte ya, es la tercera vez que Brandr interrumpe en mi tienda para pedirme que hablemos un rato. Tiene muchas ganas de conocer a la chica que ha puesto mi vida patas arriba. Me ha pedido que te diga que le debes una cena por la cantidad de veces que me ha cubierto para que pudiera llegar a nuestra cueva. Puedes estar tranquila. Es el único Ignis que nunca le contaría al Dios del Fuego lo que estamos haciendo, por muy sorprendente que eso pueda parecer. Ah, también me ha recordado que tengo que contarte su historia favorita. Está seguro de que va a encantarte y yo también lo creo. Cuando quiere, es un chico muy sensible. Ojalá algún día pudieras conocerlo.

Cuando estés leyendo esto la Anual ya habrá pasado y nos quedará un año para reencontrarnos.

Ojalá encuentres mi amor en cada una de las palabras que he escrito para ti. Ojalá encuentres uno de mis abrazos cuando más lo necesites. Y ojalá me sientas cerca por más mundos de distancia que nos separen. Te espero en nuestra penúltima Anual juntos. Si todo sale bien, el año que viene conseguiremos romper la maldición y ya no tendrás que buscarme en mis palabras.

Nos reuniremos en la Tierra, por fin, bajo las estrellas.

Y entonces, bajo aquel cielo tan deseado, dejaremos de soñar con una vida inalcanzable para, al fin, poder vivirla.

Siempre tuyo,
Egan Rosethorne

CAPÍTULO 32
ARIA

El Helheim se preparaba para luchar su última Anual.

Dentro de unas horas, las Puertas Umbra se abrirían.

Y, entonces, todo empezaría.

Y acabaría.

Tras un interrogatorio pesado en el que tuvimos que explicar cada uno de los pasos que nos condujeron hasta aquí, los reyes ordenaron a los guardias que nos devolvieran a la soledad de nuestras celdas. Debían decidir si terminaban de confiar en nosotros. Mientras debatían, traté de ahuyentar el miedo recordándome por qué los Kaelis seguían necesitándonos como grupo: Killian era un Protector, los mellizos protagonizaban una profecía que su viento llevaba cantando desde hacía siglos y que los describía como figuras importantes para vencer la maldición, Beatrice era muy poderosa, nada más y nada menos que la hija del principal aliado del Dios del Fuego, y yo…

En fin, mi función estaba más que clara

Pero el miedo siguió aflorando en mi estómago, formando un nudo de tensión que me impedía respirar con normalidad.

Nos jugábamos tanto que ni mi intuición ni la razón lograban tranquilizarme.

De pequeña nunca había temido en exceso a la oscuridad, pero cuando las sombras de aquel espacio minúsculo y claustrofóbico volvieron a rodearme deseé que mi madre estuviera ahí para darme un abrazo. Nunca necesité tanto sentir sus brazos rodeándome como en aquel momento. Quería escuchar de su boca que todo iba a salir bien porque aquella frase, dicha por las madres, tenía algo mágico: al instante una calma liviana sofocaba la ansiedad. Pero lo único que tocó mi piel fue el frío despiadado que habitaba en aquellos muros de piedra. Me encogí y me abracé a mí misma, dejando que las lágrimas corrieran libres por mis mejillas.

Lloré en silencio mientras que en mi interior me desgarraba la garganta de tanto gritar. La rabia se arremolinaba, afilada, en torno a la infinita pena con la que estaba aprendiendo a vivir. Porque jamás podría superar ni la muerte de mi madre ni la transformación de Álex en aquel monstruo.

Aquel dolor remitió lo suficiente como para que otro recuerdo me asaltara.

Aún notaba los músculos resentidos y la piel me escocía por la cicatrización de la única letra que Marlon había conseguido marcar en mi espalda. Exhalé con el peso del dolor sobre los hombros, sin fuerzas para luchar contra aquel recuerdo traumático. Dejé que me encontrara. Permití que me hiciera añicos. Y confié en que el paso del tiempo le quitara poder sobre mí. No volvería a cerrar los ojos ante lo que ocurrió. Porque aquella oscuridad que parecía segura lo único que había hecho era alimentar mi miedo hacia el psicópata desgraciado de Marlon.

Utilicé aquel tiempo concedido por los Dioses para alimentarme con cuidado de no vomitar. Los guardias habían sido tan *amables* de depositar un plato hasta arriba de comida y una manta andrajosa que, pese a su apariencia, era bastante calentita. El dolor de barriga no se fue de inmediato, pero con el paso de los minutos una cálida sensación de plenitud fue invadiéndome. Me sentía tan exhausta física y mentalmente que al final me dormí. Como si hubiera pestañeado, me desperté con el cuerpo en tensión, preparada para un nuevo asalto. El sonido de los barrotes arrastrándose por el terreno reverberó en aquel agujero de mala muerte. Me enderecé, apartando algunos mechones sucios de mi rostro y, con el corazón latiéndome cada vez más deprisa, alcé la mirada para mantenerla fija en la figura que surgió entre los resquicios de luz.

Habían tomado una decisión.

Aerielle me estudió detenidamente y traté de no hacerme pequeña bajo el peso de su mirada. Soporté su escrutinio, sintiendo las pequeñas olas de poder que irradiaba. No podía imaginar cómo habría sido tener a los Dioses cerca cuando aún tenían la plenitud de sus poderes.

—Aquí tienes las cartas de tu madre —me dijo Aerielle, tendiéndome los sobres. Un conjunto de emociones cruzaba su rostro, entre ellas determinación, comprensión y desconfianza—. He leído cada una de ellas y la historia de amor de tus padres concuerda con lo que me has contado. Estas cartas os han salvado la vida.

Tragué saliva, cogiéndolas con los dedos temblorosos.

Tuve que contener el impulso de comenzar a leerlas de inmediato y en su lugar, levanté la vista para darle las gracias.

—Pongamos fin a esta guerra. —Alzó la barbilla. Sus ojos destellaron con una fuerza que me puso los pelos de punta.

Apreté los dientes y, sintiendo cómo todo daba vueltas a mi alrededor, asentí.

Una hora después, el espejo de agua vibró al escupirnos en el campamento. El bosque nos recibió con su quietud habitual en una noche aparentemente corriente. Solo que no lo era. Después de leer la carta de mi padre me sentía como si un gigante hubiera sacudido mi cuerpo con tanta fuerza que todas las piezas que me componían hubieran acabado en el suelo; desordenadas y muchas de ellas, rotas. Busqué a Killian con la mirada. Desde que nos habían liberado no se había alejado de mí, pero apenas habíamos intercambiado un par de preguntas para asegurarnos de que estábamos bien. Ahora caminaba muy tenso a mi lado, con la mirada concentrada en los Kaelis que comenzaron a aparecer.

Mis músculos se pusieron rígidos, preparándome para defenderme, pero no hizo falta.

Los Kaelis formaron un pasillo que conducía hacia nuestras tiendas. Nos quedamos clavados en el suelo cuando comenzaron a aplaudirnos. Nos observaban con admiración, y eso solo podía significar que Lysara, obviando nuestra traición para proteger nuestras cabezas, les había contado que yo era la llave que rompería la maldición. También había ayudado a limar asperezas que Killian y los mellizos hubieran salvado a muchos de los suyos en el Museo de los Alientos Perdidos. Por cómo nos miraban parecía que su odio se había transformado en tolerancia, curiosidad e incluso asombro. Incluso Beau y su segundo hicieron una leve inclinación de cabeza en señal de agradecimiento.

Me pregunté cuánto tardarían en volver a odiarnos.

Porque en el caso de que todo saliera bien y me obligaran a romper la maldición para liberarlos… no permitiríamos que, en su afán por liderar la Tierra, hicieran daño a los nuestros. De ningún modo.

Teníamos órdenes estrictas de descansar, pero, hecha un manojo de nervios, cogí a Killian de la mano. Lo arrastré hasta mi tienda con el pulso disparado, latiéndome en los oídos. Me daba igual que los guardias supieran que estábamos juntos; ya no quedaba nada que esconder. Una vez en el interior, invoqué dos llamaradas de fuego y las dejé suspendidas en ambos extremos de la tienda. La luz que emitieron alumbró el rostro de Killian, resaltando el contorno firme de su mandíbula y la profundidad de sus ojos, que me observaban de un modo que no supe descifrar. Temblando por dentro, extraje una de las cartas de mi bolsillo y la puse sobre su mano áspera. Compartimos una mirada cargada de significado antes de que comenzara a leerla. El aire estaba cargado de electricidad, como si las raíces del mundo presintieran que el contenido de aquella carta lo cambiaría todo. Atenta a su reacción, esperé. Los segundos se deslizaron pesados; demasiado lentos para la energía caótica que fluía en mi interior. Algunas arrugas surgieron en su frente y el gris de sus pupilas se oscureció al comprender algo. Sus ojos, concentrados en el papel arrugado y amarillento, se alzaron hacia mí con un gesto serio.

—Aria... —pronunció mi nombre en voz baja.

—¿Has leído lo del templo entre cataratas? ¿No te suena de algo? —pregunté de forma atropellada; mi mente trabajaba a toda velocidad. Corrí y me agaché debajo de la cama para sacar el diario de Lunette de su escondite. Lo abrí y pasé las páginas con rapidez hasta llegar a una entrada concreta. Leí el texto en diagonal hasta que encontré el párrafo, entonces, pronuncié en voz alta—: «Estábamos envueltas en el murmullo constante del agua bajo el mármol que había levantado aquel lugar oculto entre cascadas» «Por eso escondí allí el único manuscrito antiguo que no fue quemado antes de que se alzara la maldición. Él nos obligó a deshacernos del pasado para crear un nuevo futuro. Y entendía que hubiera sido necesario, pero aun así... Escondí aquel papel con la esperanza de que alguien lo encontrara cuando aún no fuera demasiado tarde. Y, sobre todo, con la esperanza de que supiera qué hacer con el poder más grande que existiría jamás: el de la verdad».

Killian se había colocado detrás de mí, cubriéndome con su calor, y entornó los ojos terminando de leer el fragmento. Al alzar la vista, nuestras miradas se encontraron.

—Ahora ya sabemos a qué lugar del Helheim se refería Lunette —declaró con voz grave—. No puede ser una coincidencia que tu padre hable de una leyenda de dos enamorados y del secreto que los separó y justo Lunette cuente lo mismo en su diario, pero en primera persona.

—Totalmente —aseveré—. La narrativa coincide, solo que en realidad se trataba de dos enamoradas. —Lo miré sintiendo cómo los nervios y la emoción burbujeaban en mi estómago—. Si te fijas, las entradas del diario tienen algo raro... Están escritas en presente, pero de alguna forma te trasladan al pasado —hice una pausa, buscando las palabras—. Creo que Lunette ocultó su historia de amor en fragmentos que parecían días cualquiera, pero la escribió cuando ya había ocurrido todo, con la esperanza de que alguien la encontrara.

—Sí, porque quien la leyera por encima pensaría que es solo una historia de amor más —admitió con ironía, sabiendo que él mismo había caído en su trampa.

Mis labios se curvaron en una leve sonrisa que, por algún motivo desconocido, no me devolvió. Sus ojos se desviaron hacia una de las llamas.

Aquello me extrañó, pero lo atribuí al cansancio.

—Sé quién puede ser la amante de la Dorada —continué, recuperando su atención.

—¿Me vas a hacer rogarte? —me preguntó con burla, pero su postura era demasiado rígida.

—La Diosa de la Tierra.

—Joder.

—Sí. —Suspiré. La emoción que me recorría las venas se había apagado un poco al darme cuenta de lo raro que estaba Killian—. Lunette habla de expiar un pecado, lo que me confirma que su relación fue secreta. Y me encaja perfectamente con la Diosa de la Tierra porque era la pareja del rey y no creo que en una época congelada en la Edad Media estuviera bien visto tener amantes —cavilé y, sin poder estarme quieta, comencé a moverme por el estrecho espacio—. Pero aparte de su amor prohibido, Lunette tuvo que descubrir algo muy fuerte para que los Guardianes hicieran desaparecer su nombre.

—Sí, y estoy seguro de que debe estar en el manuscrito que escondió en el Templo de las Promesas Rotas —me dijo, siguiendo con atención cada uno de mis movimientos.

—¿Y por qué se lo contó a la Diosa de la Tierra para luego freírle el cerebro? Porque ella tuvo que ser la responsable. Si te das cuenta también habla de eso en su diario cuando menciona que la apagó, que había conocido a la siguiente vida que arruinaría… —repetí sus palabras haciendo memoria—. Parecía quererla mucho, no sé… No me cuadra.

De repente, algo encajó en Killian. Perdió todo rastro de color.

Retrocedió hasta sentarse muy despacio en la cama.

La madera emitió un crujido seco cuando dejó caer su peso sobre el colchón.

—¿Qué ocurre? —Me senté a su lado, observándolo con preocupación.

—Recuerdo… —Frunció el ceño como si le estuviera costando dar con aquello que estaba buscando. Su expresión fue de asombro cuando lo consiguió—. Recuerdo que cuando estuve a punto de morir acabé en una especie de limbo donde recuperé la conciencia. En esa nada absoluta escuché a una voz femenina y extraña. Me decía cosas sin sentido, pero hubo algo que, al parecer, sí se quedó grabado en mi cerebro. Me susurró: «Lunette, debiste permitirme olvidar».

De mis labios se escapó una exhalación ahogada.

—¿Crees que la Diosa de la Tierra estaba comunicándose contigo?

—Sí, creo que sí —me respondió; su nuez subió y bajó al tragar saliva. Se llevó una mano a la cabeza y se presionó las sienes, con el rostro contrayéndose en una mueca de dolor—. Joder, estoy empezando a recordar algo más… —se calló, y un instante después sus ojos se abrieron de par en par. Parecía descolocado, lo cual no era muy habitual en él—. Es como si hubiera conseguido acceder a mi mente y hubiera escondido el mensaje para que se revelara solo cuando estuviera listo para entenderlo.

—¿Qué fue lo que te dijo? —le pregunté, conteniendo el aliento.

Sentí el peso de su mirada sobre mí.

Un escalofrío helado me subió por la espalda cuando sus ojos se volvieron sombríos.

—«Los secretos reconocen a los secretos cuando están al borde de la muerte, al límite de perderse para toda la eternidad. Despierta la verdad de la maldición, o el destino no te perdonará».

—La verdad de la maldición… —repetí, y las palabras se quedaron flotando en la densidad del aire—. La misma que descubrió mi madre y decidió callar. La que Uriel me dijo que podría destruir el mundo.

—Sí —musitó.

—¿Y a qué crees que se refiere mi padre con la frase que repite la Diosa de la Tierra: «Lo que se da no puede ser robado»?

—No tengo ni idea, pero cuando me encontré con ella por primera vez en el Castillo de Brandr, recuerdo que soltó algo muy parecido. Quizás estaba desvariando… o no, tal vez sea algo muy importante.

Mi intuición me susurraba que así era, pero por más que me devanaba los sesos no lograba llegar a nada... *Aún.* Me puse de pie. No podía estarme quieta

Habíamos conseguido suficientes piezas como para que el puzle comenzara a tomar forma, y ansiaba encontrar dónde encajaba cada una.

—Lo que sí tengo claro es que mi madre encontró el manuscrito que dejó escondido Lunette y, gracias a él, consiguió descifrar la verdad. Y creo que esa verdad no tenía nada que ver con sus sospechas de que un Ignis y un Kaelis romperían la maldición al entrar juntos a la Cueva Ishtar. Tiene que ser algo muy peligroso para que decidiera esconderse en la Tierra y ocultarme de los suyos.

Killian meditó mis palabras, y las líneas de su rostro se endurecieron.

—¿Y si romper la maldición implica sacrificarte y por eso mismo huyó? —expuso, con las manos apretadas en puños.

Una punzada de temor me atravesó el pecho.

De repente me resultó un poco más difícil respirar.

—No... no lo sé.

—Quizás deberías devolver los Vestigios Originales para salvar la Tierra, pero no romper la maldición. Si tu madre pudo huir encontraremos la forma de que tú también.

Negué de inmediato.

—Los Kaelis os matarán en cuanto vean que he incumplido mi parte del trato. No pienso sacrificaros —declaré con una rotundidad, que no daba lugar a discusión.

—Ni yo a ti, joder —gruñó.

—Entonces lo que debemos hacer es descubrir la verdad. Así no iremos a ciegas y podremos tomar una decisión más segura para todos —propuse, porque sabía que ninguno de los dos cedería—. El problema es que, en las mazmorras, después de leer las cartas le he preguntado directamente a Aerielle por el templo y me ha asegurado que lleva dos décadas destruido. —Mis hombros se hundieron por la amarga decepción que me sobrevino. Me mordí el interior de la mejilla y continué intentando poner en orden la horda de pensamientos que se amontonaban entre sí—. Las fechas cuadran con la desaparición de mi madre. ¿Dónde pudo haber escondido el manuscrito? Porque tengo el presentimiento de que lo hizo.

Killian me miró, pero se mantuvo callado mientras le daba vueltas a algo.

El silencio se abrió entre nosotros como una grieta, permitiendo que los sonidos del exterior se filtraran: los pasos de los soldados que iban y venían, sus murmullos y el crujido de las armaduras se mezclaban con el crepitar del fuego y nuestras respiraciones. La lona tembló por una ráfaga de viento, haciendo bailar las sombras que las llamas proyectaban sobre nuestros rostros.

—Aria —la voz grave de Killian me hizo aterrizar. Suspiró, pasándose una mano por el pelo oscuro—. No nos queda tiempo. Mañana comienza la Anual.

—Ya, pero… —Cerré la boca de golpe. Dejé de respirar cuando do simplemente lo *supe*. Mi corazón se aceleró—. En las cartas mi padre habla continuamente de la cueva secreta donde cada año él y mi madre se encontraban. Y por las referencias que ha dejado creo que puedo hacerme una idea de su localización. —Los ojos me brillaron al mirarle, con la esperanza floreciendo en mi interior—. Podemos encontrarla.

Killian se quedó muy quieto, observándome de nuevo con una expresión que no supe interpretar.

—Si crees que de verdad es así te ayudaré —me dijo; su voz sonó un poco apática.

—¿Y has visto cómo menciona al líder de los Indómitos? El Alfa no me mintió cuando me habló de su amistad con mi padre. Seguro que Brandr sabe mucho más sobre ellos… —Mi voz fue perdiendo fuerza al darme cuenta de que tal vez no volviera a verlo jamás.

Dejé que la ola de dolor impactara contra mí. Pese a su fuerza, no consiguió derribarme. Esperaba descubrir mucho más sobre mis padres porque de no ser así… de alguna forma sentía que volverían a morir. Y no sabía si estaba preparada para aquello. Me obligué a respirar hondo y empujé muy lejos esos pensamientos. No era momento de aquello, aún teníamos mucho por…

Me di cuenta de que Killian me observaba con un dolor devastador en los ojos.

El alma se me cayó a los pies.

Mierda.

CAPÍTULO 33
ARIA

—Ey… —Me arrodillé, colocándome entre sus piernas. Killian tenía la tristeza grabada en su atractivo rostro y aquello me preocupó—. Estoy hablando mucho, lo siento. ¿Estás bien?

—Lo último que quiero es que te disculpes conmigo. —Dejó salir una exhalación, y las comisuras de sus labios se elevaron en una sonrisa un poco forzada—. Me encanta verte emocionada buscando verdades como en los viejos tiempos. —Me acarició la mejilla con ternura, y los callos de sus dedos, al rozar mi piel, desencadenaron un aluvión de mariposas en mi estómago—. Hace unas semanas, esto hubiera sido algo impensable.

Me apoyé en su mano para sentir su calor.

—Ya… Pero ahora estoy más cerca de entender a mi madre y, de algún modo, de poder hacer las paces con ella —confesé en voz baja, mirándole atentamente.

—Me alegro mucho por ti, de verdad —me susurró, y después apartó la mirada. Cuando dejó de tocarme y su mano cayó a un lado, cerrándose en un puño, sentí que una corriente helada provocaba un vendaval en mi interior. Armándome de valor, alargué la mano y lo cogí de la barbilla con suavidad para obligarle a mirarme—. ¿Qué te pasa?

Sus cejas se fruncieron como si genuinamente no entendiera mi pregunta.

Y entonces lo supe.

—Killian —su nombre se rompió en mis labios.

—¿Cómo…? —trató de decir, el músculo de su mandíbula palpitó con fuerza—. ¿Cómo pudo hacerte eso? —La pregunta estaba cargada de un dolor desgarrador que me partió en dos.

Nunca olvidaría la expresión devastada de su rostro. No podría.

Cerré los ojos con fuerza. Y entonces me atreví a mirar la angustia de Killian, a conectar con el dolor que hacía flaquear mis rodillas cada vez que recordaba a Marlon marcando a fuego la palabra «Asesina» en el centro de mi espalda.

Una nueva ola se elevó frente a mí, arrancándome el aire de los pulmones. Era tan grande que, tanto si trataba de huir como de enfrentarla, acabaría derrumbándome. Esta vez no vencería a su naturaleza violenta.

—Ya no hay nada que podamos hacer —musité, con el pecho ardiendo.

—Lo sé y eso me está matando. —Apretó los dientes mirando hacia abajo y el peso que cargaban sus hombros de repente aumentó. Su voz bajó de volumen cuando volvió a hablar—. No puedo creer que Marlon haya vuelto a hacer daño a otra persona importante para mí y yo no haya podido hacer nada para evitarlo —la rabia y la amargura atravesaron su rostro y se mezclaron con una tristeza desoladora—. Después de la muerte de mi madre me prometí que no volvería a ocurrir.

Sus ojos, enrojecidos, se humedecieron.

Se estaba viniendo abajo.

La distancia que había entre nosotros comenzó a doler con la misma intensidad que otras heridas. Me incorporé y me senté junto a él. Sin necesidad de palabras, lo abracé y él me atrajo hacia su cuerpo, rodeándome por la cintura. Su aroma a cítricos me envolvió y me hizo sentir segura. Protegida. Nuestros rostros quedaron muy cerca. No sabía quién consolaba a quién, pero la tensión que sentía en el pecho se aflojó y me invadió la calma tibia que suele llegar tras el dolor. Compartimos un abrazo en el que el silencio y la calidez de nuestros cuerpos pegados simplemente… fueron suficientes.

—Hay promesas que otros nos obligan a romper y no pasa nada —le susurré al oído, apretándolo más contra mí—. No podemos cargar con la maldad ajena. No es justo.

—No deberías ser tú quien me consuele a mí —escuché cómo respiraba hondo al mismo tiempo que se separaba un poco. Me miró con una intensidad con la que jamás ningún hombre me había mirado—. Me destroza imaginar que hayas tenido que pasar por todo esto tú sola.

Se me formó un nudo en la garganta y los ojos se me cubrieron de lágrimas que luché por no derramar. Su preocupación se hizo más visible cuando vio que estaba a punto de llorar.

—No pasa nada, estoy bien —le aseguré, sorbiéndome la nariz y las comisuras de mis labios temblaron con una sonrisa triste, pero sincera—. Estaré bien.

Me cogió de la mano, entrelazando nuestros dedos.

La calidez de su agarre me tranquilizó.

—Sí —asintió tratando de convencerse también a sí mismo, y me miró con una expresión vulnerable que me desarmó—. No sabes cuánto siento no haber estado ahí —su voz áspera volvió a quebrarse y ver cómo convertía mi dolor en el suyo, como si yo fuera una parte más de él mismo, me hizo sentir tan cuidada y querida que el nudo de mi garganta se tensó—. Te prometo que cuando todo esto acabe, si es lo que quieres, encontraremos el modo de borrarlas.

—Vale —logré decir.

—¿Qué ocurrió? —susurró, y sus ojos analizaron cada centímetro de mi cara buscando rastros de incomodidad—. ¿Quieres contármelo?

Dudé. No me sentía preparada para hablar de aquello en voz alta, pero quizás… no lo estaría nunca. La capacidad curativa del tiempo es poderosa, pero hay golpes tan duros que siempre resultará difícil hablar de ellos. Así que inspiré y, sin darle espacio al miedo, lo solté todo.

—Fue en el atentado de la fiesta de las flores, justo después de hablar con Uriel. —Las palabras salieron de mi garganta con más facilidad conforme fui hablando—. Como salí corriendo Marlon creyó que estaba huyendo y... —Hice una pausa cuando el dolor me bloqueó por un instante. Killian se dio cuenta y apretó nuestras manos unidas, animándome a que continuara con la mirada. Tragué saliva—: hacerme aquello fue su modo de castigarme.

Las líneas de su rostro bronceado se endurecieron.

—Joder, y yo acusándote de que ibas a abandonarme —masculló, manteniendo los labios tensos en una fina línea. Parecía muy cabreado consigo mismo—. ¿Por qué no me lo dijiste?

No utilizó un tono de reproche. De verdad quería saberlo.

El silencio se prolongó y tuve que apartar mis ojos de los suyos.

No era capaz de sostenerle la mirada. Aun así, me obligué a hacerlo.

—Me daba mucha vergüenza... No quería que pensaras eso de mí —me atreví a decir, temblando por dentro.

—¿El qué? —Frunció el ceño.

—Que era una asesina —confesé, con voz trémula; las mejillas rojas y el pulso desbocado por lo difícil que estaba resultando esa conversación para mí.

Y lo liberadora que estaba siendo.

—Aria —suspiró, y alzó la mano que tenía libre para ahuecarme la cara —. Jamás podría pensar eso y, joder, espero que tú tampoco. —Me miró casi con súplica—. Lo único que pienso es que estoy con una chica maravillosa con la que me encantaría construir una vida muy lejos de todo esto.

El corazón me dio un vuelco.

Una lágrima rebelde resbaló por mi mejilla y él me la limpió con el dedo, acercándose para depositar un tierno beso en ella. Su pulgar se mantuvo ahí durante un segundo más, rozándome.

—Siento mucho habértelo ocultado.

—No tienes que enseñarme todas tus heridas.

—Gracias —dije, sintiendo cómo el corazón se me ensanchaba por la magnitud de mis sentimientos—. Porque sea tan fácil... querernos.

Me quedé congelada al darme cuenta de lo que había soltado.

El corazón me martilleó con fuerza en el pecho.

Aun así, apreté los labios y no lo retiré. Killian era el hombre que más había luchado por y para mí y se merecía que esta vez sí fuera valiente.

—Ah... ¿que me quieres? —me preguntó, con una sonrisa ladeada y los ojos brillantes. El muy idiota estaba guapísimo mientras disfrutaba de mis nervios.

—Sí. —Alcé mi barbilla, notando el leve temblor en mis labios. El poder de esa palabra se expandió en mi interior y bañó las sombras de la tienda con su infinita calidez.

El aire chisporroteó entre nosotros. Se volvió más espeso, cargado del peso de todo lo que aún nos quedaba por decir. Nos sostuvimos la mirada tanto tiempo que mi respiración se aceleró y tuve que morderme el labio inferior para aguantar la punzada de deseo que afloró en mi interior. Nuestros alientos se entremezclaron en un juego que estaba más que dispuesta a ganar.

—Joder, quiero besarte —murmuró con voz áspera.

—Hazlo.

Y entonces, durante aquel instante, el mundo que se hacía añicos a nuestro alrededor se volvió perfecto.

Killian se inclinó hacia mí rompiendo la poca distancia que nos separaba y, cogiéndome de la nuca, me atrajo hasta que nuestras bocas colisionaron. Sus labios me recibieron, suaves y carnosos. Exigentes. Los movió sobre los míos con una necesidad que me desarmó, volviéndome líquida. Con la mano con la que le rodeaba el cuello, enterré los dedos en su pelo y tiré de él arrancándole un gruñido. El ritmo fue subiendo a medida que el deseo tomaba el control de nuestros cuerpos. Nuestras lenguas se rozaron mandando descargas eléctricas a mi centro, encontrándose una y otra vez. Encendiéndome. Jadeé y apreté los muslos para contener la oleada de excitación que nubló mis sentidos.

Rompimos el beso y pegamos nuestras frentes, mirándonos mientras nuestros pechos subían y bajaban con rapidez.

—¿Eso ha sido un «yo también»? —le pregunté, apenas sin aliento.

Nos reímos y me recreé en la sensación de ligereza que se instaló en mi estómago. Su mirada tenía un brillo especial que quise atesorar para que nadie tuviera la capacidad de arrebatárselo.

Se apartó y me sostuvo la vista, tomándose un momento para recuperar la voz.

—No, eso ha sido: estoy enamorado de ti como jamás pensé que podría estarlo de nadie —su voz ronca me envolvió como una caricia directa a mi corazón—. Y aunque ningún destino nos hubiera unido y nos hubiéramos conocido en una cafetería o caminando por la calle, estoy seguro de que habría terminado queriéndote con la misma intensidad. Era inevitable, Aria.

El pecho estaba a punto de explotarme.

Me había quedado sin palabras.

—Yo también estoy enamorada de ti —declaré—. Y aunque me da mucho vértigo todo lo que eso significa no podría imaginar una persona mejor por la que arriesgarse —le dije, y mis mejillas se tiñeron de rosa cuando él se inclinó para darme un tierno beso en la frente—. No me creo que hayamos llegado tan lejos… —Suspiré, mirándolo con una leve sonrisa. La primera vez que nos vimos en Haven Lake, cuando me salvó de morir atropellada por un coche, no podía imaginar la cantidad de peligros a los que nos enfrentaríamos juntos: la desconfianza, las heridas que otras personas causaron en nosotros, los miedos que nos acompañaban, la presencia continua de la muerte… Y aquí estábamos, compartiendo los sentimientos que habían florecido en medio de una maldición cuya oscuridad estaba a punto de condenarnos. Como una de esas flores preciosas y resistentes que, aun entre la maleza y bajo una tierra seca, encuentran su propio camino hacia la luz.

De forma abrupta, un pensamiento cruzó por mi mente, emponzoñándome.

—¿En qué piensas? —Killian se dio cuenta de mi cambio de expresión.

—La carta de mi padre… —exhalé—. Somos un reflejo de ellos. Estamos justo en el mismo punto, unas horas antes de la Anual, creyendo que sabemos lo que tenemos que hacer para salvar a los nuestros y conseguir un futuro mejor.

La posibilidad de que nuestra historia terminara de la misma forma me cubrió los huesos de un terror helado.

Killian no ocultó el temor que oscureció sus iris, pero apretó la mandíbula y consiguió apartarlo a un lado para que una emoción distinta se abriera paso en su interior. El peso de su atención recayó sobre mí, estremeciéndome y alterando mi respiración. Nada de lo que ocurriera en el exterior de la tienda conseguiría que dejara de mirarlo; la perfección de su nariz recta, la línea que dibujaba su mandíbula, los pómulos endureciendo sus rasgos y cómo las pestañas largas vestían los ojos grises que me veían con tanta claridad.

«Deja que te consuma», me susurró al oído la fuerza atrayente que me empujaba hacia él.

Tragué saliva. De repente tenía la boca muy seca.

—¿Sabes cuál es la diferencia? —me preguntó, bajando el tono Despacio, inclinó su cuerpo hacia el mío. Su olor me envolvió y nubló mis sentidos. Los dedos me hormigueaban por la necesidad de tocarlo.

—¿Cuál? —susurré.

—Que nosotros sí pasaremos esta última noche juntos. —Sus labios se curvaron en una sonrisa provocadora que hizo que mi corazón se disparara.

—¿Y eso lo cambiará todo? —Alcé una ceja, escéptica y embaucada a partes iguales.

—No sé, depende de lo inolvidable que sea… —ronroneó, y el hambre en su mirada comenzó a devorarme.

No le hizo falta tocarme ni hacerme ninguna promesa para que mi cuerpo reaccionara. Ya habíamos compartido otros momentos antes y recordaba demasiado bien el olor de su sudor mezclándose con la excitación; los sonidos graves escapando de su garganta y su rostro completamente ensombrecido por el fuego. El calor comenzó a recorrerme la piel como una caricia aparentemente inocente, pero cargada de intenciones. Ahora que Killian había visto mis cicatrices, el espacio enorme que antes ocupaba el miedo se había llenado de expectación, deseo y... una idea muy explícita de lo que quería que ocurriera en aquel espacio estrecho.

—¿Y cómo podemos hacer que mejore? —pregunté, notando que la espiral de deseo crecía en el bajo de mi vientre.

En menos de un parpadeo, Killian se había movido hacia mí. Casi sin pensarlo, me dejé caer sobre los codos hasta quedar recostada en la cama. Mi respiración se agitó cuando sus brazos se estiraron a ambos lados de mi cuerpo, encerrándome entre ellos. Su cercanía y el calor que desprendía alteraron mi capacidad de pensar.

Un sonido estrangulado se escapó de mis labios cuando aproximó la boca a mi cuello. Su aliento cálido me hizo cosquillas en la piel. Se mantuvo muy quieto, prolongando la tensión del momento.

—Se me ocurren algunas ideas, ¿quieres que te las cuente? —me propuso, con los labios pegados a mi piel, erizándola con el roce.

—Sí —mi afirmación reverberó en el refugio, bañado por una penumbra cálida.

Jadeé cuando, sin perder ni un instante, alineó sus caderas con las mías y presionó mi centro con su dureza. Arrugué la manta con los dedos cuando una punzada de placer me sacudió. Bajé la vista para admirar la tela de su traje, abultada por su erección, y me mordí el interior de la mejilla. Un anhelo tormentoso me hizo apretar las piernas. Me dejé caer sobre la almohada y alcé los brazos para acariciarle el contorno de la espalda, ancha y fuerte, cerniéndose sobre mí. Su mirada se volvió animal cuando apreté las uñas en su piel, provocándole. De su pecho brotó un sonido áspero que viajó directo hasta mi centro.

Dios, anhelaba que me tocara.

Jamás lo había necesitado tanto.

—Verás... —arrastró la palabra, volviendo al punto sensible de mi cuello. Presionó sus labios sobre él, dándome un beso lento y húmedo que me hizo temblar. La vibración baja de su voz me calentó la piel—. Creo que la noche podría ser aún mejor si mis dedos estuvieran dentro de ti.

La suciedad de sus palabras consiguió que notara, por primera vez, lo mojada que estaba.

La promesa de sus dedos deslizándose por la humedad de mi interior me cortó la respiración. Killian se apoyó en un brazo y, con el otro, alargó su mano para pasearla, sin prisa alguna, desde mi cuello hasta mi clavícula, rozándome el pezón erecto que presionaba la tela del traje, y bajando más... mucho más. Encogí la barriga para contener la excitación que me convirtió en líquido puro cuando su mano alcanzó mi abdomen. Su recorrido terminó, por el momento, en mi muslo.

Peligrosamente cerca de mi centro. Killian contempló en todo momento cómo las puntas de sus dedos recorrían mi piel. Buscó mis ojos esbozando una sonrisa maliciosa al notar cómo me removía debajo de él, ansiosa porque su mano se moviera un poquito más. Solo un poco.

Estaba muy alterada. *Desesperada.*

Con un movimiento firme me separó las piernas.

—Me gusta que seas tan impaciente —susurró, pegándose a mi boca.

—¿Por qué? —pregunté con la voz entrecortada.

—Porque eso significa que estás igual de desesperada que yo —gruñó, y me rodeó el cuello de forma firme, rozando el punto donde latía mi pulso con fuerza. Me miraba con absoluta veneración y... un aire salvaje que se clavó en mis entrañas—. Pero llevo tanto tiempo imaginando las cosas que te quiero hacer... que voy a tomarme mi tiempo. —Alejó la mano de mi cuello descendiendo por mi torso hasta detenerse en mi cintura. Luego, con los dedos extendidos, rodeó la curva de mi nalga y la apretó con fuerza arrancándome un gemido agudo—. Quiero disfrutar viendo cómo te retuerces, cómo me suplicas que acabe contigo y, al mismo tiempo, deseas que... —movió su brazo con destreza, y presionó el interior de mis piernas, arrancándome un jadeo— el placer no termine nunca.

El pecho me subía y bajaba demasiado rápido.

—¿Y a qué estás esperando? —lo reté, sintiendo dolorosamente cada roce de sus dedos.

—Quítate la camiseta —me ordenó con los ojos vidriosos—. Quiero verte.

Se apartó, dejándome espacio para que me incorporara y eso hice. Me pasé la parte superior del traje por encima de la cabeza. Mi melena castaña cayó como una cascada hasta la mitad de mi espalda, provocando que un escalofrío me recorriera la espina dorsal. La prenda aterrizó en algún lugar de la tienda que ya averiguaría más tarde. Con los labios entreabiertos, seguí de rodillas frente a él. Killian, más alto que yo, lograba que su sombra me envolviera. Me mostré desnuda ante él y, para mi sorpresa, no sentí ningún ápice de vergüenza, tan solo seguridad y *necesidad*. El aire fresco acarició mis pezones erizados, pero yo no tenía frío. Ardía bajo la intensidad de su mirada. Sus ojos brillantes me observaban como si fuera la primera y última vez que lo haría.

—Joder —masculló, y se abalanzó sobre mí, conquistando mi boca.

Me besó como si se muriera de sed y acabara de descubrir que la única fuente de agua se encontraba en mi interior. Me mordió el labio inferior arrancándome un leve gemido que lo encendió aún más.

El beso se volvió más exigente. Feroz.

La sensación de perder el control era tan dulce como adictiva.

No sabía dónde empezaba él y dónde acababa yo. Enredó su mano en mi pelo y me acercó aún más a él, inclinando mi cabeza en un ángulo en el que el beso se profundizó aún más. Yo me aferraba a su mejilla y con la otra mano le apretaba el hombro. Necesitaba sostenerme porque me fallaban las rodillas. Me faltaba el aire.

Pero no quería parar. No *podía*.

El ritmo del beso se volvió lánguido y prendió fuego a la sangre que corría por mis venas. Killian se separó para acariciar mi pecho desnudo y explorar mi piel con una mezcla de deseo y reverencia. Mientras lo hacía, observaba con atención cada una de mis reacciones, bebiéndose mis jadeos y respiraciones agitadas. Luego descendió, sin prisa, hasta que su boca encontró mi pezón. Se lo metió en la boca y lo succionó, provocándome una descarga de placer. Arqueé la espalda ante su contacto y a él se le escapó un gruñido gutural antes de continuar besándome los pechos, dejando tras de sí un rastro húmedo y cálido de saliva.

De pronto, su mano rozó el centro de mi espalda y, de forma instintiva, me aparté de su contacto. Killian se detuvo al instante y se incorporó para mirarme. Su expresión encendida se había transformado en preocupación.

—Ey —susurró con ternura, y alargó una mano para acariciarme el pelo. Tenía los labios hinchados y húmedos por mi culpa. Era tan guapo que dolía. Me dolía—. No tienes que esconderte de mí.

Asentí y traté de regular mi respiración, sintiendo cómo un torbellino de emociones me sacudía. Sus ojos torturados revelaban que se moría por besar cada línea y curva que formaban las letras que marcaban mi piel, pero yo... no podía. No me sentía cómoda romantizando el horror que había vivido. No hizo falta que se lo dijera, por la rigidez de mis músculos supo que necesitaba olvidar aquellas cicatrices. Al menos por esa noche.

Killian me lo hizo saber depositando un beso breve y suave en mis labios con el que acarició mi corazón, pidiéndome perdón y recordándome la absoluta adoración y respeto que sentía por mí. Me deshice en sus brazos. Su pecho rozaba el mío, aún erizado por el contacto. Cuando me empujó hacia atrás, mis manos se apoyaron en las mantas sobre la cama y terminé recostada, con su cuerpo siguiéndome, lento y decidido. Lo que estábamos compartiendo no era solo sexo; era el punto exacto donde dos vidas entrelazadas por la venganza, alejadas por los secretos y reunidas por el deseo de construir algo bonito en medio del caos, se habían encontrado. Elegido.

—Quítame los pantalones —logré decir, con la respiración irregular.

Killian me clavó una mirada intensa y esbozó una sonrisa animal.

—Eso está hecho —su voz sonó muy grave.

Me ayudó a deshacerme de la parte inferior del traje. Elevé la cadera para facilitarle el trabajo. Me sacó una pierna. La otra. Y después, las bragas. Me observaba con admiración y reverencia.

—Te toca a ti —lo insté, antes de que se abalanzara de nuevo sobre mí. Necesitaba sentir el calor de su piel.

Lo contemplé embobada mientras, sin apartar sus ojos de los míos, se despojaba de lo único que ahora mismo nos separaba, porque el resto había dejado de importar. Contemplarlo mientras se desnudaba fue un auténtico espectáculo. Las dos esferas de fuego continuaban crepitando y alumbrando la tienda de forma tenue y cálida, y el conjunto de sombras incidía en su piel bronceada, volviendo su cuerpo aún más irreal. Pasé la vista por los músculos tensos de sus brazos, las venas que se marcaban bajo la piel, los hombros anchos, el abdomen firme y sus piernas fuertes, las mismas que pronto utilizaría para empujar su cuerpo contra el mío... Y luego estaba su erección, cálida y dura, apuntando directamente hacia mí. Lista para hundirse en mi interior.

Di una bocanada de aire, completamente derretida por su belleza.

—Eres... —susurré sin encontrar las palabras.

No podía pensar con claridad.

—Lo sé —murmuró, con una media sonrisa—, pero tú más.

Nos besamos de nuevo, sus labios firmes y severos envolviendo a los míos. Esta vez, su mano fue directa al centro de mis piernas. Abrí la boca para tomar aire al sentir su tacto sobre la zona sensible e hinchada que palpitaba entre mis muslos. Me separó los pliegues y, con uno de sus dedos, recorrió de arriba abajo la humedad de mi abertura, extendiéndola. Apreté las manos en torno a sus antebrazos.

—Dios... estás empapada —gimió, rozándome el clítoris con el pulgar.

Jadeé suplicándole con la mirada.

Bajé la vista para ver su mano cubriendo mi epicentro. En ese momento exacto pensé que perdería la razón. Y eso fue lo que ocurrió cuando introdujo un dedo en mi interior. Gemí en su boca, pegando nuestras frentes, y nuestros ojos se encontraron. Sacó el dedo y lo volvió a meter hasta el fondo. Repitió el movimiento hasta que notó cómo mi cuerpo podía tomar más de él. Entonces, añadió un segundo, aumentando la presión. Los movió con ritmo y los retorció alcanzando un punto sensible que… Ah. Sí.

Sacudí las caderas sobre su mano, buscando más.

Mucho más.

Un gruñido escapó de mi garganta cuando Killian se apartó, pero la protesta de deshizo en mis labios al entender lo que pretendía. Con ambas manos, rodeó mis piernas y las flexionó suavemente. Después las abrió y el mismo aire se encendió cuando enterró su rostro en ellas.

Sus labios rozaron la cara interna de mi muslo, luego la del otro. Me agarró con fuerza la carne y recorrió con la nariz mi centro, haciéndome cosquillas con su aliento, antes de que su lengua me encontrara. Me recorrió toda la abertura de arriba abajo. Y le prestó mucha más dedicación al botón hinchado que suplicaba su presencia.

—Dios… Killian —gemí, y él me respondió con un gruñido bajo, clavándome a la cama con sus manos sobre mis muslos.

Trazó círculos con la lengua, cambiando de ritmo y presión. Levantó la mirada para observar cómo echaba la cabeza hacia atrás; agarrada a las mantas para sostener las oleadas de placer que me atravesaban como deliciosos latigazos. Me saboreó con una devoción salvaje, haciéndome sentir deseada. Querida. Sus dedos se unieron al ritmo incansable de su lengua, salieron y entraron sin darme ningún tipo de tregua.

No la quería. Quería *más*.

El calor se me arremolinó en la parte baja del vientre.

—Por favor —gimoteé—, te necesito.

Lo que había comenzado como un juego, ya no lo era.

Sus ojos se abrieron de golpe.

—Mierda. No tenemos condones —maldijo, cayendo en la cuenta.

—Lysara nos dio a las chicas y a mí un tónico de hierbas —conté, con la voz entrecortada—. Apaga la menstruación durante un ciclo. Se lo dan a todas las guerreras para protegerlas de hijos no deseados durante la guerra y mantenerlas con más energía. ¿Tú estás limpio?

No me podía creer que hubiéramos esperado hasta este momento para hablar de algo tan importante.

—Me hice una revisión, y no he vuelto a estar con otra persona desde entonces —me aseguró.

—Yo he usado siempre protección y también estoy limpia.

—Vale. Genial —respondió sin aliento.

—Sí, genial. —Mis labios se curvaron por el alivio, y él me devolvió la sonrisa.

Killian se colocó encima de mí, encajando su cuerpo con el mío como si el único destino que nos uniera, en realidad, fuera este. Llevó la mano más abajo de su cintura y se rodeó el pene, moviéndolo de arriba abajo. Su gesto se contrajo por el placer. Con los ojos entornados, buscó en mi rostro una señal de que quisiera seguir adelante. Asentí con fervor y con nuestros alientos entremezclados dirigió su pene hasta mi entrada, restregándose con la humedad y frotándose contra mi centro.

Cerré los ojos por la sensación electrizante que me sacudió.

—He deseado tantas veces que llegara este momento… Joder, no te haces una idea —rugió contra mi boca antes de besarme con una urgencia que me hizo perder el sentido.

Probé mi sabor en sus labios y aquello me excitó aún más. Entonces introdujo su pene unos centímetros, permitiendo a mi cuerpo adaptarse. Impaciente, mecí mis caderas para sentirlo mucho más. Killian esbozó una sonrisa juguetona y me penetró despacio, mirándome a los ojos. La sensación de plenitud que me invadió fue indescriptible y mejoró aún más cuando mis paredes se acomodaron a él.

—Joder… es… —jadeé, de nuevo incapaz de encontrar las palabras.

—Sí —gruñó, y algunos mechones sudorosos le caían por encima de la frente.

Salió y volvió a entrar llenando cada centímetro de mí, al principio lo hizo despacio, como queriendo saborear la sensación de estar en mi interior. Caliente y húmedo. Después comenzó a enterrarse con firmeza. Una y otra vez. Estiró la mano para estrujarme un pecho mientras me follaba mirándome firmemente. Gemí más fuerte con cada embestida. Me retorcía debajo de él, sudorosa y anhelante. Las sacudidas comenzaron a ser más rápidas y profundas, y el remolino de calor se concentró en mi vientre hasta casi hacerme estallar, devorándome por dentro.

Killian se echó hacia atrás y me tomó de los tobillos, estirándome las piernas y alcanzando un punto que... Sí, justo ahí. «Dios mío». El placer me atravesó, enredándose en mi vientre hasta hacerse insoportable. Volvió a coger ritmo, llevándonos a ambos hasta el borde de un precipicio en el que deseábamos caer. Yo me movía debajo de él para aumentar la dureza con la que lo recibía, los pechos me rebotaban por el vaivén de nuestros cuerpos encontrándose. Sus movimientos se volvieron más descontrolados e instintivos, y el placer aumentó. Su respiración se aceleró, sus músculos húmedos y tensos bajo los míos Me miró una última vez y supe que estaba a punto de alcanzar el clímax. Apreté las paredes internas cuando volvió a penetrarme, y eso lo volvió completamente loco. Se estremeció soltando un jadeo ronco y sentí cómo se corría con fuerza dentro de mí.

Emitió un jadeo tan *sexy* que jamás se me borraría de la mente.

Después de unos segundos en los que se recompuso, como sabía que yo aún no había terminado, se enderezó y se recostó a mi lado. Su rostro volvió a ensombrecerse por el deseo. Volvió a penetrarme con los dedos, tocando el punto exacto que sabía que me volvía loca La respiración se me aceleró y mi pulso se volvió frenético. Estaba cerca... Muy cerca.

—Vamos, córrete para mí —gruñó en mi oído, rodeándome con su cuerpo.

El orgasmo que estalló en mi interior fue intenso, la energía acumulada se liberó, alcanzando cada rincón de mi cuerpo. Puse los ojos en blanco notando cómo las piernas me temblaban con pequeños espasmos. Me sentía vacía y llena a la vez, exhausta de un modo dulce.

Nos quedamos tirados en la cama, rozándonos con las puntas de los dedos y tratando de recuperar la respiración. Los minutos se alargaron y nosotros simplemente nos quedamos ahí, quietos, uno al lado del otro. Una vez nos calmamos, nos miramos con sonrisas perezosas y satisfechas.

—¿Ha sido como esperabas? —pregunté, un poco tímida.

—Ha sido mil veces mejor —respondió, con una sonrisa perezosa y feliz que me cubrió de calidez.

Nos besamos de nuevo, esta vez sin urgencia.

Fue un beso tranquilo y bonito, casi un suspiro compartido.

Deseé que esta noche no se convirtiera en uno de esos recuerdos inolvidables por la magia de la fugacidad. Quería guardarla en mi memoria, envuelta en el cariño propio de las primeras veces, pero deseaba con cada célula de mi cuerpo que los momentos con Killian perdieran brillo por la costumbre cálida de estar el uno con el otro. No quería una historia de amor épica; quería descubrir cómo sería una vida a su lado: abrazarnos en la cama durante un rato y después girarnos cada uno a su lado para dormir, quejarnos porque los tomates estaban demasiado caros, preparar la cena rápido para tirarnos juntos en el sofá después de un día eterno, discutir porque uno se había dormido viendo la película que el otro había escogido, preparar citas especiales cuando la rutina amenazaba con estancar la relación…

No quería que esta noche fuera inolvidable, quería que las siguientes simplemente… existieran.

Quería una oportunidad para nosotros.

Y estaba más que dispuesta a luchar por ella.

CAPÍTULO 34
JARED

Siempre nos habían advertido sobre los peligros que escondían las sombras, pero nunca nos enseñaron a temer a los monstruos que se muestran a plena luz del día. Sin una madre que comprobara que debajo de mi cama no había ninguno, crecí creyendo en ellos. Recuerdo pasar noches interminables en vela, imaginando al ser demoníaco que esperaba a que me deslizara en mis sueños para salir de su escondite a hurtadillas, asomarse a contemplar mi respiración calmada, y, entonces, abalanzarse sobre mí.

Después de esa fase bastante traumática, llegó una mucho peor. Pasé a ser el niño que se miraba en el espejo y sonreía una y otra vez, tratando de descubrir por qué nadie, excepto su hermana, quería ser su pareja en los juegos de clase. Ojos grandes bajo una fila de pestañas negras, cejas oscuras y nariz pequeña y respingona. ¿Sería por las paletas torcidas? ¿O por la imaginación que lo llevaba a otros mundos que nadie quería visitar? No lo entendía.

Por aquel entonces, lo que me provocaba pesadillas se encontraba a la luz del día: en el patio del orfanato, cuando me señalaban y, entre susurros demasiado altos, cuchicheaban acerca de lo rarito que era. Y durante la cuenta atrás para el comienzo de la Anual… volví a ser aquel niño que temía que las noches se acabaran.

435

Solo que esta vez, por un motivo muy distinto.

Pero por más que traté de estirar la oscuridad, la luz dorada de las Puertas Umbra nos alcanzó.

A primera hora de la mañana nos agruparon con decenas de Kaelis y, por orden, nos guiaron bosque adentro. Bajo un silencio tenso y con unas ojeras que me caían hasta el suelo, recorrimos el camino hasta que la estrechez del bosque se abrió en un claro rodeado de árboles altos y niebla, bastante similar al lugar donde se alzaban las Puertas Umbra en el Atharav. Alcé la vista para contemplar las puertas gigantescas, de porte regio, que muy pronto se abrirían. Se habían levantado en el grueso muro de piedra que delimitaba el reino, congelado en un pasado que los libros de historia ya no recordaban.

Me sentí sobrecogido ante la magnitud del portal. Se alzaba, imponente, sobre el ejército en la frontera viva entre el Helheim y el Abismo. La general de las tropas, Lysara, encabezaba la formación junto con los Dioses, que este año habían decidido participar. Miles de Kaelis esperaban, concentrados y tensos. Insignificantes ante lo que las Puertas Umbra representaban: el final o el comienzo de sus vidas.

Aunque aún me separaba una distancia considerable, los rayos que brotaban de la estructura incidían en mi piel con un calor engañoso que poco tenía que ver con el frío que guardaba en su interior. El vello de los brazos se me erizó al sentir la vibración rítmica que emanaban las puertas, atrayéndome con susurros antiguos y extraños que hicieron temblar mi cordura. Por muy similares que fueran a las del Abismo y a las del Atharav, su tamaño descomunal y su aire majestuoso me cortaron la respiración. Su superficie también estaba tallada con elegantes símbolos y un puñado de piedras resplandecientes, colocadas minuciosamente, coronaban el arco superior. De la fina hendidura que separaba la puerta del suelo, emergía una luz brillante, una que te hacía creer que el mundo que nos esperaba despiertos estaba lleno de luz y no de oscuridad. Si aún no me quedara un poco de esperanza, pensaría que estábamos ante las míticas puertas del final del túnel de las que todo el mundo hablaba.

Evitaba pensar en la muerte. Me estremecía la idea de dejar de existir de un segundo para otro, por mucho que ya hubiera «no existido» antes de nacer y no hubiera sido para tanto. Aun así, esa noche había tenido tiempo de sobra para pensar en qué haría con mi vida si sobrevivía a esta locura.

Si Aria rompiera la maldición y a los Kaelis se nos permitiera vivir en la Tierra, entonces... pararía de recorrer el mundo. Dejaría de buscar fuera lo que me daba miedo no encontrar dentro. Me arriesgaría a quedarme en un sitio para descubrir quién podía llegar a ser sin refugiarme en mi hermana como hacía de pequeño y... no sé, intentaría hacer nuevos amigos. Enamorarme, quizás. Hasta ahora había huido de ello por miedo a que no me escogieran, pero ¿quién podía culparlos? Nunca había mostrado mi yo auténtico y, visto en perspectiva, era yo quien boicoteaba las conexiones que empezaban a surgir por miedo a que mis miedos se cumplieran. A no ser suficiente.

Y si Aria no rompía la maldición, intentaría hacer lo mismo, pero aquí, en el Helheim. Sería guerrero a tiempo completo, pero el resto podría invertirlo en construir un hogar por el que valiera la pena luchar. No era el plan de vida ideal, pero ¿acaso existía uno?

La voz firme de Lysara, lanzando una orden a uno de los guerreros, me sacó de mis pensamientos. Nos habían repartido nuevos trajes para la batalla. De aspecto similar a los de entrenamiento, estaban diseñados por los Kaelis más longevos para resistir a la brutalidad de la Anual. Conservaban el color azul profundo, pero estos tenían reflejos metálicos que parecían simular el flujo del agua. El tejido era grueso y flexible al mismo tiempo, adaptándose a nuestro cuerpo y protegiendo con placas las zonas más vulnerables, como el pecho, los antebrazos y las espinillas. El material acuoso endurecido del que estaban hechas se adaptaba a nuestros movimientos y les daba al traje un aire poderoso y elegante. Y lo mejor es que estaban talladas con runas hechizadas para manejar la capa de agua líquida que ondeaba a nuestros pies. Era una pasada.

De camino hacia las Puertas Umbra, me observé en el reflejo del lago, sintiendo cómo una leve corriente de emoción me recorría de pies a cabeza. Parecía un jugador de un videojuego listo para patearles el culo a todos.

De vuelta a la agonizante espera, fui testigo de cómo, a mi lado, Killian y Aria se daban la mano. Aquella muestra de cariño se me clavó en el pecho como un dardo envenenado. Me encantaba que su relación hubiera avanzado y estuvieran más unidos que nunca, pero había pasado la noche solo y… envidiaba lo que ellos tenían.

Yo ni siquiera había conseguido que Zoey hablara conmigo. Al principio de la noche había ido a verla a su tienda y le había pedido, por favor, que saliera. Le había *implorado* que hablara conmigo porque ya no es solo que estuviera enfadado, es que estaba muy preocupado.

—Por favor, vete. No puedo —me respondió con voz frágil.

Intenté abrir los velos para entrar, pero me choqué con un escudo de aire que bloqueaba la puerta. Al final terminé captando el mensaje.

—Estaré fuera si me necesitas —exhalé, apoyando la frente en la tela.

Me senté en el bordillo de piedra frente a su puerta y, muerto de frío, pasé allí la noche. Yo no era lo que mi hermana necesitaba en esos momentos, pero ella seguía siendo lo que yo más necesitaba. Por eso me había quedado tan cerca como me había permitido.

—¿Una mala noche? —la voz de Beatrice me sobresaltó.

Reprimí el impulso de comprobar si de verdad se estaba dirigiendo a mí.

Pero ¿a quién si no? Conocía de pasada a algunos de los Kaelis que nos rodeaban, quizás había intercambiado conversaciones con ellos, pero… no. Sus ojos estaban clavados en mí. Con una claridad e interés que me desarmaron.

El traje se pegaba a su cuerpo como un guante, destacando sus curvas y resaltando el color azul medianoche de sus ojos. La única diferencia era que, al ser una Guardiana, la base del cuello no conectaba con la capa de agua suspendida en el aire que todos los Kaelis llevábamos encima. Se había recogido su largo y negro cabello en una trenza que endurecía sus rasgos. Estaba deslumbrante. La observé con el pulso acelerado. Cada vez que mis ojos se posaban en ella, su belleza me golpeaba como si fuera la primera vez.

—¿Por qué me estás mirando de esa forma? —inquirió, sacándome del estado de aturdimiento en el que me encontraba. Frunció el ceño, recorriéndome con sus ojos analíticos. ¿Era posible que no le afectara la energía tensa que fluía entre nosotros? Porque, para mi desgracia, a mí sí.

—Por nada, es que… —Me encogí de hombros y suspiré con cansancio—. Sí, he tenido una noche de mierda.

Su expresión se suavizó y noté cómo vacilaba antes de volver a hablar.

—¿Cómo está Zoey? ¿Has podido arreglar las cosas con ella? —se interesó, dejándome aún más descolocado. ¿Ya no me odiaba?

—Anoche lo intenté, pero se negó a verme —le conté, y mis ojos saltaron a la cabeza de mi hermana, rodeada de desconocidos un tramo más adelante—. No sé lo que le pasa.

Beatrice siguió la dirección de mi mirada, pero como era más bajita que yo no pudo distinguir a Zoey entre la multitud. Después de un segundo, nuestros ojos se volvieron a encontrar.

—Quizás ni ella misma lo sepa, por eso no pueda contártelo. Deja que lo averigüe y cuando lo haga estoy segura de que te buscará para que habléis.

—Pero nos quedamos sin tiempo. —Hice una mueca.

El temor que sentía se vio reflejado en mis palabras.

—Lo sé, pero no hay nada más que puedas hacer —me dijo con una suavidad poco habitual en ella.

—Ya, pero es que… —Tragué saliva y cerré la boca. Ella esperó, paciente, a que consiguiera poner en palabras lo que estaba sintiendo—. Estoy muy enfadado con ella.

—¿Por qué?

—Porque le importa una mierda dejarme tirado en un momento como este. —Mis dientes rechinaron cuando conecté con la rabia—. No se ha interesado por cómo estoy desde que nos reencontramos. No sé, es que no la reconozco.

Beatrice me escuchó con atención y se tomó su tiempo para darme una respuesta.

—Yo creo que le está afectando mucho lo que ocurrió con el Dios del Fuego —me dijo y noté cómo su voz se apagaba. Algo en su expresión cambió—. Cuando tu propio dolor pesa demasiado, a veces no eres capaz de sostener el del otro, y por pura supervivencia terminas alejándote, por mucho que quieras a esa persona.

—No puedo creer que estés defendiendo a mi hermana. —La miré sin ocultar mi sorpresa.

—No la estoy defendiendo —apuntó, encogiéndose un poco y después alzó la barbilla—. Pero puedo entenderla y sería una pena que una relación como la vuestra se estropeara.

Un nudo de temor me oprimió la garganta.

—¿Crees que podría pasar?

Beatrice observó mi miedo de frente y... no lo juzgó como una debilidad.

Compartimos una mirada muy intensa que me recorrió la sangre como una corriente eléctrica.

—Hay vínculos profundos que pueden aguantar golpes muy duros y distancias insalvables, pero por más fuertes que sean... hay que seguir cuidándolos. El peor error que podemos cometer es darlos por sentados, creer que son invencibles —explicó, y su voz contenía una emoción que me llevó a pensar en su relación con Connor. Con un regusto amargo en la boca, me pregunté si su vínculo aún se podría reparar. Sinceramente, esperaba que no—. Y cuando Zoey se recupere deberás decirle lo enfadado que estás. Estoy segura de que ahí podrá entenderlo y te pedirá perdón.

Una bola de ansiedad me aplastó el pecho al pensar en ese momento. Me entró hasta angustia.

—No estoy acostumbrado a decir las cosas que me molestan del otro —confesé en voz baja.

—Bueno, conmigo sí lo hacías. —Una sonrisa ladina apareció en su cara.

—Y así terminamos —resoplé.

—¿Así, cómo? —Enarcó una ceja.

Nos señalé a ambos, como si fuera evidente.

—Peleados.

—Yo no le doy consejos a una persona con la que estoy peleada —me aclaró, y un brillo tímido inundó su mirada.

El corazón comenzó a latirme más rápido.

—¿Ah, no? ¿Y a quién se los das?

—A un amigo.

Me mordí el labio inferior para intentar retener la sonrisa que terminó ensanchando mis labios.

Nos aguantamos la mirada sintiendo cómo todo lo que habíamos vivido juntos de repente tomaba más peso que aquello que nos había alejado.

—Me habría venido muy bien un amigo esta última noche —revelé, y mis palabras derritieron aún más la fachada gélida tras la que se refugiaba.

—Ya, a mí también —susurró, sin apartar sus ojos de los míos.

La mirada que compartimos se alargó y su intensidad me atravesó el pecho como una bala inesperada. El bullicio del movimiento nervioso a nuestro alrededor se acalló. Solo podía escuchar el latido de mi corazón impactando con fuerza contra mi caja torácica. Las manos me comenzaron a sudar con la necesidad de... hacer algo. Pero ¿hacer el qué?

Beatrice también se había quedado muy quieta, y su respiración parecía igual de agitada que la mía. Su aroma a vainilla y canela impregnó el ambiente y embriagó mis sentidos. Noté cómo sus ojos azules bajaban hasta mi boca, animando a los míos a que tomaran el mismo camino. Sus labios estaban entreabiertos; húmedos y rosados. Me pregunté si serían tan suaves como parecían.

—¿Qué tal? ¿Tenéis el plan claro? —La voz áspera de Killian rompió el hechizo.

Tanto Beatrice como yo dimos un respingo, y nos giramos hacia él como un resorte. Lo miramos como si acabara de pillarnos en mitad de un polvo, no simplemente. . mirándonos.

441

—¿Qué os pasa? —preguntó Aria a su lado con una sonrisilla sabionda. Eso me gustaría saber a mí: qué estaba pasando.

Me aclaré la garganta.

—Nada, solo estábamos hablando. —Cuadré mis hombros con seguridad.

—Ya, ¿y qué ibais a estar haciendo si no? —Killian me miró y el muy gilipollas me sonrió con burla.

Entrecerré los ojos, fulminándole con la mirada. Iba a matarlo.

—El plan está muy claro: Jared, Zoey y yo conseguimos el Vestigio Original del Agua y vosotros dos el del Fuego —Beatrice condujo la conversación a puerto seguro—. No sabemos la estrategia que seguirán el Dios del Fuego y mi padre, así que lo primero es descubrirla. Mataremos lo menos posible porque aquí lo más importante es recuperar las coronas y conseguir que Aria sea la primera en entrar a la Cueva Ishtar.

—Sí, eso es —asintió ella, y volvió a cogerle de la mano a Killian.

Esta vez aquel gesto no me dolió tanto. Contemplé a Beatrice de reojo con una sonrisa bailando en mi boca. No sabía de qué forma me había ganado su perdón, si había sido gracias a la sinceridad de mis explicaciones, a que había respetado sus tiempos o a que había seguido demostrándole que me importaba sin esperar nada a cambio, pero en esos momentos, a punto de iniciarse una guerra en la que seguramente moriría, me sentí el chico más afortunado del universo.

Aunque había algo que rodeaba la palabra «amigos» que ni a mi cuerpo ni a mi corazón terminaba de gustarles. A mi cabeza sí.

La única.

Un escalofrío me recorrió la columna vertebral cuando la atmósfera cambió. El aire se volvió más pesado, cargándose de una electricidad estática que me puso los pelos de punta. El resplandor dorado que emergía de las Puertas Umbra se intensificó, y entonces un sonido antiguo atravesó el bosque: tan agudo y estridente que me dolieron los oídos. Me retumbó en los huesos.

El suelo bajo mis pies tembló, como si él también quisiera huir de lo que se escondía tras aquellas puertas. Me quedé completamente paralizado, observando aquel espectáculo con una mezcla de horror y admiración. Conforme los portones se abrieron, la luz del bosque se apagó y el aire se volvió más denso, cubriéndose de un olor desagradable. Ráfagas violentas de viento nos golpearon y agitaron con furia las ramas de los árboles. Mi cuerpo se tensó. Me acerqué más hacia Beatrice, que observaba rígida cómo un grupo de Dorados encapuchados emergía del interior del portal. Me costaba moverme o hablar; la energía que emanaba era muy poderosa.

—La Anual ha comenzado —murmuró Beatrice, y su voz se perdió bajo el sonido de los primeros pasos que cruzaron el portal.

Hacia la oscuridad del Abismo.

CAPÍTULO 35

JARED

«En cuanto el portal os escupa y la atmósfera opaca comience a asfixiaros… Echad a correr».

Tenía muy clara la primera orden de Lysara. Nos la había dado durante nuestra magnífica estancia en las mazmorras, y me había pasado toda la noche integrándola junto con el resto de información. Antes de llevarnos de vuelta al campamento, habíamos preparado un plan junto con los reyes y la general. Archivé todas sus indicaciones en mi mente, bajo el nombre de *Manual para poder despertarme con vida al día siguiente.* El nombre, lejos de ser épico, me resultaba alentador.

Si seguía cada uno de los pasos las cosas saldrían bien. Necesitaba aferrarme a esa seguridad para que el miedo ante lo que estábamos a punto de vivir no me paralizara. El problema fue que empecé por todo lo alto, saltándome el primero de todos.

El. Más. Importante.

El viajecito por el portal había sido perturbador; aún tenía los pelos de punta por la sensación de aquella energía densa y antigua pegándose a mi piel, convirtiéndome en parte de ella y lanzándome a un agujero de caos oscuro en el que sentí que mis huesos se estiraban y rompían, transformándome en otro tipo de materia hasta que, al borde de morir de un infarto, me escupió en esta dimensión con toques postapocalípticos.

Cuando volví a sentir las piernas, di un paso tembloroso hacia delante sin saber si me perdería en la negrura. Traspasé una cortina de humo denso y emergí en… otro lugar. Tosí para expulsar el polvo que se coló en mis pulmones y parpadeé varias veces. Tras unos segundos en los que los bordes de mi visión se emborronaron, conseguí que la imagen se aclarara. Alcé la barbilla, sintiendo la boca seca. Tuve la necesidad de frotarme los ojos para asegurarme de que el paisaje que se extendía delante de mí era real.

El Abismo estaba cubierto de colores marrones y dorados apagados, iluminados por una luz sucia y mortecina, como si el polvo que flotaba en el aire formara parte de su atmósfera. Las paredes del acantilado bajo el que habíamos emergido se alzaban a ambos lados, ásperas y quebradas, encerrándonos hasta que una de las dos especies se proclamara vencedora.

Observé el paisaje montañoso y desgarbado con los ojos abiertos de par en par. Era desolador. El corazón me martilleaba contra las costillas, aumentando mi flujo sanguíneo. Tenía el cuerpo entumecido y cada fibra de mi ser me exigía dar media vuelta y regresar a la seguridad conocida del Helheim, pero eso no fue lo que hice.

Lo primero que hice al pisar el Abismo fue vomitar.

Y, con eso, miné la moral de los soldados que presenciaron cómo me doblaba en dos para vaciar el contenido de mi estómago. Que tampoco era gran cosa, pero lo suficiente para levantar miradas de asco y decepción. Desde mi posición, y como bien indicaba mi manual de supervivencia, vi cómo cientos de soldados se lanzaban a correr entre las formaciones rocosas, avanzando con una determinación que me erizó la piel. El suelo arenoso y desnivelado tembló bajo sus zancadas rápidas, y un rugido colectivo se mezcló con el silbido del aire.

El primer batallón debía encargarse de frenar a los Ignis en el momento en el que nuestras líneas colisionaran. En las anteriores Anuales, su misión consistía en cubrir y abrir camino al Kaelis más veloz, para asegurarse así la posibilidad de romper la maldición, pero este año, la prioridad era otra: proteger a Aria. Aunque los Ignis la

446

consideraran una traidora... seguían necesitándola para romper la maldición, así que intentarían capturarla. Y aquellos que conocían el verdadero plan del Dios del Fuego... la matarían.

Otra parte del ejército, los Kaelis más veloces, se encargaría de eliminar a los Ignis destinados a alcanzar primero la Cueva Ishtar. Por lo visto, siempre solían ser los mismos —si sobrevivían, claro—, así que los tenían fichados.

Las fuerzas del Dios del Fuego salían del interior de la montaña que se alzaba justo a nuestro lado. No podíamos verlos, pero sí escucharlos.

Encontrarme con las miradas escépticas de los Kaelis me indignó. ¿Acaso los seres fantásticos que protagonizaban leyendas no tenían derecho a marearse? Me importaba un pimiento que la mayoría de Kaelis hubieran adoptado la creencia de que mi figura les salvaría. No estaba aquí para cumplir sus expectativas. Aunque, siendo brutalmente honesto conmigo mismo, esperaba que sí, porque eso significaría que sobreviviría. Y era demasiado gracioso para morir.

—Mucha suerte, chaval, porque si ya estás así... —Un Kaelis rapado y bastante fornido que emergió de las puertas me dio una palmada en el hombro. Casi me tira al suelo. Agradecí no pasar por semejante humillación.

Apoyado en las rodillas, me incorporé lo más digno que pude.

—¡Estoy perfectamente! —grité, viendo cómo se alejaba.

—Estás más blanco que un fantasma —me informó una voz familiar detrás de mí.

—Beatrice —me giré al verla detenerse a mi lado.

—Sí, la misma—me dijo, robándome un latido al recorrer mi rostro con esos ojos azules tan expresivos—. Venga. —Al ver que no reaccionaba, me cogió del codo para tirar de mí. Echamos a correr, ella con la mirada fija al frente, y yo intentándolo; mi vista se desviaba a sus labios entreabiertos, cogiendo y soltando aire; su trenza dando latigazos en su espalda a causa del constante movimiento.

—¿Estás bien? —le pregunté, notando cómo el impacto de mis pasos me recorría el cuerpo.

—De maravilla —me aseguró, y su mirada se iluminó con un brillo especial que... nunca había estado ahí.

Resoplé.

—Solo a ti podría sentarte tan bien jugarte la vida en una batalla sangrienta.

—A mí me sienta todo bien —apuntó, y se giró hacia mí para curvar sus labios con suficiencia.

—Sí, sobre todo sonreír.

Me fue imposible saber si el rubor que cubría sus mejillas era a causa de mis palabras o del esfuerzo físico.

—Tenemos que encontrar a tu hermana y a los demás —me recordó, retomando la concentración y esquivando una de las piedras que salpicaba el terreno—. No deben de estar muy lejos.

Habíamos traspasado las Puertas Umbra más o menos a la vez, pero la duración del viaje podía variar unos minutos, así que nuestra primera gran misión era encontrarnos. Pero con tantos guerreros a nuestro alrededor... no sería una tarea sencilla.

Avanzamos a trompicones entre la marea de Kaelis que nos empujaba hacia delante. El estómago se me contrajo al distinguir, entre las filas de hombres y mujeres, a soldados demasiado jóvenes para estar ahí.

Cada una de mis células sabía que el final inevitable, pero que siempre parecía lejano... había llegado. El Abismo no se asemejaba a nada que hubiera conocido o sentido antes. Ni siquiera a los destierros, que se acercaban más a la vida en la Tierra, solo que una versión congelada y marchitada de una Edad Media en la que la magia existía. Esto era diferente; como contemplar una postal de otro mundo.

La superficie era sólida y rocosa, completamente inhabitable. El suelo se hundía con agujeros dispersos por el terreno y estaba cubierto de grietas profundas.

Correr sobre él te daba la sensación de estar atravesando un lago resquebrajado que podía tragarte en cualquier momento. Mi respiración se volvió irregular, mientras ordenaba a mis piernas que fueran más rápido. Pronto nos fundimos en el escenario de caos y destrucción, rodeados por acantilados vertiginosos; todo cubierto por un tono sepia.

El aire era opresivo, casi tangible; cada respiración sabía a óxido y a podredumbre, como si aquel mundo respirara vida, nutriéndose de ella, para luego expulsar veneno.

Desplegué mis sentidos buscando la frecuencia exacta que abría nuestro canal mental. Las sienes me palpitaron del esfuerzo. No lo conseguí. Estábamos demasiado lejos y había mucho ruido mental, como en un estadio abarrotado de gente en el que la cobertura se cae por la saturación de móviles utilizando internet.

Entrecerré los ojos, barriendo la multitud. El corazón casi se me sale del pecho al localizar a mi hermana un par de metros más adelante. Una punzada de protección me atravesó al verla. Con una expresión de agobio, nos buscaba entre la marea de Kaelis que la arrastraban.

—¡Zoey! —bramé, y alcé una mano para que nos viera.

Mi grito se abrió paso por el conjunto de respiraciones agitadas y la masa de pasos que retumbaban en el suelo, emitiendo una vibración grave y rítmica. Con cuidado de que los Kaelis que avanzaban detrás de ella no la derribaran, disminuyó su ritmo para unirse a nosotros. Una vez nos alcanzó, se adaptó al nuestro.

—¿Habéis visto a Killian y Aria? —nos preguntó, con la voz entrecortada. Su rostro estaba contraído por la tensión, y el color apagado de aquel mundo resaltaba los surcos que hundían sus ojos.

—Aún no. —Beatrice apretó los labios—. Pero debemos seguir el plan. Recuperar uno de los vestigios y esperarlos en la entrada de la Cueva Ishtar para dárselo a Aria.

—Allí está —musité, alzando la mirada. Entre las montañas, un arco de sombra rompía el perfil del acantilado, abriendo la entrada de una cueva. Noté los músculos de mi espalda tensarse al sentir cómo la negrura absoluta de su interior nos devolvía la mirada—. La Cueva Ishtar.

Apretamos el paso, envolviéndonos en el ruido de la batalla, mientras las Puertas Umbra se perdían en la lejanía, cada uno vigilando su flanco, atentos a cualquier señal del resto.

Habíamos barajado la posibilidad de que el Dios del Fuego no trajera las dos coronas que tenía en su poder. Pero, sin una gota de magia, era la única ventaja que tenía para vencernos. Y no iba a permitir que una fuente de poder tan inmensa cayera en manos de Ignis cuyos huesos no podrían sostenerla. Sabía que morirían en cuanto el material rozara sus cabezas. Para ganarnos, esta vez tendría que ensuciarse las manos. La clave estaba en encontrar a Fayna, Marlon o al padre de Beatrice, cualquiera de ellos nos llevaría hasta el Dios del Fuego y, por lo tanto, hasta los Vestigios.

El corazón se me subió a la garganta cuando advertí que la pared rocosa que nos separaba de los Ignis llegaba a su fin. En un par de minutos, ambos ejércitos colisionarían. Tragué saliva. Sus gritos de guerra nos alcanzaban cada vez con más fuerza, rebotando entre las paredes infinitas del acantilado. Los reyes, situados estratégicamente en la línea intermedia entre un grupo de soldados que los protegerían, servían de ancla para los Kaelis, aún incrédulas por su participación.

Con Lysara en cabeza, las tropas frenaron su avance y se alinearon, preparándose para encarar a los Ignis de frente. Las capas de agua ondeaban en el aire acompañando al movimiento rápido de sus cuerpos. Si un halcón sobrevolara el cielo gris, vería una ola líquida contrayéndose para arrasar con todo aquel que cometiera el error de interponerse en su camino.

Habíamos conseguido llegar los primeros, lo cual nos ayudaría a cogerlos desprevenidos y a realizar un primer momento ofensivo.

—¡Allí! —grité al distinguir a Aria y Killian entre el marullo de soldados, todos colocándose en posición.

Sorteamos la barrera de Kaelis que nos separaban de ellos, abriéndonos paso entre empujones y miradas de disculpa que ignoraron. Tenían la mirada puesta al frente; concentrados en la cuenta atrás que decidiría el futuro de sus hijos, hermanos, padres y amigos. El de sus propias vidas.

Diez soldados rodeaban a Killian y Aria. Contar con su protección era todo un privilegio, porque, aunque lleváramos preparándonos para este día desde que éramos Inciertos… no podíamos compararnos con quienes llevaban siglos perfeccionando el arte de matar; la mayoría de ellos con la piel marcada de cicatrices tan brutales que me hacían apartar la mirada.

—Por fin —suspiró Aria una vez nos agrupamos con ellos. Nos observó con tensión; su expresión estaba cubierta de miedo, pero también de determinación—. ¿Estáis bien? —nos preguntó. Killian, a su lado, parecía más alto, con el cuerpo recto, un paso delante de ella, en ademán protector.

—Aún no ha ocurrido nada para que no lo estemos —replicó Beatrice, nada impresionada por el entorno estremecedor que nos apresaba.

—Bueno, yo he vomitado. —Junté las cejas haciendo una mueca.

—Yo he estado a punto —intervino Aria, y lo cierto es que sí, estaba un poco pálida.

—Pues ojalá lo hubieras hecho —comenté, y Killian me fulminó con la mirada—. ¿Qué? No me mires así. Tenemos que empezar a normalizar que los grandes héroes también pueden marearse, tener miedo o que les apetezca hacer cualquier cosa antes que salvar el mundo.

Beatrice me miró como si supiera exactamente qué estaba haciendo gestionar el miedo parloteando como un auténtico desquiciado. Zoey, en cambio, no apartaba la vista del espacio por donde aparecerían los Ignis de un momento a otro. Descubrí una chispa en su mirada apagada, y deseé que no fuera esperanza por reencontrarse con Connor. Me aterraba que el Guardián estuviera muerto y eso la hundiera aún más. Extendí los dedos para agarrar su mano, pero cada centímetro de su cuerpo estaba muy rígido, así que terminé cerrando la mía en un puño.

—Tienes razón —me concedió Aria, y su rostro se suavizó—. Pero tendremos que librar esa batalla en otro momento.

Un leve temblor sacudió el suelo, levantando polvo.

Fue apenas imperceptible, pero lo suficiente para hacernos callar.

Aria deslizó sus ojos, cubiertos de arrugas de tensión, hacia el final del pasillo rocoso. El corazón me bombeó con más rapidez al distinguir la espesa y conocida niebla deslizándose por el terreno.

—Yo paso completamente de salvar el mundo dos veces —dejé muy claro, sin apartar la mirada del manto de neblina, que se contrajo como si respirara—. A la próxima les toca a otros.

—Esa es la frase menos épica que un héroe podría decir justo antes de una guerra —señaló Killian, con una sonrisilla de listillo. Flexionó sus rodillas, preparándose para echar a correr, con un atisbo de ferocidad en la mirada.

—Pero sí la más sincera —bufé.

El aire se calentó, y vibró por la presencia de la magia. Los Ignis, al igual que los Kaelis, se prepararon para desatar sus poderes. Las manos me sudaban por la agonizante espera.

Inspiré hondo y me giré hacia Beatrice.

—¿Estás conmigo? —le pregunté.

Tragué saliva cuando ella posó sus ojos en mí.

—Siempre lo he estado —respondió, y me fascinó cómo las palabras de una chica que siempre había estado cubierta de hielo podían sentirse tan cálidas dentro de mí. Percibí un atisbo de inseguridad en su voz cuando añadió—: ¿Y tú?

Clavé mi mirada en su rostro tenso, y hablé con voz grave.

—Haré todo lo posible para que seas libre, Beatrice.

Reaccionó como si, en vez de hacerle una promesa, la hubiera empujado hacia atrás. No estaba acostumbrada a que nadie se preocupara por ella, pero eso se había acabado. Me miró con los ojos empañados, aunque contuvo la emoción antes de asentir. Para mí, aquello fue como si se hubiera lanzado a mi cuello a abrazarme.

—Ha llegado el momento de separarnos —indicó Killian, y nos lanzó una mirada cargada de preocupación—. Tened mucho cuidado.

—Pues al final hemos llegado bastante lejos como grupo desestructurado —bromeé, intentando rebajar la tensión. Pero, al mirarnos todos juntos… Se me formó un nudo en la garganta. Bajé un poco los hombros, y permití que el miedo echara raíces en mi interior—. Por favor, sobrevivid, no quiero despedirme de los primeros amigos que he hecho.

—Yo tampoco quiero perder a más amigos —me respondió Aria, respirando hondo.

—¡Ahí están! —bramó uno de los soldados, su voz quedó ahogada por los gritos de odio y el fragor del combate.

Compartimos una última mirada, cargada de determinación.

Y entonces los vimos. Los Ignis aparecieron al otro extremo, una marea candente de figuras rodeadas de fuego. Cientos... si no miles. A juego con los trajes de batalla, el bajo de sus capas negras ardía bajo llamas que no se consumían y que crecieron cuando la intensidad de sus gritos cortó el aire. Y, en el corazón de aquella horda de soldados, se encontraba, imponente, el Dios del Fuego. Acompañado, por supuesto, por su séquito: Marlon y Fayna.

Los pelos se me pusieron de punta al sentir, de pronto, cómo una brecha de poder se abría muy cerca de mí. Giré la cabeza, y, mis ojos, atraídos por la presencia de aquella magia sombría, se posaron en Killian.

Miraba a Marlon con la promesa de una muerte dolorosa brillando en sus ojos.

—¡Por los que caerán hoy luchando! —rugió Aerielle, levantando un brazo, y su grito se alzó en los cielos, con su eco permaneciendo en mi pecho. Enseñaba los dientes con una expresión feroz que me inspiró—. ¡Por los que siguieron creyendo en nosotros incluso después de cada fracaso! ¡Por los Kaelis!

Me estremecí al ver cómo los dos ejércitos echaban a correr para colisionar entre ellos. El tiempo se detuvo y se alargó, enlenteciendo los primeros movimientos de lucha. Un pitido me silbó en los oídos, atenuando los rugidos de fuerza y determinación.

Y, entonces, los Ignis y los Kaelis se encontraron bajo un estallido que pareció partir el mundo en dos. Toda una historia de odio y miseria colisionando en un solo segundo.

La Anual comenzó.

Y con ella, la muerte.

CAPÍTULO 36
ARIA

Pum. Pum. Pum.

Pum. Pum.

Pum.

Y luego vino el silencio.

Un instante de vacío tan absoluto que ni los lamentos de los guerreros ni los estallidos de poder pudieron llenarlo. No sé cómo, pero lo escuché. Cerré los ojos, sintiendo cómo una punzada de dolor me atravesaba. Y, entonces, el latido del joven Kaelis de facciones redondeadas se apagó. Sin apenas espacio para pasar, salté el charco de sangre bajo el que yacía su cuerpo inmóvil y continué atravesando la velocidad y ferocidad de la batalla.

Como si se hubiera apropiado de sus latidos, la corona, escondida en un compartimento de mi traje, bombeó con más ímpetu. El poder que contenía palpitaba; se escapaba. Algo tan inmenso no podía ser contenido en una baratija de metal. El recuerdo, dulce y doloroso, del chute de energía que me recorrería las venas si me la pusiera se convirtió en mi segunda piel. Como una explosión de luz, me llenaría por completo y entonces me otorgaría la fuerza necesaria para… Empujé a Marlon de mi mente. Apreté los puños, clavándome las uñas en la piel. Tuve que esforzarme en ignorar el frío metal que chocaba contra mi pierna a medida que avanzaba.

Por más tentador que fuera, no me dejaría embaucar por la corona. Aerielle me advirtió que mi cuerpo no aguantaría el peso de su poder. «No fuiste creada para ser su recipiente, si abusas de la magia de los Vestigios, morirás». Y, como ya tenía pensado ponerme la corona una vez, no me quedaba otra que esquivar los ataques de los Ignis a la vieja usanza. La voz templada de la Diosa del Aire volvió a resonar en mi cabeza: «Cada segundo que pasas en ese lugar te debilita. El propio Abismo es la mayor amenaza a la que hay que temer allí. Poco a poco te consume, y cuando quieras darte cuenta estarás indefensa, y aunque la última estocada sea a manos de un Ignis, él será el verdadero culpable de tu muerte».

Me quedé paralizada en mitad del caos; el ruido de la magia y del metal de las pocas armas que había chocaban a mi alrededor.

Mi campo de visión se redujo al disco de fuego que venía directo hacia mí. Con una velocidad antinatural, sobrevoló a un grupo de Ignis que intentaba reducir a cinco Kaelis. Estos se defendían como podían, lanzando violentas corrientes de aire que apenas lograban contenerlos. Killian y los soldados que nos custodiaban estaban bastante ocupados sobreviviendo, así que esquivé el ataque como pude. Me agazapé, perdí el equilibrio y me clavé una piedra afilada en el zapato. Con el corazón desbocado, me giré justo a tiempo para ver cómo el disco le cercenaba un brazo a un Kaelis, limpio, como si fuera mantequilla. El sabor amargo de la bilis me subió por la garganta. El brazo salió despedido, rodando por el suelo, y fue aplastado por otro soldado que elevó el agua de su capa. La convirtió en una espada cristalina con la que atravesó, de un solo movimiento, el corazón de una Ignis que no tendría más de dieciséis años. Su rostro se contrajo por última vez en una expresión conmocionada. Después, se deshizo, mezclándose con el polvo que flotaba en el aire.

—¡El rey la quiere de una sola pieza, imbécil! —gritó el compañero flacucho de mi atacante; un Ignis alto y de espesa barba que me miraba con odio.

—Para romper la maldición no le hace falta conservar todos los miembros del cuerpo —le respondió este, soltando una risa desdeñosa que me produjo rabia.

—Puede que no, pero tengo la sensación de que tú no podrás vivir si te arranco la puta cabeza —gruñó Killian, cuadrando los hombros a mi lado. Su expresión reflejaba la ira que lo atravesaba; a excepción del delgado surco de sangre que se deslizaba por su mejilla, el resto de su cuerpo parecía intacto. Eché un vistazo a los Ignis que segundos antes intentaban matarlo. Los había dejado fuera de juego.

Lo cogí del antebrazo para que me mirara y negué con la cabeza. No había tiempo.

Apretando la mandíbula, me cogió la mano y, aprovechando que la zona estaba mucho más despejada, continuamos con nuestra carrera.

Un minuto después, me la soltó; sus palmas se calentaron para permitir el paso al fuego. Los Ignis no nos lo iban a poner fácil.

Con el privilegio de haber crecido sin saber demasiado sobre la guerra, siempre había pensado que un bando combatía por una causa más noble que el otro. Pero en la Anual, aunque luchara al lado de los Kaelis, no podía ver a los Ignis como un enemigo. Había pasado semanas en el Atharav, conociendo a muchos de los soldados que hoy perderían la vida aquí. Recordaba la esperanza brillando en sus rostros durante el desfile de la Fiesta de las Flores, cuando me presentaron como la llave que los llevaría de vuelta a casa.

Al final, ambos bandos se parecían más de lo que ellos creían.

En esta guerra, todos luchaban por un futuro mejor, y todos pagaban las consecuencias de las decisiones de sus líderes.

La imagen que se extendía ante mí era descorazonadora. Pero no había tiempo para lamentos. Echamos a correr junto con el séquito de Kaelis que nos acompañaría sin hacer preguntas. Beatrice, Zoey y Jared hacía ya un rato que se habían quedado atrás, llevando a cabo su parte del plan. Y yo, al igual que hacía mi madre cada Anual, corrí en dirección opuesta a la Cueva Ishtar.

Con la mano tendida del Gran Hacedor para recibir los cuatro Vestigios Originales, salirme del camino era muy arriesgado. Imprudente. Pero tenía un pálpito. Y si algo me había llevado muy lejos había sido mi intuición. Mis ganas de descubrir la verdad.

Esta vez no pensaba actuar contra mi naturaleza.

Los soldados nos despejaron el camino. Atravesamos la batalla viendo cómo los soldados caían y vencían, entre gemidos de dolor y gritos por la adrenalina.

Al girar, la reconocí. Su interior atrajo mi mirada; la historia de amor prohibido que se desarrolló entre sus paredes parecía haberla llenado de vida. Entre los picos bajos, la cueva parecía una brecha abierta en la montaña, como si también ella hubiera sido herida por la batalla. Reconocí la forma de cuenco de su entrada y los bordes ennegrecidos que mi padre mencionaba en su carta. Era tan difícil de distinguir que entendí por qué creyó que estaría a salvo allí, oculto hasta que los sonidos de la guerra se apagaran.

Pero mi madre apareció, rompiendo todos sus planes.

Y yo, años más tarde, pensaba sumergirme en su oscuridad para encontrar la luz de la maldición.

CAPÍTULO 37

JARED

Nada. Eso es lo que había valorado los momentos en los que mi vida no corría peligro; aquellos instantes en los que mis neuronas podían espachurrarse plácidamente en algún rincón calentito de mi cerebro mientras yo me perdía en el mágico mundo de internet. Sabía que, en vez de ese tipo de pensamientos, debería estar alimentando mi mente a base de mensajes como: «chaval, vas a salvar el mundo, sigue moviendo ese pedazo de culo», «cada paso cuenta, aunque sea pequeño», «el esfuerzo de hoy es el poder respirar de mañana», pero si a mi tendencia a desvariar le sumabas el alboroto que había a mi alrededor, pues me costaba. Mucho.

El sonido pesado y constante de nuestras piernas impactando contra el terreno se mezclaba con mi respiración irregular. No mires hacia atrás. Sigue corriendo. Sigue.

Desde el profundo valle sin vida, el terreno se abría en una explanada natural, flanqueada por las altas murallas del acantilado. Detrás de nosotros quedaba el corredor natural: dos pasillos coronados por picos afilados y desolados, alzados para limitarnos el paso y guiarnos por el recorrido marcado por el Gran Hacedor hasta la Cueva Ishtar.

El único destino al que llegar en ese horrible lugar.

Además de a la muerte, claro.

Al igual que nosotros, ambos ejércitos avanzaban hasta el norte. Killian y Aria se habían desviado hasta la pequeña cadena de montañas donde se escondía la cueva de sus padres, mientras que nosotros continuaríamos recto, encargándonos de que nadie atravesara la entrada de la Cueva Ishtar. Tanto Kaelis como Ignis sabían que solo Aria tenía el poder de romper la maldición, pero había mucho imbécil con aires de salvador por ahí suelto. Así que debíamos tener cuidado.

Alcé la vista con la boca seca y el paisaje terroso se desplegó ante mí, inmenso y desolado.

Aún nos quedaba un trecho para llegar.

Detrás, la masa de Ignis enloquecía por la repentina desaparición de Aria. Su furia caía sobre cualquiera que se interpusiera en su camino, deseosos de castigar a los culpables de arrebatarles a su querida llave. Aerielle y Thalor combatían como si fueran uno solo, espalda con espalda, abriéndose paso entre el caos y asegurándose de reducir el número de Ignis que se desperdigaban para buscar a Aria.

Apoyé el pie en la pendiente irregular de una formación rocosa que salpicaba el camino y, al flexionar la rodilla para impulsarme, un pequeño alud de piedrecitas se deslizó hacia abajo. Cuando aterricé en la planicie, un escalofrío me recorrió la nuca. Un zumbido seco vibró en el aire.

Ocultos del campo de visión de los soldados, no vimos su último intento de frenarnos.

Nos dimos cuenta cuando el aire se incendió en nuestras cabezas. Decenas de puntos de fuego atravesaron el cielo color sepia, directos hacia nosotros como cuchillas incandescentes rasgando el firmamento.

Abrí los ojos de par en par sintiendo el pánico arañándome la garganta.

Cada uno de mis músculos se tensó. Eran demasiadas.

—¡Beatrice! —exclamé, girándome hacia ella.

—¡¡¿Qué pretendes que haga?! —me gritó, buscando a los lados algo con lo que protegernos.

—No sé, eres prácticamente una Dorada, ¡tienes que poder hacer algo!

—Este lugar está muerto, apenas puedo obtener Éter de él.

Mi mente, antes dispersa, ahora estaba completamente focalizada en sacarnos de aquel aprieto.

—Zoey —la llamé con apremio cuando una chispa se encendió dentro de mí—. Invoquemos un escudo juntos. Si unimos nuestros poderes, resistirá —Me acerqué a ella, que asintió con decisión, y, sintiéndome un poco extraño por nuestra cercanía, la cogí de la mano—. Beatrice, quédate a mi lado.

Ella puso los ojos en blanco, pero mantuvo los labios sellados.

El calor de su cuerpo pegándose al mío me tranquilizó.

Respirando hondo, me concentré. Pero mi fuente de energía, aunque palpitaba despierta, fue incapaz de enlazarse con el hilo que la unía a la de Zoey. Cada vez que intentaban tocarse, ambas se encogían, cerrándose en banda. No podía ser. A nuestra llegada al Helheim habíamos usado nuestros poderes como si fuéramos un solo Kaeli, solo que muchísimo más poderoso.

¿Por qué no funcionaba?

Lanzándome una mirada de confusión y miedo, mi hermana se apartó de mí y, convocando al líquido que viajaba a nuestra espalda, lo moldeó hasta darle forma de escudo.

—Tendrá que funcionar —musitó, y sus pupilas se tornaron rojas por el reflejo de las llamas que se acercaban.

Sin darme cuenta, dejé de respirar. Rodeé la cintura de Beatrice con un brazo y la pegué todo lo que pude a mi cuerpo.

—Si puedes imaginarlo, puedes hacerlo —me animé a mí mismo.

—Pero ¿qué dices? —masculló Beatrice, aunque se acercó todo lo que pudo a mi pecho.

El aire chisporroteó a nuestro alrededor cuando las gotas de mi capa se fusionaron, formando un muro líquido que nos cubrió las cabezas. El escudo se alzó justo un instante antes de que las flechas impactaran contra la superficie traslúcida. Apreté los dientes, soportando su calor y peso, tan brutal que me dobló las rodillas.

Beatrice abrió los ojos tras el impacto y miró a mi hermana, que se mantenía en pie a duras penas. Un sonido áspero salió de su garganta

461

por el esfuerzo. Las flechas se extinguieron una tras otra, dejando tras de sí un reguero de vapor caliente.

Beatrice, aún aferrada a mi cuerpo, tardó un segundo más de la cuenta en apartarse. Me dedicó una pequeña sonrisa cargada de orgullo, provocando que mi corazón diera un par de volteretas. Después, nos hizo un gesto rápido con la cabeza para que continuáramos avanzando. Solo que no pudimos.

El alivio que había aflorado en mi interior quedó reducido al instante, sustituido por una sensación densa que tiró de mis músculos hacia abajo. Era abrumadora; imposible de evitar. Se coló en mis pulmones, robándome el aire. Beatrice y Zoey se giraron al mismo tiempo, igual de afectadas que yo, buscando al responsable de aquella repentina oleada de poder.

Cargando la atmósfera con el peso de una magia antigua y oscura, el padre de Beatrice nos observaba con una sonrisa espeluznante. Su capa refulgía con destellos dorados, contrastando con los tonos apagados de aquella zona del Abismo. Si queríamos llegar hasta la entrada de la cueva, tendríamos que atravesarlo. Y, de paso, arrebatarle el Vestigio Original cuyo poder hacía temblar la tierra.

La siguiente parte del plan había comenzado.

Volver a encontrarme cara a cara con el ser despreciable que le había hecho tantísimo daño a Beatrice me encendió una furia helada que me hizo cerrar las manos en puños. Estaba lejos de ser una persona agresiva. Nunca lo había sido. Pero la mirada de asco que le dedicó a su propia hija, como si no fuera más que basura, me empujó a perder el control.

Me puse recto y di un paso al frente, mirándolo con desprecio.

El músculo de mi mandíbula tembló.

—Por fin nos encontramos —dijo el Dorado, proyectando su voz con una calma turbia que me puso los pelos de punta. Entrelazó sus manos y las dejó descansar sobre su vientre. Nos recorrió despacio con sus ojos profundos, de una naturaleza que no pertenecía a este mundo. Una gota de sudor frío se deslizó por mi espalda. Ante nuestras caras tensas, continuó—. Entiendo que no tengáis muchas ganas de verme.

Al fin y al cabo, después de que matarais a la mitad de mis Maestros, no podíais esperar un encuentro amistoso.

Zoey se giró hacia mí con el ceño fruncido, buscando una explicación. Pero yo mantuve la vista clavada en el Dorado.

—No te pega ser el perrito faldero del rey, padre —Beatrice se burló, su rostro torciéndose en una mueca de fingida decepción.

—A ti tampoco te pega ser tan cínica como para pensar, por un solo segundo, que podrás detenernos.

Pero, en realidad, si el Dorado había venido a buscarnos significaba que tanto él como el Dios del fuego nos consideraban una amenaza.

—No lo haré sola —le enseñó los dientes y tomó aire de forma profunda mientras las puntas de sus dedos se movían. Unas volutas doradas surgieron de la roca y se arremolinaron hacia ella.

—Aquí no eres poderosa. Esto está podrido —dijo el Dorado, nada impresionado.

—Te recuerdo que las reglas son las mismas para ti.

—No, querida. Esta vez no —habló despacio. Separó las manos y metió una de ellas en el interior de su capa. De pronto, el Vestigio Original de la Tierra se rebeló ante nosotros. Un golpe de poder me sacudió los huesos; rodeado de un halo dorado que resplandecía, el centro del objeto brillaba por la piedra de color ámbar que contenía la magia que había pertenecido a la Diosa de la Tierra.

Mi hermana se echó un poco para atrás, soltando una exclamación ahogada.

—Si los Dorados que supervisan las Anuales te pillan… ¿qué les vas a decir? —Beatrice se movió hasta quedar a mi lado. Esta vez su cuerpo no se encogió ante él. Su tensión ya no respondía al miedo, sino a la determinación.

—Que estoy castigando a la Novicia rebelde a la que llevamos buscando desde que dejó seco el Sauce del Éter. —Se la colocó en la cabeza. El estallido de energía fue como un trueno rompiendo el cielo. Los cimientos del Abismo temblaron bajo nuestros pies y las grietas del terreno vibraron, algunas abriéndose un poco más.

«Bueno, no es precisamente una novedad que no podamos contar con la ayuda de los Guardianes», pensé, alimentando mi núcleo de poder con la rabia y el miedo que luchaban por hacerse con el control de mis manos y de mi cuerpo. El agua de mi capa palpitó ante mi llamada y, repartiéndose en dos, se agrupó alrededor de ellas.

Zoey inhaló y comenzó a moldear el aire.

—Cuando el Dios del Fuego reúna el poder de los Vestigios, ninguno de los Dorados fieles al Gran Hacedor podrá tocarme; ni siquiera él tendrá motivos para desatar su furia contra mí —nos explicó, paseándose con la tranquilidad de quien cree tener todas las de ganar—. Sin una maldición que romper, ya no necesitará que le sirvamos. Los Ignis, con el Atharav rebosante de vida gracias a las coronas, ya no necesitarán acudir a las Anuales a luchar. Y los Kaelis, sin una Tierra a la que regresar, tampoco. De esa forma, los Guardianes se liberarán de toda una existencia encadenados y conseguiré que el Abismo alcance su verdadero potencial.

—¿Y qué vas a hacer con los cientos de Guardianes que no estén de acuerdo contigo? —preguntó Beatrice, que, al igual que yo, seguía acercándose a él con pasos cortos.

—Los mataré, por supuesto.

Zoey se encogió ante esa afirmación y abrió la boca para decir algo, pero vaciló y apretó los labios en una fina línea. Por algún motivo, no se atrevió a formular la pregunta. Pero yo sabía que la respuesta era muy importante para ella, aunque yo no lo entendiera ni la aprobara.

Y ese había sido mi error.

Por mucho que mi hermana supiera que estaría a su lado pasara lo que pasara, no se lo había demostrado como ella necesitaba. Así que clavé la vista en el Dorado y hablé con voz grave.

—¿Dónde está Connor? —pregunté, y en cuanto mi hermana escuchó su nombre se giró hacia mí, sorprendida—. ¿Qué habéis hecho con él?

Un destello de reconocimiento y rabia salpicó el rostro, hasta el momento inmutable, del padre de Beatrice. Fue apenas un parpadeo, pero lo capté.

—Pronto, tan muerto como vosotros.

Juntó las manos y cerró los ojos. La gema de la corona brilló con un resplandor broncíneo, como si hubiera conectado su mente con la fuente de poder, despertándola y nutriéndose de ella. De sus palmas emergió una oleada de magia; un estallido de luz que se expandió en línea recta hasta nosotros.

Saltamos al suelo justo antes de que impactara. Apoyé las manos para frenar la caída y una punzada de dolor me cruzó los brazos. El rugido del golpe a nuestras espaldas apagó los gritos de la pelea. La roca estalló, y se abrió un enorme boquete en ella. Me cubrí la cabeza cuando los escombros comenzaron a caer. Y polvo, había mucho polvo. Al igual que Beatrice y Zoey, me obligué a incorporarme.

Le lancé proyectiles de agua, pero sus antebrazos se cubrieron de una capa sólida de tierra y, con una habilidad inhumana, los desvió uno tras otro. Salieron despedidos hacia Beatrice, que rodó por el suelo para esquivarlos. Zoey, por el otro flanco, concentró el aire y lanzó una hoja afilada directa a su cuello. El Dorado levantó un escudo de piedra y lo paró con un chasquido seco. Beatrice atacó un segundo después desde el centro. Había reunido todo el Éter que el terreno muerto le concedía y lo moldeó hasta formar una lanza dorada. El impacto le alcanzó en el hombro.

Su gesto se contrajo de dolor, por lo demás… apenas se movió.

El corazón me martilleaba con fuerza.

Reuní una corriente de aire y la lancé contra el suelo. El impulso me elevó por los aires y me llevó directo hacia él. Aproveché la altura para atacarlo desde arriba. Con la otra mano proyecté una cuchilla de aire, pero lo único que corté fue el polvo del ambiente.

Al aproximarme demasiado, la corona reaccionó: un resplandor dorado emergió de ella, bloqueando mi ataque. El impacto me lanzó despedido y rodé por el suelo, pero logré ponerme en pie. El sabor metálico de la sangre me llenó la boca.

Beatrice y Zoey, mientras tanto, trabajaban juntas. Algo en mi pecho se encogió al verlas luchar sincronizadas, más coordinadas a estas alturas que mi hermana y yo. Zoey invocó una ráfaga de agua y la lanzó con fuerza, mientras que la Guardiana se abalanzaba sobre su padre con una patada baja, intentando hacerle perder el equilibrio y que quedara expuesto. Pero no lo consiguieron. El Dorado alzó la mano y su magia las elevó, lanzándolas en direcciones opuestas.

Debíamos darnos prisa y quitarle cuanto antes la corona.

—*¡Zoey! Tengo una idea* —grité, a través del canal mental al verla incorporarse al mismo tiempo que yo. Nuestras miradas se cruzaron y asintió con determinación—. *Quédate detrás de mí e invoca una ráfaga de aire.*

Aproveché los segundos que tardó en colocarse para recuperar el agua dispersa. La convoqué, gota a gota, hasta formar un muro de líquido frente a nosotros. Después la dividí en decenas de fragmentos afilados como cuchillas.

—*¡Ahora!*

Zoey canalizó el aire y las impulsó hacia el Dorado. Las cuchillas surcaron el espacio con un silbido, adquiriendo una velocidad mortal. Aguanté la respiración. Una de ellas le alcanzó el muslo. El Dorado se tropezó y soltó un gruñido bajo. Pero no cayó. Lo único que habíamos conseguido era enfurecerlo.

Qué bien.

De pronto, levantó la mirada. Sentí un zumbido profundo y vibrante bajo mis pies… y el suelo se resquebrajó. De las grietas emergieron raíces duras y secas. Rápidas. Una de ellas se enroscó en mi tobillo, tan fuerte que sentí cómo me presionaba el hueso hasta casi romperlo. Me arrastró y me estampó contra una roca con tanta brutalidad que sentí que el aire se vaciaba de mis pulmones. Mi visión se volvió borrosa, pero pude ver cómo varias raíces serpenteaban a mi alrededor. Una de ellas me subió por la pierna y se enroscó en mi cuello. Otra hizo lo mismo con Zoey, que también se encontraba desplomada en el suelo. Me presionó la garganta con tanta fuerza que comencé a respirar con serias dificultades.

—¡Padre! Ya has encontrado una razón para matarme, ¿a qué estás esperando? —vociferó ella, y entonces salió corriendo.

El Dorado extendió la mano y gritó. El suelo volvió a abrirse bajo sus pies. Beatrice apretó el paso, pero no consiguió huir de la grieta que la perseguía.

El terreno cedió del todo.

Y entonces la vi desaparecer.

Mareado por la falta de aire, abrí el canal mental.

—¡*Be!* —grité.

Pero la única respuesta que obtuve fue el eco de su nombre desvaneciéndose en la oscuridad.

CAPÍTULO 38
KILLIAN

Nos habíamos escapado de la velocidad de la batalla, pero la sensación del tiempo corriendo y de nosotros quedándonos atrás no se me despegó de la piel. Aun así, nuestras piernas se mantuvieron clavadas en el suelo árido, preparadas para descubrir lo que había permanecido oculto en el interior de aquella cueva: todos los desastres y las muertes que habían marcado aquel lugar con el propósito de que unas manos encontraran el manuscrito de Lunette.

Observamos la negrura y, como si se tratara de su aliento, una corriente fría brotó de ella. El aire nos golpeó el rostro y se coló por debajo de mi traje, provocándome un escalofrío. La boca ennegrecida de la cueva estaba cubierta de picos irregulares, afilados por la erosión, lo que me recordó a las fauces de una bestia, abiertas como una trampa en la que la curiosidad te empuja a caer.

Con un nudo de tensión en el estómago, me giré hacia los Kaelis que nos estudiaban con las cejas fruncidas, preguntándose por qué nos habíamos desviado hasta allí en vez de correr hacia la Cueva Ishtar para romper, de una vez por todas, la maldición.

—Esperadnos fuera, no tardaremos mucho —les pedí y, demostrando la lealtad a sus reyes, se repartieron por la explanada que se extendía frente a nosotros. Nadie hizo preguntas.

Volví la vista hacia la entrada de la cueva; tan estrecha que apenas cabríamos los dos a la vez. Aria la observaba en silencio, sus ojos verdes entrecerrados como rendijas, tratando de vislumbrar algo de su interior. Conociéndola, estaría imaginando a una versión más joven de sus padres enamorándose en aquel refugio para, después, terminar perdiéndose.

No dejé que aquella idea me sacara del estado de concentración en el que me había sumido desde el inicio de la Anual. Durante meses, había imaginado cómo sería este día. Con la mayoría de las cosas, había acertado: la sangre salpicando el terreno, las expresiones de los soldados al comprender que iban a morir, los gemidos de dolor, la brutalidad de los ataques, pero con lo que no había contado era con la posibilidad de reencontrarme con mi hermano pequeño. Mucho menos con luchar junto a personas que me importaran. Con una chica de la que me había enamorado.

Era una putada.

Una putada maravillosa que me tenía aterrorizado. Pero que, al mismo tiempo, me daba demasiadas razones por las que seguir luchando.

—¿Dónde creéis que vais? —ronroneó una voz venenosa que reconocí al instante.

Aria y yo nos giramos a la vez.

De entre las sombras emergieron Marlon y Fayna, acompañados por tres soldados Ignis cuyas caras no reconocí. Avanzaban por el terreno gris, cubierto de polvo y fragmentos de roca, como si aquel lugar latiera bajo sus órdenes. La capa de Marlon, oscura y rasgada, ardía en llamas dejando tras de sí un sendero de cenizas. A su lado, Fayna se movía con una promesa de dolor cubriéndole los rasgos fríos y duros. Su habitual coleta negra y tirante se balanceaba sobre su espalda.

La ira que mantenía dormida en mi interior se prendió al instante.

Pese a que imaginábamos que esto ocurriría, Aria se quedó paralizada a mi lado. Le rocé el dorso de la mano para que sintiera mi apoyo y aquel gesto la trajo de vuelta. Tragó saliva e inhaló aire. Su mirada, cubierta de sombras, se despejó, incendiándose. Me encantó ser testigo de cómo, poco a poco, se liberaba de las garras de aquel recuerdo.

—Entra tú —le dije con voz áspera. No me hacía gracia que fuera ella sola, pero si sus padres se habían reunido allí durante años debía ser un lugar seguro—. Por mucho que los superemos en número, los Kaelis no serán capaces de contenerlos. Me necesitan.

Aria me observó con reticencia.

—Tienes que hacerlo —la animé, tratando de alejar el miedo de su rostro—. Estaré bien, ¿vale? Cualquier cosa que necesites, grita e iré corriendo a donde estés.

—Ten mucho cuidado, por favor —me suplicó, apretándome la mano y alargando nuestra mirada lo máximo posible.

Y sin perder más tiempo, se dio la vuelta. Su capa, cubierta de agua, se agitó con fuerza antes de internarse por la abertura estrecha. Un punto de luz alumbró brevemente la oscuridad y después se apagó, perdiéndose en los pasillos subterráneos de la cueva. Apreté los dientes para contener mi instinto, aquel que me gritaba que fuera tras ella. Pero la protegería mucho más si me quedaba.

—Vaya, vaya… os recordaba mucho más terroríficos —canturreé curvando los labios en una sonrisa ladina. Me cubrí de una calma fría y utilicé la ira para alimentar mi poder.

—Yo a ti te recordaba prácticamente muerto —respondió Fayna, y sus ojos, tan fríos como el hielo, se iluminaron con un brillo ansioso.

—No soy muy dado a hacer favores a la gente que me cae mal. —Me encogí de hombros.

—Oh, no te preocupes. Aprovecharé esta nueva oportunidad para matarte de un modo más satisfactorio. —Se enroscó la punta de su coleta sobre un dedo y le dio vueltas.

—No —intervino Marlon con voz grave, dando un paso hacia delante. Su sombra se alargó sobre el suelo agrietado—. El chico es mío. Y ella también.

Fayna apretó la mandíbula, fulminándolo con la mirada. Pero enterró la rabia y se cubrió con un silencio gélido.

Intercambié una rápida mirada con uno de los Kaelis que observaba la escena, aguardando mi señal. Se dividieron en dos grupos: unos se quedarían a mi lado como refuerzos y otros se encargarían de mantener a raya a Fayna, famosa en el Atharav por su capacidad letal para matar sin usar un ápice de su magia. Lo que ignoraban los Ignis era que, en realidad, se veía obligada a luchar cuerpo a cuerpo porque había nacido sin poderes.

—¡Vaya! Qué avaricioso, ¿no? —repliqué con sorna.

—Siempre. —Me dedicó una sonrisa macabra.

—¿Podemos saltarnos la parte en la que me exigís que os dé los Vestigios Originales? —suspiré con pesadez—. Si os soy sincero, me da bastante pereza.

—Eso está hecho —sentenció Marlon, y echamos a correr el uno hacia el otro.

Invocó una bola de fuego y me la lanzó, intensificándola a medida que acercaba. El aire vibró por el calor. Sin despegar los ojos de su ataque, las llamas de mi capa se elevaron y me impulsaron hacia él. Enfrenté el fuego de una patada, frenándolo y desviándolo, y aproveché el impacto para girar en el aire y caer de pie sobre el polvo.

El rostro de Marlon se deformó por la rabia.

Abrí los brazos, convocando a las llamas. Estas ascendieron por mis brazos, envolviéndolos en un resplandor anaranjado, y se concentraron en mis palmas. Las disparé contra él, con la ira ardiendo en mis venas fortaleciendo mi magia. La explosión lo lanzó despedido hacia una roca, que estalló en pedazos. La lluvia de piedras cayó encima del pequeño grupo de Kaelis que intentaba contener a Fayna, y sobre los tres Ignis que luchaban junto a ella. Con un rápido vistazo, detecté a dos Kaelis inertes en el suelo y a uno de ellos recuperando el aliento observando su pierna malherida.

Marlon se incorporó de un salto, con los ojos saliéndose de las cuencas, y se abalanzó hacia mí, dándome un puñetazo en la mandíbula. El impacto me hizo retroceder varios pasos. Apreté los puños sintiendo cómo una fuerte punzada de dolor me cruzaba la cara. La sangre se acumuló en mi boca y la escupí, viendo cómo Marlon, con una expresión de ferocidad, formaba otro estallido de fuego.

Clavé las manos en la tierra y la levanté como un escudo. El suelo tembló, por poco haciéndole perder el equilibrio. Pero se mantuvo firme, concentrado en que el fuego me atravesara con la mayor violencia posible. La bola de fuego me alcanzó y golpeó el escudo con tanta fuerza que me arrastró varios metros, abriendo el suelo a su paso. Gritando por la rabia, corrí hasta él, con la gente a mi alrededor batallando. Cuando estuvo lo bastante cerca dividí el escudo en decenas de cuchillas de piedras incandescentes. Las abrí en abanico y, con un movimiento de cabeza, las lancé hacia él, asegurándome de guiarlas hacia su cuello, abdomen y piernas.

Lo tiré al suelo y, tras unos segundos, se colocó de rodillas, jadeando.

Entre los cuerpos que nos rodeaban, alguien soltó un grito de dolor que cortó el aire denso.

Marlon extrajo una de las cuchillas que le había alcanzado el hombro. Lo hizo de un tirón limpio. Su rostro sucio se mantuvo imperturbable, como si se hubiera sacado una simple astilla de madera. La sonrisa trastornada que deformó su rostro me dio mala espina. Tenía los dientes amarillos y rojos por la sangre.

—¿Sabes? He visitado la Tierra una última vez —me contó en voz baja, poniéndose lentamente en pie

—La verdad es que me importa una mierda.

—Oh… yo creo que no. —El brillo malicioso bajo el que centelleó su mirada me puso rígido.

—Escúpelo de una vez.

—No podía marcharme sin decirle adiós a tu hermanito.

Eric.

Su nombre cayó encima de mí como una losa, aplastándome el corazón. De repente, el oxígeno dejó de entrar a mis pulmones. Cada respiración me supuso un esfuerzo. Inmovilizado por mi propio cuerpo, que se negaba a obedecerme, dejé que el miedo se hundiera en mi pecho. El pánico me nubló la visión. Detrás de nosotros, la batalla continuaba su curso, ajena a que mi vida estaba a punto de desmoronarse para siempre.

—¿Quieres saber cómo lo he matado? Lo hice de forma diferente a tu madre, ya sabes, por variar un poco —se burló, regodeándose del sufrimiento que me estaba provocando—. Qué pequeñito y mono era… y cómo te llamaba para que fueras a salvarlo… —continuó con una sonrisa de añoranza impostada en el rostro. Quería gritarle que se callara, pero no conseguí que mi garganta emitiera ningún sonido—. Recuerdo que, hasta que atravesé su pecho, miraba todo el tiempo a la puerta. Incluso en su último aliento de vida creyó que entrarías a salvarlo.

El corazón me retumbaba con violencia entre las costillas, tan fuerte que dejé de escuchar lo que me estaba diciendo. No era capaz de hacerlo. Las rodillas me fallaron. El cuerpo se me descompuso y la saliva inundó mi boca. Tenía muchas ganas de vomitar. Eric… su rostro redondo y suave; los mofletes que tanto me gustaba pellizcar porque sabía que le daba rabia… Los recuerdos cálidos fueron remplazados por la escena cruda que me había narrado Marlon.

Intentando calmarme, me aferré a la posibilidad de que estuviera mintiéndome.

Lo único que pretendía era desestabilizarme, pero lo que no sabía es que aquello se volvería en su contra.

Algo dentro de mí se quebró ante la posibilidad de que mi hermano de siete años estuviera muerto. Un intenso calor me recorrió y, seguido, un estallido sordo me sacudió los omoplatos. Alcé la cabeza hacia el cielo plomizo y me desgarré las cuerdas vocales soltando un grito de dolor. La piel de mi espalda se separó para dar paso a dos masas de carne que me desgarraron el músculo. Escuché cómo las costuras del tejido se rompían. Las alas membranosas, oscuras y tensas, se desplegaron con violencia, reclamando el espacio a mi alrededor.

Miré a Marlon con un brillo salvaje en los ojos. Y las usé, no para volar, si no para arrojarme sobre él, movido por un instinto primitivo que alteró cada una de mis células.

El tiempo pareció detenerse y deformarse.

Aterricé sobre él como un proyectil. El puño envuelto en llamas chocó contra su cabeza una y otra vez, con saña, hasta que un pitido redujo todo sonido y estallido de magia a mi alrededor. La sangre le empapaba la cara, pero, aun así, no fue suficiente. Tiré del cuello de su traje, y mis alas respondieron a mi orden, alzándome. Lo levanté y lo descargué contra las rocas que nos rodeaban. El golpe resonó como un trueno y fragmentos de roca y polvo volvieron a caer sobre los combates cercanos.

Fayna estaba matándolos a todos. Uno de los pocos Kaelis que quedaba en pie, un hombre bajito y muy veloz, acabó con el Ignis que trataba de abrasarlo vivo. Tras distraerlo, le arrojó agua por encima y, con un gemido de dolor que me contrajo el pecho, su cuerpo se deshizo en cenizas.

Me aproximé hacia Marlon despacio, con los ojos clavados en los suyos. La ira burbujeaba en mi interior, haciéndome perder el control; rugía tan fuerte que apenas oía los sonidos de resto del mundo. Intentó alejarme lanzándome bolas de fuego, pero rebotaron contra la piel membranosa de mis alas, que me protegían. Lo arrinconé contra la roca hasta que sus movimientos se hicieron más cortos y torpes.

—Tu padre estaría orgulloso de ver cómo intentas acabar con aquellos ante los que naciste para inclinarte —escupió, tosiendo un poco de sangre.

Intentaba gastar todas sus cartas para sobrevivir, pero conocer la identidad de mi padre no merecía que la muerte de mi madre ni cómo había torturado a Aria quedaran impunes. No me permití la posibilidad de incluir a mi hermano en esa lista. No podría soportarlo.

—Estás muerto —pronuncié en voz baja.

—Si me matas, nunca sabrás dónde he escondido su cuerpo —se rio, con una carcajada rota, desquiciado.

Aquello me hizo pedazos. Mi grito desgarró el cielo, levanté el brazo, listo para darle el golpe mortal, pero entonces… la sentí. Mis sentidos, ahora mucho más sensibles a ella, la detectaron.

«Nuestro tesoro», susurró una voz ajena dentro de mí.

Bajé el brazo y mi mirada se vio atraída por su energía.

Aria salió de la cueva, pálida como la nieve. Consternada.

¿Qué había descubierto?

Dio un tropiezo y cayó de rodillas. Sus ojos, abiertos como platos, vagaron por el entorno, por el cielo. Y una lágrima le resbaló por la mejilla.

Por el rabillo del ojo, vi cómo Fayna aprovechaba su estado vulnerable para llegar hasta ella. El brillo metálico de su daga cortó el aire.

—¡Aria! —grité.

Mi voz la arrancó del trance. Giró lo suficientemente rápido para esquivar la estocada, pero Fayna le profirió una rápida patada baja y la tiró al suelo, tirándose encima de ella. Intenté correr hacia ellas, pero Marlon se incorporó antes de que pudiera reaccionar. Sentí el golpe seco en la cabeza y el suelo se me vino encima. Las raíces emergieron de la tierra, vivas, enroscándose en mis muñecas y tobillos hasta dejarme clavado.

Con la respiración entrecortada, no pude apartar la vista de Aria.

«Vamos. Levántate».

«Lucha».

«Lucha».

No sabía a quién de los dos se lo estaba diciendo.

CAPÍTULO 39
ARIA

«Esa verdad te destruiría, Aria. Y no solo a ti. Destruiría el mundo».

Las palabras de Uriel habían convivido conmigo todo este tiempo; ahora, con el peso del manuscrito en mis manos, cobraban un significado nuevo. Cada letra era más pesada.

Más frágil y poderosa.

Las había sentido como una advertencia para que una niña entrometida no se alejara demasiado de su papel como llave. Si el Dorado me amenazaba, entonces no me acercaría a una verdad que nunca debería haber salido a la luz.

Lunette intentó destaparla, sacrificando su relación con la Diosa de la Tierra y su vida.

Mi madre había tenido la verdad en sus manos y había sabido qué hacer con ella: la enterró, dejando atrás a su pueblo y a mi padre.

¿Y yo?

¿Cuál iba a ser mi elección?

Ahora era esa pregunta la que se repetía una y otra vez en mi cabeza.

El silencio era la única respuesta.

CAPÍTULO 40
KILLIAN

Una ráfaga de aire se levantó, haciendo ondear la coleta de Fayna mientras alzaba la daga, deseando hundirla en el corazón de Aria. La miraba con una sed de sangre que me heló las venas. Aria se retorcía bajo su peso, con el pecho agitándose en un intento desesperado de escapar, pero sin saber cómo hacerlo. Podía sentir su terror incluso a metros de distancia.

Deseé con todas mis fuerzas que creyera en su poder.

Contuve el aliento y cerré los ojos. No para evitar verlo, sino para concentrarme en la descarga eléctrica que me recorrió los brazos y piernas. Una explosión de energía me atravesó como un relámpago, expandiendo mi magia por todo mi interior. Y entonces… el Abismo se despertó. Sus cimientos se sacudieron con violencia; el suelo crujió bajo mis pies, temblando como si un gigante lo agitara desde dentro. La energía se desató a mi alrededor, pura y salvaje. Pero no era yo. De las grietas comenzaron a emerger chispas doradas que flotaron en el aire y se marcharon, acudiendo a la llamada de alguien. *Éter.*

¿Y si se trataba de…?

Una de las fuertes sacudidas desvió el rumbo de la daga, que terminó clavándose en la tierra, a escasos centímetros de su rostro. Fayna perdió el equilibrio y Aria aprovechó ese instante para conectar con su magia. Las palmas de sus manos se iluminaron de un resplandor rojo y proyectaron dos discos de fuego que la impulsaron hacia atrás.

Esa es mi chica, joder.

El pecho se me hinchó de orgullo.

Aquella distracción bastó para romper la concentración de Marlon y las raíces que me inmovilizaban se aflojaron. Aproveché que mis venas rebosaban magia para tirar de ellas hasta romperlas. Cuando me levanté, mis ojos volaron por la explanada para comprobar lo que ya me temía. No quedaba ningún Kaelis vivo; los cuerpos estaban tirados por el suelo, algunos con posturas antinaturales, miembros cercenados y carne aún humeante. Las heridas aún seguían sangrando, tiñendo el suelo de rojo. Sus ojos vacíos y gestos impávidos me provocaron un escalofrío.

Fayna los había asesinado a todos.

—¿Tienes ganas de unirte a ellos? —me preguntó Marlon, riéndose con una satisfacción enfermiza.

Se acercó a mí, acechándome.

Preparándose para atacar de nuevo.

Dividiendo mi atención, observé a Aria arremeter contra Fayna, lanzándole un fogonazo de energía que estalló en su espalda y la hizo rodar por el suelo. Pero enseguida se levantó y, mirándola con el rostro salpicado por la sangre de sus víctimas, le sonrió con puro veneno. Antes de que Aria pudiera invocar otro ataque, se abalanzó sobre ella, obligándola a una pelea cuerpo a cuerpo, donde sabía que vencería. Aria luchó con uñas y dientes, con algunos puñetazos y patadas que consiguieron hacerle daño, pero Fayna había nacido para convertirse en el arma más letal del rey. El corazón se me disparó. Necesitaba llegar a ella cuanto antes.

Pero Marlon, por supuesto, me lo impediría.

Joder, estaba hasta los huevos de aquel psicópata.

Corrió hacia mí tirándome un chorro de fuego, directo y rápido, como un cañonazo. El aire se saturó por el calor a medida que las llamas se abrieron paso, devorándolo todo. Hundí el talón y la brecha a mis pies se profundizó; una columna vertical de fuego estalló hacia arriba y chocó con su ataque. El impacto apenas me arrastró hacia atrás. Ya no era rival para mí.

Sin embargo, cuando la columna se disipó, lo primero que vi fue su sonrisa. Una sonrisa de deleite, con el rostro ligeramente ladeado hacia un lado, disfrutando de algo que yo aún no había visto. Tragué saliva y seguí la dirección de su mirada.

Y entonces los vi.

Desde los laterales de la explanada, justo donde la entrada se estrechaba, aparecieron dos líneas compactas de Ignis. Una, dos, tres... decenas. Armados. Con las capas encendidas. Sus pasos resonaban como un avance militar, sincronizado y letal. Mierda. Había demasiados. Nos engullirían en cuestión de segundos. Aspiré una bocanada de aire para tranquilizarme.

Tenía que pensar algo. Moverme antes de que ellos lo hicieran.

Tal vez, si los atacaba desde arriba...

Sintiéndome la hostia de raro, batí las alas. El polvo se arremolinó a mis pies cuando las extendí aún más y me impulsaron hacia el aire. Durante un segundo, estuve convencido de que la jugada tenía sentido. Hasta que comprendí la estupidez que acababa de cometer. Me había sentenciado convirtiéndome en el maldito blanco. No tuve tiempo ni de invocar el fuego. Al ver cómo me elevaba, los Ignis se movieron al unísono, extendieron los brazos, las palmas ardieron y, entonces, se produjo el estallido. De sus manos emergieron tentáculos de fuego que se lanzaron hacia mí con ferocidad, como látigos vivos. Me golpearon sin piedad ni descanso; uno, diez, quince... tan brutales que me clavaron en el sitio. La fuerza de todos ellos impactó contra mis brazos, piernas, pecho y... alas. El dolor lacerante me dejó sin respiración.

Miré hacia atrás, alarmado, el sudor empapándome el rostro. Un calor intenso y punzante me cubrió las alas. Si no me apartaba pronto, empezarían a agujereármelas. Y si caía... entonces ya no podría levantarme. Estaría acabado.

—¡Killian! —la voz rota de Aria me alcanzó, golpeándome más fuerte que ninguno de los tentáculos.

Casi al mismo tiempo, vi cómo Fayna le propinaba un codazo brutal en la cara, tirándola al suelo. No la dejaba tranquila. La garganta se me comprimió por la angustia. El agobio y el dolor que me atravesaban los huesos me impedían moverme. El pecho se me cerró. No podía llegar hasta ella. No podía hacer nada.

Un estruendo distinto se coló entre el caos. El corazón me martilleó con más fuerza. Cerré los ojos, imaginándome lo peor. Si aparecía un nuevo batallón de Ignis… no quedaría nada de nosotros. Ni siquiera las cenizas.

Un centenar de pasos retumbaron en el suelo y, conforme se acercaban, el terreno tembló como si un nuevo terremoto estuviera partiéndonos por dentro. Un escalofrío me recorrió la columna vertebral cuando las ondas de poder me alcanzaron, robándome el aire. Entonces, un sonido fuerte y seco estalló, haciéndome daño en los oídos. La tierra bajo las decenas de Ignis reventó en fragmentos afilados que se elevaron como picos, atravesando a muchos de ellos. Los gemidos resonaron por el acantilado. Los que sobrevivieron, aturdidos, no les quedó otra que replegar los tentáculos de fuego para intentar protegerse.

El agarre ardiente que me mantenía clavado en el sitio se deshizo de golpe, liberándome el pecho y las alas. Jadeé, sintiendo el aire helado por primera vez en segundos, y me lancé hacia atrás antes de que pudieran volver a atraparme. Las piernas me flaquearon, pero conseguí caer de pie justo a tiempo para verlos llegar.

Por un pasillo estrecho entre rocas, que ni siquiera sabía que existía, emergió un ejército de figuras con armaduras metálicas, sus rostros ocultos con máscaras de… dragón. Un nudo me apretó la garganta al verlos avanzar con paso seguro. Irradiaban poder. Y la calma férrea de quienes han aceptado que lucharán hasta el final. El tintineo de sus armaduras llenó el aire mientras se colocaban detrás de nosotros, cerrando filas. Haciéndonos saber que ya no estábamos solos.

Los Indómitos.

—Hola, chicos —dijo el Alfa, poniéndose a mi lado, esta vez sin máscara que le cubriera el rostro.

Y entonces, al mirarle, lo supe.

Me tensé. Aria seguía recibiendo puñetazos de Fayna, descontrolada por este pequeño imprevisto con el que no habían contado. La rabia la consumía. Pero Aria, con la cara ensangrentada, la miró un segundo y su expresión cambió. Se cubrió de una determinación feroz que me puso los pelos de punta. Abrió la boca y gritó. Su cuerpo se envolvió de un resplandor anaranjado, azul y bronce, y entonces su poder estalló como una onda expansiva tan salvaje que Fayna salió despedida varios metros y cayó al suelo, inerte. Esperé durante unos instantes de tensión, pero la hija del rey no se levantó.

Silbé, sin poder evitarlo.

Aria vino corriendo hasta mí.

Y la recibí entre mis brazos con una sonrisa extendiéndose en mi rostro. La estreché tan fuerte como mis músculos malheridos y agotados me lo permitieron. Le tomé la cara entre las manos y la rabia me subió como un latigazo al ver sus heridas. A ella le pasó lo mismo al examinar las mías.

—Por el amor de los Dioses Elementales, esa chica se merecía que le dieran una buena lección —comentó un soldado más menudo, pero de brazos fuertes, que se colocó al lado de Brandr.

Aria y yo nos giramos hacia él al mismo tiempo. ¿Ese no era…?

—El Achuchador de Almas —musité, alegrándome de verlo.

El segundo guerrero más poderoso del Atharav, ahora unido a los rebeldes, se quitó la máscara, liberando sus rizos castaños. Sus mejillas se sonrojaron por la atención que estaba recibiendo. Parecía mentira que lo conocieran como el Triturador de Almas por su destreza para matar.

—¡Eidan! —exclamó Aria a mi lado, lanzándose para abrazarlo—. No sabíamos si estabas vivo.

Él se separó rápido, un poco descolocado por la muestra de cariño, y rebuscó en el bolsillo de su traje para extraer un papel desgastado y el pequeño carboncillo que solía llevar encima. Escribió una palabra y, ante nuestros rostros perplejos, volvió a guardar ambas cosas con torpeza.

—Perdón, es que este lugar siniestro siempre me inspira y estoy terminando una...

—Muchacho —lo cortó Brandr con una mezcla de paciencia y cariño. Parecía que durante estas semanas habían pasado bastante tiempo juntos.

—Lo siento —se disculpó de nuevo Eidan, y su piel pálida se enrojeció aún más.

Los Ignis, por orden de Marlon, aprovecharon ese breve alto al fuego para recuperarse y reagruparse. No teníamos mucho tiempo. Sabía que debíamos marcharnos cuanto antes, usando el Vestigio Original del Aire, pero aun así... una fuerza que desconocía tiraba de mí, reteniéndome.

Marlon, encabezando el grupo, dio varios pasos hacia delante.

—¿Cómo nos habéis encontrado? —preguntó, enseñando los dientes.

—Yo ya conocía esta cueva —se limitó a decir Brandr, fulminándolo con la mirada.

—Mi padre te habló de ella —confirmó Aria, y ante la mención de Egan los ojos del líder se oscurecieron por un dolor profundo.

Se giró hacia ella, que lo observaba llena de preguntas.

—Sí, solía cubrirle para que se reuniera con tu madre. Y hoy... al no veros en el centro de la batalla, supuse que estaríais aquí.

—¿Cómo habéis entrado en la Anual? —pregunté.

Cuando sus ojos se clavaron en mí, algo me estrujó el estómago.

—Conseguimos escapar de los soldados del rey y escondernos en las profundidades del Bosque de las Bestias —respondió—. Desde entonces, hemos estado ideando un plan para colarnos por las Puertas Umbra cuando se abrieran. Nunca hemos mostrado interés en romper la maldición, así que los cogimos por sorpresa, justo como esperábamos.

Ah. Por eso los Ignis habían tardado más en llegar al frente. Estaban tratando de contener a los rebeldes.

—¿Y por qué este año sí? —inquirió Aria, con el ceño fruncido.

Brandr abrió la boca, pero cuando me miró, la cerró de golpe.

Mi corazón comenzó a latir con demasiada fuerza.

—Dilo de una vez —masculló Marlon, con una mueca de asco—. Querías asegurarte de que tu hijito perdido estuviera bien.

Me quedé paralizado. El aire dejó de entrar por mis pulmones. Miré al hombre que, según todo indicaba, era mi padre... y no supe qué demonios sentir. La mano de Aria aferrándose a la mía me mantuvo anclado al suelo.

—Killian. —Brandr volvió a mirarme, con el rostro contraído por la culpa y el dolor—. No quería que te enteraras así.

—¿Cómo pudiste engañar a mi madre y vender mi sangre a ese hijo de puta?

La furia me subía en oleadas.

Marlon soltó una carcajada amarga y se dirigió al alfa.

—Eres patético. Nunca te mereciste tener su sangre.

—¿La sangre de quién? —preguntó Aria.

Fayna, que había recuperado la consciencia, se tambaleó hacia Marlon.

—Del Dios del Fuego —dijo, su voz envenenada.

Aria se quedó sin habla.

Yo también, por mucho que, si recapitulábamos, hubiera muchas pistas que nos llevaban hasta este momento. Pero había querido mantenerme en la ignorancia.

—Por eso el Castillo de Ignea tiene tu nombre —dedujo Aria—. Eres su hijo. Pero... ¿qué pasó?

Me sentía mareado. Me jodió que, a fin de cuentas, sí estuviera emparentado con el Dios del Fuego.

Brandr respiró hondo.

—Soy uno de los Ignis más longevos con vida. Descendiente directo de la sangre del rey. Nunca estuve de acuerdo con sus métodos, pero... era mi padre. Lo quería. Y él a mí —su tono se endureció—. Lo que no sabía es que me convertiría en su pequeño proyecto personal. —Hizo una pequeña pausa, como si le resultara difícil hablar de aquello—. El año en el que perdí a mi mejor amigo y Antheia desapareció, ganamos la Anual y yo fui uno de los diez Ignis que bajó a la Tierra. —Le costó mirarme, pero, aun así, se obligó a hacerlo. Me tensé, anticipando que la siguiente parte de la historia me dolería—. Era el tercer año que visitaba a tu madre. Y entonces... ocurrió. La dejé embarazada. Era lo último que quería, porque un Incierto ligado a esta maldición... No quería esto para ti.

»Y cuando el Dios del Fuego me confesó que había marcado tu sangre con un hechizo de unión para que controlaras a la llave de la maldición... le dije que se había vuelto loco y me rebelé contra él. Me cortó las alas y me desterró. Siguiendo los rumores, busqué en las profundidades del Bosque de las Bestias al grupo de rebeldes que llevaban mucho tiempo escondiéndose ahí, sobreviviendo como podía. Me uní a ellos y, poco a poco nos convertirnos en los Indómitos. Desde entonces, el rey se encargó de que nadie pronunciara mi nombre. Todos se creyeron sus mentiras.

Sus palabras resonaron en mi cabeza como golpes.

Recordé la carta del padre de Aria: «Es el único Ignis que nunca le contaría al Dios del Fuego lo que estamos haciendo, por muy sorprendente que eso pueda parecer. Ah, también me ha recordado que tengo que contarte su historia favorita». Con historia favorita... tenía que referirse a la que mi madre siempre nos contaba a Eric y a mí. La estrella que atrapaba los sueños. Esa era la historia por la que Nora había descubierto que yo era el hijo del mejor amigo de Egan.

—Por eso mi madre, aunque sospechaba que el Dios del Fuego te estaba usando para controlarme, no te mató —Aria llegó a la misma conclusión que yo.

Me sentía muy abrumado por esta cantidad de información.

Una punzada de dolor me atravesó el pecho al saber que Nora me había ocultado la verdad.

—Por eso el rey te mintió diciéndote que eras su hijo. Si descubrías que el rey de los rebeldes era tu verdadero padre, te escaparías para buscar su ayuda.

Me ardían los ojos, la mandíbula, el pecho. Todo.

—¿Sabes quién mató a mi madre? —Apreté los dientes con fuerza.

Su expresión fue de sorpresa y dolor. Aquello me molestó. ¿De verdad había sido tan cobarde de pensar que estaba viviendo una vida tranquila y feliz tras su marcha?

—No. ¿Quién? —su voz se endureció, lenta y peligrosa.

Tragué saliva.

Sentí a Aria a mi lado, tensa.

El silencio se extendió como una grieta.

Alcé la mano lentamente.

Como si el aire pesara una tonelada.

—Él —señalé a Marlon con lentitud.

Los ojos de Brandr siguieron la línea de mi dedo. Cuando lo reconoció, su pecho dejó de moverse por un segundo. Una sombra oscura cubrió su rostro y lo transformó en algo salvaje, antiguo, peligroso. Cogió aire, preparándose para desatar toda su ira sobre el hombre que había asesinado a la madre de su hijo.

Marlon tuvo la decencia de encogerse, pero esa flaqueza duró apenas un suspiro. Se irguió con arrogancia, mirándonos con frialdad.

—Aún recuerdo sus gritos —dijo—. Y los de tu hermano pequeño también.

Creí que ya no quedaba nada en mí por romper. Me equivocaba. Algo se desgarró en mi interior con un dolor violeto.

El grito que llevaba conteniendo todo este tiempo estalló en mi garganta, liberándose.

Reverberó por cada rincón del Abismo.

No pensé. No razoné. Me convertí en la rabia que sentía hacia aquel ser despreciable.

Mi magia respondió, descontrolada. Levanté la tierra frente a mí como una ola brutal ante la que Marlon cayó hacia atrás, conmocionado.

—¡Protegedme! —ordenó a los Ignis.

El fuego de decenas de Ignis se unió formando un muro incancescente que iluminó el cielo.

Pero yo tampoco estaba solo. Ya no.

Aria apoyó una mano en mi espalda y me miró con una expresión de pura determinación. Su magia se entrelazó con la mía por el hechizo que nos había unido y… la avivó. La ola de tierra se transformó en algo mucho más poderoso. La retorcí hasta darle forma de fauces enormes de lava líquida; unas mandíbulas abiertas, listas para devorarlo.

El escudo se resquebrajó, pero no cedió del todo. Aerielle tenía razón, ese lugar nos estaba drenando la magia.

Entonces sentí un paso firme a mi lado. Brandr extendió su mano hacia nuestra fuente de poder y descargó toda su rabia en ella. Nuestra magia rugió volviendo más poderosas a las bestias de lava, que impactaban una y otra vez contra la muralla de fuego.

Éramos tres contra una horda de Ignis. Pero el dolor que nutría nuestra magia era mucho más profundo y, por lo tanto, nos volvía mucho más poderosos.

Las bestias de lava hicieron pedazos el escudo.

Y lo devoraron.

No es algo de lo que me enorgullezca recordar, pero la satisfacción me inundó cuando vi a Marlon retorcerse. Sus gritos de dolor inundaron el aire y se colaron en mis oídos como una melodía dulce. Cuando nuestros monstruos terminaron, el cuerpo de Marlon cayó, inerte, humeante, irreconocible.

No quedaba nada de su arrogancia. Nada de su poder.

Estaba muerto.

«Lo siento, mamá. Siento no haberte podido salvar. Quizás, tampoco a Eric. Y siento que la venganza me haya hecho sentir tan bien. Sé que no hubieras querido eso para mí».

—Tenéis que iros —la voz de Brandr sonó ronca.

Me giré hacia él.

Hacia mi padre.

—Yo… gracias por ayudarnos.

—Te buscaré cuando esto termine.

Asentí, con una mezcla confusa de emociones que en ese momento no podía ordenar. El nudo en mi pecho se apretó al alejarme, mientras la batalla volvía a estallar entre los Indómitos y los Ignis. Vi a Eidan dirigirse hacia Fayna y deseé que acabara con esa arpía también.

Aria extrajo la corona con manos temblorosas. El metal vibró, como si presintiera lo que venía. Ella me tomó de la mano.

—¿Estás listo? —susurró.

—A tu lado, siempre.

CAPÍTULO 41

JARED

Me negaba a morir ahogado por una estúpida raíz. Podía aceptar que mi destino estuviera marcado por una muerte temprana, que nunca me miraría al espejo y pensaría «menudo madurito. Qué sexy te queda el pelo cubierto de canas», pero, si tenía que abandonar este mundo, lo haría de un modo épico. Salvando a la humanidad o, como mínimo, a alguien a quien quisiera. Pero no por una puñetera raíz.

Apreté los dientes, soltando un gruñido grave al intentar arrancar aquellos tentáculos de tierra que me inmovilizaban.

El corazón me retumbaba con una violencia que casi me rompía el pecho, gritándome que saltara tras Baetrice. Que la trajera de vuelta. Que, por ella, sería capaz de asomarme a ese vacío sin pensarlo.

El pensamiento me golpeó de lleno y luego me enfadé conmigo mismo. «¿En serio tienes que esperar a que una chica esté en peligro de muerte para darte cuenta de que te gusta?». Al parecer, era un poco imbécil. Conseguí girar la muñeca y apreté la raíz, mandando toda la energía posible a las puntas de mis dedos. Un hilo de humo se escapó, se retrajo apenas un palmo, pero lo suficiente para liberar mi brazo y...

Me congelé.

Los pilares que sostenían el Abismo se sacudieron.

El suelo crujió bajo mis pies, como si una energía inmensa estuviera destruyendo sus cimientos.

Beatrice.

La brecha por donde había caído estalló en una luz dorada que me cegó. Los ojos se me empañaron, pero, aun así, no aparté la mirada. No podía. Beatrice emergió entre un remolino de Éter que ascendía a su alrededor, ondulándose como hebras vivas. Fue como si el sol naciera en un lugar condenado. Sus ojos azules resplandecían con la misma luz dorada que el Éter. Parecía una diosa. Una muy cabreada.

Con la mirada fija en su padre, que la observaba boquiabierto, extendió la mano. Parte del Éter que había extraído de los cimientos de este lugar tomó forma de arco. El resto se retorció hasta transformarse en una flecha. Cargó el arco y, con un movimiento suave y letal, apuntó directo al corazón de su padre.

Solo tendría una oportunidad para matarlo.

Una oportunidad para arrebatarle el Vestigio Original de la Tierra.

Una para salvar el mundo.

Todo dependía de un único disparo.

—Esto es por ti, mamá —susurró hacia el cielo—. Y por todas las que luchasteis para recuperar el poder que siempre fue nuestro.

Sonrió. Y disparó.

Contuve la respiración, siguiendo la trayectoria de la flecha, que dejaba una estela de Éter capaz de partir el aire en dos. Su padre abrió los brazos para invocar el poder de la corona, pero algo lo frenó. Me quedé paralizado cuando Connor apareció por su espalda y, de una patada, le arrancó la corona de la cabeza. El Dorado, indefenso, quedó expuesto. Y la flecha de Beatrice lo atravesó sin que pudiera impedirlo.

CAPÍTULO 42
JARED

Se podía decir que nos iba bien.

El Vestigio Original de la Tierra estaba a buen recaudo bajo mi capa, mi hermana lloraba abrazada a Connor y del padre de Beatrice solo quedaban chispas de Éter que ella había recogido con sumo cuidado. ¿Para qué? No lo sabía. Lo único que tenía claro era que no esparciría sus cenizas en el mar mientras lloraba por su pérdida.

A nuestro alrededor, la guerra seguía avanzando como una marea oscura. El retumbar de las explosiones de poder lejanas hacía vibrar el terreno. Todos los sonidos se entrelazaban en una sinfonía que me ponía los pelos de punta y que iba acercándose cada vez más. Los soldados sabían que la llave de la maldición se escaparía a la Cueva Ishtar, por lo que no tardarían demasiado en llegar. Y, si nos alcanzaban… entonces todo se complicaría.

Cogí aire y miré a Beatrice, de espaldas a mí, con su trenza oscura cubierta de polvo y despeinada, algunos mechones pegados al cuello cubierto de sudor. El nudo que me oprimía la garganta se había aflojado al ver que no estaba apenas herida. Cuando la vi caer… había sentido un miedo muy profundo. Y en esos instantes lo único que quería era correr hasta ella y abrazarla. Pero me contuve, porque aún estábamos recomponiendo nuestra relación y no quería cagarla. Así que me acerqué a ella por detrás y, sin saber muy bien qué hacer o decir, me quedé observándola. Estaba encerrada en sus pensamientos; el perfil rígido, con la vista clavada en el punto donde, un minuto antes, su padre había intentado matarla.

—Hola —susurró cuando sintió mi presencia.

Tomé aquello como una invitación y me coloqué a su lado. Mi pulso volvió a descontrolarse; no por el peligro, sino por ella.

—¿Estás bien? —le pregunté, repasando su rostro en busca de cualquier signo de dolor. Tenía varios cortes nuevos en las mejillas y el pecho le subía y bajaba, aún muy agitada.

Parecía aturdida.

—Me han hecho tan pocas veces esa pregunta que no sé qué respuesta darte —confesó, y se quedó en silencio un momento. Después, su voz bajó de volumen—. Pensé que sentiría alivio al matar al monstruo que protagoniza mis peores pesadillas. Pero me he dado cuenta de que nunca desaparecerá. —Una lágrima se deslizó por su mejilla sucia de tierra—. Lo llevaré siempre dentro de mí.

Me dolió verla así. Quise deshacer todo su dolor y que volviera a ser la Beatrice inquebrantable de siempre, pero, al mismo tiempo, me sentí muy afortunado de que me mostrara ese pedacito suyo de vulnerabilidad.

Aguantando la respiración, levanté la mano y, con una caricia suave, le limpié la lágrima. Sus ojos azules, sorprendidos, saltaron a los míos. Muy quietos, compartimos una larga e intensa mirada que me recorrió las venas como una descarga eléctrica.

—Descubriremos la forma de matarlo también ahí dentro —le prometí, curvando mis labios en una leve sonrisa.

Beatrice apretó los dientes para contener la emoción y asintió, devolviéndome la sonrisa. Parpadeó para alejar la humedad de sus ojos y desvió su vista hacia Connor y Zoey, que seguían disfrutando de su reencuentro, ajenos al caos que estallaba a nuestro alrededor.

«Joder, ya podían cortarse un poco, ¿no?».

—Jamás pensé que Connor me ayudaría a matar a un Dorado —comentó Beatrice, rozándose la cicatriz que le cruzaba el pómulo.

Miré al Guardian. Llevaba un traje de combate oscuro distinto al de la última vez que lo habíamos visto bajo el Abismo. Estaba cubierto de sangre y polvo; su pelo negro sujeto en un moño bajo, y la mandíbula muy tensa mientras consolaba a mi hermana.

—Creo que ha sido su forma de pedirte perdón —respondí—. De ayudarte para que estés más cerca de ser libre.

Y me costó horrores decirlo. Porque hablábamos del Guardián. Y a mí seguía cayéndome como el culo, por mucho que ahora le hubiera dado por sacrificarse y hacer cosas buenas. No podía olvidar que le había ocultado a Beatrice la existencia de los libros portal. Pero aquello me lo guardé para mí mismo. La apoyaría si en algún momento decidía perdonarlo.

Los hombros de Be se relajaron, como si se hubiera quitado un peso de encima.

—Yo también lo creo.

Avanzamos hacia ellos, que se separaron para encontrarse con nosotros.

Connor y Beatrice se saludaron con un leve gesto de cabeza.

Inspiré hondo, preparándome para realizar el acto de amor más grande que había hecho por mi hermana.

—Jamás pensé que diría esto, pero, Connor... —hice una pausa dramática en la que sentí los ojos de Zoey atentos en mí. Su tensión podía percibirse incluso a metros de distancia—. Me alegro de verte.

El Guardián se quedó petrificado. Sus ojos ámbar, siempre inexpresivos, se abrieron apenas.

Y entonces di un paso adelante... y lo rodeé con los brazos. Sentí cómo sus músculos se volvían rígidos contra los míos.

—Pero ¡¿qué...?! —exclamé al procesar lo que estaba haciendo. Me separé de él como si quemara, mirándolo con una expresión de auténtico horror—. Por Dios, me he pasado tres pueblos dándote un abrazo.

—La verdad es que sí —respondió con sequedad. Y al escuchar cómo Zoey carraspeaba, añadió, un poco incómodo—: Pero yo también me alegro de verte. De veros a todos.

No hubo tiempo para más. Una explosión cercana hizo temblar las montañas y el rugido de la batalla se intensificó. De repente, una corriente de aire trajo consigo motas de ceniza que flotaron a nuestro alrededor. Me estremecí al pensar que eran los restos de los Ignis caídos.

Echamos a correr hacia la Cueva Ishtar, que se alzaba entre dos riscos afilados, muy cerca de nosotros.

Estábamos a punto de llegar cuando una explosión de poder desgarró el cielo. Y, entonces, en medio del torbellino, aparecieron dos siluetas. Aria, con su pelo castaño ondeando, y los ojos brillantes por la magia que le otorgaba la corona que resplandecía encima de su cabeza; y Killian, alto e imponente, envuelto en una corriente de aire que bramaba a su alrededor. Esta se disipó lentamente a sus pies, dejando una atmósfera vibrante de poder.

La guerra rugía detrás de nosotros.

Pero cada vez estábamos más cerca de conseguirlo.

Con tres Vestigios en nuestro poder, ya solo nos quedaba recuperar el del fuego.

Y solo podíamos rezar para que estuviera justo donde habíamos planeado.

CAPÍTULO 43
JARED

—No me puedo creer que haya aparecido ese grupo de gente disfrazada de dragones para salvaros —solté entre jadeos, notando cómo el aire helado me arañaba la garganta mientras corríamos cuesta arriba—. Qué pasada.

—Se llaman Indómitos —apuntó Killian sin perder el ritmo.

Habíamos utilizado la última carrera hacia la Cueva Ishtar para ponernos al día, pero hablar mientras esquivábamos raíces, rocas y huecos en los que el suelo se hundía era prácticamente una tortura. Cada zancada levantaba polvo y los ecos de la batalla cada vez se escuchaban más cerca. Teníamos que darnos prisa.

—¿Cómo conseguiste sobrevivir? —le preguntó Aria a Connor, con la respiración agitada.

—Tuvimos la suerte de que nuestro carcelero era uno de los habituales consumidores de los libros portal. El Novicio se quedó blanco cuando vio a mi tío —nos contó, y al estirado apenas se le movía un solo mechón de pelo—. Así que aprovechamos su miedo a que lo delatáramos para que investigara quiénes podían ser los Guardianes aliados con el Dios del Fuego. Consiguió convencer a un Maestro que era de confianza, totalmente ajeno a lo que estaba ocurriendo. —Tomó aire de forma brusca—. Pero nos creyó porque, aunque no les permitían bajar a la Tierra, él sí lo había hecho. Y lo que se había encontrado lo dejó días sin dormir. A raíz de eso nos ayudó a escapar y reunió a algunos Guardianes que quisieron luchar de nuestro lado. Hanniel está con ellos en el Abismo, están reuniendo fuerzas a la espera de que los traidores nos ataquen para hacerse con el gobierno. —Me quedé perplejo cuando, tras saltar una piedra, vi cómo sacaba de su bolsillo una llave que reconocí al instante—. Y gracias a ella he cruzado las Puertas Umbra.

La llave que robamos en la Cripta Eterna brillaba en sus dedos.

La de uno de los primeros Dorados.

Eso era lo que Beatrice le había pasado a Connor justo antes de dejarlo atrás en el Abismo.

—Mi padre planeaba usar el poder del Dios del Fuego para matar a todo el que no estuviera de acuerdo con su nuevo proyecto para el Abismo —dijo Beatrice, su voz ronca por el esfuerzo—. Puede que aún tenga algún plan de contingencia.

—Estarán atentos —le aseguró Connor.

Aria, que se estaba quedando un poco atrás, aceleró y recuperó nuestro ritmo.

—¿Descubristeis algo sobre cómo romper los hechizos? —preguntó, seguramente pensando en su amigo Álex, convertido en un Solitario, las bestias que el rey utilizaba para manipular a su pueblo y ponerlos en contra de los Indómitos, los supuestos responsables de su creación.

—No —respondió Connor, sacudiendo la cabeza—. Pero... seguimos investigando los libros de Lunette y encontramos algo sobre la creación de mundos y universos que nos llamó la atención. Algo muy básico que se ha olvidado.

—Aquí nada es olvidado porque sí —le recordó Killian, con los ojos atentos a las irregularidades del terreno escarpado.

—¿A qué te refieres? —Aria le insistió al Guardián, mirándolo con ansiedad, como si ella supiera algo que nosotros desconocíamos.

Connor tragó saliva, mirándola con suspicacia. Y cuando habló, lo hizo con una solemnidad que me erizó el vello de la nuca.

—«Todo lo que se da no puede ser robado».

Aria soltó una exclamación ahogada.

Y entonces, casi al mismo tiempo, levantamos la vista.

Habíamos llegado.

Entre las montañas, un arco de sombra rompía el perfil del acantilado, un corte negro y profundo que se abría paso entre la roca. La entrada a la Cueva Ishtar se alzaba entre nosotros, enorme y silenciosa, cubierta de un manto espeso de niebla.

Y ya sabíamos lo que eso significaba.

El Dios del Fuego dio un paso al frente y nos sonrió.

Aproveché esos instantes de tensión para estudiar al responsable de la destrucción de la Tierra. Era alto, de hombros amplios, con el pelo negro corto y unas facciones tan marcadas que solo podían haber sido esculpidas por un creador. El único signo del tiempo que pesaba sobre él era su barba salpicada de canas. Era el único Ignis que no llevaba capa; en su lugar, vestía un traje oscuro cubierto por una armadura metálica. Y su mirada... brillaba por la determinación.

—¿Me habéis echado de menos?

—¿Si te decimos la verdad te vas a enfadar? —le respondí, sin dejarme amedrentar.

En la mano del rey ardía una flor tallada en piedra, irradiando un resplandor rojizo que me resultó inquietantemente familiar.

—La flor tallada —le murmuró Aria a Killian—. Va a usarla para luchar.

Sabía lo que significaba aquello. El rey se había inventado un ritual de gratitud en el que reunía a las figuras más poderosas del Atharav para que cedieran una chispa de su poder. Ese poder se sellaba en la piedra y él lo usaba después para sus propios fines, uno de ellos la creación de Solitarios.

—¿Eso es todo lo que tienes? ¿Una flor? —lo provoqué.

Su sonrisa se ensanchó. Y entonces sacó el Vestigio Original del Fuego.

La corona parecía un ente vivo. Del metal surgían llamas diminutas, conscientes, como si la magia, tal y como había dicho Connor, tuviera conciencia propia y buscara con desesperación cualquier rendija para escapar. Mirarla demasiado tiempo dolía; sentí cómo la vista se me distorsionaba y una presión punzante me apretó las sienes.

El aire ondeó a nuestro alrededor, distorsionándose, como si el Abismo no estuviera hecho para contener tanta magia concentrada. Una vibración grave me retumbó en los oídos y sentí la sangre burbujear bajo la piel, como si hirviera por la ola de calor brutal que nos golpeó de frente.

¿Qué pasaba cuando un Dios recuperaba el poder que le habían arrebatado?

—Tenías que decirlo… —resopló Killian, sin apartar la mirada de él.

—¿Y vosotros? —tronó la voz del rey—. ¿Cómo se supone que vais a vencer a un Dios?

Aria nos observó, uno a uno, con una mezcla de firmeza y emoción que me estrujó el pecho. Connor, el Guardián recto que había traicionado su fe por Zoey y por un futuro para la Tierra; Beatrice, la Novicia marcada por la rebelión de su madre, que había renunciado sin dudar a su libertad para ayudar a su amigo y, después, para salvar incluso a aquellos que la despreciaron; Zoey, quien había perdido una parte de sí misma cuando cometió el error de traicionar a sus amigos; Killian, que solo deseaba que su hermano pequeño estuviera bien; y Aria… el corazón del grupo; la que cargaba un destino oscuro sin terminar de creer en ella misma, pero creyendo de forma feroz en todos nosotros.

Y yo… que incluso si moría allí, lo haría sabiendo que ya no era el mismo. Con sombras a las que me había costado mirar, pero que me habían hecho más auténtico. Más yo.

—Juntos —susurró Aria.

Reclamando el líquido que flotaba sobre su capa, Aria invocó dos látigos de agua que se alzaron y salieron despedidos hacia el rey. Pero él apenas tuvo que mover la muñeca: un látigo de su propia llama los rozó y deshizo al instante, explotando en una nube de vapor. Al mismo tiempo, Killian, con las alas ya replegadas, lanzó un proyectil de lava que cruzó la neblina con un siseo. Aguanté la respiración esperando a que impactara contra el rey, pero se inclinó hacia atrás con destreza y la roca fundida le rozó el pecho antes de estrellarse contra la pared cercana a la entrada.

Bueno, estaba claro que no iba a ser tan fácil.

Beatrice y Connor asintieron, tensos, pero decididos. El Guardián se lanzó primero, moldeando un escudo de Éter. Corrió hasta el Dios del Fuego e impactó envuelto en el estallido de llamas que ardió alrededor de su cuerpo. Beatrice aprovechó ese segundo de apertura para deslizarse por el suelo, giró con un impulso preciso y saltó hacia la corona. Vi, casi a cámara lenta, cómo sus dedos rozaban el metal. Su rostro se contrajo de dolor, pero sabía que no se detendría.

Para darle más tiempo a Beatrice, Zoey y yo compartimos una mirada y lanzamos un chorro de agua a presión que rugió en el aire como una bestia hambrienta, directo hacia el rey. Pero él ya se movía: se desvió justo antes de que el agua lo alcanzara y antes de que Beatrice pudiera arrancarle la corona.

El Abismo tembló con un bramido gutural, tan profundo que me vibró en las costillas. El aire se dobló a nuestro alrededor, como si la propia realidad se retorciera bajo la energía que los cuatro Vestigios estaban liberando. Fuentes de poder creadas para nutrir la Tierra... pero que, quizás, estaban destruyendo este recipiente. Las paredes de piedra, altísimas sobre nosotros como un coliseo romano, comenzaron a resquebrajarse en líneas de luz. Grietas enormes se abrieron de golpe. Era como si, al haber activado y usado las coronas, el Abismo intentara contener algo para lo que no había sido construido.

Y estaba fallando.

El suelo se hundió unos centímetros bajo nuestros pies.

Teníamos que salir de allí cagando leches.

Y, para ello, Aria debía entrar cuanto antes a la Cueva Ishtar. Solo entonces, cuando entregara los Vestigios a Charles Smith, Uriel saldría de entre las sombras para llevarnos a un lugar seguro, tal y como nos había prometido.

El problema era que el Dios del Fuego no iba a permitirlo. No mientras siguiera vivo.

—¿No llamas a tus amiguitos? —pregunté, extrañado de verlo tan solo.

Killian se pellizcó el puente de la nariz.

—Llevo años dependiendo de los demás —dijo por fin, con la voz cargada de una gravedad nueva—. Hoy voy a demostrarle a mi pueblo que soy el líder que merecen. Que puedo salvarlos. Que puedo llevarlos a la gloria.

Soltando un bramido, el Dios del Fuego alzó los brazos y un chorro de llamas ascendió hasta el techo del Abismo, partiendo el cielo en dos. La columna de fuego se dividió en seis lenguas, cada una disparada hacia nosotros con una precisión mortal. El pánico se abrió paso en mi garganta. Sabía que nos seguirían hasta robarnos nuestro último aliento. Me tapé la cara con ambas manos para protegerme del calor abrasador que desprendían. Incluso a Killian, portador del fuego, le resultó abrumador.

Mi poder rugió en mi interior. Intercambié una mirada rápida con Zoey; ambos sabíamos lo que teníamos que hacer. O, al menos, intentarlo.

—¡Poneros detrás de nosotros! —grité con urgencia.

Corrieron y se colocaron justo a nuestras espaldas. Nerviosos, Zoey y yo nos tomamos de la mano y algo cambió al instante: nuestros poderes se encontraron y, esta vez, sí se reconocieron, vibrando como un solo ser. Alzamos los brazos libres y combinamos el aire con el agua, moldeándolos en seis bestias vivas que se lanzaron hacia las lenguas de fuego. Chocaban, mordían, golpeaban. Nos costó muchísimo contenerlas; cada embestida nos debilitaba, pero no cedimos ni un solo centímetro.

El rey retrocedió ligeramente, colérico por la resistencia que habíamos mostrado. Me tensé a la espera de que contraatacara, pero algo lo distrajo. Me encogí cuando el caos a nuestro alrededor se intensificó. El Abismo se caía a pedazos y, entre la nube de polvo, emergieron las primeras figuras del ejército de Kaelis e Ignis, acercándose con paso seguro mientras se enfrentaban entre sí, chocando y derribándose en medio de un caos que crecía a nuestro alrededor.

Si hubiera dejado salir mi vena catastrofista, habría imaginado este escenario y ahora tendríamos un plan brillante con el que salvarnos el culo.

Pero ¿quién se iba a imaginar que el Abismo se vendría abajo ante la presencia de los Vestigios?

Lo bueno es que, si sobrevivía, ya tenía un ejemplo para mi psicóloga cuando me preguntara para qué podía servirme el sobrepensamiento.

El Dios del Fuego, consciente del escaso tiempo que teníamos, reunió las seis lenguas de fuego en una sola, más densa, más viva... casi consciente. Luego abrió la mano y en el centro de su palma flotó la flor tallada. Expectantes y tensos ante lo que iba a hacer, vimos cómo la dejaba caer al suelo, rompiéndola. Las chispas del poder de los Ignis más influyentes del Atharav fueron absorbidas por la corona. Sus venas se iluminaron al instante por un resplandor anaranjado que recorrió su cuerpo.

—¿Qué...? —comenzó a decir Zoey.

Pero fue silenciada de golpe.

Un estallido circular brotó de él con la fuerza de un volcán en erupción. La onda de fuego avanzó hacia nuestra dirección como una pared ardiendo y nos golpeó de lleno. No tuvimos ni un segundo para pensar en cómo esquivarla: se movía impulsada por una fuerza antigua y salvaje, imposible de detener. Un grito se escapó de mi garganta cuando salí despedido hacia atrás. Me estampé contra la roca con tal violencia que, por un instante, creí que se me habían roto todos los huesos del cuerpo. Lo cual me venía un poco mal en estos momentos. Aterrorizado por la idea, mi campo de visión explotó en destellos blanquecinos y después se fundió a negro.

Recobré la consciencia, por suerte o por desgracia, apenas unos segundos después, guiado por los gemidos de dolor que se elevaban a mi alrededor. La nariz me sangraba y los oídos me pitaban con un zumbido agudo que me atravesaba la cabeza.

Unas manos me dieron la vuelta con urgencia, tirando de mí hacia una realidad que continuaba desmoronándose. Mis sentidos seguían nublados por el impacto… y por el miedo. El Dios del Fuego nos superaba en poder y estaba menos agotado que nosotros, que ya llevábamos un buen rato luchando por sobrevivir. Y después de este duro golpe… si cerraba los ojos y simplemente esperaba, la muerte no tardaría en encontrarme.

Pero una voz conocida insistió en traerme de vuelta.

—¡Jared! —me zarandeó, con una herida sangrante en la cabeza—. ¡Despierta, joder!

Despegué los párpados y el mundo se enfocó lo justo para ver el rostro aterrorizado de Beatrice. Tenía el traje chamuscado y varias quemaduras ennegrecían su piel. Estaba tan despampanante como siempre.

—¿Qué pasa? —pregunté alarmado, incorporándome con torpeza, tan rápido como el dolor me lo permitió, dispuesto a ponerme delante de ella para protegerla.

Pero no me lo permitió.

Su expresión se rompió en un suspiro tembloroso y, antes de que pudiera procesarlo, agarró mi rostro con ambas manos y me plantó un beso.

Un. Beso. En. Los. Labios.

Apenas fue un pico, pero me dejó mareado. Más de lo que ya estaba por la explosión.

En menos de un suspiro, por desgracia, ya se había apartado, con las mejillas rojas y los ojos abiertos como platos.

—Esto no ha pasado —me soltó, jadeando.

—¡Pues claro que ha pasado! —protesté, medio conmocionado—. Pero ¿qué…?

—No hay tiempo, vamos —me cortó, tirando de mi brazo para ponerme en pie.

Al levantarme con un gemido, busqué a mis amigos entre la bruma de polvo y calor. Connor yacía en el suelo, inconsciente, con el pecho apenas moviéndose. Zoey, Aria y Killian trataban de incorporarse, con la ropa también chamuscada. Sentí un tirón en el pecho al pensar que Be había corrido hacia mí, no hacia el Guardián. Aquello... significaba mucho.

Y entonces lo vi.

El Dios del Fuego avanzó un paso. Sus ojos ardían como dos llamas vivas, calculando cómo sería su estocada final. Nos miraba con una fría calma que me puso los pelos de punta.

—*Chicos* —propuse por el canal mental—, *último intento antes de que vuelva a hacernos papilla* —No se sobresaltaron al escuchar mi voz resonando en sus cabezas. Me miraron con decisión—. *Beatrice, tú y yo lo atacaremos de frente. Yo lo distraigo, tú lo atacas. Después, lanzaré la corona usando el aire.*

—¿*Estás seguro?*

Le sostuve la mirada.

—*Solo confía en mí.*

Hubo una pausa.

—*Vale* —asintió con firmeza.

—*Killian, Aria* —continué—, *en cuanto tenga la corona, corred. Sin mirar atrás.*

Ambos asintieron con un gesto tenso. Era ahora o nunca.

De las manos de Beatrice brotaron las chispas de Éter que habían pertenecido a su padre. Giraron a su alrededor, cada vez más rápido, iluminándose con un resplandor dorado que se fusionó en una espada larga y regia. Ella apretó su empuñadura y echó a correr hacia el rey.

Yo la seguí sin pensármelo dos veces.

—¡Soltadme! —aulló alguien desde el interior de la cueva. Una voz ahogada, desesperada. Y, tras un instante, un grito desgarrado de dolor.

—¿*Cómo has hecho eso?* —preguntó Aria, boquiabierta.

—*No he sido yo* —le respondí sin dejar de correr—. *Mi técnica de distracción era esta.*

Justo frente al rey, que nos observaba con interés, frené en seco, rodeé a Beatrice por la cintura y la besé. Un beso rápido y descarado que me llenó de energía. Tan inesperado que incluso el Dios del Fuego parpadeó, desconcertado. Las brasas de sus ojos vibraron.

—*Pero ¿qué?* —balbuceó, furioso y confundido a la vez.

Ese parpadeo fue suficiente.

Beatrice se separó de mí y aprovechó aquel instante. Giró la muñeca y hundió la espada en su costado, atravesando la armadura como si fuera cera caliente. Un estallido de luz brotó de la herida.

El Dios del Fuego se quedó paralizado por la sorpresa, tambaleándose.

Perfecto. Yo, sin perder tiempo, canalicé todo el aire a mi alrededor e invoqué una ráfaga que cortó el aire, arrancando la corona de su cabeza y la elevó por encima de nosotros. Killian y Aria, que ya habían emprendido el camino hacia la cueva, la observaron atravesar el aire. Aria saltó y sus dedos rozaron el metal hasta que consiguió atraparla.

La tenían. Bien.

El corazón se me iba a salir del pecho.

El Dios del Fuego tembló de ira.

—Y aquí tenéis otra increíble técnica de distracción. —Hice una reverencia exagerada.

Beatrice, todavía con el cuerpo en tensión, puso los ojos en blanco.

Y entonces nos dimos cuenta del grave error que habíamos cometido. Durante nuestro numerito, el rey había reunido suficiente poder para una última jugada. Todo ocurrió muy rápido. El fuego se comprimió entre sus manos hasta adquirir la forma de una lanza incandescente que lanzó directa a la espalda de Killian. Si lo hería, Aria quedaría expuesta… y él podría arrebatarle los cuatro Vestigios Originales.

Aria se giró en el último instante, comprendiendo horrorizada lo que estaba a punto de suceder: la misma escena que había condenado a sus padres, justo cuando ella y Killian estaban a un paso de entrar juntos en la cueva con los Vestigios.

El Dios del Fuego estaba usando la misma táctica.

El color me abandonó el rostro.

Apenas tuve tiempo para gritar.

Zoey.

Apareció corriendo desde un lateral, moviéndose más rápido de lo que jamás la había visto. Se interpuso en la trayectoria de la lanza con una determinación que me arrancó el aire del pecho. Alcé la mano, inútilmente.

Zoey levantó un escudo de agua, pero estaba demasiado débil, el material no parecía lo suficientemente sólido; sus bordes temblaban como si estuviera a punto de deshacerse. No fui capaz de cerrar los ojos ante el impacto brutal. Tuve que haberlo hecho. El fuego chocó con el agua y el escudo se resquebrajó al instante. Y, un segundo más tarde. Se hizo añicos.

Un latido después fue mi hermana quien recibió el impacto.

Y, de algún modo, también me atravesó a mí: mi cuerpo se echó hacia atrás, como si los lazos que nos unían se hubieran roto de golpe.

Zoey cayó de rodillas, con una expresión de horror y un agujero humeante en el lugar donde la había atravesado la lanza.

Grité aterrado al verla desplomarse y corrí hacia ella.

A mis espaldas escuché el estruendo del ejército de Ignis y Kaelis irrumpiendo en la explanada. Habían llegado.

—¡No! ¡Zoey! —Me tiré a su lado, recogiéndola en mi regazo. Su piel estaba gris, cubierta de un sudor frío que le resbalaba por el cuello. Evité mirar el boquete en su piel. Simplemente... no podía—. ¡Aria, ponte la corona de la Tierra! ¡Por favor!

Aria, con lágrimas en los ojos, dio un paso adelante para obedecer, pero la advertencia de la reina del aire retumbó en nuestras mentes.

—No —susurró Zoey, a quien le costaba respirar. Su mirada estaba perdida—. Si se la pone... morirá. Y esto... —intentó tragar saliva—... esto no tiene solución.

Alzó los ojos hacia Aria y Killian, que la observaban con horror. Cuando habló de nuevo, su voz se volvió trémula. Un hilo de sangre se deslizaba por la comisura de sus labios.

—Dejadme hacerlo.

—Gracias —murmuró Killian, con la voz rota y el rostro contraído por el dolor. Antes, él y Zoey se llevaban muy bien, pero su relación se había enfriado por lo que había ocurrido en el Atharav.

Tomó a Aria del brazo y avanzaron hacia la oscuridad de la Cueva Ishtar, pero cuando estaban a punto de entrar apareció Thalor, flanqueado por un grupo de soldados. Antes de que pudieran reaccionar, dos de ellos cogieron a Killian por detrás, el filo de una daga forjada por un Ignis presionó su garganta hasta hacerla sangrar.

—No nos traicionarás dos veces —escupió Thalor entre dientes—. Rompe la maldición. Y más te vale hacerlo rápido. A este lugar le queda poco, y no querrás que tus amigos mueran en él.

—¡Vete! —rugió Killian, forcejeando, los ojos bañados en furia y miedo.

Ella dudó un segundo, con el pecho subiendo y bajando de forma frenética. Luego asintió, apenas, y comenzó a andar. Vi cómo se mordía el labio para contener un sollozo antes de perderse entre las sombras.

Una vez desapareció, lo único que sentí fue desesperación. Una angustia tan intensa que deseé que me engullera. Necesitaba dejar de sentir ese dolor afilado y profundo que jamás había experimentado. Un dolor que me estaba matando.

—¡Ayuda! —grité al ejército que se abalanzaba hacia nosotros.

Pero nadie me escuchó. ¿Por qué iban a hacerlo? Habían visto y dejado atrás cientos de cuerpos moribundos. Además, estaban demasiado ocupados matándose entre sí, luchando por convertirse en uno de los primeros diez guerreros en pisar el umbral de la cueva.

Herido y sin poderes, el Dios del Fuego no era nadie; Aerielle y Thalor llegaron hasta él y lo apresaron sin dificultad. Busqué a Lysara con la mirada. Ella podría ayudar a mi hermana. Pero… no estaba. Y eso solo podía significar que había muerto.

Otra punzada me cruzó el pecho.

Zoey intentó mover la cabeza hacia mí.

—Jared… mírame —me pidió. Un silbido salió de su pecho, y yo obedecí al instante—. Lo que te dije… no era verdad. Sí que tenemos el vínculo que deberían tener dos hermanos. Yo… fui una egoísta, pero es que… me daba vergüenza haberlos traicionado. No sabía cómo vivir con ese peso.

—No pasa nada —susurré, sintiendo que algo se rompía en mi interior. Un sollozo me dobló en dos—. Siento haberme portado como un imbécil. Yo… yo no sé vivir sin ti, Zoey. No puedes dejarme.

Una sonrisa mínima tembló en sus labios entreabiertos.

—Aprenderás.

—No —negué, desesperado—. No puedes dejarme solo, por favor, no…

—Tú ya no estás solo —balbuceó. Sus ojos, cada vez más vidriosos, se desviaron hacia Beatrice, que, tras contener al rey, se acercó por detrás y me puso una mano en el hombro.

Cuando miré de nuevo a Zoey… ya no respiraba.

—Te quiero —susurré.

Pero esta vez no hubo respuesta.

Ya nunca la habría.

CAPÍTULO 44
ARIA

El manuscrito de Lunette.

No sé cómo has llegado hasta aquí, pero si lo has hecho, espero que estas palabras te ayuden.

Es la única forma que he encontrado para salvar este mundo.

Ignis y Kaelis creen saber sus normas, cómo funciona la magia e incluso creen que conocen al creador al que muchos veneran y al que la mayoría odian en silencio. Pero la verdad que han adoptado es la información que el Gran Hacedor plantó en sus cabezas. Y, en realidad, la pregunta más importante que ninguno de ellos se atrevió a hacer es: ¿quién es realmente el Gran Hacedor?

El misterio y la veneración de llamarse Dios lo protegieron.

Pero yo soy una extensión directa de él, y, por lo tanto, del origen de este mundo.

El Gran Hacedor es el creador de mundos, obsesionado con el nacimiento de una vida perfecta, superior.

Su conciencia vive en la negrura del universo, viajando entre galaxias para nutrirse del poder de los estallidos de energía de nebulosas y otras materias. Moldea esa energía caótica a su antojo y crea mundos con distintas formas y propiedades, buscando siempre la belleza de la perfección. Alrededor de este planeta flotan cientos de sus creaciones, que terminó olvidando porque resultaron un fracaso.

Él determina unas normas para cada mundo y, en base a ellas, se crean distintos tipos de vida; moldea las condiciones atmosféricas, la presencia de los elementos químicos, y su distancia a una estrella llamada Sol... Y una vez establecidas, no puede romperlas.

Y en la Tierra... decidió cederle todo el núcleo de energía a cuatro figuras a las que nombró Dioses. Cada uno de ellos manejaría la fuerza absoluta de un elemento: fuego, aire, agua y tierra. Y, después, creó a los humanos: su proyecto más arriesgado. Confiando en sus lacayos, se marchó para seguir creando planetas, hasta que se dio cuenta de que la Tierra estaba creciendo y llenándose de vida, solo que... todo era gris. Todo iba tan bien que los humanos se movían como masas de carne sin sentimientos ni espíritu. Al entender lo que ocurría, el Gran Hacedor se arrepintió de haberles dado el control a los Dioses. Sin embargo, estaba atado de pies y manos por las reglas de una magia que terminó desarrollando sus propias leyes.

—No puedes intervenir directamente en el curso del destino.

—Cada castigo debe tener una posibilidad de redención.

—Lo que se da no puede ser robado.

—La palabra de un Dios no puede romperse.

Los dos juntos ideamos un plan para recuperar el poder de los Dioses Elementales, pero ella se negó. Y tuvimos que hacerla olvidar.

Y entonces, investigando las propiedades físicas de este mundo, aunque no de forma total ni directa, él dio con la forma de recuperar su poder.

De un modo dañino, cruel y despiadado.

Por eso necesito que la verdad no muera en este papel.

Necesito que rompas la maldición.

Desde sus raíces.

En cuanto la planta de mi bota pisó el interior de la cueva, la batalla se apagó como si alguien hubiera bajado al mínimo la ruleta del volumen hasta dejarla en un susurro lejano. El silencio me envolvió con un zumbido sordo. Nutriéndome del miedo, invoqué una pequeña llama en la palma, un destello anaranjado que parpadeó débilmente para despejar la densa oscuridad. Pero no conseguí atisbar nada a mi alrededor. La sensación era claustrofóbica. La negrura me apretaba el pecho, mis músculos estaban rígidos y doloridos, y cada respiración me raspaba por dentro. Aun así, me obligué a avanzar.

Durante ese frágil respiro, mi mente trató de procesar la sucesión de imágenes caóticas que se abrían paso en mi mente: habíamos vencido al Dios del Fuego; descubierto la verdadera identidad de Brandr; Zoey se había sacrificado para salvarnos y ahora Killian… El estómago se me contrajo con violencia al pensar en la hoja cortando la piel de su cuello. Apreté el paso, con la ansiedad oprimiéndome el pecho. Las cuatro coronas tintineaban con cada movimiento, un sonido metálico y frágil que rebotaba contra las paredes invisibles del pasillo. Sus energías se agitaban al unísono, sentía cómo su poder me llamaba. Me reclamaba.

Una parte de mí quería huir antes de que me consumieran; otra, más oscura, deseaba absorber cada fragmento de su fuerza. La sensación era insoportable.

Desde que llegué a Haven Lake, cada uno de mis pasos me había conducido hasta aquí. Y gracias al manuscrito de Lunette, por fin empezaba a atar cabos y a comprender qué había llevado a mi madre a abandonar a su gente.

El pánico me trepó por la garganta al verme en su misma situación. Porque ella también creía tener la verdad en sus manos y, aun así, terminó escondiéndose y… perdiendo a mi padre.

Yo no quería perder a Killian. Por nada del mundo. Y estaba dispuesta a cualquier cosa para salvarlo, incluso a firmar con los ojos cerrados un pacto con el mismísimo demonio.

Me recordé que mi madre no tenía las cuatro coronas en su poder.

Y tampoco sabía, en realidad, lo importantes que eran.

El pasillo terminó de repente. Una puerta de madera, antigua y agrietada se abrió por sí sola con un crujido escalofriante que me recorrió la columna vertebral.

Entré en una sala amplia, redonda, una especie de cúpula de piedra cuyo techo no alcanzaba a ver. La llama me tembló en la mano, como si reconociera la presencia de alguien que yo no terminaba de descubrir. Y entonces la vi.

No estaba sola.

La Diosa de la Tierra yacía a un lado, inerte, su cuerpo agrietado y seco como la tierra que moría poco a poco en el Helheim. El pelo oscuro estaba desparramado sobre el suelo, sus ojos marrones, congelados, mirando hacia arriba y sus pecas, ahora apagadas, se mezclaban con las salpicaduras de sangre. Alguien le había clavado un puñal en el corazón.

Con razón aquel grito me había resultado familiar. Era el suyo.

Solté una exclamación ahogada cuando, detrás de ella, emergió una figura que reconocí de inmediato. La energía que irradiaba era tan intensa que tuve que entornar los ojos para soportarla. Ni siquiera llevaba su habitual capa dorada, pero su presencia era imposible de confundir.

—Uriel —pronuncié su nombre, frunciendo el ceño al verlo allí—. ¿Qué haces aquí?

—Te estaba esperando —respondió, con una voz melódica y gélida que puso los pelos de punta.

—Me dijiste que tendríamos que devolverle las coronas al Gran Hacedor, no... —Y entonces enmudecí. Una oleada helada me recorrió las venas—. Eres tú. Siempre has sido tú.

Nunca me había fiado de él, pese a que había ocultado a mi madre en la Tierra. Pero había creído que actuaba siguiendo las órdenes del Gran Hacedor. No que *era* el mismísimo Gran Hacedor.

—¿Cómo...?

—Me he disfrazado —su voz sonó casi divertida, lo cual me perturbó aún más.

Su presencia era opresiva, casi onírica, como si la realidad se curvase a su alrededor.

Lo recorrí con la mirada. Su altura y su porte me aplastaron: cada fibra de su ser emanaba una fuerza que te debilitaba las rodillas, obligándote a inclinarte ante él.

Ahora lo entendía.

«Yo lo sé todo», me había dicho durante nuestro encuentro en la Fiesta de las Flores del Atharav.

Joder, y tanto que lo sabía. Y como simples marionetas, nos había movido con los hilos invisibles para que actuáramos según sus propios planes.

—¿Qué ha pasado con la Diosa de la Tierra? —pregunté, tragando saliva.

—Estaba muy enferma, lo mejor era poner fin a su sufrimiento.

—Mentira —escupí, enseñándole los dientes—. La mataste porque conocía tu secreto y no querías arriesgarte a que hablara. Porque, por mucho que todos la considerasen una loca... has conseguido una oportunidad de oro para salirte, por fin, con la tuya. —Mis ojos se abrieron de golpe al recordar el grito dirigido a Marlon, diciendo que se la habían llevado. Hablaban de la Diosa de la Tierra—. Tú la secuestraste.

—Lo habéis hecho muy bien, Aria —me felicitó, pasando por alto mis palabras con una frialdad que helaba. Pero vi cómo la tensión se marcaba en su mandíbula—. Solo queda una cosa para salvar la Tierra: entrégame los Vestigios Originales.

—¿Y después qué?

—Os protegeré —dijo, con esos ojos vacíos y profundos, sin un destello de emoción—. Igual que hice con tu madre.

Su mirada tenía algo que te hacía querer dar un paso atrás... pero me obligué a mantenerme firme.

—Quiero que me cuentes la verdad —le exigí.

Uriel suspiró con una nota de fastidio.

—Eres igualita que tu madre.

—Sí —repliqué—, aquella que abandonó a su pueblo para protegerlos de tu sucio secretito.

—Si volvía con la llave de la maldición dentro de ella, te utilizarían. Solo quería proteger a su hija.

—Esa no fue la única razón por la que se escondió en la Tierra —dije, disfrutando del leve temblor que cruzó su expresión—. Ella descubrió que tú manipulaste al Dios del Fuego para que se aliara contra los Dioses del Helheim. Así tenías una excusa para alzar una maldición y forzarles a descargar su poder una vez al año... poder que luego absorberías para manejar la Tierra. Porque, como dijeron Lunette y la Diosa de la Tierra: lo que se da no puede ser robado.

Sus ojos brillaron, fríos.

—Tú creaste la Tierra —continué—. Les cediste el poder para que lo gobernaran mientras tú seguías a lo tuyo. Y cuando quisiste regresar... ya no podías.

Su voz retumbó en mis huesos.

—Todo estaba tan en calma, tan en paz... que los humanos no evolucionaban. Eran como máquinas sin alma. Así que decidí recuperar mis poderes. Lunette y yo acudimos a Thalira, la Diosa con la que ambos teníamos mejor relación. Ella se negó y me amenazó con alertar a los demás, así que mi Dorada tuvo que borrarle los recuerdos —lo escuché, conteniendo el aliento, cada entrada del diario de Lunette cobraba sentido—. Pero cuando descubrió mis planes para sembrar discordia entre los

Dioses y justificar la maldición… me traicionó. Trató de devolverle los recuerdos a Thalira y su mente se fracturó. La perdimos para siempre. Y a Lunette también, por supuesto, la maté y ordené al resto de Dorados que prohibieran la presencia de mujeres en aquel rango tan alto.

Tuve que contener un estremecimiento.

—Por eso los Ignis que aún sobrevivían desde antes de la maldición hablaban tan bien de los Dioses antes de la traición —musité—. Decían que gobernaban con amabilidad y honradez.

Recordé a Sharon, la anciana Ignis del Atharav: «Una paz absoluta que volvía largos los días…».

¿Se refería a ese estado apático que no hacía avanzar la especie humana?

—Mis Dorados de confianza borraron todo rastro de historia —añadió él, con indiferencia—. Pero siempre queda alguien que recuerda. No importa.

—¿Y cómo absorbes su energía?

Y entonces comprendí por qué me había llamado tanto la atención. La piedra que rodeaba el Abismo era la misma que la de los anillos de los Ignis, los que usaban para contener el Éter que ganaban Anual tras Anual y que habían empleado para secuestrar a Inciertos en la Tierra. Por eso aquel lugar nos drenaba. Todo encajaba.

—Dame las coronas —ordenó.

—¡No! —estallé.

Estaba harta de que me mintieran. De que jugaran conmigo como si fuera estúpida. Sin saberlo, habíamos estado luchando contra el Gran Hacedor desde el primer día. Cada pista, cada pequeña verdad que desenterrábamos… lo había estado debilitando. Por mucho que él creyera que nos manejaba a su antojo. Con lo que no contaba era con el diario de Lunette y con lo decidida que siempre había estado a llegar hasta el final.

—¿Y para qué utilizas toda la energía de la Anual?

—Para provocar caos en la Tierra —respondió sin pestañear—. Allí encontré el equilibrio.

517

Me quedé sin palabras.

—He traído aquí a mi querida Thalira —añadió, casi con ternura—, para que recuerdes lo frágil que es tu vida.

—Sin mí, no recuperarás los poderes que cediste a los cuatro Dioses —alcé la barbilla, endureciendo la voz—. No podrás volver a gobernar tu mundo favorito. ¿Qué harás entonces?

Rugió, y una onda brutal me lanzó contra la pared.

Me incorporé temblando. Estaba cerca. Muy cerca.

—Lo que se da no puede ser robado.

—Si no me las das, la Tierra se pudrirá.

—¿Por qué no obligaste a mi madre a devolverte los Vestigios?

—Porque no había llegado tan lejos. Solo sabía que la maldición era una forma de controlar sus poderes, y que jamás permitiría que nadie la rompiera. Utilizo el despliegue de poder de Ignis y Kaelis para que la Tierra funcione. Sin poder controlar las fuentes elementales, la Tierra moriría. Necesito sus emociones: miedo, ira, dolor... Con ellas doy forma a la magia que absorbo y la uso para sembrar el caos.

De igual forma funcionaba nuestra magia, solo que a una escala muchísimo menor.

—Tampoco podías intervenir de forma directa —mencioné otra de las reglas escritas en el manuscrito de Lunette.

—Eso es —asintió, casi complacido de que uniera las piezas—. Me vino muy bien que el Dios del Fuego descubriera que escondí sus poderes en las coronas. Su plan desencadenó las circunstancias ideales para que recuperara mis poderes sin intervenir directamente. De esa forma, podía utilizaros para que me devolvierais los Vestigios Originales, al mismo tiempo que cumplíais vuestro propósito de salvar la Tierra. Como ves, todos ganamos.

—¿Y qué harás si te devuelvo tus poderes?

Su silencio fue absoluto. Y devastador.

Mis peores sospechas se hicieron realidad.

—Los matarás a todos —concluí.

—Ya no voy a necesitarlos, así que destruiré tanto el Abismo como Helheim y el Atharav. Ese fue mi plan desde el principio.

—No puedes hacer eso... —lo miré horrorizada.

Él no respondió con palabras. Respondió con poder.

Un nuevo temblor recorrió el Abismo, esta vez mucho más profundo. El suelo bajo mis pies vibró con una intensidad creciente. De las paredes surgieron grietas que ascendían como venas negras, como si nos encontráramos en el corazón del Abismo. El corazón de la maldición. Uno que estaba dejando de latir, expectante. Algunos fragmentos de roca flotaron a nuestro alrededor y la nariz comenzó a picarme por el fuerte olor a polvo.

—No cometas el error de buscar mi compasión.

—No lo haré. Quiero hacer un trato.

Me miró alzando una ceja, irritado e impresionado por mi atrevimiento. Aquella irritación liberó otra onda de poder que me golpeó en el pecho. Sentí cómo algo se me desgarraba por dentro, como si mi propia alma si tentara escapar de mi cuerpo. Me arrodillé, jadeando. Él me observó sin inmutarse.

—Te daré los Vestigios Originales si permites que los Guardianes, Ignis y Kaelis vivan juntos en el mismo destierro. Sabes que, con todos los elementos juntos, ese lugar prosperará.

—¿Y por qué cedería ante la amenaza de una niña?

Otra onda expansiva sacudió la plataforma, haciendo rodar el cuerpo inerte de la Diosa de la Tierra. Una de las columnas se partió por la mitad y cayó con un rugido ensordecedor. El aire se volvió más denso, como si su naturaleza, al haber sido revelada, ocupara el lugar que siempre había sido suyo.

Me ardieron los pulmones.

—Porque no tienes otra opción —logré decir entre dientes.

—No dejarías que la Tierra muriera.

—No pienso sacrificar a la gente a la que quiero.

Me puse en pie. Temblaba, pero no cedí. No podía. El poder del Gran Hacedor seguía creciendo, devorando cada centímetro de la sala, y cada vez que su furia aumentaba, sentía como si mis huesos fueran a fracturarse desde dentro. Una grieta se abrió bajo mis talones y tuve que retroceder para no caer. No dejé que su poder me hiciera más pequeña. Confié en el mío. En todo lo que había conseguido a pesar de las dudas, de las inseguridades y de aquel pensamiento que tantas veces me había perseguido: ¿para qué?

No podía ceder. Tenía que confiar en mis cartas. Porque si no ayudaba a los Kaelis... matarían a Killian. Los matarían a todos.

Apreté los puños y lo encaré.

—¡¿Quieres las coronas o no?! —grité, y las extraje de los bolsillos del traje.

La luz de los Vestigios explotó en mis manos.

Él las miró completamente obnubilado. Todo su poder osciló, turbulento, abriéndose para recibir el poder elemental que lo completaría y con el que podría gobernar la naturaleza de la Tierra.

El choque de las fuerzas de las coronas era abrumador. La presión me atravesaba las sienes, como si algo me estuviera aplastando el cráneo desde dentro. Y la sensación de ardor no hizo sino empeorar.

Apreté los dientes, probando el sabor metálico de la sangre.

—El poder que contienen los Vestigios Originales no está hecho para contenerse en recipientes tan frágiles —dijo con voz ronca, clavando la mirada en las coronas—. Y todos juntos... ni siquiera un mundo como el Abismo puede soportarlo. Por eso en la Tierra se encontraban separados. Si sigues reteniéndolos, morirás antes de tomar una decisión.

Sentí cómo se me levantaba la piel de los brazos. Gritos distantes resonaban en las fisuras del Abismo: la piedra rompiéndose, las montañas cayendo... un mundo entero cediendo.

—No. Mi decisión ya está tomada —me mantuve firme, aunque sentí cómo la vista se me nublaba. Levanté las coronas, temblando—. Ahora te toca a ti.

Al verlas tan cerca, la falsa calma con la que se había recubierto se resquebrajó. Su poder, hasta entonces contenido, estalló sin control.

Un huracán dorado se formó a su alrededor con un estruendo que me sacudió el pecho. La ráfaga me sacó del suelo y me arrojó hacia atrás; un dolor seco me atravesó el hombro, como si algo se desgarrara por dentro. Los fragmentos del Abismo comenzaron a desprenderse por las paredes y a flotar, atraídos por su energía. Todo vibraba. Todo crujía. Incluso mis huesos.

Un segundo después, el huracán se replegó y... me estampó contra el suelo con una fuerza brutal. Sentí cómo algunos de mis huesos se rompían, el dolor atravesándome de forma salvaje.

El Gran Hacedor apareció delante de mí.

—Dámelas —rugió—. ¡Ya!

Apreté las coronas con manos temblorosas. Sentía mi pulso desbocado latiendo contra el metal. Cerré los ojos y cogí aire de forma profunda. Las lágrimas me recorrían las mejillas sin que pudiera detenerlas. Pensé en mi madre. En lo sola que debió de sentirse cargando con la verdad. Por fin la entendía. Por fin comprendía por qué se había escondido: para protegerme del dolor crudo que ahora estaba matándome.

«Siento no haberlo entendido antes. Ahora lo hago», le dije en un susurro.

Abrí los ojos y levanté la barbilla.

—No.

El grito del Gran Hacedor retumbó por todo el Abismo como un grito divino. Me puse las manos en la cabeza cuando un trozo de piedra cayó peligrosamente cerca de mí. Pero me mantuve firme. Por mucho que me asustara y me torturara... no podía quitarme las coronas; las necesitaba. Además, la Tierra se había convertido en su proyecto más exitoso. ¿De verdad iba a perderla?

Se quedó muy quieto, dándole vueltas a esa misma idea, hasta que al final...

—Está bien —dijo con la voz rota por la furia contenida—. Te escucho.

—Abrirás un nuevo destierro para todos ellos donde, además, romperás el hechizo que ata a las Damas Sombrías y a los Solitarios. Y nos dejarás a mí, a Killian, a Jared, a Beatrice y a mi amigo Álex vivir en la Tierra —añadí, consciente de que estaba tensando la cuerda hasta el límite. Me dolió no incluir a Zoey, pero... era imposible que estuviera viva—. Sellarás el trato bajo la norma: «La palabra de un Dios no puede romperse».

Me miró con respeto.

—Vaya con Lunette... —murmuró, casi con admiración.

Pero no había sido solo Lunette.

Habíamos luchado como guerreras, nos habíamos equivocado como humanas y, sabiendo que éramos poca cosa en comparación a la grandeza del Gran Hacedor, habíamos actuado creyéndonos tan poderosas como un Dios y, al final, habíamos terminado convirtiéndonos en ello.

Ahora entendía que no todos los héroes ganaban las batallas.

Zoey, Lunette, la Diosa de la Tierra y mi madre habían perdido para que el resto tuviéramos la oportunidad de luchar.

Y eso era lo que las convertía en verdaderas heroínas.

EPÍLOGO
KILLIAN

Sentía el cuerpo entumecido mientras avanzaba por la acera empedrada de Maine; mi hogar hasta que los Guardianes borraron mi nombre de los recuerdos de todos los que alguna vez me quisieron. Todos excepto los de mi hermano pequeño. Ahora ya sabía por qué. Nora le había pedido al Gran Hacedor que protegiera su mente. Ojalá pudiera darle las gracias. Porque cuando murió mi madre y descubrí el futuro oscuro que me esperaba, cuidar de él se convirtió en mi única ancla. Mi hermano me había salvado la vida. Y después, Aria, convirtiéndose en la primera razón que aparecía en mi cabeza cada vez que me preguntaba por qué seguir luchando.

Había faltado muy poco para que no lo lográramos.

De hecho, ninguno de nosotros celebró el final como una victoria. Habíamos perdido demasiado y, aunque habíamos descubierto cosas por el camino… a veces no era sencillo quedarse con lo bueno. Miré a mi lado. Aria caminaba junto a mí con el rostro descompuesto por el peso de la incertidumbre, por la forma en que nuestras vidas estaban a punto de volver a cambiar. Su mano entrelazada con la mía, sujetándome con fuerza, era lo único que mantenía mi miedo a raya.

El orgullo se abrió paso en mi pecho. Ella había descubierto la verdad de la maldición y, sobre todo, no se había dejado amedrentar por el

Gran Hacedor. Había peleado confiando en sí misma. Los Kaelis casi nos aplastaron cuando vieron que el Abismo se derrumbaba y Aria no salía aún de la Cueva Ishtar. Y justo cuando estaban a punto de descargar su furia sobre nosotros, el Abismo fue tragado por un agujero negro que nos absorbió a todos. Lo siguiente que recuerdo fue despertar junto a Aria, Jared y Beatrice en el bosque de Haven Lake.

Aria tuvo que darnos muchas explicaciones después de eso.

Nos refugiamos en un motel a las afueras del pueblo, donde pasamos días recuperándonos. Aria tenía algunos huesos rotos y el hombro dislocado; el resto, quemaduras y cortes menores que se regeneraron rápido gracias a nuestra capacidad curativa. También acompañamos a Jared en su duelo por la muerte de Zoey. Estaba destrozado. No parecía el de siempre y dudaba mucho que volviera a serlo.

Beatrice se quedó con él mientras nosotros viajamos a Maine para buscar a Eric.

Y Connor… estaría mucho mejor ayudando a poner orden en el destierro en el que habían terminado todos los Kaelis, Ignis y Guardianes. Era lo que siempre había querido, volver a ganarse un hueco entre los suyos. Y ayudando tan de cerca a romper la maldición… Estaba seguro de que lo aceptarían, e incluso acabaría trabajando en puestos altos.

La brisa helada me golpeaba el rostro sin piedad, pero no me cubrí con la bufanda. El frío no lograba colarse en mis huesos porque lo único que me envolvía la piel era el terror. El mismo que había convivido conmigo desde que Marlon me aseguró que había matado a Eric.

«No podía marcharme sin decirle adiós a tu hermanito».

«Qué pequeñito y mono era… y cómo te llamaba para que fueras a salvarlo…».

Sus palabras aún me hacían temblar por dentro; se me clavaban como cuchillas afiladas. Las ganas de vomitar regresaron con violencia. Respiré hondo, tratando de mantenerme en pie.

Nos internamos en las callejuelas del que había sido mi barrio, cubiertas por un manto blanco. Atravesamos, en un tenso silencio, una plaza abarrotada de gente celebrando que aquella ola de catástrofes que había puesto en alerta a los gobiernos de todo el mundo durante semanas... había llegado a su fin. Nadie entendía qué había pasado. Y sabíamos que los siguientes años estarían llenos de investigaciones, teorías absurdas, conspiraciones y libros de expertos que creían saber la verdad.

Pero nunca la descubrirían.

Porque en la Tierra éramos los únicos que la conocían.

Y Aria había jurado que la verdad moriría con nosotros.

Seguimos caminando por la calle principal, nuestros pasos amortiguados por la nieve reciente, hasta que llegamos al bosque frente a mi casa. Los árboles estaban desnudos por la llegada del invierno y las farolas sostenían pequeños montículos de nieve. Con un nudo de pánico en la garganta, levanté la mirada hacia la fachada blanca de mi casa adosada, con su pequeño jardín de flores secas. El cielo estaba encapotado y pensé que, si no estuviera a punto de descubrir si mi hermano pequeño había sido brutalmente asesinado, me parecería un día perfecto para ver una película de Marvel tapado hasta el cuello, con el fuego crepitando y olor a galletas de Navidad. Estaba seguro de que a Aria le encantaría ese plan. Y a Eric desde luego que también.

—¿Qué vamos a hacer? —me preguntó Aria, con la voz hecha un susurro tembloroso. El frío transformaba su aliento en una nube de vaho que flotaba alrededor de su boca—. ¿Quieres que toque el timbre yo y me invente algo?

—No, creo que...

La frase murió en mi garganta. Una figura diminuta dobló la esquina con paso risueño. Reconocí al instante la mochila que sujetaba con sus dos bracitos. Casi más grande que él, era la mochila de superhéroes que le había regalado las Navidades pasadas, pagada con las chapuzas que conseguía aquí y allá mientras vivíamos con Nora.

Mi corazón se detuvo.

—Killian... —Aria se llevó las manos a la boca, desbordada por la emoción. Las lágrimas ya le empañaban los ojos.

Yo me desplomé de rodillas.

Mi hermano avanzaba por la acera con esa sonrisa amplia que pensé que jamás volvería a ver. Estaba a punto de entrar a casa, ajeno a que el mundo donde vivía había estado a punto de marchitarse por la codicia de un monstruo que jugó a ser un dios.

—¿No vas a decirle nada? —me animó ella, con la voz rota por la emoción.

Negué despacio, sintiendo mi pecho romperse por una razón muy distinta.

—Míralo —logré decir, con la voz hecha trizas por haber tomado una decisión—. Está feliz. A salvo. No quiero quitarle eso también.

—No creo que vaya a estar más feliz sin su hermano mayor —insistió Aria, con el ceño fruncido.

—Tengo que hacer esto por él —musité, cuando mi hermano tocó el timbre.

La puerta se abrió y Margaret apareció, la misma silueta encogida a la que tantísimo quería. Trece, enredado en sus pies, también salió a saludar. El corazón se me retorció aún más al ver a mi abuela. Eric corrió hacia ella para abrazarla. Entró, pero algo lo frenó. Se dio la vuelta lentamente.

Frunció el ceño.

Y sus ojos, enormes e inocentes, se abrieron de par en par.

Nos había visto.

—¡Killian! —gritó, soltando la mochila.

La voz de mi abuela lo llamó desde la puerta, pero él ya había salido disparado hacia mí. Yo me puse en pie como pude y abrí los brazos, justo un segundo antes de que se lanzara contra mi pecho.

Lo abracé con fuerza y su cuerpecito tembló de emoción contra el mío.

—Hola, pequeño. —Le revolví el pelo. Él me sonrió, mostrándome un hueco donde antes había un diente. Saber que me había perdido eso fue una punzada directa al pecho.

—¡Sabía que cumplirías tu promesa! —me dijo con absoluta certeza.

—¿Sí? ¿Y cómo estabas tan seguro?

—Porque sabía que mami cuidaría de ti —respondió sin titubear.

Tuve que cerrar los ojos para no romperme del todo.

—Te he echado de menos —murmuré, con la voz rota—. Muchísimo.

—Y yo a ti... ¡He hecho un montón de amigos nuevos en el cole! Y me he portado superbién —añadió entre serio y emocionado, antes de volver a abrazarme como si temiera que fuera a desaparecer en cualquier momento.

La culpa me engulló al saber que había estado a punto de abandonarlo otra vez.

—Estoy muy orgulloso de ti —logré decir—. Has sido muy valiente. Mucho más que todos tus héroes favoritos.

—¡Ala! ¡Eso es un montonazo! ¿Y qué tal te lo has pasado en esa estrella? —preguntó, con un brillo de ilusión en sus ojos castaños— ¿Me has visto saludarte desde aquí?

Una risa se escapó de mi garganta.

—Solo una vez. Pero fue una pasada.

Su mirada se desplazó hacia Aria, que observaba el encuentro con las mejillas cubiertas de lágrimas.

—¡Hola, Aria! —saludó él con entusiasmo—. A ti también me alegro mucho de verte.

Ella se arrodilló para abrazarlo, cerrando los ojos cuando mi hermano la rodeó con los brazos. Ella lo estrujó con cariño y le susurró que se había acordado muchísimo de él.

Al cabo de un momento, volvió a abrirlos para conectar nuestras miradas. Una sonrisa temblorosa, llena de felicidad y alivio se dibujó en sus labios.

—Te quiero —articuló en silencio.

—Te quiero —le respondí de igual forma.

Y ver ahí, fundidos en un abrazo tan íntimo y sentido, a las dos personas que más quería me hizo sentir el hombre más afortunado de este mundo. Porque, aunque había perdido muchas cosas, había ganado una oportunidad con ellos.

Y no podía imaginarme un final mejor.

EPÍLOGO
ARIA

Los meses posteriores a la Anual fueron más difíciles de lc que habíamos imaginado. Como en cualquier final de historia, una parte ingenua de mí esperaba vivir el «comieron perdices y vivieron felices para siempre». Después de todo lo que habíamos sacrificado, luchado y perdido, pensaba que nos lo merecíamos. Pero eso no fue lo que ocurrió.

Regresar a Haven Lake fue tan emocionante como devastador. Cuando fui a reencontrarme con mis amigas de siempre, Lila y Karina, descubrí que no solo habían olvidado a Álex… también me habían olvidado a mí. Ante mi desaparición y las preguntas que levantaría, los Guardianes que se habían aliado con el Dios del Fuego debieron borrar sus recuerdos. Para ellas, era una desconocida. Igual que para mi padre. Lo llamé y, al responderle que era yo, me contestó que me había equivocado. Tras insistir, me colgó. Para mi padre, yo no era más que una loca acosadora que afirmaba ser su hija.

Álex tampoco regresó con vida a la Tierra. Por mucho que el Gran Hacedor hubiera revertido aquel hechizo… transformarse en un Solitario había sido demasiado para él. Lo había destruido por dentro. Tuve que aceptar que también lo había perdido para siempre.

Me quedé devastada.

De alguna forma, habíamos roto la maldición; al descubrir la verdad, había podido perdonar a mi madre por sus mentiras y, joder, estaba construyendo una maravillosa relación con el chico del que estaba profundamente enamorada, pero aun así, no lograba sentir paz.

Ni siquiera ilusión por los sueños que un día pensé que no podría cumplir.

Intenté reconstruir mi vida. Me apunté a la universidad y compaginaba mis estudios de periodismo con un trabajo a medio tiempo en una cafetería del pueblo. Ahorraba lo que podía para pagarme la matrícula. Killian había encontrado trabajo en un taller de forja. Sus jefes estaban impresionados porque, por alguna razón, tenía una habilidad innata para manejar el fuego. Por las noches dormía rodeada por su calor. Pero seguía teniendo frío, una clase de frío que, por más mantas que te eches por encima, no consigues ahuyentar.

Mis compañeras de clase me animaban a ir a los bares universitarios que estaban de moda para conocer gente nueva. Pero, a excepción de mi novio, no sentía que nadie en el mundo me conociera de verdad. Ninguno de ellos podía conocer el infierno que ardía en mi interior. El que me estaba consumiendo.

Los recuerdos me asaltaban sin avisar. *Flashes* de Marlon encima de mí, su voz, su peso, su aliento… Invadían mi mente cuando menos lo esperaba, arruinando lo que estuviera haciendo o sintiendo. Las pesadillas continuaban amargándome muchas noches. Me despertaba entre gritos y sollozos, recordando la sangre de mi madre empapando mis manos, el rostro deformado de Álex o el agujero que tenía Zoey en el cuerpo por culpa de haber recibido un impacto que iba para nosotros. A veces pensaba que este era el castigo por haber sobrevivido cuando otros, igual de valiosos, no lo habían hecho.

Las semanas seguían pasando y cosas tan simples como hacer la cama o lavarme los dientes me resultaban tan difíciles como escalar una montaña. Me costaba levantar una nueva casa y decorarla con flores y colores cálidos cuando sabía que, debajo, solo había escombros. Que podía venirse abajo en cualquier momento.

Tuvimos que limpiar y reordenar la casa de mi madre desde cero, puesto que la última vez que pisé este lugar, los Ignis habían arrasado todo buscando a mi madre. A veces, cuando me perdía en mis pensamientos más sombríos, veía los muebles tirados y destrozados. Después, parpadeaba con el corazón desbocado, y todo volvía a su sitio como por arte de magia. Pero yo seguía sin encontrar el mío.

Y eso, terminó afectando a mi relación con Killian.

Le frustraba no saber cómo hacerme feliz. Y no era su culpa, es que… había convivido tanto tiempo con la idea de morir que se me había olvidado cómo volver a vivir. Cómo disfrutar de las pequeñas cosas sin que el miedo me sacudiera al sentir que, en cualquier instante, un monstruo saldría de la oscuridad para acabar con lo poco que me quedaba.

Finalmente, decidimos mudarnos a Maine, donde podríamos estar mucho más cerca de Eric. Seguía viviendo con su abuela porque, a ojos de la sociedad, no tenía hermano. A Killian le costó mucho gestionar no poder verlo tanto como le gustaría. Y, aunque no solía hablar de ello, también le resultó difícil aceptar la idea de que su padre no era el ser despreciable al que siempre había odiado. Era otra víctima del Dios del Fuego, una que no podría volver a ver jamás.

Haven Lake siempre sería mi hogar, pero necesitaba encontrar otro. Uno nuevo en el que pudiera respirar sin miedo; lejos de los recuerdos. Al menos hasta estar preparada para convivir con ellos.

«Toma. Es el número de mi psicóloga. Llámala», me había dicho Jared en una de las muchísimas llamadas que hacíamos.

Así que lo hice. Empecé terapia. No podía contarle la verdad completa, pero aun así… semana a semana, comencé a sentirme un poco mejor. Como si, por primera vez en mucho tiempo, el suelo bajo mis pies no estuviera a punto de resquebrajarse.

—Hoy Steve me ha dicho que me va a subir el sueldo —comentó Killian mientras cenábamos en el salón.

Era una noche cualquiera de verano. Las ventanas estaban abiertas y la brisa cálida entraba a ratos. En nuestra tele se desarrollaba el primer capítulo de la tercera temporada de nuestra nueva serie favorita: *Stranger Things*. Cogí el mando y pulsé el botón de pausa.

—No hace falta que lo pares —protestó él.

—Claro que hace falta, no pienso perderme ni un minuto —respondí, todavía masticando la pizza casera que nos habíamos ganado después de una semana hasta arriba de trabajo—. ¿Y eso que te ha subido el sueldo tan pronto? Qué bien, ¿no?

Killian me miró con socarronería.

—¿Qué puedo decir? Ser el mejor tiene sus recompensas —bromeó, inclinándose para darme un beso rápido en la mejilla—. Por eso tengo a mi lado a la mejor chica del mundo.

Puse los ojos en blanco y, aun así, no pude contener la sonrisa que me curvó los labios.

Estar tan cerca de él seguía poniéndome nerviosa.

—Yo creo que, si fueras tan bueno como dices, ya habrías aprendido a recoger tus calzoncillos del baño —lo piqué, dándole un codazo.

Él resopló, divertido.

—La perfección es aburridísima.

—Yo creo que no.

—Pues te equivocas.

—Yo nunca me equivoco.

—Sí, te equivocaste al pensar que me estaba liando con tu madre —me recordó, intentando contener la risa.

—¡¿Qué querías que pensara al verte entrar en mi casa a las tres de la mañana?! —protesté, muerta de vergüenza.

—Que el chico de tus sueños había llegado para quedarse —me guiñó un ojo.

Solté una carcajada que me sacudió el pecho.

—Me encanta volver a verte así —dijo de pronto, con una seriedad suave. Me miraba con una adoración que me encogió el corazón.

—¿Así como?

—Más feliz —respondió sin apartar los ojos de los míos.

Una punzada cálida se abrió paso dentro de mí, calentándome el pecho.

—Es porque lo estoy —confesé con un nudo en la garganta.

Él entrelazó nuestros dedos bajo la mesa y sus ojos grises se iluminaron al mirarme.

—Eres la persona más valiente que he conocido nunca, Aria. Sabía que tarde o temprano también vencerías a tus propios monstruos.

—Gracias por haberme dejado hacerlo sola. Y también por haberme ayudado cuando no tenía fuerzas suficientes —musité, emocionada al pensar en lo mucho que lo quería. En lo mucho que nos queríamos.

—Siempre lo haré —me dijo, y selló su promesa con un dulce beso en los labios.

EPÍLOGO
JARED

Hoy se cumplía un año desde la muerte de mi hermana.

Y, para honrarla, había decidido visitar el Orfanato Lighthouse. El único sitio donde habíamos estado más de un año seguido, aquel en el que elegimos una y otra vez que seríamos nuestra propia familia, donde crecimos convirtiéndonos en el hogar del otro.

En realidad, también era un reto personal.

Como si visitar a los fantasmas de mi pasado me ayudara a dejar de tenerles miedo.

Al despertarme, la fecha de aquel día se había hundido en mi pecho con una fuerza que me había dejado fuera de combate durante más de una hora; el dolor brutal en el que había estado inmerso las primeras semanas regresó como si acabaran de matar a mi hermana, por segunda vez, delante de mis ojos. Una vez recuperé el control, conseguí darme una ducha. Al salir, desbloqueé la pantalla para leer los mensajes de Killian, Aria y Beatrice. Todos me apoyaban en este día tan complicado.

Normalmente, pensar en la Guardiana usando un móvil me ponía de buen humor, pero esta vez no fue así. Una oleada de culpa me sobrevino al pensar que los había dejado de lado en los últimos meses, pero es que... Necesitaba estar solo. Nunca lo había estado realmente, por mucho que el sentimiento de soledad me acompañara la mayoría del tiempo. Había descubierto que ser una persona anónima me gustaba. Aunque tener que pagar por la ropa y los productos de *skincare*, no tanto. Era una mierda. Volvería a subir vídeos a redes haciendo el payaso solo para poder conseguirlo.

Aunque dudaba que esta vez me funcionara.

Ya no era una persona graciosa.

Este año me había dado cuenta de que era muchísimo más que eso.

Beatrice había estado a mi lado durante los primeros meses. Yo la ayudaba a conocer cómo era la vida en la Tierra; poner en la tele la aplicación de Netflix —podía pasarse horas sumergida en una serie y luego sentirse fatal porque no había sido productiva, pero claro, ahora ya no tenía la obligación de servir a los Guardianes—, la lavadora, aprender a conducir, y ella me acompañaba en el duelo. No volvimos a besarnos. Pero sí volvimos a tener ganas. Muchas. Hasta que se volvió insoportable. Y entonces la animé, educadamente, a que se marchara. Como no podía ser de otra manera, me mandó a la mierda y amenazó con matarme de formas muy originales antes de poder explicarle que quería que cumpliera su sueño de viajar y conocer mundo. Y si se quedaba a mi lado… desarrollaría una obligación de cuidarme que no le correspondía. No quería eso para ella.

Pero, aunque se lo expliqué, siguió de morros y la tía se largó sin despedirse.

La primera vez que Beatrice se atrevió a usar el móvil fue días después. De repente me llegó un mensaje de «Be, mi Guardiana favorita» que decía: «Perdón. Volveré». Y después había enviado, seguramente por equivocación, pero prefería pensar que había sido adrede, el *sticker* de un niño pequeño moviendo el culo.

Podía imaginarme perfectamente su reacción horrorizada al darse cuenta de lo que había mandado, y después su rabia al no saber cómo borrarlo. Seguramente habría terminado estampando el aparato contra la pared y luego habría robado otro de la primera tienda que encontrara. La muy lista seguía sin acostumbrarse a eso de *pagar* las cosas. Más le valía que ningún policía la pillara o probablemente acabaría dejándolos a todos retorcidos bajo alguna llave de combate ancestral.

Me interné en el camino de tierra bordeado de árboles altísimos que conducía al orfanato. Esta vez no crucé la verja oxidada. Me quedé fuera, apoyado en los barrotes fríos, contemplando la casa enorme y vieja. Los columpios viejos, donde Zoey adoraba jugar, colgaban quietos, moviéndose apenas con la brisa helada de diciembre.

Sostuve el ramo de flores un momento más y luego lo dejé apoyado sobre uno de los árboles. Zoey siempre había visto este lugar como un sitio bonito al que regresar. Por eso la había traído aquí hoy aquí conmigo. Porque mi hermana seguía dentro de mí y sabía, de alguna forma que no podía explicar, que desde donde estuviera podía verlo.

Me quedé paralizado cuando llegó un coche y de él bajaron Beatrice, Killian y Aria. Cada uno con un ramo de flores, que depositaron junto al mío.

—¿Qué hacéis aquí? —les pregunté.

—No queríamos dejarte solo —me dijo Aria, que abrió sus brazos para abrazarme.

Killian también me abrazó.

Y Beatrice... No la había visto desde nuestra última discusión.

—¿Por qué la galería de mi móvil está llena de fotos tuyas sin camiseta? —me dijo, sonriendo.

Ah, pues al final no lo había estampado.

—Para que te des cuenta de lo que te estás perdiendo —respondí, con una sonrisa ladeada.

—¿Y mis fotos improvisadas?

—Para que te des cuenta de lo guapa que eres —le guiñé un ojo.

Ella soltó un suspiro de exasperación, pero yo sabía que, en realidad, se alegraba de verme.

—Si ahora mismo tuviera un puñal, te lo tiraría a la cabeza.

—Lo peor es que no lo dudo —le respondí.

—Yo tampoco —añadió Killian entre risas

Charlamos un rato más mientras nos poníamos al día. Beatrice nos contó que había estado viajando en autobús por todo Vermont, pasando de pueblo en pueblo casi sin plan, dejándose llevar por la libertad de hacer, por fin, lo que quisiera en cada momento. Como mis cuentas habían seguido intactas, le había mandado dinero para evitar que acabara en la cárcel. Su piel suave estaba iluminada por la ilusión, y mi corazón se calentó al verla, por fin, cumplir con el sueño al que se había aferrado para sobrevivir en el Abismo.

Killian y Aria seguían viviendo en Maine, ella estudiando periodismo y él formándose como forjador, aunque planteándose si ese era el camino que de verdad quería seguir. Pillé a Be mirándome más de una vez.

—Al final la profecía de los mellizos era real —comentó Beatrice después de quedarnos callados, recordando a Zoey, observando las flores como si esos fueran sus restos.

—Gracias a ella el mundo tuvo su final feliz —susurró Aria, con los ojos humedecidos.

—Si —asintió Beatrice.

Y justo cuando nos marchábamos, me di cuenta de que no quería separarme de ellos.

Entonces comprendí que las despedidas habían dejado de gustarme porque, por fin, había construido algo a lo que temía decir adiós.

Agradecimientos

Durante los cinco años que ha durado el proceso creativo de esta trilogía me he preguntado muchas veces cómo me sentiría al ponerle fin. ¿Emocionada por los nuevos comienzos? ¿Triste por dejar atrás una historia que se ha convertido en parte de lo que soy? Lo que no sabía es que tendría demasiadas respuestas y, al mismo tiempo, no encontraría ninguna. Todos queremos cumplir nuestros sueños, pero nadie nos enseña que, una vez lo conseguimos, es importante que los cuidemos para que no pierdan su brillo. El mío se apagó por completo. Yo me encargué de hacerlo, por miedo a que... ¿no fuera lo suficientemente brillante para los demás? ¿Para mí misma? Sigue habiendo preguntas con demasiadas respuestas y, de nuevo, ninguna. Y está bien así. A veces, simplemente, hay que seguir.

¿Sabéis lo que sí tengo claro? Que no quiero que este final se empañe por los tonos grises bajo los que tanto tiempo lo miré. Quiero darle una despedida llena de colores que me ayuden a mirar hacia delante con ilusión y agradecimiento. Porque, aunque haya sido difícil, solo por haber tenido la oportunidad de llegar hasta aquí, ya me siento profundamente agradecida.

Con esto he aprendido que hay monstruos que, por más que los vencamos, nunca se marcharán de nuestro lado. Confío en que cada vez sea más fácil ahuyentarlos. Confío en seguir dándole voz al amor, a aquellos miedos que nos hacen olvidarnos de lo que somos capaces de conseguir y, sobre todo, de disfrutar. A las inseguridades. A las historias que recogen parte de lo que aprendemos en ese camino que creemos que nos acabará llevando a un lugar maravilloso. Así que, queridos monstruos, aquí os espero de nuevo. Quizás, hasta acabemos haciéndonos amigos. Mi carrera como escritora ha comenzado gracias a esta trilogía, por eso quiero dedicarles un pequeño espacio a ellos. Gracias a *A una maldición de encontrarnos* por ayudarme a descubrir lo lejos que puedo llegar cuando confío en mí misma y me comprometo con mis sueños. Gracias a *A un secreto de condenarnos* por acompañarme durante el proceso de descubrir que la escritura es valiosa para mí no por lo lejos que me lleve, sino por el simple hecho de que me hace feliz. Y gracias a *A una traición de perdernos* por enseñarme que muchas veces las cosas se complican y requieren más esfuerzo y paciencia, y eso no significa que yo no sea lo suficientemente buena.

Lo soy. Todos lo somos.

Y ahora sí que sí, voy a dar las gracias a todas las personas que me hacen sentir muy afortunada cada día. Por supuesto, a mis padres, porque siempre me habéis creído tan capaz de todo que incluso los sueños más descabellados os han parecido posibles. Como, por ejemplo, este. Porque cuando a mí me faltaba ilusión, a vosotros os seguía sobrando. Y porque soy como soy gracias a vuestro respeto, amor y confianza. Os quiero.

A mi hermano David, porque la seguridad con la que miras el mundo siempre me ha inspirado. Al igual que elegir lo que te mueve, por más seguros y fáciles que sean otros caminos.

A Josep, ya te lo dije una vez: a tu lado, el vértigo es más bonito. Después de años suspirando por cientos de historias, tú has conseguido que siempre quiera escoger la nuestra. Estar contigo es la decisión más sencilla y maravillosa que he podido tomar. Te quiero (más).

A Laura, porque hemos crecido juntas, y seguimos haciéndolo, gracias por no soltar nunca mi mano. Te has convertido en parte de mi familia y, ya que estoy, aprovecho para decirte que estoy muy orgullosa de tener a alguien como tú a mi lado. Te quiero.

A mis abuelos, porque siempre creeré en el amor solo por cómo os miráis. Ser testigo de ello es un privilegio.

A toda mi familia; mis tíos, mis primos pequeños Mario y Ander, mis primas Alicia y Andrea, David 'mayor', Irene, me siento la persona más afortunada del mundo por rodearme de vuestro cariño. A Clivia, porque verte crecer es un regalo. Formáis parte del hogar que me hace sentir miedo de las despedidas, aquel que Jared, al final, sí logró tener

A Silvia, porque siempre eres refugio, esa respuesta inmediata cuando te sientes mal y mandas un mensaje buscando un abrazo. Tú eres ese abrazo.

A mis amigos Óscar, Lucía, Saray, Patricia, Raúl y Laura porque con vosotros puedo ser yo misma y esa clase de libertad no tiene precio Nuestras tradiciones, anécdotas y cariño incondicional nos convierten en esa familia escogida que sabes que nunca te fallará.

A Mayte, porque creíste en mí cuando yo no era capaz. Nuestras sesiones fueron tanto el abrazo como el empujón que tanto necesitaba para acabar este libro.

A Patricia Sevillano, gracias por escuchar cada una de mis dudas e inseguridades, más que editora, te has convertido en una amiga. Has querido a esta historia como si fuera la tuya propia y eso dice mucho de la pasión y el compromiso con los que trabajas. ¡Te adoro!

A Patricia Rouco y Patricia Garcia, siempre os estaré agradecida por ese primer *sí* que lo cambió todo, por haberme abierto las puertas de Siren Books y por cuidar mis tiempos con tanto respeto y sensibilidad.

A Lauryta, Sergio, Cris, Marta, Gloria, y Belén, gracias por apoyarme y quererme tanto. Y también por las conversaciones interminables sobre libros; sé que suena a cliché, pero me encanta sentiros tan cerca en el día a día. Con vosotros, por suerte o por desgracia, siempre anhelaré los reencuentros.

Y, sobre todo, a vosotros, mis lectores: gracias de todo corazón por haberme acompañado durante estos años en los que #proyectoIncierto pasó de ser el sueño de una chica que le gustaba hablar de libros en *bookstagram* a transformarse en mucho más.

Espero que el final de Killian, Aria, Jared y Beatrice os haya dejado satisfechos y, sobre todo, con *muchas* ganas de más. Porque lo bueno de las despedidas es que siempre abren paso a nuevas historias por contar.